imaginist

想象另一种可能

理
想
国
imaginist

Sinclair McKay

[英]辛克莱·麦凯 著
李杨 译

柏林
世界中心之城的生与死

Life and Death in the City at the Center of the World

贵州大学出版社
Guizhou University Press
· 贵阳 ·

BERLIN: Life and Death in the City at the Center of the World
by Sinclair McKay
Copyright © Sinclair McKay, 2022
This edition arranged with Johnson & Alcock Ltd.
through Andrew Nurnberg Associates International Limited.
Simplified Chinese edition copyright © 2025 Beijing Imaginist Time Culture Co., Ltd.
All right reserved.

地图审图号：GS（2024）1070号

图书在版编目（CIP）数据

柏林：世界中心之城的生与死 /（英）辛克莱·麦凯（Sinclair McKay）著；李杨译. -- 贵阳：贵州大学出版社，2025.1. -- ISBN 978-7-5691-1033-3

I. I561.55

中国国家版本馆 CIP 数据核字第2025YV4199号

柏林
世界中心之城的生与死

著　者：［英］辛克莱·麦凯
译　者：李　杨

出 版 人：闵　军
责任编辑：周　清
装帧设计：道　辙 at Compus Studio
内文制作：陈基胜

出版发行：贵州大学出版社有限责任公司
　　　　　地址：贵阳市花溪区贵州大学东校区出版大楼
　　　　　邮编：550025　电话：0851-88291180
印　　刷：山东临沂新华印刷物流集团有限责任公司
开　　本：635毫米×965毫米　1/16
印　　张：32.25
字　　数：416千字
版　　次：2025年1月第1版
印　　次：2025年3月第1次印刷

书　　号：ISBN 978-7-5691-1033-3
定　　价：118.00元

版权所有　违权必究
本书若出现印装质量问题，请与出版社联系调换
电话：0851-85987328

目 录

图目与图片来源 i

地图 iv

前　言　"每个城市都有历史，但柏林的历史太多了！" 001

第一部分　瓦解

第一章　栖身黑暗中的人们 013

第二章　被献祭的孩子 028

第三章　革命之痛 043

第四章　流血与欢欣 066

第五章　通向黑暗的道路 078

第六章　梦想的投影 103

第七章　铀俱乐部 121

第八章　血肉的预言 137

第九章　宫殿的废墟 160

第二部分　墓场

第十章　无垠的暮色 179
第十一章　呼啸的苍穹 190
第十二章　所有母亲的泪水 203
第十三章　流血的街道 231
第十四章　意识的湮灭 257
第十五章　我们灵魂上的阴影 274

第三部分　占有

第十六章　同谋 303
第十七章　"何处为家？" 317
第十八章　岛民 338
第十九章　群众的怒吼 355
第二十章　天堑难弥 368
第二十一章　外面的世界 382

后记 399
致谢 403
参考文献 407
注释 411
索引 441

图目与图片来源

图 1　1918—1919 年的冬天
图 2　罗莎·卢森堡
图 3　修复后的新犹太会堂
图 4　20 世纪 20 年代的卡尔施泰特百货商场
图 5　20 世纪 20 年代末魏玛共和国时期的柏林
图 6　奥托·哈恩与莉泽·迈特纳
图 7　曼弗雷德·冯·阿登纳的电气实验室
图 8　阿尔伯特·爱因斯坦
图 9　弗里茨·朗《尼伯龙根之歌》(1924)的一幕
图 10　弗里茨·朗《大都会》(1926)的一幕
图 11　阿尔伯特·施佩尔制作的未来柏林的微缩模型
图 12　保罗·威格纳《泥人哥连出世记》(1920)的剧照
图 13　汉娜·阿伦特
图 14　威廉皇储与塞西莉女公爵
图 15　弗拉基米尔·纳博科夫与妻子薇拉
图 16　一栋柏林工人阶级居住的廉租公寓楼

图 17　德国通用电气公司汽轮机厂
图 18　柏林的地铁系统
图 19　20 世纪 20 年代至 30 年代的街头暴力
图 20　纳粹的劳动节游行
图 21　"水晶之夜"造成的破坏
图 22　希尔德加德·克内夫
图 23　玛丽卡·罗克
图 24　1945 年的卡尔施泰特百货商场
图 25　人民冲锋队
图 26　1945 年的蒂尔加滕
图 27　阻止苏联坦克的路障
图 28　柏林街头的一辆敌军坦克
图 29　萨克森豪森集中营
图 30　柏林的一座高射炮塔
图 31　躲藏在地下的柏林市民
图 32　元首地堡
图 33　1945 年 5 月，被毁的柏林市中心
图 34　恢复运营的地铁
图 35　"瓦砾女"
图 36　在废墟中玩耍的孩子
图 37　残垣断壁之间的生活
图 38　一名指挥交通的红军女兵
图 39　1945 年的阿德隆酒店
图 40　在战后一次城市规划会上的瓦尔特·乌布利希
图 41　玛琳·黛德丽出演比利·怀尔德的《柏林艳史》（1947）
图 42　1948—1949 年的柏林封锁
图 43　柏林分区占领图

图目与图片来源

图 44　20 世纪 50 年代中期，贝尔托特·布莱希特的柏林剧团上演了《勇气妈妈和她的孩子们》

图 45　英美在柏林挖掘的窃听隧道

图 46　窃听隧道使用的先进技术

图 47　《喝彩》杂志

图 48　1953 年的柏林起义

图 49　东柏林的抗议者与一辆苏联坦克对峙

图 50　乌布利希治下东柏林的住宅楼

图 51　一栋西柏林的住宅楼

图 52　共产主义世界的儿童节目《我们的小沙人》

图 53　修筑柏林墙的施工开始

图 54　柏林墙

图 53　分裂的柏林得到了疗愈

书中使用的图片多来自私人收藏。其他图片：图 11、14、15、16、19、21、22、26、27、31、42、45、50、53 和 54 来自 Alamy；图 2、5、8、12、17、23、36 和 41 来自 Getty；图 4、9、18、38、46 和 48 来自 AKG；图 25、33、37、51 和 52 来自 Topfoto；图 1 来自 Bridgeman；图 43 来自英国国家档案馆。我们已尽一切努力追查图片的版权，但对于书中展示的未标注来源的材料，出版方欢迎任何可以澄清其著作权归属的信息，并将努力在重印版中予以更正。

柏林
1919—1945

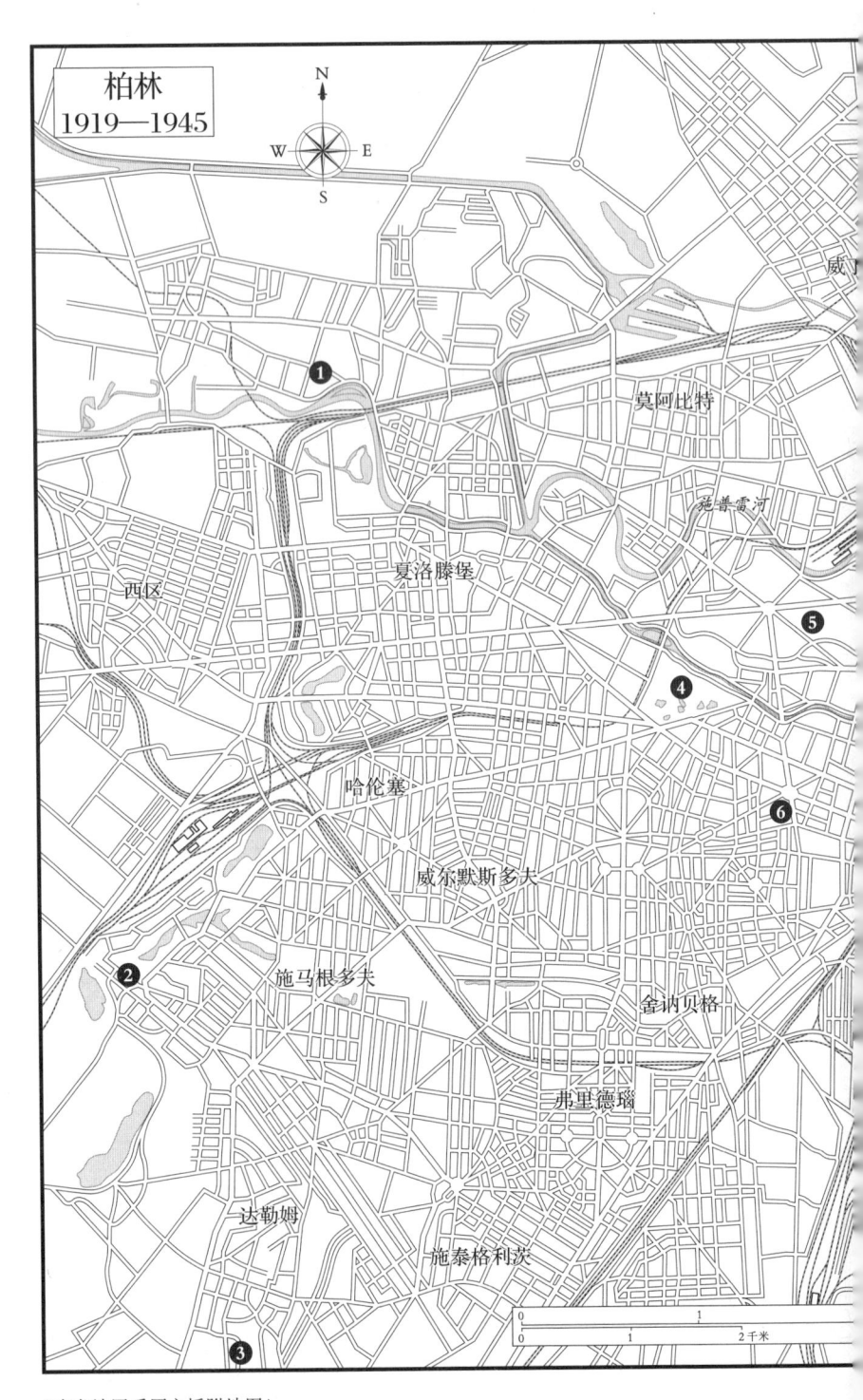

莫阿比特
施普雷河
夏洛滕堡
西区
哈伦塞
威尔默斯多夫
施马根多夫
舍讷贝格
弗里德瑙
达勒姆
施泰格利茨

0 1 2千米

（本书地图系原文插附地图）

格森布鲁能

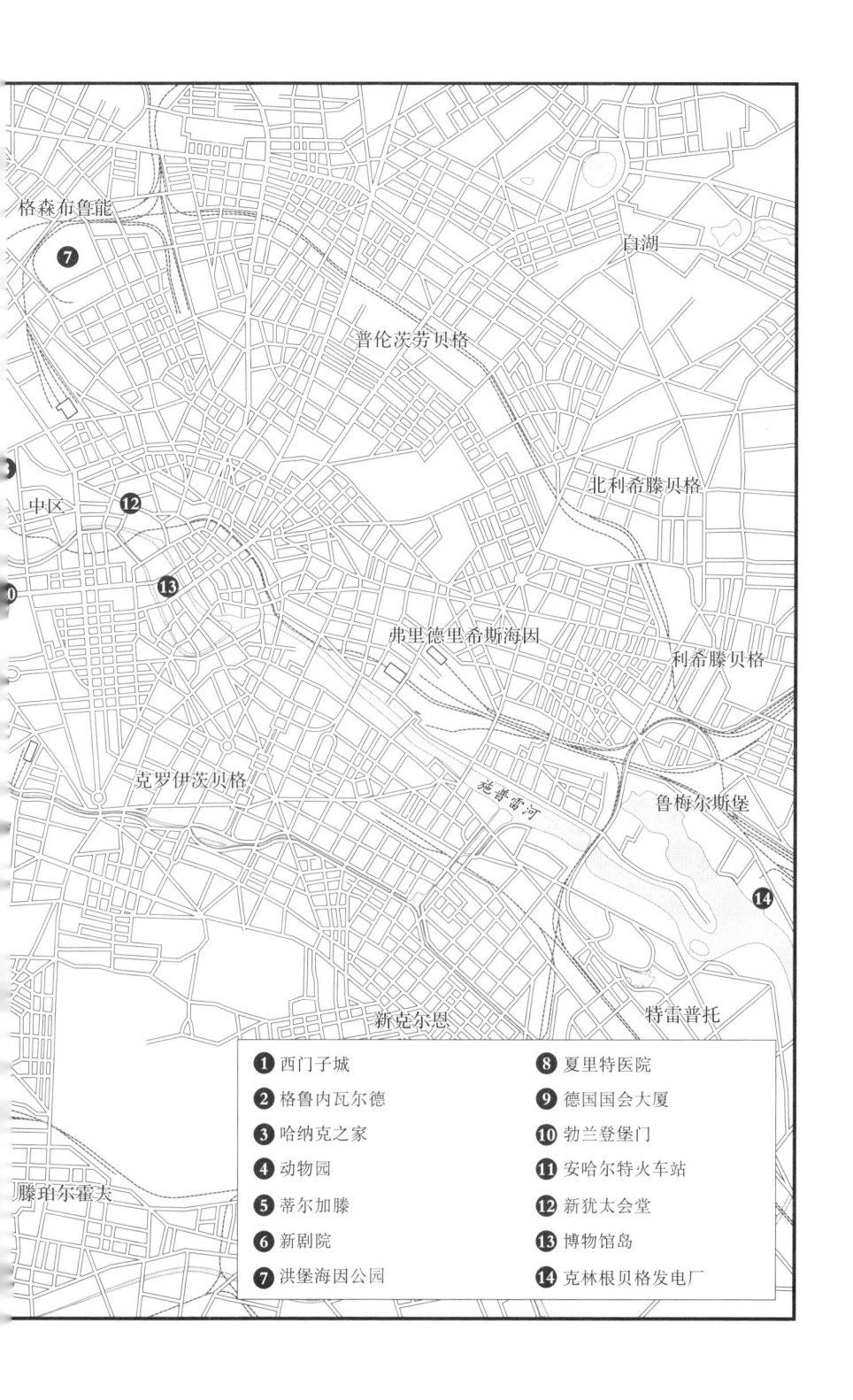

自湖

普伦茨劳贝格

中区 ⑫

⑬

北利希滕贝格

弗里德里希斯海因

利希滕贝格

克罗伊茨贝格

施普雷河

鲁梅尔斯堡

⑭

滕珀尔霍夫

新克尔恩

特雷普托

❶ 西门子城	❽ 夏里特医院
❷ 格鲁内瓦尔德	❾ 德国国会大厦
❸ 哈纳克之家	❿ 勃兰登堡门
❹ 动物园	⓫ 安哈尔特火车站
❺ 蒂尔加滕	⓬ 新犹太会堂
❻ 新剧院	⓭ 博物馆岛
❼ 洪堡海因公园	⓮ 克林根贝格发电厂

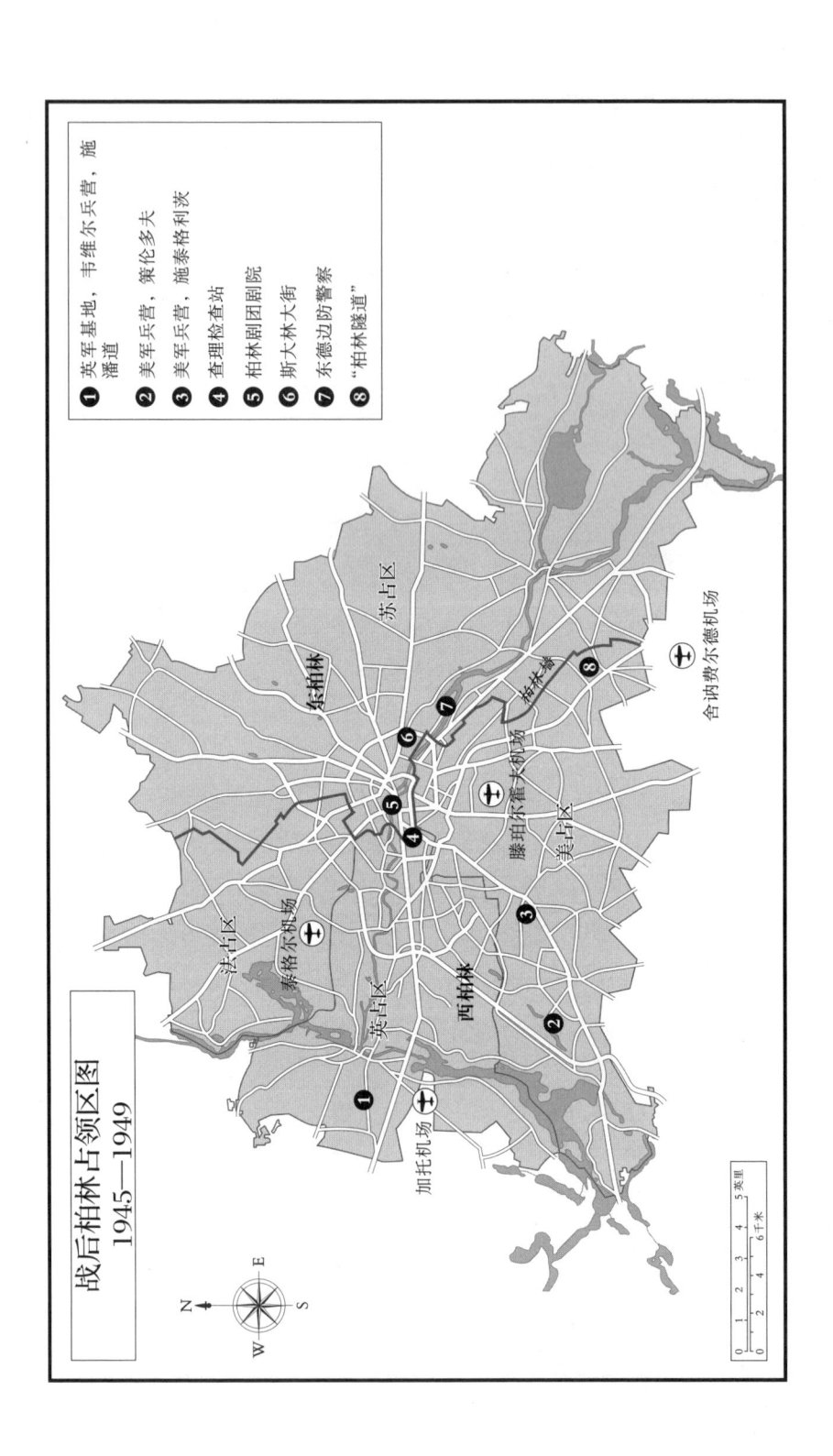

战后柏林占领区图 1945—1949

❶ 英军基地，韦维尔兵营，施潘道
❷ 美军兵营，策伦多夫
❸ 美军兵营，施泰格利茨
❹ 查理检查站
❺ 柏林剧团剧院
❻ 斯大林大街
❼ 东德边防警察
❽ "柏林隧道"

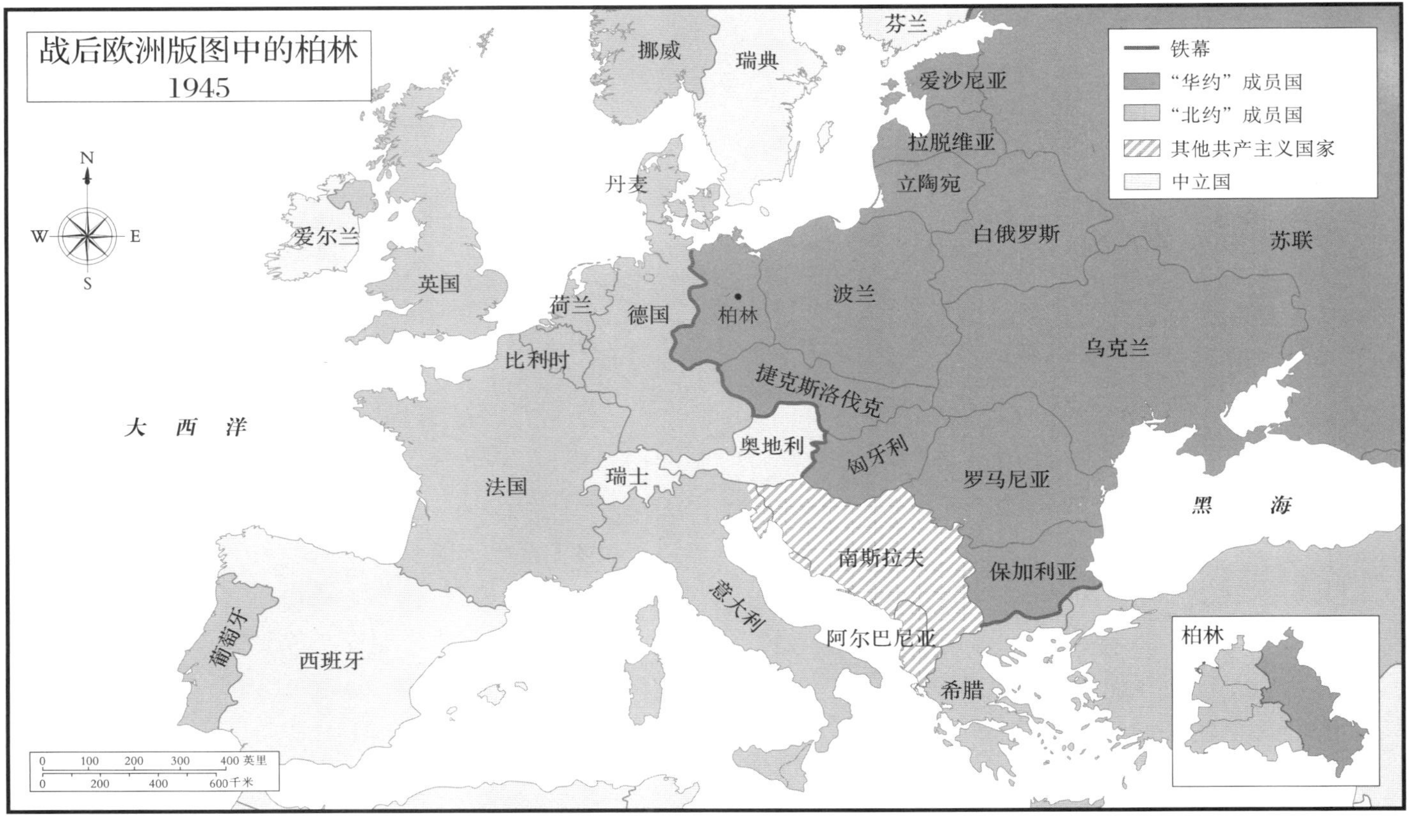
战后欧洲版图中的柏林
1945
铁幕
“华约”成员国
“北约”成员国
其他共产主义国家
中立国
柏林
N
W
E
S
大西洋
芬兰
挪威
瑞典
爱沙尼亚
拉脱维亚
立陶宛
丹麦
爱尔兰
英国
荷兰
德国
柏林
波兰
白俄罗斯
苏联
乌克兰
比利时
捷克斯洛伐克
奥地利
匈牙利
罗马尼亚
黑海
瑞士
法国
南斯拉夫
保加利亚
意大利
阿尔巴尼亚
希腊
葡萄牙
西班牙
0 100 200 300 400 英里
0 200 400 600 千米

前言

"每个城市都有历史,但柏林的历史太多了!"

柏林是一座毫不掩饰的城市。它坦荡地展示着它的创口和伤疤。它诚心想让你看到。街巷里数不胜数的砖石上仍可见坑洞和焦痕,那是炮弹留下的记忆。这些创痕不免让人回想起那场柏林人多年来一直不愿谈及的血腥浩劫。在肮脏的种族灭绝的阴影下,说柏林人同样是希特勒战争的受害者是不被允许的。如今的柏林城早已恢复元气,但往日的伤痕依旧触目惊心:猛烈炮击在腓特烈斯鲁厄(Friedrichsruhe)啤酒厂古旧的外墙上留下的放射状炸痕;诞生于19世纪的胜利纪念柱(Victory Column)*基座上的受难耶稣浮雕那被飞溅的弹片刺穿的心口;被炸毁的安哈尔特火车站(Anhalter Bahnhof)如今只剩下壮观的入口大门(罗马式砖拱门)孤零零地立在那里,背后空无一物。市中心以北的洪堡海因公园(Humboldthain Park)草木葱茏,绿树环绕着一座阴森、巨大的混凝土堡垒,在战争末期,这座堡垒被用作避难所、医院和地下墓穴。

---

* 胜利纪念柱(德语Siegessäule)是柏林市区内著名的纪念性建筑,以纪念普鲁士分别对丹麦、奥地利和法国的三次决定性胜利。若无特别说明,本书页下注均为译者注。

最著名的还要数车水马龙的选帝侯大街（Kurfürstendamm）旁那座损毁严重、顶部用金属加固的教堂塔楼：威廉皇帝纪念教堂（Kaiser Wilhelm Memorial Church）。这座建于世纪之交的教堂＊，如今几乎只剩一座塔楼。1943年的一个夜晚，教堂在一次轰炸中被击中，并被大火吞噬（战后，在教堂的旧址旁边建起一座六边形的现代主义新教堂）。如果你不了解这座城市的历史，初见这座古怪的塔楼时一定会困惑不已：在一个普普通通的购物广场里，保留这样一座格格不入的怪异废墟有何深意？其他欧洲国家的首都会用精心雕琢的优雅丰碑来纪念黑暗的过去，试图借此将历史尖锐的棱角打磨得圆滑。但柏林没有。

　　整个20世纪，柏林都位于动荡世界的中心。它时而让世人心驰神往，时而令各国噩梦连连。这种极端的两极分化似乎正是这座城市的特质：光芒四射的林荫大道，乌烟瘴气的廉租公寓，烟尘蔽日的重工业堡垒和周围明丽的水域与森林，泛性向的卡巴莱（cabaret）†狂欢与高雅歌剧一板一眼的庄重，这里既有达达主义艺术家不拘一格的尽情恣肆，也有纳粹党徒大游行的千人一面和整齐划一。而随着纳粹掌权，死亡的鼓点越敲越快。1941年到1943年，留在柏林的犹太人中大多数（约8万人）被驱逐出境或被杀害。此外，1945年盟军在战争最后几周采取的行动致使大约2.5万柏林人丧生。但即便在战前或战后，柏林人同样无法摆脱恐惧：对于1900年前后出生在柏林并且有幸活到20世纪七八十年代的人来说，在这个城市里的生活就是一场接一场的革命，深陷动荡不安的旋涡。首先是第一次世界大战带来的惨痛创伤，以及战后的疾病和暴力；现代

＊　威廉皇帝纪念教堂建于1891年至1895年之间。

†　一种起源于法国的娱乐表演形式，集歌舞、艳舞、话剧、杂耍等于一体，表演场地主要为设有舞台的餐厅或夜总会，观众围绕着餐台观看表演。

工业的迅猛发展，以及与之相呼应的具有挑衅意味的革命性建筑，咆哮着席卷曾经熟悉的街道和工作场所；经济急剧衰退带来了贫困与饥饿；接着便是纳粹的掌权、种族灭绝的癫狂和战争的烈火；直到后来，这座城市的中心被两种水火不容的意识形态撕成两半。而所有这些伤痛中最沉重的，莫过于1945年春天战争即将结束的那几周，彼时降临在柏林及其人民身上的灾难堪比古典时代的地狱果报。

这座城市不乏对死者的深切悼念：落成时间并不久远的大屠杀纪念碑是一片构思精巧的石碑林，越到深处，石碑越高；这里也是为数不多的能让行色匆匆的柏林人放缓脚步的地方之一。几条街外是年代更久远、用浅色石头砌成的新古典主义风格的新岗哨纪念馆（Neue Wache Memorial）。这座建于1818年的建筑，是欧洲多年可怕冲突的产物，近年来已经拓展了用途，成为一座"战争和独裁统治受害者"纪念堂，光线从顶部圆形的空洞（或称"穹隆"）中倾泻而下，令人十分震撼。尽管如此，对于柏林而言，要纪念希特勒战争所带来的巨大灾难及其对这座城市造成的破坏，却绝非易事。1945年的春天，每个普通柏林市民都是囚犯，面对着无法逃避的恐怖：一边是长驱直入的英美军队，他们的轰炸将街道和民宅变成瓦砾，将家园化为灰烬；另一边是已果断包围柏林的苏联大军，炮火呼啸着划破天空。整个世界对这场残酷杀戮的受害者毫无同情。柏林成了一个修罗战场，诉说着全面战争最后的肮脏。文明的象征被碾为齑粉，柏林人饥不择食、苟延残喘，勉强维持着人性的底线。

然而1945年的痛苦不止于炮火过后无人掩埋、面目全非的遗体，不止于让数千市民宁可自行了断也不愿向恐怖敌人投降的普遍性自杀，甚至不止于给遍布全城的家庭带来数十年创伤的数不胜数的集体强奸，而是更进一步。在心怀怨恨的世界各国看来，这一切残暴行径都情有可原，都是与自然本身一样无可阻挡的复仇旋风。纳粹领导人曾让全欧洲数百万人遭受痛苦和死亡。柏林一度繁盛的犹太人社群更是在经历了多年的恐怖统治后迎来了被驱逐被灭绝的命运。在这种情况下，柏林犹太人昔日的邻里如何告诉世人，他们同样是暴行的受害者？这饱含赎罪意味的沉默将这座城市笼罩在一片道德模糊的阴云之中，让人难辨是非曲直。纳粹在此处的极权统治究竟是多么彻底？

1945年的柏林陷落是如灯塔矗立般的历史时刻之一，它旋转的光束清晰地照亮了从前和未来。它不只事关那个身处旋涡中心的男人的可耻下场，或是他在地下堡垒中的自我毁灭，看起来如何渗透并瓦解了这座城市本身的根基。我们也不能单纯从军事史的视角来看待柏林的历史，因为其间混杂了人数众多的普通柏林平民在所剩无几的军士已经无力保护他们、正常生活天翻地覆的情况下，如何努力保持理智的经历。柏林的故事同样离不开那些提前多年就预见到暴行的先见之士。1945年生活在柏林的市民中，有年长者曾经历过"一战"结束以及1918年德国革命的失败。他们当年就战战兢兢地走过两侧楼上布满狙击手、路面结冰的大街，品尝过长期食物短缺和严冬漫漫的滋味。1919年贴遍全城的一张海报上画着一位优雅的女士与一具骷髅交缠在一起，跳着探戈舞。海报上的标语写道："柏林，停下来想一想！你的舞伴是死亡！"这张受到保罗·泽赫（Paul Zech）诗句启发而绘制的海报，针对的本是战后的公共卫生措施，却也揭示了在这座城市的本性中更广泛意义上的病态。

类似地，1945年的噩梦同样也给这座城市的未来投下一道长长的阴影。在纳粹统治下劫后余生的普通市民却在战后迎来了一波又一波的暴力、剥夺和痛苦，以及新一轮极权主义周期。在战后，柏林仍是全球地缘政治焦虑的中心，也是核战争潜在的引爆点，1961年开始修建的柏林墙本身便是1945年战后余波的一部分。不过，尽管这座城市产生了新的矛盾与对立，但它的机智、艺术以及不自觉中流露出的不屈不挠的精神却一如既往。

人们并非活在固定的时代中，一个时代终将结束，但世人将照旧（或至少试着照旧）生活下去。人们往往习惯于从时期划分的固定视角看待柏林的近代历史：威廉二世时期、魏玛时期、纳粹时期、共产主义时期，每个时期之间界限分明。但真实的柏林人不停地竭力适应着这个急速变化的城市，他们的生活也因此形成了贯穿各个不同政权的动荡的连续体（continuum）。那些单纯希望生活、工作、彼此相爱的柏林人会如何看待这些暴烈的革命？那些生在魏玛时期、经历纳粹覆灭、见证他们的城市被列强占领和统治的柏林人，在周遭的城市景观几经变迁，以致土生土长的本地人都无法找到昔日熟悉的街巷时，缘何他们脑海中城市的景观、他们对于某个街区的记忆仍然挥之不去？此外，战争的噩梦也无法定义心直口快的柏林人的全部；要探究他们的生活和历史就必须承认，柏林非同凡响的文化腹地同样是他们故事的一部分：这里不仅有创意飞扬、领先世界的艺术、电影和音乐，不仅有成果丰硕的科学探索，更有这座城市与古老贵族的"孽缘"，以及永恒不息的阶级冲突和街头暴力。

希特勒掌权之前的柏林曾是一个海纳百川的城市，吸引着世界各地心向往之的游客和移民。20世纪20年代，活跃在柏林时髦的住宅楼和未来主义风格的百货商店里的艺术家，从感性和批判的视角审视着城市生活的新现实。这一派繁荣的气象哪怕在纳粹当政时期也从未彻底消亡，但也确曾一度归于沉寂。然而，1945年5月后，自由的氧气使此前几乎熄灭的火苗立即再度燃起。前纳粹时代的柏林在个人自我实现方面的开创性实践同样如此，这里的男男女女曾一度可以相对自由地按照他们真正的性取向来生活。当时，与世界上大多数其他城市不同，在这里他们不会受到排斥和唾骂，在这里他们终于可以表达此前羞于启齿的爱意。同样，纳粹也使出浑身解数，试图以最为残忍的方式扼杀柏林生活的这一面。许许多多的柏林人也因此惨死。但在一片灰烬之中，柏林人重新焕发活力，让这座城市重新找回了感官之乐。

这种不断进取的动力还可见于柏林的智识生活。新的世界不仅在柏林的文艺作品中被创造，更在柏林全城各地的科学实验室中诞生。在被纳粹主义占据之前，这里曾是爱因斯坦（Albert Einstein）的城市，尽管他并非唯一耀眼的创新者。有识之士在这里投身于超越当时人们想象的全新领域，探索量子物理的奥秘。1945年，燃烧的柏林照亮了科学发展的方向，也凸显斯大林为了将原子的秘密窃为己有而不惜一切代价。

20世纪早期的创新以不安与异化为代价；新的发现以及社会、性和艺术变革的速度之快，虽然让一些人感到振奋，却也足以令其他人心惊。这让柏林的面孔多变而莫测，难以简单定义。它那种非同寻常的敏感（即便在死亡的腐臭和苏联入侵所造成的废墟中也仍然突出）此前已经有人提及。诗人斯蒂芬·斯彭德（Stephen Spender）曾写道："这座城市居民的想法一贯直白，令人一目了然。"[1] 1930年，作家、讽刺家约瑟夫·罗特（Joseph Roth）写道："柏林是一座等待中的城市，年轻而闷闷不乐。"[2] 他穿行于柏林城东部的街巷之中，在谈到两侧布满冷峻公寓楼的希尔滕大街（Hirtenstrasse）时表示："世界上再没有如此哀伤的街道了。"[3] 不过，在一则20世纪20年代的旅游广告上，柏林被称为"欧洲新的光之城*"。[4] 1929年曾有人写道："世界上没有任何一个城市像柏林这样躁动，所有东西都在变动之中。"[5] 享誉国际的戏剧导演马克斯·莱因哈特（Max Reinhardt）曾在纳粹崛起前指出："这种反复无常的滋味让我着迷——每一年都可能是最后的一年。"[6] 哪怕是在闪烁的霓虹灯刺破黄昏的秋雾时，黑暗也从不会走远。艺术家乔治·格罗

---

* "光之城"（The City of Light）是法国巴黎的别称。

兹（George Grosz）关注"深色墙壁的廉租公寓"和迫在眉睫的"暴动和屠杀"。[7]战后，当柏林深受被列强占领的折磨时，城市异化（urban alienation）的感受愈加强烈，促使贝尔托特·布莱希特（Bertolt Brecht）等文艺界人士探究这座城市的撕裂和断层。无论在共产主义的东德还是美国主导的西德，炙热的审美能量都重新活跃起来。并且一如第一次世界大战之后的时期，在这股能量中掺杂着某种狂热、令人目眩神迷、几乎不受控制的东西。

今天的柏林非常适合信马由缰的漫步者，这里没有明显的市中心，因此使探索变得充满魅力。或许你倾向于将勃兰登堡门（Brandenburg Gate）和旁边经过修复的德国国会大厦（Reichstag）视作柏林的心脏，但事实并非如此：这里没有盛大的仪式和排场，只是再平常不过的政府办公场所。抑或在博物馆岛（Museum Island）上严肃的博物馆和大教堂中，只有在那新古典主义风格的柱廊和穹顶之间才能听到柏林的心跳？答案还是否定的：尽管这些建于19世纪的典雅建筑及其周边景观的魅力毋庸置疑，但它们与这座城市格格不入，仿佛刻意与周围环境保持距离：它们虽能给游人留下深刻的印象，却完全看不出半点这座城市日常生活的痕迹。或许，我们可以从柏林那受到残酷迫害的犹太人社群的故事中找到一些端倪。沿着施普雷河（River Spree）一直向北走，不远处便是美轮美奂的新犹太会堂（Neue Synagogue），摩尔式的穹顶在金色的阳光中闪闪发光。但实际上，它曾经历过"起死回生"：1943年，会堂有一半被毁；战争结束后，残骸进一步腐坏，最终被彻底拆除。我们如今看到的这座建筑有着明显的重建之感。它是那段历史重要的一部分，却不能代表其全部。

另外一座雄壮宏伟的复制品也是如此，即柏林宫（Berliner Schloss）。这座18世纪时为霍亨索伦王朝所建造的宫殿曾在1918年的德国革命中被攻占，在纳粹当权时期基本上被忽视，后又遭到盟军轰炸,并于20世纪50年代被苏联拆毁。柏林宫如今已在施普雷河河畔重获新生——或者说部分重获新生。城堡四面宽阔的外墙中有三面已经按精美的巴洛克式风格完美重建,洪堡博物馆(Humboldt Museum)现在便坐落于此。但柏林宫的重建也引发了巨大的争议。怒不可遏的反对者认为,如此大费周章地重修王权的所在地,带有一种居心险恶的新殖民主义色彩。"每个城市都有历史",柏林知名建筑师大卫·奇普菲尔德(David Chipperfield)指出,"但柏林的历史太多了"。[8]

不过,在柏林的西北部,还有一个更低调、更加工人阶级化的去处——在死气沉沉、灰头土脸的公寓楼和街巷之间,这座城市的历史之心在一定程度上得以保留。它就在那些为了一项非凡的事业而设立的办公室中。时代见证者中心(Zeitzeugenbörse)旨在捕捉和记录一个世纪以来普通柏林人的声音,记录他们的生活和经历以及在各个时代灾难中的遭遇。德国人必须压抑自身痛苦经历的传统观念意外地制造出大量的历史暗物质,亦即在某些划时代的重大事件上保持沉默与暧昧。近年来,管理时代见证者中心的杰出学者和志愿者一直尽力试图留住一代柏林人的声音。这些声音可以帮助我们更好地认识那个充斥着恐怖却又不乏勇毅坚韧的一百年。

这些普通柏林人的声音还能给我们带来生动而令人难忘的视角:例如,从20世纪40年代因痴迷电影艺术而与顽固的当局发生冲突的在校女生黑尔佳·豪塔尔(Helga Hauthal)的回忆,到1945年在东部前线回忆起童年生活以及20世纪30年代令人兴奋的希特勒青年团夜间森林篝火活动的年轻人霍斯特·巴泽曼(Horst Basemann);从1945年本想避开大军却不料陷入虎穴的年轻办公室职员梅希蒂尔德·埃弗斯(Mechtild Evers),到1941年惊恐地目睹了犹太邻居一个接一个被盖世太保抓走的12岁男孩莱因哈特·克吕格(Reinhart Crüger);还有在1945年世界崩塌之时如很多同龄人一样只想专心学业,战后又和朋友们一起学会了掩藏内心创伤,寻求在废墟中重建新生活的少女克丽斯塔·龙克(Christa Ronke)。

虽然帝王将相的言行总是被详加记录,但那些因权贵的行为和意识形态而受震动甚至颠覆的普通人的生活,其独特的口味和质地却能为我们揭示更多关于道德和人类选择的真相。在柏林,这些事情尤其能引起人们的共鸣:由于邪恶与其生活息息相关,这些柏林市民便拥有了一种特殊的魅力。在柏林和德国其他地区发生的事情本可发生在任何地方,但法西斯主义等实行着顽固冷酷的残忍暴行和对人全面的监视与压迫的意识形态,为何得以在这里开花结果?而它们的影响如何波及整个欧洲和西方世界,直至在1989年秋天那个特别的夜晚,柏林墙这个极权主义压迫最后的象征轰然倒塌?

从这个意义上讲,如果你不了解柏林,就看不懂20世纪的历史。正是1945年战争结束时柏林陷落的那一刻,从根本上概括了虚无主义式恐怖:这场集体杀戮的规模超乎想象,却没有丝毫意义。不过,即便是在这样的乌烟瘴气中,仍可见这座城市悸动不安的精神火花在闪闪发光。如今漫步柏林,仿佛便能徜徉于这一层层的过往。近年来,体察周全的政府当局采取各种措施使人们有可能领略这座城市过去的不同面貌。1945年最黑暗的时刻告诉我们,即使阴影愈加浓重,柏林人的生活、爱情和梦想仍在诉说着这座城市更真实的灵魂。

第一部分

瓦解

第一章
栖身黑暗中的人们

　　他们或生活在地面以下，或藏身于混凝土掩体深处，他们被埋起来了。在某种程度上，这样的生活还算可以忍受。整个柏林城有大约1000处专门修建的防空洞，但它们也只能容纳柏林近300万人口中的一小部分。好在公寓楼下有地下室，独栋住宅下面有地窖，还有地铁站。实在不行还可以钻进狭窄的战壕。地道多由粗糙的混凝土砌成，只因墙上贴着愤怒的宣传海报才显得不那么单调，虽然谈不上舒适，却能为人们提供庇护。挤作一团的平民或凝视着拱顶，或彼此对视；他们的眼睛随着上面传来的每一声爆炸的闷响而眨动，他们能强烈地感受到爆炸产生的震动。

　　到了1945年4月的第一周，柏林平民的生活节奏已经单调得可怕：白天，人们沉默地排着长达几个小时几乎停滞不前的长队，等待领取微薄的食物配给。他们穿着鞋底越磨越薄满是灰尘的鞋子，疲惫地走过到处是残垣断壁的街道。经过数月的轰炸，整片街区都已经被炸得七零八落，面目全非，凭空出现的新景观或是突然消失的老建筑都让人辨不清方向。上个月的轰炸尤其疯狂，仿佛盟军的轰炸机想要把这座城市干脆砸进地底一样。即便如此，城郊还是有些工厂逃过了被烈性炸药化为齑粉的命运,从欧洲各地被掳来强迫劳动的大量工人在供水供电时断时续的条件下继续工作。柏林仍在正常运转的发电厂继续嗡嗡作响,高高的烟囱不断吐出白烟;位于城市东部施普雷河河畔的克林根贝格发电厂(Klingenberg Power Station)规模宏大且建筑优美。聪明的强迫劳工们一边维持着电厂的运转,一边精明地推算着这座城市未来的命运,合计着哪国的军队会率先攻占柏林。柏林地铁仍然能维持基本运行,但只有那些未在轰炸中直接受损的线路才能通车,并且仅限为了公务和军务目的出行的人员使用。

低沉沙哑的防空警报一次又一次响起,疲劳沮丧的人们一次又一次逃回地下。自1943年秋开始,盟军的轰炸已经炸死炸伤数千人,一片片街区被炸得无法居住——尽管还有少数人守着废墟不愿离去。那些藏身地窖或者避难所而逃过一劫的人,每天早上从地下钻出来,就会看到恍如黑夜的景象;头顶的天空总是灰蒙蒙、阴沉沉的,偶尔会因为尘土和烟灰而变得"暗黄"。[1]没有扑灭的暗火引燃了木头、油漆和橡胶,焦煳的味道让空气也变得仿佛被灼烧了一样。母亲和祖母用手帕掩住嘴,眼睁睁看着民防队不断从灰色的砖石下挖出尸体,其中有许多已经支离破碎。个体的死亡已经彻底丧失了神圣的一面。大规模掩埋死者遗体的工作已经安排得十分井井有条,但空气中仍弥漫着腐烂所产生的甜味。显然,并不是所有遗体都能被从废墟中挖掘出来。这并非由于工作人员干劲不够,救火队队员、警察以及其他市政工作人员一直兢兢业业。但与医护人员一样,他们也感到心有余而力不足。在某些情况下,意识形态的分歧会因惨重的破坏而消解。柏林北郊格森布鲁能(Gesundbrunnen)一家建于18世纪的小型犹太医院——也是柏林唯一一家在战争中幸存的犹太机构——在战争末期凭借其设施和医疗团队的技术经验,不仅成了犹太人的避难所,也为非犹太人提供救治。相比之下，位于柏林市中心、同样创建于18世纪的夏里特医院（Charité Hospital）——该院部分医生曾于20世纪30年代为纳粹开展恐怖的人体实验，并对残疾人和精神病患者实施安乐死——现在已经严重损毁，仅存的医疗用品和吗啡已经无法满足源源而来的伤者的需求。很多柏林人熟悉这个夏里特的地标性建筑，却都没有想到，纳粹政权恐怖的优生学真相竟然距离他们的日常生活如此之近。

1945年4月初，美军在日间的轰炸已经逐渐减弱，但英军的夜袭仍在继续。很多在空袭中失去家园的柏林人日夜住在避难所里，对他们来说，这种黑暗中的生活似乎就是人类生存的极限。早在几年前，柏林市市政当局就预见到这样的避难所或许会派上用场。柏林是一座建在沙土上的城市，因此无论是下水管道还是自世纪之交开始施工的地下铁路，挖掘工作一直是一大难题。1935年，纳粹规定，柏林市内的一切新建筑都必须附带可用于避难的地下室。1940年秋天，英国轰炸机首次袭击柏林，这激起了纳粹的愤怒，并促使他们制订了"帝国首都地堡建设计划"（Bunker Construction Programme for the Capital of the Reich）。到了1945年4月，经过盟军长达18个月的轮番轰炸，这些掩体和地下室大多已经变成了密封的坟墓。整条街被数千磅烈性炸药炸穿并坍塌，致使救援队难以进入已经填满了瓦砾的地下室和地道。对于避难者来说，如果炸弹击中了总水管，那么情况将尤其凶险，因为在那种情况下，水位会迅速升至用砖块砌成的天花板，人们来不及逃生就会被活活淹死。地铁站同样危险，毕竟地铁隧道距离地表只有几英尺。

尽管境况艰难，但柏林人犀利的幽默感仍然没有改变。原本表示"防空洞"（*Luftschutz*）的缩写"LS"被演绎成了"快学俄语"（*Lernen schnell Russisch*）。[2] 但幽默并不能消除恐惧。自1945年年初开始，在严霜笼罩、柏林的大街小巷还呈现出一种金属质感的时候，精疲力竭、心灵受创的乡村难民就源源不断地涌入柏林。他们中有些人乘火车前来,其他人则沿着卵石路和冰冷的电车轨道艰难跋涉,漫无目的地向西走,直到进入柏林。这些来自东部敌占区的难民逃离了被夺走的农场,带着对那些被他们留在身后、未能逃脱苏联红军追捕的女人的惨痛记忆:她们被反复强暴,其中有许多人饱受折磨后死去。

一些柏林平民恐惧地意识到,正在远处集结、势不可挡地朝他们开来的苏联大军也曾亲眼见识过纳粹的堕落和下流,见识过纳粹如何将苏联战俘关进露天畜栏中,故意让300多万名苏联战俘在冰天雪地中活活饿死。而1944年8月,自苏联领土向德国推进的红军队伍中,有很多兵士都已在《红星报》(*Krasnaya Zvezda*)上读过士兵兼诗人康斯坦丁·西蒙诺夫(Konstantin Simonov)对波兰境内马伊达内克(Majdanek)集中营的恐怖记述。他痛苦地对集中营毒气室以及丢弃在现场的"成千上万双儿童鞋袜"[3]作出的描述,是最早猛烈抨击纳粹暴行的报道之一——西蒙诺夫言辞之激烈,以至于英美当局对其讲述的真实性一直抱有怀疑。关于死亡集中营的小道消息早已传到了柏林。当时仍在学校念书的布丽吉特·伦普克(Brigitte Lempke)回忆说,班上的一个同学把她拉到一边,对她说:"我得跟你说件事儿,但是你绝对不能再对别人讲,否则就要大难临头了。"有点被吓到的布丽吉特答应了,同学说,她的叔叔是一名医生,刚刚从东边回来。有一天晚上,本该上床睡觉的她偷听到叔叔断断续续地跟她父母说话。叔叔一直在哭,她告诉布丽吉特,他看到了要用来焚烧尸体的炉子。那个女孩打了一个生动的比喻:"人就像面包那样被推进炉子里。"[4]布丽吉特永远也忘不了这个场景。

另一方面,随着特雷布林卡(Treblinka)灭绝营被红军发现,以及随后在1945年1月,奥斯维辛(Auschwitz)集中营的真相大白于天下,纳粹的真面目已经变得越来越清晰。对于从惨不忍睹的死人堆里获得解救但已经被折磨成"活骷髅"的受害者而言,"解放"这个词似乎还是太过轻浮。红军还在阴森的树林中发现了几个万人坑。尽管经历了这一切的年轻士兵面对敌人时已绝不会心慈手软,但苏联高层起初仍在报纸和广播中强调,这些集中营不但是少数纳粹官员的责任,而且是整个德国社会的罪业。它们是"父祖之国"(Fatherland)精神本质的外在表现。在纳粹倒台后,苏联官方的态度一百八十度大转弯,坚称不应责怪德国的劳动人民。但在最终击垮这头怪兽之前,红军战士只能怀疑他们遇见的每一个德国平民的人性。

报应很快到来,这在一定程度上源于4月初同盟国之间的冲突。自西向东一路杀来的美英军队已经准备好扑向柏林并给予最后一击。此前,同盟国经过艰苦谈判,已经就战后瓜分柏林并确定各国占领区划分达成了一致;欧洲咨询委员会(European Advisory Commission)早在1943年秋天便在伦敦展开谈判,美国国务院派遣的外交官菲利普·E.莫斯利(Philip E. Mosely)与英国和苏联的谈判代表围着"用铅笔草草画线"[5]的地图讨价还价。陆军中将H. G. 马丁(H. G. Martin)在伦敦《每日电讯报》(Daily Telegraph)上大胆指出,希特勒的部队"仍有还手之力",因此,朱可夫元帅(Georgy Zhukov)的红军恐怕难以接近柏林。他预测,攻陷"柏林二号堡垒"(Fortress number 2 Berlin)[6]的将是布拉德莱(Omar Nelson Bradley)将军率领的美军或者蒙哥马利(Bernard Law Montgomery)陆军元帅麾下的英军。英国首相温斯顿·丘吉尔(Winston Churchill)深知,攻陷柏林将彻底扑灭纳粹的火焰,但艾森豪威尔(Dwight David Eisenhower)将军统率的美军似乎早已悄无声息地放弃了这场比赛;来日无多的罗斯福(Franklin Delano Roosevelt)总统担心美国将陷入欧洲泥潭无法自拔,仍然坚持要求应该让苏军先入柏林。这一决定是通过艾森豪威尔传达给斯大林的,一向疑心颇重的斯大林根本不相信这是真的。斯大林对盟友也是真真假假，先是表态说拿下柏林不再是他的首要目标，然后又于1945年4月1日命令朱可夫和伊万·科涅夫（Ivan Konev）两位陆军元帅一定要先于英美抵达柏林。时年48岁的朱可夫生长在距离莫斯科70英里（约112.7千米）的一个村庄里。19至20世纪之交的那几年，他在乡下一望无际的白桦林与湍急的河流间度过了自己的童年，虽然举目皆是肮脏和贫困，却也拥有河里现抓的活鱼和夏日的莓果这样令人印象深刻的慰藉。从这个意义上说，虽然朱可夫是在苏联历史和革命的浪潮中成长起来的，但他与他手下的年轻人不无相似之处（只不过这些年轻人经历过的饥饿甚至饥荒是由斯大林在20世纪30年代推行的农业集体化政策造成的，而非由于沙皇时期对小农户的压迫）。近来，朱可夫和他麾下的部队亲眼见到他们热爱的故乡受到纳粹蹂躏，心中燃起了压抑不住的可怕怒火，只待在柏林身上发泄。

听闻从红军的暴力报复中死里逃生的德国难民带回的消息，柏林人意识到，他们心目中文明的理念和样貌即将迎来一场结果难料的清算。如此看来，躲进昏暗的避难所里的冲动是对外部世界之恐怖的理性回应。

并非所有避难所都在地下。城市的街角、公园的树丛深处偶尔能见到一些令人称奇的避难之地。有些避难所只是水泥管道加上倾斜的坡顶，其他避难所则修成与周边写字楼或住宅一样的外形，只有它们粗糙的质地和空洞的小窗户才让观者感到一丝诡异。有的避难所探出游乐园的沙坑，入口就只是几块倾斜的水泥板，里面都是一条条通往死胡同的隧道。在柏林北部的维特瑙区（Wittenau），有两座大约50英尺（约15.2米）高的混凝土地堡，它们四四方方的外形和简单的拱形门廊都能唤起人们恐怖的联想：这样的造型像极了豪华的家族陵墓。在柏林城中部的克罗伊茨贝格（Kreuzberg），有一座设计更加精巧的避难所：一个建于 19 世纪的大型圆形砖制储气罐被改造成了费希特地堡（Fichte-Bunker，位于费希特大街）。地堡的围墙被加厚，6 层楼高的幽暗的内部空间被划分为 750 个小房间。地堡的设计容量是 6000 人，但在 1945 年初，有时有 3 万人在此避难，其中不仅有克罗伊茨贝格的本地人，更有许多在轰炸机的轰鸣声中逃离乡下进入柏林的无助难民。

地铁隧道距离地表太近，看似固若金汤，实则并非如此。虽然莫里茨广场站（Moritzplatz Station）铁路线之下还有一层隧道，但在 1945 年 2 月，地铁站遭到攻击，36 人当场死亡，人们的安全感也在一瞬间被炸得烟消云散。

据估算，战争的最后 18 个月中共有约 3 万名平民死于空袭。在此期间，数十万柏林人的眼睛看惯了地下墓穴、裸露的灯泡、粗糙的木质家具和污水桶。不过，也有一些人难以抑制心中的怒火，他们受够了敌人兽性的野蛮行径，也受够了他们如今无奈的生活。不久之前，曾在戈培尔的宣传部供职的摄影师莉泽洛特·普尔珀（Liselotte Purper）写信给驻扎在东部的丈夫库尔特·奥格尔（Kurt Orgel）——这封信也是他生前收到的最后几封书信之一。"我满腔愤怒！"她写道，"想一想他们将如何残忍地糟蹋和杀害我们，想一想单是空袭的恐怖就给我们的国家带来了多么可怕的苦难。"[7]

躲在避难所中的多为女性，其中有很多人还带着年幼的孩子。每当空袭警报响起，女人就得飞快地把睡得正香的孩子们从温暖的被窝里拽起来，给他们穿上衣服，然后带他们赶到当地最近的避难所（有时还得推着笨重的婴儿车），这让女人一听到警报声就感到一阵疲惫不堪的恐惧。而当夜幕降临，隆隆的炮声响起，她们还要在诡异的昏暗地洞中安抚受惊吓的婴儿。宏伟气派的景观公园洪堡海因公园位于城市北部，其名是为了纪念柏林最杰出的历史人物之一，曾为了研究世界各地植物和地理奇观而四海航行的 18 世纪博物学家亚历山大·冯·洪堡（Alexander von Humbolt）。和平时期，这里宁静祥和，点缀着繁花，与周边粗陋的街道形成强烈的反差。如今的洪堡海因公园却象征着这座城市深深的不安。尽管夜间持续不断的轰炸引发了大火，搜罗柴火的绝望市民更是大肆采伐，但公园中郁郁葱葱的树木仍然耸立于灰暗阴冷的天空之下。只是公园草坪的一些区域已经挖开了一段段闪电般曲折蜿蜒的壕沟，一座高和宽都约200英尺（约60.96米）的巨大方形混凝土塔楼顶着八角形的炮台俯视着下面的一切。到了晚上，塔顶由童子军值守，这些几乎没有受过训练的十几岁男孩只得无能为力地将高射炮的炮口对着火红的天空。塔内则躲藏着盟军轰炸机出现后跑来的百姓。

作为柏林市内三座此类建筑之一，洪堡海因公园高射炮塔的外形既陌生又熟悉得令人不安。混凝土外墙粗糙潦草，但狭窄的窗户却让人联想到拥有几个世纪历史的堡垒。塔内昏暗无光，空气中到处飘散着人类活动留下的恶臭。在过去几个月中，每天都有数以千计的人在此躲避。这栋阴森的塔楼最多可以容纳大约2万人，但惊慌中挤进来的人远多于此。坐在熟悉的长椅和床铺上的熟面孔与不断涌入的陌生人一起密密麻麻地挤在这个憋闷的幽暗空间里。低矮的房间和走廊点着灰蓝色的灯泡，照得人脸显出鬼魅般的惨白。卫生间的条件简陋，堆积成山的秽物令人作呕。在那些霜冷春日中最难熬的夜晚，数英尺厚的宽阔墙壁密不透风地将塔中之人与外界隔绝，窄小的窗户被挡得严严实实，以免轰炸机侦察到室内的微光。墙边是一排排吱呀作响的简易床铺。对于一些避难者来说，整夜的安眠已经难以奢望。但也有些家庭已经适应了这里昏暗的生活，除了外出领取食物配给外，其余时间均在塔内度过。很多人的家已经在盟军的狂轰滥炸中化为瓦砾。他们失去的不仅是一个安全的栖身之地，还有那些多年积累而来已经构成家庭记忆的物品：照片、红木旧家具、瓷器和成套餐具，所有这些都是一种稳定和连续的象征。

第一章　栖身黑暗中的人们

将这些逃亡之人与往日联接在一起的纽带已断，这座黑暗的混凝土塔楼如今便是他们的家园。其他人则只有在轰炸机逼近城市的紧急时刻才到此躲避。他们深知，这里绝非久留之地。"塔顶的枪炮开火时，"当时年仅16岁的格尔达·科恩辛（Gerda Kernchen）回忆道，"整个塔楼都在晃动，让人极度紧张。"[8]

在不少柏林人看来，这座1943年依靠强迫劳动在格森布鲁能郊外拔地而起的建筑，其存在本身就说明战争的局势已经发生了变化。及至天寒地冻的1945年二三月间，德国东西两线均已被攻破，这座高射炮塔成为被围困形势越发严峻的象征。同样扎眼的还有俯瞰着柏林动物园的另一座高射炮塔。从某种意义上说，后者所蕴含的形势紧急的意味更甚于前者：它的三楼虽同样是毫无舒适性可言的光秃秃的混凝土结构，却是一家战地医院的所在地。这里设施简陋，光照不足，专门隔出一块区域用作产房。哪怕是在1945年的春天，这个饱受战争摧残的冰冷城市中仍有婴儿降生。

位于柏林东部弗里德里希斯海因地区（Friedrichshain）的一座高射炮塔则藏着一个秘密：这里存放着大量由柏林腓特烈皇帝博物馆（Kaiser-Friedrich-Museum）和其他美术馆运来，以及从犹太人那里劫掠而来的艺术品和古董。弗里德里希斯海因高射炮塔中藏匿的画作包括卡拉瓦乔［Caravaggio，《圣马太与天使》（'St Matthew and the Angel'）、《交际花肖像》（'Portrait of a Courtesan'）］以及波提切利［Botticelli，《圣母子与小圣约翰》（'Madonna and Child with Infant Saint John'）］的作品，脆弱得近乎荒唐。1945年初，曾有计划要在波美拉尼亚（Pomerania，位于当时已被征服的波兰北部海岸）给这些画作和雕塑寻找一个更加安全的容身之地，但苏军水银泻地般的攻势消除了这种可能。位于舍内贝克［Schönebeck，柏林西南约60英里（约96.56千米）处的一个小镇］的一座钾盐矿随之成为备选，但由于所有男丁都在前线交战，能干[11]

的女人都在别处劳作,这条路也被堵死。而就在几周之前,随着燃烧弹引起的大火将柏林又一座博物馆吞没,更多的艺术品被运到了弗里德里希斯海因的高射炮塔。3月,多位博物馆馆长共同制订出一个新的方案:动用格拉斯莱本(Grasleben,位于柏林西部,靠近汉诺威)和兰斯巴赫(Ransbach,位于德国西部,靠近法兰克福)的矿井来保存艺术品。一部分艺术品经过仔细包装后被运出城,越过深坑壕沟,送至更遥远乡村的矿井里。最后一批运送艺术品的车队于4月7日出发,还有很多未及运出的艺术品则被留在了城里。

艺术珍宝被紧急撤离时,无人过问的柏林市民还留在城里。他们在这些被遗弃的杰作中走来走去,到处寻找储藏起来的食物,最终却一无所获。从未有人提议要集中力量在城外的村镇给柏林市民找一处临时的避难之地。无处可逃的柏林居民实际上成了被困在这座城里的囚犯。相反,过去的18个月中有不少家庭返回了柏林,其中包括曾被官方成批偷运到空气清新的山区临时收容所的孩子。他们中的很多人都迫不及待地要回到柏林,一如那些明知家乡已面目全非却仍难舍故土的母亲和祖母。

12　　尽管德国国防军此时已经缺兵少将,但柏林并非毫不设防。3月20日,与苏军作战的维斯瓦河集团军群(Army Group Vistula)已经由戈特哈德·海因里希将军(General Gotthard Heinrici)指挥。这位58岁的沙场宿将出身自一个新教神学家家庭,他虔诚的路德教信仰深受上司猜忌。此前,他曾因与高层激烈争执而被迫隐退;而如今,红军已在柏林以东50英里(约80.47千米),官复原职的海因里希受命阻止苏联大军横渡奥得河(River Oder)袭取柏林。城内避难的平民中风传,德军手握秘密武器,其威力胜于飞越英吉利海峡并对伦敦造成破坏的V-1、V-2导弹,但海因里希深知不能寄希望于这种遥不可及的奇迹。维斯瓦河集团军群的前任主帅、党卫队全国领袖(Reichsführer-SS)海因里希·希姆莱(Heinrich

Himmler）因才不配位而去职。这个大屠杀的主谋所设计的卑劣手段终结了数百万人的生命，但如今他已退居位于柏林以北数英里外的霍亨吕兴疗养院（Hohenlychen Sanatorium）里的私人休养处，治疗他那自己诊断出的流感。在他身后的柏林城中，街头广播喇叭吵吵嚷嚷地播放着由宣传部部长约瑟夫·戈培尔（Joseph Goebbels）亲自撰写的公告，规劝百姓坚定信念。20 世纪 20 年代初，戈培尔眼中的柏林是一头"沥青怪兽"，只会让人变得"无情无义"；[9] 沥青夺去了柏林人作为日耳曼民族一分子的本心，而柏林这座城市正是"被犹太人铺上了沥青"。[10] 到了 1926 年，戈培尔已跃居柏林纳粹党首（他担任此职直至终身）。与他同时期的语言学家维克多·克伦佩勒（Victor Klemperer）通过对戈培尔用语的巧妙而精彩的分析勾勒出他对柏林态度的变化：在戈培尔的口中，"泥土与沥青"之间的冲突日益和缓、浪漫，直到 1944 年他宣称，"对于柏林市民所展现出的无法打破的生活节奏和勇毅求生的刚强意志，我们怀着深深的敬意"[11]，尽管在这件事上，柏林市民几乎别无选择。

实际上，柏林市民中对秘密武器抱有疑问的大有人在。在这个社区管理员仍在严格监控公众行为的城市，人们表面上小心翼翼地悄声传播着煽动性的流言，背后却是洞若观火、心灰意冷。战局已无法逆转，也不会有天降救兵。在高射炮塔顶上劳而无功地朝着高空轰炸机射击的少年们被统称为"LH"，全称"Lüften Helfer"（亦即"空军助手"）。但塔内避难的市民却对这两个字母有着不一样的解读（类似前文的"Lernen schnell Russisch"），他们把他们称作"Letzte Hoffnung"，亦即"最后的希望"。这虽是笑谈，却透出充满悔恨的苦涩。自 20 世纪 30 年代以来，纳粹造就的压迫性的世俗社会本身却自相矛盾地建立在准宗教信仰的框架之上：它要求人们绝对地相信元首及其手下。要使这种对德国、对柏林的愿景合乎逻辑，就需要人民相信国家有权彻底控制人民的身心，并利用这种控制培养和保护人民，这离不开信仰。要相信秘密武器的存在更离不开信仰。而在避难所里，在地窖中，这种信仰正在消解。有些人像海因里希将军一样，尽管政府努力边缘化教会和平信徒，他们却仍然坚持自己的基督教信仰。只是他们的信仰不便公然宣示，他们私下的祷告也定然是在心中默祷。

不过，柏林城中也有这样一些人：他们或隐身地下，或暗中行事，虽面临纳粹疯狂的灭绝行动，却仍能坚守着自己古老的信仰和团体。尽管将柏林庞大的犹太人群体遭送至奥斯维辛等死亡集中营的工作一直在有条不紊地推进，但仍有为数不少的犹太人（大约有1700人）设法留在了柏林并潜藏起来。令人惊讶的是，他们得以幸存。在那些极度秘密的小圈子里，这些人被称为"U型潜艇"（U-Boats）。[12]他们中的很多人都得到了非犹太友人和同事的收留。有些人不得不在几乎终日黑暗的地下室中度过大部分时光。拉赫尔·R. 曼（Rachel R. Mann）便是其中一员。她回忆说，盖世太保前来带走她和母亲的时候，她刚好外出。她回家之后，一位好心的邻居收留了她；但到了1945年冬春之交，一些纳粹党徒变得越发丧心病狂，她只得待在地窖中不敢出来。"（邻居）每天给我带来一些吃的，有时也会带我到她的房间里洗澡。我一直在那里待到战争结束。"[13]

当时还叫"玛丽·雅洛维奇"的玛丽·雅洛维奇-西蒙（Marie Jalowicz-Simon）自1942年开始就一直在躲避官方的追查：1942年的一天早上，她成功避开了找上门来的盖世太保官员；当天晚些时候，当一位邮递员试图将一封信件交给她时，她只告诉邮递员，她的"邻居"玛丽已经被遣送到东边去了。这一信息被邮递员草草写在了信封上，并且似乎传达到了柏林的各级官僚机构。来自中产阶级家庭的她走投无路，只得穿着不带黄色犹太星标记的外套寻找工厂的工作。[14]没过多久她就发现，那些生活在工人阶级街区的人们最为善良慷慨。1945年春天，她和同胞一起藏在城北郊外的一栋小房子里，这些人中只有极少数知道她的真实身份。对她来说，这些柏林工人不仅是她的救世主，更是这座城市真正的精神象征。他们明白纳粹政权的罪大恶极，而不像柏林的中产阶级那样向纳粹哲学"屈膝投降"。她说，"失败的首先是受过良好教育的德国中产阶级"。[15]

很多"受过良好教育的德国中产阶级"可能会反驳说，同样身不由己的他们不应当承担这份集体的罪责，而那些在地堡里等待炸弹降临的夜晚，本身便已是一种赎罪或忏悔。

种族主义和对优生学理论的狂热并非两次大战之间的德国所独有；这些理念在某些圈子里笃信者众，以至于让人感到理所应当、值得尊敬［很多英国当权派人士均对优生学抱有兴趣，英王乔治五世（George V）的私人医生佩恩的道森勋爵（Lord Dawson of Penn）和很多知名的左翼政客均在其列］。尽管轰炸的威胁迫使这些柏林人逃入了地下，但绝少有人反思，对种族优越和退化的痴迷是如何毒化了整个社会。大多数人仍是当局者迷。甚至在战后，有些人依旧如此。

所有柏林人，无论贫穷还是富有，此时都在收集物资：少量的黑麦面包和肉，以及需要小心藏好的从梅鹿辄到白兰地的各种酒水。在潜意识里，人们知道他们的元首如今也已长期栖身于地下。尽管广播里仍在以不同的音调叫嚣着胜利即将到来，号召市民保卫家园，但元首本人显然已经很久没有露面了。对于很多曾在集会上近距离接触过元首的柏林市民来说，与希特勒目光相接的一刻是触电一般的震撼体验，让他们莫名感到元首与他们相识相知、心心相印。但到了1945年春天，这令人难以抗拒的催眠咒语都被元首的消失统统打破。

即便普通柏林市民能想到地下存在一个秘密指挥部，也很少有人能想象市中心地下隧道里的严峻而超乎寻常的现实。帝国总理府的花园里有一个带门的混凝土方块，这是通往希特勒地堡的若干入口之一。来访者在通过了守卫霸道的搜身之后，迎面是一段通向另外一个世界的下行旋转楼梯。楼梯的尽头是更多的卫兵和更多的门，而最后一道门里面是一个由无数闷热的小房间和窄小的过道组成的粗糙的水泥迷宫。仓促赶工的痕迹随处可见，天花板上滴下来的水甚至在地面上砸出了小坑。这个窄小的区域建有几间会议室、厨房、简陋的卫生间和洗浴设施、卧室以及一个电话交换台。然后，循着楼梯继续往下走，便可以到达距地表约 40 英尺（约 12.12 米）、一个更加压抑的地下世界。当年 4 月 1 日，元首带着他的伴侣（即将成为他的夫人）爱娃·布劳恩（Eva Braun）以及他们的德国牧羊犬布隆迪（Blondi）和多只宠物犬在这里安顿下来。他的小书房铺着地毯，墙上挂着地图。空调像被困住的大个绿豆蝇一般嗡嗡作响，并且换气效果不佳，地堡里仍然十分憋闷。驼背的元首时常深更半夜召人前来耳提面命，过道上无论何时都有官员走来走去。这是一个元首决定四时日夜的世界，他与高级军事指挥官的会议往往被定在午夜前开始，有时直到拂晓方能结束。在这混凝土的地堡中，时间毫无意义地流逝。这些指挥官和纳粹官员入睡后会做梦吗？他们在私密的梦境中看到的，是否也是他们的元首脑中无休无止的妄想？

在城市的其他地方，孩子们饱受噩梦侵扰。9 岁的扎比娜·K（Sabine K）在日记中写道，她在提供庇护的地下室里"根本睡不好"。[16] 她梦见"一个俄国人"进入了地窖，找她"要水喝"。她跑进一条走廊，走廊却扭曲变成了一条"黄灯"照亮的陌生通道。她惊恐地看到一个长着东方面孔的男人，他一把扯掉了她的外套，对她"上下其手"。[17] 这个噩梦是因为纳粹的政治宣传将逼近的敌人描绘成"来自亚洲的群氓"吗？[18]

出人意料的是，在以元首地堡（Führerbunker）的阴冷迷宫为圆心的大大小小的同心圆上，躲在柏林各个地下室、地堡、地窖、地铁站以及混凝土塔楼中的人们偶尔也能得到片刻的安歇。音乐家卡拉·霍克（Karla Hocker）回忆说，地下室的阴冷环境，在她眼中完全不同。"那里的氛围很奇特，可以说是集滑雪木屋、青年旅社、谋划革命的地下室以及歌剧的浪漫主义于一体。"[19]她和伙伴们睡意强烈。对于那些身处室外的人——瞪大了眼睛、时刻准备惩治哪怕在最微不足道的地方违反元首意志之人的党卫队、盖世太保和便衣军官，以及驻守灰色塔楼顶端、操纵高射炮对着天空吐出道道火舌的男孩子——而言，睡觉便是向疲倦投降。与饥饿一样，疲劳已经成了常态。仅仅几个月前，所有这些柏林市民——无论是最年长的避难者还是最年轻的希特勒青年团战士——都过着在他人看来完全正常的生活：上学，去咖啡厅，听音乐会。所有这些人都在极短的时间内就接受了末日临头的前景。迅速是这座城市的重要特征之一。

前不久，一位驾驶侦察机飞越柏林东部上空的苏联飞行员已经注意到了这些生存在地下的柏林人。他曾听人说，柏林是一座充满活力和光明的城市，铸造厂炉火冲天，时髦的霓虹灯闪耀着消费主义的诱人晕光。但他目之所及的却是一座黑暗的冬日之城：有轨电车静静地停在空旷的大街上，庞大的厂区被炸得残破焦黑，大街小巷空无一人。这座光之城发生了什么？

第二章

被献祭的孩子

这些男孩在黑暗中长大，精神却从未被彻底抹杀。纳粹政权不仅试图控制他们学习的内容，还要掌握他们心灵中的虚构王国。尽管如此，难免会有一些天真叛逆和童年幻想超出了纳粹政府权力的边界。到了1945年的春天，柏林的政权干脆试图让童年提前结束。他们抓来十几岁的男孩子服成人兵役（也有一些孩子主动报名入伍）。所有孩子都明白自己九死一生。这并非抽象的惧怕，对于某些男孩子而言，这份恐惧无法克服，全都写在脸上。不过也并非人人如此：在希特勒最后的日子里受到元首接见并获颁铁十字勋章的12岁少年阿尔弗雷德·采奇（Alfred Czech）就认为，自己成为一名娃娃兵完全是天降大任——这莫名的信仰让人不由得感到恐怖。"我从小没有那么多胡思乱想，一心只想为我的人民做些实事，"他在数十年后接受采访时表示，"我不认为把孩子送上战场有什么不对。那毕竟是战争。"[1] 他当时是人民冲锋队（Volkssturm）——字面意为"人民的风暴"——的一员。将此前出于健康或者职业方面的原因而被豁免兵役的男性公民征召入伍，这就是所谓"人民战争"（people's war）的具体表现。到1945年4月，征召范围已经扩大到尚未变声的男孩。女孩子也被要求加入城市战场。这些女孩子都是德国少女联盟（League of German Girls）的成员，有些人甚至还不满 12 岁。15 岁的特雷莎·默勒（Theresa Moelle）被教授如何使用手持式"铁拳"反坦克火箭筒。在接下来的日子里，她将要把这项技能付诸实战。与希特勒青年团的男孩子一样，她也时刻面临着死亡的危险。惨无人道地将小孩子当作阻挡敌人的肉盾的做法，本该是使很多柏林人天然抱有的怀疑转化成强硬抵抗的一个转折点。实际上对于很多人来说的确如此；排着队的母亲看着荷枪实弹的男孩子们——他们都是其他母亲的儿子啊——心中不禁升起对"少年烈士"一词的嫌恶。

但举目四望，破败不堪的城市惨景似乎散发着虚无主义的气息。1945 年 4 月之前的几周，轰炸机将吞噬一切的烈火带到了弗里德里希施塔特区（Friedrichstadt）。这个区拥有一座富丽堂皇的歌剧院、两座古典风格大教堂以及一座自 18 世纪以来便客似云来的大型集市，曾是这座几乎平平无奇的城市里一道颇具历史风味的迷人风景。不仅如此，弗里德里希施塔特还坐拥宽敞气派的韦特海姆百货商场（Wertheim department store），这座修建于世纪之交的建筑瑰宝曾一度是全欧同类商场中的翘楚。在一场规模浩大的日间空袭行动中，美军轰炸机投下成千上万枚致命的燃烧弹，引发了炼狱般的冲天烈焰。柏林的消防队队员无计可施；大火持续多日，接连不断地将一座又一座建筑吞噬。最终，柏林迷宫般错综复杂的地下水道和建筑之间的间距阻止了火势的蔓延。在未来的岁月中，弗里德里希施塔特将作为两德之间令人厌恶的边境地带吸引世界的目光。尽管 1945 年弗里德里希施塔特的毁灭无可辩驳地显露出战争的真面目，但在柏林城乃至纳粹政权的某些角落，人们仍对秘密武器的神话深信不疑。德国劳工阵线（German Labour Front）负责人罗伯特·莱伊（Robert Ley）便是其中尤为癫狂的一位：

他坚信德国科学家手握完美的"死亡射线"。[2] 这份信念与10岁孩童的幻想有几分相似。

1945年4月初,柏林的少年被交由一班人民冲锋队老兵管理。其中一些老兵瘦削憔悴、胸前戴着在上一次战争中赢得的铁十字勋章,虽面带愁容,却仍不失威严。官方给孩子们购置的制服有的大得好像浴袍,还有的是党卫队制服而不是孩子们崇拜的军队制服。不过,对于一些孩子来说,这些都不重要。他们对于前途的认识难免受到年龄所限。无论是被派驻到高射炮塔上操作防空炮,还是在街上学习给枪支和火箭筒上膛,抑或是在巷战的残酷现实中经受磨炼,所有男孩均是懵然无知。虽然不清楚他们还要多久才能为拯救自己的城市而战,但这些男孩都明白,国家需要他们个人英雄主义的表现。几乎没有人对这样的安排提出异议,因为这一代男孩子并未看清希特勒青年团运动的邪恶本质,只将其视作一个机会,可以逃离柏林郊外工业区的贫困与无聊。自20世纪30年代初以来,情况便是如此。

家住柏林的霍斯特·巴泽曼(Horst Basemann)几年前加入了当地的希特勒青年团组织。在他看来,在柏林周边的森林里度过的周末时光有一种令人着迷的感觉。他看重的不单是与其他小伙子建立联系,还有其他的什么东西更让他动心。1945年春天,刚刚20岁出头的巴泽曼身为德国国防军战俘被羁押在乌拉尔山以东某处,瞎了一只眼。他开始回想那些曾经理所当然之事,而其中第一件便是1934年加入希特勒青年团。摆脱沉闷压抑的柏林街头不过只是一个开始。他回忆道:"到了晚上,我们围着篝火席地而坐。我们面前是映着粼粼月光的湖水,背后则是森林。"[3] 小队的头领不过比他"大两三岁"。当晚同样坐在篝火边的还有一位特邀嘉宾:一位曾参加"一战"的中年老兵。"他对我们讲述了他的经历……我们认真地听着他说的一字一句,听着他故事的悲剧结尾。我们精神焕发,深受触动。篝火即将熄灭,我们盯着摇曳的火苗,沉默无语。"[4]

第二章　被献祭的孩子

巴泽曼接着说："这位前军官拿起号角，吹了一首我们没听过的曲子。然后他说：'亲爱的孩子们，如果有朝一日，使命召唤你们一雪凡尔赛的前耻，我相信你们都会挺身而出，保卫我们的祖国，并在必要时献出你们的生命。'"[5] 在这些年轻人看来，这种在寂静的乡村夜晚中由这些火焰塑造成的英雄主义不仅毫无病态之感，反而让他们欢欣鼓舞。在那明亮的篝火旁，在直入夜空的火花里，仿佛"一战"惨败之耻以及《凡尔赛条约》（Treaty of Versailles）带来的屈辱和恶果都能一笔勾销——1923年，法国和比利时军队开进鲁尔，夺取煤炭和钢铁资源，全国范围内长期的贫敝在一定程度上也正是拜战胜国赔款要求所赐。巴泽曼先生后来回想起来，当时远处还播放着"奇怪"的歌曲。他记得有几句歌词是这样的："如果我埋骨异乡——再见了，这一切本该如此""战士之死最壮美"。[6]

所有这一切都远离父母、远离学校老师警觉的目光；一些父母最初反对自己的孩子加入希特勒青年团，正是因为这场运动的准宗教性质让他们感到恐惧。在整个20世纪30年代，一些天主教家庭坚决抵制，不让他们的子女靠近那团篝火。在全国范围内，希特勒青年团在成立之初也遇到了一些工人阶级父母的冷遇，因为他们厌恶纳粹哲学中严格的威权主义。总的来说，对希特勒青年团最趋之若鹜的恰恰是中产阶级和下层中产阶级。不过，柏林有一个与众不同的特点导致柏林的工人阶级对希特勒青年团更加热衷：它让孩子们得以逃离拥挤的廉租公寓和毫无绿化的丑陋大院——哪怕只能逃离片刻也好。何况柏林的寒门子弟还意识到，希特勒青年团的周末露营活动——美食、欢笑、陪伴以及来自不同地区、不同背景的男孩子之间难得的平等——都是免费的。

另外，根据霍斯特·巴泽曼的经验，希特勒青年团运动的"年轻人引领年轻人"[7]的理念似乎并没有带来放纵恣肆。该运动反而非常强调军事演练。接近阅兵标准的训练后一般会安排在城市外围的林地中进行高强度的行军和长跑。男孩子们在这里学习阅读地图和分辨方向的原则。此外还有激烈的模拟作战游戏：男孩们组成小队，穿着迷彩服，策划伏击，斩将夺旗，而且"即便受了伤也没有人会哭"。[8]

但这些城市年轻人的想象力并未完全被纳粹占据，他们也会从其他地方获取能量。20 世纪 30 年代，好莱坞西部片以及加里·库珀（Gary Cooper）主演的电影在柏林风靡一时［同样受欢迎的还有劳雷尔与哈迪（Laurel and Hardy）*，连希特勒都喜欢他们］。此外还有飞侠哥顿（Flash Gordon）[†]的科幻冒险［1941 年美军参战之前被禁，那时连载漫画中的哥顿已经停止与残酷明帝（Ming the Merciless）的战斗，将注意力转向了法西斯］，以及诡谲多变、扣人心弦的侦探故事《瘦子》（*The Thin Man*）[‡]——一个既不缺少觥筹交错、刀光剑影，又充满精彩推理和惊险悬念的世界。不过，让所有男孩都为之痴迷的当属德国资深作家卡尔·梅（Karl Friedrich May）创作的以老沙特汉德（Old Shatterhand）为主角、以狂野西部为背景的小说。这个牛仔英雄有这样一个特别的名字，是因为他战斗技巧过于刚猛，伤到了自己的指关节。老沙特汉德的冒险贯穿一系列小说，他与美国原住民伙伴温尼托（Winnetou）在被大量描绘的草原和沙漠里以身犯险，匡扶正义。老沙特汉德系列作品突出暴力和幻想，充斥着危险与死亡——流沙、鳄鱼、饥饿的鼠群。尽管作者本人已于 1912 年逝世，并且从未到过美国，但系列小说仍然牢牢抓住了所有德

---

* 劳雷尔与哈迪是由斯坦·劳雷尔（Stan Laurel）和奥利弗·哈迪（Oliver Hardy）组成的喜剧二人组，被认为是喜剧史上最伟大的表演组合之一。

[†] 飞侠哥顿是诞生于 1934 年的同名连载漫画的主人公。漫画讲述了飞侠哥顿对抗蒙哥星球（Mongo）的暴君残酷明帝、保卫地球的冒险故事，后被改编翻拍成电视剧和电影。

[‡]《瘦子》是上映于 1934 年的犯罪喜剧片。

国男性的想象力。卡尔·梅作品的忠实读者包括阿尔伯特·爱因斯坦、托马斯·曼（Thomas Mann）和艺术家乔治·格罗兹。[9] 更重要的是，阿道夫·希特勒本人也是卡尔·梅的狂热粉丝，他童年时在奥地利便如饥似渴地读遍了所有老沙特汉德小说，成年后还经常翻阅。希特勒的心腹阿尔伯特·施佩尔（Albert Speer）曾有一次观察到，元首在讨论战略问题的时候"在同一句话中"提到了"拿破仑和老沙特汉德"。[10]

不过，对于柏林的男孩子来说，所有这些传奇故事以及刺激的战斗游戏，都只是通向另一个世界的门户，让他们得以"在荣光远胜欧洲星月的紫月与异星照耀之下，在旷野中度过魔幻的夜晚"。[11] 很多少年的家庭都在大萧条中遭遇重创：失业的父亲，消磨意志的焦虑，以及贫苦生活带来的愤怒。小孩子做大英雄的白日梦再正常不过，全世界无论哪里的孩子都是如此；但纳粹本能地找到了使这些少年梦想为己所用的最直接的方式：在森林中召唤西格弗里德（Siefried）*的英灵，再请来曾参加前次大战（并遭到那些如今支配德国事务的恶棍出卖）的活生生的英雄跟少年们促膝谈心。这一招在孩子身上奏效，是因为大人也对此深信不疑。在接下来的岁月里，这些男孩子将被当作成年人送去穿越冰天雪地的草原，亲眼见证甚至亲手犯下惨无人道的罪行。而他们之后的一代德国男孩仍将读着卡尔·梅的小说，让1945年开进德国的美军士兵看着周围衣衫褴褛的德国男孩玩着牛仔与印第安人的游戏大惑不已。

希特勒青年团的一切歌咏和行军都建立在青年殉难（youth martyrdom）的神话之上。1932年，15岁的少年赫伯特·诺尔库斯

---

* 西格弗里德，北欧神话中的屠龙英雄，也是德国中世纪史诗《尼伯龙根之歌》中的主要人物和瓦格纳的四幕歌剧《尼伯龙根的指环》的主人公。

（Herbert Norkus）生活在穷苦的莫阿比特区（Moabit），他的世界受限于父母的贫困潦倒。虽然他学业优秀，但在经济动荡的大环境下，家庭的日常生活只有无休无止的不安、饥饿以及恐惧。诺尔库斯加入了希特勒青年团，并与巴泽曼一样在周末的森林活动中获得强烈的解脱感。但问题是他所在街区的大多数年轻人都已向共产党宣誓效忠。派系冲突在所难免——无论是在两侧排满灰色廉租公寓楼的大街，还是漂着五颜六色油污的水渠。醉醺醺的年长共产党员和纳粹党徒在酒吧里大打出手，莫阿比特的年轻人也相应地认为自己身处战争状态。赫伯特·诺尔库斯往往成为攻击目标，他时常被迫仓皇逃命，一直躲在当地墓园里直到危险解除。1932年1月的一个星期天，他在附近街区张贴纳粹传单的时候，遇到了一群满心愤恨、杀气腾腾的本地少年。他们有刀，诺尔库斯被刺伤并被暴打一顿。他瘫倒在地，强撑着站起身，勉强走出几步又倒在地上，血染当街。没过多久，他便一命呜呼。

对于纳粹来说，这是一个比1930年22岁的纳粹活跃分子（及暴徒）霍斯特·威赛尔（Horst Wessel）之死更好的机会（虽然那首为纪念威赛尔之死而创作的歌曲后来成了纳粹主义的代表旋律而臭名远扬）；诺尔库斯之死是一个男孩在为一个救亡图存的政党做事的过程中，在他人的冷眼旁观中无辜被害。《进攻报》(*Der Angriff*) 对这场悲剧的报道毫无底线，令人作呕。"在灰暗惨淡的暮光中，"戈培尔在一篇宣传文章中如此写道，"一双饱受折磨的金色眼睛凝视着虚空……一个脆弱的孩子声音响彻寰宇，仿佛来自永恒……'是他们杀了我！是他们将那杀人的匕首刺入了我的心脏！而这一切都只是因为我这样一个孩子想要报效我的祖国。'"戈培尔继续利用想象中赫伯特·诺尔库斯的声音做文章："我即是德意志……我的精神永垂不朽，将与你们同在。"[12]1933年上映的电影《机智的希特勒青年》(*Hitlerjunge Quex*)用阴冷的色调戏剧化地再现了这场凶案。在整个20世纪30年代,这部电影被反复放映给一批又一批孩子,即便开战之后也是如此。20世纪40年代初,帝国青年领袖巴尔杜尔·冯·席拉赫(Baldur von Schirach)在一次讲演中提到了这种"不朽的精神":"这位小同志已经成为一个年轻国家的神话,成为所有以希特勒之名行事的年轻人自我牺牲精神的象征……我们希特勒青年团的成员与这位已故的男孩之间有着兄弟般的联系,而正是这种认识将我们紧密地团结在一起。"[13]诺尔库斯就这样成了纳粹的圣徒:"青年的圣火,你就是黑暗中的光明!"一条希特勒青年团的战时宣言写到,"你将引领我们走向曙光,那是忠诚的道路,那是希特勒的道路。"[14]这样的措辞是为了唤起年轻人心中宗教般的灵感。到了1945年春天,在那些只见过希特勒统治的世界的柏林青少年心中,他们最常唱的青年团团歌所宣扬的情感似乎无可指摘:"我们的旗帜引领我们走向永恒 / 是的,这面旗帜永生不灭!"[15]

不过,无论这些年轻人多么斗志昂扬,也很难看出他们能如何拯救柏林这座城市免遭物理上的毁灭。以人民冲锋队名义重新集结起来的老兵开始在刚刚经历轰炸、摇摇欲坠的废墟危楼中向柏林的女性教授残酷的战争技巧。或许在其中一些人看来,这些教学是一种有益的调剂,让他们可以在这短短几分钟的时间里,想象柏林的防线可以拒敌于门外。柏林人亟需这样的调剂。任何活动——哪怕是那些徒劳无用的——都要好过在幽暗中提心吊胆地苦熬长日。即便是对于那些更能吃苦耐劳的年轻人,地下生活中哪怕微小的困难和挫折也开始变得难以忍受。克丽斯塔·龙克当年15岁。她从小在城郊一座装潢舒适的房子里长大,家庭和谐友爱。不久之前,她家的房子成了盟军轰炸的目标。一场在花园里引发的大爆炸让这座她父母"为之投入多年积蓄"的房子化为乌有。[16]克丽斯塔的母亲满面泪痕,却无能为力;她的无力感不单是因为入侵的美军,也因为希特勒。克丽斯塔的父亲此时正在西线作战，她和母亲勉强从废墟中抢救出一些家庭物品权作纪念：几只古董瓷茶杯，一只芭蕾舞女演员的瓷像（"尽管已经缺了右手"）以及几本书。家中"漂亮的家具"已经所剩无几，她每天练习弹奏的钢琴也已被毁。曾构成花园风景的"果树、灌木和松树都被连根拔起"[17]，让她尤为痛心。好在她们两个还是活了下来。但到了1945年4月，局势的紧张已经让克丽斯塔感到难以承受。

她和母亲找到了一个新住处：一座位于达勒姆区（Dahlem）的两居室公寓。达勒姆是柏林西南郊外的一个富裕街区，但到了这个时候，这里几乎已经没有什么舒适可言。一次空袭时，克丽斯塔在慌忙逃往地窖的路上被绊倒，脚受了重伤，却无法得到医治。此外，日常的配给已经少得可怜，如何填饱肚子已经成为每天唯一的问题。柏林市民现在每天只能获得几克肉、黑麦面包和黄油。牛奶无从谈起。蔬菜也只有少量胡萝卜和一些甜菜根，人们最想吃的土豆似乎彻底消失了。另外的难处在于燃气供应十分紧张，即便能找到吃的也没有办法烹制。供电时断时续，每天总计只有四五个小时。人们在阴森的烛光中过夜，直至防空警报再次开启朝向地下避难所的夺命狂奔。

4月初的一天发生的一件事可以概括克丽斯塔的沮丧与无助。当天下午下课后——老师仍坚守在缺乏照明的寒冷大楼里，试图维持表面上的正规教育——克丽斯塔前去领取她家的配给。到了食品杂货店后，她发现不知怎的弄丢了全家的配给卡。她心急如焚，慌忙赶回家承认错误。她至今还记得，妈妈试图安慰她。

不过令她感到宽慰的是，这个冷酷无情的世界里仍有一丝善意：一位陌生人捡到了她丢失的配给卡，塞到了她家的信箱里（虽然少了几张——"权当是拾者的酬劳吧！"她不无懊丧地写道）。转天，一扫丢失配给卡阴霾的克丽斯塔似乎领到了大量的面包和肉。这是她们接近正常生活的最后时刻之一。她所熟悉的那个世界即将天翻地覆。

有的孩子甚至更早就被粗暴地夺走了人生的确定性。1943年,先前被转移到乡下、当时已"12岁半"[18]的格哈德·里特多夫(Gerhard Rietdorff)被带回柏林,与家人一起搬进了"非常非常繁华的亚历山大广场"旁边的一间公寓。他进入附近一家男女混合学校就读,并一下子被"一个梳着辫子的金发女孩那双明亮甜美的眼睛"给迷住了,她的名字叫伊芙琳(Eveline)。[19] 天真无邪的两个人真心实意地相互喜欢,但难以启齿;他们的"手指偶尔在桌面上触碰",而里特多夫一听到她的声音便"幸福得全身发麻"。一天,在二人步行回家的路上,伊芙琳把里特多夫叫进圣玛丽教堂(Marienkirche)杂草丛生的庭院中,轻轻的一吻让两人都快乐得头晕目眩。她对他说了一句"明天见,亲爱的!"便跑开了。当天夜间的空袭投下了地狱之火,学校及周边的很多街道都被烧成瓦砾。里特多夫回忆说:"在那之后,我再也没见过伊芙琳。"[20] 1945年,无数柏林孩子面临着亲友离散的苦痛。或许正因如此,拿起武器成了一些少年心目中的解脱,甚至是解放的方式。

正规的德国国防军驻守在柏林周围的乡村地区,柏林城内的街道就成了党卫队和人民冲锋队的天下。与那些越发癫狂、一心要揪出"叛徒"的党卫队相比,年纪更长的人民冲锋队队员虽然很多戴着眼镜,制服也明显破旧而不合体,但至少可以说是经验丰富。毕竟这些人在多年前就早已见识过邪恶的、灾难性的暴力场面,他们在1944年秋天才得到征召,至今不过几个月。动员人民冲锋队并非绝望下的病急乱投医;实际上,希特勒的副手马丁·博尔曼(Martin Bormann)和海因里希·希姆莱认为,这些人如火焰般的战斗热情可以激发平民的斗志。1944年著名的刺杀希特勒事件后,纳粹最高统帅部(Nazi High Command)一度对人民冲锋队的元老人物青眼有加，反而对一些正规军军官疑窦丛生。毕竟人民冲锋队是纳粹党直属，不受军队控制；它不依军事逻辑行事，而以雷厉果决的纳粹主义意识形态为纲。

那些白天还是身着正装、头戴软毡帽的职员和经理的中年男子们纷纷签到入伍，换上苔绿色的长大衣和人民冲锋队臂章，在柏林的大街小巷巡行。动员之初自然少不了浩大场面和激动人心的演讲。但不情不愿者同样不乏其人。首先，一些人不想穿象征着纳粹而非国防军身份的棕色制服。此外，还有另一个分歧，那些曾在"一战"期间就已担任军官的老兵清楚地看到了纳粹体系在军事上的缺陷和无能，以及武器装备上的不足。相反，他们寄望于正规军可以提供可用的装备和有效的训练。

人民冲锋队意在征召所有16岁到60岁之间的男性平民，全德国这一年龄段的男性平民总数约有1200万人。到1945年4月，范围进一步扩大，上至70岁的老人，下至13岁的男孩。纳粹当然知道人民冲锋队根本算不上一支功能齐全的战斗部队，但他们希望人民冲锋队可以从侧面阻碍敌人：攻击入侵者，扩大敌方损伤，挫敌锐气，在英美军队经过长期的消耗战且疲惫不堪之后，德国就有机会就停战的条件与对方讨价还价，避免全面投降的命运。另一方面，纳粹对苏联的态度则截然不同：与苏联一战是德国的"生死存亡之战"（*Existenzkampf*），事关这个国家的存续和精神的传承。因此，"无论敌人意欲在何处进犯德国领土"，人民冲锋队都必须"与之展开不懈的斗争"。[21]

每个工作日的晚上、每周日几个小时的体能训练让那些白领精疲力竭；而对一些人来说，参加那些准宗教性质的大会，听着来自纳粹的发言人用鲜血与死亡、土地与荣耀、灭绝与生存的字眼描绘这个世界，更让他们身心俱疲。中世纪精神也得到了虚假的复兴：人民冲锋队队员宣誓贯彻骑士精神，对女性谦恭有礼。而所有这一切的背后,则是对凡尔赛背叛的切齿痛恨。"决不重蹈1918年覆辙!"戈培尔博士提出的标语宣称,"国门可破,精神永不灭!"[22]到1945年4月,纳粹那骇人听闻的高调已经失去了力量:或许对于许多上年纪的柏林男性平民来说,他们此前经历过的诸多恐怖让他们早就看穿了这些空洞的虚言。一些心思活络者则根本不想卷入其中。捷克作家彼得·德梅茨(Peter Demetz)的父亲在1945年春天正居于支离破碎的柏林,他知道过不了多久就会被强迫加入人民冲锋队。对即将入城的敌军不抱任何幻想的他想出了一个避免被征召的简单办法:等到断电后外面漆黑一片,找一个不太深的弹坑"跌"进去,即可免除一切兵役。[23]他的确找到了一个弹坑,但跌进去之后才发现比他想象的要深得多。他蜷曲的身体刚好落在一块坑洼不平的大石上,两条腿都摔断了。这下他是断然无法服役了。

纳粹敏锐地意识到,平民内心接受——甚至是期盼——美英大军入城。从文化角度看,这不难理解:战争爆发前,柏林最热销的小说是英国作家A. J. 克罗宁(A. J. Cronin)的《卫城记》(The Citadel),这部作品设定在南威尔士的矿区,讲述了胸怀理想、关心社会的医生以及阶级不公的故事。另一本风靡柏林的作品是玛格丽特·米切尔(Margaret Mitchell)情节曲折的美国内战史诗《飘》(Gone with the Wind)。到了战争的最后阶段,很多柏林人已经忍不住想收听此时已经被完全禁止的英国广播公司电台。哪怕是一轮轮冰冷无情的轰炸,也没有彻底消灭一些柏林人对盟军正派形象的信念。

纳粹对此心知肚明,而"美国大兵对德国女性意图不轨"也成了在人民冲锋队大会上大肆宣传的内容之一。纳粹认真地将黑人美国大兵当作宣传的重点:在对老兵灌输美国入侵者的意图时,纳粹对这套最古老、最险恶的种族歧视话术显然驾轻就熟。大会还强调,美英不仅要击败德国,还要彻底抹杀德国的文化,他们要使德意志的精髓消失。大约就在这个时候，其他柏林人开始听到传言，说一旦德国降服，盟军就要把德国变成一个彻底的农业社会［1944年的摩根索计划（Morgenthau Plan）确实提出过这样的建议，美方的这项方案希望变卖德国大部分重工业资产，从而彻底消灭德国未来再次发动战争的能力］，而美轮美奂的柏林届时不仅艺术珍品不保，连创新技术也将被剥夺。盟军中有一些人，特别是英国皇家空军轰炸机司令部（Bomber Command）的指挥官亚瑟·哈里斯爵士（Sir Arthur Harris），都赞同这样的目标。

到了1945年4月初，这些年老不以筋骨为能的人民冲锋队队员，单从他们数量不多且十分陈旧的武器装备就能明白，他们的顽抗不过是无关大局的自寻死路。发给他们的来复枪，有几支甚至是可以上溯到1871年巴黎公社运动的老古董。其他的则都是从法军和其他战俘那里缴获的，状况堪忧。途经这里或是驻守柏林的德国国防军的确尝试过抽出时间对这些业余战斗人员进行特训，他们教身着办公服装、仅靠人民冲锋队的简单臂章来表明身份的男人学习如何更好地装填和使用新式武器，而队伍中的孩子则被教授如何使用那些（即便是年龄更大的男孩用起来都显得太大的）来复枪。此外，这些特训也不乏一些更险恶的内容。如坐针毡的党卫队军官来到人民冲锋队，指导男孩子执行一种特殊的作战行动：对苏联坦克发动自杀式炸弹攻击。纳粹对这些以希特勒青年团成员为祭品的献祭仪式毫无愧意。毕竟在多年以前，很多党卫队士兵自己也曾围坐在森林篝火边，睁大眼睛听着那些血腥的英雄主义故事。

那年春天出现的"狼人"小队（Werwolf units）同样彰显了纳粹的歇斯底里。这些"狼人"将成为抵抗快速推进中的盟军部队的最后力量，一支从事骚扰破坏、巷战肉搏的由组织严密的恐怖分子组成的游击队。他们的意义就是证明纳粹政权绝不会投降。日后作为一位充满创意的建筑师而小有名气的奥斯瓦尔德·马蒂亚斯·翁格尔斯（Oswald Mathias Ungers）当时也被卷入了这个特殊的旋涡。出生于1926年的翁格尔斯自小热爱飞机，并且日益展现出在数学方面的天赋。1942年，时年16岁的翁格尔斯被从公职人员服务队（government workers service）抽调参战。他最初参加了机场施工队，铁铲就是他的武器。他想当飞行员，却没有通过体检，便被召入了纳粹空军通信兵团（Luftwaffe signals）。随着战局日渐绝望，他也被越来越深地卷入旋涡之中。"我觉得无论我做什么决定都是错的——换言之，无论发生什么，我的决定都是错的——因此不如随波逐流，"他后来接受一家建筑专业杂志采访时表示，"无论被派到哪儿，我都是一个英勇的战士。"[24]1945年，他已经19岁："到了最后，我竟然进了'狼人'小队——这太奇怪了。当时小队里还有一些疯子相信自己可以改变战局。我们被分到了同一个小组，藏在黑暗密林中的某个地方。"[25]他的热情正在消散，不久之后，他便脱离隐蔽位置，成功地被美军抓获。

在1945年4月的最初几天里，或许尚有为数不多的柏林人仍然相信会有奇迹，相信纳粹政权还有能力发动致命的反击，让敌人望风逃窜。不过，在克丽斯塔·龙克看来，抱有这种信念的人即便存在，也会成为那些更识时务的邻居的嘲讽对象——即便党卫队试图通过公开绞死所谓"叛徒""逃兵""懦夫"来堵住悠悠众口。[26]她后来回忆道：

> 当时人们都认为，这场战争就是疯狂的闹剧。所有人都大声抱怨政府应该收手了，再顽抗下去没有任何意义。我们已经输掉了这场战争，为什么还要继续让那么多士兵和平民无谓地送死呢？包括我在内，很多人都在收听敌台。当然，纳粹仍在大谈胜利。我们希望美国人而不是俄国人能先入主柏林。戈培尔和报纸媒体相信，俄国人进城后一定会烧杀淫掠。敌台的说

法却截然相反,你不知道应该相信谁。食物配给越来越差,我们都饿得要命,加上田地荒废,情况只会越来越糟。[27]

毫无疑问,那些在残破的大街上巡查的人们都非常清楚前途将会多么黯淡。从空无一人的焦黑公寓楼和被烧毁的教堂,到昔日光彩照人如今却成为黑漆漆的令人望而却步的百货商场(也成为存放着传言中专供精英阶级的奢侈品的仓库),这座上了年纪的柏林人熟悉的城市正在他们眼前崩塌。想当年他们降生之时,柏林和德国还在皇室统御之下,这座城市和这个国家的最高统治者还是一位打扮入时的皇帝。但事到如今,这座城市未来的命运自然难以设想,就连路上灯火通明的过去都已恍如隔世。不过,对于无法无天的街头乱象,这些人民冲锋队的老家伙却早已司空见惯。

第三章

革命之痛

在那些栖身于发霉地窖的男男女女中，有一些人年轻时曾是全心全意的裸体主义者。柏林人对在公开场合裸露身体的渴望始于"一战"前，并于20世纪20年代形成了一种大众热潮——所谓的"裸体文化"（Nacktkultur）。公园、湖边乃至舞蹈课上，坦诚相见是一种无法抑制的冲动。理查德·翁格维特（Richard Ungewitter）就裸体主义问题撰写的专著在全德售出数十万本，一本名叫《美》（Die Schönheit）的杂志刊登了大量秀色可餐的人体插图。一位名叫汉斯·苏伦（Hans Surén）的退伍军人写了一本名为《人与太阳》（Man and the Sun）的指南书，历数裸体锻炼的好处。（事实上，苏伦和翁格维特都笃信反犹主义和法西斯主义，痴迷于优生学和雅利安人追求完美肉体的理念。）无论在柏林的舞台上还是在哈伦赛湖（Halensee）的湖边，公开裸体大体上代表了这座城市毫无顾忌地偏爱极端主义。不过,这种极端主义也表现为其他形式,并带来了动荡、不稳定和不安。在很多方面，柏林很快便进入了20世纪——甚至可能太快了。那些如今面临着无休止的恐怖轰炸的柏林市民并非从未见过毁灭与破坏。在他们年轻之时，世纪之交的柏林城处于另一种废墟当中：柏林的电气工业革命起步较晚，为了奋起直追，一些地区被分割得支离破碎，来为大型现代化厂房、铸造厂和化工厂让路，而本就时常居无定所的穷人则日渐颠沛流离。"一战"后，在威丁（Wedding）和潘科（Pankow）等地建起的整齐划一的廉租公寓楼肮脏拥挤、灰暗阴冷，举目望去只能看到庭院中长长的阴影或是头顶上污染严重的灰色天空（也正因如此，在某些人看来，前往城郊森林中脱光衣服是一种象征、一种净化身心的解放）。贫穷带来了暴力，殴打、打架和袭击是如此频繁和普遍，甚至成为一种正常的街头生活。可以说，柏林的老人从未见过真正的和平，而1945年人民冲锋队被授命用古旧武器捍卫的这座城市，早就经历过街头因冲突不断而凶险异常的时光。时间回到1918年冬，柏林的老人当时还正值壮年，他们中的一些人就曾亲眼见证，甚至是亲身参加了那聚集在城市广场上和政府大楼前，呼吁当局建立一个新世界的庞大示威队伍。

"一战"的终结给这个统一仅有50多年的国家带来了革命。德国加入战局之时，这个国家和这座城市都在霍亨索伦家族的君主立宪统治之下。王朝在电光火石间终结。数百万人的徒然惨死，再加上战败的苦涩、战胜国得寸进尺的赔偿要求（首批赔偿要求包括价值200亿金马克的商品）以及布尔什维克在俄国夺取政权的生动示例，愤怒很快席卷了柏林的街头。德皇威廉二世（Kaiser Wilhelm II）放弃了镇压革命的念头，并以1918年7月被布尔什维克刺死或枪杀在血腥而恐怖的地窖中的罗曼诺夫家族为鉴，跑到荷兰寻求庇护。德国的中产阶级和上流社会担心共产主义在此生根发芽，但社会主义运动的大潮已经抬头。当温和派的菲利浦·谢德曼（Philipp Scheidemann）在德国国会大厦的阳台上宣告新的共和国诞生时，坚定的共产主义者（以及反战人士）卡尔·李卜克内西（Karl Liebknecht）正站在被德皇遗弃的柏林宫阳台上——宫中

第三章 革命之痛　　045

的奇珍异宝此时已被洗劫一空——向面露疑色的人群讲话。马克思主义标语一度贴满了柏林的大街小巷。人民代表委员会（Council of People's Representatives）经柏林工人士兵委员会代表大会（General Assembly of the Berlin Workers' and Soldiers' Councils）等组织批准成立。随后，伴随着战争伤员回国，极右翼老兵在这个经济形势极度不稳定的冬天登上了舞台。到了1918年的圣诞节，柏林人行道上的血迹越来越多。小规模冲突日益频繁。

返家的老兵不仅带着战争给予他们的伤痛，还带回了疾病：一种名为"西班牙流感"（Spanish Flu）的流感病毒经过战壕中的变异，目前正在世界各地传播。不同寻常的是，感染者往往是年轻且身强体健者。在柏林和欧美其他城市，患者的肺脏如同吸满水的海绵，随着每一次艰难的呼吸而起伏，家人和医生只能眼睁睁地看着靛蓝色的天芥菜紫绀（Heliotrope cyanosis）从患者脸颊扩散到整个面部和全身。部分患者还伴有眼睛出血，红色的血滴在白色的床单上显得格外扎眼。死亡无处不在，人们无处可逃。类似的症状将在1945年再次出现。但这次不是因为病毒，而是因为很多柏林人为了摆脱恐惧，选择服用氰化物自杀。

然而，正如贵族外交官哈里·凯斯勒伯爵（Count Harry Kessler）在1918年观察到的那样，在战后的第一个冬天，很多柏林人自相矛盾地试图忽视或淡化周遭激烈的政治冲突。他们决心享受节日，即便表面上的一切如常不过是假象。凯斯勒在1918年圣诞夜的日记中这样写道：

> 圣诞集市期间，流血冲突接二连三。腓特烈大街（Friedrichstrasse）上，伴随着手摇风琴的乐声，小商贩兜售着室内烟花、姜饼和银色的装饰亮片。菩提树下大街（Unter den Linden）上的珠宝店仍在泰然自若地营业，橱窗里灯火通明，

闪闪发光。莱比锡大街（Leipziger Strasse）上，欢庆圣诞的人群一如既往地挤进大型商场……死者陈尸皇家马厩（Imperial Stables），而德国新添的伤口……大张着，望向这圣诞之夜。¹

然而，在圣诞节当天，社会主义者聚集在卡尔·李卜克内西领导的激进斯巴达克联盟（Spartacus League）的旗帜下，重返城市的中心。而在此时，温和的社会民主党领导人（即将出任德国总统的）弗里德里希·艾伯特（Friedrich Ebert）正努力巩固新的社会民主主义的根基，受到俄国布尔什维克革命鼓舞的斯巴达克联盟希望德国也走上共产主义道路。

斯巴达克联盟原是社会党国际（Socialist International）协调组织的反战运动，而李卜克内西曾在战争的最后几年遭受牢狱之灾。他的同志罗莎·卢森堡（Rosa Luxemburg）是一位聪颖博学的政治理论家，于1898年迁居柏林（她曾于1905年前往华沙参加起义，而华沙的起义是扩散至沙俄帝国的革命之火的一部分），也曾在"一战"期间被关进监狱。她在狭小的牢房中听说了1917年布尔什维克革命的消息。身陷囹圄的她仍为此欢欣鼓舞，尽管她对列宁（本人所说）的恐怖统治不敢苟同：当然，群众要经历精神上的巨大转变，但她相信"如果消灭民主是一剂药方，那么这药方比它要治愈的疾病更为糟糕"。²只有社会主义才能带来真正的民主，而社会主义的存在同样离不开真正的民主。1918年，47岁的卢森堡获释。她是渴望知识的年轻人眼中魅力四射的师长，也是保守派（和温和派）政客的眼中钉。她活力四射，散发着乐观与希望；她心思缜密又感性，与刻板印象中冷酷无情的激进分子形象有着天壤之别。她与老情人莱奥·约基希斯（Leo Jogiches）虽然已经分手，但仍然交往密切；他总能把她逗得哈哈大笑，以至于二人走在街上时，她不得不坐在人行道上才能平复。她养了一只猫名叫"咪咪"，就连列宁也对它喜爱有加。在更加保守的德国人看来，像卢森堡这样一个波兰裔的犹太知识分子——更何况还是一个女人——简直是即将到来的现代世界的不祥之兆。

另一方面，卢森堡在斯巴达克联盟的同仁卡尔·李卜克内西则是个人风格迥异于那位德国未来统治者的另一位魅力型领袖：他的个人魅力并非一眼就能看出，但他仍可对公众施加巨大的影响。"他仿佛是一位引领革命的隐形祭司，"凯斯勒伯爵写道，"一个神秘却有力的符号，令所有人都为之注目。"[3] 他的演讲"抑扬顿挫"，聚集在被斯巴达克联盟占领的警察局阳台下聆听他演讲的人群赞成地摇动红旗、高声呐喊，"数千人举手脱帽"[4]，向他致意。在这个工作和住房都朝不保夕的时候，任何能提供社会主义的慷慨福利以及家庭安全之人，柏林的穷人——那些从战场上归来，身心都受到重创的男人，以及内外兼顾、精疲力竭的女人——都将对其衷心拥护。但李卜克内西的事业和魅力也招致了另外一些柏林人的忌恨。"柏林已经成了一只女巫的大锅，各种针锋相对的势力和理念'混为一坛'，酝酿其中。"[5] 凯斯勒写道。

1919年1月，斯巴达克起义（Spartacist Uprising）爆发，各路势力共存的时代宣告结束。1945年，人民冲锋队中的很多中年人应该还记得，当年机枪、手榴弹和迫击炮在家附近的熟悉街道上肆意开火、狂轰滥炸。李卜克内西和卢森堡成功地召集了一些工人武装起来，夺取并占领了柏林市的若干要地：从火车站到勃兰登堡门再到报社，屋顶上都架设了机枪炮位，房屋窗户和车辆在革命党人与政府军的激战中被流弹射穿，挥动红旗的游行队伍与政府军队对峙。李卜克内西宣称弗里德里希·艾伯特的总统任期已经结束，但事实远非如此。彼时的柏林就是一片战场，社民党政府出动了由许多在"一战"中心灵受创的退伍军人和因年龄太小而未能参加"一战"的狂热青年组成的自由军团（Freikorps），试图镇压和摧毁共产党人。

自由军团与正规军一样设置了军官等级，但毕竟退伍士兵刚刚复员且在战场上被击败，正规军原有的架构已经瓦解，而他们重新组建成的自由军团拥有大不同于传统交战规则的行事方式。

作为敌人，自由军团心狠手辣，病态恐怖。一首深受自由军团喜欢的歌曲是这样唱的："血，血，血流成河浓如暴雨。"[6] 他们还是骇人听闻的厌女者，（在自由军团的文献中）谈及对女性的暴力便喜形于色。一位自由军团的雇佣兵回忆，他用重器连连击打了两位疑似帮助过波罗的海地区红军的拉脱维亚女性，而她们头上渗出的鲜血与窗外玫瑰的颜色一样殷红。[7]

当年1月，卡尔·李卜克内西和罗莎·卢森堡被迫转入地下。自由军团大杀四方，无法无天地清除共产党人，屠戮无辜平民（数百人死于自由军团之手）。在市中心的街道上，子弹的嘶鸣声不绝于耳。不过，尽管如此，咖啡馆仍然供应咖啡，烟草商依旧出售香烟，在1月寒冷的阴霾中，城市的有轨电车在轨道上擦出的火花仍"宛若烟火"。[8] 这座城市寻找着与国家许可的暴力威胁共存的方式。它做到了。

自由军团"近卫骑兵"（Guards Cavalry）部队（这名字简直是对普鲁士荣耀阴暗的暗示）最终找到了卡尔·李卜克内西和罗莎·卢森堡，并把他们绑架到了自由军团位于伊甸园酒店（Hotel Eden）的总部。李卜克内西接受了"盘问"[9]——直白地说，就是遭到了虐待。随后，他背后中枪而死。罗莎·卢森堡也同样惨死。坊间流传的说法是，一群右翼政敌看到她被装进车里，从一家酒店转移到另外一个地点去了；但真实的情况是，自由军团将她殴打致死，还补了几枪，最后把她的尸体扔进了兰德韦尔运河（Landwehr Canal）。几个月来，她的尸身一直下落不明，直到在温暖的夏天，人们在排水沟里发现了一具腐烂肿胀已经难以辨认的遗骸，经夏里特医院尸检后才得以

第三章 革命之痛

确认身份。

随后，斯巴达克起义遭到了血腥的镇压，在长达数周乃至数月的时间里，枪声一直在石街石墙间回荡。在接下来的十年中，左右两翼暴力冲突不断，波及甚广。即便如此，在1919年夏末，德国政府的全新框架——魏玛共和国（毕竟用历史悠久、风光优美的魏玛小镇命名比用癫狂的柏林命名更让人安心）——即将诞生之际，德国首都的居民已经适应了这种不理性，仍旧照常工作、购物、喝酒。在整个战争期间，他们的世界一直凝视着疯狂的深渊。失去儿子的母亲仍然心痛不已，而在战场上伤残的男人发现，自他们离开那肮脏、徒劳的战壕之后，国家就再没什么可以给予他们了。

自由军团也是如此，除了杀人放火便毫无建树。1920年春天，沃尔夫冈·卡普（Wolfgang Kapp）领导的政变流产，一群全副武装的疯子涌入政府大楼周围的街巷，吓得各部门的部长仓皇而逃。时年61岁的卡普曾是一名公务员，全心全意忠于旧时的军国主义、威权主义和普鲁士容克贵族统治。在德国国家社会主义工人党（National Socialist German Workers' Party）还没有诞生的年代，他的追随者就已经佩戴着卐字符（swastika）游行了。不过，虽然他占领了政府办公室，但广大柏林人民还是阻止了这个新兴的法西斯政权。一场反对政变的大罢工导致城市瘫痪：电车、火车集体停运，电力、燃气全部断供。没过几天，政变便宣告结束，卡普逃离柏林，前往瑞典。尽管如此，暴力的苗头依然存在，被战争拆除的社会保险栓已经无法复原。局部破坏时有发生，商店的窗户被砸碎、货品被抢劫的事件太过频繁，以致准军事团体摇身一变，成了保护企业抵御无政府主义者侵害的私人警察。[10]

但对于某些人来说，柏林粗狂暴戾的街道也好过他们逃离的那片土地。第一次世界大战结束后，大量犹太难民背井离乡，从东欧逃入德国首都。城中缺乏健全的收容系统，官僚尝试建立一个秩序框架，并提供允许穷苦难民前往其他城市工作的文件。当时柏林存在一个历史悠久的犹太人社群，其成员多为在政治倾向上支持俾斯麦式主张（保守、对国家强烈忠诚，且信奉社会福利）的大资产阶级以及艺术、科学领域的领军人物。即便如此，柏林仍然存在反犹主义，尽管这种倾向更多体现为一种潜移默化、心照不宣的态度。虽然犹太人早在19世纪便已获得了自由，但就连曾在战壕中浴血奋战、功勋彪炳的大批犹太军人都深知，他们为之奉献生命的这个社会，其高层仍存在针对犹太人的、在社会上的和职业上的无形障碍。尽管如此，犹太社群仍是柏林灵魂的有机组成部分。而柏林犹太人最初面对来自东部的外来者时，或许仍然难免心存疑虑。家族来自加利西亚的犹太讽刺作家约瑟夫·罗特在前往柏林东部一家旅馆报道从波兰和乌克兰涌来的新难民时，难掩这种矛盾心理：

> 很多男人出了俄国战俘营就直接来到此地。他们的衣着是各色制服的奇妙大杂烩。在他们的眼中，我看到了绵延千年的悲伤。与他们同来的还有女人。她们像背着一捆捆脏衣服那样背着孩子……我们把他们称作"来自东方的祸殃"。对大屠杀的恐惧把他们凝结在一起，仇怨满腹、肮脏邋遢的人潮就像一场山崩，声势越来越大，从东边一路滚到了德国。[11]

不过，几个月后罗特也观察到，由于不必担心会被本地人针对，大量波兰和加利西亚犹太难民在城中的亚历山大广场附近建立了一个迷人的世界。罗特将其描述为"奇异、悲伤的犹太区世界"，[12]不过，住在里面的人们定然不是那么看的。他走进一家酒吧，发现里面的男男女女都在商谈投机生意，涉及的商品包括"优质面包、各种口味的鱼和产自克拉科夫（Cracow）的香肠"，当然还有烈酒。而在

第三章　革命之痛　　051

掷弹兵大街（Grenadierstrasse）上，则"弥散着洋葱、鱼、脂肪、水果以及婴儿的味道"。[13]居民普遍贫困，无论是移民还是本地人。20世纪20年代早期，整个柏林的婴儿死亡率高得惊人：某些地区甚至高达每千名新生儿死亡322人，超过所有其他欧洲城市。很多新生儿死于拥挤肮脏的居住环境引发的胃部疾病。其中不少早夭的孩子是所谓的"非婚生子女"；当时柏林的新生儿大约有20%来自未婚妈妈，这一数据也远远高于其他城市。[14]而这些出生在贫寒土灰中的孩子也最易染病。

　　除了犹太人，柏林城里还有另一拨从东边远道而来之人：反对布尔什维克而逃离列宁革命的白俄移民（White Russians），其中就包括后来成为诗人和小说家、当时年龄尚小的弗拉基米尔·纳博科夫［Vladimir Nabokov，因1955年的作品《洛丽塔》（*Lolita*）而在文学史上永垂不朽］。在设定于20世纪20年代的小说《天赋》（*The Gift*）中，主人公费奥多（Fyodor）在时髦的柏林西郊参加俄语诗歌晚会，并就哲学问题与其他人展开激烈辩论。他吃的则是从圣彼得堡传至此地的带馅热面卷："他在一家俄国食品商店——这里堪称是故国美食的蜡像馆——买了几个皮罗什基（piroshki）*、一个肉馅的、一个圆白菜馅的，还有一个木薯馅的……"[15]对于那些每天在电车上同他拥挤推搡的柏林人，费奥多也怀着势利而复杂的情绪。他讨厌他们"热爱篱笆、吵架和平庸；痴迷办公室……他们的屎尿屁幽默和粗鄙的大笑；无论男女——哪怕是瘦子——都长着两瓣大屁股"。但他同样短暂地投身于这座城市的裸体崇拜之中，在格鲁内瓦尔德（Grunewald）找了片林中空地脱光衣服，体会着"两腿之间"那种陌生的"自由"。[16]总的来说，柏林是一个温馨舒适的家：这里体面的寄宿公寓有大量装潢舒适的房间，房东太太们——其中

---

* 一种油炸面食，主要流行于乌克兰、白俄罗斯和俄罗斯。

一些被人［比如英国作家亨利·维泽特利（Henry Vizetelly）］观察到生着不成比例的大脚——时而蛮横粗鲁，时而又对客人体贴入微。此时，"一战"刚刚结束几年，战争的冲击仍在城里蔓延扩散，柏林能迅速地接纳这些异乡来客，这本身便是柏林现代性的证明。

不过，外来者对城市景观的改变仍然较小，规模更大、更具结构性的变革来自艺术家。早在"一战"爆发之前，艺术家就已经开始关注建筑美学，研究何处可以颠覆柏林建筑、街道和住宅区外观的旧有观念。自相矛盾的是，柏林的建筑恰恰也是最终导致纳粹崛起的诱因之一。

早在自视为建筑家并梦想着按照自己的规划重建柏林的希特勒到来之前，这座城市的街景就已经变幻莫测。一些20世纪初建成的工厂——例如由彼得·贝伦斯（Peter Behrens）设计、建于1909年的德国通用电气公司（AEG）汽轮机厂——比在流水线上的工人住的房子还要漂亮。"一战"后，建筑很快成了文化斗争（cultural battle）的一部分，并让希特勒为之痴迷终生。这场文化斗争并未随纳粹政权的垮台而终结："二战"结束后，近乎一半的城市被强制推行共产主义，并进一步导致整个地区的激烈重组。对于柏林居民而言，这并非某种轻飘飘的抽象概念：建筑是这座城市灵魂的外在表达，也是焦躁的柏林大众无休无止的神经痉挛的象征："人们已经看惯了哥特风格的教堂、东方风格的犹太教会堂……以及近似意大利文艺复兴风格的博物馆和政府部门办公楼，"建筑师汉斯·珀尔齐希（Hans Poelzig）在柏林的一场建筑界活动上表示，"反其道而行之者——失败，只有工业建筑还能构成一点反抗。"[17]而1919年，正是珀尔齐希证明了这场革命可以在工业建筑以外的领域生根发芽。即便是剧院内部的装潢也能蕴含一个截然不同的全新世界。

柏林伟大的戏剧导演马克斯·莱因哈特在战后致力于创造一个

能够吸引柏林各界民众,兼容工人阶级和中产阶级的空间。他选定的地点曾是一个永久性马戏团的表演场,一片宽敞的封闭场地。这便是后来的德意志大话剧院(Grosses Schauspielhaus)。汉斯·珀尔齐希参与了剧院的建设,并把令人心醉神迷的、生动的表现主义带到了柏林。剧院门厅有着巨大的拱门,大型灯柱从地板上升起,隐约显现出富有生机的植物形状。不过,更令人惊叹的还是中央礼堂。自内部穹顶悬垂而下的是穆喀纳斯(Muqarnas)——长长的、球状的钟乳石排列整齐,仿佛要从坚固的支柱上滴下来。

要说一座剧院的形状会卷入一场你死我活的文化斗争,听起来未免奇怪,但德意志大话剧院便是如此。希特勒对德意志大话剧院的风格恨之入骨,(我们后来得知)他对剧院的外观有着固定的成见:剧院必须是新古典风格、有立柱,并且设有天鹅绒铺面的座椅和包厢。"他对赫尔曼·赫尔默(Hermann Helmer)和费迪南德·费尔纳(Ferdinand Fellner)建造的众多剧院喜爱有加,这两人在19世纪末的时候按照完全相同的模式为奥匈帝国和德国修建了很多晚期巴洛克风格的剧院。"[18]希特勒的御用建筑师阿尔伯特·施佩尔(后文我们将提到更多关于他的故事)写道。但问题的关键不仅在于建筑,还在于这些剧院中上演戏剧的风格。几乎可以肯定,与汉斯·珀尔齐希的设想相搭配的,必是无法管理的舞台表演:激进主义,甚至是下流的淫秽桥段。纳粹掌权后,德意志大话剧院便被重建,表现主义的钟乳石被一一除去,以创造一个更符合纳粹审美的秩序空间。

与之形成对比的是,另有一批极具创意的建筑师自1919年以来也一直渴望重塑这座城市。他们中的一些年轻人曾师从拥有闪电般创造力的彼得·贝伦斯。这些年轻人后来在世界范围内的声誉胜过其师。其中一位便是被公认为对20世纪建筑和艺术影响深远的路德维希·密斯·凡德罗(Ludwig Mies van der Rohe)。1921年,他关于建设柏林首座摩天大楼的非凡建议让柏林人为之迷醉：他在设计图上描绘的并非仅仅是用砖石堆砌而成的高塔，而是一座巍然矗立、俯视全城的玻璃大厦。密斯·凡德罗的设计让约瑟夫·罗特惊叹不已，浮想联翩。"看似与天然元素斗争之物，实则是与天然元素的融合：人与自然合而为一，"他写道，"在摩天大楼里感受到的欣喜不亚于站在群山之巅时……昔日仅浮于奥林匹斯众神眉间的云朵，如今也飘过凡夫俗子的眼前。"[19]

他还写了一篇文章，提出了极具远见的预测。"每天有数万人进进出出，"罗特写道，"年轻的女性白领从城北狭窄的庭院中走出，高跟鞋促地踢踏作响，手里的黑色皮包前摇后晃，她们把电梯塞得满满的。"[20] 修建摩天大楼的提议很快被柏林当局否决，但这个由玻璃和钢筋组成的透明大厦的点子，后来被密斯·凡德罗带到了美国，并于100年后在全球各地开花结果。

密斯·凡德罗还思考了社会福利房的未来。20世纪20年代后期，他在工人阶级聚居的威丁区非洲大街（Afrikanische Strasse）修建了88座公寓楼，为柏林的劳动人民指引了一种更清洁、更光明的生活方式：它们的轮廓棱角分明，极少使用圆角，内部则依靠墙面和顶面的窗户透进来的光线而光照充沛，整栋建筑涂成淡淡的柠檬色，让人隐隐想到地中海地区的风光。

密斯·凡德罗与他人联合创建的建筑师组织"十环学社"（The Ring）是新即物主义（Neue Sachlichkeit）*美学运动的一部分。而这并非唯一一个试图改变工人阶级物质和精神福祉的具有远见的住房项目。在柏林城的西北，就在以大量炽热的煤渣、熏天的煤烟和烟尘而得名"火地"（Fireland）的工业区外侧，有一片更富雄心之地：一个19世纪末期建立起来的迷你城市。西门子城

---

* 新即物主义亦称"新客观主义"，是20世纪20年代德国的一种艺术风格流派。

（Siemensstadt）是一座庞大的建筑群，专注于电学和化学带来的全新光明。这里的工厂都是宽敞的红砖结构，有些厂房修建得十分优雅，甚至从某些角度看近似时髦的豪华酒店，忠实员工的住房也采取了类似的创新形式。起初，西门子城的所在之地是一片远离人烟的沼泽荒地，到1919年"一战"结束后，这里已经成了新技术、新厂房的汇聚之地，并建起了全德国第一座十层楼的工厂，很显然，必须要为越来越多的工作人员做好生活方面的细致安排。

西门子城的革命性蓝图由建筑师汉斯·赫特莱因（Hans Hertlein）绘制。城市里的工人阶级从来也没有住过这样的地方。设计方案计划修建总计500套两居室、三居室和四居室的公寓。不同于单调、肮脏的廉租公寓，西门子城的住宅楼建有阳台和窗口花坛，并仿照小镇的样子修有绿植广场、宽大的拱门和装饰精美的塔楼上的时钟。最重要的是，每间公寓都拥有完善的下水道系统，且大多数配有独立卫生间。新房很快被住满，到了20世纪20年代末，更多更具吸引力的现代主义风格公寓被建成以满足需求。参与这批公寓楼建设的设计师中有瓦尔特·格罗皮乌斯（Walter Gropius），他创立的包豪斯学院（Bauhaus institute）追求将艺术、设计、建筑与手工艺融为革命性的审美整体。1500多座外观呈几何形状、简洁明快的新公寓楼凝结了他和同事们的想象力，楼内的单元房则是各种独特色彩的交响：墙壁或是水晶紫，或是祖母绿，或是灰红。居于其中，让人感到朝气蓬勃、活力四射。值得一提的是，这些公寓楼不仅躲过了希特勒政权的破坏和战争的浩劫，更在战后多年里仍然保持宜居的状态。瓦尔特·格罗皮乌斯给后世留下的遗产并不匮乏，但这些公寓楼鲜活地证明，艺术甚至可以超越最为恶毒、凶险的意识形态。不过，对于格罗皮乌斯本人来说，即将到来的恐怖还是太难熬了。

这位曾在"一战"前线浴血奋战的远见之士，一心想创造一个工人与美为邻的世界。他说，艺术与手工艺"有朝一日将自百万工人手中升起，如一种全新信仰的水晶般剔透的象征符号，直达天国"。[21] 执掌包豪斯运动的他，将毕生用于创造"新环境中的新人类"。[22] 一种清新的美感环绕厂区，为大规模的工业化生产"注入了灵魂"，让最平淡无奇的商品也拥有了一种令人愉悦的创造力。尽管如此，与很多对全新生活方式的想象（所遭到的待遇）一样，多位评论人士对格罗皮乌斯的包豪斯美学嗤之以鼻，并报以近乎愤怒的不耐烦。

诚然，对于得到公费支持的包豪斯——包括有时宾客全身披挂金属的怪异前卫的鸡尾酒会，以及那些广招年轻门徒、只吃蒜味素食、举止诡异如同术士般的艺术家——政界的反响几乎永远都是冰冷生硬的。格罗皮乌斯最终退出，并于20世纪30年代希特勒掌权后被迫移民。到了1933年，作为包豪斯最后一位校长，路德维希·密斯·凡德罗为确保被纳粹逮捕的学生得到释放而花在警察局里的时间越来越多。（身为一位不折不扣的美学家，他一眼就发现警察局的木质长椅设计得非常差劲。）密斯·凡德罗后来也无奈远走他乡。他和格罗皮乌斯［后者离开德国后，先安顿在伦敦贝尔西斯公园（Belsize Park）拥有精致现代主义白色线条的伊索康（Isokon）公寓楼］最终都在美国开启了新的生活。

他们发动的革命已经起航，而随着20世纪30年代的到来，一种更加保守的观点逐渐崭露头角。纳粹很快找到了为首都制订规划方案的理想设计师。海因里希·特森诺（Heinrich Tessenow）教授醉心德国的森林、湖泊以及神话传说，他的建筑理念就是在借鉴过去，且带有病态的民族主义色彩。他与很多同时代人一样往往对劳动人民抱有浪漫化的想象，但他的角度与众不同，坚决反对超前的钢筋玻璃的结构和棱角分明的线条。"风格来自人民，"他曾对柏林工业大学的学生如是说，"热爱祖国是我们的天性。真正国际性的

第三章　革命之痛

文化是不存在的。真正的文化只来自一个国家的子宫。"[23] 他那排外主义的慷慨陈词与后来纳粹的恐怖话语遥相呼应。"都市是可怖的异物,"特森诺说,"都市将新与旧混为一体;是冲突,是野蛮的冲突。一切美好的事物都不应让大城市染指……农民一经城市化,其农民精神便萎靡消亡。人们若不能以农民的角度思考,将是可惜可憾之事。"[24]

20 世纪 20 年代,现代派在柏林如日中天之时,有一位正在学艺的年轻建筑师。他深知,城市建筑便是权力和信仰的投射,是社会和文化的倒影。1905 年出生的阿尔伯特·施佩尔彼时正为特森诺教授的言论和作品而倾倒。不过,到了 20 世纪 30 年代初,这位少年得志的仰慕者已经让特森诺黯然失色。施佩尔以闪电般的速度成了希特勒私人圈子的一员。这并非偶然:施佩尔自 20 世纪 30 年代初以来一直是纳粹党员。他和太太住在柏林郊外的万湖(Wannsee),他在当地党政官员圈子中人气极高——这不仅是因为他的职业使得与他结交之人显得更有品位,更是因为他是当地党员中唯一拥有汽车的。区党部领导卡尔·亨克(Karl Henke)最先委托施佩尔重新设计纳粹党地方总部。尽管总体结构方面保留了保守的风格,但施佩尔大胆地提出使用创新性的包豪斯风格墙纸设计,以及在不同房间使用红和黄这样浓烈的原色。在一次纳粹高层的走访中,施佩尔的设计吸引了一位希特勒亲信的兴趣。戈培尔对施佩尔的风格抱有好感,并且认为,有这样一位年轻有为、风度翩翩且文雅有礼的年轻建筑师为纳粹创造庄重肃穆的建筑,将令纳粹主义拥有令人尊崇的视觉呈现。而相应地,1933 年纳粹夺取和获得政权之后,施佩尔发现希特勒本人对他同样青眼有加。他后来声称,元首不乏建筑天赋,他(希特勒)能以红蓝两色的钢笔快速画出概念草图。但希特勒将施佩尔纳入自己核心圈子也含有诱惑的味道。

有一次，施佩尔参加一场小型活动，到场后却发现自己的外套不合适，希特勒坚持要借一件自己的外套给他。如此亲近的姿态给有些惊讶的元首亲信留下了深刻的印象。还有一次，在为少数贵宾举办的晚宴上，施佩尔的座位被安排在希特勒的正对面，夜已深沉之时，他与希特勒四目相对，却发现自己的目光再也无法移开。施佩尔自己把随后发生的事情形容为一场对视比赛。施佩尔写道，自己下定决心不能先于希特勒移开视线，于是两人默默地盯着对方，"似乎直到永远"，最后还是希特勒先转过头去与旁边的一位女士说话。对于这场比赛，施佩尔并未多想，只感到稍微有点尴尬，同时又有点好笑。但他一定好奇：这是否只是元首权力的展示，抑或是要洞察他的内心？若真是那样，希特勒恐怕会扫兴，因为正如施佩尔自己的回忆录以及他［结束了在施潘道（Spandau）监狱的20年刑期后］接受作家吉塔·塞雷尼（Gitta Sereny）系列采访所揭示的那样，施佩尔的内心并没什么可看的。[25]那里空无一物。他似乎完全没有深刻思考的能力。希勒特将施佩尔留在身边，是因为后者是他实现柏林宏大愿景的工具：扯掉这座城市由住宅、公寓、写字楼、商店和工厂组成的核心，并代之以充满新古典碑铭主义（neoclassical monumentalism）*气息让人联想起古代希腊的大道。而接下来的多年中，两人时常深夜里在总理府办公室附近的会议室中聚首，顶着豆大的灯火秘密讨论着数量日增的城市重建模型，那便是施佩尔构想中柏林的新生：日耳曼尼亚（Germania）。

这并不只是希特勒的执念，他与施佩尔一起凝视着那些大理石的建筑模型、它们光滑笔直的外立面，以及众多楼宇环抱中巍峨耸立的人民会堂（People's Hall），还有那比罗马的圣彼得教堂大出很多倍的会堂穹顶，这一切都蕴含着希特勒的柔情。他会和施佩尔

---

* 碑铭主义通常指在政府支持下大规模营建建筑，以彰显国家或者政府的荣耀和功绩。

第三章　革命之痛

讨论最微小的细节——从重新规划的大火车站前广场上的湖水应该源自何处，到会堂穹顶若从不同角度、不同距离看去会有何不同效果。其他任何人都无权观看这些微缩模型——即便是希特勒的伴侣爱娃·布劳恩也不行。这是他与他的年轻建筑师之间窃窃私语的秘密，是一个午夜时分的美梦。

规划中的日耳曼尼亚，政府机构林立于宽敞气派的大道两旁，人民会堂的穹顶俯瞰众生，能容纳成千上万人的会堂内部更让人显得宛若蝼蚁。令人不寒而栗的是，这一切设计的核心是对眼下柏林城无政府现状的嫌恶；要摒弃的不仅是破败的廉租公寓（在那里每周都要晾晒的衣物犹如棉质鬼魅般随风起舞），更加喧嚣光鲜的百货商场、剧院、工厂和酿酒厂也要除去，它们配不上这座伟大的城市。希特勒企图建立的，是一个统治欧洲的都城，无论何人亲见都会由衷感到敬畏。这是一个坚决不与未来（的世界）同流合污的城市：当纽约高耸入云的天际线令世界惊叹之时，施佩尔的设计中却没有一座摩天大厦。只有元首本人才有权俯视熙来攘往的街道，区区凡人是配不上那样的位置的，不能有任何建筑阻挡穹顶的视野。施佩尔的设计还蕴含着更古老、更黑暗的浪漫主义情怀：所有的建筑都用石材砌成，因为他脑海中想象的，是1000年后他创造的城市化为废墟的图景。那时应是残垣断壁间藤蔓缠绕，仿佛提埃坡罗（Tiepolo）画作的原型。这个深受希特勒喜爱的想法不仅荒谬无稽，更揭示了二人隐秘白日梦的一个深层真相：归根结底，他们的幻想无一例外都指向死亡。化身微缩模型的日耳曼尼亚所没有的，恰恰是在它那雄伟的建筑中、宽敞的长街上，人类存在的迹象。

后来，随着战争到来，施佩尔改任军备和战争生产部部长（Minister for Armaments and War Production），统领全国各地骇人听闻的奴工企业，日耳曼尼亚的愿景也逐渐化为泡影。不过，希特勒仍会在深夜里去看一看他心爱的微缩模型城市。自1943开始，盟军对柏林进行了大规模轰炸，强度不断升级，几乎把柏林化为齑粉，而碎骨肉浆间又怎能有绿藤蔓生的浪漫？诚然，施佩尔冷血无情、灭绝人性——他似乎真的不明白自己为何要真心忏悔——但他也并非一无是处。尽管他的建筑设计大多既平庸又压抑，但他偶尔的灵光一现也确实为纳粹增添了一层美学的光彩。

柏林曾拥有令人炫目的夜生活，灯光及其艺术性的使用是柏林魅力的有机组成部分。1919年德国革命之后，柏林很快便以绚烂的灯光享誉全球。"柏林是一座现代化的城市，而灯光正是其现代性所在，"法国艺术家费尔南德·莱热（Fernand Léger）在20世纪20年代如是说，"它与夜晚的战斗啊……我已经在柏林待了8天，完全没有留意到夜晚的到来……柏林就是一整束光。"[26] 这座城市也有极强的好胜心，并被广泛认为已取代巴黎成为"欧洲新的光之城"。[27] 在魏玛时期，在工业、科学与商业活动的共同作用下，柏林是那么的明亮夺目，以至于欧洲其他国家的电灯都变得晦暗无光。德语中甚至有这样一个术语 *der lichtwirtschaftliche Gedanke*，大意为"灯光经济观念"。1922年，当时还只有红、蓝、黄三色的霓虹灯传入柏林。早在几年之前，英国的科学家就研究发现，玻璃管中的氖气在通电之后会发出惊人的炫光。醉心于此的柏林人通过进一步的探索和试验，创造出了粉色和绿色的霓虹灯。没过多久，柏林街道旁的墙上便亮起成百上千幅灯光广告，夜间潮湿的人行道也被晕染得五颜六色。与此同时，总部位于德国的欧司朗电灯泡公司（Osram Lightbulb）设计了一系列全新的照明产品，并计划在20世纪20年代建立一座名为"电力之家"（House of Electricity）的壮观的纪念建筑。[28] 但将黑暗中灯光那魅惑引诱、挑逗说服的催眠力量发挥得最淋漓尽致的，莫过于柏林最新的艺术形式：百货商场橱窗。在这座经历着活力四射的艺术革命的城市,"最为享誉全球的正是柏林的商场橱窗"。[29]20世纪20年代,选帝侯大街等本就富丽堂皇的商业街,在精致布景的炫光中更显得面目一新:高档的定制服装或以会动的景观背景展示,或披在活灵活现的假人身上,有时甚至由站在橱窗里的真人女模特亲自披挂上阵,并配以剧场般的艺术效果和处理手法,充满了俗艳的橙色或浓烈的紫色灯光。莱比锡大街上庞大的韦特海姆百货商场更是创作出堪比古典大师作品的陈列展示,其中一例以深色的幕布为背景将几十个身着白袍的洋娃娃错落排开,并辅以强光照射,稍显骇人。

不只是商店橱窗,建筑本身也可以化身明亮的荧屏:赫尔曼广场(Hermannplatz)上的卡尔施泰特百货商场(Karstadt Department Store)是一座9层高的双子塔建筑,到20世纪20年代末已经超越韦特海姆成为世界上规模最大的百货商场。大厦的窗户仿佛凿入砖石的垂直凹槽,每到夜晚便灯火通明,以至于电光似乎充斥了整栋大厦。但到了1945年的春天,曾集前卫与典雅于一体的卡尔施泰特百货商场已经在柏林居民的想象中成了一个截然不同的所在:楼内没有一丝灯光,到处都是飞溅的弹片,昔日的大厦虽然并未完全荒废,如今却也仅用作存放城市基本需求的应急物资仓库。钢铁穹顶之下,荣光尽失的卡尔施泰特百货商场仿佛一座阴郁的堡垒。无论彼时还是此刻,卡尔施泰特百货商场那冷峻的立面和庞大的身形,都神似那些最靠近这座城市引以为傲的工业心脏的建筑:发电厂。这种呼应似乎是刻意为之,毕竟在20世纪20年代,当灯光将柏林的大街小巷照如白昼之时,很多柏林居民为这些雄伟矗立的电力源泉而感到万分自豪。

1925年建成的克林根贝格发电厂是一座位于鲁梅尔斯堡(Rummelsburg)东部的气势非凡的巨物。发电厂外墙用红色砖块按照水平、垂直和45度角排列堆砌而成,颇具表现主义风格;楼内办公室的地面则为大理石材质。发电厂高塔林立，沿着施普雷河河岸绵延约四分之一英里（约0.4千米），宛如一座来自未来的城堡。如此庞然大物往往令人望而生畏，但宽阔的河面映出发电厂的倒影，使其形象变得柔和了不少。发电厂给柏林带来的不仅是光明，还有温暖，附近的室外游泳池正是靠电厂的富余能量加热，就连变电站都令人意外地富丽堂皇。这些同样使用红砖砌成的结构，其中一些形似教堂的后殿，只不过角度和细节更加新奇。作为给这个城市带来光明的建筑，它们给人一种轻盈之感；建筑才华的展露、建筑样式的繁荣以及大量灵感的迸发都表明工业建筑未必就是丑陋呆板的，即便是功能性的建筑，只要按照现代风格设计，其比例和色调也能给人以愉悦。（实际上，那些变电站一直留存至今，并被用作科技公司的办公室以及格调时尚的餐厅，这更加凸显出当时建筑师艺术直觉的正确性。）

另一件令人迷醉的花哨舶来品在"一战"后焕发了强大的新生机：月神公园（Luna Park），一个由美国人发明的大型永久性游乐场。它坐落在柏林西部哈伦赛湖湖畔、格鲁内瓦尔德森林中，给这座城市的夜晚带来跃动的生机和五彩的灯光。在耀眼的柠檬黄色和诱人的红色灯光的照耀下，追欢逐乐的人们沉浸在纯粹的感官世界中，条理分明的清醒思考全都烟消云散。在这个"超现代"的国度中，部分建筑是由艺术家鲁道夫·贝林（Rudolf Belling）等人采用表现主义风格建造的。不同于举目望去到处都是帐篷和火盆的德国传统露天游乐场，从哥特到东方的各种不同元素和主题借由布景在此齐聚，并经过扭曲的摆设展现在游人面前。此外，园中充斥着持续不断的旋转运动，让人眼花缭乱：作家库尔特·图霍尔斯基（Kurt Tucholsky）就被一只似乎是"立体—表现主义"风格的摇摇晃晃的旋转木马搞得找不着北。

海量的啤酒在这里被出售和饮用。有一片酒吧区被装饰成老式巴伐利亚旅馆的样子,只是建筑的棱角更夸张,并且增加了一道别致的景观:一条潺潺的拉格啤酒河穿流其间。自觉品位更加高雅的游客可以到"月神宫"(Luna Palace)饮茶。不过,夜晚才是体验公园制造的各种狂热幻景的最佳时间,也最适合品尝在公园以及柏林其他地方的酒吧里越来越多的异域风情饮料:"粉红波斯科"(pink persico)是加了一点覆盆子的桃子白兰地,"黑色与勇猛"(black and dash)则是掺了"浸过朗姆酒的一块糖"的土豆烈酒;[30]就连柏林本地产的普通淡色啤酒,如果加上一点覆盆子都显得别有风味。尽管酒吧主顾对食物的口味一成不变——"辣味香肠、香料醋渍鲱鱼卷以及油炸土豆片",[31]甚至是简单地用"海碗"(tureen)装的"豌豆汤"配热面包或者加葛缕子籽的黑麦面包——但对于夜生活,他们仍渴望着新奇的视觉享受。

坐落于波茨坦广场,20世纪20年代晚期开始营业的祖国之家(Haus Vaterland)尤其如此。这座梦幻般的建筑高6层,移动的霓虹照耀着大楼的穹顶,楼内遍布按照不同国家风格主题装饰的餐厅和酒吧。不同于中央走廊集中贩售香肠、面积堪比火车站的老式柏林啤酒馆[32],祖国之家是一个令人目眩的寻欢作乐之地,除了酒吧还有电影院以及可以观看舞蹈表演的舞台。像土耳其咖啡厅这样的餐厅区散发着浓烈的东方风味,装潢上大量使用红色、赭色以及配有繁复装饰的拱门。大楼闪闪发光的外墙则意在配合柏林"光之城"的地位。

甚至有人注意到,柏林的街巷本身亦是如此。"这城市就像一座游乐场,"埃里希·凯斯特纳(Erich Kästner)写道,"街道两旁的房屋都沐浴在花里胡哨的灯光里,让天上的星星也黯然失色。"[33]而正如一位作家所说,柏林舞厅和夜总会里的红光既是为了照明,也是为了遮光。柏林体育宫(Berliner Sportpalast)晚间举行的大型自行车赛,会使用刺眼的聚光灯追踪照射运动员,以致现场观众不得不用手遮住眼睛。一些人也看到了灯光的美感和力量中所蕴含的政治潜力。

20世纪30年代中期，纳粹德国空军的扩张以及随之而来的防空建设让另一种形态的光照亮了柏林的黑夜：防空探照灯的光线，那刺破头顶黑暗的巨大的惨白光柱。而发现灯光的这种功用的，正是快速进入希特勒亲信圈子的阿尔伯特·施佩尔。1934年春天，一场纳粹党的大型集会活动在齐柏林机场（Zeppelin Airfield）举行。这种意在给人留下深刻印象的大会却时常充满滑稽的色彩，纳粹官员虽极力迈着整齐的步伐行进，却仍然不能做到队列整齐，鼓鼓囊囊的啤酒肚从制服的裤腰处垂下。施佩尔认为，如果让他们"从黑暗中列队走出"[34]，效果将好得多。这不仅可以掩盖他们滑稽的外表，还可以给这场原本不过是一段讲话接一段讲话的活动增添一份戏剧性的光彩：

> 我偶然看到我们的新防空探照灯直冲天空，射出数英里高的光柱。我问希特勒是否可以配给我130台防空探照灯……实际的效果远远超过我的想象……探照灯间隔40英尺（约12.19米），轮廓分明的光柱在2万英尺到2.5万英尺（约6096米到7026米）的高空仍肉眼可见，交汇成一束光芒。那种感觉就仿佛身处一间巨大的房间，而那些光柱就是构成高耸入云的房间外墙的巨大柱石。云朵不时穿过这只光的花环，给这迷人的幻想更增添了一份超现实的惊喜。[35]

一种特点鲜明的法西斯美学就此诞生，并在纽伦堡集会精心编排的大型宣传活动中不断发展演化。施佩尔对灯光的利用与希特勒在夜间发表煽动性演说的偏好不谋而合。希特勒同样明白，黑夜让他的听众更容易受到鼓动。（实际上，纳粹的这套美学同样也在无意间得到了演艺界的启发：多年后有人指出，20世纪20年代柏林奢华的电影首映式便已经成熟地运用光柱了。）极好虚荣的施佩尔认为这全拜他一个人的灵感所赐。"我想这座'光之教堂'在以光为材料搭建同类建筑方面，应属首创，"他在自己的回忆录中厚颜无耻地写道，"而对我来说，它不仅是我提出的所有建筑概念中最美妙的，也是唯一经历了岁月的洗礼得以留存的。"[36] 尽管纽伦堡集会难登艺术回顾展的大雅之堂，但自视甚高的施佩尔无法理解讽刺，更看不出他这话里的黑色幽默。不过，更宽泛地讲，眩光与黑夜的强烈反差中所蕴含的可怕的戏剧性将定义柏林乃至整个德国的视觉记忆。同样将产生深远影响的，还有这座城市嘲讽权威的历史传统，与其人民极易受到煽动并很快诉诸暴力之间的内在分裂。

第四章

流血与欢欣

"欣赏事物可疑一面的能力,以及颇具眼光的幽默感,一直都是柏林生活的基本元素,"犹太语言学家维克多·克伦佩勒(他本人是德累斯顿市民,奇迹般地在 1945 年 2 月 13 日的大轰炸中幸存)指出,"而这就是我至今无法理解纳粹主义何以在柏林盛行的原因。"[1] 笑声,就算再难听也是人性被救赎的标志,是顽固且令人厌恶的意识形态的敌人。但"一战"、德国革命以及随后多年的经济困境激起的强烈情感,最终也将仇恨注入了柏林人的血管。在贫民区的大街小巷,仇恨的存在更加显而易见。尽管残忍的暴行往往以效忠个别政治派别的形式出现,但政治的动机有时也无法构成充分的解释,那种愤怒和血腥的攻击仿佛是这座城市基本的组成部分。一定程度上讲,"一战"后很多城市都是如此,在伦敦某些地区小酒馆外的人行道上,时常可见喷溅的血迹,恶性斗殴已经成了家常便饭,人们也开始见怪不怪。不过,柏林的暴力远不止地盘争夺或者醉酒闹事。

1920 年 2 月,《泰晤士报》(*The Times*)驻柏林记者写道:"在近代历史上,很难想到有比德国的首都更让杀人犯和各色流氓开心

第四章　流血与欢欣

的狩猎场了。"[2] 他坦承，造成这种现象的部分原因，是"似乎同样波及纽约和伦敦的战后浪潮"。但柏林让这一现象达到了新的程度。"柏林市民对这一切已经司空见惯，普通的小打小闹已经无法让他们感到惊愕、激动，甚至提不起他们一丝兴趣。"[3] 这位记者继续写道。这座城市中发生的恐怖案例包括：一位极度焦虑的母亲将两个孩子塞进木桶并钉上了盖子，致使两个孩子窒息身亡；一个算命人因为几个马克而被人活活勒死；还有杀人如麻的法尔肯哈根森林（Falkenhagen Forest）连环杀手，被捕之后供认他已经记不清自己究竟杀了多少人。诸如此类的恶性案件，加上枪支的简单易得以及威丁、莫阿比特等工人阶级街区不断爆发的帮派冲突，让柏林的街头显得异常躁动、危险。

"所有被告均是涉世未深的年轻人，既缺乏生活经验，也没有足够的判断力，其中一个男孩甚至还在学校读书，"[4] 1922年，《每日电讯报》在报道柏林一桩让这片经历了太多死亡的欧洲大陆为之震惊的政治刺杀时，这样写道，"他们被德国的军国主义分子拿来抚慰战败伤口的疯狂理论和毫无意义的口号所毒害。"[5] 各种阴谋论大行其道，尤其是刚刚出版不久的反犹主义读物《锡安长老议定书》（The Protocols of the Elders of Zion），自称是犹太阴谋团体密谋统治世界的明证。刺杀案件中的一位少年作为谋杀德国外交部部长瓦尔特·拉特瑙（Walther Rathenau）的同谋而受审——该案的主犯要么已经被击毙，要么已经自行了断。这起暴力事件凸显出柏林啤酒馆里满腔愤怒的顽固分子与谈吐优雅的精英之间的激烈冲突。在某种意义上，拉特瑙博士是这座城市早期现代化的象征：他是实业家，也是散文家，既通晓经世济民之学，也深谙审美鉴赏之道。作为新生的魏玛共和国的标志性政治人物，他顶着索求无厌的《凡尔赛条约》的巨大压力，施展浑身解数试图维持国家稳定、开发经济潜力。拉特瑙迥然不同于刻板印象中的老派普鲁士贵族，这位岁的技术官僚出身实业，行事风格严谨，政治上"左倾"，虽为犹太人却并非虔诚的犹太教教徒，志在创造一个管理层与员工和谐相处而非永久对立的新型工作环境。拉特瑙的家族参与了柏林各大创新企业的创立和建设：他的父亲埃米尔（Emil）看到了电力的巨大潜力，并创办了后来发展为行业巨头的德国通用电气公司。

无论是紧张的车间、炽热刺目的熔炉，还是自动化流水线不可思议的产出速度以及新发明的电灯的耀眼光芒，拉特瑙都十分熟悉，更深知战胜国的赔款要求对企业财务状况的巨大影响。他受总理约瑟夫·维尔特（Joseph Wirth）的指派，辗转于严肃的国际会议之间；而到了1922年，他发现只有一个办法可以减轻德国面临的孤立和重压：德国出人意料地与苏俄签订了协定，震惊了英法等国。实际上，列宁对拉特瑙青眼有加，他在拉特瑙身上看到了资本主义通过革命迈向社会主义的确定性。《拉巴洛条约》（Treaty of Rapallo）实现了两国关系的正常化，免除了两国之间的债务，并以密约形式使两国的军事合作成为可能；但条约也招致了激烈的批评，人们担心德苏制定了秘密计划，谋求联手统治欧洲大陆。人们似乎不明白，像拉特瑙这样的有识之士根本不会有那样的想法；这份条约的背后，更多的是德国在面对法国得寸进尺的赔偿索求时在经济上绝望的表现。

拉特瑙住在柏林西南格鲁内瓦尔德森林中一座精心设计的新古典风格的别墅里。每天早上，司机都会驾驶着豪华轿车，送他前往外交部办公。这天早上，气温宜人，轿车顶棚被放了下来。车刚开出门不久，一辆廉价的轿车在路口等待绿灯时停在了拉特瑙轿车的旁边，那辆车后座上坐着两个身着皮大衣的年轻男子。其中一人持机关枪向拉特瑙连开数枪，另一人则向车后投掷了一颗手榴弹。爆炸导致拉特瑙的轿车腾空而起。拉特瑙的司机奇迹般地仅受了轻伤，他慌忙地四处寻求帮助之时，拉特瑙已在一位路过护士的慰藉中与世长辞。

第四章　流血与欢欣

两名凶手——埃尔温·克恩（Erwin Kern）和赫尔曼·菲舍尔（Hermann Fischer）——虽然都不过20出头，却已是极端政治暴力的老手。他们二人都是极右翼、极端反犹团体领事组织（Organization Consul，自由军团的一个分支）的成员。事发后他们逃出柏林，试图在萨勒克城堡（Saaleck Castle）藏身。但最终二人还是被穷追不舍的警方困住，克恩中弹身亡，菲舍尔干脆饮弹自尽。与此同时，驾车帮他们逃离现场的20岁青年恩斯特·特肖（Ernst Techow）躲到了叔父家。眼见特肖焦躁不安，又听说了刺杀事件的新闻，叔父怒不可遏地要求自己的侄子拿枪到林子里自行了断，以免蒙羞。特肖没有自杀，而是选择向官方自首，并作为同谋被判死刑，后改为15年监禁。不久之后，拉特瑙年迈的母亲出人意料地致信特肖的母亲，表示原谅特肖的罪行——这难能可贵的救赎斩断了冤冤相报的残酷暴力循环。但这场谋杀的后果却并未因苦主的宽恕而变得无足轻重：拉特瑙之死昭示着未来接二连三的无政府流血事件，动摇了外国股票市场和投资者对德国经济的信心，并引发德国货币贬值；而随之而来的恶性通货膨胀则彻底摧毁了人们的生计，让柏林人在废纸一样的货币和恐慌性抢购的屈辱中苦苦挣扎。[55]

正是在这个时期，一些上了年纪、靠着存款和固定收入维生的富有柏林人，开始尝到贫穷和困窘的滋味。在马克每小时都在贬值的情况下，公认的文明架构已经解体，哪怕是购买食物这样的平常小事也成了痛苦的折磨。传家之宝取代了纸币和硬币，用来换取越来越少的主食。拾荒在城中日益普遍，拾荒者不仅在垃圾桶里翻来找去，更有甚者还会偷别人家的宠物用来充饥。那些无甚积蓄的家庭则已濒临赤贫，毕竟在这个钱过一周便已一分不值的世界，工资对于炼钢工人来说又有什么用呢？经历此事之后，无数柏林家庭已经彻底丧失了对政治体制的信心。

甚至在经济重新回归稳定之后，政治暴力之火仍会出其不意地复燃。拉特瑙之死不断刺激着其他的杀手，这些人固然痛恨魏玛政府，但或许真正驱动他们的是更深层次的、对暴力的原始渴望。1925 年，一场杀害时任外交部部长古斯塔夫·施特雷泽曼（Gustav Stresemann）的阴谋被提前揭穿，还未来得及实施计划的行凶者卡尔·卡尔特多夫（Karl Kaltdorf）在庞大的西门子工厂工作。卡尔特多夫曾是一名忠诚的共产党员，但后来改变立场，成了"一名暴力的希特勒主义者"。他在一封给友人的信中表明了自己的意图："那头猪必须死。"[6]

有些谋杀事件虽明显与政治无关，却透出令人难忘的虚无主义气质，仿佛之前的世界大战仍然阴魂未散。其中一起事件牵涉 4 个来自柏林郊区施泰格利茨（Steglitz）中产阶级家庭的少年。这 4 个临近毕业的孩子似乎订立了某种死亡契约，并犯下了一件半是谋杀、半是自杀的持枪大案。人们将这起事件视为魏玛共和国治下青少年堕落的证明，社会对"凡尔赛一代"的普遍担忧让这种观点引起广泛共鸣。（一年前，多起 9 岁到 11 岁男孩行凶杀人事件曾使公众极为不安——凶手持刀随机对成年人发起袭击，并且手法十分凶残，甚至用刀刃将受害人刺穿。更让人感到不安的是，除了似乎均为模仿犯罪，这些事件之间毫无关联。）

这种普遍存在的失序和不适感在后来的魏玛文学中表现得淋漓尽致。无论从题材的刺激性还是文学水平来判断，阿尔弗雷德·德布林（Alfred Döblin）于 1929 年发表的《柏林，亚历山大广场》（Berlin Alexanderplatz）都是其中最为惊人的作品。该书讲述了一名刑满释放的罪犯弗朗茨·毕勃科普夫（Franz Biberkopf）辛酸的传奇故事，描绘了他周旋于色情小说作家、妓女、盗贼团伙，为了一笔分成而答应藏匿赃物的拮据中产阶级，以及靠剥削所有这些人为生的职业罪犯之间的所见所闻。书中生动地描绘了一个冰天雪地的世界，在这里，"牛脸肉配土豆"便是廉价酒馆中的大菜，俯瞰

第四章　流血与欢欣　　　　　　　　　　　　　　　　　　　　071

庭院的肮脏公寓中的住户只能靠观察邻居家的一举一动来缓解幽闭恐惧。这部作品映衬的是一个旋涡般的城市，居民面对超出他们控制范围的大潮只能无助地随波逐流。在那个人们普遍困窘的环境中，违法犯罪十分丑陋却又在所难免。小说的结构和风格都表现出了那种混乱的感觉：随着故事的推进，心怀善意却并不完美的主人公周遭的空气，似乎充斥着意味不明的新闻报道、只言片语的对话以及流行歌曲的歌词。

　　这部描述了一个现代化起步晚、进展仓促之城市的作品，一经推出便立即获得了商业上的成功，不仅在柏林，而且在还在国际上大卖。两年后的1931年，柏林已经被华尔街股灾引发的经济海啸彻底淹没，大约四分之一的城市居民失业，完全靠着今天有明天没的微薄福利勉强糊口。这一年问世的另一部更加刻薄的小说作品却没有获得读者的喜爱，而是引起了众怒。这部小说的作者曾以广受欢迎的儿童故事《埃米尔擒贼记》（*Emil and the Detectives*）而知名于世。但这部名为《走向毁灭》（*Going to the Dogs*）的新书面向的是成年人。埃里希·凯斯特纳用辛辣、幽默的口吻讲述了受过良好教育的年轻人雅各布·法比安（Jakob Fabian）在一个没有稳定的工作机会，却充斥着充满感情纠葛的滥交以及汹涌翻腾的暴力的城市中随波浮沉的故事。凯斯特纳抓住了柏林城市生活的一个重要时刻：工人与白领职员分化为相互敌对的共产主义者和纳粹党员团体，日益血腥的冲突也就此展开。

　　在普遍的贫困与无处不在的性焦虑构成的病态气氛中，贯穿整部小说的一次次暴力示威最终都被嗜血的警察一一击溃。年轻的主人公法比安不由自主地回想起"一战"的情景和"他曾见过的恐怖的照片"[7]，以及柏林街头上那场大战所遗留的人类残骸。战场上的屠戮与如今这座城市令人作呕的残酷不确定性之间存在着直接的心理联系：

他们说，有些前不着村后不着店的楼里……仍然住满了伤残的士兵。有缺胳膊少腿的，有毁容的，有没鼻子的，还有没嘴的。似乎天不怕、地不怕的护士们负责给这些身受重伤的可怜人喂食，用一根玻璃细管插进结痂化脓的窟窿，然后把食物从玻璃细管倒进窟窿里去——那窟窿的位置曾经长着一张嘴，一张能笑、能说也能哭的嘴。[8]

书中对伤残以及在妓院、舞厅和藏污纳垢的公寓里，一拨又一拨的性伴侣蹑足潜踪地上楼和下楼的描写，立即引发了公众的反感，即便是1931年，在离纳粹掌握政权还有几个月的时候，气氛也在发生变化。凯斯特纳本人也察觉到了这一点，他认定必然会有人批评他是"淫秽书刊的制造者"，并先发制人地在小说的后记中为自己的作品辩护，而这篇后记却证明他预见到了另一次世界大战的危险：

对此，本书作者的回应是："我是一个道德主义者。"哪怕他只能看到一丝希望的曙光，也要说出它的名字。他眼看着这个时代的人们，像顽固的骡子一般倒退着，奔向那个足以装下欧洲所有国家的巨大深渊。于是，他像许多前人和同辈一样大声疾呼："小心！用左手抓住你左边的扶手！"[9]

当然，自动扶梯那时仍然是仅在高级百货商场里才能见到的新鲜玩意儿，看到凯斯特纳后记中所写的恢复理智的方法，只有那些见多识广的柏林人才能联想到自动扶梯。

那么，柏林20世纪30年代的年轻一代——10年前他们还只是孩子，就见证了自己参战归来的父亲的沉默与惊恐——是否要在自己的战场上弥补当年战败的创伤？这个问题并没有那么简单：一定

第四章　流血与欢欣

程度上讲，一直到1932年，柏林街头的好勇斗狠是两个同样对"历史将不可避免地走向进步"深信不疑的宗派之间互不理解的产物。流血事件稀松平常而且不分场合，游行抗议要么演变成群体斗殴，要么招来柏林武警（其中有一些人还记得德国革命期间无政府武装冲突的经历）。每个死者都被自己的阵营奉为烈士，但这种牺牲未免太过频繁。此事还有一个国际维度：柏林的共产主义青年团积极寻求与苏联建立联系，并吸收了宣传社会主义荣耀的苏俄流亡者。1932年，在忠诚的共产主义者队伍中，有一位才智非凡的在校学生名叫艾瑞克·霍布斯鲍姆（Eric Hobsbawm），后来成了20世纪最具影响力的历史学家之一。他苦笑着回忆道：

> 纳粹和共产党都是年轻人的政党，这是因为年轻人并不排斥政治上的行动与忠诚，而作为一股极端势力，也没有被那些将政治视为可能性的艺术、玩弄低劣虚伪的妥协的风气所玷污……纳粹当然是我们在街头的敌人，但警察也是。[10]

邻近各大博物馆和城市宫（Stadtschloss）的开放景观绿地卢斯特花园（Lustgarten）是当时柏林重要的集会点之一。到1930年，共产党人在卢斯特花园集结时，这里已经有了一种半军事化的味道。心怀戒备的共产党员身着准军队制服，虽然幼稚得出奇，但同时也是向纳粹宣示——他们知道纳粹一定会密切关注——表明他们时刻准备着战斗。作家弗朗茨·赫塞尔（Franz Hessel）在回忆录中描述了这一场景：

> 苏联旗帜备受崇敬。浩浩荡荡的游行队伍从这里向城市的各个角落进发，由带多个铃铛的小号、爵士大号和非洲鼓等奇异的乐器开道。游行的斗士身着制服，与他们意图驱逐的仇

寇一样。灰色的衬衫和棕色的紧身制服上衣均依照军队的习惯扎进了裤腰。戴着红色臂章的领路人组织着行进的队伍。[11]

赫塞尔写道，一位发言人此时站上了教堂前的台阶。他慷慨激昂的言辞无意间透露出宗教的意味：人群重复着推翻压迫、还穷人以正义的有力口号，仿佛在神父引领下的祈祷。宣示性的歌曲宛如赞美诗。这场运动本身带有强烈的摩尼教风格，因为他们所走的是唯一合乎道德的路线，那些拒绝追随他们的人定是心怀邪念之辈。荒唐的是，到了1932年，柏林共产党员眼中最大的邪恶之源并非他们明显的死敌纳粹，而是那些暧昧地尊奉资本主义邪恶势力的社会民主党中间派。他们低估了纳粹的巨大潜力。

其他的原始冲动同样驱使着人们在街头大打出手。"在公众高度兴奋之时参与大型示威，是完美融合肢体验与强烈感情的活动，仅次于性爱，"霍布斯鲍姆轻描淡写地写道，"不同于本质上属于个人体验的性爱，示威在本质上是集体性的，何况对于男人来说，参加示威所带来的高潮不同于性爱的高潮，能持续几个小时。"[12]

纳粹也敏锐地意识到了这一点。加入一个活力四射的集体，并深信自己为正派和廉洁而战，为反抗境外布尔什维克势力玷污德意志民族纯洁性的企图而战，能给人带来极度的兴奋与欢欣。当时仍然年轻的戈培尔博士研究了如何影响青年人、鼓动他们的杀戮欲的方法，深谙犬儒之道。他精心安排了《进攻报》上煽动性的新闻报道，并别有用心地将纳粹党的集会安排在开阔的柏林体育宫——承办为期6天的狂热自行车赛的室内体育馆——这样的地方。弗朗茨·赫塞尔写道：

大厅里人头攒动，挤得满满当当。警察在门前巡逻，因为"红色分子"预期将在门外发动反示威活动。两拨人如果擦肩而过

第四章 流血与欢欣

可能立刻演变为拳脚相加，正如罗密欧与朱丽叶两家人相互污蔑之后便是拔剑相对。分属两个阵营但同样盛气凌人的年轻人，如果没做标记、没戴"反动派"或者"革命派"的勋章，根本分不清谁属于哪个阵营。[13]

表面上看来可能如此，但实际上，纳粹党人兑现了实施暴力的承诺，而无论在什么时代、在什么国家，总会有一些年轻人痴迷于无拘无束的暴行所带来的快感。1897年出生在一个信奉天主教的下层中产阶级家庭的戈培尔，与字面意义上的暴徒截然相反：他五官精致，一只脚先天畸形，在成长期便十分内向。在校期间他一心读书，沉默寡言，他后来自己回忆那段岁月，都说自己就像一头"独来独往的孤狼"。梦想成为一名小说家的他热爱一切描绘德意志灵魂的作品。他在维尔茨堡（Würzberg）读了大学，并在战后开始加入一些幻想民族复兴的右翼学生团体。一篇研究浪漫主义作家威廉·冯·许茨（Wilhelm von Schütz）的论文使戈培尔获得了哲学与文学的博士学位，而许茨本人恰恰是这种近乎神秘的民族精神（völkisch spirit）的拥趸。以当时普遍的标准来判断，那时戈培尔的反犹倾向并不突出，但他对犹太人的敌视迅速升级，而更重要的是，他对反犹者心中的仇恨了如指掌。

戈培尔博士（同事们都称他"博士"，他本人也从不浪费炫耀这一称号的机会）为国家社会主义所倾倒，并在充满狂呼尖叫的集会中感受到自己是一个强大群体的一员。这种联系带来的电流般的震颤感——亦即霍布斯鲍姆在敌对阵营所体会到的狂喜——最终将戈培尔吞噬。他深深地迷恋希特勒，并在后者因1923年"啤酒馆暴动"[纳粹早期在慕尼黑那洞穴般的贝格勃劳凯勒啤酒馆（Bürgerbräukeller）发动的政变]入狱，并于刑满释放后第一次与其会面。1925年的这场会面让戈培尔坚信自己面前的这个男人将统治一切，而戈培尔在操控媒体方面的天赋——对报纸和海报细节的关注，雄鹰和卍字符意象的影响力，甚至是对幽默的巧妙使用——也获得了希特勒的青睐。到1926年，戈培尔已经荣升纳粹柏林地区党部领导人。当时纳粹党在柏林的势力仍然十分有限，旗下为数不多的党员与共产党支持者的冲突不断升级。戈培尔希望深入柏林的工人阶级街区，不单要募集更多富有经验的街头斗士——好勇斗狠是首要标准，意识形态相对次要——还要招揽那些有望培养成为"政治斗士"、能说会道的追随者。[14] 他还要开展现在所谓的公关行动——不过，不是为了树立纳粹党的温和形象，而是要让纳粹党的名字进入主流媒体的报道。

从这个意义上讲，国家社会党（National Socialist）集会如果遭到共产主义红色阵线（Red Front）的攻击，将是鼓动舆论的绝佳机会，但戈培尔对红色阵线的认识胜过他对魏玛共和国精心设计的技术官僚体系的了解。他本人对俄国的列宁革命并没有任何排斥；相反，他从民族重生或再造的浪漫主义视角出发，将其视为让资本主义枷锁松动的解放运动。他热衷于在德国发动一场革命，他的革命将建立有别于苏联的政体，但它无疑也将是成功摆脱国际资本压榨的证明。不同之处在于，戈培尔用阴谋论来解释德国面临的问题，并借由对阴谋论的宣扬——比如有一股隐秘势力暗中操控金融、媒体等行业——点燃了群众的愤怒，扩大了纳粹追随者的队伍。

但戈培尔的计划离不开柏林共产党的"配合"，而在工人阶级聚居的威丁区举行的纳粹党公开集会让戈培尔收获了超乎预期的成功。这场在法鲁斯礼堂（Pharus Halls）举行的活动甚至还没开始，共产党的战士便冲进礼堂，径直涌上讲台。现场战况超过了普通斗殴的程度，双方所持的武器都足以致命。他们挥舞着"沉重的铁链、铜指虎"和"铁棍"，很多人被打折了鼻梁、打断了骨头，或者因其他伤势而入院。但统计双方伤员名单后发现——至少戈培尔是这

第四章　流血与欢欣

么说的——吃亏的是红色阵线一方,伤者多达数十人。这场精心策划的暴力事件让纳粹进入了柏林报纸的视野。戈培尔不需要媒体的肯定,那些虚名对他无关紧要。他需要媒体报道这样的事实:正有越来越多的工人阶级加入纳粹党,而他们作为无辜的和平主义者,是马克思主义恐怖分子野蛮攻击的受害者。

在头条新闻之外,这些"恐怖分子"受瓦尔特·乌布利希(Walter Ulbricht)等人领导。1928年,这个年仅35岁目光如炬的年轻人便当选了国会议员。曾在共产国际开办于莫斯科的国际列宁学院(International Lenin School)学习的乌布利希是纯粹的共产主义官员,他宣称德国共产党的目标是"击败我们的政府……建立苏维埃政权"。[15](乌布利希在西班牙内战时履职于国际纵队,在"二战"期间长居苏联并见识了斯大林的恐怖统治,在历史的迷宫中一番兜兜转转,多年后又回到故乡并掌控柏林乃至后来的东德,而他在位期间所拥有的权力反倒是戈培尔永远无法想象的。)

20世纪20年代末30年代初,柏林拥有多家发行量大的报纸。在戈培尔的《进攻报》中,社论愤怒的矛头对准的不是共产主义运动,而是可以轻易地与布尔什维克主义、金融界、出版业和媒体等联系起来的犹太人群体。《进攻报》擅长以丑陋的漫画形式体现对犹太人的刻板形象,表明他们不是这个城市精神的有机组成部分,而是渗透德国社会并攫取权力,甚至幕后操纵国际大事的入侵者。在这个工业化城市的某些地区,群众的反犹情绪并不需要怎么煽动。事实上,戈培尔本人相对较晚地认识到自己病态的反犹太主义信仰,这使他更加积极而险恶地传播反犹言论。

第五章
通向黑暗的道路

在赤褐色的夕阳下,那金色闪光曾在施普雷河对岸以及周边人口稠密的街巷中举目可见。如今,那道闪光已经暗淡,只是毁掉那雄伟建筑的,不是纳粹的恶意,而是盟军的燃烧弹。昔日富丽堂皇的犹太会堂如今空空荡荡,只剩一片湿漉漉的废墟。在遭受压迫初期的黑暗岁月里,这里曾给人带来集体的宽慰;而现在,它却诉说着那些慰藉皆为幻景。纳粹的意图是要让柏林"没有犹太人"(*judenfrei*),而这一过程宛如一个令人缓慢窒息的噩梦。从1933年开始,犹太人先是被剥夺了工作,接着他们的企业被一家接一家夺走,然后他们被禁止享受其他市民均有权享受的娱乐活动,不能在公园散步,不能听音乐会,也不能到他们最喜爱的餐厅就餐;最终,在因战争停电而漆黑一片的夜里,他们被迫离开家园,被用火车遣送到他们无法想象的目的地。他们的住宅被洗劫一空,或被低级军官占据,而邻居都默不作声、袖手旁观。1943年,官方宣布柏林已经"没有"犹太人了。但实际上,到1945年,这座城市静待愤怒的敌军兵临城下的时候,仍有幸存和逃亡的犹太人在暗处悄然活动。即便是在纳粹压迫的风暴眼中,仍有一些年轻的犹太人竭尽

第五章 通向黑暗的道路

全力地躲避盖世太保无孔不入的监视。奥拉宁堡大街（Oranienburger Strasse）上如今空空如也的犹太会堂曾是这座城市的象征，这样的恐怖在过去是无法想象的。毕竟，柏林本身便曾是避难之地。

总的来说，这座城市从来不事雕饰，即便更豪华的住宅或者宫殿也都是呆板的新古典主义风格，放在欧洲其他任何一个城市都显得平平无奇，甚至引不来任何兴趣。但早在1866年，犹太会堂金光闪耀的大穹顶，以及两侧鲜艳的赤陶色配楼顶端的小穹顶，就拉开了一个更加开放时期的帷幕。这座宏伟建筑的外形堪称一首东方主义的幻想曲，三个穹顶透出浓郁的地中海风情，与柏林街巷上其他红砖砌成、气质阴郁的双尖塔教堂形成鲜明的对比。此地原来的会堂建于18世纪，面积太小已无法满足需求，而新的会堂则出自爱德华·克诺布劳赫（Eduard Knoblauch）的手笔。当时尚未完成德国统一大业的普鲁士首相奥托·冯·俾斯麦（Otto von Bismarck）亲自到场参加了这座美轮美奂的新会堂的落成庆典。

这并非柏林城中唯一的犹太会堂，甚至不是最漂亮的。距此东北方向约1英里（约1.6千米）的里克大街（Rykestrasse）上，有一座落成于世纪之交的犹太会堂。外表看来，里克大街的犹太会堂体现了这座城市的现代工业化特征，拱门处繁复的红砖造型与门楣上低调的金色闪光形成对比。会堂内部的装潢大量使用米色、绿色、红色和金色，风格更加平和、耐看。在纳粹掌权之后的岁月里，柏林乃至全欧洲的犹太教众都将面临威胁生命的恐怖，而里克大街犹太会堂将在各种应对的努力中发挥至关重要的作用。但在黑暗降临之前，12座靠近柏林市中心的犹太会堂本应是在整个19世纪稳步崛起的犹太人已经融入柏林生活结构的最有力证明。

不过，即便是柏林的犹太人口总数到20世纪初已经增长到约18万，这个城市中的其他族裔仍然时常心怀矛盾。矛盾心理的关键，在于非犹太族群所提出的归属问题。举例而言，如果一个家族已经几代人生活在一个国家，或者一个城市，为什么会有人想要质疑：这个家族是否已经被"同化"（assimilated）而融入了这个城市的文化呢？这个家族无疑跟其他任何家族一样，都是这个城市文化重要的一部分，而不能算是局外人了吧？但"同化"这个词却在柏林的历史上反复出现。

从某种程度上讲，这座城市散发着令人惊叹且显而易见的世界主义气质，尤其是在第一次世界大战结束之后的几年里。而且讽刺的是，即便是在纳粹主义和第二次世界大战阴云密布之时，这种世界主义仍然以一种另类的方式继续存在，因为那时的柏林以及它的工厂里有数十万自欧洲各国征来的强制劳工。无论是波兰人、苏俄人还是法国人，都在忙碌的生产线上一起工作，在简陋的棚屋里一起生活。他们恶劣的居住环境与昔日的柏林形成了强烈的反差。大体上，柏林早在魏玛共和国之前便享有开放之名〔尤其值得一提的是18世纪的哲学家摩西·门德尔松（Moses Mendelssohn），他先后跻身柏林的学术界以及腓特烈大帝的宫廷，开启了犹太人在德国安稳容身并获得接纳的新时代〕。1866年，新犹太会堂的落成展现了柏林犹太人高涨的信心——尽管他们当时仍不能享有完全的公民权。犹太教借此表明，自己将不再躲藏，而是要在每一条街巷上光彩四射地宣示自己的存在。此时，柏林以东数百英里，生活在沙皇暴政之下的犹太人正在遭受官方的恐怖统治。相比之下，柏林涵盖各行各业的庞大犹太人社群——从裁缝到银行家、从店主到科学家、从文员到哲学家、从咖啡厅老板到文学教授——却得以在宁定的环境中繁荣发展。"身为一个德国人、一个欧洲人、一个生活在20世纪的人，我充满信心，"维克多·克伦佩勒谈到昔日柏林时写道，"流血事件，种族仇恨？此时此刻，在身处欧洲中心的此地，这些都不可能发生！"[1] 宗教生活的争论都聚焦于传统和礼仪。但即便如此，那个问题依然存在，时常被人问起：他们被同化了吗？

第五章　通向黑暗的道路

这表明，柏林在历史上的开放形象一直都有明确的局限。在 19 世纪的很长一段时间里，犹太男子均被禁止参军，想要成为军官更是难以企及的奢望。到了第一次世界大战，犹太人终于获准可以入伍，但即便有众多犹太战士在战壕中流血牺牲，同化的问题仍旧挥之不去。更糟糕的是，一些非犹太人在战后试图从根本上否认德国犹太人参战并为德国捐躯的事实。"一战"中战死的犹太士兵共有 1 万人左右，在德国犹太人的总人口中占到很大的比例。尽管政府对犹太士兵授勋颁奖，但仍有个别顽固的反犹分子坚称，这些犹太士兵事实上逃避了真正的战斗。事实是，柏林的犹太人无论是在情感上还是在家庭传承上，都往往比他们非犹太的同胞更具德意志特性。但到了 20 世纪初，文化已经不再是首要的判断指标，在优生学红遍欧洲大陆的背景下，"种族"成了新的标志。早在海因里希·希姆莱痴迷于自极寒北地兴起的条顿祖先对抗生于沙漠的黎凡特人的神话之前，一些柏林人就已经接受了犹太邻居，购买犹太人出售的商品，聘请犹太人律师，享受犹太人创作的美术和音乐作品，却仍然顽固地将犹太人视作"他者"。汉娜·阿伦特（Hannah Arendt）直言不讳地道出了 18 世纪以来非犹太人——甚至是犹太人的非犹太朋友——眼中犹太人的尴尬地位。"他们不以国籍或者宗教定义犹太人的身份，"她写道，"而是将犹太人变成一个社会群体，这个群体的成员拥有某些共同的心理特征和心理反应，这些心理特征和心理反应的总和便构成了所谓的'犹太性'（Jewishness）。"[2] 而这个"犹太性"的标签又贴到了每个犹太人的身上，让他们成了不同于德国人的另类。到了纳粹主义风暴袭来之时，即便是同情犹太教的非犹太人也很难不将恶意中伤的反犹言论与自己的犹太朋友联系在一起。

因此，尽管没有任何理智之人能想到，对犹太人，纳粹从商业抵制以噩梦般的速度升级到大规模工业化屠杀，但反犹主义原则本身绝非德国哲学的断裂：1918年德国战败后的凶险岁月里，曾有一本名叫《血罪》(*The Sin Against Blood*)的粗制滥造的反犹小说在柏林的书店中热卖。除了关于"逃避兵役的士兵"的传言，"一战"结束后不久，柏林城中就有新的阴谋论声称，"一战"的爆发是由于资本的力量作祟，因为犹太"奸商"要从军火生意中获利。另外一个理论细看之下似乎与前面那个理论完全背道而驰：俄国革命和未遂的德国革命都是犹太人操控的，其目的是要传播阴险的共产主义教条。这种将资本主义的无情贪婪和共产主义的意识形态之火同时归于犹太人的说法虽然明显自相矛盾，却不断流传开来。正如通俗小说中的犹太恶棍都是脑满肠肥、头顶高帽、嘴刁雪茄的贪婪恶魔，柏林人对东欧的犹太人同样抱有惊人的刻板印象：贫穷、肮脏的中世纪病毒携带者。这种偏见，加上1921年《锡安长老议定书》抛出的血腥骗局，以及对犹太精英掌控媒体和学术界的顽固观念，导致如柏林这样先进的城市，也总有一小撮反犹势力在黑暗的角落中生根发芽。有时候，这种对犹太人的恶意甚至满含杀机，早在冲锋队（SA，也被称为Brownshirts）走上街头之前，出于仇恨而针对犹太人的血腥暗杀便时有发生。

不过，在"二战"之前、期间和之后，一直到柏林分裂为东西两部分，柏林犹太社群的故事——迅猛的崛起、纳粹的系统性迫害、未遂的种族灭绝，以及战后重建和赎罪的努力——实际上有更多的层次。因为虽然野蛮的反犹主义本身容易预见且十分常见——针对犹太人的顽固偏见在包括英国在内的全球各地不断大量涌现——但亲犹主义同样存在。即便是在最黑暗的日子里，在充斥着狂怒的歇斯底里和冷酷无情的大屠杀之时，仍有人小心翼翼地悄悄对犹太人伸出友善的援手。这些柏林市民没有受到纳粹恶毒宣传的毒害，而是把犹太人视为人类同胞。歧视很少令人惊讶，但有时善良恰恰弥足珍贵。1945年春天，仍有少数犹太人留在了柏林。大多数柏林犹

第五章　通向黑暗的道路

太人，不是被迫登上了开往东方的列车，有去无回，就是彻底杳无音信。但包括玛丽·雅洛维奇-西蒙在内的少数犹太幸存者，设法在非犹太友人的帮助下躲过了官方的视线。她和柏林其他地方的年轻犹太人撕掉了外套上的黄色六芒星标志，用上了非犹太人的身份。

自从柏林的遣送行动开始以后，对于犹太人将被送去何处就有各种猜测和传言。罗盘上四方位之一的"东方"成了死亡的同义词。不过，尽管纳粹对犹太人的屠戮规模之大前所未有，但他们从未能彻底消除已经深入柏林生活和文化的犹太血脉。一些犹太人的声音曾帮助柏林更好地认识自身，其影响比国家社会主义更为持久、深远。批评家、散文家、哲学家瓦尔特·本雅明（Walter Benjamin）在世纪之交的柏林城西区一个富庶之家长大。无论是柏林的街道和公园（甚至是新式的巧克力贩卖机）、学生和妓女、富家公子和女房东，还是沙龙和嘈杂的公寓，本雅明对其最微小的细节都了如指掌，并搭建了柏林城市哲学的框架。"一战"前，还在读书的本雅明在靠近"城市铁路高架桥"和"兰德韦尔运河湍急的河水"[3]的地方租下了几间房间，他和理想主义青年运动（Youth Movement）的其他学者就在这个被他们称为"聚会所"（The Meeting House）的地方会面。作为柏林犹太人的楷模，本雅明首要追求的是"文化与教化"（*Kultur und Bildung*）。他并不乐见革命，却渴望推动社会的巨大进步："寻求在不改变人们所处环境的情况下改变人们的态度，这是英雄般的举动。"[4]而在他看来，战争的结束给柏林带来的不是革命，而是一个不可阻挡的旋涡："除了天上的云朵，一切都在改变，而云朵之下，渺小脆弱的人类肉身深陷充满毁灭性激流和爆炸的力场之中。"[5]这背后蕴含的，是一种对（置身于看起来似乎是文明社会坚实基础的）"柏林中产阶级最后的精英"[6]的强烈观感。他曾经普鲁斯特式地回忆自己年轻时的家庭生活以及当时柏林发达的商业网络："当时……我们的正装是在阿诺德·缪勒家（Arnold Müller's）买的，鞋子是斯蒂勒家（Stiller's）的，行李箱是麦德勒家（Mädler's）的"，而"就连我们吃的加了打发奶油的热巧克力都是希尔布里希家（Hillbrich's）定做的"。[7]（1940年，试图逃离德国国防军追捕的本雅明在法国与西班牙边境地带自杀，这样的结局与记忆中美好的世界大相径庭，更凸显出这段回忆的辛酸。）在那段短暂而安定的柏林黄金岁月里，本雅明的母亲喜欢去犹太教改革派的会堂，他的父亲则喜欢去正统派的会堂，而本雅明从年轻时就表现出对两种教派同样的抗拒。

本雅明那一代人中很多都是如此，但这并不意味着宗教实践或者宗教感情已经被推翻。生于1924年的洛塔尔·奥巴赫（Lothar Orbach）回忆说，他的家人和朋友们虽然信仰上帝，按时祷告，认真地布置逾越节（Passover）餐桌、准备家宴（Seder），但感觉仍与"虔诚的犹太人"之间有一定隔阂："我们首先是德国人，其次是犹太人，我们鄙视任何认为宗教信仰高于国民身份的人。"[8]奥巴赫的父亲是参加了"一战"的柏林犹太人之一，并且虽然一些退伍军人协会具有反犹的倾向，但他不会为此而讳言自己为了保卫国家而以身犯险的事实。"他只要出门便会戴着自己的老兵徽章，一条别在外套翻领上的黑、红、金三色丝带。"[9]

在柏林，既不存在整齐划一的天主教社群，也没有铁板一块的犹太社群，却存在诸如德意志犹太青年联盟（Bund deutsch-jüdischer Jugend）这样集合了一系列体育竞赛、远足和政治团体的伞形组织。数目繁多的结社带来了各种各样的声音：狂热的犹太复国主义者为了在圣地（Holy Land）建立犹太人的国家而奔走，而反对者则将这视为一种浪漫的痴人说梦——既然能在柏林日新月异的现代化社会中健康幸福地生活，怎么会有人想要搬到沙漠中的古代遗迹去呢？奥巴赫的父母如其他很多犹太市民一样，有理由为自

第五章　通向黑暗的道路

已能住在这座城市而庆幸：他们的老家在东边的波美拉尼亚，相比之下那里的生活简直令人窒息。

"犹太知识分子的自欺欺人主要体现在，他们自认为没有'祖国'（fatherland），因为他们的祖国其实就是欧洲。"汉娜·阿伦特写道。[10]这句评论说的便是从瑞士迁到柏林的罗莎·卢森堡，她过人的语言能力——她能熟练使用俄语、波兰语、法语和德语——以及她广博的学识，让她得以不费吹灰之力在欧洲大陆各个城市立足。生于德国的汉娜·阿伦特则是另一类犹太知识分子的典型代表。她的老家在汉诺威，为了求学而在魏玛共和国早期先后定居柏林和海德堡。爱好神学的她出于兴趣参加了《存在与时间》（Being and Time）的作者、年轻的马丁·海德格尔（Martin Heidegger）的哲学讲座，听他讲授人类并非单纯的主观观察者，而是无法与其周边的世界分隔开来的存在者（entity）。这种融合了存在主义和强烈浪漫主义的观点让当时17岁的汉娜·阿伦特爱上了34岁的海德格尔，两人成了情人。虽然这段恋情没过多久便宣告结束，但阿伦特的思考方式永远没有摆脱海德格尔的影响——即使后者在1933年曾表露出自己是希特勒的坚定支持者。实际上，海德格尔并未掩饰自己对纳粹主义的热情。"人类正在觉醒，"他于1931年宣告，"伟大的事业正屹立于风暴之中。"[11]20世纪20年代中期，两人仍是情人关系，并曾一起对"瞬间"（Augenblick）的概念展开讨论——所谓"瞬间"即是片刻、眨眼之间，"足以改变一切"的心灵重生的闪光。[12]不过，他们二人迎来自己新生的"瞬间"早晚不同，境遇也迥然相异。尽管如此，阿伦特对德国浪漫主义的学术热情仍然不减。1929年，她与君特·斯特恩（Günther Stern）结为连理，而他们在柏林的公寓从某种意义上讲可能是魏玛时期柏林最完美的缩影：由于房东精明地利用室内空间，她和斯特恩不得不为白天占据客厅的舞蹈课留出场地。不仅如此，阿伦特和舞蹈班的学员还得应付一个同在公寓中工作的包豪斯雕塑师——因为他碰巧是房东的儿子。

汉娜·阿伦特坚信智识生活是犹太教绝对不可或缺的一个固有方面。1933年，她被盖世太保逮捕，并近距离见识到了纳粹主义的邪恶。被捕前，她曾在一篇文章中指出，纳粹新政权的上台意味着同化（犹太人）思想的彻底终结。为了准备一篇将在布拉格发表的论文，她开始在普鲁士国家图书馆（Prussian State Library）研究国家反犹主义。纳粹此前已经将这种研究列为禁忌。阿伦特被一位图书管理员告发，和母亲一起在看守所里被审问了8天。获释后，阿伦特和母亲旋即逃到了瑞士。

各行各业的犹太人都被迫在慌乱中重新规划他们的生活。腓特烈大街上有一家名叫"S. 亚当"（S. Adam）的豪华百货商场。这家由四兄弟经营的家族企业以品类繁多的奢侈品著称——奢侈品曾是贵族的专属，但如今富裕的柏林中产阶级也触手可及。商场还会举办盛大的慈善假面舞会，吸引柏林社会最上层的风云人物到场参加。1930年，亚当家的企业受到华尔街股灾后第一波余震的打击，到了1932年，柏林的经济危机已经将它逼到了破产的边缘。纳粹抵制犹太人企业的充满仇恨的运动随之而来，在商业上给S. 亚当判了死刑（接下来，纳粹党人将抄底并接管）。亚当家族很快看清，新政权带来的恐怖危险已经火烧眉毛。流亡生涯就此开始，四兄弟之一的弗里茨（Fritz）英年早逝。他的儿子和继承人、当时年仅13岁的克劳斯（Klaus）被送到英国，在圣保罗公学（St Paul's School）就读。面对"独在异乡为异客"的生活，他不得不快速适应。他凭借充沛的能量度过了艰难的岁月，并于1939年作为英国皇家空军仅有的三位德裔飞行员之一，英勇地与纳粹空军作战。20世纪60年代，他摇身一变，成了才华横溢的电影制作设计师肯·亚当（Ken Adam），詹姆斯·邦德系列等电影作品都出自他的手笔。他为虚构

第五章　通向黑暗的道路

的电影场景引入了魏玛共和国时期的建筑灵感，用混凝土、玻璃和迷人的棱角创造了一个包豪斯风格的英雄与恶棍的世界。柏林墙倒塌之后，肯·亚当爵士重新回到阔别多年的柏林。前不久，就有一场电影博物馆的特展以他的作品为主题。

1933年之前，柏林曾给予经历伤痛之人以短暂的宽慰。艾瑞克·霍布斯鲍姆便是如此，双亲亡故后，他与妹妹一同离开出生地维也纳，来到柏林，寄居在生活宽裕的亲戚家中。与他刚刚过世的母亲一样，霍布斯鲍姆的犹太性仅限于到犹太会堂参加礼拜。但当这位未来的历史学家审视自己的新家园之时，犹太性却在很大程度上成为他身份的重要部分。"1933年夏末我来到柏林，当时世界经济正在崩溃，"他写道，"在某种程度上，世界经济崩溃这种事，中产阶级的年轻人只是读到过，却没有直接的感受。"[13]尽管如此，这场危机如同一系列火山的爆发，后果太过明显。"（它）主导了我们的天际线，一如维苏威、埃特纳等俯瞰城市的真实火山那时而冒烟的锥顶……我们呼吸的空气中就能闻到爆发的味道。自1930年起，它的标志变得越来越熟悉：红底上是一个白色的圆形，中间是一个黑色的卐字。"[14]

作为一名知识分子，霍布斯鲍姆的与众不同之处或许在于，他不仅能一目十行地读万卷书，更真真切切地走了万里路。柏林城内无论什么样的边边角角他都从不回避，即便最终会带来冲突。远离商业中心耀眼的现代主义风格，置身建于19世纪的庄严的政府大楼以及那乏味、浮华的雕塑之间——尤其是1415年到1918年柏林城的32位统治者的塑像——他看到了一个尚未彻底抛弃其帝制时期反动传统的城市。他认为，在其他地方，浮华之物可以散发出高雅的气质，维也纳便是一例。但在柏林，浮华的效果却是沉重、乏味。何况，这座城市并不适合青少年生活。"中产阶级家庭的青少年所在的这个柏林……适合到处走动，却不适合静止不动、盯着街道发呆，"他写道，"那些街道的意义就在于，它们有很多都指向这个城市中真正令人难忘的部分，也就是湖区和林区。"[15]霍布斯鲍姆深爱滑冰，而碰巧柏林冷得"特别"。柏林市民还精力旺盛。"这座城市容不得废话和哄骗之词。"[16]他写道。哪怕是方言和俗语中都充斥着充满人情味的不敬之词，并且不同于一丝不苟的维也纳，柏林人说话像是"加了速"，还大量使用俏皮话。他和妹妹住在时髦的巴伐利亚区亲戚家的大公寓里，但年少的霍布斯鲍姆逛遍了全城。一个城市怎能容得下他？毕竟他曾提到，他全家人都过着跨国的生活，搬家再正常不过，尤其是寻找新的工作机会的时候。照看他的叔父在环球影城（Universal Studios）工作，而这家美国企业的创始人卡尔·莱姆勒（Carl Laemmle）本身就是一个一直与柏林保持联系的德国移民。

霍布斯鲍姆所接受的教育并未让他感到，犹太人身份使自己成了异类或"他者"。他就读的海因里希亲王预科中学（Prinz Heinrich Gymnasium）是一所实力雄厚的中产阶级学校，似乎保留了一些普鲁士的新教和保守主义传统。"像我们这样不符合这个模式的人——无论是天主教教徒、犹太人、外国人、和平主义者，还是左翼分子，虽然没有受到什么明显的排斥，但仍能清楚地感觉到我们的少数群体身份。"[17]他回忆道。

老师对于传统似乎抱有近乎滑稽的普鲁士式的热爱。尽管如此，除了严格教授希腊语、拉丁语、数学等课程，学校也承认更宽广的肉体世界的存在，而这恰恰是霍布斯鲍姆生命中唯一一次理解了体育锻炼的意义。在运动方面，传统的掌控力有所松动，自由占据了上风。学校里有一个历史悠久的赛艇俱乐部，并且可以独享湖面的特定区域。年轻人在这里平等交流，在朦胧温暖的夏日傍晚，在平静的湖水中畅游、聊天。理着平头、长着灰白色眼眸的校长们虽然烦躁易怒，但他们有着丰富的经历。他们曾在"一战"的战场上浴

第五章 通向黑暗的道路

血,如今他们尝试用自认为最佳的方式培育这个国家的下一代。他们擅长鼓励学生走出城市,参加青年旅社活动或远足。而且尽管他们对以激烈方式表达的年轻人的左翼思想显然毫无兴趣,但他们也不排斥这些不同的思维方式:1932年,霍布斯鲍姆所在学校的图书馆收藏了激进剧作家贝尔托特·布莱希特的作品以及《共产党宣言》(The Communist Manifesto,任何对共产主义表达同情的学生都被老师要求亲自读一读这本书)。

但正如霍布斯鲍姆所写的那样,这个国家显然就像一艘正要撞上冰山的泰坦尼克号巨轮。1932年,霍布斯鲍姆的叔叔在环球影城的工作受到了威胁,不是因为纳粹作怪,而是因为总理弗朗茨·冯·帕彭(Franz von Papen)为了稳定经济而孤注一掷,政府新出台的保护主义法规要求在德国经营的跨国企业的雇员应以德国人为主。霍布斯鲍姆的叔叔是波兰人,因此工作不保。为了求生,他和太太离开了德国。年纪尚轻的艾瑞克和妹妹搬去了另一位姑姑家,住在铁道旁一座住满租客的公寓里。他们的姑姑晚上时常把租客们聚到一起,用占星术和关于通灵的奇谈异事哄骗他们(占星算命在20世纪30年代的柏林风靡一时,在战争的最后时期,约瑟夫·戈培尔也曾祈求占星术帮忙)。此时,霍布斯鲍姆已经正式加入共产党,并且因为自己成了一场世界运动的一部分而感到欣慰,而这场运动肯定只会从其在苏联的现有根据地不断壮大。1933年1月,霍布斯鲍姆在报纸上读到了希特勒被任命为总理的标题。短短几周之后,议会在新的大选召开前解散,冲锋队此时已经扮演起辅助警察的角色,陪同警官突袭共产党总部。2月27日,随着国会大厦被付之一炬,德国所有的自由也灰飞烟灭。无论是自由表达的言论,还是自由报道的媒体,甚至是在私人电话中表达的异见,都会招致报复。共产党人纷纷被逮捕、羁押、受尽折磨。霍布斯鲍姆在他所在的共产党支部遭到查抄前,将打印传单的设备藏在了自己住所的房间里。他深知这样做的危险。昔日在寒冬中的柏林街头群情激愤的游行，如今却成了一场梦魇。柏林的共产党人一直不明白，有些人远比他们更渴望权力。

少年霍布斯鲍姆和妹妹经由叔叔的引荐，于1933年离开柏林，移居英国避难。对于当时身处柏林的其他很多犹太年轻人来说，选择就有限得多。虽然的确有一些家庭在讨论移民——去英国、美国或是巴勒斯坦——但更多人仍试图改变自己的生活，以顺应当局迅速实施的侵略行为：这不仅是对犹太人商业经营的抵制，尤其令人痛苦的，是将犹太人彻底排除在某些行业或者学术职位之外。痛苦之外更有恐惧：《纽伦堡法令》（Nuremberg Laws）将纳粹的反犹主义和对犹太人的迫害置于全新的法律框架之中，其效果本质上便是剥夺犹太人的一切公民权利，并同时剥夺了法治对犹太人的保护。柏林乃至整个德国的犹太人因此陷入了官方可以不受任何法律约束肆意处置他们的可怕境地。换言之，纳粹现在完全可以合法地将他们视作非人之物——没有任何权利，也无法诉诸法律。接下来，他们将被赋予新的名字，以进一步将犹太性确立为他们唯一的识别标识，并借此将他们与自由人彻底隔离。这是一条通向恐怖终点的死亡之路。

纳粹党徒歇斯底里地四处登记家谱，寻找"不纯净"的血统，让柏林城中一些从未过多地考虑过自己的犹太传承之人也感受到了这种原始的侵略性。1934年，露特−约翰娜·艾亨霍夫（Ruth-Johanna Eichenhofer）还是一名在校女学生，她的父亲是一位兽医。学校要求她加入德国少女联盟——也就是女生版的希特勒青年团。官僚机构此举意在诱敌上钩。艾亨霍夫的爷爷是犹太人，奶奶则是新教教徒。艾亨霍夫的父母必须提交一张上溯家族三代祖先背景的表格，并在其中标明哪些是犹太人。年少懵懂的艾亨霍夫向父亲提出，不如干脆把他那边几个亲戚（其中一些是柏林的银行家）的名

第五章　通向黑暗的道路

字改掉。这样一来，就没有人会继续追问，她也能自由地参加联盟的活动了。她的父亲同意了，上交了（"处理"后的）表格。但根据她的回忆，接下来的几年里，父亲对此事的焦虑与日俱增。艾亨霍夫天真烂漫地坚信，那些表格只会被塞进不知什么地方的一个柜子里，没人记得了。但她的父亲深知纳粹反犹主义的严苛本性，一想到一旦自己的谎言暴露，惩罚必将随之而来，他便备受煎熬。1941年，他死于肾病，但他的女儿确信，那种永无休止的恐惧是致使他患病的因素之一。[18]

对于柏林的非犹太孩子来说，在风雨如晦的20世纪30年代，他们的同学和朋友的切身遭遇令人迷惑不解。在当时，所有父母都认为，公开或坦诚地谈论所发生的事情并非明智之举。布丽吉特·伦普克一家住在一栋公寓楼中，职业音乐家汉德克（Herr Handke）先生是她最喜欢的邻居之一。据她回忆，1938年，汉德克先生突然"消失了"。[19] 随着他失踪日久，人们奇怪的沉默变得难以忍受，伦普克开始询问周围的邻居是否知道汉德克去了哪里。她被告知，汉德克被送到波兰某地的什么营里表演小号。当年，公民身份的解除意味着那些被视为波兰公民的犹太人都被向东遣送出德国边境。波兰政府一直试图通过要求加盖特殊的护照印章来限制波兰裔犹太人从德国返回，而现在犹太家庭的大量涌入令波兰政府十分错愕。同样震惊的还有那些被遣出德国的犹太人，他们在毫无征兆的情况下突然被要求离开家园，进入一个充满恐惧的陌生世界，面对护照、证件、存款、财产均毫无意义的困境。波兰当局被迫在边境地区建起了难民营。同样在1938年，伦普克的同班同学弗里德尔·施奈德（Friedel Schneider）也不明缘由的人间蒸发。假期过后，弗里德尔就"再也没来上学"。伦普克对此感到疑惑不解：毕竟弗里德尔的学业还没有差到可以干脆"退学不上"的地步。[20] 她再一次向周围人打听，有人轻描淡写地告诉她，弗里德尔一家已经搬到了波兰。那时，布丽吉特觉得她的朋友在边境另一边或许过得更好，毕竟当年的11月9日发生了后来被称为"水晶之夜"（*Kristallnacht*，又作"碎玻璃之夜"）的恐怖屠杀。

在全国各城市爆发的、经过精心协调的野蛮破坏行为的规模之浩大，是普通人无法想见的。纳粹使用的托词是一位德国官员在巴黎中弹身亡。士兵和冲锋队终日为这场针对柏林犹太人的有预谋的攻击做着准备。当年只有十几岁的洛塔尔·奥巴赫同家人一起住在柏林东北部，亲眼见证了他家附近街道上的袭击发起的全过程：一队队敞篷军用卡车在街边停下，士兵从车上跳下，高声喊着："犹太人该死，犹太人滚出去！"（*Jude verrecke, Juden raus!*）[21] 马路对面是一家女帽商行，士兵们不仅打破了店面所有的橱窗玻璃，还把惊慌失措的店老板索哈契夫（Sochachever）一家从店里一直拖到街上。他们的脖子上被挂上标语牌，宣称德国人不能买犹太人的东西。奥巴赫注意到，纳粹官方的这条禁令并没有禁止德国人抢劫犹太人的东西；几分钟之后，柏林市民便纷纷冲进四门大开的店中，再出来时便都"头戴着漂亮的新帽子"。附近还有一位名叫弗里德伦德尔（Friedlaender）的巧克力师傅，他的买卖也"毁于一旦"。店面被砸之后，四邻又惊又喜的孩子争相跑进店里，捧着大把的甜食满载而归，"脸上都抹满了巧克力"。[22]

奔走于柏林城内各地的伦敦《泰晤士报》记者见到了无数亵渎犹太会堂的情形。他写道："自中世纪以来，这种系统性地掠夺和破坏的场面在文明国家已经鲜见。"[23] 他提到，柏林的12座犹太会堂中已有9座被人放火点燃。"法萨嫩大街（Fasanenstrasse）上的犹太会堂……闯入了一群年轻的暴动分子，他们毁坏会堂内部的家具器皿，抢走圣坛台布，然后在附近的维滕贝格广场（Wittenbergplatz）郑重地将其当众焚毁。"[24] 这位记者设法进入市中心，看到时尚购物区的选帝侯大街上，很多犹太人的商店仍在正常经营——尽管这一

第五章　通向黑暗的道路

局面不久之后即将改变。"今天早上，"他在"水晶之夜"的第二天写道，"猎捕犹太人的活动仍在柏林主要的购物街上进行。我两次看到一小群人追赶着惊恐的犹太人……其中一次，一个犹太女人最终落入追兵之手，被堵在墙角、团团围住。"最初协同安排的打砸抢行动到此刻已经显出了无政府主义的癫狂味道。一家时髦的咖啡厅被砸烂，红酒和烈酒都被抢劫一空，而肇事者是一群希特勒青年团的成员，其中还不乏一些"小男孩"。[25] 上年纪的老人也同样表现出这种孩子气的恶意，"一位退伍多年的老兵用吸尘器砸坏了堵住窗口的漂亮的胡桃木围屏，冲进一家犹太人的服装店"。一家家具店遭到攻击："孔武有力的年轻男子抄起精美的缎子面座椅和沙发对着墙壁猛砸，直到它们化为碎木为止。"[26] 抢劫至少还有一些贪婪的理性，而眼前的场面则纯粹是难以抑制的仇恨。

在《每日电讯报》的记者看来，这座城市似乎已被恶灵附身。"当下的柏林是暴民的天下，"他写道，"平日恭谨体面之人，如今也被种族仇恨和歇斯底里所控制。我看到围观的人群中，穿着入时的女子兴奋地拍手叫好，中产阶级的母亲则举着孩子一起看'热闹'。"[27] 随着抢劫和破坏而来的还有杀戮，"摄政王大街（Prinzregentenstrasse）犹太会堂的看门人一家据称被活活烧死"。[28] 但奇怪的是，遭人纵火的新犹太会堂居然在此等暴力中幸存下来，而拯救它的人竟是警察威廉·克吕茨费尔德（Wilhelm Krützfeld），他勇敢地与冲锋队的纵火犯对峙，声称自己的行为是为了保护周边的建筑不被殃及，并成功地为当地消防队队员扑灭已经燃起的火势赢得了时间——消防队队员救火也是反抗纳粹政权的义举，因为全城的消防队事先都被告知不要干预。新会堂的生命就这样得以延续，直至1943年毁于盟军的燃烧弹空袭。

当晚，柏林东部和西部各报告了两起私刑事件。许多女人不顾周遭的流血场面，忙不迭地冲进选帝侯大街上大门已被砸坏的时装店，自顾自地挑选"长袜和内衣"。[29] 虽然此时柏林的公民社会似乎已经如薄纱般脆弱，但所幸嗜血的渴望并未感染所有人。一些非犹太旁观者为未成年男孩恐吓犹太公民而感到震惊。尽管公开为犹太人出头者寥寥，但除了有人表达恐惧，也有人对此表示羞愧。一位非犹太柏林市民告诉《泰晤士报》记者："一个工人对我说，身为一个德国人，他不想看到明天外国报纸上刊发的照片。"[30]

莱因哈特·克吕格（Reinhart Crüger）的祖母住在索菲亚大街（Sophienstrasse）上，与博物馆岛仅仅相隔几条街道和一条河，并且邻近奥拉宁堡大街的犹太会堂。克吕格的祖母既不是犹太人，也不反犹，而她住的地方长久以来一直是犹太人聚居区。1939年已有大批犹太人迁居他国，但更多的犹太人无处可逃。离开德国的成本十分高昂：纳粹政府要求移民者缴纳现金、贵重物品以及各种财物，作为某种形式的赎金。被迫留下的人只能面临着日益深重的迫害：企业被没收，却又找不到工作（即便是资质极高的医生寻找一份工作也要使尽浑身解数）；购物时间受到严格限制；禁止使用从地铁到有轨电车的任何公共交通工具；禁止在特定的街区、广场以及公园行走；日渐缩水的食物配给，以及随之而来的持续不断的饥饿。很快，这些人还将被强迫到柏林巨大的工厂里劳动。年纪尚轻的莱因哈特·克吕格对此几乎没有任何概念。毕竟，哪怕是与犹太人同街相邻的非犹太人，也生活在完全不同于犹太人的另一个维度。但人们偶尔也能有机会望见鸿沟对面的情形。

克吕格的祖母住在一座安静祥和的公寓里，"楼梯吱扭作响"，窗外能看到"栗子树"以及附近的索菲亚教堂（Sophienkirche）。"那一带支持纳粹思想的住户比城市其他地方的要少，"克吕格几十年后回忆说，"（但）考虑到大的政治环境，犹太人还是尽量保持低调。"[31]不过，"他们与邻里相处融洽"，甚至到了1939年初，这片面积不大的街区中的犹太住户仍被其他居民当作"同胞"对待。[32] 克吕格

第五章　通向黑暗的道路

时常跟着祖母外出购物，目的地之一是一家曾经名为韦特海姆的百货商场。这家漂亮整洁的商店曾为犹太人所有，在全国开有分店，后来被纳粹强占，如今改名为AWAG。男孩只是隐约记得这里是一个犹太人占多数的街区，他说他无法"认出行人中谁是犹太人"。不过也有例外：那些"头戴双檐帽，留着大胡子，身穿黑色大衣"的男人让他感到新奇。[33] 祖母向他解释了犹太教正统派的传统和习俗。后来克吕格再随祖母外出时，他发现那样的人越来越少了。

1941年，12岁的克吕格又来到祖母家看望。此时，战争正肆虐全欧洲和全世界。在哈克市场（Hackescher Markt）下了地铁，他立刻被眼前的一幕惊呆了：

> 这个原本熟悉的地方似乎变得陌生。我驻足四望。我突然意识到，原来是因为人们衣服上的黄色犹太之星！不管我看向何处，无论是奥拉宁堡大街、罗森塔尔大街（Rosenthaler Strasse）还是迪尔克森大街（Dircksen Strasse），我都能看到身上戴着大卫之星的路人，这让我既惊讶，又恐惧。在这座城市的这一部分，仍然居住着这么多犹太人。他们面带尴尬、恐惧地沿着人行道默默前行。这项针对犹太人的措施几天前才刚刚出台。[34]

那些星星意味着什么，他十分清楚：它使得犹太人更容易受到攻击，让他们担忧自己时刻会成为他人斥责的对象。这种做法比剥夺公民权更加过分：纳粹政府居然将宗教少数群体标成靶子，任由他们遭受官方的欺凌和路人随时有可能做出的暴力伤害。男孩询问自己的祖母是否知情，用一连串问题对她"狂轰滥炸"："纳粹的所作所为是对的吗？""你认识他们中的任何人吗？"[35] 祖母的确与一些犹太人相熟，她恳请克吕格务必谨言慎行。祖母告诉克吕格，她当然还会和犹太邻居打招呼，还会在街上停下脚步跟犹太友人聊天。

但她同时也在或明或暗地对抗所有的法规，给几家犹太邻居多分一点食物配给——哪怕是1941年的时候，柏林的犹太人所能得到的食物就已经少到让他们难免营养不良。犹太人的房屋被大量侵占，被迫搬进日见拥挤的集体住所。

接着，官僚机构针对犹太人的大规模驱逐就一丝不苟地开始了：

> 1941年10月初的一天，我们的邻居霍恩施泰因（Hohenstein）太太收到一张犹太社区下发的表格，让她填写个人物品的清单……我们没把这当回事，但犹太社区的黑夫特尔（Hefter）先生却似乎显得不知所措，他说当天晚上将有1000名犹太人被从家里带走，然后被驱逐出境。那1000人就是那些收到了"清单"表格的人……当晚8点刚过，两名盖世太保军官要求进入霍恩施泰因太太的房间。不到10分钟之后，霍恩施泰因太太来到我家，面如白纸地告诉我们她要被带走了。那两位"先生"也不知道她要被送到什么地方。接着，那两位"先生"把她引向门口。我听见他们重重地关上门，听着安静的脚步声和下楼的皮靴踩出的回声。然后，一切便又重归寂静。[36]

那个秋夜，一位老太太被两个盖世太保军官一左一右押到昔日的老人院改成的收容中心。举目望去，尽是其他同样被从家中强行带走之人的面孔，以及他们身上的大衣、围巾和手中的轻装行囊。一些男人和女人为了抵御夜寒而裹得严严实实，低声谈论着接下来的"旅程"；其他人互致祝福，彼此道别。军用卡车载着这些人穿过被炸得焦黑的城市，但他们的目的地却不是普通的火车站，而是简陋荒凉的格鲁内瓦尔德货运站。自此开始，他们迅速地滑向非人化的境地。老人们明白，再怎么恳求那些监督他们驱逐之旅的年轻人都毫无用处，也不可能知道他们究竟要被送去何方。此时他们受到的待遇虽然相

第五章　通向黑暗的道路

对温和，却也无情。毕竟，他们现在不过是一批货物而已。

1942年1月，在一栋俯瞰冰封的万湖的漂亮大宅里，党卫队上级集团领袖（SS-Obergruppenführer）莱因哈德·海德里希（Reinhard Heydrich）与其他纳粹高级官员齐聚一堂，讨论"犹太人问题的最终解决方案"。[37]此次会议脱胎于海德里希与赫尔曼·戈林（Hermann Goering）等人就"东方总计划"（General Plan for the East）的讨论。在波兰等地，针对犹太人的大规模屠杀已在进行。到1941年年底，德国国防军挺进苏俄，沿途的城镇和村庄一律烧杀，希特勒最终决定所有犹太人都必须被消灭——不只是在东部那些新占领的屠宰厂中的几百万犹太人必须死，整个欧洲的犹太人口都必须被斩尽杀绝。这个包含强制劳动、食物剥夺以及前所未有的大规模屠杀的地狱计划，竟在这座优雅的别墅里以官僚会议的形式展开（会后则是一顿丰盛的自助午餐）：转运安排、铁路运力，以及按照年龄分组以节省出一些人从事重体力劳动。这并非什么战战兢兢的下属小吏完全依从上峰的命令行事：聚在那间俯瞰着湖面的温暖房间中的海德里希等人深信，犹太人作为一个整体就像传染病，必须被消灭。少数几个丧失人性的狂热分子有这样的想法虽然可怕，但仍然可以理解；更可怕的是在柏林和其他地方，都有更多人愿意接受这样的想法。

1942年1月的一天傍晚，盖世太保找上了莱因哈特·克吕格那位住在索菲亚大街的祖母。"有人敲我祖母家的房门。"克吕格回忆说。据祖母事后回忆，一位盖世太保的密探站在门口，对她说："希特勒万岁，克吕格太太，我能跟您讲几句话吗？"老太太带着他来到客厅，他开口解释来意，说："您知道还有很多犹太人住在索菲亚大街上吧？"并接着说，据称有"一对犹太夫妇"住在这栋房子里。那位盖世太保的密探继续说道："我们这里有一份正式清单，详细列明了这一带所有的犹太居民。您能看得出，我们在严密监控犹太人。我们希望您也可以这样做，亲爱的克吕格太太！"[38]

老妇人沉默不语，来人随即转入正题：

> 所有德国公民都必须提防这些与我们祖国为敌的卑劣之人。因此，对于犹太人，请您睁大双眼，耳听八方。如果您发现任何可疑情况——比方说，如果您看到有人拎着行李箱或者大提包四处活动——请务必立刻向哈克市场16号的警察局报告。请您务必履行这项义务！但这件事对于每一位德国公民来说都应该是理所当然的，不是吗？希特勒万岁！

"来人走后，"克吕格记得，"我祖母呆立在走廊里。对于她来说，听对方说话的那段时间定然是非常糟糕的经历。"[39] 万湖会议那冷血的精神错乱对人类造成的后果便是，男男女女、老老少少全都惊恐地等待着有人来按响门铃。有些人收到通知，他们要被送去特殊的"殖民地"；其他人则被阴险地告知，政府要将他们送出柏林是为了保护他们免受盟军的空袭——只是单纯的撤离，别无他意。一天晚上，住在祖母家的克吕格亲眼见证了集合过程的冷酷与恐怖：他看到街上停着一辆带棚顶的卡车，身着带星形记号的男男女女被指挥着爬上卡车，钻进棚中。接着，楼下传来响动：有一栋公寓楼的门铃响了。祖母早先警告过克吕格不要在窗口张望，否则一旦被发现可能"大祸临头"。而此时，她"战栗着"站在自家房门前，耳朵贴着木门，试着弄清楚外面发生了什么事。声音顺着楼梯传了上来。"您是叫海因里希·伊斯雷尔·莱温（Heinrich Israel Lewin）吗？"另一个人轻声应和。"请出示您的身份证件！"那人再次默默服从。"请您和太太做好离开的准备。行李请不要超过一个行李箱和一只手提袋。十分钟之内要收拾好。"就在这令人胆寒的一幕在楼下上演时，克吕格的祖母轻轻打开屋门，严厉地告诉自己的孙子绝对不

第五章 通向黑暗的道路

要出声。但就在她试图瞄一眼楼下的情况时,传来了有人向楼上走来的声音。她害怕地连忙轻轻关上了门。她解释说,盖世太保和党卫队不喜欢被人注视的感觉。"他们不想让他们肮脏的行径被人看到。无耻!无耻!"[40]

这些被遣送者中究竟有多少人知道自己在东部的森林中将面临的命运,我们已经无从知晓。惊人的是,尽管纳粹全知全能的官僚体系将成千上万人的信息收录在册,用这张无所不包的天罗地网无情地推动犹太人的驱逐,但仍有个别柏林犹太居民抓住了少有的机会,逃出生天:他们隐姓埋名,像"潜水者"或者"U型潜艇"一样,骗过当局的追捕,在城市的阴影中遁形。索菲亚大街事件发生数月之后,柏林的大多数犹太人均已被遣送走,其中大多数人甚至已经丧命。但对于侥幸拥有几个友善、忠诚的非犹太邻居的洛塔尔·奥巴赫母子来说,机会只有一次,却又那么疯狂、恐怖。他家的门铃响于平安夜,当时的广播中正播放着传统的圣诞颂歌。奥巴赫母子对这次不速之客的来访早有准备。中年的盖世太保密探向年幼的洛塔尔解释说,他们出于安全考虑要将洛塔尔母子送出柏林,假装在洗手间的母亲正在后门附近收拾行李;洛塔尔给将要抓走他的人递上了劣质的咖啡和水果蛋糕,让他们在这个寒冷的圣诞夜感受到一些温暖,而他的母亲则已经做好了准备。来人接受了洛塔尔的款待。母子二人留下几个客厅里的盖世太保密探,抱着永远无法回来的觉悟,蹑足潜踪地溜出后门。

逃跑计划到此时还远远没有成功,他们出了后门进入了公寓楼的天井,必须穿过别人家的房间才能真正逃出去。他们本以为能拜托看门人帮忙,不承想尽管房间灯火通明,她却装作没听见他们轻轻的敲门声。他们又尝试去敲其他亮着灯的人家的后门,可还是没有人开门。直到留在房里的纳粹吃喝完毕,意识到要抓的人已经踪迹不见。他们一边在楼里走来走去,一边大喊:"若有任何人藏匿犹太人，一旦发现，立即格杀！"[41]

就在这时，洛塔尔和母亲听到楼上的露台传来一声低语，一位名叫埃尔丝·穆勒（Else Mueller）的老太太招呼他们上楼，藏在她床下。纳粹终于来到她家门前，但老太太早有准备，戴上了卐字袖标，见他们刚登上通往她家的楼梯平台，便率先发难："你们抓住那些该死的犹太人了吗？"[42]洛塔尔和母亲从藏身之处可以清楚地看到门外纳粹分子的长筒靴，但那些人把穆勒太太当成了自己人。后来，在平安夜的寂静中，她告诉自己这两位邻居，是纳粹逼得自己的丈夫自杀身亡，对她来说，这个政权的一切都面目可憎。接下来的几天里，奥巴赫母子改头换面，有了新的名字。在柏林城其他地方，玛丽·雅洛维奇-西蒙亦是如此。他们都意识到，向前一步便是深渊，而自己已经没有什么可以失去的了。

犹太人居住的公寓被洗劫一空，那些曾经属于犹太学者和企业家的郊外大宅则干脆被纳粹官员鸠占鹊巢。有价值的财物都被掳走，无价的纪念品则悉数被毁。纳粹不仅要消灭犹太人的肉体，还试图磨灭犹太人的记忆。那些陪同男女老少（他们每个人只拎了一只行李箱）走到犹太会堂的聚集点，再把他们送到火车货运站的官员，早就无视他们基本的人性、恐惧或是无辜。在不到一代人的短短的时间里，柏林的犹太人就变成了危险的外来之物，必须加以驱逐。然而，尽管导向杀戮的推动力似乎相当冰冷无情且不可阻挡，但此种仇恨敌意的核心是狂热的施虐倾向，即使是在对犹太人社区采取的最轻微的处罚中，这都显而易见。

禁止犹太人进入影院便是一例。这条法令本身既缺乏逻辑，又毫无意义：犹太人能对影院里的非犹太人做出怎样的伤害呢？为什么不能像犹太人专用的咖啡厅和餐厅那样，设立仅供犹太人使用的影院？但其背后残忍的动机毫无疑问：纳粹官方深知，受到压迫越深的人越需要影院给予的精神抚慰。那些喜剧、音乐剧、惊悚剧不

第五章　通向黑暗的道路

仅是单纯的闲暇消遣，更让人得以将焦虑的大脑完全浸入另一个世界，去体会同情、欢笑、激动、爱与正义等不同的可能性。此外，被剥夺了享受电影艺术之愉悦的犹太人群体，却恰恰在柏林电影艺术的发展中发挥了重要的作用。曾几何时，好莱坞刚开始发展，柏林才是这项抓住世人想象力的新媒介的领导者。战争结束后，全世界将不得不在银幕前直面犹太人所遭受的苦难。早在这之前，柏林就看到了电影塑造现实和历史进程的能力——而纳粹也以类似的方式领会到了这一点。

1. 1918年末、1919年初，那个因战败和疾病而变得致命的冬天，柏林几乎爆发了内战：一边是共产党人与政府支持的自由军团相互攻讦，另一边是试图恢复正常生活的柏林市民。

2. 格外温和、独具魅力的共产党人、斯巴达克联盟的领导者罗莎·卢森堡，于1919年被自由军团杀害，尸身被扔进了一条运河。

3. 修复一新的新犹太会堂在柏林的天际线上熠熠生辉。这座建筑虽然在"水晶之夜"的大火中幸存,但并未躲过盟军的轰炸。新会堂半壁丘墟的状态一直维持到20世纪80年代末期。

4. 现代主义者试图美化工业化社会的日常生活,20世纪20年代,夜幕下灯光璀璨的卡尔施泰特百货商场便代表了柏林这座拥有西门子、欧司朗等世界领先电气企业的不夜城。

5. 对于来自世界各地的游人来说，20世纪20年代末魏玛时期的柏林提供了无与伦比的感官愉悦。在富人看来，阿德隆酒店等地皆是爵士乐时代的中心。

6. 化学家奥托·哈恩与物理学家莉泽·迈特纳于1912年的合影。他们后来成为柏林原子能研究的先驱。身为这一领域中第一位女性科学家，迈特纳教授于1938年因犹太血统而被迫离开德国。

7. 20 世纪 30 年代初，年轻发明家曼弗雷德·冯·阿登纳的非同寻常的电气实验室 [包括一台范德德格拉夫起电机（Van de Graaff generator）]。他的专业知识后来被斯大林治下苏联的情报部门看中。

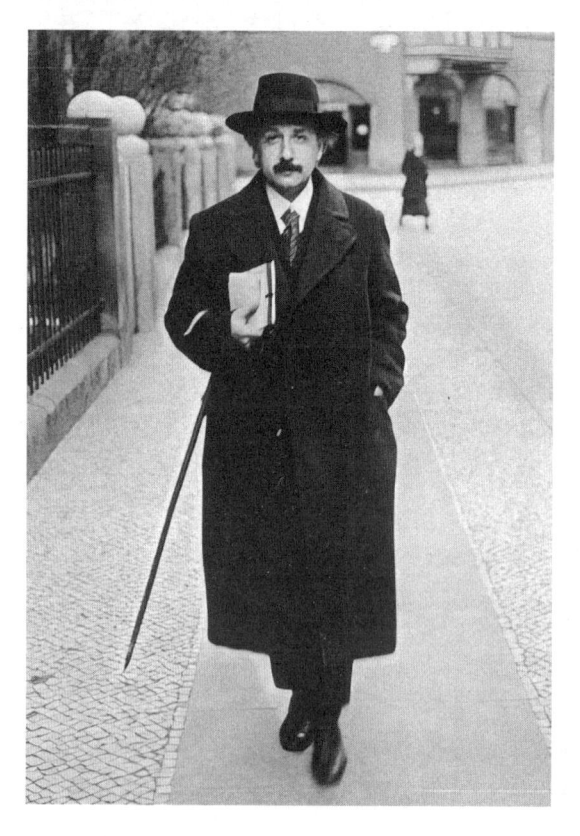

8. 魏玛时期的柏林可以算是阿尔伯特·爱因斯坦的城市，知识阶层争相与其交往（并希望能有机会聆听他讲解相对论），整个 20 世纪 20 年代及至 30 年代初期，在他移居美国之前，他每次抛头露面都能吸引大批人群。

9. 20世纪20年代的柏林电影业开辟了全球审美的新路线，弗里茨·朗的史诗巨作、表现闹鬼森林中厄运注定的英雄西格弗里德的《尼伯龙根之歌》（1924）试图唤起德意志民族之魂。

10. 弗里茨·朗的《大都会》（1926）是一部展示柏林未来想象的科幻佳作，这部使用黑暗与巨大光柱进行强烈对比的电影深受纳粹领导人的喜爱。

11. 希特勒的建筑师阿尔伯特·施佩尔于20世纪30年代末建造了一座缩微模型，展现了未来柏林重建为"日耳曼尼亚"的蓝图。施佩尔时常在深夜与元首分享自己的设计思路。

12. 保罗·威格纳饰演的复仇泥人。电影《泥人哥连出世记》（1920）以一个关于救赎的犹太民间故事为蓝本。战后，在柏林的残垣断壁之中，身兼影片主演和导演的保罗·威格纳受倾慕他的苏军官员邀请而重返舞台。

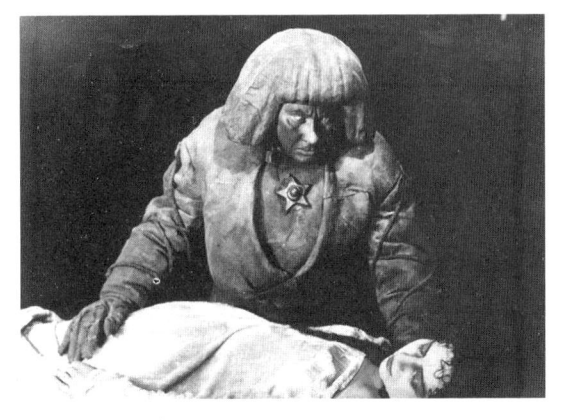

13. 魏玛共和国时期，后来著书论述纳粹邪恶起源的哲学家汉娜·阿伦特（拍摄于20世纪30年代初）不得不与一个前卫舞蹈班共享一间公寓。

14. 年轻的德皇继承人威廉皇储与妻子塞西莉女公爵曾一度受到柏林人的追捧，但1918年德皇逊位之后，这种追捧很快就变成了嘲讽。

15. 在写出文学史上的不朽名作《洛丽塔》之前，小说家弗拉基米尔·纳博科夫和夫人薇拉曾是20世纪20年代柏林俄裔社群的成员。柏林人公开裸体的癖好令他颇为着迷。

16. 20 世纪 30 年代，柏林工人阶级的廉租公寓条件恶劣，庭院更是阴暗、潮湿、寒冷，成为愤怒与不满的滋生之地。

17. 柏林一些现代化的工厂建筑——例如由彼得·贝伦斯于 1909 年设计的德国通用电气公司汽轮机厂——比很多工厂工人的家还要明亮、美丽。

18. 柏林对速度的追求在城市的轨道交通系统中得到了体现。柏林的地铁上天入地，穿楼越街。

19. 20世纪20年代至30年代，街头斗殴成为家常便饭。纳粹党徒与共产党员的激战往往造成严重的伤亡。

第六章
梦想的投影

简陋的宿舍内,一个憔悴的年轻人恐惧地盯着全身镜。镜中的倒影也凝视着他,但脸上的表情却截然不同,让他完全认不出来。年轻人一动不动,却惊恐地发现镜中的倒影满含恶意地缓缓动了起来。紧接着,那倒影竟然向前一步,迈出了镜子。那一刻,成百上千人的心跳在兴奋的恐惧中为之加速。他们中可曾有人因为对这一幕似曾相识而下意识地震颤?《布拉格的学生》(The Student of Prague)是1913年制作于柏林的一部恐怖电影,深受观众追捧,以至于前后被翻拍了两次。这种"怪力乱神"之物总能引起柏林观众的兴趣。但1935年观看了(在纳粹的批准下)翻拍的有声电影的观众,有多少会认为这部讲述了镜中邪恶自我的故事,其灵感来自一个看似正常却正滋生出极端暴力的社会呢?

10年后,1945年4月初,在柏林城郊尚未焚毁于轰炸的影院里——战前有大约300家影院散布于柏林各处——仍在放映闪烁的梦幻景象。柏林居民热爱电影,而早期的电影也帮助塑造了现代化的柏林。对于很多人来说,看电影是一种瘾,黑暗中那束惨白的光柱是那样让人难以抗拒,女学生黑尔佳·豪塔尔也不例外。但对她而言，影院中的这束光与这座城市中的其他灯光截然不同，它召唤来的是一个又一个更美好的世界。没过几天，幸存的影院即便没有毁于新的空袭，也已经被官方勒令关门，这给很多少男少女造成了近乎生理性的痛苦。在黑尔佳眼中，只要是演员兼歌手的玛丽卡·罗克（Marika Rökk）担纲主演的影片都像现实生活一样有滋有味。[1]罗克女士擅长出演浪漫喜剧和音乐喜剧，她一出场哪怕什么都不做都光彩四射。约瑟夫·戈培尔担心，如果不对好莱坞的不断扩张加以限制，后者便将占领和主导德国人的想象力，而乌发电影公司（UFA）在20世纪30年代邀请罗克女士进入影坛便是对此作出的直接回应：这个国家——以及纳粹政权——都需要足以匹敌乃至压过金杰·罗杰斯（Ginger Rogers）和卡罗尔·隆巴德（Carole Lombard）的明星。匈牙利裔的玛丽卡·罗克曾是一名训练有素的芭蕾舞演员，无论出演什么角色，都有优雅的动作和诱人的轻盈触感。她时常与当红小生约翰内斯·黑斯特斯（Johannes Heesters）搭档，而后者也是一位偶像派男演员。黑尔佳觉得，电影中复杂的浪漫故事可以视为人生的蓝本。她无比渴望能回到影院，重新沉浸到这些精心策划、逃避现实的故事中去。[2]

总体来说，这种长时间泡在电影院里的愿望，很多柏林人都有，甚至在纳粹的最高层持这种想法的人也不鲜见。希特勒本人曾一度每晚参加两场内部电影放映会。他对太过艺术或者高雅的片子从来没兴趣。在这一点上，他和柏林的市民倒是意气相投。魏玛共和国初期，电影这个新媒介正是在柏林逐渐成长为全球性的艺术形式。而柏林市民对自己家乡认识的形成，也离不开电影的贡献：20世纪20年代和30年代初，多部忠实记录了柏林街头景象和市民日常活动的社会现实主义影片大受欢迎。这座城市为自己的银幕形象而痴迷。这在纳粹的治下得到了延续，刻意编排的影片用令人印象深刻的效果展示着整齐划一的人群和飘扬着卐字旗的街道。到了1945

第六章 梦想的投影

年春天，尽管放映机已经不再嗡嗡作响，但德国电影独特的精神和创造力不仅没有消亡，反而独立于纳粹之外并迸发出更强大的生机。

年轻的女演员希尔德加德·克内夫（Hildegard Knef）便是一例。虽然刚与知名电影制作公司签约不过数月，但到了1945年3月，克内夫为了逃避红军充满暴力的性企图而在柏林周边的城防壕沟里乔装成男性士兵，其所表现出的过人机智远远超过大多数编剧的想象。那份令人费解的创造力同样见于思想深邃的演员保罗·威格纳（Paul Wegener）。他于20世纪20年代凭借对犹太民间传说动人的银幕诠释而蜚声世界，后来却被戈培尔笼络来参与制作纳粹的史诗电影。1945年3月，威格纳仍安居在位于柏林西南、装修得充满异域风情的家宅里，做好了赎罪的准备。柏林电影的精神也在另一位令人着迷的作家身上闪光——他的魅力甚至足以让戈培尔为了拍摄1943年的彩色奇幻电影《吹牛大王历险记》（*Münchhausen*），而寻求让他这个明显反感纳粹的人贡献想象力。这位作家便是埃里希·凯斯特纳。1933年焚毁第一批禁书时，凯斯特纳的作品便在其中。但到了1945年的春天，凯斯特纳不仅奇迹般地在纳粹的迫害下活了下来，还在谋划以电影剧本为幌子逃离柏林的方法。

这些人以各自的方式证明了电影对于广大德国人想象力的重要性，也将在战后继续塑造德国电影的发展。电影这个媒介对柏林拥有如此催眠般的魔力，原因之一便是：到了20世纪20年代，电影及其制作从狂欢节上的花哨小把戏到华丽的正式成为艺术的蜕变，正是在这座城市里发生的。整个"一战"期间，资金源源不断地流向柏林南郊森林中的各大电影工作室，以制造出更多的宣传影片。但对电影产业的投资并未随着"一战"的结束而终止，毕竟官方仍寄望于这个行业可以帮助德意志民族挽回些许国际形象。

1919年还是默片的世界。对于柏林的主创导演们来说，没有声音并不是一种限制，相反，这给他们带来了更多的可能性。毕竟语言是地域性的，但有感染力的图像则是共通的。会聚在乌发电影公司巨大的巴贝尔斯堡（Babelsberg）制片厂的导演和制片人看到了他们的戏剧、喜剧片和幻想作品越过国界、红遍欧洲甚至远播欧美的可能。魏玛共和国时代涌现出了康拉德·法伊特（Conrad Veidt）、玛琳·黛德丽（Marlene Dietrich）、埃米尔·强宁斯（Emil Jannings）等演员，恩斯特·刘别谦（Ernst Lubitsch）、弗里德里希·威廉·茂瑙（Friedrich Wilhelm Murnau）等导演，以及《浮士德》（*Faust*）、《最卑贱的人》（*The Last Laugh*）和《蓝天使》（*The Blue Angel*）等影片。20年代末，一位自维也纳慕名而来的年轻犹太剧作家开始了他的职业生涯，并观察柏林年轻人的社交生活：他当时被叫作"比利"·怀尔德（'Billie' Wilder）。

尽管是默片时代最后的作品之一，但怀尔德参与的第一部作品至今依旧清新、现代。摄制于1929年到1930年的《星期天的人们》（*Menschen am Sonntag*）兼具社会现实性和令人愉悦的喜剧色彩，讲述了在一个阳光明媚的夏日星期天，两男两女四个柏林青年人在湖边嬉笑玩乐的故事。影片中的柏林刻画得清新明快：沐浴在阳光中的喧嚣街道，贴着艳俗壁纸的逼仄出租屋，繁华的咖啡厅和商店，以及涌向湖边休闲区的人潮。这部赢得了电影评论界和观众一致赞誉的作品，是怀尔德与导演罗伯特·西奥德马克（Robert Siodmak）和埃德加·G. 乌默（Edgar G. Ulmer）在时尚的罗马咖啡馆（Romanisches Café）里反复推敲，在餐巾纸上写写画画的结果。那时的他们似乎都没有意识到，他们影片里的那个柏林正在远去，而他们三人也将被迫远走他乡，在美国开启新的职业生涯。《星期天的人们》表现了一座自在坦然的城市，以及这个城市的年轻人口。此时，华尔街股灾刚刚发生，随之而来的经济灾难虽然尚未到达柏林，却正在快速接近。电影捕捉到了这座城市生活中不可磨灭的和谐一刻：没有卐字标志，没有共产主义青年团，没有街头斗殴，

第六章　梦想的投影

没有贫民窟。刚从维也纳来到柏林的怀尔德已经沉醉其中,他像数百万柏林市民一样热爱跳舞,还曾短暂担任柏林一家高档酒店的职业舞伴(*Eintänzer*)——这个词既用来指代收费的舞伴,也表示富婆包养的舞男。"女人个个腿脚轻快,"他后来回忆说,"我跟随着她们的脚步更是轻如鸿毛。"[3]

1945年,怀尔德已经是一个为好莱坞烙上了独特美学印记的美国公民。[他1959年导演的作品《热情似火》(*Some Like It Hot*)中杰克·莱蒙(Jack Lemmon)头戴金色假发、身穿短裙,与乔·E.布朗(Joe E. Brown)在夜幕中跳探戈的场面或许正是怀尔德职业舞伴岁月的再现。]早在1944年他的黑色悬疑作品《双重赔偿》(*Double Indemnity*)上映时,怀尔德就已经被吸纳进入美国陆军专门负责心理作战的分支机构,并升任上校军衔。1945年初,当美军在西欧冰天雪地的平原上奋战之时,柏林再次成了怀尔德心头的大事。盟军终将胜利,只是时间无从预测。但怀尔德上校已经开始思考,应该如何在柏林的哥特式废墟中发挥电影的作用。他思考着如何再一次吸引德国观众,只不过这一次是为了劝他们摆脱对希特勒的崇拜。然而,在他即将返回柏林的过程中,也存在着更私密的创伤。1933年他离开柏林,经巴黎换机飞往美国,却将母亲、祖母和继父留在了奥地利。1938年的德奥合并,将奥地利置于纳粹的统治之下,犹太人被立即剥夺了一切基本权利。战争爆发后,官方已经拒绝承认此前颁发的合法身份文件,犹太人要离开奥地利已经难如登天。20世纪40年代初,致命的转运开始了。怀尔德的母亲和祖母甚至没有被送往同一座集中营,这意味着在她们死时身边一个熟人也没有。1945年初,他完全没有关于他们的任何消息。不过,即便面临着这样难以想象的恐惧,他心里想的仍是柏林的市民,是如何用摄像机修复他们支离破碎的心灵。

一位柏林成长起来的年轻电影创作者以这样的角色重返故乡,

真是再合适不过了，毕竟电影如梦幻般包裹感官的诀窍便是从这里传到了全世界。这位来自柏林的明日之星初露锋芒，是在"一战"结束后不久的1920年，罗伯特·维内（Robert Wiene）导演的《卡里加里博士的小屋》(The Cabinet of Dr Caligari)中。那是一部不可思议的恐怖悬疑片，剧情层次繁复，令人眼花缭乱——一个梦游杀人犯，一个游乐场的江湖骗子，后来被证明是恶魔附身的疯人院主管——影片布景散发着诡异的表现主义风格，有扭曲的房间和匕首形状的影子。对于一年前仍将德国视为某种恶魔力量源泉的世界各国观众来说，这部影片牢牢抓住了他们的想象力。多年后，柏林评论家西格弗里德·克拉考尔（Siegfried Kracauer）提出理论认为，疯狂的卡里加里博士便是希特勒的前兆。但德国影院中那些警示性的预示更像一段狂热的梦境——虽然并非严格的政治隐喻，却足以唤起更加广泛且不断增强的社会恐惧感。

另一部令人毛骨悚然的热门电影或许更准确地反映了魏玛文化中这种不易察觉的双重性。1926年上映的《布拉格的大学生》首次翻拍版是这部影片的第二个默片版本，再度担纲主演的康拉德·法伊特在片中饰演那个稀里糊涂地将倒影出卖给恶魔使者的男人。电影情节并非取材自古代民间故事，而是来自演员兼导演保罗·威格纳的构思［部分灵感来自E.T.A.霍夫曼（E. T. A. Hoffmann）的故事《失落的倒影》(The Lost Reflection)］。讽刺的是，到了1935年影片第三次重拍时，主演安东·沃尔布鲁克（Anton Walbrook）所面临的不安却是实打实的。沃尔布鲁克的母亲是犹太人，而他本人是同性恋。1936年，沃尔布鲁克前往好莱坞拍摄完另一部影片后，没有返回德国，而是去了英格兰定居，此后还出演了一系列影片。与此同时，《布拉格的大学生》的创造者留了下来。纳粹政权将保罗·威格纳紧拥入怀，后者却冷淡处之。

如果纳粹政权更加仔细地研究威格纳早年的经历，便不难看出

第六章　梦想的投影

威格纳与他们的反犹主义之间仍有一段不小的距离。早在 1920 年，他就曾在《泥人哥连出世记》(*The Golem: How He Came into the World*)中对犹太神话进行过规模宏大的探索。剧组在柏林的影棚中重建了中世纪布拉格的犹太聚居区，这片由石块和石板组成的迷宫在视觉上令人着迷且奢华，尖锐的屋顶直刺天空，窗框和拱门角度诡谲。以上布景皆出自建筑师汉斯·珀尔齐希的手笔——对于自己一面塑造现实世界中现代化的柏林，一面为银幕创造童话般的梦境，他并不觉得有何不妥。电影讲述的是一个有关迫害的故事：国王颁布的律法指称布拉格的犹太人社群"残害我主""觊觎基督教教徒的财富"，威胁要将他们赶出家园。[4] 勒夫（Loew）拉比在一间摆满扭曲怪石的实验室里查询古籍，寻求保护自己人民的方法。书中写道，可以塑造泥土为人，而后将带有法咒的护符放入其胸膛之内，赋予其生命。由此造出的泥人——这一由保罗·威格纳扮演的角色动作笨重但面部表情灵活丰富，对后来波利斯·卡洛夫（Boris Karloff）对科学怪人的诠释产生了深远的影响——最初热心助人，不仅砍木头、干杂活，还在皇宫屋顶坍塌之时拯救了国王和众位大臣的生命。但泥人同样拥有作恶的能力，并受到对勒夫拉比的女儿米丽娅姆（Miriam）垂涎三尺而不得的家仆操纵，大肆杀人和破坏。最终，一位天真无邪的小孩子介入，才让泥人恢复了正常。不过更有趣的是，片中的犹太人尽管都住在建筑棱角夸张的梦幻世界中，却并未给观众带来"非我族类其心必异"的威胁感，反而让人感觉亲近、温暖。

不过，无论创作者的本意如何良善，影片中还是存在一股似乎是下意识的暗流——那就是将犹太教的拉比与炼金术士的神秘力量联系在一起。在影片中，我们可以看到勒夫拉比研究天空中的星星，但目的是收集超自然的预兆。他的实验室黑暗阴郁，弥漫着炼金术的气息。虽然电影本身讲述的是一个神话故事，但作为影片中引人同情的主人公，布拉格的犹太人被刻画成了富有魅力的外来之人。他们当然是英雄，但同时也是"他者"。尽管如此，《泥人哥连出世记》还是获得了票房的巨大成功：电影首映式明星云集，镁光灯闪烁，为后来好莱坞的类似活动树立了模板，柏林的影院中也连续多周一票难求。

因此，虽然威格纳接下来于20世纪30年代和40年代制作出演了多部由纳粹官方支持的影片，并荣获戈培尔本人颁发的"国家演员"（Actor of the State）荣誉称号，但据一些人观察，他对于这一切总是抱有一丝不情愿或者矛盾的情绪。他从未公开表示对纳粹政权的支持。或许他接受那些工作和荣誉，只是因为拒绝会招致纳粹高层的憎恨，而他与所有人一样，只想苟全性命于乱世，并保护好自己的家人（与一般人不一样的是，他的家人包括5个前妻）。1945年初，在柏林每一家尚未因轰炸或者停电而关门的影院里，都能看到威格纳的脸。戈培尔此前已下令拍摄一部名为《科尔贝格》（Kolberg）的史诗剧。影片讲述的是拿破仑战争期间一个被围困小镇的故事，而主人公正是抵抗外敌入侵的镇民。如此直白露骨的宣传意图，柏林的观众或许都会被逗乐的吧？身为柏林居民的威格纳本人或许也对此感到大为震撼。他的寓所位于柏林城西南部，邻近格鲁内瓦尔德的湖光树影，并以家中丰富的亚洲风格家具陈设和一对佛雕而闻名。作为享誉世界的名人，威格纳的寓所在纳粹政权行将就木之际，也将在苏联一场出人意料的行动中派上用场。

自"一战"以来，电影这种新生媒介在政治宣传方面的巨大可能性已显而易见，但在魏玛共和国时期，希特勒同样曾为电影深深着迷，一如他初次听到理查德·瓦格纳（Richard Wagner）的歌剧时的惊为天人。在他看来，有一部电影不仅堪称杰作，更颂扬了雅利安血统的高贵。1924年，在柏林南部湖边庞大的影棚里，一片仅在神话中才能一见的云雾缭绕的德国森林被建立起来。一位名叫西

第六章 梦想的投影

格弗里德的金发战士骑着战马在参天大树间穿行，林中出没着一条能喷出真正火焰的令人惊奇的巨龙，另有精灵、铁匠、魔剑、城堡和贵族穿插其中——这便是看似完全忠实重述的传奇故事《尼伯龙根之歌》(Nibelungenlied)。年轻的导演弗里茨·朗（Fritz Lang）凭借惊人的自信，无中生有地创造出一个存在于时间之外的世界，讲述了一位已被人预言必死的少年英雄的故事，在故事的层层推进中传递出不断加重的悲剧感。这部作品绝非简单地逃避现实，其规模和深度都可与歌剧媲美。影片的时长也达到了史诗般的长度（5个小时），分为上下两部，要求观众不仅要放下怀疑，更要全身心地投入这场体验之中。

《尼伯龙根之歌》的真正特别之处不仅是其大手笔的制作——在德国刚刚开始摆脱恶性通货膨胀的噩梦般的旋涡之时，这诚然难能可贵——更在于其编剧特娅·冯·哈堡（Thea von Harbou）所说的，要捕捉到德意志民族性本质的强烈意图。[5]（哈堡曾与朗有过一段婚姻关系，后加入纳粹。）她还表示，制作这部电影是心灵深处的召唤，而这个故事之所以选择了她，就是"为了让德国回忆起它几乎已经忘记的往日荣光"。[6] 在这个国家6年前刚刚经历了战败的耻辱之时，如此强势的瓦格纳式理论即便以当时的标准来判断仍然十分扎眼。一位年轻的雅利安英雄，骑马穿过鬼怪频现的密林，去迎接他命中注定的暴亡。如果这真如某些人所说，是安抚这个国家伤痛的"镇痛香膏"[7]，那么这香膏未免太过病态诡异。尽管如此，这个故事显然引起了巨大的共鸣。

1924年，电影在拥有1770个座位的乌发电影宫动物园影院（UFA-Palast am Zoo Cinema）举行了盛大的首映式，政府各部部长、帝国银行行长以及其他各路贵宾悉数出席。当时年纪尚轻的约瑟夫·戈培尔和阿道夫·希特勒更是为之沉醉。他们不仅高度肯定了电影本身独特的艺术价值，更将其视为有史以来最重要的电影之

94　一：一部回荡在德国人心灵深处的作品。多年后，弗里茨·朗坚称自己的初衷完全相反：他对神话中贵族的刻画恰恰是要凸显其腐朽、衰败和解体，表明他们的世界无法、更不应该持续。但戈培尔已然决心要将朗的构想据为己有。

3年后，朗的想象以惊人的未来主义形式在电影《大都会》（Metropolis）中得到了全新的诠释。这个寓言故事发生在不久之后的未来，以一位不同寻常的女性机器人为主人公，故事设定的地点则是美轮美奂的柏林——发光的高塔，空中随处可见双翼飞机和单轨电车，而地下，奴役无数工人的魔鬼般的引擎为整个城市提供动力。事后证明，这一点同样为纳粹提供了灵感。实际上，电影讲述的故事以及所要传达的信息是含混不清的：一个长着美丽纯真女人外表的幽灵机器人，其背后却是一个晦涩不明的半马克思主义隐喻。但这些都不重要，关键在于棱角大胆的建筑以及对光线的运用足够引人入胜。这一次，最为陶醉其中的似乎还是希特勒身边的人。

虽然好莱坞日益耀眼的光辉吸引了从弗里德里希·威廉·茂瑙到玛琳·黛德丽等一众导演和演员远赴重洋，但弗里茨·朗仍然扎根柏林。除了其他扣人心弦的作品［例如由不久后即将逃离德国的彼得·洛（Peter Lorre）饰演儿童杀手的《M就是凶手》（M）］，他还花了很大的气力创造出虚构的人物犯罪大师马布斯博士（Dr Mabuse）。1933年，讲述已被送进疯人院的马布斯博士如何通过超自然的手段借由柏林地下帮派在暗中兴风作浪的电影《马布斯博士的遗嘱》（The Testament of Dr Mabuse）上映不久后即宣告撤档。1933年1月，希特勒成为德国总理，立即赋予纳粹深入社会各个角落的权力。他们不喜欢这部影片里别有用心的寓言，认为柏林地下世界的暴力居民影射纳粹，而撒旦般的马布斯博士则直指希特勒。随着影片被禁，弗里茨·朗终于意识到了新政权给他和他的家人带来的危险：他的母亲生来是犹太人，后来皈依了天主教。

第六章 梦想的投影

但即便是《马布斯博士的遗嘱》被禁，也不能削弱帝国新任宣传部部长对朗的作品的喜爱。戈培尔和希特勒时常谈论《尼伯龙根之歌》，而随着电影进入有声新时代，二人急于看到《尼伯龙根之歌》更加奢华宏大的新版本。在他们看来，翻拍的《尼伯龙根之歌》的故事和场景可以将纳粹时代的光辉形象传遍全球。纳粹官方就这部拟拍摄之新片的剧本接触了特娅·冯·哈堡，她的回答小心谨慎。朗受到戈培尔召见，并被后者告知他是"拍摄这部纳粹影片的不二人选"。[8]十分焦虑的朗虽然接受了对方的邀约，但他心里明白，他必须离开德国才能避免厄运降临。他首先去了巴黎，随后取道前往美国。1945年春天，朗的故乡已经被压境的重兵团团围住，而朗备受影评人好评的好莱坞黑色悬疑新作《绿窗艳影》（The Woman in the Window）则让影院中的美国观众兴奋不已。

元首本人对各类型电影的强烈热爱，给纳粹时期的德国影院打上了深深的烙印〔当然，也有电影为纳粹政权所深恶痛绝，早在纳粹掌权之前，好莱坞出品的反战电影《西线无战事》（All Quiet on the Western Front）于1930年在德国的公映便遭到了纳粹党徒的破坏，他们毁坏放映设备，并向影厅中投掷臭气弹、放老鼠。这部影片随后在德国被禁〕。电影的模式被刻意投射到纳粹治下生活的方方面面，某种意义上讲，柏林本身似乎成了纳粹政权摄像机镜头下巨大的电影布景：无论是劳动节庆典的精美舞台，还是每年4月20日希特勒生日当天的公共庆祝活动——建筑物立面披挂着几乎与建筑同高的卐字旗，聚在巨大的五朔节花柱下的人群——都被作为电影奇观拍摄下来。正如一位学者后来所说："如果说纳粹为了电影而疯狂，那么同样可以说是电影造就了第三帝国。"[9]利用电影媒介来加强政权对公众想象力的控制，最臭名昭著的案例便是莱妮·里芬施塔尔（Leni Riefenstahl）记录1934年纽伦堡阅兵的纪录片《意志的胜利》（Triumph of the Will）。只不过"纪录片""记录"这样的字样过于有名无实,里芬施塔尔利用蒙太奇剪辑、推拉镜头、低视角镜头和令人心潮澎湃的配乐所要做的,便是创造一幅用于宣传鼓动的盛景。亲身参与那场阅兵是完全不同的体验。对于那些满怀惊叹地凝视着俯瞰镜头中整齐划一的队列,或是在仰视视角中感受元首伟岸英姿的德国影院里的观众来说,影院奇特地拉近了他们与阅兵现场的距离,让他们更觉热血澎湃,无论是普通民众还是元首领袖,在银幕上的面孔都显得异常巨大,凝视着那闪着银光的黑暗。多年后,里芬施塔尔声称拍摄这样一部耀武扬威的影片并非她的本意,而她所做的不过是捕捉历史上的一刻。但事实并非如此,这纳粹胜利的一刻少不了她主动的贡献。

纳粹时期的热门节目有时(但并非总是)会赤裸裸地煽动仇恨。各种用心险恶的宣传攻势中,便包括1940年上映的电影《犹太人苏斯》(*Jud Süss*),而该片主演正是20年前曾凭借大名鼎鼎的卡里加里博士而让全世界为之倾倒的沃纳·克劳斯(Werner Krauss)。战争爆发前,他作为一名性格演员的出众演技让一位联袂主演的明星称赞他是"魔鬼般的天才"。[10] 与安东·沃尔布鲁克一样,克劳斯年轻时也得到了知名戏剧导演马克斯·莱因哈特的赏识,克劳斯后来宣称,"我生命中的一切"都要感谢莱因哈特。[11] 但他不同于沃尔布鲁克,也没有像与他共同主演《卡里加里博士的小屋》的康拉德·法伊特那样尽快离开德国,而是开心地宣布对新的纳粹政权效忠。作为一位学院派演员,他的作品不仅限于电影。1943年,当德国国防军在东南两线受困之时,克劳斯亲自登台出演了一出令希特勒青眼有加的戏剧。在莎士比亚的《威尼斯商人》(*The Merchant of Venice*)中,克劳斯刻画的夏洛克赢得了观众和评论家的一致赞许。一位评论家写道,他是"东欧犹太人的病理图像,演活了他们由内而外的肮脏不洁"。[12](奇特的是,虽然在战争期间,英国剧作家的作品一律禁止在德国的舞台上演,但莎士比亚不仅获

第六章　梦想的投影

得了豁免，更得到了纳粹领导层的主动赞扬。希特勒青年团鼓励成员参加"莎士比亚作品周"（'Shakespeare Weeks'）；戈培尔谈到莎士比亚时曾说："这是何等的天才！席勒与他相比简直不值一提！"而希特勒本人提到《威尼斯商人》时更表示，它展现了"犹太人经久不变的特质"。[13] 莎士比亚之外唯一获准在纳粹德国上演的是英语剧作家萧伯纳的作品。）战争刚刚结束时，沃纳·克劳斯和保罗·威格纳等演员得以在尘灰漫天、死尸遍地的柏林继续表演，而克劳斯本人则遭到了民众愤怒的抗议。即便是在战争期间，也时有评论家告诉克劳斯，他在《犹太人苏斯》中对犹太人的刻画似乎是要刻意煽动仇恨。每到这时，克劳斯都义愤填膺地回应说，那不是他要关心的问题，他只是完成了自己作为一名演员的工作。

除了显而易见的宣传影片，还有大量类型片似乎要在花哨的空想上与好莱坞一较高下。黑尔佳·豪塔尔等女学生的偶像、身兼演员和歌手的玛丽卡·罗克正是借此才得以统治银幕。罗克擅长出演简单的浪漫音乐剧，如《轻骑兵》（*Light Cavalry*）、《舞会欢夜》（*It Was a Gay Night at the Ball*）等，其中包含编排精巧的舞蹈套路。纳粹曾认真研究好莱坞的电影——尤其是神经喜剧（screwball comedy）*和伤感的情节剧。1933年3月，在凯瑟霍夫酒店（Hotel Kaiserhof）召开的一次特别会议上，戈培尔对乌发电影公司和其他制片厂的导演和制片人作出直接指示。他说，电影必须按照"人民的轮廓"来塑造，所有影片必须深深"植根"于"国家社会主义的基石"。[14] 乌发电影公司麻利地甩掉了所有犹太雇员，其中大多数都是在纳粹上台后的最初几个月里被解雇的。尽管这造成了严重的人

---

* 喜剧的一种类型，于20世纪30年代逐渐广为接受。其英文名称中的"srewball"一词意指古怪且略带神经质的人，因其得名的神经喜剧也以快节奏、妙语连珠、层出不穷的荒唐情境以及牵涉男女纠葛的浪漫剧情为特征。

才不足——同时约有1500名犹太与非犹太德国艺术家和技术工作者将在好莱坞迎来新的发展机遇——但各大电影制作公司都急于向当局表明自己的忠心。

某种意义上，作为刚刚入门的电影艺术学习者，戈培尔如此热切地分析好莱坞，不仅是为了满足宣传工作的需要，更因为他深知影院可以提供宝贵的情感释放渠道——在战争期间，这一点尤其重要，因为留在后方的家属时刻为散布在全球各大洲、各大洋战区的战士的安危而揪心。在北非和俄罗斯大草原的战局发生灾难性的军事失利之后，戈培尔除了1943年现身柏林体育宫，告诫全体人民做好全面战争准备，还命令各电影制作公司创造出更多精彩的影片，以分散群众的注意力。这对鼓舞士气至关重要，而且戈培尔对电影艺术在推动纳粹德国迈向最终胜利过程中的关键作用更是深信不疑。其中一部至今仍然值得一看的美学珍品便是1942年完成、1943年上映的全彩奇幻史诗《吹牛大王历险记》。考虑到纳粹对影院的绝对控制，这部影片充满了奇特的自相矛盾，故事的前一秒还是兴奋的狂喜，后一秒却又突然变成了冷峻的忧郁。影片取材自传奇的牛皮大王希罗尼穆斯·冯·明希豪森男爵（Baron Hieronymus von Münchhausen）的民间传说，穿插着关于魔法望远镜的逸事、与叶卡捷琳娜大帝的浪漫情事，与术士亚历桑德罗·卡格里奥斯特罗（Alessandro Cagliostro）的偶遇（后者还赋予了我们的主人公永生不死的能力），骑着炮弹的飞行，意外抵达18世纪的威尼斯，以及一场乘坐热气球的探月之旅——男爵与他的仆人发现，月球上住着一些花朵，这些花朵长着可拆卸且会说话的人头。

影片特效精美，色彩艳丽，那组于1942年在威尼斯大运河上拍摄的（狂欢节期间，男爵在成百上千身着盛装的临时演员的注视下乘船巡行的）镜头尤为华美。此外，俄国宴会的场景中更是使用了真金的器皿（偷来的）和瓷器布置桌面。但对于一个关键人物而言，

第六章　梦想的投影　　　　　　　　　　　　　　　　　　　　117

这一切怪象并不陌生：本片的编剧。在影片的结尾，活到了现代的明希豪森坐在凉亭中与年轻的来客聊天，突然暗示说自己已经受够了，他要放弃永生，迎接死亡。一位访客这时大叫道，可你是个半神啊。"是的，"明希豪森答道，"但半神也不过是半人啊。"[15]这行台词与纳粹洋洋自得的胜利情绪完全背道而驰，它将对死亡和牺牲的崇拜变成了某种像秋季一样令人厌倦感伤的事物。明希豪森见识过成千上万的世界，活了成千上万年。但对他来说，这一切还是不够。这样的结局要向戈培尔和纳粹领导层传递怎样的信息呢？只有戈培尔知道这部电影神秘的编剧是作品已经被禁多年的埃里希·凯斯特纳。值得一提的是，尽管纳粹政权一直极力将凯斯特纳和他的作品妖魔化，但他仍然选择留在德国。他曾先后两次遭到党卫队的严刑审讯，但即便是这样，也不能迫使他离开柏林。20世纪30年代末、40年代初，他部分依靠在中立国瑞士发表作品而勉强过活。在这期间，他专攻儿童读物的写作，并小心翼翼地避免过于明显地暴露自己和平主义的反纳粹倾向。《吹牛大王历险记》这样的影片需要一位拥有伟大想象力的艺术家赋予它生命。戈培尔冒险起用凯斯特纳，但毕竟不能让外人看到一位被禁的作者参与其中，因此，只允许他以假名创作电影剧本。但凯斯特纳创作的这部电影究竟表达了什么呢？明希豪森这个人物亲切和蔼、能量充沛并充满喜剧精神，但影片同样似乎始终伴随着一丝悲伤的沉重。不同于弗里茨·朗的《尼伯龙根之歌》，《吹牛大王历险记》是一部并未脱离人类情感现实的神话。

这部影片大红大紫，希特勒对该片所呈现的极其令人兴奋的布景效果也十分满意。但随后，希特勒不知通过什么渠道发现是凯斯特纳创作了电影剧本，这立即令他大为光火，下令禁止凯斯特纳再从事任何剧本创作工作。到了1944年，在柏林昼夜遭受无情轰炸的情况下，电影院已经成了举足轻重的庇护所，对于那些住在郊外、远离明显轰炸目标的人们来说更是如此。凯斯特纳住在罗舍尔大街（Roscherstrasse）上一座四层小楼中的一间漂亮的公寓里，房子邻近选帝侯大街，屋里堆满了书籍和多部打字机，"食品贮藏室里还放着骨头一样硬邦邦的陈年香肠"。[16]1945年春的一天，凯斯特纳在地下掩体躲避空袭时，一颗炸弹摧毁了他的家，把他的家产毁坏殆尽。苏军此时已步步逼近，他知道接下来这座城市将迎来怎样的恐怖。此外，他还听说在柏林城内游荡的党卫队残余分子计划在红军攻克城池之前把他杀掉。他和几位电影界的朋友开始拟定逃跑计划。他们准备逃去蒂罗尔山区（Tyrol）的一个小镇。如果遇到盘问，他们就说是来为一部名为《丢脸》（*Das verlorene Gesicht*）的新片选景的。

与此同时，一位此时初出茅庐的德国影坛重量级人物即将走上另一条截然不同的求生之路。未来美名远播（抑或是臭名远扬）的希尔德加德·克内夫此时年仅19岁，刚刚出道。在某种意义上，她可以被视作现代柏林的标志。她成长于富裕、受到艺术家喜爱的威尔默斯多夫区（Wilmersdorf），她家的公寓旁边是一段高架铁路，每当有火车经过时，所有的对话都不得不中止。克内夫的父亲早丧，母亲性情古怪，时而疯癫，继父则是一位鞋匠。在学校里，部分老师和大多数同学都是纳粹的拥趸，克内夫却厌恶那种凶暴的大喊大叫。不过，她喜欢1936年的夏天——那年，在被称为"希特勒天气"（Hitler weather）的骄阳之下召开了柏林奥运会，而她也得以远远地瞥见元首。几年后，柏林上空的轰炸机遮天蔽日，"无窗的卧室"和"床上的碎玻璃"[17]成了家常便饭，克内夫于1943年在乌发电影公司的动画部门找到了工作。几乎与传统（的情节套路）如出一辙，某日一位公司高管注意到了正在食堂用餐的克内夫，看到了这位金发碧眼的美人身上的银幕潜力。她获得了奖学金，开始接受表演方面的培训（即便是全面战争已经开始之时，此类培训竟然仍被纳粹

第六章　梦想的投影

政权视为足够重要而没有停止，这一点足以令人震惊。）

1944年，克内夫在柏林一家剧院演出时遇到了纳粹宣传影片制作人兼党卫队军官埃瓦尔德·冯·德曼多夫斯基（Ewald von Demandowsky）。二人的恋情由此开始，克内夫也于此时在一部名为《幸福之旅》（Journey into Happiness）的田园风情片中获得了首次出演电影的机会。这部片子是纳粹支持拍摄的最后几部影片之一。1945年2月，克内夫与其他无数柏林女性一样，密切关注着苏军进军的新闻，心里掂量着未来可能发生的情况。她有一位女性朋友酷爱占卜和塔罗牌，但对于即将到来的日子，她所能说的也只有"骇人听闻"[18]。

到了1945年3月，克内夫和德曼多夫斯基（如今已被召入人民冲锋队）仍未拿定主意应当何去何从。"我们现在不断地遭受轰炸，美国人、英国人，有时俄国人也来炸。"克内夫写道。[19]她最初工作的电影公司已经在一场空袭中被烧成白地，她与其他柏林市民一样，在片刻的惊慌失措与漫长的沉默乏味之间来回摇摆。哪怕采购日常生活用品这样曾经简单的活动，如今也变成了悬念与无聊交织的复杂体验。"有人说可以在达勒姆（一个邻近威尔默斯多夫的城区）买到橘子酱，"克内夫写道，"于是我跟其他人一块儿排起了队；我们拖着步子向前走，利用门廊做掩护，朝外探头看看，再重新排成长队。载满妇女和儿童的卡车一辆辆地开过，车上都是从奥得河河畔的法兰克福、施特劳斯贝格（Strausberg）、施宾德勒斯费尔德（Spindlersfeld）逃出来的难民。"[20]而难民带来的消息似乎最为直截了当。"他们喊着，'快跑，俄国人会强奸你们，把你们的脑子打出来！'其中一个女人大声嚷嚷着，'他们残忍地折磨我的丈夫，把他钉在门上，还切掉了我妹妹的乳房；快跑！'"[21]

就是在这个时候，一个逃离柏林的大致计划开始在克内夫的脑海中形成，这一策略建立在她对表演终生热爱的基础上。克内夫要女扮男装。她本就个子高挑、身材匀称，并且自信如果穿戴好了外套、毛衣、裤子和帽子，举手投足一定能像男人一样。这并非一时头脑发热或心血来潮，而是出于她对（随时可能会被）强奸的真实而紧迫的恐惧。况且随着红军的声音越来越近，城内许多躲在地窖里的女人也都想到了用这一招自保。但希尔德加德·克内夫还要更进一步（尽管这并非完全是她计划好的），女扮男装的她要混入一群突然陷入巷战的男人中间——人民冲锋队、党卫队和希特勒青年团。后来发生的事情证明，克内夫的伪装尽管最初极为成功，随后却也给她带来了意料之外的影响和意想不到的危险。战争结束后，希尔德加德·克内夫将在这个分裂的国家的文化生活中占据举足轻重的位置——虽然有时也会丑闻缠身。（她的情人德曼多夫斯基则终究难逃被俘获和处决的命运。）但她此刻绝望的逃遁和离奇的一招似乎兼具了埃里希·凯斯特纳的创意与恩斯特·刘别谦的讽刺。即便在柏林城即将陷落之时，这位年轻的演员仍坚守着这个城市无法无天的艺术精神。

但在柏林南部，有一家机构致力于截然相反的目标，它虽在轰炸中严重被毁，却仍然没有停止运转。柏林不仅是电影和幻想的胜地，多年来还见证了许多拥有远见卓识的科学家在这里完成了许多开创性的工作。1945年那个潮湿阴冷的春天，三位深知这个世界即将迎来原子时代的科学家另有他们自己的打算。尽管纳粹主导的核研究早已转移到了德国其他更偏僻的地方，但柏林的实验室里的秘密、知识和材料对于抢先一步占领它的一方而言，仍然具有不可估量的价值。这些科学家明白，摆在他们面前的，不过是被美英俘获还是被苏联俘获的问题。对此，他们似乎已经作出了自己的选择。

第七章
铀俱乐部

空中的群星不再如往昔所见，就连它们周遭的黑暗也变得不一样了。爱因斯坦改变了宇宙的形状。第一次世界大战结束后，曾有人认为新提出的广义相对论——空间与时间相互交织，并且可以被重力扭曲——本身便是战壕中扭曲心智的恐怖的副产品，并认为这个世界上最伟大的知识分子都受到战争氛围的搅扰，自然的法则也随之倒转。持这种观点的人中，便包括约瑟夫·戈培尔。他敌视爱因斯坦的犹太人血统，笃信荒谬的"雅利安物理学"（Aryan Physics）。1945年4月，身处地堡绝境中的戈培尔开始相信星辰的运动蕴含着未来的奥秘，而占星术便可以破解其中天机。此时的爱因斯坦早已成为美国公民，而他在柏林生活过的地区则已经在猛烈的轰炸中变得面目全非。然而，多年之前，他的相对论曾一度将柏林置于科学世界的中心。

1945年4月的第一周，一些曾受到爱因斯坦启发的科学家凝视着自己仅存的工作成果，并在日益强烈的恐惧当中翻阅着他们那令人赞叹的研究发现。柏林的很多实验室如今都已成为满地的碎玻璃和已经化为齑粉的瓦砾；与这座城市的工业一样，柏林残余的科学之光也将被彻底扑灭。很多对灵敏度要求更高的研究项目已经撤出城外，但仍有若干物理学家被留在了城内。这些人在战争期间面临过各种将会带来危险的道德困境，如今他们明白，他们所掌握的核物理知识将让自己成为众矢之的。其中有一位教授曾似乎注定要在东方的集中营里遭受惨无人道的对待，直至死亡。按照当时官方的说法，古斯塔夫·赫兹（Gustav Hertz）是一个"二等混血犹太人"（second-degree part Jew）。[1]他的祖父是犹太人，但整个家族在19世纪中期皈依了路德教派（Lutheranism）。不过对于纳粹来说，这样的血统已经不够纯正。赫兹教授曾担任柏林工业大学实验物理系的主任，但所谓的被污染的血统导致他丢掉了这个职位。

赫兹教授曾凭借在电子领域的开创性成果而获得了诺贝尔奖，却仍遭冷遇，因为纳粹政权不信任这一科学研究分支（与爱因斯坦的研究一样，电子被纳粹认为是犹太人的捏造）。他的公民自豪感十分明显，却毫无意义，就连他"一战"期间参与研制氯气这种可怕的战争武器都没能打动纳粹。但或许是他才华的闪光和备受尊崇的国际地位保住了他的性命，被逐出学术界的赫兹教授得到了柏林电气巨头西门子的盛情邀请。在1944年到1945年的高烈度轰炸期间，西门子的厂区也难以避免地遭受重创，但受损建筑中的一些实验室幸存了下来。而1945年4月阴冷的天气中，赫兹教授与两位同时代的科学家一起设想着活下去的可能。其中一位是才华惊人的年轻物理学家曼弗雷德·冯·阿登纳（Manfred von Ardenne），他是无线技术以及早期电视技术领域的专家。在原子物理和量子物理这个与世隔绝的小圈子里，科学家之间关系密切，时常会面、切磋工作，并且所有人多少都知道或计算过一些原子弹的研制方法。在柏林这座严重毁损的脆弱城市里，科研院所屋顶的破洞直对着阴雨连绵的天空，地下掩体成了每晚别无选择的安眠之地，所有人都无处可逃。科学家们还明白，他们必将成为敌人追捕的目标，并且拥

第七章 铀俱乐部

有强大情报搜集能力的红军和斯大林的内务人民委员部（NKVD）清楚地知道他们在哪里。过去30年来，柏林在理解宇宙的原始结构方面取得了非凡的、开创性的飞跃，这意味着他们的头脑将在未来的地缘政治冲突中发挥无与伦比的作用。

核物理领域的研究成果使核武器成了可能，苏联人和美国人都看到了这一点，可纳粹政权却始终看不明白，这对他们来说无疑是一种讽刺。实际上，原子科学领域很多关键的进展都部分源自阿尔伯特·爱因斯坦的想象和哲学，而这恰恰是纳粹绝不能接受的。即便是20世纪20年代初，身在柏林的爱因斯坦已经举世闻名，受到科学界同侪、新闻记者、社会名流，甚至喜剧电影演员查理·卓别林（Charlie Chaplin）的热情拥戴，仍有一大批民族主义者和好事之徒痛恨他设想出的新宇宙。爱因斯坦坚称，他的广义相对论并非一场革命，他并没有篡夺艾萨克·牛顿（Isaac Newton）的权柄；相反，他只不过是将牛顿提出的原理应用在了这位17世纪的数学家无法想象的宇宙中，并借此推动了牛顿原理的演进。牛顿的引力原理无法解释银河系中存在的更大的力，爱因斯坦则想象出了光的弯曲以及时间的减速和加速。有人因此痛恨爱因斯坦，是因为他们认为爱因斯坦有意打破稳定的现实。甚至到了20世纪20年代初，仍然有德国民族主义者在狂热反犹分子的引导下坚信，爱因斯坦能生出这样的想法，完全是因为他是犹太人。

身为瑞士裔德国人，阿尔伯特·爱因斯坦早在德皇威廉将国家推入那场动摇理性根基的战争之前便已在柏林安家落户。战争结束后，德国革命爆发，共产党人和自由军团就在爱因斯坦办公室窗外的街上大打出手。[2] 街头的斗殴一直蔓延到了柏林大学，共产党人占领校园，要求校方未来只能招收支持社会主义立场的学者和学生。他们期待爱因斯坦可以给予支持，后者却表达了对思想自由受到压制的担忧，并利用其在政界的影响力恢复了校园的秩序。在魏玛时期的德国,秩序往往是一种幻觉。接下来的几年中,贫困、无休止的赔款要求和恶性通货膨胀打破了这份痛苦的平静,阿尔伯特·爱因斯坦也在此时成了真正的国际名人,他的形象与柏林的电影明星一样无人不知。他受邀前往英美等国访问,听他演讲的观众挤满了会场,其中不仅有当地的科学家,更有来自各行各业的热情追随者。粗鲁的记者几乎将采访爱因斯坦的机会当作了滑稽比赛:这位发型蓬乱的大人物——这个性情古怪的科学天才的化身——是否会犯错或者出什么洋相?他不会,这在很大程度上是因为他拥有活泼的喜剧精神,并一直对自己的影响力抱有自嘲式的自知之明。

爱因斯坦与夫人居住在柏林安静、富裕的巴伐利亚区,街道两旁是一栋栋外表略显浮夸、内部装饰豪华舒适的公寓楼,北面便是柏林景色秀美的中心公园蒂尔加滕公园(Tiergarten Park)。柏林的知识分子和社交沙龙享受每一次机会来深入了解他的观念。哈里·凯斯勒伯爵回忆说,爱因斯坦曾经鼓励他不要把广义相对论想得太过复杂;他用一只顶上装了一盏灯、无数扁平甲虫围绕其表面来回爬行的玻璃球为例,说明这个领域兼具有限性和无限性的特质。一次晚餐聚会上,一位嘉宾听说爱因斯坦"笃信宗教"时十分兴奋。事实真的如此吗?"是的,你可以那样说,"爱因斯坦告诉他,"如果你也尝试一下用我们有限的智力去探究自然的奥秘,你就会发现,在一切我们可以理解的关联事件的背后,仍然存在着什么难以捉摸、无法解释的微妙之物。对这股超越我们所能理解的一切事物的力量的崇敬,便是我的宗教。"[3]

爱因斯坦认为引力不只是一种力,而是构成了整个宇宙基础结构的一部分。很多科学家最初对此嗤之以鼻,仿佛爱因斯坦讨论的是什么超自然现象。其中的一些科学家本身就仍然相信"以太"(ether)之类的神异现象,但他们对相对论的态度或许也情有可原,毕竟在那个充满挑战与质疑的特殊时代,最新的科学理论往往都散发着强烈的超自然味道：在丹麦科学家尼尔斯·玻尔（Niels Bohr）和马克斯·玻恩（Max Born）正在探索的、时而难以捉摸的量子领域中，宇宙到了原子或者更小的尺度时便会表现出无法解释的行为方式——粒子变得无法测量，而电子在被观察和不被观察的状态下，会有截然不同的表现。柏林大学最为资深的学术巨匠、校长马克斯·普朗克（Max Planck）教授在从事热力学研究的过程中成了量子物理领域的领军人物。普朗克与他的忘年交爱因斯坦一样，无意颠覆经典物理学的原理，但已经观测到的一些辐射和热现象用经典物理学无法解释。20世纪20年代的经济动荡严重影响到了普朗克的研究，他的实验室有时甚至因缺少经费或者资源而无法运转。

物理学界的后起之秀——包括不久后崭露头角的年轻物理学家沃纳·海森堡（Werner Heisenberg）——大多数时间都沉浸在深度的抽象思考中。爱因斯坦时常进入魂不守舍的出神状态，有一次，他在浴缸中坐的时间太久，家人惊慌地隔着门大声叫他，他闻声回过神来，难为情地回答说他还以为自己坐在桌边。[4]

尽管如此，爱因斯坦对于周遭的世界，以及日益毒化的政治氛围同样有着敏锐的洞察。20世纪20年代初曾有一场公开会议，号称是关于相对论的辩论会，爱因斯坦忍不住前去参加。但走进会场时他才发现，入口左右两边墙上竟然各挂着一排卐字旗。会上，他直言不讳地发问道，假如他不是犹太人，对方是否还会如此强烈地反对相对论——一如他与其他心怀敌意的科学界同仁公开争论时所说的一样。

爱因斯坦始终保持着勇气，因为他深知自己绝不能对暴徒低头，但20世纪30年代初，他也非常清楚地感受到了那股席卷全城的寒意。在他看来，希特勒的上台部分得益于德国的经济灾难。"我并不喜欢希特勒先生"，爱因斯坦在加州帕萨迪纳（Pasadena）时这样表示。当时，他正受邀在加州理工学院教学与科研，"他靠着德国的饥肠辘辘而过活。经济状况一旦好转，他就将变得无足轻重"。⁵ 但这种看法未免将德国富裕的中产阶级想得过于理性。对于数百万彻底失业或者靠打短工维生的极端贫困人口来说，极端的共产主义和极端的纳粹主义似乎都可以给他们带来生存的答案。但对希特勒和纳粹，中产阶级既不热爱，也不畏惧；那些在1923年的恶性通货膨胀中眼睁睁看着自己多年的积蓄化为乌有的家庭，再也无法信任魏玛政权中的任何派系能保障他们的经济安全。因此，荒唐的真相在于，稳定恰恰是希特勒最大的魅力。

1933年初，希特勒登上总理宝座，德国国会大厦几乎旋即便燃起了大火。纳粹将大火归咎于共产党，并借此煽动反共情绪，举行了一场颇具份量的选举，而后迅速推行了铁腕的极权主义统治。爱因斯坦意识到，自己终究还是低估了这股可怕的力量，低估了这种对整个国家产生如此奇怪影响的暗物质。国会纵火案第二天夜里，爱因斯坦告诉自己的情妇："希特勒的存在让我不敢进入德国。"⁶ 但这并不意味着他会从此缄口不言。爱因斯坦乘船前往比利时，并在那里作出了这番铿锵有力的发言："只要我还有选择的余地，我就只会住在一个尊重公民自由、宽容和法律面前人人平等的国家。眼下的德国并不具备这样的条件。"⁷

纳粹政权对此大为光火，于是，柏林最伟大的知识分子就这样被迫流亡了。一份热门报纸宣称，"有一个关于爱因斯坦的好消息——他不会回来了"，这份报纸还在社论中说爱因斯坦"妄自尊大，竟然胆敢在对实情毫无了解的情况下对德国妄加评定——毕竟对于一个从未被我们视为同胞，并且自称只是犹太人的男人来说，有些事是永远也无法理解的"。⁸

与流亡在外的痛苦相比，那些留在德国、徒劳地试图讨好纳粹政权的人所遭受的痛苦大不相同。爱因斯坦离开之后，马克思·普朗克不仅要承受挚友离去的伤感，还要面对随之而来的纳粹对犹太学者的残酷打压。某种意义上讲,他曾一度成功地抵抗住了纳粹政权的压力;威廉皇帝学会(Kaiser Wilhelm Institute)贯彻"一体化"(*Gleichschaltung*)要求的时间稍晚于其他官方机构,他也为了保护犹太同事而尽其所能。弗里茨·哈伯(Fritz Haber)教授是受到普朗克庇护的犹太学者之一,"一战"期间,他在实验室里研制出了致人死命的化学武器和救人活命的农业化肥[他的第一任妻子自杀身亡,有人说是哈伯研制出战争毒气,逼得自己的妻子寻了短见。但另一方面,他研制出的化肥虽然也对人体有害,却可以带来急需的粮食丰收。这种令人厌恶的双重性一直纠缠着哈伯。多年后,哈伯的实验室研制出了氰化物气体齐克隆A(Zyklon A),这种本意是要帮助农民杀灭害虫的药剂,后来却经纳粹改良后成了大规模消灭人类的工具]。普朗克教授在元首本人面前为哈伯求情,但希特勒告诉普朗克,"像毛刺一样粘在一起"[9]的犹太人让他无法坐视不理。

纳粹政权的恶毒,以及那场击败纳粹的战争,最终彻底吞噬了马克斯·普朗克。1944年,他位于美丽的近郊格鲁内瓦尔德的心爱家宅在连续多晚的不间断轰炸中被毁。祸不单行,曾于魏玛时期从政、多年前已被赶出政坛并进入商界的小儿子埃尔温·普朗克(Erwin Planck),因涉嫌参与1944年一起暗杀希特勒的阴谋而被盖世太保逮捕。1945年1月,埃尔温·普朗克被带到人民法庭前受审——任何人只要受到这个邪恶法庭的审判,就注定必死无疑。绝望的普朗克教授致书希特勒,为子鸣冤。普朗克的请求并未换来希特勒的宽恕,他的书信如石沉大海般杳无音讯。埃尔温·普朗克当月被执行绞刑。普朗克教授已经在"一战"中痛失长子,而这最后的哀伤——一个反社会政权行将就木之前最后的暴行——将老人一步步推向了坟墓。即使是战争结束后立即便被热情洋溢地加诸其身的一连串荣誉——在纳粹掌权时期他被剥夺的所有应得的尊重,包括当时德国科学界独有的赴伦敦访问的盛情邀请——都无法治愈这巨大的伤口。

威廉皇帝学会还有一位光彩夺目的人物，其才华早在"一战"之前便得到了马克斯·普朗克的赏识；并且讽刺的是，她本可给纳粹带来制造核武器所必需的知识。然而，作为一位犹太女性，莉泽·迈特纳（Lise Meitner）自纳粹夺权开始便陷入了危险的境地。迈特纳生在奥地利，曾在维也纳大学就读。她专攻的物理学领域当年少有女性参与，但物理学带她来到了女性科学家不那么罕见的柏林。当时正值中年的马克斯·普朗克最初保守地反对女性从事放射性和原子这一新领域的研究，不过，在迈特纳过人的能力、精力和无穷的想象力面前，他的抗拒很快便烟消云散。迈特纳与另一位杰出的化学家、物理学家奥托·哈恩（Otto Hahn）合作，在20世纪二三十年代大大向前推进了人类认识的边界。

"那时候放射性与核物理领域的进步速度令人称奇，"迈特纳多年后回忆道，"这个领域的实验室几乎每个月都会诞生令人惊奇的新发现。我们与年轻同事建立起了非常好的工作关系和私人关系。"[10]到了20世纪30年代初，迈特纳已经受邀到知名院所讲学，一时间，她的职业生涯似乎产生了自己的引力场，使其得以超脱于新上台的纳粹政权。尽管各个研究领域的犹太同事一个接一个被开除教职，但此时德奥两国尚未合并，奥地利国籍让迈特纳的安全暂时无虞。而就在这一时期，她与奥托·哈恩几乎每天都能破解出原子能领域的新谜题。她对自己面临的威胁并非懵然无知，但工作就是她的一切，她不愿为了肮脏的政治投机分子心中的仇恨而放慢自己的脚步。在学会的实验室里，她试图用中子轰击铀原子，以创造出名为"超铀元素"（transuranics）的人造重元素。迈特纳与奥托·哈恩利用铀-238的同位素所做的这些实验缩短了人类与原子弹之间的距离，无意间改变了世界政治和历史的轨迹。

第七章 铀俱乐部

1938年，纳粹德国吞并奥地利，失去奥地利国籍保护的迈特纳面临着来自纳粹当局迫在眉睫的威胁。奥托·哈恩和其他同事恳请她赶快离开德国。她火速行动，仅收拾了两个小旅行箱。在朋友的帮助下，她一路搭便车经荷兰辗转来到斯德哥尔摩，并在那里受到了诺贝尔研究所（Nobel Institute）的欢迎。

不得不中途放弃工作让她十分沮丧，好在她与哈恩一直保持着书信联系。很显然，他们在最近的实验中发现了核裂变。"'镭同位素'（radium isotopes）有些极不寻常的反应，我们现在只能告诉你。"哈恩在1938年12月给迈特纳的信中写道。[11] 对于这些同位素的活动方式，哈恩和同事弗里茨·施特拉斯曼（Fritz Strassmann）无法给出确定的解释。"或许你可以给出某种奇妙的解答。"[12] 铀原子的原子核是"爆裂开"了吗？迈特纳回信说确实如此，并且这一现象也确认了爱因斯坦关于"质量到能量的转化能力"的推导公式。[13] 柏林城内，人类向着成功制造出核武器的可能性迈出了第一步。此时的纳粹德国遥遥领先于盟国，但纳粹德国迈向核武器的道路极其剧烈地扭曲和变形。而同样令人着迷的是，道德与科学这两股力量相互交织，最终却未能合而为一。

战争到来时，留在柏林的哈恩教授别无选择。而德国所有重量级的物理学家即将迎来一个被称为"铀俱乐部"（Uranium Club）的全新项目。[14] 时间拨回到1940年大约同一时间，在美国，爱因斯坦直接致函罗斯福总统，对纳粹研制核武器的可能性发出警告。既然机事不密，便是覆水难收。在德国，凭借不确定性原理（uncertainty principle，指粒子的动量既无法预测，也无法准确测量）而年少成名的物理学家沃纳·海森堡很快便看清了核裂变的巨大潜力。但问题是，核裂变潜在的巨大破坏力已经超越了纳粹那刻板的想象力。德国的科学家虽然受命要为战争出力，却时刻受到纳粹政权自身特性的掣肘。他们很多最杰出的同事都是犹太人，并因此被迫逃离这个将他们的工作成果贬损为"犹太科学"的国家。此外，各大科研院所各自为战，缺乏统筹，经费不足更是雪上加霜。原子弹的研制离不开大型的工业设施，就像后来美国为实施曼哈顿计划（Manhattan Project）而在洛斯阿拉莫斯（Los Alamos）的沙漠中建起的大型基地。相比之下，柏林的实验室——部分实验室还位于西门子城的工厂之内——就显得远远不足。如果不是纳粹对这一领域无比轻视又缺乏好奇，他们本可以提供更多资源。

哈恩和海森堡眼睁睁地看着纳粹官员为丘吉尔和罗斯福都能看明白的事实而困惑不已。1942年，他们被叫去哈纳克之家（Harnack House）的威廉皇帝学会和军备与弹药部部长阿尔伯特·施佩尔及一众军官会面。当天的会议，本意是要请二位科学家向军方介绍"原子击破与铀机器的研发"。[15] 讲解完毕后，施佩尔询问海森堡如何"将核物理学应用于原子弹的研制"。[16] 根据施佩尔的说法，海森堡告诉他，建造原子弹理论上是可行的，但德国至少要花两年时间才能研制出一枚原子弹。施佩尔听了十分扫兴。与此同时，希特勒也从年轻的发明家曼弗雷德·冯·阿登纳那里听说了核武器的可能性。与他的将军一样，希特勒似乎也无法想象核武器的实战应用：如果用在战场上，它能在2英里（约3.2千米）之外就把敌人从车里炸飞吗？如果在城市投放，怎样保障核裂变是部分可控的，以防可怕的连锁反应吞噬整个地球？

哈恩与海森堡在战后都声称自己坚决反对纳粹政权，海森堡甚至表示，他本人曾经主动破坏纳粹的核研究项目。在这一点上，仍存在暧昧不明之处。1941年，他与物理学界同仁尼尔斯·玻尔在哥本哈根的会面，以及他所讨论内容的意义，如今都像量子物理学命题一般模棱两可。海森堡是在恳求玻尔让盟军停止原子弹研发项目，还是他在刺探技术情报，抑或是他冒着背叛自己祖国的巨大风险，要让玻尔明白他本人也掌握了研制核武器所必需的理论知识？在很多德国人看来,这中间还夹杂着一层盟国的科学家往往无法理解的道德痛苦:尽管德国科学家对纳粹政权充满了反感和恐惧,但他们同样担心自己的祖国和人民将被敌国毁灭。德国物理学家有着强烈的直觉,意识到曼哈顿计划之类的核武器研发项目已在进行当中。他们深知,有朝一日,他们与深爱之人居住的这座城市或许将被复仇心切的盟军化为齑粉。英国皇家空军和美国陆军航空队(USAAF)发起的猛烈轰炸——那冲天的地狱之火,成千上万平民的焦尸——已经足以证明在那份仇恨驱动下的冷酷无情,只要盟军愿意,没有什么是他们做不出来的。

德国制造原子武器的企图——如果这场杂乱无章的努力也可以算作企图的话——于1942年实质上停止了。或许是纳粹高层里有人又嗅到了核物理背后的爱因斯坦及其"犹太科学"的味道。不管怎样,另一种与原子弹大不相同的"奇迹武器"(wonder weapon)激发了纳粹高层的想象力。而造出这件武器的年轻工程师,小时候曾经凝望着那笼罩着柏林森林的宽广夜空,梦想着有朝一日可以飞向月球,在它表面漫步。

沃纳·冯·布劳恩(Wernher von Braun)自幼痴迷关于火箭与飞行的科学和数学原理。他出身贵族世家,父亲是一位容克男爵,但他先后就读于柏林以及柏林市郊的多所寄宿学校,从小接受在德皇威廉以及魏玛共和国时期流行的开明进步教育。他的家宅位于光鲜亮丽的蒂尔加滕。尽管势利和反犹是当年柏林上流社会的典型特征,但冯·布劳恩小时候还是邀请了他在第一所学校就读时结识的犹太朋友到家中喝茶。[17]他的母亲(她因家庭传统的约束而放弃了在科学领域的职业追求)送给他一架望远镜,远征星辰的执念就此如潮水一般将他吞没。他对数学的形式和结构拥有良好的直觉,但与爱因斯坦不同,他的实验完全是物质性的,而非抽象的思考。

年幼的冯·布劳恩在实验室外如饥似渴地求知,有时甚至会招致邻居的愤怒。早期的火箭试验在一家蔬菜水果店里引发了混乱，一个失控的发射物喷着火星，带着一辆手推车吱吱作响地穿街而过，吓得人行道上的路人四散奔逃。对火箭的执念让冯·布劳恩到一家金属工厂做了一名工程学徒——因为所谓实际的"动手"工作是获得工程学学位的必修课程。每天天一亮，冯·布劳恩家的司机就载着他从豪华的家宅出发，前往柏林西北部特格尔区（Tegel）的一家大型工厂。上年纪的工人饶有兴味地打量着这位年轻的贵族，其中一个工人也是冯·布劳恩的师傅，让他用一堆不成形的金属为原料做出一只完美的正方体。每次冯·布劳恩把自己的成品交给老工人时，都会被认为不合标准，他便拿回去继续打磨。这一过程教会了他耐心，但他高度专注的完美主义是与生俱来的。[18] 年轻的冯·布劳恩逐渐挤进了火箭技术专家的小圈子，就连乌发电影公司的电影导演弗里茨·朗也前来咨询——他的新史诗影片《月球上的女人》（*Woman in the Moon*）需要一些壮观的镜头。冯·布劳恩最终进入柏林大学深造，少年时代在笔记本上写下的关于燃料、推力和轨道的所有命题终于有了用武之地。

1932年，沃纳的父亲马格努斯（Magnus）在前途黯淡的弗朗茨·冯·帕彭政府中升任部长。此时，全国失业人口总数已经达到600万，柏林街头随处可见贫困的迹象："一战"老兵沿街乞讨，身着冲锋队和党卫队的棕色与黑色制服的"金发公牛"（有观察家这样形容他们）大军穷凶极恶地四处寻找共产党员下手。魏玛政府曾试图禁绝这两个纳粹团体，却对共产党的团体手下留情。由此引发的愤怒迫使当局取消了禁令，但暴力进一步升级。不过，对于冯·布劳恩家族来说，这一切不过是政治。希特勒成为总理之后，马格努斯被解除了职务，但这丝毫没有影响到冯·布劳恩家族的安全或者财富。事实上，凭借在火箭科学领域丰硕的学术成果而与其他几位专家一起获准在柏林城北的一片荒地上进行试验的富家公子沃纳，

第七章　铀俱乐部

后来声称他几乎没有注意到政权的更迭——他的财务状况之好足见一斑。

20世纪30年代初，不到20岁便已成绩斐然的冯·布劳恩进入了军方的视野。冯·布劳恩和他的同事们后来说，为军方效力不是出于意识形态或者征服的渴望，而单纯地是为了获得足够的经费用于纯粹的科学研究。1934年，22岁的冯·布劳恩获得了博士学位，而他的火箭研究也自此进入了奇特的轨道。他和团队首先尝试改进火箭液体燃料的质量。接下来面临的问题便是定向：这样一枚火箭应该如何引导方向？1937年，V-2导弹的研发工作在德国北部的佩内明德（Peenemünde）启动——这件武器会首先冲入平流层，抵达地球大气的边缘，然后俯冲急坠向目标城市，从万里晴空中毫无预兆地突然袭来，瞬间置平民于死地。

冯·布劳恩的年轻有为让希特勒震惊；一次面对面的接见之后，他仍然无法相信这些复仇的利器竟然是这位年轻的天才设计制造的。冯·布劳恩后来声称，自己不是纳粹主义的信徒。他的纳粹党员身份以及在战争期间成为一名党卫队官员的事实，都被他当作那个年代的惯例而轻描淡写地一笔带过。但明白无误的是，冯·布劳恩博士心中有什么东西已经死了。战争后期，躲避盟军轰炸的冯·布劳恩来到德国南部的哈茨山区（Harz）监督米特尔维克（Mittelwerk）隧道综合设施的改造工作，以图在此制造更多V-2导弹。改造工程使用密特尔堡—多拉（Mittelbau-Dora）集中营的奴工，要在现有隧道的基础上挖掘出更宽、更深的洞穴，以便在隧道中铺设铁轨。奴工都住在隧道里，睡的是上下铺。洞中没有自来水，没有卫生间，食物也少得可怜。每天都有奴工在睡梦中死去；工地上伤寒、痢疾横行，针对奴工的无情暴力更是无休无止。只要在生产线上犯了任何微小的错误，瘦骨嶙峋的后背就会被猛抽。脚手架一直延伸到隧道顶部，使得挖掘工作变得更加劳累；一些奴工站在脚手架上干着活便突然一命呜呼,尸首掉下脚手架,砸在岩石地面上;新的奴工立即被替换上去,死者则被送往布痕瓦尔德(Buchenwald)的焚尸炉。据统计,暴亡者约有3000人,另有约1.7万人在历经漫长的折磨后惨死。无论冯·布劳恩后来如何省略这些细节,或者自称作为科学家和技术人员对此等凌虐并不知情,他肯定完全明白这里究竟发生了什么;奇异而可怕的一点在于,那些将奴工殴打至死的暴虐守卫的面孔,或许比这个男人的更加清晰。

随着战争接近尾声,冯·布劳恩感到纳粹政权将很快土崩瓦解。他明白自己将被敌国俘获,并确保自己最终落在了美国人的手中。于是,这位柏林豪门贵子过去12年的所作所为被美国当局小心地遮掩起来,他也作为1969年将人类送上月球的美国航空航天局(National Aeronautics and Space Administration)开拓性的火箭专家而扬名立万。而那些因冯·布劳恩早期职业生涯而死的诸多奴工,就这样被轻巧地抛到了九霄云外。

1945年春,纳粹的罪恶已经全盘大白于天下。尸体堆积成山的镜头揭示了纳粹政权死亡逻辑的真相,无数活生生的人在纳粹手里变成了染病的垃圾。虽然德国人此时尚未能亲眼看到这些图像,但他们对于这个国家的统治者凶残暴虐的本性也不可能一无所知:奥斯维辛的故事在首都百姓中悄悄地流传,而街上巡逻的党卫队队员也变得越来越疑神疑鬼,他们迫切地想要抓住几个宣扬失败主义的反面典型,杀一儆百。

就在这一年的柏林废墟中,四位科学家正在为纳粹政权最终的垮台做准备——他们是核物理学家古斯塔夫·赫兹和曼弗雷德·冯·阿登纳,以及他们的两位同事彼得·蒂森(Peter Thiessen)和马克斯·福尔默(Max Volmer)。冯·阿登纳与冯·布劳恩同为贵族出身,时年38岁的他对物理学极度痴迷,甚至到了

第七章 铀俱乐部

动用丰厚的家族遗产自建实验室的地步。冯·阿登纳涉足的研究领域极广,但他专攻电子显微法(即用电子束而非可见光光子照亮并放大微小样本)以及无线通信和电视。1932年,他成功地实现了世界上第一次公开的电子电视广播(播放的内容是一张剪刀的照片,图像清晰、棱角分明);1936年,他又实现了对为数不多的电视信号接收器(其中一些是为了方便公众观赛而专门搭建的)转播柏林奥运会的部分赛事。[19] 冯·阿登纳与物理学家奥托·哈恩是朋友,并深知沃纳·海森堡在核物理领域的深入洞见。他也曾在私人实验室中开展相关研究,并受邀向纳粹高层报告了他对核战争可行性的看法。不过,尽管身处极权主义统治之下,冯·阿登纳还是成功地保住了自己的工作成果,使它们没有尽皆落入索求无度的政权之手。

1945年4月,苏联大军已在柏林东部集结,冯·阿登纳、赫兹、蒂森和福尔默制定了一项计划。可以确定的是,苏联特工必定会四处追捕他们,实验室中残留的材料也必然会被洗劫一空。四人精明地意识到,不仅是美国在推进核武器研发工作,苏联必然也在这方面发力。在过去几年中,物理学家圈子里被广为接受的一个理论便是,要进行必要的铀处理离不开大规模的工业化设施,虽然冯·阿登纳认为规模小得多的离心机也能完成铀的浓缩。对于冯·阿登纳来说,工作是他的头等大事,他不关心政府政治,纳粹党还是共产党,自由派还是民主派对他来说都无所谓。不过,虽然他已经接受了要与宝贵的设备一起被偷运到苏俄,并在那里继续研究的命运,但他仍希望能以自己的意志行事。于是,他与赫兹、蒂森和福尔默达成一致,无论他们中的哪一个先被红军俘虏,都要立即告知红军,其他三人对于接下来的工作不可或缺。出人意料的是,在当时玉石俱焚的无差别毁灭当中,攻陷柏林的无情征服者竟然接受了几位科学家的要求。作为曾在历史潮流中沉浮的柏林人之一,冯·阿登纳将在有生之年亲历1990年（前后）共产主义的崩塌以及两德的统一。1945年的他或许比其他任何人都更加明白，历史永远不会终结。

当未来全球的地缘政治格局在部分人的惴惴不安中形成之时，其他柏林人正想方设法忘掉自己的恐惧。他们希望在交响乐中沉醉。两次大战之间，从理查德·施特劳斯（Richard Strauss）的古典艺术歌曲，到活力四射的爵士乐，各种风格、流派的音乐都在这座城市中律动。即便是纳粹禁绝爵士等"靡靡之音"的努力最终也以失败告终，因为对于身处1945年的黑暗中的战士和年轻人而言，空气中弥漫着的某种节奏和旋律拥有难以抑制的神奇魔力。

第八章
血肉的预言

柏林的年轻人渴求爵士乐，就像对毒品上瘾一样。即便在战争期间，他们也总能想到新奇的办法对抗纳粹的禁令。战争爆发前，到柏林与德国乐队同台演出的比利时或者瑞典乐队，时而想出一些令人啼笑皆非的办法绕过德国当局严格的规定：他们会把被禁的美国歌曲改名表演。比如，流行歌曲《轻声低语》（'Whispering'）报幕时就变成了《让我喝你的洗澡水》（'Lass mich dein Badewasser schlürfen'）。[1] 一份纳粹的官方报告对柏林酒馆里一些年轻人的所作所为深表痛心。报告称，他们"冥顽不灵地抗拒符合德意志品位的、体面的轻音乐，要求爵士乐队表演，有时甚至毫不遮掩，迫使乐队最终不得不妥协；他们表演的音乐越是狂野、'热辣'，这些年轻人送上的掌声就越热烈"。[2]

无论纳粹成败兴衰，音乐始终与柏林相伴。在这座城市的感官生活中，音乐占据着绝对的关键地位。"1941 年我 14 岁生日时，我的父母送给我一台留声机。"曼弗雷德·奥曼科夫斯基（Manfred Omankowsky）回忆说。[3] 尽管留声机十分笨重，但夏天他仍然会带着它到特格勒湖（Tegeler See）泛舟，在柏林的骄阳下，与朋友们一起躲在芦苇荡中,听着那些"禁忌的摇摆乐"。[4]战争结束后,即便是在死亡的腐臭中,柏林声名狼藉的卡巴莱表演也是(奇迹般)最先恢复过来的活动之一,而柏林人对古典音乐会的热情更是从来没有消减过。纳粹直觉地感到了音乐的力量,对于如何使这股力量为己所用却并无把握。不同于电影和美术等视觉图像,也不同于演唱流行歌曲或者赞美诗,古典音乐诉诸人内在的思想和灵魂。即便是最极权的政府也永远无法完全了解一场交响音乐会可能激荡起的个人情感和思想的融合。第三帝国起初就曾尝试对德国人能听什么样的音乐进行严格的控制:从著名的爵士乐禁令,到对勋伯格(Arnold Schoenberg)那令人不安的无调性音乐的憎恨。20世纪30年代末,甚至曾经举办过乐谱形式的"堕落音乐"(Degenerate Music)展,作为"堕落艺术"(Degenerate Art)展的姊妹篇,展出纳粹认为荒唐怪诞的音乐作品。但音乐品位这东西从来不是完全可控的,尤其是在柏林这样一座音乐厅和歌剧院云集,新的音乐通过唱片和广播电台如潮水般不断涌入年轻听众耳朵里的城市。战后,占领柏林的盟军对所谓的"纳粹音乐"作出了一系列宽泛的假定,一些音乐作品因此被永久地与火炬闪烁的集会或是正步阅兵联系在一起。但这样的界定过于简单。实际上,战后柏林的乐队指挥、音乐家和乐团经理恢复的节目与20世纪二三十年代并无太多不同。这座城市及其人民的真正精神,正是依靠着音乐才得以存续,这是纳粹的政治暴徒压制不下、控制不了的。

早在20世纪20年代,希特勒就在《我的奋斗》(Mein Kampf)中谈到了用音乐进行政治宣传的可能性:"交响乐可以轻易地用于意识形态目的。"[5]但掌权之后的希特勒似乎意识到事情并没有那么简单。在1938年的纽伦堡集会上,他宣称音乐本身无法表达政治价值,交响乐无法传递国家社会主义的坚定信念。这番话中暗含着一份虚假的谦卑,他认为政治家不能依赖德国人的音乐才

第八章　血肉的预言

能，因为这种政治压力可能导致这份音乐才能扭曲变形，进而走向"错误的方向"[6]（不过，如果并不存在所谓"正确的"方向，那么这个说法便有自相矛盾之嫌）。尽管如此，事实证明纳粹强调的重点并不在于激发热情的宣传口号，而在于对德国音乐本质的集中阐释；年轻的作曲家应当仿效瓦格纳、贝多芬等乐坛先贤，因为他们的作品中凝结了德国灵魂的精髓。

这似乎是纳粹真诚的信仰。整个20世纪30年代，享誉世界的柏林爱乐乐团（Berlin Philharmonic Orchestra）不仅被当作提升纳粹政权在文化领域声望的工具，更被用来在欧洲各国首都巡回表演德国作曲大师的作品。这便是作为软实力的音乐，纳粹企图借此在各国宣扬德国的卓尔不群。但这也是为了向这些国家展示，德国的优越性与生俱来，无可指摘。柏林爱乐乐团曾赴法国演出，并于1938年德奥合并之前去到奥地利演出。换言之，纳粹并未试图将音乐据为己有，而是努力将自己与音乐联系起来，让自己成为和谐与美的象征。然而，柏林爱乐乐团的指挥威廉·富特文格勒（Wilhelm Furtwängler）深知这个政权的丑恶嘴脸。纳粹提出雅利安化（Aryanization，即强行驱逐各行各业中的犹太从业者，并没收犹太人的财产）之后，富特文格勒被迫解雇了包括大提琴手约瑟夫·舒斯特（Joseph Schuster）、尼古拉·格劳丹（Nikolai Graudan）在内的犹太乐手。他亲自指定的首席小提琴手希蒙·戈尔德贝格（Szymon Goldberg）也于1934年被扫地出门，随戈尔德贝格四重奏乐团（Goldberg Quartet）环游世界。但与此同时，也有乐团成员毫不掩饰地炫耀对纳粹的耿耿忠心，例如小提琴手汉斯·沃伊沃斯（Hans Woywoth）会身着全套冲锋队制服参加排练。

尽管这位已经中年的指挥家在纳粹上台后不久便被多项荣誉加身，先后被任命为普鲁士国务委员（Prussian State Councillor）、帝国文化参议员（Reich Senator of Culture）以及帝国音乐协会

（Reichsmusikkammer）副主席，但当局对犹太人的迫害却让他自始至终都痛苦不已。随着戈培尔开始意识到富特文格勒在政治上的不可靠，此前赋予他的荣誉称号被一一剥夺。与此同时，乐手以外的其他乐团工作人员也受到殃及：秘书贝尔塔·盖斯玛（Berta Geissmar）的痛苦遭遇让富特文格勒目不忍睹，身为犹太人的贝尔塔同样被迫离开乐团。纳粹这波仇恨浪潮的惊人速度让她很快拿定了主意：她感到自己除了背井离乡已经别无选择。盖斯玛女士向西横跨欧洲大陆，最终乘船来到伦敦。不久之后，她便成了指挥家托马斯·比彻姆（Thomas Beecham）备受赞赏的助理。

1945年2月之前，富特文格勒从未因纳粹当局的威胁而考虑过移民。战后有人问他，如果他这么憎恶本国的新领导人，怎么会没有动过移民的心思。"帮助德国音乐是我的使命，"他说，"国家社会主义德国的表象下，是一个曾经孕育出巴赫、贝多芬、莫扎特和舒伯特等音乐大师的民族。我不能在德国最痛苦的时候离她而去。"[7]

他与国家社会主义者之间的关系却是冲突不断。自希特勒1933年上台伊始，富特文格勒便毫无保留地表明了自己对纳粹的态度。那一年他致信戈培尔，抗议无情地将这个国家最杰出的艺术人才驱赶到寒冷流放地的行径十分残酷，而且会弄巧成拙。"［布鲁诺·］瓦尔特（Bruno Walter）、［马克斯·］莱因哈特、［奥托·］克伦佩勒（Otto Klemperer）等人必须有机会在未来的德国发挥他们的作用。"[8]他写道。但在那封公开信中，他同样表示支持任何"针对那些试图利用低级趣味或通过卖弄技巧来达成目的、无所寄托、极具破坏性的艺术从业者的反犹斗争"。[9]富特文格勒的热情深深植根于他所谓的"鲜血"与"土壤"，他与纳粹一样，时常诉诸德意志人民精神的意象。他坚信，正是德国的音乐托举着这种精神不断向上。1930年，富特文格勒曾写道，德国的音乐是"现代各民族中最伟大的艺术成就"。[10]他是坚定的文化保守主义者，尽管他也的确才华

第八章　血肉的预言

横溢。他是誉满全球的指挥家（其指挥作品的录音至今仍受追捧）。这让他在纳粹政权心目中获得了独特的位置。富特文格勒知道自己可以直接向戈培尔或是希特勒提出诉求，也知道自己可以公开地对纳粹无恶不作的侵犯行径表达不满而不需要承担任何严重的后果。他在洋溢着胜利情绪的1936年柏林奥运会期间几乎没有露面，他极力回避在维也纳等被纳粹征服的城市表演（这是纳粹将纯正的德国文化强加给奥地利文化战略的一部分），除非实在无法拒绝。

纳粹对文化发展的愿景中包含一个意气用事又充满了居高临下的优越感的想法，那就是如果让工人阶级也听上他们从未听过的美妙音乐，他们必定会欣喜得喘不上气来。在这一点上，纳粹与其他极权主义社会的执政党别无二致，他们似乎完全想不到，工人阶级的群众即便没有他们家长式的指导，也完全可以自发地形成这样的音乐品位。1942年，曾有这样一场特别适合被拍下来的活动：威廉·富特文格勒指挥着柏林爱乐乐团，在德国通用电气公司的工厂那巨大的厂房里，为一群工人演奏了瓦格纳名作《纽伦堡的名歌手》(*The Mastersingers of Nuremberg*) 的序曲。对于战时的其他活动，富特文格勒却极不配合：受邀在希特勒生日庆典上指挥贝多芬的名曲时他称病不出，并拒绝参与以柏林爱乐乐团和贝多芬为主题的宣传影片的拍摄。愤怒的戈培尔在他的日记中写道："富特文格勒从来不是一个国家社会主义者。而且他自己一直都对这一点毫不避讳，以致犹太人和侨居海外的叛徒都将他视为自己人……富特文格勒对于我们的立场丝毫没有改变。"[11]

不过，有一个办法可以威胁这个骄傲的男人，那就是培植一个比他更年轻的对手。1938年，一位名叫赫伯特·冯·卡拉扬（Herbert von Karajan）的奥地利奇才年仅30岁便指挥了瓦格纳的《特里斯坦与伊索尔德》(*Tristan and Isolde*)。柏林的报章称赞他是"神奇的卡拉扬"，[12]并将他青春洋溢的照片与谢顶的富特文格勒并排刊印。他也因此与德意志留声机公司（Deutsche Grammophon）签订了录制合同。冯·卡拉扬同样能通过其他方式来表现自己。不同于年长的富特文格勒，冯·卡拉扬是一名纳粹党徒。他总是乐于让自己指挥的演奏会以纳粹党党歌《霍斯特·威塞尔之歌》（'Horst Wessel Song'）开场。他那更加现代的指挥技法同样让人感到兴奋，戈培尔便被他指挥中洋溢的活力所吸引。他被任命为柏林国家歌剧院（Berlin State Opera）总监。1942年，他主动提出指挥卡尔·奥尔夫（Carl Orff）的《布兰诗歌》（Carmina Burana），精湛的表现让曲作者本人都表示十分激动。

尽管如此，伟大天才仍难以避免走上让纳粹领导层失望的老路。在一场为希特勒举办的《纽伦堡的名歌手》专场演奏会上，卡拉扬在没有总谱的情况下凭借记忆完成了指挥，但男中音醉酒出错，整场演出在元首眼中成了彻头彻尾的失败，而愤怒的希特勒认为这是针对他个人的不敬。随后，冯·卡拉扬1942年的第二段婚姻也成了问题：他的新夫人、出身纺织业望族的阿妮塔·居特曼（Anita Gütermann）的外祖父是犹太人。在纳粹设定的绝无通融的纯洁性测试体系中，这意味着居特曼本人也是犹太人，于是冯·卡拉扬的纯洁性也因这段婚姻关系而被玷污。

两位指挥大家尽管在很多方面都是激烈竞争的对手，但对于这座赋予他们名望的城市，他们始终忠贞不渝。1945年初，富特文格勒——他的家宅被燃烧弹击中，并因此获得了阿尔伯特·施佩尔特批的专用防空掩体——和冯·卡拉扬除了考虑自身的前途，都各自思考着他们共同热爱的音乐的未来命运。此时的富特文格勒已是垂垂老矣，但对于卡拉扬来说，纳粹统治的这些年不过是他在柏林更加灿烂辉煌的职业生涯的黑暗序曲。纳粹本能地感受到，出于政治目的而占有、扭曲和控制音乐十分困难，这最终被证明是绝对正确的——政权掌控的表面之下总有乐曲和旋律如地下的河流一般不可

第八章 血肉的预言

阻挡地流淌，并终将冲出地表，重见天日。

显然，那些纳粹试图铲除的音乐拥有超越纳粹想象的顽强生命力，甚至纳粹竭尽全力抹黑的音乐类型也是如此。1928年，纳粹官方报纸《进攻报》以及柏林各大正规刊物都报道了一起柏林西里西亚火车站（Silesian Station）附近发生的一场非同寻常的街头斗殴事件。事情发端于两个帮派团伙在酒馆里发生的冲突（其中一伙还戴着醒目的高礼帽），接着蔓延到街上，很快就发展成200多人卷入的混战。这起严重的暴力事件造成一人数天后在医院伤重不治。当然，只有纳粹党才能将这"伤风败俗"的行为与贝尔托特·布莱希特和库尔特·魏尔（Kurt Weill）创作、前不久刚刚上演的一出"音乐游戏"联系在一起。[13] 这出名为《三分钱歌剧》（*Die Dreigroschenoper*）的作品堪称纳粹憎恶之物的集大成者，它刻画了维多利亚时代伦敦的妓女、杀人犯和收取保护费者，语气尖刻、愤世嫉俗又充满同情心，音乐中充满了爵士乐那富于颠覆性的活力。但更重要的是，这部作品企图以现代的方式对专属于"贵族"的老式歌剧作出回应，[14] 是面向工人阶级的歌剧。纳粹还没来得及出手封杀，《三分钱歌剧》以及魏尔和布莱希特很快便在英美等国赢得一片赞美之词。

所有犹太艺术家和词曲作者都明白，与国家社会主义者没有讲道理的可能。1933年之后，只要是犹太艺术家创作的还能卖座的作品，便会被当局迅速封杀。对纳粹统治毫无怨言的瑞典当红歌手兼演员札瑞·莱安德（Zarah Leander）1938年录制的歌曲《对我来说，你很美》（'Bei mir bist du schön'）红极一时，大街小巷到处都在传唱。随后有人发现，这首歌的作曲是一个犹太人。纳粹当局立即将其封杀。而纳粹对爵士乐的禁令（实际上，这一禁令早在魏玛时期的1930年便在图林根州开始）是一条赤裸裸的种族主义法令：相关宣传海报上将这种音乐形式与画得面目可怖的黑人联系在一起。柏林各大广播电台立即受命对其音乐播放列表进行审查。关于乐队演出活动的官方指南,其限制之详细,口气之自大,几乎到了荒谬可笑的地步。其中一条禁令写道,作品"必须包含一个自然的连奏乐章,且不得含有为野蛮种族所特有、易于滋长与德意志人民不相容的黑暗本能、歇斯底里的颠倒韵律[亦即所谓的'重复段'(riff)]"。[15] 另一条禁令宣称,"严禁使用与德意志精神不相容的乐器(例如所谓的牛铃、弹音器和鼓刷等)以及将管乐器、铜管乐器高雅的乐音变为犹太—共济会哭号的弱音器[亦即所谓的'哇哇'(wa-wa)]……乐手严禁进行即兴演唱[即所谓的'拟声唱法'(scat)]"。[16] 与此同时,帝国音乐协会宣布"爵士化、犹太化的舞曲"[17]是一种冒犯。但广大柏林市民对此并不买账;相反,在"一战"刚结束以及随后的岁月里,音乐几乎是一种超越世俗的方式,让人摆脱无处不在的死亡气息。"音乐无处不在,"1918年除夕,《柏林日报》(Berliner Tageblatt)写道,"舞蹈一支接着一支:华尔兹、狐步舞、一步舞、两步舞。人们脚步飞奔、衣衫飞舞、心跳飞驰……回荡着新年庆祝之声的街道,抗议示威者的脚步曾在此回响。"[18] 一位作家甚至公开将这革命性的音乐与爱因斯坦的相对论相比拟。

音乐如隐于地下的泉水一般不断涌出。原因之一便在于,20世纪30年代末40年代初,部队——尤其是纳粹空军——的将士对于摇摆乐被禁的不满日益强烈,他们反对的声音也越来越大。纳粹当局不得不作出妥协,而其做法则表现出强烈的巴洛克风格。1940年1月,一支全新的乐队在柏林成立了:"查理和他的管弦乐队"(Charlie and His Orchestra)。有观察人士称,这支奇怪的冒牌"管弦乐队"拥有一群出色的乐手,各种乐器的演奏者在当时欧洲同类乐手中均属顶尖。他们在电台广播中现场演奏具有纳粹特色的摇摆乐,不仅面向德国受众,甚至还获得了一小部分英国受众。乐队的核心人物名叫卢茨·滕普林(Lutz Templin),他不仅是一位技法高超的萨

第八章 血肉的预言

克斯管演奏者,还是一个狂热的纳粹党徒。戈培尔意识到民众对于音乐的需求必须通过某种渠道发泄,于是授意滕普林网罗乐手,表演既能满足资深战斗机飞行员对音乐的需要,又满足纳粹高层管制要求的作品。乐队的诀窍便是抄袭:他们时常套用热门美国流行音乐的曲调,再填入纳粹风格的歌词。比如有一首歌中,装作"温斯顿·丘吉尔"的"查理"(用带着滑稽口音的英语)低声吟唱道:"德国人让我发狂/我以为我长了脑子/但他们打掉了我的飞机。"[19] 乐队的另一首作品则直截了当地重写了美国歌手科尔·波特(Cole Porter)的流行金曲《你是最好的》('You're the Top')。"你是最好的/你是德国飞行员/你是最好的/你是机枪的火舌/你是潜艇驾驶员/你活力无限/你崇高伟大。"[20] 此外,乐队还演唱了大量抨击华尔街资本主义和国际犹太势力阴谋的歌曲。

不过,正如德国歌手伊芙琳·库娜克(Evelyn Künneke)轻描淡写、不带一丝非难地指出,"管弦乐队"由"混血犹太人和吉卜赛人……共济会成员、耶和华见证会教徒、同性恋者以及共产党员"[21] 组成,本身就是一个怪异的庇护所。激情四射的鼓手弗里茨·布罗克西珀[Fritz Brocksieper, 绰号"弗雷迪"(Freddie,以"超乎寻常的大嗓门"而著称[22])],他的母亲是希腊人,祖母是犹太人。1943 年,沉默寡言却技艺高超的捷克手风琴师卡米尔·别豪内克(Kamil Běhounek)因其他成员入伍而被征召入乐队,但整个乐队在专业方面的虚有其表让他感到困惑不解。多年后,他回忆说:

> 我以为我要加入的是什么乡村乐队呢。但命令就是命令。我抵达柏林时已是傍晚。黑暗中,我能隐约看到毁灭性空袭所留下的残垣断壁。第二天早上,我来到位于马苏雷大街(Masurenallee)上雄伟的广播中心……我感觉自己仿佛是初入仙境的爱丽丝。这支庞大的舞曲乐队拥有 3 只小号、3 只长号、4

只萨克斯管和一个完整的节奏乐器组。然后他们竟然演奏摇摆乐！怎么会这样！卢茨·滕普林可是为了这个乐队会集了全欧洲最棒的乐手啊。[23]

乐队的"查理"本名卡尔·施韦德勒（Karl Schwedler），是一名人尽皆知的忠实纳粹党徒，他肯定经常穿着绣有党卫队标志的睡袍。他对战争抱有不分是非的投机态度，曾亲自出国带回大量长筒袜、奢侈品香皂等在黑市大受欢迎的货品。他对于作为整体的纳粹党的态度或许也是多层次的。肆无忌惮地改编英美金曲并将其推向德国观众，这种行为本身或许并不带有任何讽刺的意味，但喜剧意图的边界极难把握。对于乐队成员而言，助纣为虐是一个他们无须操心的抽象问题。毕竟正如别豪内克简明扼要地指出的，如果不加入乐队，就只能去军工厂的生产线上当强迫劳工了。[24]

大西洋对岸，在富裕的纽约郊区开阔、清冷的天空下，在白色镶板的别墅、清爽的绿色草坪、精致的购物街和一片俯瞰着小颈湾（Little Neck Bay）的鹅卵石海滩之间，一位自德国流亡而来、富有远见的感觉论者明白，1945年的春天，平平无奇本身已是天堂。在他周围，充满了美国式富足，温饱无忧，美酒畅饮，家宅无虞，但他明白，他那些被迫留下的同胞已经被彻底剥夺了这种种的安闲舒适。身为艺术家的他是最早看穿纳粹运动核心的人之一，早在20世纪30年代初就察觉了纳粹在公共领域恢复严刑拷打所体现的施虐倾向。这位生于1893年的画家曾以讽刺的笔触，用裸体与性的意象，生动地记录了魏玛共和国时期的柏林。1916年以后，他眼中柏林的夜晚——随处可见的妓女、伤残军人以及脑满肠肥、自鸣得意的资产阶级——都浸浴在恐怖的血红色当中。他深谙人类逾矩的冲动，以及柏林对堕落享乐的庞大胃口。乔治·格罗兹并非苦行禁

第八章　血肉的预言

欲之人，1933年被迫逃往美国并成为一名艺术教师开始新生活之前，他曾是一个油头粉面的花花公子，一个具有煽动性的共产党员，一个嗜酒如命的好饮之徒，也是他所在时代最深刻敏锐的观察者。尤其是，他深知柏林异乎寻常的性能量：烟花柳巷中丰腴的温柔之乡，以及那有伤风化的荒唐肉欲。他沉醉于这个城市浑浑噩噩的灵魂中那些反常、暴力的角落，曾与妻子埃娃·彼得斯（Eva Peters）一起为这样一幅肖像摄影充当模特：埃娃身着内衣站在一面全身镜边，她的丈夫则面露淫光、手握菜刀躲在镜后——这是一幅对性犯罪的迷人戏仿。[25] 格罗兹同样明白，党卫队如何试图掌控和扭曲这座城市的越轨能量。不过，如果格罗兹可以亲眼见到战争年代的柏林，他定会被20世纪40年代在军备工厂生产线上爆发的直截了当的性反抗所逗笑：女工人们嬉笑着抚摸年轻男性强迫劳工的臀部，说服他们到工厂油污遍布的角落中幽会（"我那时16岁，还是处男，那些女人动手动脚地，让我感到不舒服——但心里也痒痒的。"洛塔尔·奥巴赫回忆说）。[26]

　　20世纪40年代在纽约生活的经历［乔治·格罗兹住在曼哈顿以东大约10英里（约16千米）的道格拉斯顿（Douglaston）］磨去了他昔日的锋芒。但眼见着他曾经视为家乡的城市土崩瓦解，格罗兹找回了他往日的力量，创作出了一幅令人极度不安的作品。这幅名为《和平Ⅰ》［'Peace I (Frieden)'］的噩梦映衬出他故乡的现实。烈火将漆黑的天空染成红色和金色，热浪打着旋儿，大树被连根拔起，暴露出橙色的砖石。在画面中央，一个身着长袍、戴着兜帽、背着一只粗陋拐包的人影正在穿过这重重的废墟。那人影长着一双令人恐惧的锐利的眼睛，似乎带有责备之意的红色眸子直瞪着观者。那人不辨男女，也可能存在于任何时代。（有分析认为，那个身影可能是格罗兹的母亲，她没有与格罗兹一同移民，而是留在了柏林，并在盟军的一次轰炸中身亡。）在某种程度上，这幅散发着沉重末世感的画作是一个恐怖的凶兆：完成此画一年之后，格罗兹谈到柏林时说，"一切都没了。剩下的只有尘土，以及树桩、秽物、饥饿与寒冷"[27]。然而有朝一日，他终将重回柏林。

反对格罗兹的人认为他在魏玛时期的作品是不可接受的道德败坏，纳粹特别憎恨他的淫秽下流以及强烈的社会主义信仰。他们宣称，他是"头号文化布尔什维克主义者"，[28] 他的作品也成了纳粹在德国各大城市举行的"堕落艺术"展的中心展品。但同样地，格罗兹笔下所画的，一直是他眼中德国同胞的本来面目。换言之，他的非难和批判是针对所有人的。"德国人历来粗俗、愚蠢、丑陋、肥胖、呆板，"他说，"40岁就爬不动梯子，并且衣着品位奇差。德国人便是最糟糕的反动保守主义者。"[29] 对于纳粹来说，艺术一直是一种威胁，这不仅是因为极端的创新会引起保守人士的反感，更因为它会唤起人们的笑声、怜悯以及对那些被社会排斥之人的同情。格罗兹用铅笔和油彩记录下的魏玛时期和纳粹初期的历史永远无法磨灭，而不久之后，他在柏林同胞身上看到的那份非凡的开放性将在充斥着尘灰与性暴力的恶劣环境中再次显现。

生活在一个非凡之作层出不穷的时代，格罗兹很早便崭露头角。他先后在德累斯顿以及柏林工艺美术学校学习，"一战"期间因病暂时退役，1917年重新入伍后又因创伤后应激障碍再次复员，并就此开启了职业生涯。早在威廉王朝崩塌之前，格罗兹便利用奇形怪状的表现主义手法，描绘了柏林袒露的乳房和臀部、内饰奢华的住宅、头大如斗的财阀、贫穷的街道和百姓的自杀。德国革命的到来唤醒了格罗兹的政治意识，他加入了斯巴达克联盟，满怀激情地宣扬共产主义。他是蒙太奇手法的先驱，通过将日常报纸上的图片和标题并置，创造出极具讽刺性的作品。但他毕竟不是什么遗世独立的清教教徒，他的世界同样具有多种层次。这个为阶级正义而奋斗的男人，却对衣着穿戴十分挑剔，拥有丝质的西装和装饰象牙的

第八章 血肉的预言

手杖。他痴迷西部片（这在柏林人当中并不鲜见，只不过他更进一步，有时会扮作牛仔），偏爱巴洛克风格的酒和绿色明娜（Green Minna）鸡尾酒——那是一种用土豆酿制的烈酒与口感强烈的薄荷利口酒的绝妙组合。[30]

身为一名达达主义者，他既能在台上表演尺度惊人的踢踏舞，也能跻身哈里·凯斯勒伯爵主持的光鲜亮丽且香气怡人的沙龙。1922 年，格罗兹曾在苏联住了几个月，并有机会得到了列宁的接见，但近距离亲见苏联人民饥寒交迫的格罗兹回到德国之后却对苏联革命发起了抨击。尽管如此，他对臃肿的资本主义及其对柏林穷困的产业工人造成的伤害所怀有的憎恨，并未因此有所消减。

1932 年，格罗兹受邀前赴美国纽约任教一个学期。几个月后回到柏林的格罗兹意识到，他和家人在国家社会主义的统治下不可能得到安全的保障，等到德国人的基本自由随 1933 年 3 月的选举而被迅速剥夺殆尽之时，格罗兹已经身在纽约。然而，对于作为他极具破坏性的艺术创作主题的纳粹，他却表现出日益浓厚的兴趣。在 20 世纪 30 年代中期创作的题为《过渡期》（'Interregnum'）的系列钢笔画中，他以无与伦比的洞察力描绘了这座日益黑暗的城市，并首先对 1933 年在柏林附近以及全国各地新建的集中营里发生的事情进行了艺术的表现。[31] 他的同事和旧友——剧作家、社会主义政治人物——被一个接一个地逮捕，在集中营中接受酷刑拷打，还有仪式性的鞭笞等完全随机的残酷体罚。通过展示被面带邪笑的党卫队队员支配的牢房，格罗兹展现了集中营世界的残忍冷酷。纳粹在政治上的反对者所遭受的待遇已经远离了司法系统的客观检视，而在当时的柏林城内，只有屈指可数的人敢于公开揭露真相。

1944 年，格罗兹对纳粹的最终结局作出了骇人的诠释：在油画《该隐，或地狱里的希特勒》（'Cain, or Hitler in Hell'）中，纳粹独裁者坐在硫磺坑中间，低头擦拭着眉毛，他背后的地狱天空被火焰映成了紫铜色。他的脚边倒卧着无数消瘦的尸体和骷髅，一些尸骸还紧紧抓着他的靴子。早在红军发现死亡集中营的恐怖真相之前几个月，格罗兹似乎就已经预言了纳粹邪教的淫邪本质，以及它唯一可能的归宿。（这幅作品一直为格罗兹家族的私人收藏，2020年才在柏林公之于众）。[32] 格罗兹的艺术生涯始于对创伤与性的强烈执念，他的画作尽管时常残酷无情，却总是弥漫着强烈的肉感。但这幅作品截然不同：这个恐怖的世界中全然不见丝毫色欲，更没有一丝希望。格罗兹后来重返柏林，坐在残砖断瓦中间写生。希特勒的邪教给格罗兹本人带来的损失和创伤将在他后续的作品中得到体现。

不仅如此，格罗兹还发现了纳粹主义早期形式的另一个侧面，那就是纳粹队伍中的同性恋文化——作为纳粹政敌的共产党同样对此紧盯不放，不过，左翼更多的是要将这种越轨现象当作政治上的筹码。同性恋现象本身并没有什么值得大惊小怪的，19世纪初一系列令人咋舌的揭秘报道和诽谤案，就曝光了德皇威廉二世身边多位贵族与行伍兄弟之间的同性之爱。而第一次世界大战结束后，尽管男男性交按照1871年制定的《德国刑法典》（German Penal Code）第175条仍属非法，但柏林在对同性恋行为的接受和理解上，已经如生活中很多其他方面一样，走在了前列。（相比之下，1927年德国国会通过法案推动女性卖淫合法化，虚构文学和影视作品上频频出现的烟花之地恰恰反映了柏林的社会现实。）柏林自"一战"爆发之前便已十分繁荣的地下男同性恋文化，到了魏玛共和国时期已有转为地上之势。20世纪20年代，就连希特勒似乎也并不认为自己的左膀右臂、冲锋队的反社会人格领导者恩斯特·罗姆（Ernst Röhm）的性取向有什么不妥。身形壮硕的罗姆在"一战"中面部严重受伤，随后又差点在西班牙流感疫情中送命。作为纳粹党最早的成员之一，他在运动伊始便与希特勒结下了友谊。他并不认为自己的同性恋取向有什么问题。战争和军队塑造了他的人生，而他对

第八章 血肉的预言

自己的性取向也完全心安理得。"只有真实、正确和男子气概才有价值。"他在谈到战争的灾难时这样宣称。[33] 但对于罗姆来说，这意味着一种异乎寻常的阳刚之气，而这种男子气概便凝聚在纳粹主义之中。在那场将无数男人击倒的大战之后，魏玛时期的柏林男性纷纷戴上了"冷酷的面具"（kalte persona）——亦即性格冷峻，或冷漠而超脱。在罗姆看来，共产主义和布尔什维主义便是女性化的混乱与"无序"（indiscipline）的象征。[34] 希特勒任命他担任冲锋队的参谋长。在接下来的10年中，罗姆指挥着这支准军事化的组织在柏林的街头横行。纳粹的敌人在小巷中惨遭迫害。罗姆将魏玛共和国视为堕落女性的化身。他认为，现代人应该避免"假正经"。[35] "与这个社会的做作、欺骗与伪善的斗争必须始于生命最基本的性冲动，只有这样，这场斗争方能在所有人的生命中取得普遍的成功。如果这个领域的斗争能获得成功，我们便能撕掉人类社会与法治秩序所有领域幻象的面具。"[36]

20世纪30年代初，冲锋队开始变得更加凶神恶煞，公然在柏林的工厂和酒吧外寻衅滋事，煽动暴力。那些试图抓住罗姆性取向上的弱点大做文章的，一般都是他在社会主义阵营的对头。一个记者拿到了罗姆亲笔撰写的亲昵信件，并以此为据曝光了罗姆是同性恋的事实。但这样的揭露在一定程度上是多余的，因为罗姆并不认为他有理由遮掩自己的性取向。这从某种意义上也证明了柏林强烈的现代性。然而，到了1934年，罗姆的那位如今乾纲独断的昔日旧友，却利用他的性取向来针对他。希特勒忧心罗姆手下数量庞大的冲锋队会对正规军，乃至他的独裁统治构成威胁，于是批准了对冲锋队关键人员的清除。当这场被称为"长刀之夜"（Night of the Long Knives）的大屠杀的消息公之于众时，纳粹解释称，这场残酷的运动是对冲锋队领导层中腐朽堕落的同性恋分子展开的清洗。这当然只是一个借口，但希特勒却借此大做文章，在国会演讲时宣称:"从任何一个国家社会主义党员的角度来看,参谋长和他身边个别人士的生活方式都是不可容忍的。"[37] 纳粹自此加快了迫害男同性恋者的步伐,男同性恋者成了不受欢迎的人,要被一一找出、指名道姓、清除出公众视野,然后被送去集中营。罗姆获得了自行了断的机会,被单独关押在一间放了一支手枪的牢房里。他拒绝从命,宣称如果要将他执行枪决,必须是希特勒亲自扣动扳机。最终枪响人亡,只不过扣动扳机的终究不是希特勒。

虽然罗姆的一生充斥着顽固无情的法西斯暴力,但他从来不是一个完全按常理出牌之人。20 世纪 20 年代,柏林新成立的一个当时在全球独一无二的组织引起了他的兴趣:性学研究所(Institute of Sexual Science)。研究所坐落在蒂尔加滕附近一座整体采用毕德麦雅风格(Biedermeier)*装修的优雅大宅之内,集诊所、会场、博物馆、演讲厅于一体,是马格努斯·赫希菲尔德(Magnus Hirschfeld)博士一生工作的集大成。赫希菲尔德博士自 20 世纪初便开始探索、研究和理解人类性活动的方方面面,他试图直接挑战传统的情欲道德观念,旨在洗去玷污了性的羞耻感。20 世纪初,他就同性恋问题撰写了大量广泛流传的图书和小册子,并凭借自己强大的影响力说服当局放松对柏林地下同性恋文化的管制。赫希菲尔德本人便是一名男同性恋者,20 世纪 20 年代时已与研究所的秘书卡尔·吉泽(Karl Giese)同居。无论是同性恋还是异性恋,无论是担忧阳痿、性病,还是想要挽救婚姻或者改变性别,人们都将研究所视为奇迹之地,并时常来此求援〔尽管从某些方面来看,这似乎是一个相对现代的问题,但赫希菲尔德博士(在那时就已经)是

---

* 介于新古典主义与浪漫主义之间的一种过渡性风格时期,见于德国、奥地利、意大利北部和北欧国家。毕德麦雅风格凸显中产阶级对家庭生活的舒适和个人兴趣的追求,其命名源自讽刺中产阶级追求安逸的漫画形象"毕德麦雅老爹"(Papa Biedermeier)。

第八章　血肉的预言

性别认同和所谓"居中性别"（sexual intermediaries）的热情宣扬者和支持者。他曾宣称："人有千面，爱有万种。"]研究所积极参与性健康、性包容等方面的宣传，并在女性主义的推广中发挥了重要的作用：玛蒂尔德·韦尔廷（Mathilde Vaerting）博士等精神病学家提出，"男女天然平等"，而"性支配"（sexual dominance）与男女两性不同的心理特征无关，而是男性"政治支配"的结果，是（男性）社会的诡计。[38]

在赫希菲尔德看来，同性恋毫无疑问是与生俱来的。"自然之事，"他写道，"不可能是不道德的。"[39]但他同样迷恋人性中各种不同的冲动和欲望。小说家克里斯托弗·伊舍伍德（Christopher Isherwood）当时是研究所的常客。据他的描述，在研究所大楼安静的角落里，非正式地陈列着残暴的普鲁士将军曾经穿着的女士蕾丝内衣，以及各种式样的鞭子和棍棒，而这一切正是当时柏林性虐亚文化的证明（这也是埃里希·凯斯特纳《走向毁灭》中反复出现的一个主题）。[40]恩斯特·罗姆等希特勒的得力助手和其他纳粹党员在得知这个研究所的存在之后，不仅没有将其一关了之（至少没有立即出手），反而饶有兴味地深入了解，这恰恰证明了柏林领先其他城市之处：这样一个面向公众开放、大张旗鼓地做宣传广告的机构在当时的巴黎或者伦敦是无法想象的［实际上，柏林在科学方面亦有此先例：1869 年，普鲁士皇家医学事务科学委员会（Royal Prussian Scientific Commission for Medical Affairs）提出，同性关系应当合法化，因为它并不比"乱伦或者通奸""更加有害"。[41]当局对这一建议视而不见，但在接下来的几年里，柏林等城市的发展确实为同性恋者提供了隐姓埋名的新机会，而这在乡村小镇里是十分难得的］。

赫希菲尔德博士是著名的《德国刑法典》第 175 条的强烈反对者，多年来，大量男同性恋者因违反这条法规而被起诉，其中很多人选择结束自己的生命。赫希菲尔德博士的研究发现，隐匿的同性恋文化存在于德国社会的各个阶层，无论是高高在上、严肃冷峻的贵族，还是生活在乌烟瘴气的贫民区里的工人都概莫能外。他认为，《德国刑法典》第175条本质上是阻止人们相爱，在他眼中，这种规定之灭绝人性是显而易见的，而他则竭力地要让全世界都看到这一点。在一定程度上，在20世纪20年代，赫希菲尔德博士在柏林的努力获得了成功。尽管这座城市中一直存在主要面向同性恋群体的秘密酒吧和夜总会，但魏玛共和国的时代带来了一种全新的、有时显得十分时髦的开放与坦荡：不仅是伊舍伍德这位见多识广的英国作家有此感觉［他1939年的小说《别了，柏林》(*Goodbye to Berlin*)给那个世界赋予了不朽的形式］，来自欧洲各国乃至美国的普通游客如今都在柏林的那些性与性别无限流动和变化的酒吧里，享受起了昼夜颠倒的新生活。在大街上，被说服的警察不再追捕幽会的男子。赫希菲尔德博士关于人类的性行为——更为重要的，是人类的爱情——存在多种可能性的简单理论，似乎已经得到了广泛的认可。

性学研究所内部的氛围不同于医疗机构，其装饰陈设的舒适优雅反倒宛如一个仅对高端会员开放的静修之地。此外，研究所还汇集了其他科学与精神病学领域的各种声音。赫希菲尔德博士定下了一条始终遵循的原则，即研究所不是论战的竞技场，而是汇集此前从未涉足的领域知识的舞台。

当然，这一切都是纳粹掌权之前的旧事。赫希菲尔德博士对纳粹的威胁一直心知肚明，但最先采取措施防范国家暴力威胁的，却是他的情人卡尔·吉泽。当1932年德国风雨如晦之时，赫希菲尔德在国际巡回演讲期间，乘机将研究所病人、客户的机密档案汇总打包后带出国保管。他深知，如此敏感的信息一旦被人利用，必将后患无穷。事实证明，他对新政权之恶意的判断是正确的。纳粹当

第八章 血肉的预言

权之后便立即对研究所展开了持续的监视。针对性的暴力活动于1933年3月拉开了帷幕。纳粹当局对研究所展开了突袭，藏书众多的图书馆被翻了个底朝天，成千上万卷学术书籍被扔进大火焚毁。研究所的行政管理人员库尔特·希勒（Kurt Hiller）——一位犹太男同性恋共产党员（能将众多被迫害对象的身份标签集于一身，此人必定勇气非凡）——被逮捕，并先后被囚禁在柏林附近的奥拉宁堡等多个集中营。在遭受了严刑拷打之后，他于1934年被释放，最终得以离开德国，前赴伦敦。不过，定然有很多其他男同性恋者与这样的机会无缘了。

尽管如此，在日益无望的20世纪30年代，甚至是整个柏林的夜晚都因停电而笼罩在黑暗中的40年代，仍有些寂寞难耐的男人，豁出性命也要寻求陪伴。正因为如此，德皇威廉当政时期，男同性恋者普遍面临的敲诈勒索之风——威廉二世的身边人对此颇为熟悉——变本加厉地卷土重来。在年轻的犹太逃亡者洛塔尔·奥巴赫关于战争期间柏林生活的非同寻常的回忆录里，有这样一段可悲的插曲：1934年，一场空袭过后，洛塔尔的朋友塔德（Tad）告诉他有一种赚快钱的方法。"回答我一个问题，"他对洛塔尔说，"你到底想不想熬过去？"[42]于是他们在柏林动物园附近的车站会面，塔德指了指一间男性公厕。"我看着街对面的男人偷偷摸摸地完成了交易，"洛塔尔写道，"也看到了当他们紧张地蜷缩在墙角时，眼中赤裸裸的恐惧。"[43]塔德的计划是假装男妓，一旦有人上钩，洛塔尔就尾随他们回到目标的家里，然后假装成警察来逮捕他们。在这个冷酷无情的世界里，这个残忍的计划似乎无法拒绝。

塔德成功钓到了"一名穿着考究的中年男子"，[44]洛塔尔尾随二人穿过瓦砾遍布的街巷，来到一座光鲜漂亮的住宅楼前——虽然历经猛烈的轰炸，但这栋住宅楼每层楼梯平台的彩色玻璃竟然奇迹般地完好无损。受害者的公寓装饰精美，维护良好，墙上贴着"细密的淡蓝色与金色鸢尾花纹壁纸"，地上还铺着一张"金色的波斯地毯"。[45] 二人确认受害人有钱，便着手实施计划。已经解开裤子的塔德恳请"警官"放他们一马，并主动提出让受害人掏钱了事。那中年男子泪流满面地献上了钞票，两个年轻人拿了钱便扬长而去。出来后，良心不安的洛塔尔与塔德几乎一路一言未发，毕竟那个受害的男人从未伤害过他们。不过，愧疚的背后其实还有一层无法言说的阴影：在纳粹治下，与同性通奸而且被抓现行的男子都注定要被送到集中营，而他们的受害者破了几百马克的小财便消灾了。后来，提心吊胆地隐藏多年的洛塔尔也遭到出卖，并于1944年被送到了奥斯维辛。然而，这并不是他生命的终点。令人惊讶的是，他幸运地死里逃生，并选择重新回到已经凋敝的柏林。

从某种意义上讲，纳粹对待同性恋的方式固然残酷，却与其对异性关系的关注以及对繁衍生育的重视一脉相承。这种观点在另一位与乔治·格罗兹立场截然相反的知名柏林画家的演讲和画作中表现得尤为充分。在阿道夫·齐格勒（Adolf Ziegler）看来，女性的裸体不应仅仅唤起男人的性欲，而是要激发男人为国生育的动力。女人不过是雅利安血脉代代传承的容器，此种观点被纳粹视为正统——甚至是常识。同样地，齐格勒的画符合纳粹对公共领域美术作品的一切要求：代表性、写实性，以及对古典艺术和更具民间风情的乡村历史肖像的认可与继承。他的作品题材广泛，从品位高雅的裸体像到家庭群像，再到散发着永恒之美的乡间女性采果图。这些画充满鲜活的生命力，并非全无人欲，并且技法出众，绝非低劣之作。但所有作品都洋溢着强烈的意识形态上的严肃性。此外，齐格勒也能在柏林艺术生活的故事中占据核心地位，其原因便在于是他首先为纳粹列出了应公开予以谴责的艺术作品名单。换言之，乐见乔治·格罗兹的作品被付之一炬的，正是帝国艺术协会（Reich Chamber of Arts）的主席齐格勒。

第八章 血肉的预言

希特勒历来憎恶于使柏林吸引了全世界目光的魏玛艺术风格，在他看来，达达主义运动和立体主义并非人类艺术鉴赏能力方面令人振奋的创新，而是针对德意志身份认同的不轨祸心，一个由犹太人或者布尔什维克策划的险恶阴谋，妄图将德国的艺术根基劣化为普通人无法理解的"疯癫"[46]，以达到削弱德国的目的。相比之下，中年画家阿道夫·齐格勒的作品捕捉的均是普通德国人和德国家庭在厨房或者客厅中严肃反思的片段，具有更强烈的民族感（völkisch feel）。他的画中有表情庄重的雅利安男孩，有在田野中对视或凝望远方的女性。（除了画里的人物可能来自几十年前甚至几个世纪前，这些几乎无可挑剔的精致画作有一个怪异的地方，那便是所有画中人看起来都特别忧郁。当然，他们看起来都是体格健康的雅利安人，但他们的眼里却满是忧虑。正因如此，齐格勒的这些画不能算作单纯的纳粹刻奇*，毕竟其背后或许还有更复杂的因素在发挥作用，而这些因素暗示了真实的一面。）

如前所述，齐格勒还擅长新古典主义风格的裸女像。这些画像不仅意在反映德意志灵魂的古老根基，而且（其以惊人的现实主义手法呈现了通常要用薄纱遮掩的女性身体部位）更流露出一种大胆的性意味。1937年，齐格勒在慕尼黑举办首届"堕落艺术"展时曾表示："在我们身边目之所及的，尽是疯狂、无耻、无能的丑态……今天的展品会引起所有人的震惊和反感。"[47]"堕落艺术"会带来更多的堕落：格罗兹笔下庸俗世界里的衣冠禽兽和无耻荡妇反过来激发了观者的道德败坏。这场巡回全德的展览广受欢迎。看来，希特勒和纳粹对此等现代主义表现形式的强烈憎恶并非孤例。保罗·克利（Paul Klee）、埃米尔·诺尔德（Emil Nolde，尽管他很早就表

---

* 指对现存艺术风格或已广受欢迎的艺术品的廉价模仿，用来讨好大众、造作而空洞的作品。

达了对纳粹政权的认同，但他色彩鲜艳的表现主义画作还是遭到了纳粹无情的唾弃）等艺术家的作品同样遭到了来自无法理解其内涵的民众的口诛笔伐。

相比之下，作为最受希特勒喜爱的画家，齐格勒的画艺术水平过人，且令人安心，因此在同年举行的"伟大的德国艺术展"（Great German Art Exhibition）上占据重要的位置。其中，一幅名为《四元素》（'The Four Elements'）的三联画更在不久之后被挂在了希特勒住宅的壁炉之上。这幅画将毫不遮掩的大胆笔触与对"绘画大师"（Old Masters）风格的刻意模仿相结合，描绘了并排坐于大理石长凳之上，分别代表火、土、风、水等元素的四个裸女，并以丝巾、玉米穗等道具加以点缀。作品与其说是媚俗的刻奇，倒不如说是有意为之的过时，但其主要的意图在于歌颂德国女性强大的生殖力。《四元素》这幅作品如果诞生在其他政权统治之下或是其他历史时期，很可能会被认为是对古典风格别有用心的讽刺，或是后现代主义对古典风格的巧妙化用。

希特勒自诩画家，这一点早在他夺权之前便广为人知。贝尔托特·布莱希特曾写过一首打油诗调侃希特勒的画，不仅故意将希特勒的画技与房屋粉刷混为一谈，还将当时的德国比成一座他竭力试图美化的破败房屋。"啊希特勒粉刷匠／为何你不是石匠？你的房子／刷的白灰一旦沾了雨水／墙面又将重新变得肮脏漆黑。"[48]1937年，全国各地希特勒青年团的小伙子都收到了来自青年团领导人的意外之礼：一本图册，内含帝国元首那些描绘乡村景色的水彩画作的复制品，里面的题词称："这些……元首的亲笔作品展示了这个日益成为年轻人心目中创意天赋化身的男人所拥有的艺术人格。"[49]而创意正是男性生殖能力的另一种表现形式。画家不仅试图传播其对真正的美的理想，更要用那份美鼓励德国的年轻男女将自己纯净的血统流传下去。

艺术作品中病态的浪漫主义与柏林的现实完全脱节，即便没有战争，即便没有半毁的住房中那四处弥漫、令人生厌的死亡气息，柏林的年轻人对于何为令人满意的爱情，也总有他们自己的看法。1944年，黑尔佳·豪塔尔仍在上学，而颇具讽刺意味的是，她对浪漫关系的认知完全由柏林影院中仍在放映的经过纳粹许可的影片所塑造。"大多数电影都含有未成年人不宜的接吻镜头。"多年后，她回忆说。[50]最重要的是，其中一些电影带给观众强烈的震撼，影片的导演对此心知肚明，并且这或许也是当局的本意。弗里茨·朗的默片史诗《尼伯龙根之歌》翻拍上映，黑尔佳彻底被迷住了。（难逃一死的）少年英雄西格弗里德是雅利安男子气概的典范，并且英俊强壮。一时间，报纸杂志中到处都是西格弗里德的剧照，直到战争开始。

但更令人印象深刻的，是活跃在银幕上的女演员时尚精致的衣着和妆容。玛丽卡·罗克等人的美实在令人难以抗拒，如何模仿这种美成了当务之急。这意味着黑尔佳必须不惜一切代价地烫一头卷发。但问题在于，纳粹此前颁布法令规定，理发师不能给16岁以下的女生烫发。好在有一位家族友人，愿意帮黑尔佳绕开法令的规定。"手术结束"（据她自己所说）回到家以后，她又在刘海前面插了一把梳子作为装饰——这是玛丽卡·罗克带起的潮流。但不巧的是，没过几天她就被叫去参加德国少女联盟的活动。第一次检阅时，她便被要求出列转身，向所有同伴展示她违规的发型。小队队长告诉所有人，黑尔佳"现在的模样完全不是德国女孩应有的样子"。[51]

她根本无法抗拒这种无伤大雅地犯小错的诱惑。"要坚持捍卫自己的权利，学会独立，"她回忆说，"这些都十分重要。"[52]纳粹主义最后一团忽明忽暗的火焰终将熄灭，但黑尔佳这番心得的正确性不会改变：即使在1945年，很多柏林年轻人表现出的叛逆反抗的精神都强于上一代人。不过，首先必须将他们的父辈所熟悉的那个旧社会的根基彻底摧毁。

第九章
宫殿的废墟

这位盛气凌人的老妇人，身材高挑壮实，在自家那墙上挂着鹿角、镶着护板的宽敞房间中来回踱步，似乎已经下定决心要抗拒逃离这座城市的诱惑。在过去几年中，她眼见着贵族的支脉惨遭血腥的屠戮，横死的命运显然也即将降临她的家门。她已经不得不逃离了西里西亚郊区的乡下城堡，回到位于柏林外围的这个令人愉快的林间幽居。但接下来还能去哪儿呢？身为女公爵（Duchess）的她曾贵为皇储妃。假如当初历史朝另外一个方向发展，今日的她已是整个德国的皇后。她的丈夫是德国原先的皇储威廉（Crown Prince Wilhelm），他的父亲正是末代德皇。"一战"行将结束之时，威廉二世火速逊位，惶惶然逃到荷兰。德国的君主政体就此终结。但威廉二世王位的继承人并未放弃虚无缥缈的希望，而他的妻子塞西莉（Cecilie）则更加现实。

想当年，每当梅克伦堡－什未林（Mecklenburg-Schwerin）女公爵塞西莉为公益事业和国事抛头露面时，她定是千万柏林人目光的焦点。但注视并不等同于尊崇，柏林各阶层市民在"一战"后不久便改掉了行屈膝礼的习惯。两次世界大战之间的这些年里，塞西

第九章 宫殿的废墟

莉和丈夫的生活空间变得日益逼仄。到了 1945 年初，前王储夫妇已经退到位于柏林城西南几英里的波茨坦、专为塞西莉所建的森林宫殿中暂居。尽管共和国已经建立，贵族的田产也已被没收，但柏林极端的社会分化依旧阴魂不散，而塞西莉女公爵从某种意义上说便是其象征。就连"女公爵"这个看似珠光四射的尊号都那么不合时宜。不过，这一切都即将走到尽头。

在湿润宁静的波茨坦，这片坐拥荡漾湖色的英式园林是他们的庇护之所；而到了夜里，断电的掩护加上远离市中心的地理位置，让它得以免遭炸弹的轰炸。说这座密林中的堡垒是"一战"前设计得最奇特的宫殿，部分原因在于其英式的建筑风格。[1]城堡中共有 176 个房间，但凭借砖石、木材和都铎风格的细部装饰营造的巧妙错觉，城堡给人的视觉感受更加低调适度，甚至有些地方给人一种家的温馨感。其中的秘诀便在于，城堡有多个天井，这意味着除了陈列室、餐厅和吸烟室，其他的地方都是一样的，被错综复杂、四通八达的走廊所遮挡。若是从某些角度看去，或是从环绕城堡的花园远望，这件致敬英式家庭生活的奇异作品似乎将朴素低调的特点发挥到了极致。时年 58 岁的女公爵与他抱恙的丈夫所幽居的这座城堡，正是以她的名字命名为采琪莲霍夫宫（Cecilienhof）。

盟军轰炸机抛下的炸弹不分社会阶级。理论上，柏林的豪宅与最为简陋的廉租公寓一样扛不住灼人的烈火，但与穷人不同，贵族的优势在于有不止一处住所可以选择。不过，尽管继承的财富和世袭的爵位带来了物质上的保障，但自"一战"结束以来，柏林的贵族阶级在其他方面却很脆弱。从某种意义上说，这些拥有古老姓氏的皇亲贵戚能留在柏林，只是因为纳粹当局的勉强默许。很多贵族成员尝试适应这个恶魔般的新政权。还有不少贵族成了纳粹政权的残酷鹰犬。但他们还是后知后觉地意识到恶魔对他们的蔑视。到了 1945 年战争行将结束之际，此前的容忍已经变成了公开的猜忌与恶意。

几个月前的 1944 年 7 月，一些贵族密谋用一只公文包里的炸弹在"狼穴"（Wolf's Lair）*中将希特勒置于死地。这次刺杀如果能得手，将继而发展成一场全面的政变：一旦确认希特勒身亡，谋划者将协调驻柏林的正规军，从纳粹高层手中夺权。此事的主谋是时年 36 岁、常有机会觐见希特勒的陆军上校克劳斯·申克·格拉夫·冯·施陶芬贝格（Claus Schenk Graf von Stauffenberg）。战争给他带来的创伤肉眼可见：他失去了一只眼睛、整个右手和左手的两根手指。在东线服役期间，他的愤怒和痛苦便不断积蓄（他曾震惊地揭露党卫队对犹太人犯下的暴行），但他那胸怀大义的爱国主义、使命感和职业道德并没有因此改变，而从这个意义上讲，他绝对值得信任。他并非第一个设想发动血腥政变、铲除希特勒之人——他的主要同伙之一海宁·冯·特雷斯科（Henning von Tresckow）将军同样来自一个社会地位极高的家庭，曾卷入多起刺杀元首的密谋，包括一起试图利用一箱含炸药的君度酒暗杀希特勒的案件。[2] 不过，尽管多位普鲁士和巴伐利亚贵族小圈子的成员都参与了 7 月 20 日的这场密谋，但最终施陶芬贝格决定亲自执行计划。凭着过人的胆魄，他将内含炸弹的公文包放在了元首即将现身的会议室，并为炸弹安装了引信。炸弹确实炸了，但一张桌子减弱了爆炸的威力，让元首得以逃过一劫。认定在场之人绝无幸存可能的冯·施陶芬贝格火速赶到柏林，试图发动政变、联系同谋。除了其非凡的勇气，这场密谋最为惊人之处，便是大量平民人士和贵族成员从一开始就知晓内情。

原定的起义当天，与朋友阿加·菲尔斯滕贝格（Aga Fürstenberg）住在波茨坦塞西莉女公爵的城堡附近的俄国流亡贵族玛丽·瓦西

---

* 阿道夫·希特勒在第二次世界大战中的第一个东线军事总部，位于今波兰境内。

第九章 宫殿的废墟

里奇科夫（Marie Vassiltchikov）女伯爵正在柏林的办公室里上班，一位名叫戈特弗里德·俾斯麦（Gottfried Bismarck）的朋友突然冲进来，并且"双颊泛着红晕"。[3]他为何这副样子？难道是因为"密谋之事"（the Konspiration）？玛丽的同事洛蕾玛丽（Loremarie）轻声道："没错！肯定是！成功了。"于是两位女士相互抓着对方的肩膀，"在办公室里跳起舞来"。[4]然而，随着日益刺耳和歇斯底里的广播新闻快报不断确认希特勒死里逃生的消息，这种狂喜很快消散殆尽。回到格鲁内瓦尔德密林中那座开阔漂亮的别墅后，女伯爵和同伴们变得越来越害怕。"俾斯麦夫妇在客厅里……戈特弗里德来来回回地踱步。我根本不敢看他。他……反复念叨着：'这根本不可能！一定是圈套！施陶芬贝格亲眼看见他死的。'"[5]

一些参与密谋的军官很快就被逮捕关押，而在没有被缉拿归案的人中，海宁·冯·特雷斯科将军很快便自行了断。第二天夜里，行刑队举起了来复枪，面前的汽车头灯射出的光束也就此成了这个世界在冯·施陶芬贝格伯爵眼中最后的光景。或许可以说，这样的结局已经是一种恩典。其他一些同谋者不但无法指望获得帮助或者宽恕，还要面对被缓缓绞死的残忍折磨：纳粹会将他们勒到接近失去意识后救活，然后再重复一遍。在舞台灯光的照耀下，电影摄影机记录下这套噩梦般的流程，供元首晚间在其私人影院中观看消遣。

正因如此，参与密谋的贵族成员事后获得了近乎殉道者的地位，被认为是反对愈演愈烈的恐怖大屠杀、试图驱除邪恶根源的斗士。但实际上，这些贵族并非圣人，在某些情况下，他们的世界观也充满了道德阴暗面，与纳粹政权相比可谓半斤八两。冯·施陶芬贝格18岁参军，并在几年后的1936年到位于莫阿比特区的柏林军事学院学习现代战争。与其他德国的名门望族子弟一样，他爱马如命，对现代战场上马匹的使用抱有一种浪漫化的迂腐观点。他憎恶柏林以及一切大型现代化城市。[6]青年时期，他和兄弟们参加了宣扬通过寄情于湖水山林来追寻纯粹的德意志精神，摆脱工业化的肮脏邪恶的候鸟运动（Wandervogel）。他们还成了诗人斯特凡·格奥尔格（Stefan George）的座上宾。"一战"后，跟一群精挑细选的年轻贵族打得火热的格奥尔格抱有一个近乎神秘主义的信念：他认为德意志的阳刚之气或许是古希腊理想之美的投胎转世，是为德意志领导欧洲的使命所做的准备。格奥尔格有时会穿着肥大的托加长袍（toga）到他组织的"秘密德国"（Secret Germany）的会议上发言，一位批评人士称他看上去就像一个丑陋的老太婆。[7]（施陶芬贝格的母亲谨慎地没有让儿子们出席这些活动。）毫不令人意外，在"一战"结束后的几年里，天主教大家族普遍反感德国热火朝天的工业化，并试图在年轻人的活力以及他们驰骋过的充满神秘主义的风景中寻求慰藉。

就此而言，施陶芬贝格一伙对犹太人抱有一种自相矛盾的奇异观点，一方面将犹太人与蛊惑人心的财富与影响力相等同，另一方面又同样将东欧地区贫困的犹太人视为威胁，而战争初期曾率部在波兰作战的施陶芬贝格显然没有对波兰犹太人手下留情。很多施陶芬贝格同谋者的内心同样有其阴毒的一面：冯·特雷斯科将军曾毫无顾虑地组织实施了大规模绑架波兰和乌克兰儿童并将其运往西部以充当强迫劳工的行动。[8]当希特勒和他的副手凝视这些即将密谋造反之人的双眼时，他们定然没有看到任何背叛之意。

不过，无论是纳粹还是老式的贵族，双方对于彼此之间的关系一直存在矛盾心理。尽管赫尔曼·戈林极尽奢侈地想要复制某些贵族的享受和做派，但德皇威廉时代柏林的上层社会——那些在阿德隆酒店（Hotel Adlon）或者霍歇尔餐厅（Horcher's）进餐的上流人士——从来不符合纳粹的胃口。并且在纳粹看来，旧贵族根本无法完全信任。吊诡的是，反犹主义的动因之一——亦即对那种可以毫无障碍地在各国之间迁徙往来的"没有根基的四海为家之人"的

第九章　宫殿的废墟　　　　　　　　　　　　　　　　　　165

痛恨——也是霍亨索伦皇室以及其他所有拥有城堡、印信、纹章的公侯世家的重要特征之一。因为作为一个社会阶层的贵族超越了欧洲一切国界，以致定然无法具备纳粹民族主义的纯粹性。即便在威廉逊位、魏玛共和国宪法确立了所有世袭爵位一概废除的基本原则之后，从布达佩斯到牛津，从挪威到比利时，仍到处可见冯·施陶芬贝格、石勒苏益格-荷尔斯泰因家族（Schleswig-Holstein）等贵族家庭。在这些与普通人隔绝的上层人士看来，所有这些土地或为他们的亲族所有，或是曾经为他们的亲族所有。贵族开枝散叶，血脉遍布整个大陆，可谓"溥天之下，莫非王土"。施陶芬贝格本人在两次世界大战期间就曾长期流连于英格兰，或居于大宅度日，或纵马驰骋。对于他和玛丽·瓦西里奇科夫女伯爵这样的人来说，柏林不过是一个吵闹、肮脏的便利之地——这里的餐厅和剧院固然美轮美奂，但各种问题同样碍眼。

　　阶级关系紧张一直是这个城市的主旋律之一。20世纪20年代和30年代初那种上流社会的游手好闲之人在最高级的咖啡馆外呷着咖啡，一身污浊的残腿断臂之人默默地站在几英尺外期待施舍的明显不公，虽然在大战期间短暂消散，却并未被人遗忘。在阿德隆和埃克塞尔西奥（Excelsior）等酒店用丝绸、玻璃和天鹅绒装饰得光鲜亮丽的酒吧里，贵族与游客（其中很多来自英国）饮酒跳舞，饶有家资的年轻人纵情欢笑。但即便是在这样的地方，社会层级仍以令人意想不到的方式存在着。据说，阿德隆酒店的职业男舞伴中，便有在"一战"后失去一切、仅剩爵位封号之人。[9]到了1945年，柏林市中心已经难觅特权的踪影，昔日阔绰的中上层阶级如今也要与工人阶级一起排队领取微薄的配给。然而，尽管发生了针对希特勒的阴谋，上层阶级中的一个特殊阶层仍继续生活在不同于现实的平行世界中。上了年纪的贵族中，有人并不认可他们的时代已经过去的想法，认为恢复威廉时代的旧社会秩序仍存可能。哪怕到了

1945年，在格鲁内瓦尔德和波茨坦的闲适宁静之中，一些贵族仍设法保持了一些旧日生活的光鲜，虽然恐惧时常伴随他们左右。

这种不断变化的社会不确定性的象征正是霍亨索伦家族。在1945年年初的时候，这个称号的表达方式本身便是一种鲁里塔尼亚（Ruritania）*式的倒退。前朝皇储威廉曾梦想复辟。1941年，他的父亲去世后，他成了家族的族长。他从未体会过手握大权的得意，却只能在装潢考究、空旷得有回声的房间里虚度时日，躲避着早已与他分居的结发妻子。回想世纪之交时，他们二人的结合曾是最伟大的欧洲王朝婚配之一，订婚照上的年轻夫妇皆相貌出众，显然是一对摩登的夫妻。但婚后不久，不忠与不快便悄然袭来。梅克伦堡－什未林的女公爵塞西莉出身贵胄［她的母亲是俄国大公夫人阿纳斯塔西娅·米哈伊洛芙娜（Anastasia Mikhailovna）］。1905年威廉皇储大婚之时，高挑美丽的塞西莉女公爵乘火车抵达柏林后，映入眼帘的便是鲜花簇拥的盛景。据媒体报道，菩提树下大街上摆满了红玫瑰，以示对她的热烈欢迎。[10]她乘坐马车穿过勃兰登堡门，蒂尔加滕同时鸣礼炮庆祝。与威廉的结合意味着塞西莉成了德国的皇储妃。婚礼现场云集了欧洲各国的皇室成员，其中就包括不到10年后遇刺并引爆第一次世界大战的奥地利大公弗朗茨·斐迪南（Franz Ferdinand）。

在"一战"前的那段日子里，年轻的女公爵积极地履行她眼中自己对这座城市的责任。除了作为皇储妃的公干，她还在推动柏林足球的发展中发挥了作用。她擅长处理国事，与英国皇室建立起了强大的纽带，并与乔治五世的王后玛丽保持了长久的友谊。当战争爆发时，她的丈夫奔赴战场。若干年后有人回忆说，他是那种穿着

---

* 一个虚构的古代欧洲小国，最初位于中欧，是一些小说的背景，也在学术讨论中代表未指定国家，被用作假设情景。

第九章　宫殿的废墟

法兰绒网球服就能轻描淡写地下令让手下人去送死的军官。[11]

而德国在那场战争中的失败断送了整个家族的前途。老皇帝逊位之后，他的儿子别无他法，只得同样离开德国。尽管几年后他获准归国，但他的夫人女公爵已经自有安排。她在当初会带着6个孩子随他流亡吗？看来答案是否定的。虽然出身俄国贵族，但如今的塞西莉已经将自己看作彻头彻尾的德国人，辗转于西里西亚的奥尔斯庄园（Oels estate）和采琪莲霍夫宫之间。

人们对于社会以及等级的观点在短短15年内便天翻地覆。1920年，用铺满地面的红玫瑰迎接一位女公爵这样的奇景会被柏林居民认为滑稽至极、不可理喻。更何况，这个城市全新的现代性——光芒耀眼的商业、程式化的工业以及时常极端恣肆的艺术——与贵族的世界格格不入。这已经不是他们的德国了。霍亨索伦家族、石勒苏益格-荷尔斯泰因家族以及那些见于《欧洲王族家谱年鉴》（Almanach de Gotha）的无数相互通婚的王公贵族，仍旧花费大部分的时间沉迷于19世纪的追求，他们的生活是山顶城堡、珠光宝气的舞会、皇室的婚丧嫁娶、狩猎木屋、盛宴以及权谋诡计的无限循环。这种似乎徘徊于时间之外的生活方式，竟然惊人地维持了很长一段时间。

与此同时，威廉小心翼翼地与魏玛共和国总理古斯塔夫·施特雷泽曼展开了谈判。流亡可以到此为止，但前提是这位前朝皇储必须谨言慎行：毕竟政治舞台复杂多变，右翼人士或许会打着这位霍亨索伦家族继承人的旗号招兵买马。不过，更危险的是，这位前朝皇储恼人地认定，自己的天命为人所窃。1923年，威廉终于回归柏林，在奥尔斯庄园与塞西莉团聚。1926年，夫妇二人重回采琪莲霍夫宫，但此地已经不再为他们所有。这座德皇威廉二世专为儿媳所建的城堡已被政府没收，塞西莉和丈夫只是被允许临时住在那里。根据双方达成一致的条款，特许居住权仅维持三代。除此之外，其他庄园地产也都被收归国有。前皇储夫妇如今不过是摆设。这样的局面反过来给他们的生活添上了一种朝不保夕之感：革命一旦爆发，可能就永远不会停止。或许正是这种危机感，驱使1926年的威廉试图建立一段糟糕的盟友关系。

那一年，都铎风格、美轮美奂的采琪莲霍夫宫迎来了一位贵宾阿道夫·希特勒。前皇储在纳粹身上看到了恢复家族地位和荣光的可能性，他误以为希特勒是一个保守主义者。此后，威廉多次对希特勒"屈尊下就"。他主动攀附纳粹，对方却爱答不理。他对他们的所求远远超过他对他们的用处。

到了1930年，威廉和塞西莉在旁观者眼中已经成了柏林上流社会有时具有讽刺意味的盛会的一部分，一个令人好奇甚至有时招人讥讽的对象。喜剧剧院（Komödie Theatre）上演马克斯·莱因哈特导演的霍夫曼斯塔尔（Hofmannsthal）的剧作《困境》（Hard to Please）时，这对前皇室伉俪虽然亲临现场，却不在豪华包厢之内。正如哈里·凯斯勒伯爵所说：

> 前皇储夫妇坐在正厅的第一排。前王储头发发灰，几乎变白了；皇储妃则明显上了年纪，有些发福。尽管如此，他仍然保留了所有下级军官的习惯，幕间休息的时候总是叼着一支雪茄站在观众中间……霍亨索伦家族遗传的低劣品位在他身上体现得淋漓尽致。[12]

但这对如今已经无权无势的名人夫妇中，塞西莉对世态炎凉的适应能力强于她的丈夫。这个头脑敏捷、性烈如火的女人自1918年以来便明白，她和婆家的亲眷已经站到了深渊的边缘。她对丈夫的依恋在多年前便已烟消云散。他向来不忠，多起风流韵事甚至一度逼得她差点自杀。如今的他们虽然朝夕相处，她却仍是孑然一身。

第九章 宫殿的废墟

威廉继续卑躬屈膝地讨好希特勒。1932年，他一度考虑参加总统大选，他仍在流亡中的父亲闻讯大惊，连忙制止。于是，前朝皇储公开宣布支持希特勒，而非年迈的在任总统保罗·冯·兴登堡（Paul von Hindenburg）。对此，希特勒在接受《每日快报》（Daily Express）采访时虚情假意地表示："前皇储的支持对我非常重要。这一完全自发的选择，让他与德国占多数的爱国民族主义者站在了一起。"[13] 威廉对希特勒自发的帮助不止于此。1933年，希特勒正式接过另外一位贵族、魏玛共和国倒数第二位总理弗朗茨·冯·帕彭授予的权柄几周后，纳粹领导人举办了一场名为"波茨坦之日"（The Day of Potsdam）的奇特庆典。这场活动旨在建立新政权与霍亨索伦王朝等德国历史之间的联系，并以此赋予新政权合法性。前皇储欣然捧场。波茨坦驻军教堂（Garrison Church）前举行了盛大的军队和党卫队阅兵式，兴登堡总统到场与希特勒握手致意。当年另有一次，戴着卐字臂章的威廉开心地站在采琪莲霍夫宫前拍了一张照片。

威廉原本指望，独揽大权的希特勒或许可以部分恢复旧的君主政体。但这位前皇储逐渐看清了现实——纳粹根本无意在德国恢复任何形式的君主制，这个国家除了元首本人不能存在任何哪怕有名无权的领袖——他通过书信谄媚希特勒的热情也就此冷却了下来。他没有机会听到希特勒在帝国总理府的会议室内私下发表的言论，或许也是老天对威廉的怜悯。"我国没有君主制，我也没有听别人的劝告登基做皇帝，我对此感到十分庆幸"，据称，20世纪30年代，他在一次访问意大利回国后如是说（墨索里尼的法西斯国家并未废除君主），"那些宫廷里的走狗和繁文缛节！"[14] 希特勒既然已经有了他自己的一班宫廷走狗和繁文缛节，又何必要受另一套礼制的约束呢？在旁人看来，威廉不过是"阅兵队伍里的小马"。[15] 他对纳粹政权的衷心拥戴并未给他带来任何特权，他对纳粹政权也构不成实质威胁：即便发生了针对纳粹领导人的政变，他也不可能是令人信服的德国新领袖。

这对昔日的皇家伉俪接下来遭遇的痛苦无法与柏林市民遭受到的冰冷的梦魇相提并论，然而，他们可能拥有的任何一丝快乐，都随着冲突的爆发而化为乌有。他们的长子威廉于1940年在法国丧命。约5万名柏林市民列队送葬，让纳粹十分恼火。纳粹认为，这说明德国社会对于旧日贵族权威的尊崇仍未磨灭，并就此规定，拥有贵族身份的军人不得在前线地区服役。玛丽·瓦西里奇科夫女伯爵认为，这说明纳粹不想再看到类似的"光荣牺牲"。[16] 但对于悲痛欲绝的死者母亲来说，这一切都毫无意义。

与此同时，没收财产之辱也并未随着纳粹的掌权而结束。两次世界大战之间，威廉和塞西莉曾拥有位于柏林市中心、施普雷河河畔的一座曾为霍亨索伦家族所有的豪华庄园在理论上的使用权，那就是蒙彼朱宫（Monbijou Palace）。除住宅之外，蒙彼朱宫还包括一个宽敞的博物馆，里面陈列着霍亨索伦家族多年来收藏的各种古董珍宝，以呈现家族的历史及其历代卓越的诸侯与帝王。但"二战"爆发，甚至在柏林的天空充斥盟军轰炸机低沉的轰鸣声之前，蒙彼朱宫便已被视为可以牺牲之物；作为他那似乎无穷无尽的狂妄的建筑方案之一，阿尔伯特·施佩尔计划将这座庄园一砖一瓦地拆除，并在其原址上建起与纳粹政权更加相配的新帝国博物馆（Reich Museum）。这个根本站不住脚的方案最终也随着盟军燃烧弹的投放而宣告终止。大火熊熊，火光冲天，蒙彼朱宫一夜之间便被烧成一副空骨架，已经彻底无法居住。

战争进行到这个阶段时，距离这对前皇储夫妇最后一次品味蒙彼朱宫的雄伟壮丽已经过去了很久。此时的他们已经远离都市，搬到他们最后的落脚地之一：位于德国占领的西里西亚地区的庞大城堡要塞奥尔斯庄园。到了1944年年底，苏联红军的不断逼近带来

第九章　宫殿的废墟

了可怕的传言，显然这座乡间庄园也无法为他们提供庇护。于是，前皇储与夫人返回了波茨坦。

在这个阶段，威廉处于盖世太保持续的监控之下。被蜿蜒曲折的历史洪流一路席卷而几乎失去自由的威廉，或许会对命运的安排感到困惑迷惘。到了1944年与1945年之交的严冬，前途越发黯淡，除了暴力与死亡似乎便再无一物。威廉身染重疾，这位曾经光彩照人的王储患上了严重的胆囊和肝部疾病。在波茨坦银装素裹之时，他被抬出采琪莲霍夫宫，送到德国最南端巴伐利亚州一个名叫奥伯斯多夫（Oberstdorf）的小山村接受医治。此时的他已经不再需要盖世太保密探的监视，他的夫人则留在了森林环绕、湖水结冰的波茨坦。1945年2月，随着苏联红军扫荡西里西亚和波美拉尼亚，采琪莲霍夫宫也变成了是非之地。逃离这座仿照都铎风格修筑的宫殿时，塞西莉定然感到此别便是永诀。尽管她可以免受普通流亡之人遭遇的各种折磨，但她同样已是无家可归。

自然，威廉并非德国贵族中对纳粹宣誓效忠的孤例，有人甚至表现得比他还要卖力。其中，最为引人注目的，便是乔治五世的表兄弟、维多利亚女王（Queen Victoria）的教子、前萨克森—科堡和哥达公爵（Duke of Saxe-Coburg and Gotha）查尔斯·爱德华（Charles Edward）——德国贵族与英国皇室之间有着千丝万缕的联系，比如，维多利亚女王同时也是威廉王储的曾祖母。查尔斯·爱德华在英格兰长大并在当地接受教育，但在"一战"中加入了德军；萨克森—科堡易名"温莎"前后，爱德华被削去一切在英国的爵位；"一战"结束后，他很快为柏林自由军团肆无忌惮的暴力所吸引，继而又成了纳粹的拥趸，后来还当上了冲锋队的上级集团领袖。20世纪30年代中期，他获得希特勒的首肯，得到了盎格鲁—德意志友谊协会（Anglo-German Friendship Society）主席的闲职，并因此得以在英国社会自由活动，还参加了乔治五世的葬礼。这位曾经的公爵大人或许不觉得自己只是一只提线木偶，但他的使命——即对英国最高级社会和政治圈层施加影响、展开游说——全在纳粹高层的掌握之内。

或许最应该为纳粹执掌德国大权负责的——甚至为纳粹极权主义统治打下基础的——恰恰也正是一位贵族。来自威斯特伐利亚的贵族弗朗茨·冯·帕彭曾于1932年短暂地担任过德国总理——兴登堡总统将这位面如鹰隼、目光冰冷的威权主义者安排在总理的位置，既是为了遏制民众对纳粹和希特勒不断走高的支持，也是为了讨好当时已经接近对德国实施军事管理的库尔特·冯·施莱谢尔（Kurt von Schleicher）将军。此时，可怕的经济危机再次如火风暴一般席卷德国和柏林。1929年华尔街股灾的余波引发银行倒闭，市场信心受挫，失业率暴涨，以及成百上千万人陷入残酷的贫困。纳粹的选票随着越来越多人走上街头而与日俱增。颁布不足10年的昙花一现的魏玛宪法，如同火中之蜡一样慢慢熔化。冯·施莱谢尔在冯·帕彭的"单片镜内阁"（cabinet of monocles）*中担任国防部部长。[17]此外，诸如斐迪南·冯·吕宁克（Ferdinand von Lüninck）男爵之流的其他贵族坚信，德国只有放弃民主实验方能得救；在吕宁克看来，魏玛共和国是"法国启蒙运动和大革命的必然结果"。[18]此言的背后其实是对阴谋的忧惧：德国的现状完全是共济会和犹太资本主义操控使然。"单片镜内阁"的成员亦对此观点表示认同。

冯·帕彭同样有着无情的手腕。眼见着柏林呈现出数十万人失业的噩梦般图景，他决定加剧这种痛苦，在失业人员领取救济金之

---

* 由于帕彭所组建的内阁中有几位贵族，且绝大部分成员都有上流社会背景，因此被不满其治理的人嘲笑为"单片镜内阁"。可参考：*Four Days in Hitler's Germany Mackenzie King's Mission to Avert a Second World War* by Robert Teigrob, University of Toronto Press, 2019；Germany: Cabinet of Monocles, *Time*, Monday, June 13, 1932。

第九章　宫殿的废墟

前再创设一道收入状况调查的障碍，而且幸运地保住了工作的产业工人的工资均被冻结。与此同时，大型企业的税负相应地得以缩减。社会对穷人满怀敌意，毫无怜悯。冯·帕彭凭借总统令治国。他对柏林曾经繁盛的自由媒体展开疯狂的审查，一度关停了95种刊物。实际上，他堪称冷酷军国主义的活样本：年仅11岁时，他便主动要去士官学校就读。在第一次世界大战期间，他不仅先后在西线和中东地区作战，还曾一度出任驻美外交官，并在美国花大把时间研究冲破封锁的阴谋和狂热的破坏计划，最终被驱逐出境。战后，在德国革命的激流中，他短暂地加入了鲁尔区的自由军团。他乐于领导他的小队，声称自己这样做是在保护天主教的传统免受共产主义的攻击。也正是在此时，冯·帕彭慢慢喜欢上了政治——只不过他所喜欢的，是前一个时代的政治。后来，一位美国记者曾称他"拥有绅士风度"，[19]他本人却对此嗤之以鼻——贵族可是比绅士更加高贵。

出身于信仰罗马天主教之贵族家庭的冯·帕彭，虽然亲友均遭到纳粹的残忍且极端的暴力对待，他本人却与德国的新领导人相处融洽。在世界经济萧条不断加重的阴霾中，冯·帕彭的权威在1932年11月崩塌，从前的盟友冯·施莱谢尔将军倒戈相向，一度威胁要实行军事独裁。因被迫让位给冯·施莱谢尔（屁股还没坐热的冯·施莱谢尔也在这震荡不定的政局中被颠覆）而感到愤怒和屈辱，且早与赫尔曼·戈林混得熟络的冯·帕彭，于1933年1月同意由兴登堡总统出面任命希特勒继任总理，他本人出任副总理，其他志同道合的保守人士共同组阁的方案。贵族就这样将权柄授予了希特勒，完全没有想过要征求一下选民的意见，不过，他们打的小算盘是，这份权柄对于纳粹来说将是致命的毒药。在他们看来，此时当政无异于在怒号的暴风雨中掌舵：让希特勒承担全部责任，在大旋涡中航行，这样一来，国家大事的冷酷现实将遏制临危受命的希特勒和纳粹党原本的极端主义冲动。而待到他们力量被削弱之际，冯·帕彭将得以再次出山收拾残局。这不仅是重大的失算，其背后更是对魏玛共和国宪法发自内心的憎恶。这帮达官贵人在希特勒的崛起并非大局已定之时，亲手将他拥上了最高权位。经济上的逆境虽然惨烈，却很快会缓和，国民经济将会恢复。中间党派本可勠力同心，何况20世纪20年代，纳粹的声势便曾一度高涨，但很快又重新被抛到政坛边缘。没有任何证据表明这次会不一样。但老一辈的德国精英不在乎议会中各种不同的声音。诚然，弗朗茨·冯·帕彭本人并非纳粹分子，纳粹激烈的言辞和肢体的暴力更让他感到厌恶。但正因如此，他低估了他们。

冯·帕彭自以为自己的权力拥有深厚的根基。1933年，他的副总理办公室和团队进驻名头响亮的博尔西希宫（Borsig Palace）——这座砂岩砌成的意大利风格建筑曾是普鲁士一家银行的总部。尽管冯·帕彭并非和平主义者，但他想要引导纳粹改变对街头暴力的痴迷和对拘禁、折磨政敌的钟爱。上任数月后，冯·帕彭在未征询希特勒意见的情况下发表了一篇演说，表达了希望普遍的暴行就此终止的愿望。他以为希特勒会虚心接受自己的意见，却不承想，这篇演说让他最亲近的伙伴丧了命。至此，冯·帕彭终于看清了这些他眼中粗鄙的新贵那嗜血病态的真面目。

希特勒的"长刀之夜"除了残忍地清洗冲锋队，冷血地杀掉多年挚友恩斯特·罗姆，还扩大范围，将矛头对准所谓的"帕彭小圈子"（the Papen Circle）。党卫队和盖世太保冲进了博尔西希宫。他们推推搡搡地把冯·帕彭的新闻秘书赫伯特·冯·博泽（Herbert von Bose）带进一间会议室，让他落座。他刚坐下，背后的党卫队队员就举起了枪。冯·博泽背后中了10弹。冯·帕彭的律师、渴望德国政府回归威廉时期专制传统的埃德加·尤利乌斯·荣格（Edgar Julius Jung）也被带走，并于当天晚些时候被残忍枪杀。博尔西希

第九章 宫殿的废墟

宫的地面被鲜血染红。不久之后,受命重建博尔西希宫的希特勒御用建筑师阿尔伯特·施佩尔扫了一眼遍布血污的大理石地面,便迅速移开了目光,眼不见心不烦。[20]

在这突如其来的恐怖之中,冯·帕彭本人也被幽禁在其位于柏林的别墅中,纳粹还不忘切断他家中的电话线。看守他的党卫队队员对这位副总理施以巧妙的睡眠剥夺手段。几天后,被折腾得头晕眼花、胆战心惊的冯·帕彭突然被召到总理府。到了那里他才发现,完全由纳粹党员组成的新内阁已经没有了他的一席之地。他恳求单独觐见元首,并最终宣布自己已经无力报效祖国。希特勒对此感到十分满意,他所需要的不过是将这位贵族踢出政府。他旋即邀请冯·帕彭担任德国驻奥地利大使。后者二话不说立即答应,并满怀热情地在新的岗位上履职尽责,是致力于为1938年德奥合并创造条件的人物之一。

"二战"爆发前夕,改任德国驻土耳其大使后,冯·帕彭便麻烦不断。战争让他疲于向土方施压,以迫使对方软化对盟军的全力支持。火上浇油的是,苏联内务人民委员部还尝试利用炸弹攻击来谋害他。他个人对纳粹政权的感情同样矛盾重重。1943年,他竟然疯狂且自命不凡地试图通过在土耳其(执行任务)的美国战略情报局(Offce of Strategic Services,简称OSS)人员说服美国人在消灭希特勒之后(他似乎确定希特勒战败之日已经为时不远)支持他担任德国的新领导人。这项有趣的提议被逐级呈送到了罗斯福总统的面前,总统立即命令战略情报局终止与冯·帕彭的一切联系。不久之后,土耳其也切断了与德国的外交关系。冯·帕彭于1944年被迫返回柏林。他凭借卓著的功绩受奖,获得了希特勒颁发的骑士十字勋章。至此,冯·帕彭仍以为他和美国人之间的往来通信——他曾在这一过程中专门强调曾尝试解救过若干犹太人——或许可以帮助他在战后获得优待。但与纳粹政权所有高层人物一样,他完全有理由对红军和苏联最高指挥部的报复感到忧虑。他获准退隐于德国最西部萨尔区瓦勒凡根（Wallerfangen）的家传庄园，在那个苏俄人无法触及的地方安享晚年。

　　1945年4月的采琪莲霍夫宫已然人去楼空，女公爵早知此地不可久留。不过，不同于柏林市中心东北数英里处碎石遍布的街巷，无论是这座宫殿，还是环抱宫殿的密林，抑或是周遭的豪华别墅，都大体安然无恙。几周之后，采琪莲霍夫宫将召开一场吸引全世界目光的会议，关乎欧洲大陆乃至全世界未来的一系列重大而可怕的决策将在这场会上达成。但到了1945年4月，大多数柏林市民都无法奢求能推测未来。他们的城市悬停在时间里，卡在从一个时代向另一个时代过渡的无尽子夜中。接下来的3周——那充斥着轰炸、征服以及无法想象的创伤的3周——似乎既无白昼，亦无黑夜。但尽管如此，柏林人依旧执拗地保留着一份异乎寻常的顽强，以及对自身身份的敏锐感觉。接下来的3周，他们的城市再次成为全世界关注的焦点。

第二部分

墓场

第十章
无垠的暮色

恐惧无声地拨弄着所有人的心弦,只不过外在表现各有不同。有人试图通过有规律的活动或例行公事来控制自己的胆怯,甚至是在最荒诞不经的任务中。在市中心以北的西门子城附近有一个16岁的男孩,每天早上盟军轰炸过后,他都会走到火光四起、烟尘滚滚的废墟中,温柔地把俯卧在街上的新鲜尸体翻转过来,以确认他们并非自己的家人。有的士兵穿城而过,迎战不可撼动的强敌,有的在大型火车站附近短暂驻扎。他们时常会突然遇到计划外的事情——完全没有必要的差事,或者突然记起的官僚杂务。越来越多的士兵干脆擅自离队,希望伪装成平民隐匿踪迹。平民则不时在排队时或在仅剩不多的公共交通工具上发生激烈的争吵,而引发口角的原因有时是一方大谈德军如何即将展示超越敌军的战力,而另一方则小声地表示质疑。至于德军的"优势"在哪里,举目四望皆是明证:昔日优雅美观的公寓露台如今已被一分为二;破砖碎瓦堆积如山,尘灰漫天;丛生的荒草中,血肉更是随处可见。1945年4月12日,柏林人发现自己被死死卡在了日复一日的恐惧轮回之中,就连等待也变成了让他们心脏狂跳的惊险之事。

他们形同无锚之舟：失去保护，赤身露体，毫无招架之力。况且他们已经失去了社会契约中至关重要的权利：政府存在的首要目的是保护他们的生命。诚然，德国国防军的残部正在赫尔穆特·雷曼（Hellmuth Reymann）中将的领导下全力构筑经过精心谋划并切实可行的防御阵地；柏林城内有大约60台坦克，沙地平原上建有人们寄予厚望的战壕，城外几英里的密林附近还有伪装良好的火炮。此外，城内正在层层修筑临时工事，旨在利用槽渠河流等一切可能的地形优势，全力减缓敌军坦克和步兵锐不可当的进军。但是，这一层层同心圆防线的目的，在于拱卫纳粹政权的核心——帝国总理府——而不是保护柏林的人民。纳粹政权从未对当下的绝境做过认真的准备，事到如今，人民的安危已成了抽象的琐事。哪怕当局真的曾经想过要将柏林居民撤离，周边铁路线严重受损的状况以及苏联轰炸机和强击机日益猛烈的空中攻势，都意味着撤离计划最终只能带来更多的死亡和恐慌。

阿尔弗雷德·约德尔（Alfred Jodl）将军和其他德国国防军指挥官或许已经得知苏军派出侦察机在柏林上空拍摄，他们或许会有理由怀疑，苏军最高指挥部已经通过空中侦察以及审讯战俘，绘出了具体到柏林每条街巷的平面图。但事实上，红军比他们预想的还要更进一步。"我们的工程师建了一个准确还原的柏林缩尺模型，"朱可夫元帅写道，"用来研究与……攻势、总攻以及城市中心巷战相关的问题。"[1] 占领大片开阔土地是一回事，要攻占一个拥有不计其数狙击点位和秘密通道的城市就是另外一回事了。必须用炸弹将柏林化为齑粉，用烈火将它烧成白地。必须对柏林的每一条街巷狂轰滥炸，直到它碎裂塌陷。苏军必须用超过西方盟军数月空袭总和的火力把这座城市撕裂。纳粹高层对这一切都心知肚明。结果，留在红军所谓"法西斯野兽巢穴"[2]里的平民就这样成了潜在的靶子，他们别无选择。这便是全面战争的终极现实。如果想要逃走，只能

第十章　无垠的暮色

收拾一只背包，徒步前往满是红军战士的乡间，除此之外别无他法。还有个别柏林人仍然真心实意地相信海因里希·希姆莱正在研制一种能瞬间消灭整个敌军阵线的神奇武器，但绝大多数人已经明白，这不过是廉价小说里才有的无稽幻想。此时，财产、存款、工作全都已指望不上。儿童和婴儿呢？任何人的生命都得不到保障。他们从亲戚、难民那里以及戈培尔那些哥特式措辞的通告中所听到的，只有红军是何等残暴无情。

在高射炮怒号的间隙，柏林的夜晚现在有一段寂静无声的时期。但是，一些街道堆积着胸口高的碎石瓦砾，路面崎岖不平、尖锐硌脚，人在上面走不稳。在这些街道上，总是能听到炸弹轰炸过的房屋和公寓楼在地基上进一步垮塌时发出的噼啪裂响和爆炸声。1945年4月初的那段日子里，柏林市民生活的全部精力都放在了糊口上：他们在被烧焦的卡尔施泰特百货商场外排一整天的队，而当地蔬菜水果店、面包房外的队伍甚至更长。月初时，当局通告称"蒲公英和刺荨麻"将用作常规蔬菜的补充。[3] 人们还被告知，燃气很快就要断供。冰水、烛光以及无休无止的饥饿，这便是柏林人的生活。

惊人的是，白天的柏林仍可见到城市正常运转的迹象。行人走在优雅的夏洛滕堡区（Charlottenburg）以及没有那么整洁宜人的莫阿比特区的大街上时，仍偶尔能听到人行道下方深处传来的低吼，那是地铁列车在尚未被炸毁的轨道上行驶时发出的声音。公众被告知，地铁仅限军事或者公务用途以及在极端紧急情况下使用，闲杂人等严禁使用。地面上，肆意横飞的碎石导致很多地区的有轨电车线路临时受阻或者停运。但那些步行外出之人——或许是甘愿徒步数英里到城市的另一边探望自己的亲人或者朋友——意外地发现，这个城市的某些方面一如往常。即便是战争已经进行到了那样的生死关头，郊区那些尚未在轰炸中被烧成灰烬的电影院仍在正常放映。

史诗巨作《科尔贝格》那亮丽的色彩定然给柏林人带来全新的视觉冲击：影片中蓝红相间的戎装、郁郁葱葱的植被均与灰暗的现实形成鲜明的对比。对于当时的柏林人来说，以这种方式暂时忘却眼前痛苦的感觉一定如梦似幻。当然，也有其他分散注意力的方式：那些从事白领工作的年长的男人以及他们年轻的女秘书仍然每天到岗上班，虽然除了议论大局往往也没什么可做的。虽然很多餐厅、酒吧都关门大吉，但勃兰登堡门附近世界闻名的阿德隆酒店（被部分改造成了军事医院）仍在极力满足纳粹高级官员对酒水的渴望，有门路的能人则依旧可以买到上等的红酒和白兰地。威丁和特格尔等地的工厂继续生产枪管和坦克部件。在生产线上操着各种语言、辛勤劳作的囚犯劳工的工作量丝毫没有减轻，哪怕是燃料极度匮乏的时期，浓烟仍然源源不断地从工厂高高的烟囱里涌出。工人也在私下议论。对于一些人来说，红军的到来就意味着他们即将重获自由；但在其他人看来，苏军的逼近带来了全新的危险，毕竟斯大林政权已经毫不留情地消灭了他们的很多东欧同胞。

还有那些难民——精疲力竭、如惊弓之鸟般的农民和工人，自西里西亚和波美拉尼亚赶来，抵达这座巨大的城市之时已经晕头转向，却仍不愿意停下脚步，只顾自东向西地穿城而过，仿佛不一路赶到北海便决不停歇。几周之前，坐着专车视察柏林街道的戈培尔看到这些满脸倦容、一身污垢的人时曾感到不寒而栗，这些人与他理想中德国大地之子的形象格格不入。[4] 此外，实际的困难同样存在：这个数十万间民房被炸毁、食物供给无法保障的城市如何养活得起更多绝望无助之人？市内的避难所已经严重拥挤，连容纳现有人口都显得勉强。

所有柏林人都清楚地意识到，笼罩着他们的阴影正越来越长：数英里之外的小镇里，接起德国人家里电话的已经是操着俄语、语气带着嘲弄的陌生人，[5] 而逃离这里的可能性已经微乎其微。每

第十章 无垠的暮色

当白天的防空警报响起,年仅16岁的格尔达·克恩辛(Gerda Kernchen)就和其他工厂工人一样,冲向洪堡海因公园高射炮塔那粗糙的混凝土入口,与其他几十上百个女孩子挤在一起。在这样的情况下,这些疲惫不堪的柏林平民要如何应对这无止无休的焦虑?毕竟,他们的恐惧并非杞人忧天。狂乱的风暴即将在数日之后到来。在柏林城以东大约50英里(约80.5千米)的地方,格奥尔吉·朱可夫元帅麾下一支庞大而顽强的苏联军队每天都耐心地在被称为"柏林之门"的泽洛高地(Seelow Heights)附近的开阔战线及其后方集结。此处虽名为"高地",却几乎算不上山,只是高出奥得河岸约150英尺(约45.7米)的一片沙地;但高地两侧的坡势陡峭,每逢下雨,坡底便会因水淹而变得泥泞不堪。但在数量惊人(帐篷和壕沟长达数英里)的红军大部队眼中,地形的障碍似乎不足为虑,他们的指挥官也确保他们得到照顾:热乎乎的浓茶供应充足(士兵私下里还能得到源源不断的烈酒),还有专门的"卫生指导员"负责检查伤员伤势并提供治疗建议。[6]最后,经过了长时间的中断和艰难的转运,稳定的补给线在战争的最后关头发挥了重要作用。"我们全力确保部队不会遇到弹药、燃料或者食物短缺的问题。"朱可夫写道。[7]

相比之下,在防线上集结的戈特哈德·海因里希将军麾下10万多名德国士兵——年轻人居多,整体上极度缺乏战斗经验——却面临着极大的不确定性。他们中的很多人都听说过各种各样的报道和传言,既有关于东线战事的,也有关于东欧各国遭遇的。很多人此前只在法国或者其他西欧国家服过役。因此,在某种程度上,面对着这个完全不同的敌人,他们所要做的精神上的准备与身体上的准备同样重要。与此同时,在柏林西南大约80英里(约128.7千米),美国陆军第9军(US 9th Army)经过难以置信的急速推进,已经抵达了马格德堡(Magdeburg)外的易北河岸边。美军中的一些人此时仍热切地希望指挥部可以准许他们向柏林快速推进。但没过几天，上峰便否决了这个想法。

对很多柏林人来说，哪支军队先进柏林这个问题并不是轻飘飘的猜想，而是一份令人心惊肉跳的恐惧。夜晚，人们总能听到——或者幻听到——远处苏军的炮火声。仅仅经历过希特勒统治的格尔达·克恩辛，该如何看待既有秩序的日渐瓦解？白天，她在曾为著名的"皮克与克洛彭堡"（Peek and Cloppenburg）百货商场供货的服装厂里缝制军服。这份工作她干起来得心应手（或者至少是在她掌握了使用机器的方法之后变得得心应手起来——几年前，她曾谎称自己拥有缝纫工作的经验，并自告奋勇来这里工作）。[8] 前一年冬天，她的上级主管注意到她没有一件合身的大衣，悄悄地允许格尔达用一些海军军装的面料给自己做一件。总体来说，尽管她的学业被迫中断，但工厂的工作让她获得了为战争作出切实贡献的满足感。她的哥哥海因茨（Heinz）是德国国防军士兵，已经被征调到东部前线。他曾经故作满不在乎地对妹妹说，他宁可有机会主动出击，也不愿意被动地在柏林等着敌人上门轰炸。[9]

海因茨或许没有意识到，柏林当局不会允许平民被动地等待。在过去的18个月里，格尔达的每一天几乎全部围绕盟军的空袭来安排。每晚，格尔达与父母都要从维特瑙郊区的家中跋涉到当地的地堡，那里配备了上下铺、长凳、卫生间以及一间厨房。有些家庭由于房子被英国皇家空军的炸弹炸毁，或只是因为对接下来会成为轰炸目标的持续不断的恐惧而干脆在这幽暗的水泥地堡里常住下来，格尔达对这些人抱有同情。[10] 夜里，睡在身边的人翻来覆去，搅得格尔达时睡时醒。早上起床后，她要先查看自己的家有没有被炸，然后去纺织厂打卡上班。不管任何时候，一旦防空警报声响起，格尔达便条件反射般地冲向最近的掩体。接下来的几天，设计承载能力达数千人的洪堡海因公园防空炮塔满员后，又涌入了数百人，

第十章　无垠的暮色

其中很多人的伤势惨不忍睹，在泛着令人不安的蓝光的黑暗中痛苦地哀号。

在柏林西南 8 英里（约 12.9 千米）处，一位电影和音效技师驾着她那条漂亮的游艇沿着哈弗尔河（River Havel）顺流而下，进入格罗塞尔泽恩湖（Grosser Zernsee），抵达了一个名叫韦尔德（Werder）的湖边小镇。未来几天，玛丽昂·凯勒（Marion Keller）将成为历史潮流变迁的一名特殊见证者。[11] 在柏林的公寓被炸毁后，这条游艇就成了玛丽昂和她丈夫的庇护之地。除此之外，对于夫妇俩的朋友和同事来说，只有在这条拥有 6 个舱位的船上才能放心地发表与当局不同的意见，而不用担心隔墙有耳。凯勒女士的丈夫库尔特·梅切格（Kurt Maetzig）拥有犹太血统，全靠他的工作才得以活命。这对夫妇自然而然地成了坚定的反纳粹主义者，正如他们圈子里的很多人一样。玛丽昂回忆说，即便是那些戴着纳粹党徽章的人也只有外表是"褐色"（亦即纳粹）。1945 年的 4 月，这条船"成了新朋旧友的避难之所"，他们躲避的不是炸弹，也不是红军，而是近来日益活跃、心怀恶意地对任何涉嫌挫伤士气之人施加致命惩罚的盖世太保。不断地有平民被逮捕、拷问。凯勒女士本人回忆说，有些人会下意识地觉得她可疑：她自称拥有可以上溯到查理曼大帝的高贵血统，而她那一头浓密的红发若换在其他时代定会导致她"被当作女巫而受到迫害"。[12]

有关部门在多年前的工作疏漏，以及这种疏漏所带来的种种好处，让她和她丈夫以及两名助理技师当时仍保留着关键岗位人员的身份，正如她本人回忆说，她的"职业地位受到了官方的认可"。[13] 在远离柏林这个是非之地的韦尔德，凯勒女士和她的团队建立起了"自己的无线电和音响技术研究实验室"，而参与这个"迷你项目"的人员仅有她本人、两名助理以及一台处理胶片冲洗所用化学器材的"玻璃清洗机"(glass washer)。[14]实验室建在一座部分废弃的啤酒厂里。厂房历史悠久，用结实的黑砖砌成，朝向柏林的一边俯瞰湖水和树林，视野极佳，外人要进入厂房，只能经由沿山坡而上的一条壮观的室外阶梯。临时实验室所在的地方曾是一间开阔得足以产生回音的啤酒馆。"我们的测试设备都放在原来的酒吧桌子上。"相邻的一栋建筑里是一家果酱工厂的厂主和工人。凯勒女士认识这名厂主，他当时雇用了一百多名来自苏俄和波兰的年轻女性"外籍工人"。[15] 所有人都明白——那些外籍强迫劳工更是如此——红军已经张开一道"大包围网"，马上就"如铁爪一般"包围这座城市。

在韦尔德很难买到报纸，不过好在可以收到广播信号。在凯勒女士和她的团队看来，官方广播节目里那咆哮的言辞已经越来越脱离现实。这样的宣传不仅令听众生厌，而且没有任何实际的用处，这一点便与"敌台"大不相同。收听盟军电台或者频段被严令禁止，并且被告发的风险依然很大，于是，团队便在广播信号接收器上盖了一床毛毯，同时降低音量以便收听最新消息。凯勒女士记得，到1945年4月中旬，团队成员整体陷入"矛盾"之中：一方面，他们都明白，"输掉这场战争"是"摆脱希特勒"的唯一方法；但另一方面他们也清楚，战败会带来严重的后果，"所有人、所有事都难得善终"。[16] 消灭纳粹以后的未来将是怎样，没有人能预料，即便是渴望恢复稳定、理智和善良的人们，也被四处弥漫的文化虚无主义蒙蔽了双眼。

尽管遭到了严重的破坏，在柏林这座被阴影笼罩的城市中仍有音乐声响起。4月12日，得到纳粹认可的爵士乐队"查理和他的管弦乐队"做客柏林中央广播电台，精神昂扬地表演了多首广受欢迎的浪漫金曲。当时柏林的年轻人听的还是一些冒牌摇摆乐的唱片。不过，当年18岁的布丽吉特·艾克（Brigitte Eicke）拥有略高于同龄人的品位：在1943年一次随德国少女联盟外出观看《蝴蝶夫人》(Madame Butterfly)演出时,她喜欢上了歌剧。[17]艾克小姐与母亲同住在柏林东北郊一个名叫普伦茨劳贝格(Prenzlauer Berg)的工人阶级聚居区。她的父亲曾以养猪为业,在1939年去世。已是青少年的艾克小姐曾刻苦钻研过速记法,如今正在一家名为科斯特(Koster)的公司上班。[18]

过去几个月的生活充斥着夜间防空警报带来的恐惧,以及第二天和幸存的邻里打招呼时的如释重负。然而,尽管她自小便生活于其中的城市景观在她眼前猛烈崩塌,尽管任何一颗炸弹或者燃烧弹都可能结束她的生命,但艾克小姐仍然保持着一些象征着庸常生活的习惯。尽管烟草的供应日益紧张,但她还是开始吸烟了。在她全神贯注地观看的所有电影里,香烟随处可见。在科斯特公司的办公室里,她的老板似乎拥有永远也抽不完的烟。虽然柏林已经在毁灭的泥沼里越陷越深,但在许多其他普通柏林民众感到忧心忡忡的时候,他却异乎寻常地大谈乐观的前景,表示对"海尼"(Heini)——海因里希·希姆莱——满怀信心,说希姆莱一定是在谋划一场惊人的逆转,将会大破苏军。[19]

此时的柏林城中还有几位古典音乐演奏家,他们正在尽职尽责地准备新的节目。在那个4月的下午,天色青灰阴冷,贝多芬音乐厅(Beethoven Salle)内传出断断续续的史诗般的交响乐声。柏林爱乐乐团正在排练,他们受军备部部长阿尔伯特·施佩尔的指示,将于当晚为纳粹高级官员表演。在这个早已破败不堪的城市里仍然有音乐家存在,这件事本身便足以令人震惊。1944年1月,乐团自己的音乐厅被炸成瓦砾之后,乐团转移至柏林国家歌剧院继续活动。1945年2月,柏林国家歌剧院也在轰炸中坍塌起火,豪华舒适的包厢、天鹅绒包面的座椅在明亮的火光中很快便化为灰烬。乐团指挥威廉·富特文格勒在几周之前便已离开柏林,乐手本有机会向南转移到瓦格纳音乐节(Wagner Festival)的发源地拜罗伊特

（Bayreuth）——万一帝国陷落，至少他们面对的会是获胜的美国人，但最终这些乐手选择留在柏林。

施佩尔授意举办的这场音乐会在高雅严肃的外表下蕴含着一丝荒诞不经的味道，只不过爱慕虚荣且不善反思的施佩尔，恐怕绝无意识到这一点的可能。当晚的重头戏是瓦格纳的《诸神的黄昏》（*Götterdämmerung*）中布伦希尔德（Brünnhilde）最终的咏叹调。在这一选段中，布伦希尔德站在西格弗里德的火葬柴堆前，祈求众神降临在英灵殿的火焰之中，然后，当柴堆被点燃时，布伦希尔德翻身上马，直接闯入大火之中。在场的观众包括"锦鸡"（golden pheasant）——亦即纳粹高级官员——和他们的家人朋友；都在黑暗中凝神倾听。现场唯一的光源便是演奏席的照明灯。礼堂里没有暖气，因此所有人只得穿着大衣。

节目单上还有其他几首曲目，其中名气最大的一首出自当时仍然在世的德国最伟大的作曲家之手。理查德·施特劳斯的《死与净化》（*Tod und Verklärung*）这首阴郁而怪诞的作品也是施佩尔钦点的。它讲述的是一位将死的艺术家及其最后的痛苦和狂喜。"告诉我，灵魂，难道这就是死亡？"施特劳斯本人与纳粹的关系也错综复杂，他的儿媳是犹太人，因此，多年来他一直小心行事，避免激怒纳粹政权而危及儿媳一家的性命。讽刺的是，就在柏林爱乐乐团为施佩尔和其他纳粹高级官员演奏这首作品之时，身在巴伐利亚私人庄园中的施特劳斯，在当天刚刚完成了一首名为《变形》（*Metamorphosen*）的作品，并亲笔写下了对希特勒的纯粹的憎恶。"人类历史上最可怕的时期终于走到尽头，"施特劳斯在完成这首乐曲的几周后补充道，"在最大的罪人统治下，这充满兽行、无知和反文化的 12 年。"[20]

在 4 月 12 日，施特劳斯已经看到了希特勒那时仍然看不到的东西。据说，那天晚上，就在柏林爱乐乐团的乐手鞠躬下台的同时，

第十章　无垠的暮色

希特勒青年团的男孩子们提着装得满满当当的柳条筐,在观众当中分发氰化物胶囊。这哥特式的一幕简直令人难以置信。然而,死亡从一开始便是纳粹这个邪教的核心。音乐会结束了,微弱的灯光也被熄灭,施佩尔回到帝国总理府,经过那条阴森、日益腐臭的地下走廊,直奔希特勒的私人套房。在那里,他发现头发已经花白的元首因狂喜而变得面容扭曲。希特勒终于等来了他期盼已久的奇迹,一记将帮助他反败为胜的重击——罗斯福总统死了!

第十一章
呼啸的苍穹

那些对伴随他们从小到大的准宗教——卐字符号是他们的图腾，森林篝火是他们的圣餐仪式——失去信仰的人，如何能在泽洛高地山坡的冰冷掩体中安然入睡？帐篷、防水油布、腐叶、冰冷刺骨的湿泥和野草，以及调小到豆大的灯光。当时当地，那些一边凝视着潮湿的枯枝一边忍不住胡思乱想的德军战士，无疑会担心那将是他们在这个地球上的最后一个夜晚。对于很多人来说，后来的事实证明他们的猜测是正确的。哪怕是在那场大战过去了80年后，当地人仍会时不时地在那片被鲜血浸透的土地里发现人类的骨头，并借此找到那些失踪已久的尸体。

那天晚上在黑暗中安营扎寨、低头沉默不语的成千上万名年轻德国士兵中，有极少数人仍然坚守着纳粹出于妒忌而极力想要扼杀的古老信仰：德国国防军中仍然配备了随军牧师。牧师人数不多，但即便是年轻的新兵也会向这些"德国基督教"的牧师寻求宽慰。[1] 对于一些德军士兵来说，像今天这样等候不可阻挡之敌怒号着降下地狱之火的夜晚，正需要简单的祷告甚至是默唱圣歌。德国国防军的随军牧师并非对所有人都心怀悲悯，他们来自一个如纳粹最高指

第十一章　呼啸的苍穹

挥部一般狂热反犹的新教教派。自第三帝国崛起以来，这一教派便极力消除《圣经》教义中犹太教的影子：《旧约》被彻底无视，就连和撒那（Hosana）、哈利路亚（Hallelujah）这样的词汇都因犹太色彩太浓而遭到排斥。[2] 相应地，战士只能从牧师那里要到《新约》（到了1945年，连《新约》都变得非常紧俏：几年前，纳粹以纸张短缺为由下令停止印刷）。圣歌全被改写了。《赞美主名》（*Holy God We Praise Thy Name*）如今新加了一段写道："愿我们的口号永远响亮，忠于人民、帝国，元首至上。"[3] 凡是提到基督之处，必会以某种方式同时提到希特勒。但教会可以给予纳粹永远无法给予的，便是死后升入天国的愿景，以及超越现世的生活。随同德国国防军一路向东出征的牧师亲眼见到了军人建造的停尸之所，更加深刻地理解了为何上帝最终将与他们站在一起，并宽恕普通士兵的罪过：他们在这场战争中的敌人不仅是杀害基督的犹太人——在牧师们看来，犹太教必被十字架所击碎——还有不敬上帝的布尔什维克。[4] 不过，虽然少数德军将士寻求牧师的宽慰和开解，但此时驻扎在泽洛高地附近的大多数年轻战士的信仰和热情都是在希特勒青年团的篝火晚会上锻造而成的，对他们来说，眼下的局面已经几乎失去了一切确定性，就连他们的指挥官似乎也认定，胜利已是绝无可能。

　　掌握着他们命运的将军时年58岁，出身于神学家家庭，是一名虔敬的路德派教徒。在过去几天里，他同样经历了信念破碎的煎熬，海因里希终于明白，他曾为之出生入死的元首，如今仅仅是一座活在幽灵世界中的泥胎偶像，迷失在自身异端信仰的荒野之上。现在，集结起来迎战红军的德军即将面对信念和经验的考验。很多战士甚至还不到16岁。空中的阴云如毯子一般笼罩着世界。淅淅沥沥的小雨让一切都如同鬼魅般模糊不清。1945年4月16日，晨光熹微之时，德军定然紧张焦虑得想要作呕。他们知道，远处的红军已经集结了几个星期。他们在奥得河上建立桥头堡，源源不断地运来军械和补给。尽管苏军的行动稍有间歇——其他地方的红军正在攻打波美拉尼亚——但德军可以强烈地感觉到，对方正在田野里、密林里、乡村里静待时机。但很多德军士兵不知道，他们与敌军之间在规模上的差距是多么悬殊——跨越那片广阔的平原，并绵延数英里的，是约 150 万苏联大军。

维斯瓦河集团军群——保卫柏林的部队总称——是从全国各战区抽调而来的。公开质疑纳粹政权及其决定是死罪，等不及审讯便会被子弹射穿颅骨。但党卫队毕竟无法看透人们的内心。除了德国最北部地区，所有人都明白，如今已经无法阻止盟军的前进了。即将在这个被称为"柏林之门"的地方打响的战斗将加速最终的崩溃。这将是历史上规模最大的武装冲突之一，双方人员都将遭遇惨重的伤亡。但正如此前那么多场野蛮的战斗一样，这片即将接纳这一切血肉的大地，却是如此祥和宁静。

泽洛本身是奥得河河畔一座庄重的小镇。在镇外集结的德国守军只能隐约感觉到正在泽洛以东数英里处、坐落于这片土地上的另一座山坡上的小镇赖特韦恩（Reitwein）附近会聚的大军——朱可夫元帅将指挥部也设在了赖特韦恩。这一带温馨精致的小镇和居民点（自北向南绵延数英里）如今被大量涌入的苏联男女占据。甚至在战争尚未爆发之时，这里便已吵吵闹闹，因为根本安静不下来。不计其数的人摩肩接踵，引擎轰响，战马嘶鸣，这一切无休无止的运动制造出一种遥远的、近似于海浪袭来的听觉效果。到了夜晚，红军的队伍会跳起传统的舞蹈。毕竟柏林已近在眼前，战士们欢欣鼓舞。朱可夫元帅差人给军中每一位男女将士发了一张传单，勉励他们一鼓作气，直捣黄龙。"挡在直通柏林道路上的敌人将被我们统统碾碎，"传单写道，"我们将攻占法西斯德国的首都，让胜利的旗帜高扬在柏林的城头。"[5]

第十一章 呼啸的苍穹

受命阻挡这汹汹之敌的人是一个难得的现实主义者。海因里希将军曾先后在多个战区服役,大体上一向认同纳粹政权的政治和军事目标。他后来表示,唯一令他厌恶和反对的,便是纳粹残暴的反犹主义。(不少纳粹政权的高位者战后都曾作此表态。)此时此刻,他凝视着面前可怕的现实。他曾与军备部部长施佩尔讨论过此事。在他看来,守住柏林已无可能,红军一旦冲破防线进入柏林,便万事皆休。有人曾提出要让德国国防军炸毁柏林所有桥梁以阻滞斯大林的部队,海因里希竭力反对。他认为,此等徒劳无功的自杀式点子,简直是骇人听闻。海因里希希望,至少完好地保留部分道路和桥梁,给想要逃走的平民留一线生机。

朱可夫元帅麾下在奥得河-尼斯河(Neisse)前线集结的白俄罗斯和乌克兰军队将是左右胜负的关键。如果不能拒之于城外而让他们进入柏林,这两支部队便可以沿着帝国大街一号线(Reichsstrasse 1)的干道和其他入城道路长驱直入,届时便再无击败他们的可能。柏林一旦沦陷,第三帝国便会随之终结。在希特勒的地堡里,曾有人放言哪怕柏林陷落也要在德国北部继续抵抗,在海因里希看来这是毫无意义的胡话。接战的双方都承受着难以想象的压力。斯大林此前告诉朱可夫,4月22日是列宁的诞辰,他的部队一定要在此之前攻占柏林,为这个神圣的日子献礼。斯大林还安排了科涅夫元帅与他竞争——科涅夫的部队正如同一只环抱的臂膀一样从南面朝着柏林悄然逼近。朱可夫在斯大林格勒保卫战中发挥了关键作用,用麦克白的台词来说,他已经"饱尝无数的恐怖"。而现在,在这一道道大河细流穿越的潮湿平原上,在这个半数小镇已化作瓦砾的地方,他心里掂量着面前这个未知的敌人。纳粹必败似乎已是不争的事实,然而,敌人虽处守势,却野性未泯,獠牙仍利。德国国防军的指挥官深知过去4年里他们对苏联人民犯下的暴行,他们也明白苏军此来定是决意要以无情的杀戮还施彼身。德军之中，尚有头脑敏锐、擅长谋划之人。

德军在泽洛峭壁前埋下了地雷，挖好了反坦克壕。他们还推来了火炮，架在高地的坡地附近，直对着下方的平原。所有这些工事的背后还有另一层额外的防线：德军布下了更多防坦克障碍物，以阻滞苏军前进的脚步，甚至让其寸步难行。数千名专门调至此处的德军士兵——包括完全没有任何战斗经验的纳粹空军和海军新兵——不在高地，而是驻扎在距离高地约1英里（约1.6千米）的相反斜坡的林地中。海因里希做出这样的安排，是因为他深谙苏军的战法。两道防线之间必须拉开一定距离，否则战斗打响后数分钟之内，他的部队就将在苏军的炮火中全军覆没。

一项破坏性的准备工作已经悄无声息地完成了：德军改变了原本流经丰饶农田的沟渠、水道和供水线路的流向，同时引导一座水库的蓄水，借此将土壤浸湿，把这片宽阔的平原变成了一块任何人踏入都会深陷其中的泥沼。此外，德军驻扎在密林峭壁上的阵地俯瞰下方的田野河流，本就拥有原始的地利。红军及其坦克面对的将是水涝和重力的双重障碍。

对于很多穿着不合体的军装、蹲在林间掩体中的年轻人来说，即将到来的与红军的战斗将是他们初次的战争体验。海因里希等人曾不无愠怒地反对最高指挥部将尚未成年的男孩派上战场，毕竟，牺牲儿童的性命本就令人不齿。这些热爱卡尔·梅冒险小说的孩子当中，有些或许会对那种认为他们太年轻、不适合参与这场爱国主义冒险的观点嗤之以鼻。但那些更加敏感警觉的孩子难免会想到万一未能阻止苏军，未来将会怎样，他们的心脏也定会因此狂跳不已。倘若他们之中真的有人成功入眠，梦境也定然十分短暂，因为苏军于凌晨3:05的至暗时刻发起了进攻。

依然漆黑的夜空中瞬间回响起千万声恐怖的啸叫，炽热的橙红色爆炸接踵而至,短促而无序,树木被连根拔起,尸身血肉横飞。一个个光点如流星般划过黑夜,更多不似地球上任何自然之物所能发出的怪叫随之响起。那便是喀秋莎——苏联对车载火箭炮的俚称(还是像"凯蒂"这样的昵称)。它们的精准性差得离谱,但它们本来就不是用来精准打击的,当大量喀秋莎同时发射时,足以将整个世界变成一片令人晕头转向、目瞪口呆的混沌。即便身处远处的庇护所,也能清楚地感受到爆炸余波的震颤。德军士兵弗里德黑尔姆·舍内克(Friedhelm Schöneck)回忆说,那种大地在持续不断的轰击中翻腾起伏的幻觉令人作呕,"仿佛置身一艘在10级狂风中航行的船上"。"震耳欲聋的声音在空气中回响,"他写道,"与之前发生的一切相比,这已经不是简单的火力网了,简直就是一场将我们头顶、面前和身后一切东西都统统撕毁的飓风。天空红光四射,仿佛即将炸开。大地摇晃、摆动、震颤。"[6]炮弹不停地呼啸着倾泻而下,在泥泞的土地里、在林中和落叶间引爆,巨大的冲击力开始在这片土地上荡漾开来,回声在凌晨的空气中激荡。柏林的军民被乍听起来像"滚滚"雷暴的声音惊醒[7],远处沉闷的轰鸣声在夜空中回荡。在柏林周边的小镇,这场不可思议的风暴开始制造出鬼怪捣乱般的效果:墙上挂的照片和镜子开始震颤,家庭电话的铃声无故作响。此时,在黑暗中惊醒的小镇居民和村民明白战斗已经打响,但持续而猛烈的肃穆的爆响必定令已然心跳加速的人们感受到了原始、本能的恐惧。

德军对最初的攻势早有预料——尽管漫天的喀秋莎一度让德军阵脚大乱,但德军绝大多数防御力量早已撤出苏军的攻击范围——不过,这只是序曲。"我们的将士们……意识到,这场大战已经进入了全新的阶段,最严酷的考验已经开始。"德军战地记者卢茨·科赫(Lutz Koch)写道。他说,那便是"苏军的火炮风暴"。[8]苏军接下来的武器简直是直接从弗里茨·朗和阿尔伯特·施佩尔的想象力里扯下来的：强光直射。红军动用了排布在高地四周的143台巨型探照灯，将刺眼的光柱对准了驻扎在泽洛高地陡坡上的德军炮兵。这一招旨在清晰定位敌军目标，方便己方瞄准；同时，炫目的灯光映射出力量和优势，能让受到强光无情直射的敌军心生怯惧。"如同超过1000亿根蜡烛的强光照亮了战场，"[9]多年之后，朱可夫仍然满怀感慨地写道，"那场面十分奇妙，令人过目难忘，那种感觉我平生未有。"[10]灯光汇聚，直冲夜空。帕维尔·特罗扬诺夫斯基（Pavel Troyanovsky）中校称，那是"1000个太阳合而为一。"[11]

若在平时，这招或许会取得奇效，但当夜的状况极不寻常。空中云雾密布，加之刚才爆炸过后的漫天尘土，探照灯射出的强光似乎陷在细密的雾霾之中，减弱后又被反射了回来，在投射强光的人眼前形成了一片近乎布罗肯幽灵现象（Brocken spectre effect）的晕光。正如在冰雾中被身后的太阳照得目眩的登山者有时会看到灰色的鬼影或者"幽灵"的身影一样——那是他们自己的投影形成的幻象——眩光中的红军部队开始在朦胧的清晨微光中看到他们自己的剪影。本意要使敌人惊慌失措的巨大光柱却反弹回来暴露了投射者的位置，反倒把苏军士兵变成了显而易见的靶子。凌晨4点，最初的炮击结束之时，苏联近卫第8集团军（Soviet 8th Guards Army）开始朝高地进发，但在强光和浓雾的笼罩下，重型车辆和装甲兵在泥泞的湿地上都举步维艰，造成了完全始料未及的灾难。德军借机得以发起严酷的防御反击，让那些在平原上艰苦跋涉的苏军倍感无助。德军火炮响声震天，高地下的苏军很快死伤惨重，鲜血在黏稠的泥沼中形成一道道溪流。对于朱可夫而言，更糟糕的是他的部队完全集中在这片糟糕的开阔战场。当科涅夫正率部从南面向柏林进军之时，此前自信可以当天拿下泽洛高地的朱可夫不得不向斯大林报告自己受阻的消息。斯大林平静地问他，第二天是否可以成功。朱可夫保证，明天必将一战克敌，并且"在开阔的战场上摧

第十一章　呼啸的苍穹

毁敌军比在修筑了层层工事的城市里"更加容易。斯大林草草说了一句"再见"，便结束了对话。[12]

在海因里希将军看来，那天是纳粹政权最后一次仍有可能想象——哪怕是在抽象意义上——德国国防军有望阻止红军的日子，也是最后一次可以有效运用某些技巧和经验，给原本不可战胜的对手造成杀伤的日子。他确信，尽管德军负隅顽抗，苏联人仍可在几小时之内冲破防线。他曾将这番心迹如实相告给阿尔伯特·施佩尔，后者以为红军的攻势已无法阻挡，当天清晨乘车到距离泽洛高地不远的一处制高点观战。但他举目所见，只有一片迷雾。施佩尔遂退到了"戈林（Goering）的动物天堂，绍尔夫海德（Schorfheide）的孤单森林"。[13] 林中生活着大量鹿和野猪，不时发出沙沙之声——几个世纪以来，这里一直是狩猎场。置身湖光林色之间，脚踩着松软的泥土，施佩尔"打发了随行人员"，找了一个树桩坐下，开始写一篇发言稿。[14] 几天前，他曾想要忤逆元首对柏林基础设施进行"焦土"式破坏的命令，原本的发言稿却被希特勒审查删改。此时他正在重新写这篇稿子，并且据他后来自称，他还要更进一步：他以帝国政府的部长身份发表的这篇讲话不但要明确禁止炸毁桥梁、工厂、铁路和航道，正如海因里希同样呼吁的那样；他还要禁止"狼人行动"——也就是狂热纳粹分子不惜牺牲周围所有人的性命也要死战到底的行为。除此之外，他还声称准备命令所有囚犯——包括犹太人和政治犯——向占领部队投降。施佩尔坐在安静的林中，书写着对于"我们民族未来"的"坚定不移的"信念。[15] 那天晚些时候，他与正在高地上巡视的海因里希将军交谈。施佩尔认为，自己可以在柯尼希斯武斯特豪森（Königs Wusterhausen）一个供电有保障的广播电台里发表这篇讲话，但海因里希告诉他，那座广播电台不到傍晚就要落入苏军手中了。将军告诉建筑师，或许最好的办法是把讲话录成"留声机唱片",然后"交给他"。[16]施佩尔当时没有意识到,海因里希已经有了自己的主张。

对于很多柏林女性而言,为生存做打算的想法本身似乎是一种难以企及的奢望,下一块黑麦面包何时到来,几乎无法预料。但她们并非逆来顺受,事实恰恰相反。尽管柏林的城防已经逐渐开始失灵、失控,很多女性——无论是工厂里的女工、办公室里的白领,还是带着年幼的孩子在防空掩体与损毁破败的家宅之间来回辗转的母亲——都展现出勇气、适应能力和坚韧。即使是短时间内的供电也已指望不上,食物配给越来越少——虽然小孩子可以得到额外的一点卡路里——而领取配给时仍要在危机四伏的大街上顶着严寒排队。挂在路灯杆上的喇叭开始严厉地劝诫人们要对帝国保持忠诚,并警惕反叛行为。记者露特·安德烈亚斯—弗里德里希（Ruth Andreas-Friedrich）等个别女性主动（暗中）反抗纳粹政权 [露特·安德烈亚斯—弗里德里希和她的伴侣、管弦乐队指挥里奥·波查德（Leo Borchard）一直抱着极大的勇气秘密地为若干柏林"地下"犹太人提供帮助]。其他人则以自己的方式开展精神反抗:生产线上的和近郊的女性公然对彼此宣告,如今她们对纳粹领导层只有轻蔑。一种普遍而无声的恐惧让每个反对的声音都变得更加难能可贵。柏林的男人背叛了他们的女性同胞。本应拒敌于门外的军队和党卫队显然已经惨败。正因为如此,自我武装的想法很快便为很多女性所接受。尽管今日的柏林已危若累卵,但这座城市里并不缺少武器;尽管遭到最猛烈的轰炸,但柏林的战时工厂仍然能够生产大量枪支和火箭发射器。不少女性接受了"铁拳"火箭筒使用方法的培训。这种肩扛式手动开火的反坦克弹已在德国国防军的实战中被证明十分有效,将要在曾经坐落着商店和公寓的熟悉街巷上使用这些武器的想法,似乎已被人们接受为更广泛且不断变化的现实的一部分。"铁

第十一章 呼啸的苍穹

拳"是一次性武器,每支"铁拳"均装载了一发空心装药炸弹,发射器上装有瞄准具,可以大致瞄准。"铁拳"的设计使得其发射爆炸物时所产生的后坐力极小,身材较矮小、纤弱的人使用也不会仰面翻倒。有一段录像显示,一个衣着典雅、戴着漂亮礼帽的女子手持"铁拳"瞄准射击,训练靶应声爆裂,效果令人满意。这是一件母亲可以得心应手地使用的武器。在深受盟军空袭之害的柏林东部,无论再遭到多少"铁拳"的轰击,墙壁的断片和被炸毁的廉租公寓楼那些灼烧痕迹斑驳的外墙都几乎不会再受到破坏,并且有一件武器能炸毁坦克的念头定然给很多人带来了短暂的慰藉。

只有屈指可数的女性——她们知道本就稀少的逃离通道正在迅速关闭——有能力和物质手段离开柏林。公司职员梅希蒂尔德·埃弗斯(Mechtild Evers)几天前和她的老板以及几位同事从公司的保险箱里自行支取了三个月的工资[17],同时下定了逃离柏林的决心。她心中的目的地非常明确:首先前往柏林以北一百多英里的港口施特拉尔松德(Stralsund),她当兵的丈夫就驻扎在那里,然后再前往一个名为希登塞(Hiddensee)的小岛,那里在战前曾是天性自由的中产阶级的度假胜地。岛上有盛开的荆豆花、沙滩和一座灯塔,还能眺望远处冰冷、清澈的波罗的海,这样的前景让她魂牵梦绕。[18] 到了4月中旬,乘火车离开柏林已无可能,徒步和搭车成了唯一现实的选择。刚走出柏林近郊,埃弗斯便遇到了低空俯冲的英军飞机,她赶忙躲到一辆卡车后面。即便是城外开阔的田野也谈不上安全,路上危险重重,她又是一个孤身女子,但她完全没有停下来的意思。[19]

更广泛的意义在于,纳粹长期以来的一条意识形态原则——德国女性应当摒弃现代的平等观念,而将重心放在照顾家庭、养育孩子上——终于被彻底抛弃。在柏林,这项原则从未真正得到贯彻,自20世纪30年代开始,从事白领工作的女性数量不断增长;20世纪40年代,柏林很多女性进入工厂,在高强度的生产线上工作,监督着多年以前仍是男性专属的先进机械的运转。如此看来,让女性操作爆炸物也是事情发展的自然结果。

然而,在武装起来的女性队伍中也夹杂着孩子的身影,纳粹高层毫无负疚或者不安地将希特勒青年团和德国少女联盟的成员也拉进了城防民兵的队伍中,甚至还有一些少女加入了"狼人行动"。在海蒂·科赫(Heidi Koch)的回忆里,她心中的恐惧一天比一天沉重。"我们大部分时间都在挖坑,用残垣断壁筑墙,或者把汽车和有轨电车翻转过来,"她回忆说,"城里有很多党卫队队员。我一直不停地问他们问题,最后其中一人转过头来冲我大喊:'你知道俄国人来了会发生什么事情吗?他们很可能会干了你,然后杀了你,明白吗?'"[20]

"每日号令"的广播向柏林市民传达着元首的癫狂虚词。到了这个时候,或许只有最执迷不悟的"狼人"才能从中获得精神上的激励。"我们的犹太布尔什维克死敌已经发动了拼死的最后一击,"公告上写道,"他要摧毁德国,灭绝我们的人口……老人和孩子将被屠戮。妇人和少女将被当作营房中的娼妓饱受凌辱。其他人将被集体发配到西伯利亚。"[21]同时,元首宣称:"我们已经竭尽全力构筑了一道坚强的前线……布尔什维主义……必将在德意志帝国首都的门前流血而亡。"但除此之外,公告中的一些言辞和劝告在阿尔伯特·施佩尔等纳粹高官看来完全就是自取灭亡的虚无主义。希特勒的号令接着写道:

值此之际,凡不恪尽职守者皆为人民的叛徒。凡下令退却者……无论职位高低,均应立即逮捕,若有必要可就地枪决。若接下来数日数周之内三军尽责,则来自亚洲的最后攻击将一败涂地,西线突入之敌亦将土崩瓦解。柏林将得保全,维也纳

第十一章 呼啸的苍穹

亦会光复。欧洲将免于陷入俄国之魔爪……俄国的布尔什维主义将在血海中溺毙。[22]

号令的结尾,希特勒专门提到了罗斯福总统之死:所有这一切就发生在"命运将有史以来最大的战犯从地球上带走的那一刻"。[23]似乎有人依然相信,罗斯福之死或将重挫西方盟军的士气,在大厦将倾之际挽救德国的命运。在那令人产生幽闭恐惧的地堡的混凝土走廊里窃窃私语的众多臆想之论中,这一条属于最令人困惑的传言。

在之后数小时内离开总理府地堡的人,如果朝着城中其他建筑扫上一眼,或许就会看到砖墙上那条只有一个单词的醒目信息"不"(Nein)。这是记者露特·安德烈亚斯-弗里德里希反抗纳粹政权的作品,是她在夜里带着油漆外出、躲过漆黑的街道上巡查的黑色身影并偷偷写下的。[24]在这个城市加速滑入旋涡之时,仅是这一个单词就足以让这个中年女子被施以绞刑或者枪决。

在泽洛高地上,尽管水淹平原上的初战导致数万苏军阵亡,但德军要长期抵抗后面更多苏联大军的前进却绝无可能。太阳在烟雾笼罩的天空中升起又下落,污浊的空气中仍然回荡着爆炸声和火箭弹的啸叫。海因里希将军与手下的高级指挥官商议军情。"他们撑不了多久,"他说的是自己的部队,"这些人太疲劳了,舌头都吐出来了。"[25]泽洛的高地和平原上现在是一片破铜烂铁和断骨碎肉。这是最能让人联想到"一战"的大屠杀场面。接下来的时辰里,更多的热血将倾洒于此,但苏军的攻势并没有停滞。出于对斯大林的恐惧和攻克柏林的强烈欲望,朱可夫元帅不可能考虑更加切实可行的方案,他的部队只能前仆后继。

阵亡将士的数目如今只能估算:随后三天的死斗中,有3万到3.3万名苏军战士阵亡,约1.2万名德军将士丧生。第一天夜幕降临时,大地完全笼罩在黑暗之中,苏军坦克悄然越过主战场并发动进攻。

泽洛高地上，红军部队在午夜之前攻占了三间民房。入侵之敌注定将在防线上探寻到更多裂隙，并将它们撕扯开来。海因里希将军此时已有决定，而他的决定已与纳粹上级的命令背离。他知道，柏林之门在前所未有的压力下已经开始松动，他和防线上成千上万的士兵都无力阻止苏军如潮水般破门而入。

第十二章
所有母亲的泪水

时间曾经无边无际地延展。纳粹塑造的德国建立在国祚千年的话语之上,而这不仅要在征服中表达,更要通过建筑和艺术来体现。阿尔伯特·施佩尔曾幻想,他那宏伟的新古典风格的日耳曼尼亚地标将屹立数百年,并在蔓生的绿草之中美丽地朽去。今天是1945年4月20日,阿道夫·希特勒的第56个,也是最后一个生日。清晨,柏林北部和东北部边缘尚未被盟军的炸弹毁坏和炸碎的普通街道,纷纷成了苏军炮火的靶子。朱可夫统领的大军已经以梦魇般的速度越过了泽洛高地,直抵柏林绿树成荫的外缘。苏军炮弹那不似此界之物的嚎叫在柏林北郊回荡,廉租房和公寓楼的外墙千疮百孔,一些建筑如伤重的巨人一般轰然倒下,吐出一股尘埃。纳粹自称坐拥千年国祚,但如今连这座城市正常的时间流逝都被夺走。尚未入土的市民在混凝土的堡垒和掩体中呼吸着秽物的恶臭浊气,远方炮火的轰击声如同深沉的脉搏,既能听到,也能感觉到。对他们而言,时间感已经不复存在。"没人知道现在是几点",一位女士抱怨这座城市的钟表都已损坏,没法看时间。[1]另一位女士在日记中写道,时间"如水一般流逝",还在其他地方补充说,这是一段"没有时间的日子"。[2] 对于柏林的普通人而言,时间的里程碑已经荡然无存:尽管领袖的诞辰依然是大事,但普通人的生日已然毫无意义。而伴随时间感丧失而来的,便是生存意义的破灭。

然而,在柏林城外的森林里,在城市东北部临近苏联兵锋的一座特殊的乡间庄园中,时间却在加速流逝。这座正在被快速清空的木质宫殿宏伟豪华,地处密林深处,屋顶由厚密的茅草搭成,外墙上装点着狩猎中获得的鹿角。在过去几年中,这座别致的宅邸曾是大量欧洲美术珍品的集萃之地:梵高(Van Gogh)、鲁本斯(Rubens)、丁托列托(Tintoretto)、波提切利(Botticelli)。这里收藏的大约 1350 幅画作皆是 1933 年以来巧取豪夺所得,价值难以估量。至于搜罗如此众多画作的目的,便是要在纳粹描绘的宏伟蓝图徐徐展开之际,将这些画作的非凡之美重新展现在独具慧眼的德意志人民面前——1953 年他们的策展人赫尔曼·戈林的 60 大寿或许是一个合适的时机。戈林耽于感官愉悦的贪欲促使其周游欧洲各地,网罗最为精致的艺术品。到了 1945 年,其中的大多数都被存入了卡琳宫(Carinhall,他那位于林中的狩猎屋兼宫殿)宽敞的地窖中,因为只有那里装饰考究的墙壁才挂得下这么多稀世珍宝。1945 年 4 月 20 日,他正做着与这座宫殿永别的准备,这些艺术品也因此被一一装箱、包装,准备用火车运往德国南部。将与这座以戈林结发爱妻卡琳(Carin)的名字命名的宫殿一起被彻底抛弃的,还有卡琳的尸骸。

1931 年,年纪轻轻的卡琳便香消玉殒。当这座宫殿建成后,戈林命人掘出了她的尸体,重新安置在宫殿的庭院内一个专门建造的墓穴当中。[戈林于 1935 年续娶,他演员出身的新夫人埃玛·松内曼(Emma Sonnemann)被认为是纳粹德国的"第一夫人",因为元首本人并未结婚,按照纳粹的规矩,他的伴侣爱娃·布劳恩不宜承担这一角色。1945 年 4 月,埃玛·戈林已然身在德国南部。] 戈

第十二章 所有母亲的泪水

林不仅展望了自己远大的前程，还设想好了身后之事：他早就计划死后要与发妻在卡琳宫的墓穴中团聚。如今，这一设想已化为泡影，无从谈起。戈林的计划是在4月20日前往柏林帝国总理府为元首庆生。除此之外，他的想法和意图都飘忽不定。他当然明白，自己再也不会回到卡琳宫了。他命人在整栋房子里遍布炸药，一旦红军逼近，便将卡琳宫彻底炸毁。现在，这个时刻突然到来了。那些短时间内无法打包送走的雕塑等艺术品被沉入湖里，或者干脆埋在林中。可那与此地同名的亡灵又该如何处置？戈林原配之妻的遗体被扔在墓穴中无人过问，否则又能将她带去何处安葬？当天上午，戈林亲自引爆第一枚炸弹，卡琳宫的墙壁在众多炸弹一连串的爆炸中向内崩塌，墓中的尸骨想必也随之战栗。

柏林以东数英里外，位于柏林城与泽洛高地之间的一片更加开阔的林地里，一群惊魂未定的绝望之人正穿过密林，向柏林方向退却。他们中的一些人隶属于第18装甲掷弹兵师（18th Panzergrenadier Division），其余则尽是希特勒青年团的男孩子们。在那温暖的春日里，树木逐渐舒展的华盖似乎给这些逃亡之人提供了暂时的庇护。但后来的事实证明，这片密布高大松树的迷宫、狭窄的小路以及踩上去弹性十足、铺满松针的地面，和毫无遮蔽的开阔平原一样危险。此地名为梅尔基舍·施维茨（Märkische Schweiz），邻近布科（Buckow）和施特劳斯贝格（Strausberg），19世纪曾有一位内科医生感叹这里的空气纯净得可以把肺变成天鹅绒。和平时期，人们可以在此饱览湖光林色，或循径漫步，或入水畅游，或到附近的小村镇参观拥有几百年历史的教堂。此时此刻，雷霆般的炮火步步逼近，空气中依稀弥散着远处传来的焦糊气味。本地小镇瓦尔齐费尔斯多夫（Waldsieversdorf）在村民纷纷逃离后已经几乎空无一人，个别留下来的村民也作好了自行了断的打算。周遭一贯庄重的森林，此时更显出葬礼般肃杀的气氛。

与此同时，负责迎击来犯之敌的人民冲锋队老兵乘坐着特派巴士驶出柏林市中心，朝这里赶来。朱可夫此前就预料到，德国的计划是复制德国国防军在苏联被击败的环境，他们的目标是拖住红军进军的脚步并使其瘫痪，等待其流血至死。但此一时、彼一时，红军的补给线无懈可击，一列列带有平底车厢的火车满载着经过伪装的军需品，自东向西开来。此外，苏军还拥有胜利在望的心理优势：几英里之外便是纳粹网络的中心。最重要的是，德军已显出崩溃的迹象。在苏军猛攻中逃离泽洛高地的德军败兵已经难以自持，阵脚大乱，根本看不出这支残部还有打艰苦消耗战的实力。

在这里，在穿过纤细高挑的树木、掉落的枝叶和湿滑泥泞的浅沟的小路上，一支希特勒青年团的小队发现自己实际上已经被困住了。苏军坦克就在附近更宽阔的大道上向前推进，红军战士清楚地意识到敌人就藏在林中，更掌握了对这些树下之敌进行致命打击的办法。于是，坦克瞄准了树顶开火。林中随即降下恐怖的火雨，灼热的碎木如子弹般在空中飞溅，割伤人的皮肉；仍带着火光的橙色余烬铺天盖地地倾泻而下，在人的衣服上燃起一团团火焰，烧伤裸露的肌肤。困在这片林中的不过是一群男孩，他们对战争仅有的认识均来自电影，以及老沙特汉德的历险故事。

柏林东南部的森林同样无法提供任何庇护。施普雷瓦尔德（Spreewald）水系发达，是一片生长着松树、赤杨和湿地橡树等树种的浪漫之地。在密林深处的小镇哈尔伯（Halbe）附近，驻扎在林荫小路和临时营地的德国第9集团军（German 9th Army）的数千名官兵奉命守卫防线。然而，他们同样深陷无边的树木迷宫之中，并且寻求突围的部队很快就遭到了科涅夫元帅麾下狠辣的部队以及苏联空军的重创。接下来几日，德军大部顶着足以将树木粉碎的爆炸以及苏军持续不绝的火箭弹轰击，在令人窒息的烈火中避无可避。他们的坦克和车辆在松软的沙质土壤中变得笨拙无力，灼热的浓烟

第十二章 所有母亲的泪水

遮天蔽日，德军集体迷失了方向，四处乱撞。数日的激战在这片曾经宁静祥和的树林中制造了规模惊人的杀戮。约 4 万名德军战士阵亡，林中小路上尽是烧焦的金属、焦黑的人体组织，伤者的哀号不绝于耳。伤亡者中不乏仅十几岁的青少年。时至今日，在那片古老森林的柔软土地里仍不时能挖出战死者的遗骸。值得一提的是，此役过后，仍有不少党卫队队员对元首的耿耿忠心分毫未减，他们断言是布尔什维克主义带来了死亡。然而，对于那些更接近元首的人来说，这种坚定不移的确信也已成了难以企及的奢侈。

在往年，4 月 20 日是柏林大张旗鼓、举城庆祝的日子，公众放假一天，街上张灯结彩。对于全德国的人民来说，庆贺自己国家领袖的生日再正常不过。年轻人幻想自己当面向希特勒进献礼物，让元首明白自己有多么受人爱戴。1939 年 4 月 20 日，希特勒 50 岁生日那天，也即德国占领捷克领土后不久，整个柏林都陷入展示军事奇观的狂热当中：元首站在宝座前检阅三军正步仪仗，讲台四围花团锦簇，公共建筑上悬挂着"元首，我们感谢您"的巨幅标语。[3] 元首当天收到的礼品也确实丰厚非常：汽车、油画，以及一件他最为珍视的厚礼——带有瓦格纳多年前亲笔签名的歌剧《黎恩济》(Rienzi) 的乐谱原稿。

此时此刻，陷在帝国总理府地堡灰尘飘飞的单调灯光中，这份原稿是希特勒选择带在身边的唯一一件礼物：那出每次听来都如痴如醉的歌剧的乐谱和歌词。希特勒曾对一位亲信谈道，他的生命正是在首次聆听《黎恩济》之后完成了升华。"这一切，"他说，"都从那个时刻开始。"[4] 1945 年 4 月 20 日，他是否想到过这一切将于何时结束？他一方面明令手下不愿民众为其庆生，另一方面却逐渐开始让自己相信——至少他身边的人是这样看的——他可以找到一种击溃盟军的方法。"他给人的印象是……这个男人之所以能沿着既定的轨道继续前进，完全是靠着体内存储的动能。"阿尔伯特·施佩尔评论道。[5]但希特勒的外表与这种内在的力量形成了鲜明的对比，而外在的腐坏一定程度上又是药物依赖的结果：

> 如今的他像老人一样干瘪。他的手脚不停地颤抖。他走路时猫着腰，脚下趿里趿拉。就连他的声音也开始抖动，失去了往日的铿锵有力……他肤色蜡黄，面部肿胀；过去总是干净笔挺的正装，在他最后的这段日子里却常常疏于打理，被从那只哆哆嗦嗦的手里掉下来的食物弄脏。[6]

从这个意义上讲，元首仍是这个被毁的城市和国家的完美象征。

参加这场颇具讽刺意味的生日聚会的，还有那些曾经毫不留情地施展权柄置数百万人于死地，如今却轻如鸿毛、无关大局的纳粹高官。外交部部长约阿希姆·冯·里宾特洛甫（Joachim von Ribbentrop）在场，希姆莱也到了。为了跟美国人谈投降的条件，曾让不计其数的男女老少凄凉而恐怖地死去的希姆莱竟与世界犹太人大会（World Jewish Congress）的代表会面［并同意释放附近拉文斯布吕克（Ravensbrück）女子集中营的7000名囚犯］，这真是其反社会人格的真正体现。如果希姆莱真的相信他的谈判对手会认同大规模屠杀不过是战争中一个技术细节的说辞，那么只能说明他真的是一具没有灵魂的行尸走肉。感到时间正一分一秒流逝的希姆莱，拥有与戈林一样的求生本能，并且同样在准备离开柏林逃往这个国家的另一个角落避难。

当天晚些时候，元首最后一次走出地堡，最后一次在天空下行走，让人们得以一窥他颓唐的模样。不过,在他令人震惊的现身之前,柏林城西部和西南部、迄今为止尚在苏军炮击范围之外的居民被告知，元首将在生日当天向他的人民献上一份礼物：当周的物资配给

第十二章 所有母亲的泪水

量将小幅上升。实际上,这些不过是为了应对即将到来的围城战而配发的紧急配给。身心俱疲的母亲们钻出地下室,进入这个灰蒙蒙的世界,指望着能得到一点额外的黄油、一些蔬菜(作为对偶尔才能吃到一个土豆的补充)、一瓶水果罐头或者一份果酱,以及少量真正的咖啡(而不是那种以橡果为原料制成的代用品)。城内其他区域有消息说,突然出现了少量香肠、大米和小扁豆。

时年29岁已经做了母亲的多罗特娅·冯·施万嫩弗吕格(Dorothea von Schwanenfluegel)记得那次元首的大发慈悲,但在室外耐心排队的时间也让她见识到了降临这座城市的恐怖。她看到在商店对面的街上有一个最多不过12岁、矮小瘦削的男孩。他坐在"自己挖的战壕"里,似乎对任何靠近的大人都满腹狐疑。[7] 她凑上前去,惊讶地看到泪水正顺着他的脸颊流下来。他的身旁放着一只反坦克手雷。她轻声细语地问小男孩在那里做什么。他告诉她说,他接到的指令是在那儿蹲点,只要看到苏军坦克出现在视野之内,便要拿起反坦克手雷冲到坦克下方并引爆它。看来是有人说服他——或者强迫他——牺牲自己的生命。

冯·施万嫩弗吕格女士打量着这个男孩,又看了一眼地上的炸弹,心里怀疑他是不是连手雷的使用方法都不知道。她清楚,无论发生何种情形,他的自杀式攻击都将是双重的徒劳:不等到他靠近坦克,就会被红军战士击毙。然而,与此同时,尽管这位母亲的本能是把他带回家藏起来,她却不能这样做。党卫队正在街上巡逻,以一种新的、越来越失去理智的狂热来执行他们的意志,如果这个男孩擅离职守,定会与柏林城各处的其他很多人一样,被人用绳子徒手吊上路灯,随着绳套不断收紧而缓慢地窒息而死。况且如果她真的把他带回家藏起来,党卫队的人会四处搜捕他,这样一来,不仅他必死无疑,冯·施万嫩弗吕格女士和她的孩子也将性命不保。最终,她领到了那份特殊的寿诞配给,分给那个小男孩一些后就走开了，留下小男孩一个人坐在战壕里"抽泣着""嘟囔着"。[8] 第二天，冯·施万嫩弗吕格女士怀着不安的好奇心再次回到那里时，那个小男孩和手雷都已不见踪迹了。她希望是小男孩的母亲找到了他，而他现在已经安全了。但与此同时，她又怀疑或许并不是那么回事，而这才是这个白日梦想的悲哀之处。这已经不是一个小孩可以得到母亲解救的世界了。更可能的情况是，党卫队带走了那个男孩，又把他安排在了更靠近前线的阵地上。

对躲在地下的人们来说，任何时间感都在进一步消散，变得不再清晰。柏林地铁从来不是一个给人愉悦美感的地下铁路系统，即便最花哨的车站也只是贴了几块装饰瓷砖，对功能的重视远远压倒对审美的需求。但对于某些人来说，这些昏暗、回响的空间远远胜过空气不流通、没有安稳之日的混凝土高射炮塔。虽然不同于很多车站深埋地下数百英尺的伦敦地铁，柏林地铁系统的大多数车站距离地表不过一两层楼高，但它们仍然给人们带来很强的心理上的安全感；同时，虽然柏林市政府最初禁止市民在地铁站避险，但到了1945年春天，随着盟军的炸弹更加密集，柏林市政府已经睁一只眼闭一只眼。如今，来自苏联空军的威胁也与日俱增，生死全靠天命。地铁隧道在最好的情况下也不过是令人心烦意乱的避难所，一旦危险降临便顷刻间化为坟墓。格森布鲁能站配有上下铺、正常使用的卫生间以及一些粗陋的家具，可这个避难所的舒适感却被排风管道终日不停的哐当作响声所抵消。坐在这里宛如置身永恒的黄昏，你永远不知道下一次来到一片灰白的室外时，世界将是什么样子。到了1945年4月，市中心附近超过四分之三的公寓已经无法居住，或者干脆被炸毁。曾躲在站台、轨道附近的地下黑暗空间中的人们，时常被迫回到那怪异的地狱边缘，盯着头上的水泥天花板，不时地眨眨眼。

4月20日，柏林市地铁主管弗里茨·克拉夫特（Fritz Kraft）

第十二章 所有母亲的泪水

与市长路德维希·施特格（Ludwig Steeg）会面。摆在他们面前的问题是，这个城市的地铁隧道将迎来怎样的命运，以及如何利用这些隧道继续抵抗（这个问题与如何处置柏林的桥梁和其他基础设施的争论如出一辙）。政府高层曾私底下提出，如果判断是美英部队先入柏林，那就把地铁隧道网络毫发无伤地移交给英美占领军；反之，若是红军攻势猛烈，那么就要破坏长达数英里的隧道，阻滞他们接管柏林。由于地铁隧道里住满了难民、运送工厂工人的列车时常开过，这一决定被推迟了。克拉夫特知道，如果在柏林的河流沟渠附近引爆炸弹，倾泻的洪水定能让隧道彻底报废。但他也知道，这个计划一旦实施，将使无数生命陷于危险的境地。而就在这痛苦的讨论持续不断之际，有人给停在车库或者终点站的列车找到了其他的用处：人民冲锋队和党卫队的队员拆下一节节车厢的金属扶杆，大概是要用作武器。

作为市中心的一个重要组成部分的柏林动物园，曾是独立于时间的旋涡洪流之外的一片净土，但战争将园内很多区域变成了动物坟场，为数不多的几只幸存的动物无助地困在笼子里、围场中，被附近高射炮塔顶上架设的机枪所发出的巨大声响惊吓得快要发疯。就在赫尔曼·戈林盘算着自己离开柏林的计划时，他的一位不同寻常的旧友正为照顾园中这些受到惊吓的动物而焦头烂额。[9]卢茨·黑克（Lutz Heck）博士是这座始建于1844年、拥有悠久历史的机构的负责人。柏林动物园是欧洲最大的动物园之一，它那具有东方风情的入口大门享誉全欧，即便是1945年4月20日这天，在经过了多年的轰炸之后，动物园仍然对公众开放。不过，可供公众参观的野生动物此时已经所剩无几。野山羊假山园已化为齑粉，水族馆更是毁于一旦，其他若干建筑和野生动物也在盟军为期两年持续不断的轰炸中毁灭。1943年秋天的一系列空袭过后，柏林城里出现了一些谣言,并引起了一些人的恐慌:柏林市民中盛传,逃窜在外的老虎和猎豹正在黑灯瞎火的街头游荡,伺机攻击行人。但可悲的事实却是,很多老虎和猎豹已经死于轰炸。同年,柏林市民悲伤而困惑地看到一只巨大的鳄鱼毫无生气地趴在布达佩斯大街(Budapester Strasse)的人行道上,它是被炸弹活活炸飞到这里的。[10] 到了1945年,人们看待死亡动物的方式已有所不同,饿疯了的柏林人纷纷猜测,各类野生动物吃起来到底是什么味道。

从大象"暹罗"(Siam)到小河马"柯瑙什卡"(Knautschke),在黑克博士照看下的这些幸存动物变得越来越难照料,黑克也为此日益焦躁不安。虽然他对这些无助的小生命满怀关爱,但黑克博士却绝非圣贤,也算不上一个特别善良的人。相反,时年53岁的黑克对很多德国人都感到厌恶(而与此同时,他相信动物有一种可以触动灵魂的纯良天性)。[11] 多年前,黑克与赫尔曼·戈林发现二人都能看到德意志自然与野生动物那未受玷污的纯洁性,因志趣相投而成了朋友。戈林自纳粹当权初期便对博物学家黑克的理念产生了兴趣,并且二人都热爱狩猎和林中漫游。黑克是一名忠心耿耿的纳粹分子,身为纳粹党员兼科学家,他满脑子都是复活灭绝物种的奇怪想法。20世纪30年代,他和兄弟海因茨为了复活一种有角的大型动物欧洲野牛(auroch),曾用多个品种的牛开展近似优生学的实验。他们还尝试用现代马让名为欧洲野马(tarpan)的灭绝物种重见天日,并培育出了所谓的黑克马(Heck horse)。[12] 令人惊讶的是,他的兄弟海因茨却绝不是纳粹分子——实际上,他当初曾因反对纳粹政权而被短暂发配到达豪集中营,此后也一直是纳粹党眼中的可疑分子。相比之下,卢茨·黑克在戈林府邸附近的松树和橡树林中却无比闲适自在,与戈林时常探讨如何在全国各地建立国家公园。1935年,《帝国自然保护法》(The Reich Nature Protection Law)实施,部分纳粹党员也以其特有的方式扮演着强硬环保主义者的角

第十二章　所有母亲的泪水

色。但这种对生态环境的敏感充斥着仇外心理，他们对德国自然界被外来物种入侵感到厌恶和恐惧。卢茨·黑克与赫尔曼·戈林怀有对所谓"故乡"（*Heimat*）的共同想象——那是一个德意志原生的野生动植物物种兴旺繁盛的家园。

黑克还是一个狂热的反犹主义者，纳粹掌权之后，他便迅速清洗掉了柏林动物园的犹太员工和理事会成员，犹太市民手中的柏林动物园股份也被无情地没收。1938年"水晶之夜"之前，黑克博士干脆禁止犹太家庭和孩子到访动物园，早早将这种恶意上升到了全新的高度——如果动物真的可以触动灵魂，那么黑克不愿让犹太人享受到这人与自然相互交流的美好时刻。不可思议的是，这种仇恨也塑造了他的自然环境保护主义哲学。在纳粹的想象中，与资本主义密不可分的犹太人被斥为自然世界的掠夺者和剥削者。尽管纳粹实业家对自然世界的破坏丝毫不逊于他们的假想敌，但事实无关紧要。随着德军入侵波兰并开始进一步向东推进，黑克开始痴迷于改造土地以适应德意志灵魂的想法：无论是土壤、树木，还是河流，大自然本身也将归于"民族精神"的统率之下。"一个国家有意识地改造地形景观，"黑克在1942年谈到，"这是有史以来的第一次。"[13] 与戈林一样，他相信"永久林"（*Dauerwald*）的概念。20世纪30年代末出版的一本纳粹林业指南提出了这样一个观点："问问树木，它们将教会你怎样做一个国家社会主义者。"[14]

1941年，动物园首次被盟军的炸弹击中，此后，破坏变得一年比一年更血腥。动物园用石头和绿草布置景观，为圈养的大型物种创造一种半自然的环境，但与蒂尔加滕公园一样，轰炸留下了恐怖的弹坑，并让幸存的动物惊惧万分（小河马柯瑙什卡在一次轰炸中失去了他的同伴。出乎意料的是，战后这个小家伙又在柏林动物园中住了多年，见证了园区艰苦的重建）。到了1945年4月，柏林的电力供应极度不稳定，动物园彻底断电，并导致动物园的供水中断。

迷茫无助、想不出应该怎样处置仅存几只动物的黑克博士怅然若失地走出了动物园。不久之后，他就和他的朋友赫尔曼·戈林一样，开始制订逃跑的计划。很快，黑克博士便抛下动物园，带上能找到的所有钱财，骑着一辆自行车离开了这个城市。[15]

　　柏林动物园的围墙外便是曾经广阔宏大、绿意盎然的蒂尔加滕。在某些方面，如今的蒂尔加滕宛如一片荒漠：没有树（曾经屹立在那里的树木不是在连续不停地轰炸中被连根拔起，就是被拿着斧子和锯子寻找燃料的柏林市中心居民搜刮干净），弹坑遍布，昔日如茵的草坪如今却是一片晦暗的沙地。柏林的孩子们把地上的坑洼和被炸得稀烂的树桩当成游乐场，在如此残破的地方开发出了他们最喜爱的牛仔和侦探游戏的新玩法。然而，到了4月20日，这里却更加寂静，只有远处偶然传来的噼啪声和似乎回荡全城的低沉爆炸声。当天一早，数百架英军轰炸机再次笼罩蒂尔加滕上空，飞过这片明显是柏林市中心的开阔鬼域，以及周遭尚未炸毁的政府建筑。由于预警系统故障，柏林市民事先并未接到警报，但很多人事后想来，他们甚至没有留意到这件事情的发生：空袭已经成了日常生活自然而然的一部分，柏林市民对敌军的飞机已经几乎视而不见。[16]但面对临近的敌机，在高大的高射炮塔上操作枪炮的男孩子们做好了准备，展开又一次徒劳的攻击，而震耳欲聋的炮火声则让塔下仅存的动物再次陷入焦躁的癫狂。

　　西里西亚、安哈尔特等大型火车站同样让人想起那些流离失所的岁月。蓬头垢面、衣衫褴褛的乡民牵着马赶着车逃难，源源不断地穿过看起来像是部队营房的地方，并在室外搭起简易的厨房生火做饭，让旁观的柏林平民感觉自己仿佛穿越到了拿破仑战争时期。这里根本没有什么卫生间，难民和士兵都只能在角落里方便，让本就气味刺鼻的空气更加污浊。德军战士面容剧变：年轻人苍老了许多，目光变得呆滞无神。安哈尔特车站只剩骸骨，用来支撑巨大玻璃天棚的拱门现在光秃秃地兀自立在那里。这个众多柏林犹太人被迫登上火车、前往特莱西恩施塔特（Theresienstadt）的车站遭到了盟军的反复轰炸，最近的一次就发生在 1945 年 2 月。没有了火车，站台和漏雨的候车大厅就成了正规德国国防军和灰白头发的人民冲锋队队员的紧急集合点。车站旁的街道上布设了一团电话线，用于紧急通信，不过，这些线缆并未带来关于神奇武器，或者神勇的德军师团驰援柏林的消息。有几间酒馆侥幸躲过了轰炸，在黑灯瞎火中向那些悄悄避开指挥官耳目的战士供应啤酒。无论军民都仍然拥有酒精带来的慰藉；城郊未被炸毁的啤酒厂虽然生产效率大大降低，但存货充足。更有不少市民在地窖里囤积了大量物资，从葡萄酒到白兰地应有尽有。失去了作为市民的日常生活节奏，人们只能随遇而安，及时行乐。据观察，驻扎在这些临时总部周围的将士全靠空洞无谓的活动打发时间——毫无意义的通信，故意重复的跑腿——他们内心的惶恐不言自明。对于这些战士而言，关于敌军方位的报告频度，已经成了衡量时间的标尺。

对于平民而言，柏林所剩不多的媒体是锚定不断流逝的时日、维持有序时间观念的另一种方法。然而，4 月 20 日的上午，那些知道哪里能搞到一份两页的日报《帝国报》（Das Reich）的柏林市民面临严峻的前景：那不是已化为如山瓦砾的昔日家园，或者灰尘和碎玻璃中碎尸的踪迹；也不是如皮疹般贴在墙上、叫嚣着"复仇即将到来"（Die Vergeltung kommt）的官方海报。[17] 此时他们面临的，是如心跳般在空气中反复震荡的轰响——那是苏军于当天上午 11:30 对柏林北郊发动的炮击。那声响听上去丝毫不似解放。但报纸仍然顽固地不愿承认现实。不同寻常的是，报纸的需求量却依旧大得惊人：并不是因为人们都相信报上说的，而是因为任何消息都好过柏林市政府可怕的沉默。为了庆祝元首的寿辰，约瑟夫·戈培尔亲笔撰写了一篇社论，希望借此重燃德国人民心中的信仰之火：

> 他是这个世纪的骄子，虽历经苦难，却自信不改，指引胜利的方向。他是唯一始终忠于自我之人，绝不背叛自己的信念和理想，永远沿着正道向着他的目标迈进。满腔仇恨的敌人在这片我们引以为傲的大陆上大肆破坏，他的目标或许被堆积如山的瓦砾所掩盖；但残垣断壁挡不住前路，它终将在我们如炬的目光里再次迸发光芒。[18]

多罗特娅·冯·施万嫩弗吕格这样的柏林市民已经学会了如何读懂这些宣言的弦外之音。她后来回忆说，这篇社论发布的当天，城中"到处悬挂着"尸体，[19] 跟她遇到的那个准备牺牲自己炸毁敌军坦克的小男孩一样的无辜之人，一个个死于陷入癫狂的党卫队队员之手。戈培尔的社论暗示，坚持走"正道"的唯元首一人而已，这意味着军队和当局内部软弱和愚蠢分子的信念已经动摇，而正是这种怀疑导致噩梦般的野蛮人大军兵临城下。然而，在这长篇大论的抨击文章最后，戈培尔坚称，即便事到如今，德国人民仍有机会，他们的救赎或许即将到来。他诉诸基督教意象的做法堪称玩世不恭的极致：

> 上帝将如从前一样，将站在统领万民的权力之门前的路西法（Lucifer）重新掷入深渊。一个胸怀绝无仅有的勇气以及催人向上、动人心魄的坚定信念，真正超越具体时代局限的伟人则将成为上帝贯彻其意志的工具。布尔什维克主义的领导人或者财阀阶级当中岂可找到这样的伟人？绝无可能，因为正是德国人民生养了他。德国人民选择了他，通过自由选举让他成为他们的元首。他们深知他为和平所付出的努力，想要忍受这场战争并奋

第十二章 所有母亲的泪水 217

战到底,直至取得这场强加于他头上的战争的最终胜利。[20]

与这套从混凝土地下墓穴中传出的胡言乱语相对,柏林市中心的许多街道,如今已是一个个遍布着防坦克障碍物以及刚刚挖好并盖着木板的壕沟的迷宫,掩藏在残存公寓楼、商店和工厂的阴影之下。街上走的都是上了年纪的大爷大妈。身着大衣、头戴各色军帽、胳膊上戴着临时臂章的人民冲锋队民兵围着路障踱来踱去,他们的女性亲属壮着胆子从掩体里出来,用篮子给他们送来配给食物作为午餐。

也有女性坚持要求承担更加主动的角色,毕竟面对即将到来的毁灭,坐以待毙似乎更加痛苦。快被盟军的轰炸和远处苏军炮火"闷响"逼疯了的年轻电影演员希尔德加德·克内夫,要求跟着身为党卫队军官的情人埃瓦尔德·冯·德曼多夫斯基一起前往郊外施马根多夫(Schmargendorf)的临时军事总部报到——那里有一片巨大的铁路编组站以及砖砌的库房和仓库。为此,金发碧眼、身材高挑、魅力出众的克内夫换上了第一道伪装。她"戴上了贝雷帽和锡盔,穿上了高领毛衣、训练服裤子"以及一双她继父的新靴子。[21]成功"扮丑"之后,她不顾情人的强烈反对,说服他跟她一起骑着自行车走上了被炸得到处开裂的路。"街上非常安静,空无一人,一片死寂,"她写道,"人们都坐在地窖里,等待着。闷响声越来越清楚,越来越近。"[22]总部靠近编组站。"他们给了我一件紧身制服上衣、一顶破旧的意大利军帽、头盔、腰带、机枪、弹药、手雷和手枪。"[23]显然,她之前的乔装改扮已经取得了效果。一个"身形臃肿、散发着啤酒气味"的士兵走过来,厉声问她的名字和年龄。她告诉他自己今年19岁。他听了便开始冲她大吼,完全没有意识到她的真实性别。他责问她为什么不在前线驻守。她摘掉头盔,然后又摘下了贝雷帽。"他的脸伸长了,然后忍不住拍着大腿狂笑起来。他大叫着,一个小丫头想要加入我们的队伍？我回答说，是的。他'嘶'了一声说，用这个来试试你的胆量如何。"24 但这话并非嘲讽：没过片刻，他们就给克内夫女士披挂上了子弹带，向她讲授了枪支保险栓的机制，让她进行了试射，并告知她正式入伍。

施马根多夫的总部设在一间平层公寓中，房间里"没有窗玻璃"，"百叶窗紧闭"，还有一副没有床垫的床架。刚到这里几个小时的克内夫听着远处持续不断的炮火声，这时一个"脸上长了粉刺"的15岁男孩前来跟她所在的队伍会合。那男孩全副武装，犹如惊弓之鸟，仿佛随便听到什么响动都会立即扣动扳机。25 在场一位曾参加过斯大林格勒战役的老兵成了这群乌合之众的睿智而粗暴的顾问。不多时，更多人走了进来。"那地窖简直要挤爆了；列兵、老当益壮的老兵、非常年轻的预备役士兵和党卫队，"她写道，"制服都是混穿的，那场面仿佛一场嘉年华。空气中飘着汗水、卷心菜和很长时间没有洗澡的身体发出的味道。没有人说话。"26 克内夫女士要跟这群男人混在一起，是因为她跟柏林城里很多女性一样，听说了东边传来的红军奸淫妇女的故事。所有柏林女性都沉浸在对性暴力的恐惧当中。

在树木茂密、远离红军火箭炮轰击的柏林城最西边，还在上学的女孩克丽斯塔·龙克满脑子都是柏林被攻破的可怕场景。她的父亲仍在前线与敌军作战，不过他前不久告诉自己的妻女，他觉得抵抗已经"毫无意义"，克丽斯塔不知道父亲身在何方，只能听见苏俄人的炮声。"尽管距离遥远，但炮声听得一清二楚。"她写道。即便如此，生活——尽管是穷困潦倒、缺吃少穿的生活——仍然要继续。

他们所在的地区如今已经"没有电，没有电话，没有报纸"。27 "我们仅剩的指望，便是美国人可能先于俄国人来到这里，"她在日记中写道，"另外，还有人传言说什么'文克'的军队会来解救我们。但是我不相信。"28 正值壮年的瓦尔特·文克（Walther Wenck）将军是第 12 集团军（12th Army）的指挥官，奉命拖住英美军队。当时他率领的部队正被困在柏林城以西、距离市中心更远的地方，但突围无望的文克还是尽其所能为大量逃离柏林的平民难民提供方便。他不仅没有枪决或者绞死他们，反而给他们提供食物，希望避免人道惨剧的发生。尽管为时已晚，但似乎只有他明白，当务之急不是挽救这个政权，而是挽救生命。只不过到了这个时候，已经很难说究竟是城郊森林中饥饿的难民境遇更好，还是像克丽斯塔·龙克母女这样在震天的炮火声中按规定时间排队领取微薄食物配给的人们处境更优。

在柏林的东郊，人们眼见邻居带着基本必需品慌忙逃离而陷入恐惧，感到自己也必须马上逃命，以免夜长梦多，一些人就这样成了在自己的城市里流浪的难民。记者埃里希·施奈德（Erich Schneyder）回忆说，自己在某天偶遇一位曾经（或者说直到最近）身为律师的故人。他看到这位故人时，此人正提着一只装满钞票的沉甸甸的公文包，在大街上游荡。他已经为这样的紧急事件做了很长时间的准备，如今，一切的准备都派上了用场，可他又能去哪儿呢？[29]

宣告元首寿诞的旗帜和公告牌始终出现在父母和孩子的视线中，无论他们是正在穿过城区前往想象中即将迎来美军的西郊，还是无助地站在排队的人群中朝着远处传来爆炸声和炮火声的地方抬头张望。即便是在这一切都将分崩离析之时，仍然有一些孩子保留着对领导人的单纯的爱戴。

得到元首的接见是德国孩子的梦想。早在就任总理之前，希特勒就已经表现出一种让年轻人铭记的魅力。1929 年希尔德加德·多卡尔（Hildegard Dockal）11 岁时，这位纳粹党领导人计划走访她居住的社区。她的父母平素通过广播收听他的讲话并成了热情的支持者,而这个男人光辉的人格形象也让小女孩心生倾慕。走访当天,母女俩提前几个小时便收拾停当,守在搭设在室外的讲台边。由于一群群情激奋的抗议者挡住了党首车队的去路,正如小姑娘后来听说的那样,党首被迫下车,亲自用"一根打狗鞭"攻击对手。[30] 最后,他终于抵达预定的公共场所,在聚集于此的人群中穿行,与支持者握手,并不时停下与幸运的群众简单交谈。有一次,他走到希尔德加德·多卡尔面前,与站在她身旁的男人打招呼。小女孩仰望着"他明亮的双眼",[31] 满心狂喜,可党首并没有与她交流便扬长而去,让她感到"被抛弃了"。[32]（希特勒魅力的影响褪去之后,怀疑接踵而至,无论是希尔德加德本人还是其家人,最终都没有加入纳粹党。尽管如此,这件事仍然表明,即便是那些没有特定政治倾向的人——尤其是完全没有任何政治倾向的小孩子——也会在不知不觉间被卷入那条洪流之中。）

年轻人普遍能从取悦元首的活动中获得满足,无论是有幸在1936年奥运会开幕式上表演之人,还是随希特勒青年团和德国少女联盟到乡间与山区远足的男孩及女孩,都时常抱着要为领袖效力的想法。1940年,家住柏林的11岁男孩金特·洛塔尔（Günther Lothar）与其他入选的同学一起,踏上了前往奥地利小镇利恩茨（Lienz）附近伊瑟尔斯贝格（Iselsberg）雪峰的旅程,他们以为这不过是一场特殊的郊游。孩子或乘雪橇或在冰雪中跋涉数日,旅馆供应的餐食有大量"油酥糕点"和"覆盆子果酱玉米糊",[33] 即使对于柏林的男孩子来说也堪称丰盛。长途跋涉结束之时,孩子们有幸收听到了元首讲话的广播,并获准给家里寄去画着元首肖像的明信片。过了几周,这700多名来自柏林市中心的孩子们才意识到,他们实际上是被撤离至此的,而这里将成为他们永远的家园。这样的安排就连他们的父母也无权干涉。伊瑟尔斯贝格青年团领导人向家长发去官方慰问函,信中提到:"在英国,只有财阀家庭的孩子才能得到政府的关照（真是一句别出心裁的妄言），而相比之下，在面临轰炸威胁的区域，所有德国青少年都有机会在他们美丽的大德意志故乡的其他地区享受一段无忧无虑的健康时光。"[34] 对于这些男孩子来说，希特勒成了他们的父母兼师长，他的形象和演讲便是他们学习的大纲。

在此之前，有幸作为少数几个被选中的孩子参与奥运会表演的英格博格·泽尔特（Ingeborg Seldte），也曾陶醉于那时的"远足和手工艺品晚会活动"——没有什么能与那次的经历相比，这个效忠于"元首、人民和祖国"的集体具有一种奇妙的温暖。[35] 长大之后，她才得以摆脱这种盲目的信仰，而"水晶之夜"正是她首次感到不安的时刻。到了战争行将结束之时，她已经充分理解和感受到了这个曾使她和无数孩子为之倾倒的政权究竟是多么的肮脏可憎。

尽管如此，1945年4月，纳粹政权对柏林一些年纪尚轻的居民仍然拥有影响力。希特勒56岁生日的当天下午，在帝国总理府的花园里，一小群已经加入人民冲锋队的希特勒青年团成员在全国青年领袖（National Youth Leader）阿图尔·阿克斯曼（Artur Axmann）的注视下集结。他们事先并不知道他们的元首早已经住进了地堡，也不知道这样的生活给他带来的伤害。一个电影摄制组参加了这场特别准备的仪式。孩子们被授予铁十字勋章——这是对娃娃兵的表彰。来自西里西亚一座农场的12岁少年阿尔弗雷德·采奇是其中之一：几周前，他驾驶着父亲的马车从进击的红军手中救下了受伤的德军士兵。小采奇第一趟帮助4名德军士兵安全撤回，第二次又救下了8人。这个男孩的英勇事迹出了名，少年救人的消息被逐级上报，于是，他与其他十几个男孩一起被选中受勋。

采奇记得，最初有一位将军来到他家的农舍，告诉他准备好踏上一段前往柏林的特殊旅程。"我妈妈对此坚决反对，"采奇几十年后回忆说，"她害怕我会在路上遇到危险，但我爸爸赞成，于是我就去了。"[36] 他乘坐军机经过一段短途飞行后，便抵达了一座在苏军炮火的重压下开始震动的城市。他和其他即将因英勇表现而获得奖赏的男孩子在当天早上享用了丰盛的早餐，还得到了崭新、漂亮的希特勒青年团制服。午后，孩子们被带到了部分损毁、小径上长满了野草的帝国总理府花园。阿图尔·阿克斯曼向他们介绍了即将到来的巨大荣光。他们排好队列，确保在场的新闻纪录片摄影师可以找到最佳的角度。这场仪式将告诉德国人民，最终的胜利将属于他们，而如雄狮般勇毅的年轻一代便是他们的希望所在。

不过，元首如同僵尸一般的外表，与仪式传递昂扬朝气的初衷之间存在巨大的距离：他的左臂不停抽搐，派不上用场，紧紧地夹在身侧；单靠一只右手又无法给孩子戴上奖章，只能用手指轻拍或者轻抚男孩的脸颊。他来到阿尔弗雷德·采奇面前，似乎对这个男孩的英勇事迹颇感兴趣："这么说，你是所有人里年纪最小的？你解救那些士兵的时候，不害怕吗？"男孩尽管满心自豪，但仍然难免紧张害羞，只回答了一句："不，我的元首。"[37] 这段新闻纪录片还给潜在的观众带来了一条据称来自元首的信息，他褒奖了受勋的男孩以及他们象征的终将帮助德国战胜仇敌的精神气概。此时授勋仪式结束，男孩们骄傲地佩戴着铁十字勋章，受邀进入破败失修的总理府享受一次特别的下午茶。元首没有出席，而是重新回到了地下。

另外6个孩子也即将进入昏暗的地下——他们不是战斗英雄，而是戈培尔和妻子玛格达（Magda）养育的五女一子［玛格达另有一个与前夫所生的长子哈拉尔德·匡特（Harald Quandt），是纳粹空军上尉，此时已经被俘］。这6个孩子均按照家族传统以字母"H"开头的名字命名，分别是黑尔佳（Helga，1945年4月时12岁）、希尔德加德（Hildegard，11岁）、赫尔穆特（Helmut，9岁）、霍尔蒂娜（Holdine，8岁）、黑德维希（Hedwig，6岁）以及海德龙

（Heidrun，4 岁）。母亲和孩子们近一段时间一直住在戈培尔一家位于柏林以北博根湖（Bogensee）岸边兰克（Lanke）镇上的周末度假别墅。即便是在那样宁静的环境中，仍然可以听见远处隆隆的爆炸声。在接下来的两天里，地堡憋闷的隧道将成为他们居住和玩耍的地方。一周前，希尔德加德才刚刚过了生日。戈培尔太太为何当初执意让孩子们留在柏林，而没有把他们转移到更安全的地方呢？或许她也有着其他无数柏林人都有的顾虑：对于她年幼的孩子们来说，什么地方才能算是安全的呢？敌人如今已经几乎近在咫尺，他们又能到何处安身？更令人痛心的是，有多少柏林的父母会像玛格达一样，将在接下来的日子里凝视着自己的骨肉，盘算着如何杀死他们？

阴冷的地下隧道中，突然意识到时日无多的众人忧心不已。4月20日傍晚——这天本是元首接受外国政要寿礼的日子——一改平素独特的银灰色制服，穿着一身在冷嘲热讽的旁观者看来酷似美军军装设计的橄榄绿迷彩军服的赫尔曼·戈林，正在战情室中试图说服元首撤出柏林，取道唯一可行的南北通路前往巴伐利亚。阿尔伯特·施佩尔在侧冷眼旁观。但元首并不认可这一主张，这对他来说毫无意义。柏林必须守住。他用虚弱、沙哑的声音告诉自己的副手，他要留下。"我怎能一边号令部队为了柏林与敌人决一死战，一边自己退到安全之地？"他说。[38] 然后戈林宣布："在德国南部有紧要任务等着他……他当晚就要离开柏林。"阿尔伯特·施佩尔观察到："希特勒面无表情地凝视着他。"[39] 即便戈林表面上没有流露出焦虑，但他逃亡的意图已经昭然若揭。施佩尔明白，自己正见证一个重要的历史时刻，纳粹政权正在分崩离析，它的命运已经盖棺定论。

在地堡其他房间里，爱娃·布劳恩决意如往年一样为情人庆生。她命人在地上的帝国总理府供应茶食，并不顾可能遭到空袭的风险，计划举办庆生聚会。地堡中本就酒气弥漫，纳粹党的"锦鸡"们似乎拥有不限量的酒水供应，帮助他们消解对时间不断流逝的恐惧。虽然很多高官都在做着逃离柏林的准备，但仍然有人愿意考虑布劳恩女士的提议，享受一个轻松消遣之夜。

元首本人已经回了他的居室，但来到地表的布劳恩命人用一切现成的材料将她在总理府中原来的房间布置妥当。有人找来了香槟，元首的医生特奥多尔·莫雷尔（Theodor Morell）和马丁·博尔曼作陪。这样的夜晚需要一些音乐，因此，有人找来了一台留声机。唱片只有一张，这张名为"血红的玫瑰"（'Blood Red Roses'）的浪漫歌曲唱片在20世纪20年代末首发，曾红极一时。尽管唱片名字哥特味道十足，但那其实是一首甜蜜悦耳、朗朗上口的舞曲，讲述的是一个深陷情网之人用美丽的玫瑰花花瓣让意中人情迷心动的故事。[40] 想用这样一首曲子压抑不断加深的恐惧，效果自然有限。玛格达·戈培尔至少还拥有能动性的幻觉——她至少可以带着孩子离开柏林，前往巴伐利亚——爱娃·布劳恩什么都没有。她只能待在这里。这是此前元首听说他的另一位私人医生卡尔·勃兰特（Karl Brandt）——他多年来深度参与了针对失能人群的恐怖的安乐死项目——宣布准备逃离柏林的消息后，在歇斯底里中特别强调的。他曾与爱娃谈论过此事，在元首看来，勃兰特的行为就是叛国。在一座吱呀作响的大楼里，全国青年领袖阿图尔·阿克斯曼主持的临时法庭对勃兰特医生进行了审讯后，宣布了他能给出的唯一判决：死刑。希姆莱等高级官员保住了勃兰特的性命（不过，这也只是暂时的；战后被英军俘虏的勃兰特成为1946—1947年纽伦堡审判中的被告之一，并因反人类罪被施以绞刑）。这出惨剧让爱娃明白，她已经被拴在元首身边动弹不得。不过，她也从未表露出想要去其他地方的想法。

在柏林以北大约20英里（约32.2千米）的地方，守卫随着时间的不停流逝而变得焦躁不安，缓缓敞开的大门将纳粹政权最黑暗的秘密之一大白于天下。萨克森豪森（Sachsenhausen）集中营有各种各样的用途：试验如何在不引起其他犯人恐慌和反抗的情况下，用最省时省力的方式进行大规模屠杀；开展活体药物实验；为柏林的工厂和工业园区提供奴工。1945年4月20日，随着夜幕降临，集中营指挥官和党卫队守卫开始组织那些尚能活动的幸存囚犯为离开集中营作准备。被迫走入前途未卜的黑暗，放弃被盟军解放的希望，定然令很多人心碎。1936年建成的萨克森豪森集中营，本是用来将集中营制度的残忍肮脏不断优化完善后向其他集中营输出的模板，在这里关押的，此前多是政治犯和威武不能屈的"变节"百姓。"水晶之夜"发生后，大批刚刚被逮捕的犹太人涌入这里，开启了充斥着严刑拷打和恐惧的生活。虽然萨克森豪森集中营原本并非一座灭绝营，但多年来这里的致死率一直居高不下，以致只知道大约有20万名受害者丧命于此，确切的死亡人数却无从知晓。部分受害者死于大规模屠杀，其他人则在饥寒交迫的肉体折磨中先后去世。营地距离柏林足够远，大部分柏林市民对那里发生的事情一无所知——虽然来自森林另一端和湖对岸的消息难免在一些柏林市民间私下流传。自20世纪30年代开始，太多柏林家庭都目睹亲属被捕并被关押在萨克森豪森集中营，而只有少数的幸运儿最终得以与家人再度团聚，并且一个个全都成了形销骨立、沉默寡言的行尸走肉。持不同政见的艺术家也被送去那里"惩治"——正如乔治·格罗兹所料，他如果留下，也将面临同样的命运。他们的遭遇已经超过了简单的拷打：受害者被反绑双手吊到半空，造成双臂脱臼。此举并非为了逼迫他们供出什么情报，让他们身受伤残便是此地存在的意义。

萨克森豪森集中营在成立之初也关押了诸多政治犯，他们在这里的生活全无任何舒适、温暖或是友善：与奥斯维辛集中营一样，萨克森豪森集中营的大门之上刻着"劳动带来自由"的文字，但现实却是四壁空空的阴冷茅屋、差劲的卫生条件、腐败的食物以及无休止的虐待。随着战争爆发，更多来自异国他乡的战俘被运至这里，萨克森豪森集中营也迎来了各色人物：法国前总理保罗·雷诺（Paul Reynaud）、奥地利前总理库尔特·许士尼格（Kurt Schuschnigg）、路德教会牧师、纳粹主义的坚定批评者马丁·尼莫拉（Martin Niemöller），甚至还有被牵涉进1944年刺杀希特勒阴谋的贵族戈特弗里德·格拉夫·冯·俾斯麦－申豪森（Gottfried Graf von Bismarck-Schönhausen，出于某种罕见的尊重，他获得了其他狱友无法企及的待遇——没有任何虐待拷打，只是单纯的关押）。党卫队队员往往在这里接受培训之后再到东边的死亡营中施展技艺：以皮鞭或者棍棒为武器，令受害者和被迫旁观的囚犯都痛苦难忘的公然施虐；野蛮地强迫囚犯从事重体力的工业或者建筑劳动（集中营内有一片开阔的场地，用于生产砖块乃至测试军靴，而军靴测试本身也被用作折磨人的酷刑，囚犯不得不穿着满是血污的靴子连续不停地走上几个小时）。萨克森豪森集中营还首创了使用毒气来高效完成大规模屠杀的方法。在此之前，其他的杀人手段——例如以测量身高的名义让囚犯靠着装有嵌板的墙壁站好，然后打开嵌板从背后将子弹射入囚犯的脖颈——都被认为效果不佳。

萨克森豪森集中营的残忍气氛催生了极为扭曲的怪象。集中营建成之初，喜爱艺术的囚犯将音乐特别是合唱，作为维系集体精神的一种方式，无论年长还是年轻，囚犯们通过古典乐曲或是故乡的民歌，建立起彼此之间的联系。对此，党卫队不仅没有禁止这种团结精神的表达，反而劫持了这种表达方式，强迫囚犯唱歌——尤其是合唱纳粹歌曲。对于精疲力竭的囚犯来说，一边干着沉重的体力活，一边还要上气不接下气地嘶吼着发出和声，简直是精神上和肉体上的恶毒摧残。正如一个囚犯回忆的那样：

如同他们所做的其他每件事一样，党卫队把唱歌也变成了

第十二章 所有母亲的泪水

对囚犯的一种戏弄、一种折磨……唱的声音太小或者太大,都会遭到毒打。党卫队的看守总能找到理由……每天晚上,我们不得不拖着死去或者被杀的同志的尸体回到营地的时候,都必须唱歌。他们让我们一唱就是几个小时,无论是烈日、严寒、大雪还是暴雨,我们都必须站在集合点名的空场上,歌唱……长着深褐色眼睛的姑娘、森林或者松鸡。而我们唱歌的时候,已经死去或者奄奄一息的同志就躺在一边,身下只有一张破破烂烂的毛毯,甚至干脆就是结冰或者潮湿的地面。[41]

事到如今,纳粹高层决定尽可能消灭一切有关集中营或是其目的的痕迹。那年早些时候,数百名妇女老幼被装上了那骇人听闻的火车车厢,拉到其他地方执行死刑。其他体质羸弱的囚犯不是被活活累死,就是被一枪毙命。如此,必要时驱赶尚有行动能力的囚犯徒步转移,就成了可能。在红军迫近、诸多苏联战俘关押于萨克森豪森集中营的情况下,党卫队守卫紧张地在营房间穿梭、筛选。最终,约3万名身着条纹囚服的囚犯被认定仍有能力按命令离开铺位——尽管这些人都存在不同程度的疾病、营养不良,并且都早已疲惫不堪,这些人中包括营地仅剩的几个妇女和儿童。其他一些囚犯已经完全动弹不得,哪怕是酷刑或者死亡的威胁都不能让他们站起身,走路更是无从谈起。时间紧迫,这些人已经无可救药。天色渐黑,午夜已至,那些相对健全的囚犯在荷枪实弹的看守注视下集合成几队。没有任何解释,没有任何细节,集中营的大门豁然大开,他们就此走进黑暗。

囚犯人数众多,又都衣着单薄,加上鞋子粗糙简陋,行动不便,因此,撤离工作进展缓慢。撤离队伍以500人为1队,一路向西北行进,队伍越来越长。对于很多纳粹的受害者来说,这是难以容忍的终极折磨:暴躁的持枪守卫不断威胁逼迫,并将那些因体力不支而失足摔倒的囚犯就地枪决。在接下来严酷的日日夜夜里，很多人的精神在长时间的林地跋涉中日益萎靡。"左右两边的守卫不停地叫嚷：快点！加速！"当年48岁的立陶宛囚犯米卡斯·斯拉加（Mikas Šlaža）回忆说，"听说要在林中休息，累得要死的我们立即就地瘫倒。"[42] 很多囚犯在这段毫无意义的旅途中失去了生命，其中一些被守卫杀死，另一些则因器官衰竭和极度疲劳而倒下。大约两周之后，就连纳粹守卫也终于意识到了这一切的徒劳无功；什未林附近出现的美军士兵让大多数守卫认识到他们终将作为罪犯受审，于是这些守卫中的大多数人脱队潜逃了。徒步转移的幸存者被这批美军发现，终得解放。与此同时，红军在囚犯起行后几个小时内便发现了关押他们的萨克森豪森集中营（这是先后发掘出的一连串恐怖真相中最新的一个）。苏军战士置身于这座被党卫队遗弃的营地之上，穿行于冰冷无望的茅屋之间，在营房中见到了那些皮包骨的尸体惊恐瞪大的眼睛。而这一切，距离那个曾经拥有世界上最灿烂文明的城市仅有咫尺之隔。

苏联高层在集中营解放问题的处理上耍了一出政治把戏，将重点放在了受害者的国籍而非宗教信仰上。苏联官方特意淡化犹太人遭到种族灭绝的事实自然有其原因，其中之一便是他们坚决反对统一的犹太身份认同观念。红军共有30万名到50万名战士全身心投入此次解放作战，其中有大量犹太士兵在发现集中营之后变得极端。正如历史学家莫迪凯·阿尔特舒勒（Mordechai Altshuler）所写的那样，红军在东欧的军事行动调查了纳粹所犯下的严重罪行，这一切开始改变苏联犹太士兵的想法。[43] 他们在拉脱维亚、乌克兰和波兰看到了儿童如何被屠杀，犹太文化如何被一笔抹杀。这些原本只会说俄语的士兵开始自学希伯来语，并开始思考犹太复国运动。但苏联当局试图粉碎这样的异动。任何认为犹太人应该拥有自己家园的想法均属异端，而任何关于犹太人的家园有其历史依据的观点在苏联当局看来都完全是一派胡言。此外，苏联当局明确告知国内的犹太民众，哪怕是犹太人身份的观念也与共产主义相悖，社会主义制度下的犹太人与西方资本主义制度下的犹太人没有任何联系。但这套话术与骇人听闻的现实龃龉不合。一位随部队一路打到柏林的犹太军官回忆说，他在柏林最先遇到的人之一是一位一身黑衣、面容严肃的德国妇女。她远远地盯着他看，并一路尾随，接下来的几天，他又多次遇到那位妇人。最终，她走上前来，递给他一张纸片，上面画着一颗大卫之星。显然，她在战争期间一直隐匿行藏，直到现在才敢向占领军表露自己的犹太人身份。那位军官以为她已经40岁，但实际上，她只有16岁。[44]

战后不久，苏联当局就为了达到自己的目的，赋予了反犹主义新的动力。而作为萨克森豪森集中营解放的苦涩后记，这个已经大白于天下的恐怖之地却作为苏联的战俘营又存续了多年。那些将自己亲手解放的萨克森豪森改作新用的人们，似乎全然不信鬼神，不担心这里有冤魂出没或是受到了诅咒。相反，战争甫一结束，一波又一波与当局政见不同的囚犯便被带到这里羁押。

萨克森豪森集中营解放后不到24小时，市中心的建筑物纷纷起火，没有躲在掩体中的平民吓得四散奔逃，空气中持续回荡着滚滚雷鸣，亚历山大广场附近的商店和公寓楼仿佛再也承受不住万钧的重压而轰然倒地，掀起一团尘云和熊熊烈火。这一切全拜对着市中心倾泻而下的炮火所赐：威力强大的炮弹在毫无预警的情况下从远处劈头盖脸地砸将下来。与向来提前预警的盟军空袭相比，红军对柏林的轰炸缺少一份慈悲之心，不管是在一天中的什么时候，任何一条大街小巷——以及这条街巷上倒霉的平民——都可能在一阵突然亮起的刺眼白光中灰飞烟灭。有记述说，一群老妇人有一日正在杂货店外排队，她们紧靠墙壁，希望可以得到庇护，有人还带着护目镜以求万全。忽然，一道异样的强光闪过，紧接着是一阵人耳几乎难以分辨的隆隆低鸣，几秒钟后，刚才排在队伍中的一位老妇人已经躺倒在了人行道上，鲜血正从胸口被弹片击穿的伤口中汩汩流出。[45] 这种情况下，似乎连呼救都已是徒劳，疯狂地在街道上巡逻的党卫队队员没有时间去救治毫无希望的伤者，即便将伤者送去医院，没有药品又如何医治？事到如今，柏林人终于体会到了城池被攻破的滋味了。

炮弹是从柏林市中心以东几英里的郊区马察恩（Marzahn）射出的，那里曾有一座专门关押吉卜赛人的集中营。马察恩是柏林首个被苏军完全占领的区域。1945年4月21日，时年41岁曾参加列宁格勒战役的尼古拉·别尔扎林（Nikolai Berzarin）将军率领的第5突击集团军（5th Shock Army）占领了这里。火炮架设的位置周围，是低层的工厂、朴素的房屋和一片樱桃树林。这些从前连汽车都没见过几辆的路上，如今却被巨大的坦克隆隆碾过，那震颤直抵房屋的地基。坦克一路开来，背后留下的不是德军战俘，就是德军死尸。红军想方设法要让他们俘获的德军士兵——尤其是那些年纪轻轻、经验不足的——派上点用场，他们会故意放走几个，让这些人跑回大部队，哀求他们投降，免得被射死、碾死或是烧死。苏军的炮火很快便四面开花，从不同地点、不同方向朝柏林市中心射来，就连一天中多数时候都躲在混凝土堡垒和掩体中的柏林人都开始感受到了来自四面八方、持续不断的死亡怒吼。这座已经重伤的城市将在180万枚炮弹的无情轰炸中被摧毁，个别街区将同不幸被炸的受害者一样变得面目全非。身为首位率队进入柏林城内的苏军指挥官，别尔扎林将军即将面临如何将这些支离破碎的街道和丧失希望的居民重新拼凑起来的巨大挑战。但眼下，流血远未结束。

20. 随着纳粹于20世纪30年代掌权,每到五一劳动节等节日,柏林的大街小巷便成为纳粹当局庆祝活动的浮夸背景,图中的五朔节花柱上挂满了纳粹的卐字旗。

21. 外国记者见证了1938年"水晶之夜"中犹太会堂被烧、犹太人家族企业被打砸等惨状并大为震惊,很多非犹太柏林居民也对这场暴乱感到羞耻、惊恐。

22. 1945年红军围城之时，年轻女演员希尔德加德·克内夫刚刚签定一部电影的合约。她逃避苏军士兵的策略比任何电影都更加特别。

23. 戈培尔坚持要求柏林的电影产业在画面的华美方面一定要超过好莱坞。专长浪漫喜剧的玛丽卡·罗克等明星被认为对提振士气有至关重要的作用。

24. 曾象征着柏林的时尚现代的卡尔施泰特百货商场到1945年已被劫掠者洗劫一空。纳粹认为它的塔楼会被苏联狙击手利用，于是不假思索地将其夷为平地。

25. 临时征召的由老人小孩组成的人民冲锋队得到了包括海因里希·希姆莱在内的很多纳粹高层的吹捧。尽管武器陈旧落后，他们却在1945年的柏林保卫战中发挥了重要的作用。

26. 曾经优雅美丽的蒂尔加滕以及柏林树木最为繁茂的公园，到1945年时已经被炸成了一片荒地，仅剩的树木也被砍走充当木柴。

27. 1945 年，柏林人很快适应了这样的场面：昔日优美宜人的住宅区街道如今变成了防御阵地，布满了试图阻挡苏坦克的路障和壕沟。

28. 一边是为出现在自家街区上的敌军坦克感到震惊错愕的柏林市民，另一边是为目之所及的财富感到心驰神往的红军战士。

29. 柏林城外几英里的地方便是恐怖的萨克森豪森集中营,死亡营中的各种残酷手段均在这里预演。

30. 柏林雄伟的高射炮塔兼有防空掩体之用,类似中世纪的城堡。一些在外表阴森的高射炮塔中避难的家庭,即便轰炸已经结束也久久不愿离开。

31. 到了1945年，很多柏林居民已经过上了地下生活：无休无止的防空警报，日日夜夜听着外面连天的炮火，枯坐湿冷的砖石之间。

32. 1945年5月，大获全胜的红军在搜查元首地堡时，发现的是一片充满哥特式对比的潮湿迷宫场面：一边是油画和衣帽架，另一边则是防爆门和血污。

33. 到战争结束之时，昔日华美绝伦的柏林市中心部分地区仅剩残垣断壁。天气渐暖，无人掩埋的尸体让空气中飘着令人作呕的甜腻气味。

34. 满目疮痍中，占领柏林的苏军很快找出了柏林市民的领导人和工程师，供水、供电甚至是地铁都以惊人的速度得以恢复。

35. 被征召清理废墟、回收建筑材料的"瓦砾女"成为国际公认的象征符号，代表了这个战败并感到耻辱的国家。

36. 小孩子在坑洼不平的城市里玩着令美国占领军感到惊讶的游戏：很多天真无邪的孩子扮演着狂野西部的牛仔。

37. 在诸多民房被毁的情况下，有些家庭不得不与陌生人共同居住在半毁的楼中，其他人则回到旧屋的废墟上暂住。

第十三章
流血的街道

在柏林的某些郊区，望着硕果仅存、未被践踏的尊严和财富，一些入侵的苏军战士既现出惊异之情，又面露厌恶之色，这一切富足的炫耀，与德国人给东方大地带来的贫瘠焦土的恐怖形成鲜明对比。不少苏军士兵也困惑地看着失魂落魄的德国平民梦游一般地在人行道上走过。如果这些苏军士兵知道这些德国人刚刚经历了整整三个月昼夜不停的高空轰炸，或许可以理解睡眠缺乏给他们带来的折磨。德军士兵的疲惫同样显而易见：那些仍在街巷中或是柏林城周边的村庄中隐蔽的士兵，不时陷入一种嗜睡的状态。他们像民间童话里的人物一样闯进民宅草舍寻找床铺，不顾周遭坦克炮火隆隆便沉沉入睡。或许困扰他们的不仅是一种身体上的严重疲劳，还有逃避现实、阻断这个邪恶世界的强烈需要。相比之下，对于苏军士兵来说，数年前还难以企及的战利品如今就在眼前，肾上腺素和得意的狂喜像水银一样流过他们的血管。随行并见证了红军反击纳粹、横扫东欧全过程的作家瓦西里·格罗斯曼（Vasily Grossman），眼前是一片德国春日的景象。对于在进军柏林途中所见到的乡间景色，他写道："路旁的树木，苹果树和樱桃树，繁花盛开。柏林人的乡间别墅淹没在一片花海之中——郁金香、丁香、点缀性的粉色花朵，以及苹果花、樱桃花和杏花。"[1] 大自然似乎毫不在意炮火声及其回响：炮火一停，鸟儿的歌唱便又一如既往。"大自然，"格罗斯曼写道，"不会哀悼法西斯主义的末日。"[2]

然而，1945年4月25日，深居城中、大多并非纳粹党员的柏林民众却无法清楚地看到这一切，或是对此根本视而不见。此时此刻，他们的生活已经退化到只能满足苟活的基本需求。这些人冒着不停嚎叫的火炮轰击，钻出地下掩体，进入能见度极低、几乎要凝结成块的空气中寻找食物和饮水。偶有不知从哪里飞来的炮弹将砖石水泥炸得粉碎，无数灼热、锋利的碎片充斥在空气里，将侥幸逃生者赶回地洞。瘟疫暴发的风险大大提高，不但城市的电力供应完全中断，泵水系统也开始失灵。这些此前从未想过水龙头缘何出水的平民，如今的境遇已经与14世纪被围困的城镇居民半斤八两。即便有人想过要提着罐子和桶到河边或水渠里打水，最终也不了了之——在那些死尸遍地的日子里，谁知道那些河道里流淌着什么毒物？街道上有可以取水的竖管，祖父和母亲只得冒着巨大的风险在露天打满水桶。但这些水源的安全依然不能保证，为了预防喝坏肚子，没有了煤气供应的人们只得用从当地公园里找来的，或从旧家具上拆下来的木柴生火烧水。有些街区的住户甚至只能用捡来的短枝点火。就这样，时间在柏林市中心被彻底地压缩。让儿童和老人有东西吃、有水喝便已经竭尽全力的人们，除了此时此刻，其他的事情都无暇多想，眼前的各种紧急状况已经占据了他们全部的注意力。

由于信息缺失，作出理性决策也很难。报纸停印、可靠信源缺位导致谣言四起，越传越离谱。几乎没有人知道，那些在他们从前无比熟悉的街道上横冲直撞的苏联人，到底深入到了多远的地方。4月25日中午，科涅夫元帅和朱可夫元帅的部队终于在柏林城以西数英里处靠近宁静的波茨坦地区的地方会师。[90分钟之后，在柏

第十三章 流血的街道

林以南大约 65 英里（约 104.6 千米）的地方出现了一个精心编排的时刻，美国陆军的一个小型代表团乘船渡过易北河，与一队苏军士兵会面：这一象征性的举动标志着德国已经正式落入同盟国手中。但苏联允许西方盟军与其分享柏林将是一段时间以后的事情了，并且双方之间自此便没有了和平。]

对这座城市冷酷无情的破坏仍在继续。公共建筑和私人住宅的砖石结构在火箭发射器那仿佛来自另一个世界的嚎叫中进一步被撕裂。这一切的暴力似乎都并非基于任何理性的考量，而是宛如黑洞般有其自身不可阻挡的重力。53 岁的赫尔穆特·魏德林（Helmuth Weidling）将军是为数不多的看似要冲动地孤注一掷与这支大军为敌的人之一。这位戎马一生的将军戴着单片眼镜，目光锐利。尽管他对自己和城内德国国防军残部所面临的命运心知肚明，但不同于那些地堡中的居民，他似乎仍然留有清醒的头脑和对事物的判断。总数超过 150 万如潮水般涌来的红军正在冲击柏林市郊的边界，如此人多势众，自然难以阻挡。德方守军包括不足 5 万名正规军、约 4 万名人民冲锋队队员，再加上男孩子们，他们名义上被派在城郊铁路环线以内精心划分的各防区驻守。但这棋盘游戏般秩序井然的幻想却被时常失控、无序的现实泼了一盆冷水，德军小队用狙击枪瞄准街上经过的苏军部队并射击之后，在苏军的反击中只得退回窗口吐着耀眼火舌的公寓楼内，有时甚至被活活烧死。

此时的柏林防区指挥部位于柏林西南的霍亨索伦大街（Hohenzollerndamm）。25 日上午，魏德林将军与党卫队查理曼师（SS Charlemagne Division）的指挥官古斯塔夫·克鲁肯贝格（Gustav Krukenberg）会面（他生在波恩，凭借流利的法语执掌这个由来自法国的通敌者组成的党卫队师团）。克鲁肯贝格与麾下部队都是被专门召回保卫柏林的，他们的凶猛残暴和对自身事业的信仰并未磨灭。当天，克鲁肯贝格一路穿过城市，来到距离地标性的卡尔施泰特百货商场不远的赫尔曼广场。他和手下部队准备采取更松散、更随心所欲、更即兴发挥的战法。他们计划利用城市地形发动凶猛的突袭，然后神不知鬼不觉地迅速撤退、重整。这种战法将平民的生命视同草芥——任何平民都不过是一具躯体，要么能拿来利用，要么就是碍事的累赘。这是马丁·海德格尔赞美纳粹精神崛起时所走进的另一个冰冷的死胡同，杀戮是克鲁肯贝格与其部队的唯一目的。这些人的行径在任何情境下都令人发指，但现在正向这座城市包围过来的外来势力却同样让人胆寒。

这个城市的河流沟渠已经不足以拖住红军的猛烈进攻，此前的日常生活被颠覆的事例比比皆是，其中之一便是柏林东部特雷普托公园（Treptower Park）附近原本停泊着一些游船（正如曾载着玛丽昂·凯勒到柏林城南的那艘漂亮游艇）的码头，如今却停着苏联的军舰以及多艘由红军操控的汽艇，柏林的水道已经不能被视作这座城市的天然屏障了。

此外，原本作为防线的环城大包围圈如今却成了绞索。苏联内务人民委员部的部队——此前被部署在红军各条战线上、坚决处置逃兵和怯阵后退者的军事警察——被安插在柏林外围各战略要地上，旨在将柏林变成一座巨大的监狱。虽然苏军无法封堵每条道路、每个豁口，但此举已充分表明苏军的最终意图。除非柏林在枪林弹雨和烈火狂焰中完成净化，否则这绞索就不会放松。伊万·谢罗夫（Ivan Serov）是内务人民委员部令人闻风丧胆的头领拉夫连季·贝利亚（Lavrenty Beria）的副手，眼前余烬未熄、浓烟四起的街景让他感到困惑。他原以为德军会设下各种致命的陷阱，到了这里却没有遇到任何在他看来特别有效的抵抗。高速公路的一些路段被埋设了地雷，人民冲锋队也不知疲倦地挖了壕沟，但他并未遇到预想中疯狂的正面接战，德军显然是要藏在被烧毁废墟的阴影中打游击。敌军的表现出乎苏军的预料。苏联人本以为他们的对手是为了捍卫

第十三章 流血的街道　　235

家园、亲人和子孙后代而战，但实际上，面前的敌人却是一群冷酷无情的反社会变态，只要能将布尔什维克拖入地狱，就算整个城市和城中全体百姓尽被烈焰吞噬也在所不惜。（一个令人不快又有些惊人的讽刺在于，亲自导演这场杀戮的古斯塔夫·克鲁肯贝格本人——尽管在苏联监狱中服刑——却最终活到了1980年。）

面对苏军的猛攻，仍有部分柏林市民保持了理性，其中一些更是对背叛了他们的纳粹政府满腔愤恨。被克鲁肯贝格盯上的柏林地标——位于新克尔恩（Neukölln）的卡尔施泰特百货商场，一座曾经在夜色中散发出现代化的优雅光彩如今却一片漆黑的大楼——成了公众针对当局的新一轮愤怒的焦点。关于这间商场的传言越来越极端。有人说，商场的地下室和地窖里不仅有大量食物，还有堆积如山的烈酒和其他奢侈品。就在几天之前，美军的一次轰炸击中了卡尔施泰特百货商场外的街道，很多满怀希望地聚集在商场门外的人立时毙命。到了4月25日上午，又有柏林市民冒着被天降炸弹炸死的风险，三五成群地堵住了商场紧锁的大门，站在门前的市民则尝试破门而入。[3]

在这个时候，打家劫舍和小偷小摸在柏林已经屡见不鲜，饥饿让很多人不再有任何顾虑，即便是最为保守的老年人也已经顾不上公民的尊严。四处搜寻罐装食品的市民破门闯入了城北的铁路货场（到了这个时候，就连苹果酱罐头也成了奢侈品）。[4]不过，如此时局下也有令人感恩的惊喜时刻：城西较富裕地区一个红酒商人干脆拿出全部库存美酒赠送，既是为了不让一瓶瓶上等的雷司令（Riesling）、罗讷河谷（Côtes du Rhône）和马尔贝克（Malbec）落入即将入城的红军之手，也是因为在血流成河的街道上，维持一家酒铺的充足库存已经成了徒劳无益的冷血之举。与此同时，卡尔施泰特百货商场仍是柏林人心中那个昔日世界的象征：一个上下9层，装潢典雅，食品、家具、高档女装应有尽有的富足的堡垒。即便受到战时物资匮乏的影响，卡尔施泰特百货商场及其曾经香气扑鼻的食品区仍在公众的想象中占据着重要的位置。如今已经大门紧锁、黑灯瞎火的卡尔施泰特百货商场成了日益吵闹、饥饿的柏林市民疯狂痴迷的对象。正如当地的家庭主妇埃尔弗里德·马加特（Elfriede Magatter）所回忆的那样："所有人都连踢带推地想要冲进去……好像根本没人管。"[5]

终于破门而入的人群确实在这灯光忽明忽暗、尘土飞扬的大楼里找到了炼乳、面粉、面条以及床单、毛巾和鞋子等物资。这些食品和被服都是柏林市政府的储备物资，部分为了应对更长期的围困。"女人们抓起服装部的大衣、裙子和鞋。其他人则拽走了被褥、床单和毛毯。"[6] 当地官员闻讯赶来，希望阻止势态发展成为更加恶性的打劫，至少将现场劫掠者的收获限制在他们拿得动的食物。有的女人干脆把价格高昂的靴子蹬在脚上穿走，毕竟外面的街道上满是尘灰瓦砾，合适的鞋子本就十分必要。

卡尔施泰特百货商场高达 200 英尺（约 61 米）的双子塔可以一览无余地俯视下方所有的街道，这让当局赋予了它新的目的，他们派出人民冲锋队的观察哨小队驻扎在楼上。当市民自顾自地争抢店中商品之时，楼上拿着望远镜的老男人们已经看到了即将到来的危机。苏联近卫第 1 集团军（1st Guards Army）和近卫第 8 集团军的战士在市郊新克尔恩的边缘附近集结，其他排则逼近特雷普托和玛丽恩多夫（Mariendorf）。尽管我们至今仍然无法完全确定谁应该为此负最终责任——最有可能是克鲁肯贝格的党卫队——但卡尔施泰特百货商场本身成了攻击的目标。当抢劫犯（多为年老斯文之人）满足了对橘子酱和温暖的毛毯等奢侈品的渴求，商店的大门便再次紧闭。人们担心，卡尔施泰特百货商场那高耸的方形塔楼一旦被红军占据，便会成为最致命、最有效的射击点位，让敌方狙击手小队得以系统性地射杀下方街道上的人员。一些柏林编年史的作者相信，

第十三章 流血的街道

纳粹高层中已经有人考虑到了这种可能性，并预先在关键位置埋设了烈性炸药。无论真相如何，在这座大楼的结构还保持完整的最后几分钟里，党卫队队员冲进大楼，将剩余的食品储备搬出。大楼于当天晚些时候被炸毁。初次爆破导致塔楼垮塌，缓缓落地的楼体掀起漫天烟尘，大量瓦砾落在楼内以及周边的人行道和建筑上。柏林最伟大的现代化创造之一，历经施佩尔新古典主义的狂热和盟军多年的轰炸仍然屹立不倒的卡尔施泰特百货商场，就这样化为了一片光秃秃、乱糟糟的地基。

格外小心谨慎、警惕性极强的红军士兵的进驻，在一定程度上改变了城中各处桥梁和火车站的面貌。第 3 突击集团军（3rd Shock Army）的一个小队在威斯特哈芬运河（Westhafen Canal）灰色的岸边驻扎——四周是空无一物、被炸毁的仓库和破碎的煤气罐。如同其他很多被毁的工业区一样，驻扎在此的部队随时可能遭到来自任何方向的狙击枪和迫击炮的攻击。不过，对于这些来自苏联广大农村腹地的红军士兵来说，即便是城市生活这样丑陋的一隅定然也令人着迷。此外，远处不断回荡的巨大轰鸣和火箭发射器发出的诡异嚎叫减轻了他们面临的威胁。红军部队越接近柏林市中心，几百万吨炸药的攻击火力也就越猛，无论是瓷砖、柏油路面还是石砖、灰浆，不管是家具、祖产还是脑浆、骨头，全被灼烧、炸飞。进军到柏林城东格尔利茨火车站（Görlitzer Bahnhof）的红军第 220 坦克旅（220th Tank Brigade）喷射出的团团火舌和震天动地的巨响，让周边街巷中的居民完全没办法思考。部队中来自莫斯科的士兵或许会拿家乡市民的建筑与敌人的城镇进行比较。但昔日雄伟壮丽的意式风格车站早已在盟军的轰炸中被击穿。无人管理、野草丛生的月台上聚集着难民，人群中间还夹杂着逃兵。在这一带以及柏林东部其他类似的街巷中，一些人主动向敌军投降；而从法国和其他欧洲国家征调来的强迫劳工，也越来越多地壮着胆子想方设法向苏军表明自己作为盟友的真实身份。一支苏军的步兵旅进入了诺德哈芬（Nordhafen）。这座小码头与威斯特哈芬一样，随处可见被炸毁的工厂那叮当作响的亡魂：塌陷的铁道、被毁的输气管，以及砖砌车间里那些什么也看不见的窗户。这里的成年和未成年的男性也跟威斯特哈芬的一样，发自内心地相信无论他们现在做什么，大概率都难逃一死。他们尤其恐惧被苏军俘获——这在很多年轻德国男性中更为强烈——因为那将意味着被迫在令人窒息的煤矿或者冰天雪地中做苦力，甚至还要承受冻伤截肢的痛苦，而且无法逃跑也没有希望，简直生不如死。城市的外缘地区虽然如今也已荒凉惨淡、死气沉沉，但至少这里还有其他可能性：可以加入人员日益混杂、装备"铁拳"和来复枪的小股游击队，或躲避于布满灰尘、被炸毁的砖石结构之间，或藏身于工厂的地窖之中；也可以嗅着城市边界之外的乡野气味，伺机溜过苏军越来越频繁的巡哨，逃往隐匿行藏的自由生活，或者至少落入美国人之手——他们定然像西部片里的牛仔那样对他们仁慈以待。

苏联人要的不只是征服敌国的首都。柏林城西南的格鲁内瓦尔德附近，一个附属于内务人民委员部的特殊任务小队对一座大宅发动了突袭，将他们一直在寻找的科学圣杯纳入掌中。那座宅子坐落在金碧辉煌的别墅之间，虽然历经轰炸、坑痕遍布，但结构仍然完整。新古典风格的哈纳克之家蕴藏着一个纳粹政权由于无知而轻率地忽视了的秘密，而这也是斯大林急令红军抢在美军之前抵达柏林的原因之一。那隐藏的宝藏正是氧化铀，这种制造原子武器所必需的材料在这座大宅里竟有3吨之多，包括250千克金属铀以及"20升重水"（一种反应堆使用的拥有核性质的化合物）。[7] 如前所述，绝大部分实验核物理学方面的工作早已搬出柏林，迁至德国南部的黑兴根（Hechingen）。同样被迁出柏林的还有大量由沃纳·海森堡设计，直到1945年3月仍用于原子实验的特制铀立方体。[8] 然而，由于

第十三章 流血的街道

某种不寻常的疏漏,上述材料有一小部分留在了柏林。并且,尽管海森堡和奥托·哈恩等名扬天下的伟大科学家皆已转移(他们不久之后将落入美军之手),但仍有一些相当聪颖的科学家留在了柏林,并且已经作好了在新主人的统治下开启新生活的准备。

苏联人——以及他们顶级的理论物理学家——多年前便已敏锐地意识到了原子研究的潜力。关于新发现的消息越过了国界:容易兴奋的物理学家永远是真正的国际主义者。20世纪30年代末,莉泽·迈特纳和奥托·哈恩在柏林实现了核裂变的突破之后,俄罗斯科学家伊戈尔·塔姆(Igor Tamm)向他的学生宣称:"你们知道这个新发现意味着什么吗?它意味着可以制造出一枚能摧毁整座城市的炸弹。"[9] 随后,随着战争的爆发,人们开始焦虑不安,担心对手会发展出那样的能力,让其他国家束手无策。尽管众多党内高官和知识分子在20世纪30年代的斯大林大清洗中被消灭,但苏联在莫斯科、列宁格勒和乌克兰的物理实验室依然活跃。一些科学家陷入所谓"铀狂热"之中。[10] 与纳粹德国一样,苏联当局最初也对核武器的前景半信半疑,他们无法相信原子能的爆发不是只有在遥远的将来才能实现的天方夜谭。接着,1941年,德国出人意料地入侵苏联,核物理项目都被撤出大城市,转入乌拉尔山脉和哈萨克斯坦。苏联空军的年轻科学家格奥尔基·弗廖罗夫(Georgy Flyorov)注意到西方的科学刊物上关于核研究进展的信息变得极为有限,并就此推测,绝密工作正在悄然开展。他直接上书斯大林称:"建造铀弹已经刻不容缓。"[11] 在高层的支持下,弗廖罗夫与高级物理学家取得了联系。当纳粹军队在境内肆意蹂躏之时,如何划拨资金让苏联当局痛苦纠结。苏联可以追求建造核弹的梦想,但其成本却远远超过到目前为止的全部战争开支。

正如德国物理学家所发现的那样,有效操控铀、石墨、重水和回旋加速器来产生理论上的效应,似乎十分困难。当战局扭转、苏军开始将纳粹赶出本国饱经摧残的大地之时，苏俄物理学家接触了当时居住在瑞典的丹麦原子科学先驱尼尔斯·玻尔。他考虑了苏联方面提出的工作邀约，最终回绝了。与此同时，受雇参与曼哈顿计划、同情共产主义的科学家克劳斯·富克斯（Klaus Fuchs）也从洛斯阿拉莫斯源源不断地暗中向苏联发送情报。依靠这些情报，苏联人确知美国人正在将制造一颗原子弹的梦想转化为看得见摸得着的现实。但尼尔斯·玻尔并非苏联考虑范围内唯一的物理学家，他们希望笼络的科学家名单上还有我们在第七章提到的那四位订立密约的柏林物理学家。即便是1945年4月纳粹政权的末日近在眼前之时，下一步如何行动仍需要认真筹划，一旦他们的计划暴露，他们四人都会被党卫队拉到一边，按叛国罪枪决。

订立密约的冯·阿登纳、蒂森、福尔默和赫兹等四位教授想要有苏联人的一些保证：一是允许他们继续自己的工作而不受重大干扰，另外一个便是要求苏联对其进行特赦或者预先赦免：保证他们不会因在纳粹政权治下的所作所为而在未来受到任何可能的起诉。四人当中，威廉皇帝学会的院长蒂森教授似乎与纳粹党人联系最深［他与知名的化学教授鲁道夫·门采尔（Rudolf Mentzel）同住在学会附近优雅的法拉第路（Faradayweg）的一套公寓里，而后者1925年就加入了纳粹党，且专攻化学战研究］。但实际上，所有德国科学家在理论上都有类似的污点——即便非纳粹党员也是如此——而达成密约的四人深知自己的原子能知识的价值，尤其焦躁不安。古斯塔夫·赫兹后来告诉同事，他倒向苏联是因为美国人已经网罗了这一领域的大量专家，在这样一个群体中工作可能会让他颇感压抑，而他的苏联同行或许反而可以创造出更多空间，让他获得更多新的发现。[12]

苏联方面与蒂森教授的初次会面正是在威廉皇帝学会中。蒂森教授向阔步进门的胜利的入侵者介绍了四人密约的条件。可以想见，

第十三章　流血的街道　　　　　　　　　　　　　　　　　　　　241

内务人民委员部的代表多少感到有些困惑，但毕竟苏联人如此急迫地要赢得这场赛跑，先于美国人进入柏林，原因之一便是要赶在学会所属的区域落入美国占领军之手前突袭这里。在内部人民委员部代表的监督和学会物理学家的指挥下，有价值的材料立即被搬走。此外，搬走的还有那些专用设备。虽然纳粹已经将大多数研究设备转移到了德国南部，但剩余的仪器仍然具有很大的价值。如果蒂森教授和福尔默教授当初是出于高尚的动机才把这些科学仪器留在身边，那么他们的初衷不到几个小时就宣告破灭了。就在苏军巩固了对学会的控制之后不久，一辆装甲车便载着蒂森教授向南穿过几条街道，来到位于利希特费尔德（Lichterfelde）附近的另一座大宅院。这里是曼弗雷德·冯·阿登纳的私人实验室所在地。与蒂森教授一样，苏联内务人民委员部的特工以及为他们出谋划策的物理学家都深知，冯·阿登纳将是他们能招揽到的最有价值的人才。他的实验室令人叹为观止：这里竟然可以看到粒子回旋加速器那用重金属制成的轮状核心，以及拥有奇特美感的电子显微镜[13]（在20世纪40年代，这就好像是家中的柜橱里放了一只潜望镜），还有其他的一些事物。这位年轻的贵族似乎非常愿意为这些入侵的共产党人效劳。殊不知，他们的要求将会彻底改变他和他的年轻家庭的生活。

或许冯·阿登纳在纳粹政权的倒台中看不到出路，如今，他的私人研究院已被置于内务人民委员部的"保护"之下，[14]他本人也只得听从苏联人的摆布。他的心中是否也像他同为贵族后裔的同胞沃纳·冯·布劳恩一样，更希望被迁往美国呢？冯·布劳恩背负着残酷暴行的阴影，冯·阿登纳却没有这样的负担。他是否单纯地认为，苏联是欧洲的新门面？显然，为了使事业重登巅峰，他面对苏联的邀请并未多作犹豫：苏联人请他建立并掌管一个全新的物理研究院。他的苏俄同行久仰他在同位素磁分离法（magnetic isotope separation）和质谱法等领域的才华（这些听起来高深莫测的领域却在核应用方面非常实用)。这座新的研究院应该设在哪儿呢？当然不会在柏林。他和他的实验室将被整体搬迁到深入苏联境内的地方：位于黑海东岸的阿布哈兹（Abkhazian）的海滨小城苏呼米（Sokhumi）。[15] 在19世纪宏伟建筑的遗址中，在荒凉、崎岖的远山环抱中，他将高度专注：此地与花哨、现代的柏林之间的反差如此强烈，恐怕在其他任何地方都找不到这样的对比。他并非孤军作战：除了家人陪伴，在邻近的另一家研究院工作的赫兹教授以及其他大约30名德国科学家将与他一起并肩作战。蒂森教授和福尔默教授则被分配到了莫斯科，其中福尔默教授将在9号研究所（Institute 9）继续重水的研究。[16] 而蒂森教授则对新的苏联金主报以谨慎态度。他们希望将他的专业知识直接用于原子武器的研制，但蒂森教授提出，如果能允许他继续研究稍微有些不同的用于同位素分离的多孔阻挡层领域（field of porous barriers for isotope separation，如果能掌握该领域的知识，将为更富有善意地利用原子能创造各种可能），他将得以发挥更大的作用。他的算盘是：一旦被卷入军用核武器的旋涡当中，恐怕就永远无法离开苏俄了。与其他同胞一样，他的目标是有朝一日能回到德国。对于蒂森和赫兹两位教授来说，这就是几年后的事。20世纪50年代中期，赫兹被调往东德城市莱比锡。与此同时，凭借在莫斯科开展的核研究工作获得斯大林奖殊荣的蒂森最终也回到了东柏林。[17] 此外，曼弗雷德·冯·阿登纳重返德国的愿望也获得了苏联当局的批准。他选择了风景秀丽（尽管在轰炸中毁损严重）的德累斯顿，而正是这里见证了他科学生涯中新一波天才创意的爆发。自1955年开始，在那栋设施齐备的精美别墅中，从核物理到癌症疗法的方方面面都是他挥洒创意的舞台。[18]

柏林已经瘫痪。地铁已于1945年4月21日停运（此前几天，

第十三章　流血的街道

地铁仍在继续服务，这已经是异乎寻常了），而即便是在最为绝望的情况下也不会有人选择步行。迷宫般纵横交错的航道上的桥梁多已被封锁，尚能通行的桥上则往往挤满了入侵的红军士兵。在城市的西南和东面，地下室里的柏林居民可以清楚地听见坦克引擎的咆哮，以及它们缓慢移动的履带不断重复的吱吱声。他们同样可以感觉到坦克的进军：空气在震颤，电灯和家具为之颤抖，身体也跟着哆嗦。在稍微远离市中心的地区，这种恐惧也丝毫没有减少。时年15岁的克丽斯塔·龙克与母亲一起住在达勒姆。她基本上每天都待在她们与其他几户同住的大楼的地下室里，足不出户。邻居中另有5位女性和一个名叫汉斯·约尔格（Hans-Jörg）的14岁男孩。两个少年都明白，危险即将到来，却想不出究竟将有怎样的遭遇等待着他们。地下室的居民拿着一份几天前送来的传单研究起来。克丽斯塔记得上面的言辞堪称骇人听闻，大致意思是："来自帝国国防部部长戈培尔博士的命令——死守柏林！以狂热的不屈精神，为了妻子、为了儿女、为了母亲死战！"[19]

"我们一直睡在地下室的床垫上。"她在日记中写道。不过，想要得到充足的休息难比登天，毕竟睡眠剥夺正是那一段时期人们痛苦经历的一部分。"我睡不着，因为外面火炮和高射炮发射的声音太吵了。"[20]而当阳光刚刚照亮仍燃着暗火的瓦砾时，他们就要开始新一天令人精疲力竭的寻找食物之旅。"我们每天早上6点全部起床，回到地面上排队，"她写道，"现在这是最重要的大事，因为很快就要彻底断粮了。"[21]与数量庞大的同胞一样，克丽斯塔和地下室里的邻居希望能赶在所有其他供给渠道无可避免地缩减至断绝之前，确保获得足以维生且不易腐坏的食物。即便这些城市居民有胆量去到处都是士兵和战火的森林中冒险，也很可能找不到什么食物。到了这个时候，街面上的枪声对于她和她的室友来说已经完全无关紧要了。一条诱人的新流言正在排队的人群中悄悄流传。"人们说，我们与美国、英国讲和了，"克丽斯塔写道，"还说我们现在与他们一起对付苏俄人。"[22] 这则流言残酷却准确地反映了近来在帝国总理府的角落中传播甚广的幻想：向西方盟国投降或许可以导致战争局面重新调整，美英两国终将意识到谁才是真正的敌人。不过，几乎没有迹象表明，这个幻想在与克丽斯塔一起排队的人群中受到很多人的认可。最近几天，柏林郊区不仅遭到了红军飞机的空袭，还被不知从何而来的红军炮弹狂轰滥炸。苏军预计党卫队将疯狂地负隅顽抗，在全城各地的河岸或主干道等点位部署了超过100万枚炮弹。投降还不够，必须将身为纳粹的敌人肢解、碾碎，而这敌人就是柏林的居民。几个小时之后，期待得救的柏林市民一厢情愿的残酷幻想便将暴露得一清二楚。

距离市中心更远的地方，有人正合计着对付苏俄人的办法。住在停靠于韦尔德的游艇上，与团队在附近镇子的山顶啤酒厂里搭建临时实验室的电影和音效技师玛丽昂·凯勒有自己切实可行的方案。她根据日益临近的爆炸回声判断，红军目前在穿越森林，绕过湖泊。"于是我们开始以自己的方式为应对红军的入侵做准备，"她写道，"实验室团队开始学习俄语。"[23] 他们想必是以极快的速度掌握了基本的会话内容。如玛丽昂·凯勒所说，他们的目的便是要尝试能否在不受任何"损伤"的情况下实现"向和平的过渡"。[24] 这种观点如果在市中心大声讲出，仍会招致党卫队军官和"狼人"的怒火。但在波光粼粼的湖水附近、温暖的春日天空之下，在周围人迹稀少的环境中，人们有更多可以袒露心迹的机会。不过，这也不意味着生活在这里便没有恐惧。实际上，就像在市中心的任何一座高射炮塔里，这里一样容易流传恐怖的谣言：有哈弗尔河上的驳船装卸工以为自己看到或者听到了岸上满怀杀意的士兵步步逼近，于是扔掉了船上一切可以扔掉的负重——只留下食物——然后便逃到林中避祸。在村中散落的农舍里，住户绞尽脑汁思考隐藏的办法。靠近玛丽昂·凯勒工作的地方（就在隔壁），多数雇员均为来自法国和波兰的战俘和强迫劳工的果酱工厂出现了戏剧性的场景：果酱厂的库存产品成了人们一窝蜂争抢的对象，玛丽昂自然也概莫能外，她带着一只柳条篮来到工厂，最终只找到了少量幼砂糖（还都从柳条篮的缝隙里流走了）。[25]

人们用最为低级无聊的活动纾解心头强烈的不安。另外，外国强迫劳工和柏林平民之间有一种奇异的团结感（这在其他工厂中同样明显）。一些柏林人开始充分感到纳粹政权所作所为带来的道德负担，并认识到普通德国人同样难辞其咎。对于英格博格·泽尔特而言，她在不知内情的情况下犯下的唯一一件严重的罪过，便是参与了1936年奥运会开幕式的舞蹈表演。随着战争愈演愈烈，她越发清楚地感到自己身上的重荷。她还回忆起，自己童年时代的基督教信仰是如何被德国少女联盟的自然崇拜所取代，让20世纪30年代末随着"飘扬的卐字旗"在林中远足的她相信，只有她和她的同志们才是真正文明的种族。[26] 但这种信念在冲突的岁月里开始动摇。泽尔特女士亲眼看见她"童年的朋友一个接一个丧命"，亲眼看见"希特勒欺骗这些年轻人牺牲自己"。[27] 尽管在城市的废墟中公开讨论这样的想法仍然过于危险，但她回忆道："我的一部分已经死了。我已经没有了理想。"[28] 甚至她残留的一点宗教信仰也被抹除。"我无法再与坐视这一切发生的上帝对话。"她写道。祖国已经成了"罪恶的同义词"，而她相信，这种罪恶"我们人人有份"。[29]

这一观点令人不安的反面便是，向这些承担集体罪责之人复仇，应是理所当然。而倘若报复的方式是集体强奸，那么这就完全失去了道义，是人类最黑暗的堕落和退化。早在红军围城之前，就有一些红军士兵在柏林街头搜捕狙击手和党卫队的游击队队员，这些士兵勇敢地在一片支离破碎的迷宫中穿行，面对着时刻等待机会要击杀他们的敌人。纳粹防御力量的规模或许不大，但危险性却丝毫没有降低，这些躲在阴暗废墟中的顽抗力量给苏军造成了不少伤亡。但随着巷战愈演愈烈，柏林的女性居民开始试图躲开苏军的视线，另一种恐怖的本能似乎也传染给尚在城外的苏军士兵。某种意义上讲，红军拥有钢铁般严明的纪律；纳粹军队可以寻花问柳——换言之，就是在国家的支持下强奸被强迫的性工作者，其中有很多都是从东欧绑架来的——而红军则看重规训欲望，并将注意力集中在消灭敌人上。但这无法解释，当红军士兵自知稳操胜券时，将会发生什么。大规模的性攻击恐怖如斯，以致在几十年之后，很多受害女性仍然无法用语言表述其中的痛苦。

在最外围地区，一些与家人、邻居共同居住在拥挤地下室里的女性，想方设法避开即将到来的危险。在两侧排列着满目疮痍的联排公寓楼的长街上，有人看见苏军士兵在这一带出没的消息不胫而走。女人一声不响地坐在房间里，身上落满了附近发生的爆炸所震落的灰尘，她们害怕突然从外面打开的大门会把入侵的敌兵连同寒风一起放进屋来。大多数柏林女性的第一要务，便是确保楼内没有身穿军服的德国男人，否则不单那男人性命不保，她们遭到的报复也将不远。下一步要做的便是隐藏或者伪装。有年轻的女子往自己的头发里抹烟灰，把衣服里塞得鼓鼓囊囊的，并遮住部分面部，以给人留下又老又丑的印象。其他人则在住宅楼里四处寻找藏身之地：地窖里被遮盖的隐秘角落，抑或是阁楼里容易被忽视的夹角。但这样的策略同样容易适得其反：这些所谓的藏身之地恰恰是紧张又恐惧的苏军士兵在搜寻隐蔽的德国狙击手时不会放过的。当然，不会因对方姿色欠佳便轻易放弃的男人更比比皆是。

在灯光昏暗、满是碎砖的地窖中，少妇或老妪预感到大醉酩酊、粗蛮成性的苏俄人即将到来。但真正找上门来的奸淫者各不相同。满身酒气、企图暴力轮奸者自然不在少数，但还有一些年轻士兵，

第十三章 流血的街道

在受害者的记忆中似乎颇为紧张。另外还有一些人不仅看上去人畜无害，甚至还为自己身在德国首都而沾沾自喜。

逃亡中的犹太少女玛丽·雅洛维奇－西蒙被一户勇敢的非犹太人收留，改头换面住在柏林东边远郊考尔斯多夫（Kaulsdorf）的一座小房子里。起初，她为战争行将结束感到宽慰。敌军不分昼夜不停猛攻的日子，在曲折又狭长的露天战壕中躲藏的痛苦，似乎终于要来到尽头了。当第一批红军士兵出现在这个朴素乡村的花园和小房子之间时，主客双方都惊讶得一言未发。"有人说：'结束了，俄国人来了，我们还是出来吧。'"她在回忆录中写道。[30] 他身边的人纷纷从狭长的战壕中爬出，举起双手。她还记得对那个被她视为解放者的男人的第一印象："面对着我的那个俄国人是教科书上那种典型的一脸麻子的蒙古人。我拥抱了他并感谢他……那个单纯的士兵看起来异常震惊。"[31] 而对于这个身居纳粹政权的心脏却成功在纳粹的迫害中幸存下来的年轻犹太女人来说，这本应是最为激动的时刻，但她却记得自己"根本没有任何情绪波动"。[32]

但红军战士的情绪却很快发生了变化。更多红军士兵先后来到了考尔斯多夫。"苏军士兵进了屋子"，西蒙女士写道，他们的态度开始让人感到危险。[33] 最开始，这些士兵来索要腕表和首饰，接着是储藏在地窖里的自制果酱等食物。这种令人恐惧的不可预测性就从此时开始加剧。"一个身材魁梧、肥胖的男人"不协调地试图戴上一顶西蒙寄宿人家女主人的小帽子，接着又试穿了"一件女主人给自己做的长毛绒大衣"。[34] 没过多久，攻击便开始了：

> 苏联士兵……肆无忌惮地闯入房屋，强暴妇女。当然，我也没有逃过。那天晚上，一个名叫伊万·德多博雷斯（Ivan Dedoborez）的健壮、友善的人来到了我住的阁楼。我并不太介意。完事后他用铅笔写了一张字条，挂在了我的房门上。纸条

上写着，这是他的未婚妻，大家都不要惊扰她。此后确实没有人骚扰我了。[35]

尽管西蒙女士对待这次攻击的态度似乎平静得惊人，但也承认女房东科赫（Koch）太太所受到的痛苦，她的房间里传出了"歇斯底里的大喊和尖叫"。"过了一会儿我看向窗外，"她写道，"看到一个身材高大、匀称，地中海人面相的英俊男人正要离开。那名苏联军人显然军衔不低，甚至可能是一名军官。"[36]

柏林各地女性对此类强暴事件的描述都表现出一种就事论事的淡然态度，但其背后所隐藏的无数不言而喻的痛苦则令人不寒而栗。有人回忆，当时城中流传着女人如何才能幸免于难的谣言。"她坚称，那些苏俄人不会碰戴眼镜的女孩儿。"一位市民在日记中记述自己在地窖中与另一位女性的对话时写道。[37]一位名叫英格·多伊奇克荣（Inge Deutschkron）的年轻犹太女性最初在柏林城郊的家中听到苏军坦克驶近的隆隆声时，感到欢欣鼓舞。她走出门去，迎接苏军，但其中一个士兵开始抓她的衣服，嘴里还低声说着："来吧，小姑娘，来吧。"姑娘挣脱开，跑回了家里，她的母亲叹了一口气道："原来那些说的都是真的。"[38]他们曾一度以为，如果拿出她们小心藏匿的犹太人身份卡，那些士兵就会理解她们，放过她们。但实际上，那些士兵并没有那么好心。现在她们母女只得在恐惧中逃跑、躲避，每时每刻都生活在被苏军发现、奸淫的恐惧当中。"我再也没办法感到真正的开心了。"多伊奇克荣女士谈到那之后在柏林的生活时表示。[39]其他例子更令人肝肠寸断：地窖里的女人与苏联士兵讲条件，请他们放过自己年幼的弟妹；有的受害者被扔进房间里，那里面满是焦渴等待的男人；更有苏军行奸后将受害者杀死，甚至大卸八块。可尽管如此，在那些亲历暴行的女人的讲述中却几乎听不出任何惊讶。约瑟夫·戈培尔过去几个月来一直就苏军将会如何庆祝胜利发

第十三章　流血的街道　　　　　　　　　　　　　　　　249

出警告，而红军恰恰正以一些可怕的方式，实现了前者癫狂的预言。不过，在这遍地暴行当中，也有一些当事人的记述凸显出人性的复杂和深不可测。有人回忆说，一些施暴的红军战士在第二天带着从城中其他地方搜刮来的礼物回到事发公寓，希望能换取受害者的爱意和善心。有时，他们还会带来食物和酒。还有的施暴者似乎形成了对受害者的浪漫依恋，这些男人不仅会带着礼物重新回来，还会表现出希望与曾受过自己蹂躏的女人建立关系的愿望。

　　也有一些女人的凄凉故事令人难辨是非，她们努力获得红军军官的青睐，这些举止文明、能约束下级的军官则保护她们在一定程度上免受更粗鲁的践踏。在 1954 年匿名发表、几十年后被认定出自记者玛尔塔·希勒斯（Marta Hillers）之手的著名回忆录《柏林的女人》（A Woman in Berlin）中，日记作者回忆起自己在性爱与求生问题上令人咋舌的实用立场。在公寓楼中被奸污之后，她不得不想方设法避免重蹈覆辙。"我需要一头狼，好让其他群狼远离我，"她写道，"一个军官，军衔越高越好，司令、将军，能得到哪一个都行。否则我留着我的灵魂和我那点外语知识还有什么用？"[40] 她找到了这样一个男人，并在半壁损毁、漆黑无光的房子里与他行了苟且之事，得偿所愿。他的确保护了她，也保护了她的家人，并慷慨地赠给他们蜡烛和烈酒等物品。强奸已经成了这座空心城市经济结构的一部分，一种换取消费品的手段。

　　另一个充满感情上暧昧矛盾的方面，便是苏军士兵对待小孩子的方式：有大量故事表现苏军士兵的善良慈爱。婴儿似乎激起了潜藏在这些战斗人员心底的强烈感情，据说有的祖母拉着年幼孙儿的手，试探性地来到城郊苏军的临时总部和营帐附近。语言似乎完全没有必要。一脸笑容的大兵抱怨了几声后，便拿出食物配给——肉类、面包、大块的黄油——送给孩子。还有其他令人惊愕的事例：发现商店库房并带着各类货品满载而归的苏军士兵将自己的收获慷慨相赠。一个小男孩——据他几十年后回忆——当时被一个刚刚劫掠了一家百货商店的苏联士兵看到了。那士兵看出小男孩情绪不佳，于是送了他一双旱冰鞋作为礼物。

朱可夫元帅在对当年的回忆中讲述了他"在柏林市郊"看到的奇异一幕。[41] 一群人围在一起，有柏林当地的妇女，也有红军战士。人群中，一个红军战士怀里抱着一个小男孩，他告诉男孩的姑妈说，他的妻子和两个年幼的孩子都死于纳粹之手。这名战士发现小男孩的父母也被党卫队射杀，于是恳求孩子的姑妈允许他收养这个孤儿。孩子的姑妈告诉这位战士："不行，我不能把他交给你。"此时朱可夫出面干预，他告诉这名战士回到家乡之后再"给自己找"一个儿子，毕竟苏联现在有"很多孤儿"。战士"亲吻了男孩，悲伤地叹了口气"，接着，战士给围观的妇女小孩分发了"面包、糖、肉罐头和饼干"，人群这才逐渐散去。[42]

在某些红军战士眼中，十几岁的少女算不上孩子，而是他们猎艳的对象。她们必须在力所能及的范围之内尽可能地躲藏，可惜有时候，厨房餐桌下这样的藏身之地仍然不足帮她们逃过一劫。红军士兵的靴子踩在楼梯上发出的闷响便是最令人心惊肉跳的噩梦。有些女性为了躲避攻击，不得不使出浑身解数。

少数心思活泛的女子逃出柏林市郊，越过环城公路，穿林跨湖，来到乡下。我们之前提到过的办公室职员梅希蒂尔德·埃弗斯早在几天之前就打定了主意，与她的老板和几个同事一起打开了办公室的保险柜，取出了三个月的薪水。[43] 埃弗斯女士已经选定了目的地，一个既没有苏俄人也没有美国人的地方：希登塞岛——德国北部港口施特拉尔松德附近的一个被她和丈夫（他此时正随德国国防军作战）视为天堂的小岛。岛上几乎没有电力，只有一个小型渔业社区和一些温馨的石头屋。对于梅希蒂尔德来说，在经历了几个月的持续轰炸和彻夜难眠之后，一想到这个地方就会让她感到身心舒畅。

第十三章　流血的街道

此外，她的丈夫有时会驻扎在施特拉尔松德的军营。他们有机会在那里团聚。

经过被盟军战斗机低空扫射的恐怖旅程后，她终于毫发无伤地抵达了施特拉尔松德，并发现她的丈夫此时也已回到营地。当晚，一位（曾在她丈夫的帮助下在花园中挖掘了一条防御性狭长战壕的）施特拉尔松德居民把他的卧床借给了这对年轻的夫妇，让他们得以暂享鱼水之欢。由于正值危急时刻，一切入伍适龄男性均不得擅离驻地，埃弗斯女士的丈夫被禁足于此，于是她只好只身驾船前往希登塞岛，想象着自己会在那里孤独地生活。但实际上，岛上挤满了惊慌失措的难民，[44]并且没过多久，红军便驾船登岸。最初，埃弗斯女士感到一些欣慰："苏联占领军并不招摇，只是在庆祝胜利的大会上才吵吵嚷嚷地痛饮，"她回忆道，"无论是稚气未脱的少尉还是他手下的西伯利亚小队，都与多年来纳粹宣传呈现给我们的'布尔什维克禽兽'的形象格格不入。"[45]

然而，随着日子一天天过去，气氛慢慢起了变化。即便是对于一个逃出了城市的柏林女性来说，这里也显然已经无处躲藏。很快，她的生活成了令人窒息的噩梦。她的丈夫被带到一座苏联战俘营，而她本人也被送回大陆上班，先是在一个铁路货场，然后又被送到一个与世隔绝的农场与其他一群女人一起工作。她的女伴里，有的无法陪在年幼孩子的身边，有的则已经垂垂老矣。值守的卫兵每更换一次，敌意和危险的气氛就浓厚一点。事到如今，埃弗斯女士才惊恐地发现，守卫中有刚刚获得解放的强迫劳工，这些男人都是德国人从波兰绑架来的。就在那片平坦而平淡无奇的田野上，攻击开始了。一个年轻女子被架起来带到旁边的一条沟里，她奋力尖叫、拼命反抗，接着，枪声响起，她最后被人看到的时候浑身是血。[46]梅希蒂尔德和其他女人饱受心理创伤、惊惶万状，却被迫继续挖甜菜。当夜幕降临，所有女人都被带到一个谷仓里关了起来——尽管其中有当妈的绝望地哀求卫兵允许她们见见年幼的孩子。恐怖此时已经显而易见，"不知什么时候，我们全都精疲力竭地在稻草堆里睡着了"。[47] 半夜，谷仓的门嘎吱一声打开，男人冲了进来，把谷仓里的女人全都强奸了——有些女人还被强奸了不止一遍。[48] 埃弗斯女士回想起1942年在柏林，她和祖母看到一群强迫劳工在火车站卖力地劳作，其中一个女人直起身放松一下后背，纳粹守卫立即朝她开了一枪，然后当着所有人的面用机枪的枪托反复击打她。埃弗斯女士的祖母见此低语道："倘若这些都反过来的话……"[49]

在柏林城的西南，希尔德加德·克内夫与未婚夫一起藏身于工业灰色的施马根多夫编组站附近各种被炸毁的居民楼中，依然扮作士兵的模样来避免遭受这样恐怖的暴行。但她的伪装并非全无后果，随着红军从四面八方不断逼近，她被困在了敌军炮火的火力网中。爆炸或许并不足惧，但火箭发射器〔外号"斯大林管风琴"（Stalin's Organs）〕尖锐的嚎叫却是极端的精神摧残。这噪声实际上是经过精心设计的，正是为了让对手无法理性思考：锐利的声响能直接触动大脑中更加原始的角落。"双脚的颤抖惊跳、战栗摇晃，顺着我的身体上窜，直至我的牙齿打颤，直至我的脸颊撞在石头上。"她写道。[50] 与她同在施马根多夫总部潮湿、滴水的公寓房间中的男人们给予了理解与体谅，身经数战的他们明白这是初经战阵者的生理反应。但红军的炮火无处可逃，并且这些从"当地居民的份地（allotment）"发射出来的炮弹——这种反常之事此时却已司空见惯——效果好得可怕。炮弹正中公寓楼，临时搭建的防御工事简直与沾湿的硬纸板无异。"铁门连同门框一起被掀飞，两个上年纪的男人被直接推到房间另一端、按在了墙上，"克内夫女士写道，"我们跑出大楼，掉进过冒烟的弹坑，爬过废墟，跌跌撞撞地迈过瓦砾，

第十三章 流血的街道

被机枪绊倒——还有手榴弹,天啊,千万别把它们引爆了。"[51]

但在柏林仓促建成的防线并非全无作用,像这样的小排——有的归正规军统领,有的则归党卫队的支队指挥,并且其中有很多都包括尚未成年的男孩子——确实给苏军造成了不少杀伤。党卫队查理曼师(这些法国通敌者几个月前加入了德军)的大约300名战士组成小队,用机枪短暂阻止了苏军军车的行进,并用"铁拳"击毁了苏军的坦克。城市外围地区的公寓楼被改造得像兔子洞一样,内部拥挤且错综复杂,大量的房间、阁楼和地窖被守军用来发动突然袭击,苏军则动用火焰喷射器来清除这些迷宫中的残敌。希尔德加德·克内夫记录的巷战虽然完全徒劳无功,却又有着自己独特的逻辑:这是一场最基本的生存游戏。她回忆起在一片静谧中,她与未婚夫和其他几个小队成员在路堤或者大油桶后藏身,不远处则是一个截然不同的世界:网球场、花园棚、"洒水壶和犁耙"[52],这些都是富裕人家的标志。她躲进了铁路列车停车棚。"雨水敲打着棚顶,渗下来,形成小水坑。"[53]一个中尉捉到了一只兔子,正在扒皮。还有一些香烟被雨水打湿,显出棕色的斑点。全面战争与近距离观察到的正常生活之间的交融让人晕头转向。不久,在昏暗的暮光中,克内夫女士听到远处传来了"令人心碎的恐怖尖叫,高亢、尖细而凄厉"。[54]她知道那是什么声音:有苏俄人闯进了民宅,"开始对房内的女人下手"。

交战各方都明白,无论战斗多么惨无人道,强奸也是犯罪,但似乎从未有犯下这项罪行的人受到严厉的惩罚。苏联小说家、记者列昂尼德·列昂诺夫(Leonid Leonov)不无讽刺地道出了苏军对柏林女人的态度:"我军战士在柏林城中昂首阔步地巡逻,德国的女士用充满诱惑的目光凝望着他们,准备立即开始偿还'赔款'。"[55]这令人毛骨悚然的意象将强奸的暴行简化为某种正义,让柏林的女人为纳粹军队在东方犯下的所有滔天罪行作出补偿。这或许就是一些苏军战士对公然施暴的残忍行径毫无愧意的原因。有一次,一个在杂货店工作的年轻女子甚至被苏军士兵按在商店柜台上,在店外街上往来人流的众目睽睽之下被强暴。正如红军随意取用他们可以找到的一切物资一样,柏林的女人也成了一种货品。而另一方面,惊人的事实在于,柏林的女人在痛苦中明白,正在瓦解的纳粹父权政治——一个建立在雅利安丈夫保卫家庭的形象之上的社会——从来都只是幻影。在战争最后的几年里,柏林的女人在承担起照顾家庭的重担之外,还在维持这个城市从工厂到交通的正常运转方面发挥了核心作用。纳粹政权终究未能保护这些女人免遭这最令人断肠的伤痛,似乎没有人对此感到意外。受害人在讲述时,无一不对被奸污的命运早有预料,这表明柏林人已被彻底放弃,任由堕落的势力肆意践踏。

1945年4月时柏林共有百余万名女性,其中被辱者的准确数字无从知晓,但据估算有数十万人。接下来的数周,柏林的流产手术多达数千例,禁止流产的法令也被暂时废止。在余烬未熄的残垣断壁之中,这些手术只能在没有麻醉的情况下进行——柏林的医院、诊所里麻醉药的供应少得可怜——而对于这些在承平时期不愿考虑这种极端情况的女人而言,这就成了全城范围内的苦痛和绝望的残酷代名词。在新克尔恩区,当地卫生部门在战争结束后几周之内收到了大量的堕胎许可,以及受害者就为何终止妊娠具有绝对必要性所作的说明。[56]说来奇怪的是,正如历史学家阿蒂娜·格罗斯曼(Atina Grossmann)所指出的那样,在当事人给出的要求堕胎的原因中,受孕时遭到的暴力和恐怖并不为主,反倒以经济拮据居多:大量女性表示,鉴于城中百废待兴的现状,以及工作的需要和长期的饥饿,无论从哪个方面讲都不适宜让一个孩子降生到这个世界上。另一个被认为确有必要堕胎的理由则令人遗憾地带有很强的种族

第十三章　流血的街道

主义意味：怀孕的女性向医生作证，称自己是被"非雅利安人"强奸的。[57]

除堕胎以外，性传播疾病病例的激增也在暴行暴发后的几周里，让本已超负荷工作的诊所忙得不可开交。不过，据观察，在柏林——规模较小的村镇或许并非如此——大规模强奸已是广大女性的集体经验。不同于个别受害者事发后往往沉默寡言、感到自己被玷污，大量柏林女性在日记、信函以及彼此谈话中直截了当地描述自身的遭遇，即便她们无法估量此事对她们的心理造成的长期影响。不过，柏林人中同样流传着不少低俗的笑话。其中一个讲道，美国大兵至少先带女人共进晚餐，再赠送礼物，最后才跟她上床；而红军这边，顺序完全相反。

对于年纪较轻的受害者来说，这些笑话并不好笑。她们完全陷入震惊，脑海一片空白。有记日记习惯的克丽斯塔·龙克本来跟母亲一起躲在一间半地下室中。她们从与路面齐平的窗户中看到一群穿着皮靴的人朝她们的方向走了过来。最先进入地下室的这群苏军士兵举止友好，他们询问这对母女是否看见过任何德军士兵或者武器，母女二人则如实回答没有。这群士兵转身离去，但没过多久，一个伤了一只眼睛的红军士兵闯了进来，四下环顾后抓住了克丽斯塔。她的母亲大声反对，但士兵用枪指着她。这个士兵随后把克丽斯塔拖出地下室，带到隔壁一个地窖强暴了她。多年后，她对这次暴行已经淡然处之，只记得她"因为恶心而有点踉跄，但仍然高兴自己保住了性命"。[58]

多年来，纳粹逐渐侵蚀了柏林的现代性——它的财富、它的文化以及它的温文尔雅——更消解了对很多柏林市民安全的保障。政治异见者、残障人士、犹太人和男同性恋者眼睁睁地看着自己的权利被逐渐剥夺，直至当局最终决定，结束他们的生命也没什么了不起。柏林的女人深知，她们同样不再享有任何形式的保护，她们与众多同胞一样，不过是一具具肉身，没有任何权利，她们的家园、她们的街巷也已褪去了一切意义。如今，穿着因沾满污垢而变硬的制服齐步行进、一身酒气的红军战士占据了这些街道，让数百万柏林市民在他们曾经居住、工作、过着普通生活的地方感受到敌意。这些公民中的很多人将会认定，自己已没有未来，而唯一可能的出路便是自我毁灭。

第十四章

意识的泯灭

有些柏林人随身携带着装有氰化钾的玻璃小瓶,像驱邪咒、护身符那样穿着绳子挂在脖子上、吊在胸口前,深藏在夹克、毛衣和大衣之下。灰白的街道上,每一个在碎石废砖之间小心翼翼地寻路而行的女人或许都带着这样一份毒药。1944年的大部分时间里,致命毒药在柏林各处都能极易获得。当局不仅没有对各地方的药店实行严格的控制,反而似乎对毒药的交易流通持鼓励态度。[1] 毒药的交易从来都不是光明正大的,焦虑不安的男男女女——有的是带着年幼孩子的父母,有的则已垂垂老矣——来到安静无声的店里小心翼翼地询问,药师则同样小心地递上包裹,里面装的是用软木塞封口的小玻璃瓶。[2] 有的女人在日记中坦承自己已经搞到了毒药,莫名地感到安心。这些人的如此做法,不经意间重蹈了在1942年到1943年间也设法搞到毒药并以自杀的方式逃避放逐的约7000名柏林犹太人的覆辙。每颗胶囊中都含有少量粗糙、酸涩的白色晶体。这些胶囊直接吞服即可,虽然也有个别人拿到氰化钾之后不知道该怎样使用才能达到最好的效果。有些人甚至觉得可以直接吸入。[3] 最惊人的一点在于,自我毁灭的想法在柏林人当中是如此普遍。在这座散发着浓烈腐烂气味的城市中,自杀不仅令人神往,更是顺理成章。这离不开纳粹提供的灵感。

柏林被围前的数周数月,戈培尔在定期广播讲话中时常提到自我牺牲。他讲到腓特烈大帝,以及那崇高的理想:要么胜利,要么死亡。他还提及尤蒂卡的加图(Cato of Utica)*等罗马人物,后者宁死也不愿向恺撒投降。戈培尔公然宣称,他将"欣然赴死"。[4] 言外之意,其他人也应效法他。在全面战争中,这一原则从领导人和战斗人员外推及所有平民。投降是奇耻大辱,而军队的荣誉感约束着所有的平民。戈培尔同时也大肆宣扬红军在东部小村镇中肆意妄为的可怕(却往往是真实的)故事,描绘出一幅末日的景象:文明的世界即将迎来骇人的落日,而未来只剩下令人无法忍受的恐怖世界。如此,自杀似乎成了自然而然的选择,自杀者得以洗脱精神问题的污名。而可怕的是,这也呼应了德国浪漫主义的自杀与自我牺牲的主旋律——这或许是纳粹有意为之。18世纪末,约翰·沃尔夫冈·冯·歌德(Johann Wolfgang von Goethe)的小说《少年维特之烦恼》(*The Sorrows of Young Werther*),讲述了一个因深深爱上一位有夫之妇而备受煎熬的年轻人最终决定只有自行了断才能摆脱痛苦的悲剧故事,据称启发很多读者走上了同样的道路。尽管在教会的宣讲中,自我毁灭的行为罪孽深重,但歌德却认为强烈的情感往往给人带来超越理性的痛苦,而自杀是多愁善感者令人心碎的结局。这便是德国浪漫主义的开端。这部小说作为合乎纳粹文化标准的作品,受到了热情的追捧。除此之外,瓦格纳的歌剧作为柏林艺术生活的保留节目,同样与黑暗的浪漫主

---

* 马尔库斯·波尔基乌斯·加图·乌地森西斯(Marcus Porcius Cato Uticensis,公元前95年—前46年),即小加图,罗马共和国末期的政治家、演说家,坚定支持罗马共和制并强烈反对尤利乌斯·恺撒建立罗马帝国的企图。当恺撒进军罗马时,小加图坚决抵抗,战败后自杀身死。

第十四章　意识的湮灭　　　　　　　　　　　　　　　259

义相呼应。女性献出自我、牺牲生命以求得某种形式的救赎，是瓦格纳歌剧中不断出现的主题：《漂泊的荷兰人》(The Flying Dutchman)中的森塔(Senta)、《诸神的黄昏》中的布伦希尔德以及《唐豪瑟》(Tannhäuser)中的伊丽莎白(Elisabeth)。它也曾是柏林流行文化的主旋律：纪录片风格的电影《柏林：城市交响曲》(Berlin: Symphony of a Great City, 1927年)中的不幸女人从桥上纵身跳下；1931年，埃里希·凯斯特纳描写柏林的小说《走向毁灭》中的反英雄主人公同样自溺身亡。

　　无论是在都市传说中，还是在人们的对话里，氰化物都是能助人毫无痛苦地一了百了的方式——这代代流传的办法源自古人对苦杏仁致死性的认识。有人认为，服用氰化物自杀者死得平静安详，但事实却恰巧相反：氰化物晶体被吞下之后，立即与胃黏膜中的化学物质发生反应，继而作用于脏器和神经系统，抑制血氧循环，使人感到剧烈的窒息。不久，意识仍然完全清醒的服用者将在严重的呼吸困难中开始不由自主地抽搐和痉挛。随着脱氧的血液在血管中沉积，服用者的面部和身体都显现出深红色的斑块。氰化物随后作用于肺和心脏，意识尚存的服用者会在极度的痛苦中心力衰竭，却连一口气也喘不上来。服用者死前的挣扎往往持续2分钟到5分钟，不断加剧的痛感似乎永远没有尽头。[5]即便是那些表面上相信氰化物能让人轻轻松松、毫无痛苦地了结此生的人，抑或是那些无时无刻不把装着毒药的小玻璃瓶带在身上的人，想必也是每天都为冰冷的不确定性而恐惧。

　　1945年4月30日，纳粹的领导者自我了断，纳粹政权的虚无主义也随之达到了高潮，数以千计的普通柏林人或在元首死前自杀，或在元首死后追随而去。"柏林存在自杀流行病的风险，"威廉皇帝纪念教堂的格哈德·雅各比(Gerhard Jacobi)牧师在1944年曾向一位瑞典记者宣称，"我教区的信众中有人找到我说，他们已经准备好了氰化物……应为这一切负主要责任之人……便是戈培尔博士。"[6]到了1945年4月30日，虽然戈培尔仍然罪责难逃，但这数千起自杀事件的诱因却各种各样。正如历史学家克里斯蒂安·格舍尔（Christian Goeschel）所说，强奸是其中之一。格舍尔援引知道多起年轻女子被施暴后试图自杀案例的记者玛格丽特·博韦里（Margret Boveri）的说法称，"她们完全崩溃了，恨不得服毒自尽却没有毒药，她们找到了刀片想要割腕，却因为各种各样的原因终于没有下手"。[7]另一诱因便是害怕被捕后将遭受红军永无休止的奴役与折磨。工厂里外国强迫劳工遭到的饥寒困苦，以及纳粹守卫酷虐成性的鞭打，都被很多柏林人看在眼里。如果未来战胜者以眼还眼，以牙还牙，也像纳粹对待犹太人那样将柏林人运到东部的森林里，那么现在自行了断简直是慈悲的恩典。

还有人在日积月累的绝望中最终走上了绝路：他们走过曾经熟悉如今却堆满残垣碎尸的街道；他们枯坐收不到广播信号、得不到任何外界消息的黑暗掩体中，被哭号的孩童和沉默的老人环绕；他们因缺乏有效睡眠而神志恍惚，在长期的饥渴中精疲力竭，丧失了一切希望。在滕珀尔霍夫区，一位学者的夫人平静地用留存下来的安眠药片了结了自己的生命。[8]在其他城郊地区，公寓楼昔日漂亮的阳台被苏军的弹片炸开了花，有居民将破碎的床单系在门窗框上自缢，一些尸身甚至吊在窗外，悬在大街上方的半空中晃荡。还有一些时候，高处带来的诱惑令人难以抗拒，比如在潘科一栋被炸毁的公寓楼顶层，便有一个女人纵身跳下，跃入被炸得空空如也的楼梯井中。

时间的错乱令很多人产生了末日之感。在别墅和公寓尚存的住宅区街上，时光似乎大幅倒流：红军偶尔用来运送补给物资的畜力车，以及颇具中世纪战争古风、在整洁的大道中间围绕篝火而建的小营房。对于那些习惯了这个建筑艺术方面的先锋城市那洁净、时

第十四章　意识的湮灭

髦的现代风貌，曾经认为他们的个人财产神圣不可侵犯的柏林人来说，眼前的一切都是礼崩乐坏重回蛮荒的明证。如今的柏林缺乏安全的居所，没有工作（除了劳役），孩子得不到充足的食物、干净的饮水，没有学可上，也没有地方可玩。全面战争带来了彻底的毁灭。很多人举目四望只见断壁和尘埃，因缺觉而陷入疯癫者则满耳尽是"喀秋莎"火箭弹的哀号。一位人过中年的平民男子招集家人，要在被毁的公寓里享受一顿特别的午餐，他和妻子以及尚在柏林的孩子围着餐桌坐好，片刻之后，几人均已陈尸当场。原来他搞到了手榴弹，把其中两枚绑在了餐桌桌腿上。[9]

以上这些临终时刻好歹在公众视线之外，有人却选择在众目睽睽之下结束自己的生命。市中心附近，在离河不远的吉奇纳大街（Gitschiner Strasse）上，一个辨不出年纪的戴帽子的女人躺倒在人行道上。她旁边的长椅上放着一只样式过时的手提包，周围散落着几件衣物。那女人一袭黑衣的样式同样过时。她侧身躺着，睁着眼，一只手蜷成禽类爪子的形状僵在那里。可以想见，她定是坐在长椅上服毒，随后因身体痉挛越发强烈而不由自主地栽倒在地，躺在尘土中直至肺部水肿，心脏骤停。她生前是否孤身一人？她死后是否仍有亲人在世？经过数月的轰炸和红军猛攻，城中近 10 万平民像她一样失去了生命，有的尸体已经掩埋，有的则暴尸街头。她的身边没有好奇的围观者，也没有当局的人前来救助，抑或仅仅是表达怜悯。空空如也，冷冷清清。

由于跨区移动艰险异常，柏林市民彼此孤立，互不往来：住在不同街区的朋友本可相互救助、慰藉，如今却互不见面、音信全无。便利的电话荡然无存，邮政服务自然更无处可寻，平民无从获知朋友的生死。这种糟糕的信息空白则进一步扭曲了人们的认知。那些在独立住宅和公寓楼倒塌的地区中居住和避难的人们只能推断全城各地皆是如此。巨大的西门子城工业综合体如今已是一片滴水的骨架，只有赤裸的钢架、几根高耸的烟囱和铁塔还仿佛违背自然法则般地兀自矗立，而住在附近的工人阶级居民只能认为，柏林所有的工厂、电气厂和发电厂都已经化作一样的残垣断壁。大量平民的生活都在街道下和已经完全停用的地铁隧道中度过。或许有人想过要利用地下隧道和高架路段（柏林地铁系统在地表上下爬升和俯冲）神不知鬼不觉地横穿柏林，但即便是这个想法也逃不开对于逼近敌人的恐惧：有传言称，红军的坦克进入地铁隧道，一路射杀碾压遇到的平民。现在，不确定性成了唯一不变的因素。在那段战争结束前最后的日子里，据估算有3996名女性和3091名男性自杀，[10] 并且这些还只是纳入统计的案例。在毁灭的旋涡当中，真实数字几乎可以肯定要比这更高。

与这些无声的结局形成鲜明对比的是，城中各处亦不乏强烈情感的爆发。无情的炮击巨响，与不时在份地和网球场上见到血肉模糊、残缺不全的肢体所产生的奇异幻景，造成了意想不到的心理效应。一位匿名的日记作者写道，不知何故，见到这么多死亡却让人求生的愿望更盛，无论前路将会如何。[11] 在施马根多夫货场的藏身之处，希尔德加德·克内夫与埃瓦尔德·冯·德曼多夫斯基拜苏联的迫击炮所赐，差点就被潮湿的沙土所埋，并因此饱受创伤后应激障碍的折磨。恰在此时，冯·德曼多夫斯基转过头来向克内夫求婚。她严厉地指出，他仍是有妇之夫。他却回答说，"这里没有人知道"。他想到"一切可能已经太迟了"，这才冲动发问。[12]

二人小心地在陌生的环境中择路而行。火车车厢翻覆在地，大队坦克在街上缓缓驶过。他们望着男人和男孩发射火箭弹，眼中映出引爆瞬间那耀眼的光芒。没有路灯的街上朦胧昏暗，雨水从天而降，砸在人行道上发出嘶嘶的轻响。始终在阴影中潜行的克内夫和德曼多夫斯基终于顺着一段楼梯来到了一个挤满人的地窖。"一堆包裹、木桶、木箱的中间点着一根快烧完的蜡烛。人们排成行，虔敬地围着烛光坐在花园椅和餐椅上，一动不动，一言不发。'滚开，'他们看到我们便喊道，'我们这里不欢迎军队的人，要是他们发现你们在这儿，我们也死定了，快滚。'"[13] 可他们能不能至少匀给我们一点饮水？一个"没牙的老太太"拿出了一瓶水。克内夫女士接过水转身离开，心里却觉得黑暗中的这些人一定都疯了，"仿佛屠场中待宰的羔羊"。[14] 然而，对于很多老人来说，除此之外别无他路。出去就要冒枪林弹雨之险。何况即便有人愿意以身犯险，也没办法在任何地方找到安全的藏身之所，还有什么地方可去呢？

相比之下，在数英里之外的某些角落里，生活——虽然依旧动荡，虽然远处炮火的轰鸣仍持续摧残着人们的神经——却出人意料地偶有和平的时刻。躲在科赫太太家小房子里的犹太难民玛丽·雅洛维奇－西蒙被来访的外国强迫劳工所吸引，他们小心翼翼、心怀戒备地品尝着自己刚刚获得的、陌生的自由。这些男女此前受到了非人的虐待，却在战争行将结束之时幸得科赫一家暗中的善意相援。附近的集中营中关着不少来自乌克兰的男人。科赫一家连续几周给守卫赠送香烟，说服他派些人过来帮忙砍柴。实际上，科赫一家让这些乌克兰人在他们的小房子里休养，清洗背后红肿的鞭痕。如此仁爱之举是违反法规的：纳粹治下严禁柏林本地居民与来自欧洲各地的强迫劳工发生任何形式的联系或者沟通。现在，集中营似乎已经重新开放。[15] 两个曾被科赫一家友善对待的波兰女人心怀犹疑地来到科赫家做客。其中一位名叫克里斯蒂娜（Krystyna）的盯着科赫太太的钢琴看个不停。科赫太太"用跟外国人讲话的方式"问她是否知道一支名叫"筷子"的曲子。克里斯蒂娜表示自己不知道。说完，她在钢琴前坐下，即兴演奏了一曲莫扎特的 A 大调钢琴奏鸣曲。原来，她曾在克拉科夫的一家音乐学院学习。[16] 在那段电台广播寂静无声的日子里，这片刻的逃离现实定然令人刻骨铭心。毕竟，正如西蒙所写，"战火逼近的声响已经成了我们日常生活的背景音乐"。[17]

类似的情形也在柏林西南数英里外水道纵横的韦尔德上演。到4月30日，在玛丽昂·凯勒的电影技师实验室中，曾被禁止彼此交流的强迫劳工与德国人之间，新的关系也逐渐开花结果。纳粹高级官员早已从此地逃遁，余下的人民冲锋队残余势力不过是些只会吵吵嚷嚷的孩子，掀不起什么风浪，强迫劳工也因此得以"重见天日"。从这个意义上讲，柏林昔日的泛欧世界主义正在不知不觉中重新复苏。不过，双方和解的背后其实有着现实的考虑，那就是对于红军的共同恐惧。这恐惧并非来自对苏联的反感，更多的是自古有之的对战争的畏惧。凯勒女士与她的新朋友、来自阿姆斯特丹的强迫劳工福·布卢姆（Fo Bloom）希望在和平投降之外，还能给"围城的部队"献上一些别的什么东西。于是，会一点俄语的布卢姆"同意"到距离最近的红军营地"下书"。[18]这虽然听起来简单，实际上却危机四伏。

布卢姆此去要穿林涉水，但林中可能潜藏着如惊弓之鸟一般随时可能开枪走火的人民冲锋队队员和德国国防军残部，而任何水中行船之人都会成为狙击手瞄准镜中的目标。尽管危险重重，但他和另外一名同伴第二天一早还是干劲满满地上路了。他们于几小时后平安归来，而得知苏军回复的玛丽昂·凯勒和她的团队也就此开始了最特别、最盛大的准备活动。

与此同时，在柏林的心脏地带，红军的坦克终于越过了德国国会大厦北部不远处的莫尔特克桥（Moltke Bridge）。德军颇为顽强的抵抗几乎拖住了他们进军的步伐，并且即便到现在，德军的火力威胁仍然没有彻底消除。过去几天中，孤注一掷的党卫队和其他德军单位在莫尔特克桥和桥后的街道上向苏军发动了疯狂的攻击：子弹从破窗和缓慢燃烧着的暗屋中射出，身穿制服的男孩和男人神出

第十四章　意识的湮灭

鬼没,他们的"铁拳"时常给苏军的坦克造成有效的杀伤,引发爆炸以及可怕的烧伤和死亡。横跨施普雷河的莫尔特克桥建于19世纪,其精美的造型总让人联想到情侣在暮色中携手而行、柔和的灯光,以及柏林的万家灯火在浑浊的河面上闪闪发光。今天的莫尔特克桥亦是如此,但1945年的4月末,驻守在桥上的约5000名党卫队队员与年纪更大的人民冲锋队队员一起,在桥梁南北两端建起了复杂的路障。不仅如此,他们还在桥面下安装了炸药,准备一旦苏军坦克足够靠近便点火炸桥。苏联第3突击集团军向大桥发起进攻,但守军人数众多,加之其中不乏甘愿殒身以捍卫德国国会大厦的死士(讽刺的是,纳粹对这座建筑只有过懒散的蔑视),苏军单位寡不敌众,败下阵来。占据火力优势的苏军最终必然将获胜,但人民冲锋队此时也已点燃了桥下的炸药。好在并非所有炸药都成功引爆,虽然莫尔特克桥大部分都落入了施普雷河,但仍然可以通过。在任何旁观者看来,红军坦克穿过莫尔特克桥的场面都清楚无误地标志着新强权对旧势力的碾压,但旧势力却不愿在光天化日中就此放弃。

在德国国会大厦的另一侧,还有更多的红军步兵师从西南方向逼近。这次进攻也遭到了顽强抵抗。动物园高射炮塔这座强大堡垒已被证明是一个宝贵且致命的制高点,苏军伤亡惨重。另一个致命阵地由德军部队占据,位于曾经壮丽宏伟的克罗尔歌剧院(Kroll Opera House),距离德国国会大厦更近。这个歌剧院虽然被盟军炸成了一片废墟,但仍然有足够的残骸可以让藏身其中的德军士兵用白热的子弹和炸药刺穿周围的空气。紧急向德国国会大厦这一象征性目标推进的红军部队——红色旗帜将在德国国会大厦上展开——遭到了德国部队的自杀式抵抗,德军士兵心里一定明白,所有可能的逃生窗口早已被紧紧关闭。

很多德军战士状若疯癫,或许还受到另外一个因素的影响:长期持续的睡眠缺乏。有报道称,有些纳粹士兵在当时已经开始产生幻觉，即便是在城内红军尚未进入的区域，也有人看见德军士兵和党卫队队员紧张愤怒地发出尖叫，对着街上实际并不存在的敌人指指点点。不知怎的，他们的身体仍能像自动装置那样行动，但他们的神志早已飘飞到了其他什么充斥着鲜活、恐怖梦幻的国度。可以想见，很多德军士兵便是在这样的精神状态中，被他们曾在幻景中见过的真实的红军士兵击毙在地的。

有的党卫队队员则在抢来的烈酒中寻求解脱，因为他们明白，只有压抑清醒的神志，方能面对即将到来的炼狱。城中仍有若干酒吧能找到可供"取用"的瓶装酒，尤其是受到炮击伤害最轻的城西地区。他们翻找到曾让柏林人精神亢奋的各色烈酒：不仅有杜松子酒，还有调味烈酒和白兰地。有些党卫队队员混入了曾经富丽堂皇、专供高层人士，并以玻璃和天鹅绒为主要材料装饰而成的阿德隆酒店酒吧。酒店本身为防炸弹轰炸早已严密封锁，并部分改作军事医院，虽然昔日的辉煌如今不过是记忆中的残影，但地窖中仍然库存颇丰。这些党卫队队员是否一直如戈林那般渴望这种贵族式的奢华享受？抑或是他们直觉地感到或是得知，过了这个村便再也没有这个店？而且和以往一样，他们（在某种程度上，在这一点上）与即将手无寸铁地面对苏军报复的普通柏林市民似乎是互无交集的两个物种。红军在多大程度上也会将这些柏林平民视作他种异物？

在水路方面，柏林城内各处水道的备用渡口已经修复，足以支持苏军多路并进向柏林中心进军。"敌人虽然狼狈，却仍能一战，"格奥尔吉·朱可夫元帅多年后写道，"他们顽固据守着每间房屋、每个地窖、每层楼和每片屋顶。"[19] 于是，苏军有条不紊对公寓的阳台发炮，把这些楼层、屋顶、地窖一一掀飞，让那些绝望的敌人无处可藏。而在炮火持续不断的呼啸声中，一些苏军高级军官一边机敏地扫视这座城市，寻找任何可资苏联利用的机械、技术和艺术品，一边已经在盘算着完成彻底征服之后的计划。并非所有柏林市民都

第十四章 意识的湮灭

对苏军的入侵感到恐惧：一些上年纪的平民在自家房屋的废墟中翻找，希望找到他们多年前小心藏起以避纳粹耳目的古旧卡片，那柏林仍是自由城市之时的象征：共产党的党员证明。他们寻找着可以接近的红军军官，以及能够袒露真实信仰的红军政委。朱可夫麾下的高级指挥官之一、时年41岁的尼古拉·别尔扎林，因他统率的第5突击集团军率先攻入柏林而被任命为柏林卫戍司令。别尔扎林有一种真诚而严肃的热情。尽管逐一剥夺柏林的工业和文化财富充作征服者急需的赔偿是理所当然的目标，但这些胜利之师还必须设法俘获柏林百姓的民心，让他们放弃战争，将他们再次转化为生产的力量，并借此恢复苏联的国力。更何况，尽管苏军推定所有的柏林人都是顽固的法西斯分子，却仍然不得不让他们吃饱肚子。再者，这座城市的基础设施也需要修复并重新安置设备。德国欠苏联的债，要用德国首都强大的工业基础来偿还。

F.U.加尔金（F. U. Galkin）中校率领的突击队占领了宏伟的克林根贝格发电厂。朱可夫在回忆录中写道，纳粹本想炸毁这里。"加尔金的突击小分队冲进去的时候，发电厂仍在全速运转。电厂中的地雷立即被一一排除。突击小分队随后便与剩余的负责电厂技术维护的工人进行了接触。"[20] 这些被强迫劳动的工人终于不用在强迫下工作了。

苏军队伍中有一个柏林本地人已经为这一刻谋划了很长时间，而柏林以及即将诞生的东德也将在未来多年中生活在他的阴影之下。他在组织与行政管理方面拥有特殊的才华，是委以全权的绝佳人选。共产党干部瓦尔特·乌布利希那年50出头，他谢顶、嗓音尖，像一尊蜡像一样几乎没有丝毫魅力。在德国国会大厦被火焰吞噬的那个永难忘怀的夜晚之前，他曾是在国会发表反纳粹讲话的最后一批柏林政治人物之一，并因此自1933年以来便再也没有见过柏林。乌布利希的柏林岁月是一幅充斥着工厂渗透、激情洋溢的宣传单，以及工业区街道上丑陋的政治斗争的长长的透视画。作为坚定的斯大林主义者，他始终坚信共产主义的德国应当拜服于世界革命先驱苏俄的脚下。1933 年他开始流亡生涯，1937 年被剥夺了德国国籍。辗转欧洲多国之后，乌布利希最终与其他几个同样流亡异乡的德国共产主义者在莫斯科落脚。在斯大林的统治之下，无论什么社会阶层或地位，任何人一旦被认定为反对领袖意志的纯洁性，便会遭到无情的清洗：随着夜间走廊里一阵脚步声响起，被秘密警察逮捕的异见者在幽深的狱中饱受虐待，并死于血腥的折磨或处决。流亡苏联的德国共产党人多受牵连，但乌布利希却奇迹般地幸免于难。他曾探望德军战俘——他们都是前希特勒青年团的成员——并试图用他那奇特的尖声，向他们传授辩证法、布尔什维克的自我批评以及马克思—列宁理论的精妙。他所得到的回应几乎除了冷嘲热讽，便是粗鄙的谩骂。乌布利希对德国人的印象就此变得愈加负面。战争行将结束，意味着乌布利希将回到德国人民当中，而这一次回归是为了巩固权力，并代表莫斯科的统治者掌权。此时，他和被称为"乌布利希小组"（Ulbricht Group）的团队已经乘着自莫斯科起飞的飞机，在柏林以东数英里的机场着陆。[21]

与别尔扎林一样，他也着眼于恢复柏林居民的食物、燃料和饮水供应，只不过他的出发点并非悲悯，而是他明白，这些普通民众与机器一样，必须调校才能为新主人服务。不同于别尔扎林，乌布利希对于自此以后治理柏林的方法，有着近乎不顾他人生死的奸诈狡猾。这个城市（不仅限于苏联占领区域）需要新的市长和新的市议员，需要工程师和公务员。他坚定地认为，这些人不能全在共产党员中筛选——那样会给人以政变之感——也必须有社会民主党人的参与。20 世纪 30 年代初，他和共产党的同志还认为社会民主党人只不过是法西斯的帮凶，现在却要无情地对后者加以利用：

第十四章 意识的湮灭

在中产阶级聚居的地区——策伦多夫、威尔默斯多夫、夏洛滕堡——我们必须任命中产阶级出身的人：前中央党、民主党或者德国人民党的党员。此人如果是知识分子则最佳，但无论如何他必须是反法西斯人士，一个我们可以与之合作之人……至于负责食品供应、经济、社会福利和交通工作的副市长，应该选择对城市事务有所了解的社会民主党人。

他清楚无误地表明了自己的目的："整个过程必须看起来民主。但我们必须掌握全局。"[22]

与此同时，在市中心以东安营扎寨的别尔扎林也开始计划用自己的军事手段来恢复秩序，帮助苏联掌控这座屠场。在乌布利希和他的班子中的很多人看来，柏林市民作为纳粹的子民，对于纳粹犯下的罪行负有同等的责任，必须彻底荡涤他们的思想和灵魂，在他们心中树立对斯大林的信仰。相比之下，别尔扎林更多一份人文关怀：他认为，或许重建文化与文明的支柱是为柏林人民带来和平的更简单的方式。别尔扎林很快颁布了"一号令"，宣布恢复煤气、饮水和电力供应。[23]这只是最低限度。他已经预先想到了要迅速推动电影院和音乐厅重新开业。别尔扎林决心要在苏联指引的恩典下，恢复柏林艺术昔日的荣光。他召见了一系列戏剧演员和导演，其中就包括一直深居位于柏林西南的家中的保罗·威格纳，他在25年前创作的复仇泥人"哥连"让苏联人记忆犹新。

作家瓦西里·格罗斯曼近距离见证了别尔扎林塑造和平的努力：

在别尔扎林的办公室待了一天。简直是创造世界。他一个接一个、一个接一个地见德国人——市长，柏林供电、供水、排水、地铁、有轨电车的负责人……工厂厂长……他们都在这间办公室里获得了新的职务。副主管升任主管，地区业务主管成了全国主管……有一位老者,他是个油漆工,拿出了他的(共产党)党员身份卡。他1920年就入党了。这倒也没什么稀奇的……

啊,人性是多么脆弱!所有这些希特勒提拔起来的大官,事业有成、衣冠楚楚,却如此迅速、如此急切地抛弃和诅咒他们的政权、他们的领袖、他们的政党。[24]

不过,人们以十分审慎和质疑的态度对待这些人摒弃过去时的赌咒发誓,这确在情理之中:一个政权既然能将少年变成举着手榴弹的自杀式攻击者,想必其洗脑的影响也不会一夜之间便烟消云散。

尽管市中心已是一片狼藉,但城中却出人意料地仍有一些未被触及的角落。举例来说,在城东一片部分被毁的公园绿地中央屹立着弗里德里希斯费尔德(Friedrichsfelde)。这座建于18世纪的小型宫殿部分外墙被藤蔓覆盖,宛如一支新古典主义的柔和交响曲。宫殿本身按照英式景观园林建造,有一片湖泊点缀其中。此地是年迈的贵族西吉斯蒙德·冯·特雷斯科(Sigismund von Treskow)在柏林的住宅(他在德国其他地方另有一座城堡)。威廉帝制时期,他参与政事,将现代化的交通和新的住房带到了弗里德里希斯费尔德一带。尽管先后经历德国革命、魏玛共和国、纳粹崛起以及"二战"等多次动荡,但弗里德里希斯费尔德似乎停留在自己的时间里。已经80岁高龄、独身一人的冯·特雷斯科或许以为自己将终老于此,却不想他安享晚年之地被入侵的苏军夺走。被扫地出门的冯·特雷斯科只得沿着出城的道路向东游荡。不知过了多久,一路步行而来的他终于来到了他的侄子海因里希居住的城郊达尔维茨(Dahlwitz),但作为一名糖尿病人,失去胰岛素的冯·特雷斯科却一头栽倒,死在了人行道上。[25]不同于冯·特雷斯科的悲惨结局,他的宫殿和庄园虽被军队接管,却得以保留它的宁静安详。瓦西里·格罗斯曼也曾到此检视这片德国贵族的旧日天地,对宫殿的

第十四章 意识的湮灭　　　　　　　　　　　　　　　　　　271

旧主毫无了解的他在客厅里提起笔写下了这段文字：

> 　　特雷斯科堡垒，傍晚，花园，昏暗的房间，鸣响的时钟……壁炉。透过窗户，可以听到火炮声和喀秋莎的嚎叫声。天空中突然响起一声惊雷。天色昏黄，浓云密布。天气温暖，下着雨，空气中有一股丁香的味道。园中有一方古老的池塘。雕塑的剪影依稀可见。我坐在壁炉边的一只扶手椅上。时钟响起，奏出无限悲伤的旋律，仿佛一首诗。
> 　　我拿着一本旧书。精美的书页上写着"冯·特雷斯科"，明显是一位老年人用颤抖的手写下的。他定是这书的主人。[26]

248

　　就这样，旧政权的势力宛如急潮般转瞬消退，但它的一些浪涛湍流依旧在激冲、翻腾。4月30日，苏联红旗在德国国会大厦上空首次招展，这本应是胜利的时刻，但令人错愕的是，红旗却被夺走了。残余的德军战士尽管缺水少觉，却如毒蛇一般拼命死撑。萨亚诺夫（Sayanov）少将率领的红军第150步兵师（150th Rifle Division）在夜色包围城市之际，成功地由后门杀入德国国会大厦。他们在大厦屋顶上高扬起一面红旗，但没过多久，红旗就被潜藏暗处、决意死战的德方守军摘除。尽管大局已定，但他们绝不允许这样的符号出现。

　　与冯·特雷斯科的宫殿一样，位于柏林西南几英里处的宏伟的采琪莲霍夫宫，其英式的砖木结构和宽敞的花园同样在敌军的猛攻中未伤分毫，这座宫殿此时也已落入苏联人之手。前王储威廉早在几个月之前便已逃遁，他的妻子塞西莉女公爵也已于几周前撤离。她一路向南，直奔巴伐利亚，要前往先皇御医保罗·索蒂尔（Paul Sotier）的私人休养所。在随后的几周里，女公爵与她那疾病初愈的丈夫在斯瓦比亚（Swabian）小镇黑兴根一座朴素的宅邸中重聚。

当地天际线上显眼的霍亨索伦城堡（Hohenzollern Castle）的塔楼和尖顶，让人不时想起他们家族昔日高高在上的辉煌。他们在黑兴根居住期间，美军恰好途经此处。与在柏林四处搜索铀的苏军一样，美军特别小队关注的焦点也在迁移至此的黑兴根物理研究所，尤其是所内的核反应堆以及在所里工作的科学家。对于财产尽失、背井离乡的霍亨索伦家族后人而言，这同样是处于另一个维度的世界。

前王储夫妇就此便与采琪莲霍夫宫永别。他们行前已经带走了一切能带上的贵重之物，但宫中精心装饰的私人房间却几乎原封不动地留了下来。宫中的各种陈设和艺术品很快便被苏军发现，却因苏军不慎引燃用于堆放它们的乳品仓库而被付之一炬。采琪莲霍夫宫的前世就此归零。几周之后，这座宫殿将重获新生，名载史册。

于是，思考死亡之人与展望新生之辈在柏林分道扬镳，互不理解。一些执意自行了结的市民陷于对纳粹的信仰中难以自拔。哲学家马丁·海德格尔在1933年提出的观点被他们牢记于心："不要让理论或者'观念'成为你生活的主宰。元首本人、也只有元首本人才是德国的现实和律法，无论是现在还是未来。"[27] 对于某些柏林市民来说，没有了纳粹所构筑的框架，未来是无法想象的，而关于"亚洲蛮族"的政治宣传的负面效果又过于显著。平民中的纳粹党员——其中有不少公务人员——坚信即将到来的苏联部队不是把他们一枪毙命，就是要让他们经受终生的惩罚。亲手结果自己的生命不仅事关荣誉，更事关尊严，是对他们眼中的野蛮行径表达鄙夷的方式。

一位在宣传部工作的公务员饮弹自尽。在距离他不远的地穴之中，他的元首——这个苍白、狂乱、颤抖的孤魂野鬼此时就连臆想中的大军也调动不灵——正准备为自己的生命画上句号。他的脑海中或许回荡着瓦格纳的歌剧《罗恩格林》（Lohengrin）的配乐，但此时此地却只有肮脏与突如其来的荒谬可笑。他的爱犬布隆迪已经

第十四章　意识的湮灭　　　273

先走一步。元首偕同他的新娘退归寝室，关闭了房门。爱娃·布劳恩跪坐在沙发上，打开了装着毒药的安瓿；希特勒则将枪口对准了自己的头。死亡如生命一样，空无一物。

　　在纳粹政权治下，死亡几乎成为传染病，就连年幼的孩子也被吞噬。有些母亲在自杀之前先亲手杀死自己的孩子。如克里斯蒂安·格舍尔所说，被纳粹描述成她们的保护者的德军士兵如今不是战死沙场便是为敌所俘，而死亡既出自她们的恐惧，也代表了她们被这些男人抛弃时难以言喻的愤怒。[28]然而，在所有母亲中名声最大的玛格达·戈培尔于4月30日那天仿效元首，了结自己和6个孩子的性命，却另有原因。

第十五章
我们灵魂上的阴影

温暖的空气中飘散着甜得发腻的化学物质的味道,那是橡胶、木材和皮肉燃烧发出的气味。大街小巷毁损严重,一块块巨大瓦砾的斜坡上横躺竖卧着各种姿势和形状的死尸,有的穿着军队的制服,有的则明显是平民。今天是五一国际劳动节,柏林市中心这惊人的惨状与 20 世纪 30 年代以来纳粹精心编排的胜利游行大相径庭。此时此刻,最能对劳动节产生共鸣的还要数在街上穿行的苏军将士。正如艾瑞克·霍布斯鲍姆所说,专门颂扬工人的五一劳动节,是宗教性的日历上唯一一个真正世俗的节日。前些年每到这一天,莫斯科浩浩荡荡的军民队伍就以游行的方式庆祝这个节日。共产主义跟与其竞争的宗教一样,都是对人性可臻完美的信仰。1945 年 5 月 1 日,一路杀到柏林市中心的红军战士在勃兰登堡门东南的尼德瓦尔大街(Niederwallstrasse)等地,仍能在林立高楼间遭遇配备了导弹发射器的装甲车。苏军的火力更强,夹杂了来自其他部队战斗人员的党卫队不久便节节败退,以至于这一小股纳粹狂热分子最终退到了空空如也几成废墟的国家歌剧院。时过 6 年,他们的战争将在此终结。在一间幽暗无光、灰尘密布的礼堂里,他们掏出匕首,甚至举起锤

第十五章 我们灵魂上的阴影

子和铁锹，迎击从四面八方扑上来的红军。这番激战带有一种荒诞的喜剧色彩：这些人幻想自己在为千秋万代的政权而战，到头来却如醉酒的流氓一般在舞台上斗殴。

市中心以西的选帝侯大街附近，动物园和高大的动物园高射炮塔周围死伤更为惨重。幸存的动物焦虑地在各自的地盘上踱步、转圈。一些德军士兵跑到这里，企图用此地人工建成的景观和地形作为掩护。围栏中动物的哀鸣和嚎叫声吓得在园中四处搜索的红军战士魂不附体。树上有一只猴子被击落，栽倒在苏军战士的脚边——毕竟从余光看去，那轮廓像极了一名伺机而动的狙击手。好在还有一两位上了年纪的管理员竭尽所能地照看这些无助的动物——这也是在这个似乎柔情不再的城市中难得的一丝无私同情心的闪光。

要拿下动物园高射炮塔，需要红军战士至少展现出一定的人情世故。塔内的混凝土走廊里居住着数千名畏惧苏军报复的平民。此外，塔内的临时战地医院里另有数百伤员，其中有很多人因缺少止痛药而疼痛难忍。但另一方面，站在红军的立场上看，塔内也可能驻有大量全副武装的党卫队部队。这种忧虑不无道理：高射炮塔内的确混杂着尚能一战的战斗人员。如何安全地夺取堡垒，同时说服塔内那些戒备心极强的平民离开？红军放了一些德军俘虏进塔，担保将允许平民安全通过。红军设定了时限，塔内的指挥官哈勒（Haller）上校承诺他的部下将在午夜前投降。然而，若干士兵却在夜幕的掩护下躲过了苏军的耳目，提前一个小时逃遁，将平民和伤员留在塔内。一个小时之后，一群心怀极度恐惧的苍白人形才涌出高射炮塔。

动物园向东不远处，元首的地堡也在有条不紊地清空，只不过清理工作并非在苏军枪口的威胁下展开，而是因为马丁·博尔曼和阿图尔·阿克斯曼等纳粹党高级和次要人物即将逃离柏林。博尔曼最终被巡察铁路线的红军巡逻兵杀死，阿克斯曼使巧计出城（并就此人间蒸发，直到1945年12月美国特工渗透他加入的位于吕贝克的纳粹复兴运动）。

这座正迅速被清空的阴暗的混凝土迷宫中，如今只剩下约瑟夫·戈培尔和他的娇妻幼子。已遵照元首遗嘱接任总理的戈培尔只有这一天时间统治这个他曾参与创建和塑造，如今却濒临崩溃、流血不止的王国。他的妻子玛格达呆呆凝望着想象中的未来，目之所及尽是冷酷无情的堕落。"生活在元首和国家社会主义之后的世界将毫无意义，因此我已带我的孩子离开，"她在自己的遗言中写道，"他们于我太过宝贵，我无法允许他们经受接下来的痛苦，悲悯的上帝将会理解我解救他们的苦心。现在，我们只有一个目标，那就是至死效忠元首。幸得命运恩赐，能与他同赴黄泉，这是我们不曾奢望的。"[1] 她还相信，"悲悯的上帝"就看着这一切——或许她真正信仰的，是某种《旧约》上帝的形象。[2] 她给孩子们选择了氰化物。她做好了减轻他们临终痛苦的计划，这个可怕的计划在5月1日下午启动实施。在地堡生活期间，热巧克力是孩子们最喜欢的美食，已故的元首有时候会和他们一同享用。今天的热巧克力中放了能导致昏迷的药。接着（接下来发生的事情只能推测，因为谋杀发生时没有旁人在场），她趁孩子们熟睡，将氰化物滴入他们口中，以便让氰化物的药力在他们不知不觉中发作。有迹象表明，原定的计划在大女儿身上似乎进展得并不顺利——人们找到几人的尸体时，发现了大女儿死前挣扎的迹象——她终究还是想要活下去，却不为自己的母亲所容。过去12年的徒劳、恐怖和缥缈虚无，由此便可窥见。至于元首本人和爱娃·布劳恩的尸身，也被下令在德国总理府的花园里火化，以防被入侵的敌军侮辱。第一把火烧过之后，元首的尸身因未充分燃烧而被再度点燃，以确保彻底销毁。戈培尔博士与夫人的尸体就没有处理得如此精心。过火的尸体虽然焦黑，却仍能辨认。这些尸体——戈培尔的遗骨之所以仍能辨认，部分拜那只畸形的脚所赐——后来成了供苏军空闲时消遣的恐怖奇物。

虽然柏林市民感觉到战争即将结束,但恐惧却并未减弱。人们通过街头的耳语和地窖中的密谈得知了希特勒的死讯,只不过,经过支离破碎的纳粹残余势力的微妙加工,希特勒的自杀变成了"舍身殉国"以对抗苏联外敌的最后壮举。[3] 但柏林人明白,即便战争行将结束,和平却无可能。安全、舒适或者确定性在这个城市中无处可寻。人们不知道,这个城市接下来的命运,以及盟国对城市的划分,早在几个月之前就谋划已定。1945年5月2日那个潮湿、灰暗的清晨,阴沉的废墟仍闪着火光,雨水落在街上战马和冲锋队队员的死尸上,汩汩流下,柏林的未来似乎同样是一片迷雾。此外,入侵的苏军均按照莫斯科时间作息。在过去12年中,纳粹一直试图灌输德意志民族永恒不变的观念——"在每一个战靴踏足之地,"历史学家卡尔·亚历山大·冯·米勒(Karl Alexander von Müller)写道,"都回荡着古老的记忆,一如旧日的回声。"[4] 他们宣称,曾历经几个世纪的磨难,在第一次世界大战中遭受西方资本主义、布尔什维克主义以及犹太教恶毒攻击的纯粹的条顿之魂,已在希特勒身上起死回生。对于那些摒弃传统宗教感情并代之以纳粹符号所带来的异教亢奋的德国人来说,希特勒的死亡意味着意义的骤然破碎。红军的胜利亦残酷地确认,纳粹所捏造的那个世界——所有的奇观,以及表面上为了公益而施行的残忍暴行——不过是一个幻想。在8个人中只有1个曾经加入纳粹党的柏林,这份信仰从来不似在德国其他小城镇中那样普遍。尽管如此,即便是最为愤世嫉俗的男女如今也失去了熟悉的当局的声音来作指引,他们无依无靠,只剩自生自灭。

1945年5月2日清早,赫尔穆特·魏德林将军向红军投降。几天之前,他刚刚受命率领10万精疲力竭、人心惶惶的成年男子和男孩阻击进犯柏林的50万苏联大军(以及1.3万门火炮和1500辆坦克）。他们得到的命令是，要战至"最后一人、最后一弹"。[5] 4月30日元首开枪自尽之后，魏德林受到了戈培尔博士、马丁·博尔曼和汉斯·克雷布斯（Hans Krebs，一位好戴单片眼镜的职业军人，他病态的反犹主义与纳粹的影响无关）将军的召见。克雷布斯令魏德林对元首已故一事立誓保密——这消息只会透露给斯大林。当晚，受到戈培尔唆使，误认为存在停战可能的克雷布斯与苏军进行了接触。苏军冷冰冰地明确表示，他们只接受德国人的无条件投降。返回营地的克雷布斯万念俱灰，自杀的传染病感染了他。在戈培尔夫妇杀死孩子并自裁之后，克雷布斯和威廉·布格多夫（Wilhelm Burgdorf）将军找到地堡中储存的白兰地，痛饮了一番。有了酒精的麻醉，二人掏出左轮手枪，成功击中自己的头部。于是，柏林市民眼下的安危就都落在了魏德林将军的肩上。

5月2日一早，天色如铁，风卷流云。柏林防务负责人魏德林将要跨过兰德韦尔运河上的一座简易桥，前去面见近卫第8集团军司令瓦西里·崔可夫将军（General Vasily Chuikov），并将签署自己亲笔撰写的降书：

> 4月30日，元首自尽，弃绝忠民。奉元首命令，纵然弹药尽绝、回天无力，德意志军士亦应战斗不息，捍卫柏林。[6]

这种无视他人死活的无意义性始终是纳粹主义的核心。

然而，柏林市民仍然无法松一口气。从家具到金条，"从香槟到衣裳"，[7] 把柏林各间公寓和金库搬空的苏军，看到从地窖中爬上来的惊恐万状的柏林市民时，仍然怀疑他们是否也是诚心诚意的纳粹分子，并随时准备以意识形态之名把他们的脑袋打开花。

同盟国坐看敌人在死前痛苦地挣扎，而这很快导致了海军上将邓尼茨（Karl Doenitz）短暂的掌权。邓尼茨身为德国海军最高统帅，其麾下杀伤力颇强的潜艇攻势几乎切断了英国的补给线。事到如今，他异想天开地认为德国可以只对美国人无条件投降，将苏联人排除在外。这一想法自然荒唐至极，但对于现任政府最后一计的成败，很多柏林市民毫不关心。人们纷纷回到自己天花板塌陷、窗玻璃碎裂的旧屋，寻找白色的床单和衣物。纳粹的"狼人"此时已向森林退去，没有了党卫队威胁的阴影（仅在部分孤立的公寓楼中还有小股党卫队势力负隅顽抗）的柏林市民迫不及待地要用这曾是禁忌的标志——白旗——向苏联征服者表明，他们的家中没有藏匿军人。投降的条款要求双方于当天下午1点之前停止一切炮击和战斗，但这种想法的秩序性背后实际上有两重荒谬之处。苏军此时已经完全控制了街道——满是污泥的坦克开进了优美宜人的街区，与豪华入时、完好无损的别墅形成了鲜明的反差——并时刻准备在被严重损毁的德国国会大厦顶部升起红旗，完成这个具有重大标志性意义的动作。炮火同样不会结束，除非城中残余的党卫队顽固分子悉数被捕或被击毙。然而，对于人民冲锋队队员以及柏林的警察和消防队队员来说，这却恰恰是极度危险的时刻。红军战士在地下室、地下掩体与一片漆黑的洪堡海因公园和动物园高射炮塔中穿行，一边勒令被手电光照到、躲在恶臭潮湿黑暗中的残兵缴械，一边不分青红皂白地逮捕一切身穿制服之人。手无寸铁的消防队队员与衣衫褴褛的德国国防军的军人一道，高举着双手，在裂隙密布的路上艰难前行。

新的骚乱有时似乎是随机发生的，或至少超出理性可以解释的范畴。1945年5月2日上午，兰德韦尔运河下方南北向的轻轨隧道因剧烈爆炸而发生震动。经过加固的混凝土隧道顶断裂，数百万加仑河水从缝隙中倾泻而下，淹没了铁路线，很快便漫至波茨坦广场和菩提树下大街等站，并涌入相连隧道的大部分区域。急流卷挟着大约150具尸体。这座隧道建于纳粹执政之初，是为了彰显这座城市在法西斯治下崭新的现代化发展的一种手段。几个月前，在盟军轰炸最为猛烈的时期，它曾为数不胜数的柏林市民提供了藏身之地。而在5月2日这天早晨，人们无法确知是否还有更多避难之人的尸体仍没于水中。

由此向西，在夏洛滕堡区的繁华地段，曾经考究雅致的萨维尼广场（Savignyplatz）如今却是一片表现主义般的景象：建筑物被一分为二，黑洞洞的窗户呆望着满是尘土的中央空地，广场一端的轻轨铁路桥看起来弱不禁风，曾经轰鸣着行驶其上的列车早已不见踪影。当天早上，白俄罗斯第1方面军与乌克兰第1方面军的坦克在这片荒草蔓生的空地上首次会合，标志着苏军对柏林完成了合围。对于一些入侵的部队来说，他们的兴奋之情无关贪婪（可以收入囊中的丰厚财产）或者情欲（可以据为己有的柏林女人），而是因为他们依仗苏联体制的强力和勇气深入了世界资本主义的中心之一，这座城市已经落入他们的掌心，它的未来将由社会主义来塑造。[8]这些军士与柏林的市民一样不谙盟军领导人的地缘政治战略。那天早上，在萨维尼广场上，好奇的本地孩子极有可能观看了苏军坦克相互致意的仪式。与此同时，广场昔日的富庶盛景也以其独特的方式展现着这座城市传统财富和经济实力的毁灭。屈指可数的几个还能开门营业的店主以原始的方式做着以物易物的买卖。市民尽管手里仍然有钱——很多人在苏军入侵之前慌忙从银行提取现金，并将其藏在家中的隐蔽处——但那些钞票现在显然已经一文不值。这座城市往日的确定性在过去30年的革命、法西斯主义和战争的激流中本已所剩无几，如今更仿佛坠入万华镜中一般翻腾、旋转。

纳粹的最高级官员不是自杀身亡，便是可耻地潜逃，但其中一个最为人们耳熟能详的人——所有柏林人乃至所有德国人都熟悉他的声音——却突然站出来，代表所有同胞主动向苏军投降。汉斯·弗里切（Hans Fritzsche）博士曾是德国首屈一指的职业广播员（夸张的歇斯底里的戏份都交给了他的顶头上司戈培尔博士）。他的日常节目《汉斯·弗里切说》（*Hans Fritzsche Speaks*）在德国拥有广大的听众群体。[9]生于1900年的弗里切亲身经历了柏林最为动荡的历史大事。他于1917年参加"一战"，魏玛共和国时期，他在新闻业发展得顺风顺水，却因对冯·帕彭和魏玛时代其他人物失去耐心并充满愤怒而投入了纳粹的怀抱。他从不需要纳粹的什么特殊鼓励。他的反犹立场虽然不似纳粹高层那般言辞狂热激烈，但他平心静气的话语却同样令人不寒而栗。甚至可以说，他的发言具有更加巧妙的危险性，因为他的目的不在于煽动粗暴的群氓，而是用友善的口吻、以客厅中聊天的方式灌输他的观念。在电台广播节目中，他以看似冷静、理性的语气提出，犹太教本质上是对德国社会的巨大威胁。1941年，他宣称，"事实证明，欧洲大战爆发后，欧洲犹太人的命运正如元首所预测的那样令人不快"。[10]弗里切博士后来在纽伦堡审判期间为自己辩护，称他对屠杀犹太人的事实毫不知情，只是单纯地对元首作出的隐喻性预言加以阐释。这样的辩解显然与他接下来在广播中发表的言论背道而驰：1942年，他被派往乌克兰参战，对大规模屠杀的实情一清二楚，但回到广播电台的炉边谈话节目后，他依旧毫不犹豫地为纳粹辩护。1944年，他宣称，并非"一种政治制度、一种方兴未艾的民族主义或者一种已经得到良好实践的新兴社会主义带来了这场战争"。[11]"真正的罪人，"他说，"只有犹太人和财阀……他们沆瀣一气，投资在军工装备上，急于保住自己岌岌可危的本金并赚取利润。于是，他们便发动了这场战争。"[12]他还表示，他欢迎未来就此问题继续进行讨论。随着他的上司和保护者戈培尔博士自杀身亡，在战争最后阶段一直待在总理府地堡中的弗里切博士终于明白，这个问题已经无须再讨论了。

曾有一次，一位疯疯癫癫的将军用枪口指着弗里切博士，试图阻止他向苏军高层投降，醉醺醺的二人为此扭打在一起。子弹打在混凝土地面上后又弹飞了。到了 5 月 2 日，弗里切已被苏军扣押，并且不久即遭到了颇具中世纪风格的酷刑折磨——他的牙齿被拔掉，血流如注，关押他的牢房更是小到站不直、躺不下。不过，他对苏联人来说还有一点用处：城中残存的广播喇叭（以及广播车上的扩音器）里，他那家喻户晓的声音宣讲着苏联部队的优越，并要求人们立即投降。正是弗里切博士那曾经与冷静的权威联系在一起的声音，向不少柏林人宣告了纳粹主义的正式倒台。

5 月 2 日上午 10 点左右，这座阴云笼罩的城市里似乎到处都是浓烟。[13] 在这阴冷的雾霭之中，无数穿着制服的战俘——其中有一些刚刚从漆黑的地铁站里钻出来——目光疲惫而又警觉地爬上楼梯，在捕获他们的苏军的命令下，把随身携带的枪支扔进越摞越高的枪堆上。他们满是污泥的憔悴的脸上写满了疲惫、"恐惧"和认命。[14] 其中有的人上了年纪，胡须已白，戴着帽子，裹着围巾；有几个甚至可能上过"一战"的前线，看上去枯槁，瘦小。其他裹着绿色外套的年轻人则按照苏军的命令，沿着被炸毁的巨大断墙排成行。此前的数天和数周里，很多德军士兵开小差，抱着被英军或者美军扣押的希望试图往西逃。他们都明白，苏军不会照常例对收押的战俘予以保护。然而，如果站在红军的立场上，就会发现他们已经看透了那股从里加到罗马尼亚到处制造惨祸的力量背后那份人性的脆弱。自 1942—1943 年的斯大林格勒之战以来，在向西大举推进之后，苏军共俘获了约 250 万德国战俘，全部关押在东部各地的战俘营中，充作重建工程中的强迫劳工。这些身穿制服的柏林俘虏将被送去东边扩充强迫劳工的队伍，而他们的疲弱也被苏军一一看在眼里。但这并未引起苏军丝毫的同情，却好像反而让苏军士兵心生报复的渴望。很多德军士兵都回忆说，他们不仅时常遭到殴打，更饱受克扣食物、具有情感价值的纪念品被盗等非暴力的虐待。有

第十五章　我们灵魂上的阴影　　　　　　　　　　　　　　　　283

些柏林的俘虏甚至被即将到来的磨难吓得呆若木鸡：一个德军士兵干脆扑倒在地放声大哭，最终被同伴搀扶着才勉强站起身。包括曾舍生忘死地与苏军浴血酣战的党卫队查理曼师在内的其他部队，投降时虽然显得温顺，脸上却仍有愠色。还有一些年轻的妻子伴着被俘的丈夫一路走到关押之地，不停地请求他们一定不能丧失希望。"德国战俘的长队在我们的心灵上投下了阴影。"匿名作者在后来以《柏林的女人》为名出版的日记中如是写道。[15]

　　对于很多被俘的年轻德军战士而言，他们抱有的任何希望都将在接下来的数周、数月乃至数年时间里受到严酷的考验。那些在其他战区拼杀从未见过战俘营恶劣条件的普通德国战士，无法理解此前纳粹残忍地虐待甚至饿死苏军战俘对他们有何影响。迪特尔·普法伊费尔（Dieter Pfeiffer）被苏军俘虏时才20岁。其后的磨难尽管令他身心俱疲、痛苦不堪，却也让他看到了人性的极限。进入东欧的漫长行军开始后，红军守卫起初对他们这些战俘以礼相待；沿途的战俘营缺粮少食，仅有的食物也只是比温水强不了多少的汤，但守卫一直竭尽全力地保护普法伊费尔和他身边的其他战俘，让他们免受那些来自纳粹造孽最深的地区、一心想要报复的苏军士兵的欺负。[16]此时，他们尚可保留诸如手表等一些个人物品，但紧接着，他们被用货车转运到了罗马尼亚境内一个新建的劳改营，一切个人物品都被没收，殴打虐待也就此开始。[17]在这里，普法伊费尔和同伴都是奴隶，是死是活没人在乎。随后，他又被辗转数百英里运到乌拉尔山以东的战俘营，从事采挖泥炭这样的体力劳动。他眼睁睁地看着身边的同胞越来越瘦，越来越虚弱，并最终被疾病和饥饿击倒。他们喝的是用浅勺舀的稀汤寡水，吃的是用天平称出的小块面包。死尸被堆在洗衣房里，到晚上挖坑填埋。[18]他和数千名前德军士兵工作在采石场、矿井里以及苏联境内的城市建设工地上，用劳力赔偿纳粹造成的破坏。（对于普法伊费尔和其他成千上万名战俘来说，这样的生活将从数周变为数年时间。他们无从知晓西方盟国为了帮助他们回国而与苏联展开的复杂谈判，当然更不知道斯大林无意轻易放过这些既能修建体育场和住房，又能下井采矿的奴工。）一次，普法伊费尔与一个守卫聊了起来。那名守卫问他，倘若德苏战事再起，普法伊费尔全副武装地随部队开进苏俄，举枪指着这个现在看守他的男人时，情况又会如何。[19] 在这难得的和平时刻，这段对话让两人都得以明白，对方并非杀人的恶徒，也只不过是一介凡人。

斯大林的苏联启动重建之时，柏林的废墟上，时间却似乎凝固不动。同是5月2日，一些苏军士兵凝视着举目皆是的碎砖断瓦、满眼好奇的孩子，以及处于各个年龄段的女性，她们虽疲惫恐惧却仍然尽力穿戴体面。在远郊考尔斯多夫，这种一丝不苟则不限于女士：幸得一户人家庇护，却与屋中其他人等一起被红军强奸的"地下"犹太难民玛丽·雅洛维奇—西蒙发现，有些红军士兵想要把戴在外衣领子里的制式白围巾洗净熨平，好让自己看起来更加精神。西蒙女士回忆起自己新的佣仆工作时说："我没想到解放竟然会以这种形式发生"，并补充说，"有些苏联大兵非常乐于助人，尊老爱幼，令人动容。"[20]

在市中心的德国国会大厦和帝国总理府破败的废墟附近，在树木已经大都被毁的宽阔的蒂尔加滕公园中，胜利的号角响彻云霄：苏军士兵对天鸣枪，齐声呐喊，开怀欢唱。"每个人都跳着、笑着、唱着，"瓦西里·格罗斯曼写道，"数百只烟花冲入天空。"[21] 和煦的空气中传来了春天到来的消息，野花从死气沉沉的灰暗尘泥中钻出。大街小巷上，红色随处可见，或一闪而过，或大块飘飞：那是苏军升起和随风舞动的红旗。苏军的坦克沿着蒂尔加滕区中心的道路隆隆前进，身上挂满了从各地收集来的花朵。此前，几队苏军士兵已经深入元首地堡潮湿的混凝土通道。在纳粹高官纷纷自尽或者

第十五章 我们灵魂上的阴影

潜逃出国后,残余的守军已经无力作出英雄般的最后一搏。苏军士兵在地堡中还找到了护士和医生。这地堡如今像极了一个地下墓窟,让那些在错综复杂的房间中探索的人们生出近乎恋尸癖的痴迷。发现希特勒尸首者,赏格非比寻常——别尔扎林将军承诺,谁能找到希特勒的尸身,谁将获得苏联英雄金星奖章。

确定纳粹元首尸首下落的极度重要性,不止于其单纯的象征意义。必须确凿无疑地查实希特勒已死,否则哪怕有一丝他仍然在世的可能性,都会激励纳粹的"狼人"和德国人民固守旧的意识形态信念。同样至关重要的是,斯大林也需要利用希特勒的死证明这场战争以苏联的大获全胜告终。苏联政治宣传官员在短期内有意败坏西方盟友的名声,制造舆论上的混乱:红军攻陷柏林之后,苏联媒体立刻表示,或许元首真的大难不死,并已经向西方逃窜。这个理论不仅将美英两国描绘成了希特勒的蠢笨无能的同谋,更暗示纳粹主义的火焰未来或将重燃。《泰晤士报》驻外记者写道:"那些密切关注德国局势的人们都不会相信希特勒之死是纯属捏造的说法。能找到尸首当然更令人满意,而刚刚攻克柏林的苏俄人或许可以做到。"[22] 苏联随后在宣告柏林大捷的声明中指出,被苏军俘获的汉斯·弗里切博士作证,希特勒、戈培尔和克雷布斯将军确已自杀。[23]〔弗里切博士目前的用处到此结束,他将被送往莫斯科,在卢比扬卡(Lubyanka)接受长时间紧张而恐怖的盘问,然后于1946年被卫兵押送回德国,接受纽伦堡审判,最终因法庭无法认定他煽动民众施暴而被无罪释放。〕在接下来的日子里,搜寻希特勒的尸体成了苏联施密尔舒(SMERSH)*特工的紧急任务。与此同时,苏联继续对元首的死活含糊其词,在地堡附近巡哨的红军卫兵斩钉截铁地

---

* 即苏联国防人民委员部反间谍总局,缩写为"SMERSH",是1943—1946年苏联红军中负责军事反间谍的机构。

告诉英军军官，元首在最后一刻乘飞机潜逃了。不过，柏林市民并未相应表现出明显的暧昧或者好奇。虽然德国作为一个国家尚未整体投降——威廉·凯特尔（Wilhelm Keitel）陆军元帅5月8日方才签署降书——但柏林人已经在为另一场革命做准备了。

对饥饿与食品短缺的关注远超其他一切问题。无论是中心腐黑、在噼啪作响的豆大煤气火苗上基本烧不熟的软塌塌的劣质土豆，还是殷勤的红军士兵为了补偿性侵的暴行偶尔送来的鲱鱼和黑面包，都无法缓解司空见惯的腹部阵痛。柏林的大小庭院——内城住宅区及其公寓楼往往围绕一片封闭的绿地修建——尽管在这个雨水丰沛的春天里花草丛生，但其中的荨麻已经被采摘殆尽。更有人临时起意将这些庭院当作埋尸之地：极尽草率的仪式，廉价粗陋的棺材，还有浅浅的坟墓。有人注意到在此类临时凑合的葬仪上，有些女性看上去几乎与新石器时代之人无异：蓬头垢面，长时间未曾梳洗（也没有染色）的僵硬且乱糟糟的灰白头发裹着一张沧桑的面孔，身形也佝偻着。[24] 这虽然与环境有很大关系，但在更广泛的意义上也表明了柏林市民的极度困顿：忍饥挨饿导致的虚弱，伴随着持续而沉重的焦虑，以及最重要的是，不停被打断的睡眠让一些人已经疲倦到麻木。一位观察者回忆说，自己曾试图拿着一本小说坐下来放松片刻，最终却盯着一个讲述女主人公在恼怒沮丧中起身离席、放着一桌子美味佳肴一口没动的段落出神。现在的柏林市民读到这样的回忆，只感到既迷人又恐怖。

对这一切困境都心知肚明的苏联当局，自5月2日起便着手制定一个比纳粹政权最后时期的管理体制略微慷慨一些的配给制度。尽管很多上年纪的柏林人对贫困的现状漠不关心，但带着婴幼儿的母亲显而易见地更加焦虑，而尤其令她们担心的便是本已微乎其微的紧急时期的牛奶供应将彻底断绝。至于其他食物，柏林人眼下能

第十五章 我们灵魂上的阴影

找到什么就吃什么，囤了什么就吃什么，只够勉强维生。有些人家还有豌豆、大麦和面粉的存货，却往往没办法把生的原材料煮熟。罐头食品已是十分难得的享受，富含脂肪的肉罐头更是人们不敢指望的奢求。城中大部分地区的电灯早已停止工作。几户人家往往共用一根蜡烛，如果有人想要出去方便，都得把蜡烛带走，留下一屋子人摸着黑静待其归来。由于大约60万间公寓在轰炸中被毁，家庭安排没有了平日的确定性，旧的阶级系统彻底解体。曾经永远不会有交集的人家如今与陌生人同居一个屋檐下，社会阶层的差异（以及恼人的个人特质）都被暂时抛到脑后。有些人仍试图维持生活的体面，哪怕吃的是寡淡的胡萝卜或者喝的是大头菜汤，也要用精致的器皿盛放，一家人围坐在茶叶箱或者板凳边，用古董餐具品尝。有人尝试修复在轰炸中受损的房屋，至少重新装上被炸飞的大门来保护家宅安全，但可用的木材十分罕见，不过一旦找到，全家就要男女齐上阵开始工作。凌晨时分，常有苏军士兵前来，一阵推敲踢踹之后悻悻而去。

大量柏林市民的基本生活需求得不到满足，也反映了纳粹政权的突然消失给柏林社会留下的巨大真空，毕竟在此之前所有行业团体、工会甚至地方居民协会无一不在纳粹党的全面掌握之下。此外，本应是主要劳动力的青壮年男子彻底缺位。就眼前的日常市民生活而言，苏联人深知，很多负责维持城市运转（从维持供水到恢复正常的公共服务）的德国人都是纳粹党人，因为纳粹要求只有党员才能承担这样的岗位。不过，不同于急欲对所有德国人开展去纳粹化的美英两国，苏联人认为，完全可以通过非胁迫的方式清除纳粹的意识形态。他们推断，对纳粹主义的信仰并非德意志民族的天然特质，亦非根植于普鲁士人骨子里的尚武本能。相反，纳粹主义是垄断资本主义以及过剩的表征，是非常现代的产物。另外，苏联人早就谋划着要将共产主义带到德国的心脏。德国共产党人在苏联流亡的漫长岁月中，接受了苏联各方面的教育培养，为回国后肩负起各种社会责任作好了准备。

到5月2日，数十万柏林女性早已精通自立自强之道。红军两面性的惊人反差——夜间对女性无情施暴，却用食品和小礼物款待小孩子——不久便成了柏林司空见惯的一景。入侵者数量之庞大、背景之繁杂，都令人错愕：他们有的来自哈萨克斯坦的沙漠，有的来自西伯利亚蚊虫漫天的森林，更不乏家在波罗的海地区、血统与德意志民族颇为接近者。有人性情狂暴，翻脸无情，他们（靠花言巧语进入住宅和公寓，硬要坐在柏林人家满目疮痍的厨房里，用家庭生活的气氛洗刷在炮火连天、尸骸遍野的平原上累月行军的征尘）的愤怒会像爆炸一般突然迸发。有的下级军官一心要用亚历山大·普希金（Alexander Pushkin）的天才和俄罗斯诗歌的顿挫赢得柏林年轻小姐的芳心。有时，强烈的感伤会突然涌现。来自高加索地区的战士不仅让柏林女人帮他们收拾要寄给家乡亲人的包裹（里面装的都是桌布、餐具等偷来的家用物什），还要求她们按照传统把要寄的东西缝进装饰性的布包中。[25] 在仍然不断涌入柏林的红军战士眼中，这个城市尽管已经毁坏殆尽，却依旧蕴藏着难以想象的巨大财富，这里的人民虽然面露惧色，但适应新形势的速度却往往快得惊人。对于那些穿着偷来的象征官位的服饰并开心地在大街上游荡的苏军士兵来说，象征意义非常重要，但这些在柏林女人的眼里却最不值钱——她们早就不在乎了。

作为论辩之地的德国国会大厦在纳粹时期纯属摆设，历经多年的狂轰滥炸，如今更是只剩一副骨架。终于揪出所有走投无路的人民冲锋队狙击手的红军战士，心怀惊奇地在这座空荡得发出回声的建筑中徘徊。苏联高层认定，德国国会大厦是纳粹政权的象征，是与全体德国人民一样适合以摄影这种国际通用语言表达的鲜活符号。"二战"中最扣人心弦的一张照片——镰刀锤子旗高扬在潮湿的炭黑色街道上空——与所有当代广告摄影作品一样，都经过了精心的布置。叶甫根尼·哈尔杰伊（Yevgeny Khaldei）带着一部徕卡相机、一面（由他的亲属缝制的）红旗和几名年轻士兵登上了屋顶。[26] 他找到了自己所需要的角度：从旗手上方几英尺的位置，他可以同时拍到屋顶远处雕像的醒目剪影（那剪影看上去像极了欢庆胜利的苏俄人），并将下面屋顶破损的建筑以及柏林的部分天际线纳入镜头之中。手举旗杆的士兵稳稳地站在屋顶边缘的雕花石柱上——显然并不怕高，他的身姿让人联想起擅长演出惊险桥段的美国默片影星哈罗德·劳埃德（Harold Lloyd）。照片拍好之后，在出版之前还经过了进一步的加工，以编辑并升华现实：图片背景中增加了浓烟，给人以远处的建筑正在燃烧之感，而举旗士兵那站在石柱旁边的战友似乎戴着两块手表（手表都是刚刚得来的，有的同志自豪地戴着更多），其中一块被细心地从图片中抹除。

无论是严谨写实还是人为加工的图片，柏林人现在都看不到。各种报纸已经停刊数天，柏林各大广播电台的频段里只有一片空白的嘶嘶声。取水排队时传递的谣言似乎已经成了柏林人主要的信息来源。所有人都注意到了一种令人不安的缺失感：德国投降后，威力巨大的火炮和啸叫的火箭弹都消停下来，如今的柏林安静得能听得见回声。但柏林并未立即重闻鸟鸣，这个城市的鸟儿早已四散飞走。人们深深喜爱、日思夜想的音乐并未填补寂静，给人们带来慰藉：无论是拥有珍贵（大概率是非法收藏）爵士乐录音的年轻女性，还是珍藏古典音乐会和歌剧唱片的老人，都不敢奢望能沉浸在这种高品质的享受之中，要么因为留声机损毁严重、供电时有时无，要么因为担心音乐会引来醉酒的红军士兵，招致暴力和盗窃。不过，实际上别尔扎林将军的团队同样重视艺术与手工艺品、音乐与戏剧，他们深知这些东西能带来单纯的享受，并希望尽快让它们回到柏林人民的生活当中。苏军有此考虑，既因为他们希望通过唤醒柏林更古老、更真实的灵魂来驱除纳粹主义，也因为他们的美学观点真诚地相信，人民可以在艺术之中得到精神上的养分：一种对于超越世俗的非宗教信仰。于是，在被坦克碾压的尸骸之间，在浸血的混凝土尘灰之中，在城中老幼遭受饥渴难耐、疾病缠身的人道主义危机之时，柏林的艺术家、戏剧导演和演员、画家和音乐家却在紧张之中迸发出惊人的活力。柏林的那些在过去12年中被国家社会主义扼住喉咙，往往被迫曲意逢迎或藏匿地下的充满创意和创造力的灵魂凝视着来犯的苏军，并在他们身上看到了救赎。

艺术界人士开始集会，地点是施吕特大街（Schlüterstrasse）上的一座大宅，位于柏林西边繁华的夏洛滕堡区。[27]在纳粹统治时期，这座宅邸曾是艺术与文化协会（Chamber for Arts and Culture）的新址。接下来，在斯大林社会主义铁腕的指引下，这里将成为一场惊人的审美繁荣的中心。这里很快将迎接的人中甚至包括时年71岁的电影演员保罗·威格纳。他住在弗里德瑙区宾格大街（Binger-Strasse）。奇特的是，他的家在盟军轰炸和苏军炮击中居然都毫发无伤。红军士兵在街上认出了他，显然，他的电影在苏联拥有长盛不衰的魅力，况且威格纳尽管曾经出演过多部在纳粹统治下拍摄的影片一直到纳粹政权晚期，却从未公开表态支持纳粹。（不久之后便有一位美国文化官员评价威格纳说："他是那种你很少能遇到的毫不妥协的德国人……他痛恨一切与国家社会主义存在任何关联的事物，这一点是真实可信的。"）[28]不出几日，朱可夫元帅便钦点他为苏军在"开放剧院"问题上应该合作的关键人物之一。[29]同为银幕明星的沃纳·克劳斯和埃米尔·强宁斯就没有这么好的待遇了，他们在新的形势中将举步维艰。不过，对于威格纳来说，得到胜利者的认可还有另一重额外的好处：他家的篱笆院墙外被人挂了一块俄语标牌，上面写着"此处是受到全世界热爱和尊崇的伟大艺术家保罗·威格纳的家宅"[30],当红军战士惦记着全城所有财产,并认为入室洗劫天经地义之时,这样一块牌子无异于一道魔法屏障。

同样的屏障似乎也笼罩着距此不远的韦尔德小镇。面对不断涌入的红军部队,韦尔德镇上的玛丽昂·凯勒团队开始谋划他们和当地强迫劳工的保身之计。荷兰籍囚犯福·布卢姆圆满完成了跨过湖区与苏军建立联系的使命并得到对方的承诺,即韦尔德人只要归顺,便会毫发无伤。恰在此时,凯勒女士深深感受到了权威的缺位——这里没有镇长,也没有镇议会可以通知——但韦尔德的百姓似乎无师自通,开始自发地组织起来,手脚麻利地把住宅和工作场所挂上了白色的布匹和亚麻织物。玛丽昂和她的团队成员基本都是科学家,这是否意味着红军到来之后便会立即将他们变成从事专业工作的强迫劳工?不过,在惴惴不安之中亦有笑料:这群技术人员占据的韦尔德酿酒厂和葡萄园中仍储存着大量颇受当地人喜爱的红酒,人们突然意识到,有必要确保这些存货不会被苏军发现——这倒不是因为当地人刻薄吝啬,而完全是害怕苏军喝酒之后会到处杀人。玛丽昂回忆说,把这些存酒以及当地作坊生产的其他酒水都倒掉的工作,最终变成了一场仿佛勃鲁盖尔(Pieter Brueghel)画作一般的滑稽戏。见不得如此美酒付于沟渠的韦尔德人开始狂饮。到了日暮,平素沉着冷静的韦尔德人,很多都已头昏脑涨,东倒西歪。[31]不过,对小镇居民来说,仍有一件极其严肃的事情:保全自我,同时保护小镇免受占领军毁坏。

坦克越来越近。凯勒女士有心地画了一张俄语临时标牌挂在车间外,上写着"科学化学实验室"。[32]她穿着白色实验室大褂,擦掉了指甲油,把长发卷成一个朴素的发髻。她的盘算是,如果要逃跑就得驾船向西先到勃兰登堡然后进入易北河,危险重重,前途未卜,倒不如以一个整日围着玻璃瓶和试管打转的现代技术人员的面目静待苏军到来。第一批坦克驶入，凯勒女士便与苏军打起了交道：一个苏军战士"手里拿着一张纸"走进了实验室，他想索要一些药品，但双方语言不通，无法沟通细节。"这里不是药店"，凯勒用支离破碎的俄语向对方澄清，[33]但那个士兵还是久久不愿离开。双方进一步努力尝试明白对方要表达的意思，凯勒女士伸手从书架上取下一本化合物手册。她一页一页翻着，那士兵也站在她身后一页一页地看，终于发现了似乎是他想找的东西。于是，她递给他一瓶"白色的粉末"，他这才满意地离开。[34]

与此同时，外面的苏军坦克受到了镇民的热烈欢迎："果酱厂的外籍工人"沿着镇上古雅的阶梯跑下，"手里拿着开满丁香花和樱花的枝条"，与苏军士兵一起狂欢。[35]柏林人眼中雷霆般压抑恐怖的入侵，在与他们同居一处的强迫劳工眼中，则是最为甜蜜、最为美好的解放。苏军将士同样激动万分：经过了多年痛苦、恐怖和艰险折磨之后，他们在这里终于享受到了单纯的欢笑。相拥庆祝的强迫劳工与苏军战士却仍然引起了一些人的紧张与忧心，一些韦尔德镇民"见此场面，站在窗前呆若木鸡"。[36]

在这片陌生而令人不安的沉寂之中，越来越多柏林市区居民开始不单为了取水找食而出门，更为了满足人类难以压抑的好奇心而开始试着走到远离家门的地方，希望能找到自己的挚友亲朋。城中是否还有桥梁尚存，抑或它们已经被绝望的守城部队尽数炸毁，以阻挡苏军的坦克？在停火后最初的几个小时里，空气中仍然烟味刺鼻，街头飞散的尘灰让所有声音都变得含混不清。有些徒步外出之人很快便已分不清东西南北。公寓和廉租住宅楼或化为齑粉，或四分五裂，曾经熟悉的区域如今已然面目全非。开了多年的商店也消失不见。女人踩着湿泥，在住宅的废墟间穿行，这寂静让她们感到了一种近乎被鬼影随行一般的不安。两旁的建筑看似空无一人，阴

第十五章　我们灵魂上的阴影　　　　　　　　　　　　　　293

影中的窗框上没有玻璃，只剩一个黑洞。那里有人吗？又或许楼里满是什么也看不见的死尸？在更加工业化的街区，这种寂静更显扎眼。在一片铁路货场里，有些铁轨完好无损，其他路段则被炸成各种奇形怪状，轨道上的车辆一动不动，一片漆黑。天气渐暖，死亡的黏腻香气越来越浓。瓦砾与楼基之间趴伏着半掩的尸身，一群肥硕的苍蝇围着尸体打转，宛如一团浓密的黑云。

　　即便在破坏相对较轻的城郊，人们也在经历着社会性迷失。一个名叫彼得·洛伦茨（Peter Lorenz）的小男孩睁大双眼看着苏军坦克"拆毁了"他家后院的围栏。[37] 他家早已损失惨重：他和母亲睡在"砂浆、瓦砾之间，闻着垃圾的臭气"。[38] 面对"充满能量，更灌满了酒"的苏军士兵，[39] 他想起母亲如何大费周章地把自己打扮成男人的模样。此时，尚未卸去男兵伪装的希尔德加德·克内夫正与伴侣一起夺命狂奔。他们途经的城市街景宛如幻象，身穿军服的孩童死尸那"青黑的面孔"不时浮现。[40] 有一位老妇人与希尔德加德·克内夫的家族素有交情，他们一度在她漂亮的家中藏身，只不过这位老太太似乎已经有些神志不清。在这座临近选帝侯大街的公寓里，虽然还立着"摄政时期风格的椅子"*，但"储藏柜里却满是碎玻璃"。[41] 此地不宜久留。老妇人告诉年轻的女演员和她的伴侣，一旦敌军发现他们在这里，那么整座房子都将毁于一旦。他们逃到街上，凭着直觉逃往城外的树林——途中被路上带刺的铁丝网缠住，耽误了一会儿时间。在其他地方的女人环视着死一般的惨景，开始着手探索她们几周之前还工作过的中心商务区。很多建筑要么经历了轰炸的洗礼后开始吱呀作响，天花板不时落下一股预兆不祥的灰土，要么拜在此安营扎寨的人民冲锋队和党卫队残兵所赐，充斥着

---

* 指流行于英国摄政时期（1811—1820年）的一种座椅，一般配有略带倾角的靠背和用丝绸、天鹅绒等高贵面料包裹的坐垫，有的配有雕刻或金属装饰。

排泄物的恶臭。这里也到处都是青紫色和焦黑色的残肢。柏林的各大银行经过了入城敌军的搜刮后，已经门户大开，一片狼藉。为了更长远的利益考虑，苏联占领当局则干脆将德意志银行（Deutsche Bank）收入囊中。不过，对于普通柏林人来说，这些金融机构几乎帮不上任何忙。金钱在此时的柏林里已经丧失了一切意义。如同20世纪20年代的恶性通胀时期一样，柏林人又迎来了一个钞票带不来任何保障的世界。

靠近市中心的动物园此时集陵墓与疯人院于一体。在数周的狂轰滥炸和围城战的震耳噪声中幸存的无助动物已经饿得浮肿，血淋淋的伤口得不到救治。"饥饿的老虎和狮子……试图捕捉在笼子里乱窜的燕子和老鼠"，瓦西里·格罗斯曼观察到，地上有"狒猴、热带鸟类和熊的尸体"。[42] 格罗斯曼遇到了一位上年纪的管理员，对方似乎有些神情恍惚，因为他非常细致地向格罗斯曼解释自己已经在这座动物园里照看猿猴长达37年。他似乎在为一只猩猩守灵，他告诉格罗斯曼，猩猩看上去凶猛，不过是因为它的吼叫声响亮。相比之下，他说，人类可要比猩猩险恶得多。

家养的猫狗若能幸存，定会抛弃它们同样饥肠辘辘的人类伙伴，凭直觉逃离呼啸如雷的街巷，进入荒野和树林。于是，城中的老头老太太眼见着自己的生活被一层层剥离：儿孙或战死沙场，或堕入野蛮政权手中为奴；女儿和孙女被粗暴地侵犯；老友故交或在轰炸交火中徒然死去，或自行服毒后立毙；从前优雅整洁的家中如今到处都是碎玻璃，构成记忆和身份核心的钟爱的纪念品和传家宝佚失无踪、永难找寻。门外的城市更是面目全非，相见不识。有些人回忆说，到处都飘着"黄烟"，[43] 把白昼的天空都染成同样病态的颜色。过去的25年已经让这些市民对突然间的动荡见怪不怪，不过尽管如此，仍有人怀疑，这座伟大的城市这一次是否还能起死回生。

第十五章 我们灵魂上的阴影

曾崛起并沐浴在现代化之光中的柏林就此经历了逆转,被拖回几个世纪以前。如今看来,很多当代的叙述要么惊人地冷漠,要么便是盲目地对这些骇人之事予以接纳,全然不顾当事人多年难愈的可怖伤痛和夜半梦回时的痛哭失声。纳粹集中营的暴行曝光后,没有哪个非犹太柏林人愿意以受害者自居,毕竟犹太裔同胞遭到的痛苦远在他们之上。

洛塔尔·奥巴赫便是备受折磨的犹太柏林市民之一。这个年轻人曾设法潜藏了很长时间,但还是在 1944 年遭人告发,被遣送到了奥斯维辛,并在那里"呼吸到了地狱的气息"。[44] 随后他被徒步押送到了布痕瓦尔德,最终在战争行将结束、美国大兵解放集中营时重获自由。美军给了他一件夹克以及一大笔丰厚的配给物资。奥巴赫马不停蹄地登上了返回柏林的火车。为了彰显自己的愤怒,他故意佩戴着一颗黄色的大卫之星示人。其他德国人要么转头故作没有看见,要么"以恐惧的目光"瞥向他。一位年轻的母亲坦率地祈求他分一点食物给她蹒跚学步的儿子,他蹲下来喂给那孩子一些世棒(Spam)午餐肉,让其他乘客看到了他的人性光辉。刚抵达柏林时,故乡的残垣断壁让他难辨东西,但得知母亲已经平安无事地搬到了一个现代主义风格的小区之后,他火速赶到那里,激动地与母亲重聚。接下来的数周数月之中,其他经历了集中营里那噩梦般的折磨并劫后余生的柏林犹太人也将重回故土,但作为最早回到柏林的犹太人之一,奥巴赫对于苏联占领当局的无处不在颇感震惊。他对帮助他重获自由的美国人心存好感,断然不愿在共产党的统治下度过余生,更何况他已经被选入战后的情报部门。1946 年,他乘船前往美国,在新泽西州开始了新的生活。

尽管一些德国人认为,俄语听来比他们恶狠狠的母语更加奇妙而悦耳,但它毕竟仍是外来的语言。西里尔语的临时路牌连同用西里尔语写成的海报、告示不断出现。红军战士下楼走入潮湿的地下室时的脚步声、交谈声和叫喊声让战败国的百姓恐惧，而语言不通则让他们越发紧张，因为他们根本不知道红军士兵要求他们做什么。厨房里的年轻士兵彼此交谈时或许语气平和，但如果突然走进来一位老者，士兵就会突然变得满腔怒火，老者听不懂他们连珠炮似的话语，只能猜到那是诘责：有时候，年轻士兵在愤怒的独白中间，还会不时拿出苏俄城镇和乡村的照片展示给老者看。与此同时，对于寻路到最近的竖管取水的女人来说，四面八方意味不明的字母表明，这个城市将长期处于占领者的掌控之中。她们原本期待美国人能介入止暴，重塑公民价值，但在柏林四境之内全无这样的迹象。柏林人已经失去了与外界的联系。他们知道元首已死，知道己方已败，却对战胜者打算如何处置他们一无所知。语言的障碍更加强了这种被蒙在鼓里的感觉（实际上，就连柏林城外盟军的高级官员也猜不透斯大林的想法）。

"绝大多数德国人不会俄语，"历史学家凯瑟琳娜·菲利普斯（Katherina Filips）写道，"德国学校也不教俄语。"[45] 不过，在柏林这样一个充斥着各种语言的城市里，总能找到一些例外。如菲利普斯指出的那样，城中有若干曾学习过俄国文学的知识分子。还有一些生在波罗的海国家的德意志人，他们来自更接近、更熟悉俄语的地区。布尔什维克革命期间，曾有大量俄国难民和流亡者（émigrés）逃到柏林，在20世纪20年代将他们的语言带到了柏林的大街小巷、商店食肆和诗歌期刊里。除此之外，当然还有数千名曾在工厂充当奴工的囚犯也会说俄语。

不顾丧失柏林民心也要强制使用俄语并非苏联的意图。"恢复失地运动者"（Revanchist）、"帝国主义"（Imperialismus）、"反动派"（Reaktion）等政治术语已经在多种语言中通用。[46] 何况马克思主义的起源不在莫斯科，就连"辩证法"这样的术语也是全欧尽知。从这个意义上说，苏联占领军在城中各地组建的城市委员会正寻找着

第十五章　我们灵魂上的阴影

一个共同基础。苏联人不想激起柏林人对共产主义的抵触情绪，相反，他们希望吸引柏林人主动拥抱共产主义。

对于凶险的语言政治，柏林人并不陌生。此前统治德国的政权自1933年以来监控公共言论的严苛程度，丝毫不逊于共产党。实际上，有些新的俄语路牌正是为了改掉此前被纳粹篡改的街名。赫尔曼·戈林大街（Hermann-Goering-Strasse）的名字显然留不得，苏联人把它改回了魏玛时期的"艾伯特大街"（Ebertstrasse）。[47] 类似地，工人阶级聚居的弗里德里希斯海因区的广场在1945年5月之前名为"霍斯特·威塞尔广场"［Horst-Wessel-Platz，这个广场原来叫"比洛广场"（Bülowplatz），20世纪30年代纳粹为了纪念那个被杀的暴徒而将其改名］，也很快被改掉。它的新名字显示了苏联重燃柏林昔日的社会主义热情的渴望：李卜克内西广场（Liebknechtplatz）。[48]

但此时的柏林街巷中仍充斥着恐怖，温暖的空气中飘着令人作呕的腐臭气味。"柏林是一座亡者之城，"有幸与别尔扎林将军一同视察柏林的英国报纸记者哈罗德·金（Harold King）写道，"作为大都市的柏林已然不复存在。市中心数英里范围内的每座民房似乎都曾被炸弹击中。"[49] 对于留得全尸之人，后院即是墓园。洪堡海因公园内和动物园外的巨大混凝土高射炮塔如今已成万人坑，军事人员和其他自杀者的尸体在黑漆漆的混凝土过道里东倒西歪。这个城市的劫后余生，在很大程度上得益于城中的女性，是她们维持着这个城市脉搏的跳动不息。在德国通用电气公司、欧司朗等大型工业企业中工作的女性虽然不懂俄语，但她们自苏联占领伊始便看清了占领军的企图。苏军强令她们拆解整条生产线，费力地拆下每件机械上的每一个部件，一个接一个地把所有部件传到火车装卸区，准备装上向东行驶的列车。她们感到，自己亲手拆毁的这些大型工业企业可能永远无法恢复了。

在有些人看来,这种百业尽废、令人不适的日子或许将永无尽头。1945年5月8日,英国人在泛光灯中欢庆了欧洲胜利日(VE Day)。盟军解放的地区也经历了转瞬即逝的欢乐时光,直到战争带来的疲惫和伤痛卷土重来。柏林的男女老少对这一切则懵然无知。市民之中,仍有不少法外之人依旧遁藏于地下室和阁楼当中:身穿破烂便衣、设法躲避红军抓捕的德国国防军年轻逃兵,还有自东部郊外逃来的迷惘痛苦的难民。

城外,办公室职员梅希蒂尔德·埃弗斯这样的女性正艰难地走在返回柏林的路上。在乡下劳改营屡遭强暴的埃弗斯此时正徒步前行,她是靠着(正如她自己所写下的那样)"身穿集中营条纹制服或者苏军军服的良心未泯之人将仅有的一块面包与我分享"的善心幸存下来的。[50] 乡野平坦,蓝天如画,但家国空余一片破败凋零。同样取道乡下土路跋涉回城的,还有希尔德加德·克内夫。她此前曾短暂落入苏军之手,被关入战俘营。她向狱卒袒露了自己的真实身份,并通过一番谈判重获自由。到此时,她已经"三个月"没有洗澡了。[51] 她身上的衣服已经硬邦邦的,还爬满了虱子。支撑她的只有她的爱人德曼多夫斯基给她的一个柏林的地址——德曼多夫斯基此时已经被捕,即将被处决。她清楚柏林无法给她提供可靠的庇护,但回到柏林的冲动如此强烈,让她像被无形的丝线拉回到了这座城市。她沿途得知了女性被强暴、被枪杀的经过,还听说了千奇百怪、难以置信的故事。其中一个故事说,几个乡下来的年轻红军战士带着几个没洗的土豆走进一间公寓,把土豆放进了马桶里——公寓的租客猜测,他们可能是想把土豆洗干净。实际上,这些红军战士压根不认识冲水马桶。于是,当冲水的链绳拉下,土豆消失得无影无踪时,那几个红军战士暴怒地举枪指着租户,斥责他们"搞破坏"。[52]

如果此时有人告诉柏林市民,在5月8日之后的两周内,当局

第十五章　我们灵魂上的阴影

将重新开放城中部分影院、剧场和音乐厅，指挥家威廉·富特文格勒也将于几天之后重返柏林，率领管弦乐队演奏门德尔松的音乐，那么此人定会被斥为异想天开、白日做梦。但事实恰恰如此：就在柏林饥荒加剧，柏林人在无处不在的死亡和自杀当中感到迷惘无望之时，苏联占领当局的文化委员会为了推动柏林尚可使用的影院尽早恢复运行，正在进口用于教化德国民众的苏俄电影，其中不仅有关于苏联集体农场上单纯生活的严肃而认真的纪录片，还有几乎不需要翻译的视觉喜剧等轻松的娱乐影片。同样计划上映的一部 1938 年的故事片对接下来的再教育和训诫作出了预告：《马姆洛克教授》(*Professor Mamlock*) 讲述了一位犹太外科医生虽为纳粹所需，最终却仍遭到纳粹残忍迫害的故事，这场悲剧以医生的暴亡结束。作为首部毫不畏惧地直面纳粹反犹主义行径的电影故事片，这部电影备受欢迎——尽管 1939 年苏德签署《莫洛托夫—里宾特洛甫条约》(Molotov–Ribbentrop Pact) 后，苏联立即停止了该片的公映。多年之后，这部影片再次成为苏联电影院线的主打影片。(该片在美国同样大获成功，当地海报称其为"对纳粹恐怖行动的有力控诉！")[53] 对于柏林人来说（他们长期苦于享受不到自己最喜爱的艺术形式），这部影片将是他们在苏联攻克柏林的几天后迎来的首批作品之一，接下来，还有很多更加严肃的影片等待着他们。

　　除此以外，柏林人发现，当他们未被强制劳动、没有遭到冰冷的双眼充满色欲地打量之时，即便在自己的街巷和城区当中，他们也仍然受到征服者充满道德好奇的审视，仿佛他们此前也曾是恶魔。对于这些普通百姓来说，1945 年 5 月 8 日这一天并没有什么特别的意义，那些灰头土脸的日子全都一个样。然而，尽管这场划时代的破坏已经吞噬了成千上万人的生命，让无数人失去了文明体面的家园，但这场灾难在它结束前的最后几周还将向未来投出一道深远的阴影。柏林人民与世界上其他地方的人一样渴望和平。而在接下来的日复一日、年复一年中，他们将会发现，世人的目光并未从他们身上移开，而在这个万众瞩目的熔炉之中，又一场或许更加可怖的冲突正在酝酿。

第三部分

占有

第十六章
同谋

上年纪的柏林人还记得遭人仇恨的滋味。1918年的战败招致战胜国令人背脊发冷的反感，仿佛这场冲突的根源全在德国人民身上一样。现在，到了1945年初夏，柏林人知道又一浪愤怒的波涛即将袭来。备受尊敬的小说家、《布登勃洛克一家》（*Buddenbrooks*）的作者托马斯·曼在美国国会图书馆发表了一次讲话。他在纳粹统治期间一直流亡，曾在包括贝尔托特·布莱希特在内的一个加州移民社群中广播了激烈的反希特勒演讲。他在美国国会图书馆的讲话中声称，无论是纳粹的罪行还是德意志的邪恶，其根源都可上溯至马丁·路德（Martin Luther），而歌德早就看破了德国浪漫主义那黑暗的可能性。"这一切全在我的血液之中。"托马斯·曼表示。"这一切我都经历过，"[1]他声称，"不存在一正一邪两个德国。德国只有一个，是恶魔的诡计将它的精华变成了邪恶之物。"[2]言外之意即是，邪恶已经贯穿全部德国人口，即便是并未亲自施暴的德国人，也能感受得到。贝尔托特·布莱希特读到这篇讲话之后大为震惊，因为照此说法，柏林等地的普通德国人即使并无恶行，也会为暴君的邪恶勾当而受到谴责。柏林人虽然无缘听到托马斯·曼的讲话，却深知自己罪责难逃。此前几年中,很多柏林人都听说过关于柏林的犹太人被遣何处,在恐怖的集中营中将遭到何种命运的传言。因此,柏林人明白,报应循环又将开始。他们皆是纳粹的帮凶,即便他们自己并不感到罪恶。他们或许没有亲眼见过集中营或者铁路上押运犹太人的车厢,但他们毕竟对此事知情。何况他们显然亲历了1938年"水晶之夜"的暴力,现场那尖叫怒号的人群中可都是柏林的平民。那一晚所表现出的对犹太人的深深恶意,没有一个柏林人能洗脱干系。哲学家汉娜·阿伦特后来对"集体罪责"(collective guilt)和"集体责任"(collective responsibility)进行了区分——前者意味着从本质上来说,罪不在任何一个个体,而后者则要求德国社会整体为以其名义所做之事认罪。[3] 对于1945年忍饥挨饿、横遭淫辱的柏林人来说,这样的区分在当时听起来未免过于抽象。但战败、混乱与无助却都看得见、摸得着。上了些年纪的柏林人还记得"一战"后灰头土脸伏地投降的滋味,以及随后政局如过山车一般的跌宕起伏。但与1918年不同,这一次柏林被一个大国占领,这让柏林人感到既恐惧又安心。这个大国试图给世人这样的印象:这场革命运动带来的并非一种新型极权主义,而让柏林恢复生气是德国人民自愿推动的共同事业。

1945年夏初,在德国首都还看不到美国、英国或者法国的部队,此时的柏林完全处于苏联的掌控之中。苏联狼吞虎咽般地搬空了这座城市的财富:从在弗里德里希斯海因高射炮塔那不光彩的仓库中找到的绘画大师的名作,到隶属于德国通用电气公司、欧司朗和西门子旗下那些苏联的核计划或许能用得上的各级科学家,如今的柏林就像一只被剥净皮肉内脏的鸡骨架。重新恢复播音的广播电台至少部分打破了之前的沉寂。1945年6月,柏林新任市长亚瑟·沃纳(Arthur Werner)博士宣读了广播公告。他在广播中对市民发出了警告:

第十六章 同谋

　　　　任何企图阻碍政府之人皆为人民之敌和不负责任的误国罪人……仍有作奸犯科及受人蒙骗者以疯狂之举妨害法律与秩序的恢复……尤以前希特勒青年团成员为甚。[4]

　　讽刺的是,沃纳博士接下来的威胁之词恰似前任政权死而复生。他宣称,苏军士兵和苏联官员每遇刺一次,50名前纳粹党员将被枪决。[5]此言明示之意在于,当局已经掌握了所有纳粹党员的身份——哪怕是最基层的党员也不例外。从更广泛的意义上讲,苏联当局的这套精心安排的说辞是要传达出这样的信息,即很多曾为纳粹效力的公职人员可以通过教育完成改造。据称,柏林的反法西斯主义者正帮助苏联占领当局"了解市民生活的……弯弯绕绕"。[6]但所谓的友谊——以德服人地证明苏联的文明更加先进——永远只能是虚饰,没有边界的报复行动仍在继续:实业家被红军士兵以枪口相对,他们的夫人则在一旁惨遭凌辱。据称还有多起故意纵火事件,其中一起纵火案的嫌犯、两个被斥为"前希特勒青年团成员"的青春期男孩,被扔进火里烧死了。[7]占领者绝非什么良善之辈,而鉴于纳粹在他们的领土上做过的龌龊之事,柏林人也绝无这样的指望。

　　虽然暴力并未停止,但柏林人发现他们的城市也并非全无生气,那些远离已化为齑粉的城市中心、设法避开新政权冷眼审视的人们甚至惊奇地看到了复兴的火花。身为市长的沃纳可做这一代人的代表。他出身建筑师和土木工程师,曾在柏林一家技术学院担任负责人,直至纳粹1942年将其关闭。现在,苏联人需要一个表面上并非由莫斯科下令指定的专业人士来应对重建过程中的各种实际挑战。瓦尔特·乌布利希此时在北郊格森布鲁能王子大街(Prinzenallee)上的一栋建筑中居住和工作,并偶尔在当地的电影院中对聚集而来的官员发表讲话。他小心翼翼地要让苏联的占领脱去"接管"的外衣。"我们认为,不能将苏联的体制强加给德国,"

他在一份党的宣言中写道，"我们相信，德国人民那高于一切的利益在当下为我们指明了一条截然不同的道路——建立一个反法西斯的民主政权……保障人民的一切民主权利和自由。"[8] 有些词汇的定义弹性十足，用来得心应手，"民主"便是其中之一。在红军准许美英部队进入柏林之前的几周，乌布利希小组便已决意开始构建一个新的权力框架，它的强度必须足以抵御各种阻力。

将德国共产党人与精挑细选的无党派政治人士共同推上柏林日常行政的核心位置，是为了造成各种政治利益联合的印象，暗含之意便是让这些领导人承担起阻止柏林迅速滑入饥荒灾难的重任。不巧的是，别尔扎林将军于1945年6月16日在柏林东部的一场摩托车车祸中意外身故，享年41岁。他在世之时，和在东郊绿意盎然的卡尔斯霍斯特（Karlshorst）的苏联军事管理委员会（Soviet Military Administration）总部官员一样，为恢复城市运行付出艰苦的努力。[9] 但城中的食物仍然奇缺，从德国国防军败兵那里收缴来的供给已经发完了。配给制仍在实行，并且层级严格，只有建筑工人和演员（原因不明）这样的个别群体才能享受稍高的配额。当局的目标是保障每个市民每天获得1100卡路里：这个热量少得可怜，但可勉强维持人体机能运转。每人每天的限额包括200克面包、400克土豆和40克肉食。这一目标往往看上去过于理想，不过，苏联人在维持面包和土豆供应稳定方面却十分高效。过去几周和几个月里，受损不严重的杂货店变得极其忙碌。有传言说将提供咖啡——希望最终多以破灭告终，不过，这也足以证明，平素柏林人最为司空见惯的享受如今也能令人陶醉不已。

近郊的街巷周围张贴了更多标语，要求尚存的"餐厅……影院和音乐厅"开门纳客。[10] 这在有的城区简直就是异想天开，对于餐厅来说尤其如此，但各方确实共同努力，希望重启在少数未损坏礼堂中的电影放映机。回头看来，在那个初夏的其他复苏迹象堪称奇迹：修复如初的地铁列车重新在清理干净的地下线路上呼啸行驶，半空中的轻轨列车驶过城区的高架桥，有轨电车线路以惊人的速度重建并连通，以木柴为燃料的公交车恢复了特定线路的运营。此外，便是家家户户必需的基础服务，比如，近郊莫阿比特区大约20万名居民已经连续数月从竖管取水。1945年6月初，城市供水终于恢复。[11] 对于被地方官员强制编成重体力劳动小队，在被炸废墟和道路上清除巨石和砖块的女人来说，这除去了她们的一块心病。这些女人被称为"瓦砾女"（rubble women），她们提着木桶、排队站在堆积如山的废墟之上的形象已经世界闻名。这份工作不仅低薪，并且时常让她们备受折磨，几乎与她们中的很多人在柏林的工厂和车间中亲眼见过的强制劳动相差无几。这些不情不愿的工人被告知，如果拒绝工作，她们的配给就会遭到缩减。于是，在柏林初夏日益升高的气温中，女人从天光放亮干起，拖着沉重的石块在灰土堆间穿行，一直干到黄昏。尽管苏联当局没有明说，但这显然有集体惩罚的意味：这些工作诚然十分重要，但女人劳动的场面显然也成了一种公共景观，因为很多柏林女性把最好的衣服带到了防空掩体，而余下的衣服都在长期的战斗和轰炸中毁失殆尽，很多人都只得穿着考究、精致的衣裙去参加那严苛的集体劳动。适合改制成工装的富余衣物或者材料十分抢手。一位女士找来一面黑红两色的卐字大旗，小心翼翼地去掉了卐字标志，用余下的布料给自己做了一件简易连衣裙。瓦砾女清楚，当局及其宣传部门正在给她们拍照，面对镜头，她们有时会报以怒容，或是轻蔑地长吸一口烟。在一段最严重的创伤经历之后，这种集体劳动无疑是一种羞辱。但她们知道，这样严酷的征用绝非最差情况：有传言说，那些被苏军捕获的男人如今已经深入苏联东部地区，在矿井中、山腹里做着非人的体力劳动，很多人注定无法生还。

看着自己的劳动让一片片排屋、一条条道路得以重新开放，砖头和石块得以储存起来留作他用,瓦砾女也算得到了些许慰藉。城中幸存的建筑工人和工匠都被征来进行义务劳动,他们的任务是巡查检视受损的建筑,评估受损情况,并对那些修补后尚可住人的建筑进行修缮。一些大片的轰炸遗迹周围挂起了更多宣传用的海报和标语,上面写着"这些全拜希特勒所赐""可耻的希特勒和他的杰作:瓦砾、瓦砾、瓦砾"。[12] 这些宣言似乎是要让柏林人远离过去的信仰,但它们同样也精明地没有指责柏林人是自寻死路。在其他盟军尚未获准接管各自拟占领地区的这段令人不适而又寂静的时期,苏联当局并未过多强调柏林人应该为他们的国家所犯下的罪行负责。尽管有人认为征调平民在残垣断壁中干活似乎是一种羞辱,但这至少可以出于人道主义的需要而被合理地解释:柏林围城战中遭毁的总计60万间民房,大多都可以用彻底被毁的建筑留下的这些材料修缮、重建。

城中另有一种住房安排的可能性,只是这个备选方案几近有辱颜面。自世纪之交以来,随着柏林激情澎湃的工业之心勃发,一些柏林人习惯了在郊区的花园份地中居住。棚屋被改建成小房子甚至是两层小楼。从某种意义上来说,这就是一片微型棚户区,然而,与此同时,它的存在也反映了柏林人的矛盾。这些所谓的"份地社区"(allotment colonies)焕发出新的活力与生气。[13] 诚然,它们条件简陋,污水直排粪坑,没有供电,还要不停地与蚂蚁作斗争,但这些身处果树菜园之间的陋屋也是一种世外桃源。柏林陷落之后的几周里,共有大约 5 万个柏林家庭逃到了安宁的份地寻求庇护。对于这些自成一体、土地私有、不在官方控制之内的小农户社区,新的共产党当局心内不喜,却也暂时想不到充分的理由予以阻挠。

在此前多年中,纳粹竟然没有禁绝这样的结构,也着实令人称奇。阿尔伯特·施佩尔的城市规划里显然不会给"份地社区"留下位置,甚至更早之前,德皇统治时代的柏林当局就对"份地

第十六章　同谋

社区"("一战"时曾有大约 12 万户)强烈不满。但在经济萧条的年代，城市麻烦不断，这些绿油油的宅地是价值不可估量的减压阀、解决流浪人口问题的一个答案。就连纳粹也看到了这些简易社群的另外一面，一种就算是纳粹主义那样追求纯粹性的意识形态也能被其吸引的特质：柏林人选择了这般简单的生活，便洗去了在城市里沾染上的污浊朽败之气。"绿地城市的居民与大地紧密连接。"纳粹的一篇社论如是说。[14] 在战争期间以及对柏林的致命轰炸行动开始之后，来到这里的人便越来越多。当局曾试图阻止这种社群进一步扩大，但到了 1944 年，法律已经允许在轰炸中失去住所的人们自行寻找份地建造新家。此外，份地居民还获准饲养某些种类的动物——比如鸡和猪。如何将份地居民的思想统一到党的路线上来，也成了曾对柏林毫发无伤的度假别墅中的奢华豪富大开眼界的苏联人在 1945 年所面临的难题。

在其短暂的独占柏林的时期，苏联人还为如何帮助柏林年轻人除去"希特勒青年团"训练的思想余毒而努力。这项工作是朱可夫元帅直接下达的命令，他呼吁通过"反法西斯组织"等形式"彻底消灭法西斯主义的残余"。[15]

那个被选中承担柏林年轻人再教育工作的男人，与瓦尔特·乌布利希一样自纳粹掌权以来便一直在苏俄流亡。约翰内斯·R.贝歇尔（Johannes R. Becher）是一位诗人、小说家，也是一位政治家。他的任务不仅是清除纳粹主义对青少年思想的毒害，还要引领他们拥抱共产主义那不言自明的高尚情操。他立即呼吁自己的同胞迎接"我国道德的新生"，并成立了德意志民主革新文化联合会（Kulturbund zur demokratischen Erneuerung Deutschlands）。[16] 生于 1891 年的贝歇尔创造力惊人，但时常表现出自杀倾向，且吸食吗啡成瘾。但卡尔·李卜克内西的共产主义思想如电光一般贯穿他的诗文，整个魏玛共和国时期，他在党内一直表现得非常活跃。他的诗歌属于表现主义流派，难免被崛起的法西斯分子斥为腐朽堕落。与纳粹政权和解的可能性根本不存在，于是，别无选择的他只得流亡海外。但在大清洗及其后，斯大林治下的苏联同样找不到安逸舒适的生活。他能从充斥着妄想和背叛的险恶之地幸存归来，已经实属不易。更难得的是，他的道德观念仍然坚定不移，相信德国和柏林将会被塑造成理想的社会。"如果我们不把瓦砾清理干净，"贝歇尔宣称，"如果我们不实现精神领域的复兴和人民道德的重生，那么物质上的重建……也定然无法成功。"[17]

与在党内的同志一样，他认为纳粹主义运动并非反映了德意志民族天性中的堕落，而不过是贪得无厌的资本主义造成的恶果。贝歇尔相信，德国人几个世纪以来传承至今的创造力，只有借由社会主义才能真正发扬壮大，重现辉煌。"我们必须在人民的道德和政治态度中清晰、明确、具有说服力地体现出这种人文主义、古典主义的深厚传承，体现出工人运动的深厚传承。"他在一篇讲话中表示。[18]这意味着，无论对于大人还是小孩，纳粹统治前的文化仍将是德国苏占区生活的核心：席勒和歌德仍将受人尊奉。诚然，正如柏林共产党领导人奥托·格罗提渥（Otto Grotewohl）所宣称的，歌德跃升为德国人的英雄，"我们统一的民族文化的象征"，通过诗歌、小说和剧作"让我们的民族从历史性空虚的暮光中跻身世界民族之林"。[19]这套精心安排的说辞并非单纯地诉诸民族主义：对于那些担心布尔什维克主义会将古老的文化夷为平地并另起炉灶的受过教育的柏林人来说，这同样是一颗定心丸。

另一方面，乌布利希小组则以历史遗产理所当然的继承者身份自居。瓦尔特·乌布利希自1919年就在罗莎·卢森堡和卡尔·李卜克内西的感召下加入了斯巴达克联盟，并对柏林了如指掌。约翰内斯·贝歇尔和小组其他成员亦是如此。他们试图将自己描绘成历经残酷的流亡后归来的真正的德国人，要领导这座城市和这个国家

第十六章 同谋

重回正道。然而，乌布利希和贝歇尔都非常清楚，苏俄亦不乏乱象，斯大林体制框架内的恐怖活动即将殃及柏林。不过，在他们看来，这算不上什么大事。信仰的双眼总能轻松适应黑暗，他们已经变得善于看到远处的光明，而所有人都必须朝向这光明迈进才能得到救赎。乌布利希和贝歇尔一面保证要保护柏林人的文化传统，另一面又冷冰冰地申明，有违原则之事他们绝不姑息。

如贝歇尔所说，这个新社会容不得艺术表达的纯粹性去帮助创建"第二个魏玛共和国"。[20]作为一个共产主义者，贝歇尔认为，那样会招致一种以贪图享乐（和思想自由）为形式的倒退，而它们正是纳粹主义的温床。相反，无论是剧院、歌剧院，还是音乐厅、电影院，乃至流行小说，政治公义的框架都应得到毫不动摇的贯彻。当局注意到，在魏玛自由主义和纳粹极权主义之外，柏林的年轻人当中还有一个永恒的主题：通俗小说及其电影作品。充斥暴力的老沙特汉德西部冒险故事一直是青少年男孩的必读读物，而他们那些因学校被炸毁而无法上学的弟弟们，则在初夏的蓝天下拾起了整个欧洲大陆、英国和美国的孩子都在玩的游戏：牛仔与印第安人游戏的各种变体。

其他人则采取了更加现代的态度。多年后，一位柏林居民苦涩而眷恋地回忆他少年时的"国际侦探社"（International Detective Agency）在阿克大街（Ackerstrasse）的废墟中享受的欢乐时光，他和朋友们设法制作了假想的名片，在建筑的瓦砾中凭着想象展开调查、追逐恶棍。[21]战争也是孩子的一大游戏主题，男孩子们会在激烈的游戏中模仿枪支和手雷。约翰内斯·R. 贝歇尔等德国共产党人如耶稣会教士一般认为，在希特勒的阴影下出生的孩子需要接受全面的再教育，他们的灵魂方能重归正道；反过来说，很多柏林孩子或许早已在不知不觉中在法西斯主义之外欣然找到了自己的精神寄托。

对于苏联那些旨在提升人民思想觉悟的文学作品——详述以各种方式对抗法西斯主义、代表着苏联平等社会高尚情操的伟大英雄人物生平事迹的严肃著作和期刊——孩子当然没什么胃口。随着时间推移，苏联当局稍稍有些咬牙切齿地将干巴巴的寓言改成动人心魄、上山入海、充满危险和死亡的冒险故事。苏联此举还有另一层考虑：教育系统此时已经四分五裂。学校已经关闭了几个月，何况很多孩子亲戚失散，父母被害，孤苦无依，他们的伤痛外人几乎无法想象。荒凉破败的废墟之中，孩子的游戏还在继续，而讽刺的是，这些废墟此时似乎比山顶和海底还要危险。

城中曾经开阔优美的游乐园也已无法带来慰藉。蒂尔加滕如今是一片末世景象：树木空余枯枝，遍地沙坑，从烧焦的坦克到被弃的"铁拳"，各类装备随处可见。孩子们徜徉在这些棱角分明的抽象雕塑之间，脚下的弹壳咯吱作响。至少，其中的很多孩子还有大人的保护。他们的小脑瓜又如何看待那些比他们还要衣衫褴褛的同龄人——那些正随着临时监护人涌入城中的逃难孤儿呢？这是一场将于未来数年中逐步展开的大型人道灾难的最初兆示：数百万德意志家庭被赶出欧洲各地的前纳粹占领地区，并最终造成数十万人丧生。

多年来，环绕城市的森林为柏林的孩子提供了一片富有想象力的宝贵的世外桃源：那一条条穿行于树木迷宫之间的寂静小路，以及那一片片令人心驰神往的开阔湖面。然而，在这天气渐暖的夏日，这些地方也时常让人想起不久之前发生的屠杀。很多德国国防军士兵和党卫队队员曾试图在密林中藏身，以伺机偷袭接近之敌，但都失败了。炸弹和喷火器让这个庇护所失去了意义。直到如今，仍有残肢散落在林中的蕨类植物之下，或是在林中的沙质空地上被鸟兽啄食。对于柏林的孩子来说，战争从未结束。无论有多少孩子在那些恐怖的爆炸地点和昔日战场上吵吵闹闹地玩着从冒险故事里学来的游戏，真正的单纯都已无从谈起。

第十六章 同谋

距离霍亨索伦王朝前皇储妃塞西莉女公爵搬出城外那座以她之名营建的宽敞的都铎式宫殿，不过短短数周时间。夏日已至，苏联军事管理局按照莫斯科的周密部署，终于在数周紧张、暴躁的误解和挑衅后，准许英美军队入城。现在时间已经来到了1945年7月中旬，到了三位盟国领导人再次也是最后一次会面的时候，而此次波茨坦会议的会场就设在女公爵的家。邻近的柏林损毁严重，已如鬼城一般，而相比之下，采琪莲霍夫宫哪怕在粗鲁而兴奋的苏军占领之下也未伤分毫，呈现出一派不同寻常的景象：宫殿与景观花园仍表现出秩序井然的宁静。宫中的陈设更是令人恍如隔世。尽管如此，苏联人对此次重大峰会的筹备工作，仍然十分用心。一处中央庭院的花圃被苏方掘开并重新排布，新种的玫瑰花海闪耀着猩红色的光芒，形状酷似苏联的红星。[22]

此时罗斯福已逝，哈利·S.杜鲁门（Harry S. Truman）继任美国总统，英国首相之职亦在更替之中。波茨坦会议进行当中，英国大选的结果（全球各地海外驻军的选票运送导致开票略微延迟）也出来了。选民认为，温斯顿·丘吉尔已经圆满履行了战时的责任，首相职位将由他的工党副手克莱门特·艾德礼（Clement Attlee）暂时接手。于是，尽管丘吉尔率领英国代表团参加了头几天的会议，但会议结束时坐在美苏领导人旁边的则是艾德礼。从这个意义上讲，斯大林作为唯一一位战争结束时仍然在位的战时领导人，成了延续性的象征。采琪莲霍夫宫的安保几乎严密到了迫害妄想症的程度，斯大林身边更是被一群军人和特工围得密不透风。会议餐食用料全部自莫斯科订购并运送至此，试吃员也尽由苏俄派出。英美代表团的办公用房亦在偌大的宫殿当中，而按照苏方的安排，即便是丘吉尔也要首先经过保镖团队的重重干预之后才能见斯大林真容。与此同时，苏军女兵则在采琪莲霍夫宫外，挥舞着黄红两色小旗指挥着周边的交通。

与会各方一致赞成的待办事项将给数百万家庭带来恐怖的后果。波茨坦会议上的各方本无明显恶意,但杜鲁门、丘吉尔、艾德礼和斯大林达成的共识在事后来看却对无数平民宣判了死刑。进入纳粹强占领土的德国人当被驱逐:这道命令影响的范围将涵盖波兰、捷克斯洛伐克和匈牙利。丘吉尔或许曾经天真地以为,这一过程将井然有序,涉及的家庭或许也能在不遭受任何暴力和困苦的情况下安然撤离。但此时的欧洲大陆处处皆是栖身焦黑废墟之中的饥饿民众,原谅和宽恕无处可寻。

尽管如此,出席波茨坦会议的各国领导人、外长和外交官决心要对纳粹的罪恶作出裁决,而战后公诉的框架正是在采琪莲霍夫宫搭建而成的。战争过程中采取的正常行动与"战争罪"之间存在区别,这一判别标准乍看起来十分明晰。[23]大屠杀那匪夷所思的浩大规模将纯粹邪恶的现实展现在世人面前。尚未自行了断的纳粹高层将在纽伦堡接受审判。同时受审的还有在纳粹体系中层级更低的小人物,他们在这场屠杀浩劫中同样扮演了积极热心的角色。为了推进德国人口的去纳粹化,所有政权机关都将被推倒重建。[24]为了确保对希特勒的个人崇拜不会卷土重来,同盟国有必要对全体德国人口进行再教育和评估。每个普通德国人的道德情操都将经受评判,否则,又如何能对德国人委以重任?柏林那些偶以夸张轻浮的"希特勒万岁"礼互相致意的善讥好讽之人,很快就会发现,他们的调门得放低一点了。

就绝对的道德准则而言,夏日的采琪莲霍夫宫在那两周里还存在其他暗流:杜鲁门总统收到研究团队自新墨西哥州沙漠中的洛斯阿拉莫斯传来的原子弹已准备就绪的消息,便发表宣言要求日本政府立即投降。他声称,如若对方执意不降,美国将有能力对该国发动恐怖的打击。不过,对于这种打击的细节,宣言中并未言明。按

第十六章 同谋

照国务卿詹姆斯·F. 伯恩斯（James F. Byrnes）的说法，斯大林在采琪莲霍夫宫获知了这件全新的超级秘密武器的存在之后，只是稍感兴趣。但美国人当时并不知道斯大林早就听过了苏联情报部门的汇报，也不知道苏联的特工此前已经在柏林遍搜铀原料以及能帮助推进苏联自己的核弹项目的科学家。对于核打击的道义性，在采琪莲霍夫宫的各国参会代表似乎没有任何不适感。在德国人即将集体受审之时，盟国的各位领导人和随行高官似乎并未想到，用核爆和辐射中毒杀伤成千上万平民的行为本身或许也会被视为罪行。战争必须终止，而在这场世界上最为血腥的冲突行将结束之际，用何种手段达成目的已经无关宏旨。盟国结束波茨坦会谈4天后，一枚原子弹在广岛上空引爆；3天之后，第二枚核弹在长崎上空爆炸。这两次核爆的影响将在多年之后反过来波及柏林。

此时，柏林居民消息闭塞的孤立状态已经稍有缓解，在苏联占领当局的领导下，新的报纸已经创办。学校也逐渐复课，只不过仍然面临教室没有屋顶、孩子食不果腹的困境。共产党已经迅速地建立了优势：柏林的小学生开始将俄语作为第二语言来学习。当时正在上学的克丽斯塔·龙克很开心能重新回到学校上课，但谈到某些问题时，她便会默默无语。她回忆说，她所在的班上有13名女生，几乎所有人都遭到了性侵。所有人都是寥寥数语承认之后，便绝口不谈此事。到了那年夏天，苏军已经成功恢复了城中的部分文化娱乐活动。克丽斯塔回忆起去听女高音歌唱家埃尔娜·贝格尔（Erna Berger）在柏林爱乐乐团音乐会上演出时的兴奋之情。她的家庭热爱音乐，但在战争中失去了收音机、留声机和钢琴，对于她们来说，能再次听到音乐都甜蜜得难以形容。[25]

与此同时，斯大林的苏联巩固了对中欧和东欧的严密控制，所有曾被纳粹征服、夷平的土地如今都落入了另一种极权主义的无情统治。尽管美、英、法占领军的先头部队已进驻约定的辖区，但各方都明白，不仅柏林东部，而且柏林周边的所有郊区都仍将处于苏联的控制之下。再外圈的森林以及更远的土地亦属苏方管辖。柏林注定将成为一座怪象频生之城：美国财富的光滑闪亮与共产主义者的安贫乐道迎头相撞，一个下至各类肉食上至家用电器的走私黑市应运而生，买卖兴隆。对于英美军界和外交界前来公干或观光的人士来说，柏林也是一个令人毛骨悚然的恐怖之地，他们盯着那些骨瘦如柴的市民，不禁好奇柏林人心中的纳粹主义之火是否真的已经被扑灭。英国历史学家、战时曾担任密码破译员的休·特雷弗-罗珀（Hugh Trevor-Roper）曾随队穿行在恐怖的废墟之间，验证希特勒是否真的已死，并调查其尸身的下落。地堡和近乎全毁的总理府那令人不安（unheimlich）的氛围辐射全城，并波及城中其他废墟，就连老年市民推车拾柴的画面都同样令观者心神不宁。[26]然而，即便在混乱与即将到来的恐怖艰难之中，也仍有继承延续的线索：时年8岁的玛戈·夏尔马（Margot Sharma）与父母一起住在南郊的新克尔恩，在她的回忆中，她家播放的音乐是源自厄尔士山脉（Ore mountains）的民歌，为她的家族世世代代传唱至今，并将继续流传下去。[27]有一些细微但重要的传统为某些家庭所坚持，这些传统曾历经1919年到1933年的暴力革命而不泯，也定将在方兴未艾的新革命中留存。此等家族慰藉虽无法抵挡悲伤或者恐惧，却可以在这个和平似乎依然遥不可及的城市里，创造出一个足以宁定人心的小小锚点。

第十七章

"何处为家?"

严重的饥饿,无处躲藏的寒冷,胃肠疾病,虱子——逐步堕入地狱的他们,如同实验室里的样本一般被人观察着。对于那些正在监控他们生活的人来说,柏林人是他们满足哥特式恶趣味的对象。美国、英国和法国均认领了各自的占领区域。在那些生来便居住于此的柏林市民看来,各区之间的边界十分随意——只有偶尔出现的岗哨、在市郊火车上要求查验证件的严厉官员以及路面上的白线——只不过从一个区跨到另一个区时,需要花上片刻工夫适应周围的文化,有点让人晕头转向。在历任几位将军和一名能量十足的常驻副手弗兰克·豪利(Frank Howley)带领下的美占区涵盖了柏林西南地区,包括已经被苏联人仔细搬空的物理实验室。一位年轻的柏林市民回忆说,她的朋友认真练习着他们学会的第一句英文:"可以给我来点口香糖吗?"[1] 柏林人打开广播,惊讶地听到了美国军中广播(American Forces Network)播放的摇摆乐。但这些新来的统治者却在其他方面强取豪夺。破损相对较轻的房子都在并未事先打招呼的情况下被强行征用给美方工作人员居住,而房子的合法主人则要打点所剩无几的行囊,到他处另寻居所。美占区的酒吧重新开张，德国人不许入内饮酒，却可以充当酒吧雇员，眼巴巴看着美军军官享受着他们已经记不清多久之前曾经畅饮的美味鸡尾酒。

"战后我被迫退学，"克丽斯塔·龙克说，"我妈妈付不起学费了。我偶然得到了在柏林-达勒姆的一个美军军官食堂当服务员的机会。那里吃得好，冬天也很暖和，甚至能偷偷拿一小捆吃的带回家。"[2]然而，美军军官最初对于她和她的同事们的态度令人不安，所有女服务员被统称为"纳粹格雷琴"（Nazi Gretchens），她们一靠近，原本有说有笑的美军军官立刻板起了面孔。她们也在不言自明的罪人之列。

还有一些更加广泛的情况。由于美军中有部分犹太士兵，柏林人发现美军士兵时常严厉地盯着他们，尤其是当他们向新的占领当局报到或者申报自己从未加入过纳粹的时候。在当局的办公室里，有的柏林人会突然因疼痛而弯腰触地，甚至当场晕厥。他们突发急症，根源不是官员的盘问，而在于他们得了痢疾。柏林的医生已经如他们的同胞一样，在轰炸与战火中饱尝艰辛。在条件简陋的简易诊所中接诊的医生，对于仅靠每天 800 卡路里过活的患者往往也是爱莫能助。

英占区涵盖很多西部的郊区，这里曾是美观优雅的中产阶级聚居地。英方官员遇到的柏林女人也普遍因为痢疾而跑肚拉稀，有的甚至患上了白喉。与美军一样，英国人也是不由分说地强征优质房舍供办公和自住之用——一些本以为自己终于能住上重建房屋的柏林人，如今却糊里糊涂地搬回了柏林空袭期间躲藏的地窖。人们强压心中的怨气，心想好歹是英美让他们重得解放。与美军一样，英国人也在筛查平民身份，排查纳粹余孽。经留存下来的纳粹档案核查验证的党内高官以及 1933 年前入党的党员都在庭审之前便被匆匆带走，等待他们的将是更加漫长的审讯和监禁。对于大量背景模糊的柏林人，官方希望利用最新的穿孔制表机予以识别，而落实这一计划的方式——首先从德意志工作人员和公务员开始——便是问

第十七章　"何处为家？"

卷调查（*Fragebogen*）。这份 6 页纸的调查问卷旨在让人们自证清白。除了个人信息——从特征标记到教育履历——还有很多问题涉及加入或者参与曾经深入德国社会各个角落的各类纳粹组织。官方的本意是要让用于破译密码的新型机器处理问卷收集到的数据，但现实情况却截然不同，需要处理的海量问卷让计算机和人类统计员都无力招架。而且最初人们回答问卷时还开放诚实，即便面对是否曾窃夺犹太人的商品和财产之类的问题也能如实作答，但很多柏林人肚子太饿，病得太重，已经顾不上德国人应有的严谨认真，如何作答才能避免麻烦很快便尽人皆知。数个月后，数据堆积如山，系统瘫痪。美国人这才如之前的苏联人一样意识到，想要在短时间内重建公民社会，他们传递出的信息必须是复原而不是复仇。

　　与此同时，法国人分到的柏林西北角就没有那么宜人了。这里只有被炸毁和抢光的工厂那锈迹斑斑的废墟以及老式廉租公寓房的鬼影，此外便是地基和管道的残片零星点缀其间。在街上看到法军军装，让上了一些年纪的市民感到恍然如梦——这不仅让人回想起 1918 年的耻辱，更标志着德国已经全盘惨败。另一方面，盟军也透过历史道德的深色镜片审视着柏林人：如何才能辨别出这些人中哪些是"好"德国人，哪些是"坏"德国人？《柏林，亚历山大广场》的作者阿尔弗雷德·德布林在结束了多年流亡之后，暂时加入了法国的军情部门。重回这个曾被他刻画为生机勃勃、群魔乱舞的城市时，他感到茫然。这个城市"既死未死"，笼罩在一片"怪异而令人恐惧的寂静"当中，有一条"宽阔的街道，无车无马，行人寥寥，默然无声"。[3]

　　紧盯这些枯瘦民众的，并非只有军方。自 1945 年夏天开始，就有人在车水马龙的街角架起了相机——胶卷相机和静态相机都有——还有相机被架设在飞越城市上空的飞机上。淡蓝色的天空下，它们记录下废墟的影像并编排成册。到 1947 年，一个全新的电影艺术类型在柏林诞生。这个曾为好莱坞的建立贡献良多的城市成了众多新闻短片、纪录片、虚构谋杀悬疑片乃至黑色喜剧的恐怖背景。柏林死亡率居高不下（尤其令人悲哀的是新生儿的高死亡率）的冷酷现实，无休无止的食不果腹、无家可归，以及曾经体面自尊的家庭不得不匆忙地在黑市上以物易物——小到烟卷、肉食，大到炊具、音响——的羞耻，都被记录在赛璐珞胶片上，哪怕是情节虚构的影片都蒙上了一层窥淫癖的意味。然而，这些影片被制作出来，也是因为胜利的一方意欲一窥人性的深度。电影制作人和摄影师向数千英里之外坐在漆黑放映厅里的观众抛出了这样一个问题：这些人究竟是什么样的人？

讽刺的是，柏林也是"一战"后首个借由电影进行自我探索、自我分析的城市。如今，正在经历去纳粹化教育的柏林居民纷纷走进美占区的影院，观看在这座纳粹德国的首都指挥下的暴行。他们观看的这部短片名为《死亡工厂》(Death Mills)，原片长度90分钟，剪辑后片长22分钟。这部美国拍摄的纪录片内含来自布痕瓦尔德的可怕片段。但影片的导演对于柏林观众的了解异乎常人，果断出手将影片剪短。他是此时已隶属于美国陆军心理战部队（US Army Psychological Warfare Division）的比利·怀尔德上校。为了重回这个赋予他才华的城市，他甚至暂时放下了自己在好莱坞蒸蒸日上事业。

15年前，来自维也纳的年轻犹太剧作家比利·怀尔德为1930年大获成功的纪实喜剧片《星期天的人们》编写了剧情脚本。昔日他独坐其中兴致勃勃地观察行人的罗马咖啡馆（Romanisches Café）此时已化为灰烬。他的个人生活同样笼罩着可怕的阴影：20世纪30年代初他离德赴美之时，留下了母亲和祖母。多年来，她们音信全无，难免已经葬身死亡营中。但无人确知二人的下落，完全没有相关的档案记录。这种令人心如刀割的残酷不确定性，留给当事人的只有胡思乱想的煎熬，而唯一的希望也只在于自己的至亲之人

第十七章 "何处为家？"

死前没有遭受漫长的折磨。不过，尽管如此，五味杂陈的怀尔德面对柏林的民众，心里想的还是如何恢复他们的人性。曾在柏林工作和生活的他对于自己是否应该重回故地感到十分纠结。"我们所有人——我的意思是我们这些移民——都不知道自己究竟持何种立场，"他后来表示，"我们应该回家吗？何处是我们的家？"[4]

让柏林市民和美国势力范围内的所有德国人看到纳粹暴行真相的机会摆在美国陆军心理战部队的面前，影片中的铁证将彻底粉碎那些声称这些故事均是谣传捏造的闲言碎语。这些影片将被冠以"教育片"之名。《死亡工厂》原片利用在发现死亡营的噩梦般的现场拍摄的影像资料制成，由哈努斯·伯格（Hanuš Burger）导演。影片将莱妮·里芬施塔尔的《意志的胜利》中的片段与死亡营中的影像并置展示，由奥斯卡·塞德林（Oskar Seidlin）担任的旁白毫不讳言地指责普通德国人在其中扮演的角色。"昨天，在数百万人惨死德国集中营之时，德国人正涌入纽伦堡为纳粹喝彩，颂唱仇恨的赞美诗，"旁白如是说，"今天，那些曾为祖国大地上的人性沦丧而欢欣鼓舞、曾为攻击无助的邻国而拍手称快、曾为奴役欧洲而击节叫好的德国人，乞求得到你的同情。他们正是昨天高喊着'希特勒万岁'的那群德国人。"[5]

相比之下，苏联采取的方式更加巧妙，企图通过回溯历史、诉诸人们对于更深层历史延续性的观念，将希特勒定为异端，并以此消除纳粹主义的余毒。充斥着反映纳粹秽行照片的《死亡工厂》，主旨便是德国人对此人人有份。比利·怀尔德等人意识到，即便事实果真如此，让德国人沉浸在这些暴行当中也将在心理上适得其反。因此，怀尔德力主将影片剪辑到20分钟多一点。曾在柏林电影行业工作过的他直觉地认识到，影片吸引观众的技巧是放之四海而皆准的。"去掉那些过分煽情的内容，"他表示，"反正也没人在乎。至于恐怖情节，只留那些必要的。我再也不想看到了……套路人人都懂:先是惊吓,然后流泪,接着再来一次惊吓,然后让观众放松——这种东西不能再用了。"⁶剪辑后的短片显然惊到了观众,据称,初见集中营真相的柏林市民大为震撼。但怀尔德仍然敏锐地感觉到,一部时长更长一点的影片或许将让部分观众干脆对影片中的恐怖视而不见,因为恐怖过于泛滥,而民众感受不到个人在其中应当承担的责任。在被占领的最初几年里,很多并未参与或者从未积极支持纳粹的柏林人开始有一种被指控的感觉,而他们对此却无能为力。

怀尔德在这方面与美国官方英雄所见略同,只是双方在背后的考虑有所差异。美国高层担心,过于严苛的姿态会疏远柏林人和其他德国人。"未来他们将是我们顺理成章的盟友,"冷战前的一份备忘录写道,"既然如此,我们绝不能引起他们的敌对情绪。"⁷艾森豪威尔将军曾在另一个场合表示:"我们来到此地,不是为了羞辱德国人民,而是为了消除重启战端的可能。"⁸

无论是纳粹罪行之重,还是损害之深,抑或是伤痛之切,柏林人都多亏电影的渠道才得以了解,这也算是这座城市的一种奇妙的延续性。一种全新的电影类型——"废墟电影"(*Trümmerfilm*)——应运而生。拜黑白影片注重细节的美学所赐,那些现实中无法容忍的东西,穿过闪着银光的黑暗被投射到大银幕上之后,就变得可以接受。1945年秋天,在残破的阿德隆酒店举行的一次会议之后,苏联军事管理委员会首次鼓励柏林电影产业复兴。巴贝尔斯堡制片厂开拍的首部影片是带有黑色元素的心理剧《凶手就在我们中间》(*The Murderers are Among Us*)。该片的主要角色包括一位因记忆闪回而无法医治病人的军医,一位身为集中营幸存者的年轻女子苏珊·瓦尔纳(Susanne Wallner),以及一位曾在波兰村庄犯下罪行并逃过侦查的前德国国防军上尉,影片中一片破败的柏林成了主人公支离破碎的精神状态的一种延伸。

这部影片的视觉风格神似伟大的表现主义艺术家弗里茨·朗在

20世纪30年代早期的惊悚作品。该片于1946年在苏占区率先上线，公映场地就在柏林歌剧院的临时剧院。影片很快在德国的苏占区各处上映，吸引了数百万人排队观看。不仅如此，影片关于罪责以及究竟应由何人承担罪责的主题，还吸引了全世界的注意力。该片曾荣获威尼斯电影节的一项提名。在美国，阳春白雪的《纽约客》(*New Yorker*)杂志对这部影片赞不绝口。在这里，柏林人似乎终于在他们理解最为深刻的媒介中找到了走出黑暗道德迷宫的方式，而以黑白两色清晰描绘的阴影和废墟可以视作柏林人自身天性的倒影。不过，柏林的观众对影片中的一个处理表达了强烈的不满：那个从集中营死里逃生的苏珊看起来太过干净漂亮了，不仅化了妆，就连衣服也整整齐齐。

这批评自然所言非虚。这一点也在其他地方得到了确认，后来的废墟电影也往往呈现出参差丑陋的废墟与时尚美丽之间充满反差的平衡。但在《凶手就在我们中间》里饰演苏珊的女演员深知战时灰头土脸的生活现实，因为那不是别人，正是几个月前还穿着一身为了躲避红军强奸而换上的男人装束，被人用枪指着一边流血一边踉跄跋涉的希尔德加德·克内夫。她能恢复往日的光彩照人，这一点不由得令人惊叹。虽然躲过了苏联人，但战争刚刚结束时，她的生活一直被残酷的饥饿所充斥，在有些日子里，就连一盘浓汤都是难以企及的奢望。美军军官和士兵有时会赠送食物。克内夫女士重返柏林后得以与一些同行好友重聚。美占区很快重建了一座剧院，她受邀加入剧团，顶着几口吞下三明治或者汉堡造成的剧烈胃痛，出演从讽刺时事的轻音乐歌舞剧到莎士比亚经典戏剧的各类作品。剧团负责人一度追问她是不是怀孕了。她没有，这完全是她不规律的饮食导致的胃胀。[9]

《凶手就在我们中间》时常在夜间苏占区满目疮痍的街道现场拍摄。这部影片的成功对克内夫未来的演艺事业大有助益。不过，对于选择她这样一位艳光四射的非犹太女演员饰演一个集中营幸存者的糟糕品位，似乎没有人质疑。［那位名叫库尔特·希尔施（Kurt Hirsch）的美国陆军犹太军官更是别无二话：他被克内夫迷得神魂颠倒，后来还与她得配姻缘］克内夫女士后来竟养成了"无辜招是非"的本事。数年后，她在一部名为《罪人》（The Sinner）的影片中复兴了柏林的一大古老传统，上演了裸身出镜的一幕。然而，在一些林中和湖畔受人欢迎的行为，放到大屏幕上却激起了众怒。随后，克内夫的演艺事业走向了国际舞台。《凶手就在我们中间》更重要的意义，似乎就是它为接下来的对话奠定了"恢复"的基调。苏联人是率先明白电影对柏林人重要意义的占领者。观众抛开内外尽毁、千疮百孔的家宅，撇下精神受创的家人邻里，试图在放映室里不被人打扰地喘口气。逃避现实并不总是意味着异想天开。柏林人明白世界正满怀憎恶地盯着他们，而这些毫不客气地直面问题的剧作触动了他们。

与此同时，再次回到柏林的比利·怀尔德拍摄的另一部废墟电影则出色得让美国官方都吓了一跳。1948年的《柏林艳史》（A Foreign Affair）是一部非常愤世嫉俗的喜剧片，影片情节同样围绕柏林黑市交易展开，充满关于人物之间的强烈情感以及如水银般变化不定的道德观念的曲折故事。主演玛琳·黛德丽虽是柏林人，却长期流亡海外，她饰演了一个栖身破败公寓中的夜店交际花，在柏林各处寻找与美国占领军进行性交易的新机会。尽管外景拍摄经过了精心的安排（本地人成了充当背景的临时演员，尽管没有一句台词，却本色地演出了自己的真实生活），却还是透露出一些残酷无情的内容：曾经衣食无忧、品位甚高的柏林人，如今却在勃兰登堡门附近拿着不值几个钱的东西讨价还价、以物易物，希望能换来一些价值连城的罐头食品。怀尔德笔下那充满纸醉金迷故事的剧本被构想为一出闹剧，却又如夜一般漆黑。这部影片为美国当权者所忌恨，直到20世纪70年代才在西德的电视台播出。[10]

第十七章 "何处为家？"

还有发生在现实生活中的一幕，虽未在电影中出现，却给怀尔德带来了无限遐想。他乘坐一辆由美军士兵驾驶的美军吉普车外出选景时，差点在选帝侯大街上撞到一个身份不明的行人。那行人惊魂未定之下用德语破口大骂。德语口语水平不减当年的怀尔德命令司机停车，随后走近那位此时已经战战兢兢的行人，命令他原地不动，等着军警过来逮捕他。几个小时之后，怀尔德在日暮之时乘车原路返回。那个行人仍在原地等待，一动不动。在那些年中，过于驯服是否也是德国平民的罪行之一？[11]

尽管疾病肆虐，人们困苦不堪，但柏林人为了恢复往日的精神，仍然做出了惊人的努力。本已疲于奔命的医生不得不启动了伤寒疫苗的注射工作——尽管城中的街道已经清理干净，部分基础设施已经修复运营，伤寒疫情仍如回到了中世纪一般全面开花。肺炎同样普遍流行。不过，即便如此，选帝侯大街的大型购物街已经开始人头攒动。那些在战争中未被炸毁并成功搞到了玻璃的店铺，开始陈列展示为数不多的商品。"选帝侯大街上又能看到橱窗了，小小的一块，干干净净、装点雅致，可谓赏心悦目，"剧作家马克斯·弗里施（Max Frisch）于1945年9月写道，"可以想见，人们渴望见到重新变得完整的、崭新而又美丽的事物。"[12]

可人们买东西的钱又从何而来呢？很多柏林人仍只能勉强饱腹。战争结束几个月后，仍随处可见女人和老人走很远的路去搜寻食物——不是在乡下，而是在城郊的林地以及位于边界上长出了植物的废墟：树上的坚果和浆果都被采空，荨麻叶也被摘了个精光。不过，在各占领区内，警察、消防等传统的市政职能正在恢复；而在那些既没有毁于战火，也没有被苏联人洗劫一空或者强行征用的写字楼和银行里，某种形式的职场生活也逐渐回归。形容枯槁的中层管理人员身着衬衣、打着领带，穿过满目疮痍的市中心通勤往返。西边占领区的纳粹残余显然已被斩草除根（调查问卷显示，漏网的纳粹分子寥寥无几——柏林市民对清算的结果颇不以为然，他们认为被起诉的纳粹分子都是些小喽啰，而大量更加活跃的纳粹党徒通过伪造过往经历逃过一劫），其他各级服务业和工业的从业者也逐渐复工。作为柏林规模最大的工业综合体之一，柏林以北的西门子城的复兴令人惊叹：超过半数厂房面积在轰炸中被夷为平地，尚能运转的机械部件全数被苏联拆走，企业账目以及大部分资金也落入苏军之手。短短数月之后，工人和年轻的学徒便再次走进了工厂的大门——有的更是搭乘恢复运营的轻轨列车远道而来——开始工作。家长式的管理架构带来了久违的安全感。尽管很多电器产品的生产还要再等上几个月才能恢复，但专注于生产煎锅等生活必需品的做法已经将这些工厂的意图表露无遗。

伴随种种回归常态迹象的，是全城各地在光天化日之下开展的黑市活动，每天都有聚集在一起的人铤而走险、含羞带愧地在残垣断壁之中，或是已经部分恢复运行的铁路附近，出售偷来的赃物、传家的至宝、手表、相机（尤其受到苏军士兵的青睐）乃至烈酒、巧克力和烟卷。此类市场不久便发展壮大，并扩展到了亚历山大广场、勃兰登堡门等开阔的公共场地。从这点上讲，每个人——包括那些拿着偷来的东西东躲西藏的孩子——都在采取或合法或非法的手段求生。对于很多女性来说，性也成了这个一切以苟延残喘为目的的经济系统的一部分。驻扎城中的盟军士兵得到命令，不得与当地人"交往"，但对这一规定的无视却在某种程度上成了性胁迫的恐怖延续（而荣光满面的美国大兵与精疲力竭的柏林人之间的反差更是令人反胃——根据希尔德加德·克内夫的描述，这些大兵"屁股蛋儿鼓鼓囊囊，来复枪闪闪发亮"）。[13] 与此同时，尽管柏林歌舞厅的灯光再次亮起，但面对涌入柏林又无处可去的大批难民，食物分配仍是官方面临的最棘手的任务。

还有青少年犯罪，这虽然是全城性的现象，却仍有东西之分。

第十七章 "何处为家？"

一些有心理问题的孩子忍受不了学校的生活，在混乱的街头也找不到工作，他们往往在备受打击的破碎家庭中长大，父亲曾在战争中被俘，带着受损的心智归来，精疲力竭的母亲则永远在为了养家糊口而操劳。黑市的无处不在意味着老一辈人往往无法为后辈树立道德或者社会上的榜样。亚历山大广场上那人头攒动的商品集散地，吸引了各路青少年帮派带着从西柏林富裕地区偷来的东西到此销赃。[14] 苏联军事管理委员会在1946年创建了面向全体14岁到25岁青少年的组织"自由德国青年"（Freie Deutsche Jugend）。除了向这些可塑性极强的年轻头脑灌输神秘复杂的马列主义思想，"自由德国青年"还组织远足、音乐会和舞会等活动。这些活动旨在充当与希特勒青年团针锋相对的反法西斯主义教育，而在接下来的数十年中，"自由德国青年"的成员规模将扩充至数百万。不过，这些年轻人对于当局来说还有其他的用处：随着时间推移，大批"自由德国青年"成员将出现在抗议集会或是向西柏林游行的队伍中。与此同时，乌布利希政府悄然放弃了那些更加冥顽不化的问题青年，任由他们全身心投入更加诱人的西柏林的怀抱。（到了20世纪50年代，西柏林出现了第一代飞车党。）[15]

除此之外，一场新的暴风雨正逐渐逼近，隐隐的雷鸣已能耳闻。冷战正快速升温，最初的摩擦则源自美苏之间存在的根本性误解，以及对彼此意图的假设和猜测。柏林是苏联红色深海中的一座孤岛。斯大林原本推断，西方盟国不久将放弃各自的占领区，如此一来，这座城市乃至整个国家将得以在他的治下重归一统。有些人认为，斯大林并无侵略之意，因此，无须对苏联加以遏制或者对抗。然而，早在占领区边界发生摩擦之前，苏联推动柏林政坛转向斯大林主义的努力就已经引起了人们的警惕。尽管苏联在发挥软实力、赢得德国人对社会主义道路的支持方面技巧纯熟，但这个斯大林主义的政权对于碍事者同样冷酷无情、不依不饶，这就是为什么萨克森豪森集中营在战后并未关闭：苏联人需要它来关押新一代的政治犯。共产主义的橡胶警棍取代了纳粹的皮鞭，粗暴野蛮的风气却一脉相承，毫不逊色。[16] 起初，被苏联特工当街带走的男人以及个别女人都被说成是纳粹的漏网之鱼，但数月之后，苏联推动广受支持的社会民主党与民意稍逊的共产党合并——从而组建能接管政府的德国统一社会党（Socialist Unity Party）——引发的政治博弈创造出了一批被关押"审讯"数周之久的受害者。据估算，有5000名反对与共产党合并的社会民主党员和政客被绑架，其中很多人是在西方占领区遭到绑架的。苏联人无惧美英的报复，而在他们的想象中，柏林人——乃至整个东德——对共产党控制他们生活的方方面面不太担心。

但他们错了。柏林政治人物的反弹，以及他们随后提出召集全城市民就此事举行秘密投票的要求，让苏联大为错愕。在具体层面上，苏联能对西方占领区的治理方式施加的影响极其有限，即便是绑架等恐吓手段都无助于扭转大多数柏林人的看法。民主政治自1933年以来便在这个城市彻底绝迹，很多柏林人对于延续极权统治没有兴趣。令苏联人恼火的是，包括法占区的威丁在内，柏林工人阶级集中的区域亦是如此。而对于上了年纪的柏林人而言，共产党与纳粹混战街头后的断齿和带血的人行道，至今让他们记忆犹新。此外——这一点对于柏林的年轻人来说十分重要——西方占领当局带来了令人耳目一新、令人着迷的流行文化潮流，以及激动人心的电影和节奏更快的音乐。

为了对抗这种庸俗的风气，苏联人精明地选择恢复柏林人某些历史更久远、更严肃、更庄重的文化追求。由库尔特·图霍尔斯基主持、曾作为左翼知识分子跃动的心脏而活跃于20世纪20年代的《世界舞台》（*Die Weltbühne*）于1946年复刊，刊发那些受到密切监控、关于铲除世间邪恶和重塑世界秩序的热情洋溢的文章。正如

第十七章 "何处为家？"

一篇文章所说,《世界舞台》的复刊旨在"对德国人民进行民主教育"。[17] 在音乐方面,苏联当局同样也煞费苦心地想让德国人民能不必顾忌前政权的负担,再次享受从贝多芬到勃拉姆斯的丰富文化传承。一位柏林居民回忆,在有些晚上的音乐厅里"只能站着听"。[18] 音乐同电影一样,给寒冷、破旧、漆黑的家庭带来了甜蜜的安慰。苏联人还着意重塑柏林人民对"故乡"的整体感受,即这片土地就是家园;柏林的共产党人再一次满怀激情地鼓励人们到城外的乡间和树林里远足、喝酒。(可惜这样的远足活动将在令人作呕的恐怖中戛然而止:共产党与社会民主党艰难的合并引发了血雨腥风般的清洗,致使远足之人可能会在城外的林间小道上撞见新近被害的异议人士的尸体,或是看到大雪或者落叶覆盖的地上伸出一只僵硬的手。每次发现尸体,当局都以他们是战争中的死者来解释,但其中很多尸体还很新鲜,而这显而易见的谎言也表露出当局的不耐烦。[19])

在戏剧方面,也有艺术家在苏联的愿景中感受到了一种英国人和美国人都无法真正理解的纯洁性。贝尔托特·布莱希特自希特勒掌权以来便流亡海外,从欧洲逃亡了美国。但战后,布莱希特以及其他很多人的政治倾向受到了美国政治当局的怀疑。他不仅因被怀疑同情共产党而上了好莱坞电影工作室的黑名单,还被传唤到众议院非美活动调查委员会(House Un-American Activities Committee)接受质询。单是被传唤这一条就足以给他的艺术生涯笼罩上一层冰冷的阴影。于是,战争结束不久,这位魏玛文化的领军人物便回到柏林,在重新建立与往昔的连接方面作出他的贡献。声名显赫的布莱希特是共产主义世界中一股重要的补充力量:这位剧作家的才华不仅能令所有观众为之倾倒,其政治哲学更将有助于维护新政权的文化基础。布莱希特相信,戏剧有改变社会的力量。他显然对正在进行的苏联革命深感兴趣,尽管他对于斯大林主义野蛮的暴行和清洗也并未视而不见。不过,考虑到第三帝国的恐怖统治，他同样确信，德国如今必须在苏联势力的影响下寻求未来的发展。1948年，他和妻子搬回东柏林，成立了一家名为柏林剧团（Berliner Ensemble）的新戏剧公司。[20] 不过，与其他柏林居民不同的是，身在东柏林的布莱希特仍可从欧洲的银行账户上提取他多年来获得的版税。

若论勇气，那些战后立即回到柏林的集中营的犹太幸存者可谓无出其右。诚然，除了回来他们没有任何其他的选择，毕竟此外无处是故乡。对于某些个体来说，情况一直如此。玛丽·雅洛维奇—西蒙在战争期间藏身"地下"，幸得素昧平生之人善意援助才保全性命。战后一片混乱之际，她从郊外的考尔斯多夫一路步行回到城里，没过几周，她便在柏林东北潘科的一间公寓里安顿下来。此后不久，她进入柏林大学就读。她给一位名叫阿龙·克莱因贝格尔（Aaron Kleinberger）的朋友写了一封非同寻常的信，解释了她留在柏林而没有远走他乡开启新生活的原因。"如果我告诉你我已经移民了，请你不要惊讶，"她写道，"我已经离开了希特勒的德国，来到了歌德和约翰·塞巴斯蒂安·巴赫（Johann Sebastian Bach）的德国，而我在这里感到非常惬意。"[21] 不过，那些多灾多难的日子终究还是没有放过仍在上学的她：1946年，她经历了一次精神崩溃。随着时间推移，她终于康复，经过了对同胞产生怀疑的短暂时期之后，决心在柏林永久定居。她一路升学，最终成了一名哲学和语言学教授。1948年，她与海因里希·西蒙（Heinrich Simon）结婚，而这所位于苏占区的大学在未来的数十年中将一直在她的智识生活中占据核心位置。

其他人同样明白，柏林已经不复为家，这里只能是一个中转站。这些幸存者与征服柏林的红军中的苏俄犹太男女大不相同。苏军的犹太战士虽然没有宗教信仰，但随着纳粹的噩梦不断被揭露，他们

第十七章 "何处为家?"

对自身犹太身份的认知日益清晰。作为征服者,他们无须畏惧德国那些垂头丧气的败国之民,但对于那些曾在集中营里饱受磨难的人来说,这份恐惧无法抹除。这种恐惧并非全无道理。战后数月,美军曾悄悄在其占领区内就市民对犹太人的态度展开问卷调查。他们发现,至少有39%的受访者对自己的反犹立场毫不顾忌——更有18%的受访者极端反犹。[22] 超过三分之一的受访者表示,希望犹太人可以远离柏林。

美国当局立即采取一切可能的行动,帮助那些历经无法想象的恐怖,甚至家人已经悉数遇害的人。其中之一便是赔偿政策(*Wiedergutmachung*),该政策试图将被盗的财产和商业机构归还给为数不多仍有权追索的犹太幸存者。英占区和法占区很快也采取了这一政策。在找回他们失落的生活仅剩的碎片方面,犹太幸存者得到了所能获得的一切帮助。即便官方已经明确表达了这一意图,但愿意留下的犹太人仍然屈指可数。在根本无法接受重回故地的犹太人当中,便有莱奥·贝克(Leo Baeck)拉比,曾被关在特莱西恩施塔特的他后来在英国安家。他直言不讳地声称:"德国犹太人的历史已经来到了尽头,没有回头的可能。这道鸿沟太宽了。"[23] 数年后,世界犹太人大会的官方宣言也表达了类似的观点,宣称"犹太人决心永不定居在被鲜血玷污的德国土地上"。[24] 实际上,对犹太人的仇恨并非柏林市民甚至德国人所独有,它同样存在于英国和美国,并将在不久之后被斯大林的苏联用作武器。但柏林被视作这种仇恨的熔炉。接下来几个月里,约25万名无家可归的犹太幸存者——其中一些在刚被解放的时候甚至不愿意离开波兰的集中营,可以想见这是因为他们害怕集中营大门外的那些人们——把柏林当成了必要的中转站,他们在此稍作休息,然后便踏上了更漫长的旅程。其中一些人将远走美国(尽管美国当局中有一些人不愿接受犹太移民),其他人则认准了巴勒斯坦。在百废待兴的柏林,想要在短时间内恢复犹太教堂和旧墓地往日的庄重和美观几乎是不可能完成的任务，但西方盟国至少认识到了自己肩负的人道主义责任，以及提供援助的必要性。

在某些方面，东柏林的共产党当局同样敏感，毕竟正是他们的军队揭露了纳粹最卑鄙的暴行。"每个德国人自然都心知肚明、满怀羞惭。"当局声称。[25] 有的犹太人怀着世俗的愿景来到柏林，希望加入这场社会重建。"没有人是来东德当犹太人的，"社会学家、作家伊雷妮·伦格（Irene Runge）说，"他们想当共产主义者。他们压制着一切犹太人的特质。"[26] 不过，谈起赔偿问题，瓦尔特·乌布利希和苏联人却寸步不让。财产绝不能归还给个人及其家庭，商业实体也不能物归原主。原因在于所有财产和商业权益——无论来源如何——如今都属于国家。20 世纪 30 年代纳粹从犹太业主那里盗走的每座房屋、公寓，每家店铺、银行现在都归柏林当局所有。他们提供给归来的犹太人的，是稍稍先进的医疗保健和住房系统，以及就业机会。换言之，犹太人将受益于新的国家福利体系对住房和工作岗位的分配。在这个众生平等的新体系里，不存在任何例外。

唯一的例外发生在集体财产上：尚存的老犹太教堂、公墓以及犹太社区会堂将被归还给犹太人。新犹太会堂精致考究的金色穹顶已没于熏天的战火，但会堂两侧同属于犹太社区的建筑却得以幸存。于是，到了 1946 年，这两座配楼以及新犹太会堂的旧址便成了"柏林犹太社区"（Jüdische Gemeinde zu Berlin）的一个集会之地。"柏林犹太社区"的领导者是一位潜伏"地下"从而得以在纳粹迫害中幸存下来的犹太传奇人物。战后，埃里希·内尔汉斯（Erich Nehlhans）很快便让潘科区损毁较轻的里克大街犹太会堂（Rykestrasse Synagogue）重新开放。这座建于世纪之交、砖砌表面凸显出现代主义风格的建筑能在战争中幸存，一定程度上是因为它被苏军用作了仓库。战后，快速展开修复工作的会堂腾出了足够举

第十七章 "何处为家？"

行礼拜的空间，有一次别尔扎林将军甚至作为贵宾亲临。[27] 这座会堂也成了进入城市的集中营幸存者的聚集地，建筑四周的房间和办公室既舒适又安全。乌布利希治下的苏占区当局在此期间曾短暂地为该会堂及其他犹太人聚集场所的重建提供实际的帮助。一些犹太社会主义者也对乌布利希描绘的蓝图报以信任。但在斯大林主义者治下，犹太人在苏联控制下的欧洲地区不可能享有长期的安全，一股恐怖的反犹新浪潮将以反对犹太复国主义的面目出现。早在1947年，就有报道称，多位波兰犹太人试图从捷克斯洛伐克横穿欧洲，从而绕过东德和东柏林，更快地进入美国占领的德国地区。[28] 还有难民试图取道英国和法国的占领区进入美占区。这些人是美占区当局无法也不愿阻拦的。

为了让犹太人相信迫害已经结束，这座城市在文化方面下了很大力气。1945年秋天，在纳粹统治时期遭禁的18世纪戈特霍尔德·埃夫莱姆·莱辛（Gotthold Ephraim Lessing）的戏剧《智者纳坦》（*Nathan the Wise*）得以在"御前"献演。这出戏设定在12世纪的耶路撒冷，正逢第三次十字军东征之时，讲述的是一位犹太商人——他的养女在房屋失火时被一位基督教圣殿骑士搭救，后者更是对她一见钟情——如何接受统治者萨拉丁试炼的故事，而这位犹太人被问到的其中一个问题便是"哪种宗教是真的"。要求他指出亚伯拉罕诸教中的哪一种才是至高无上的，这样的题目着实高明，不过，令人惊讶的是，最终两人却成了肝胆相照的好友。纳坦随后为基督教的耶路撒冷牧首所针对，后者要以叛教的罪名将他绑在木桩上烧死。经过数次令人意想不到的反转之后，人们发现纳坦的养女竟然生来便是基督徒，尽管也有部分伊斯兰血统。本质上，这部剧旨在宣扬亚伯拉罕三教同根同源，因而各自信众之爱不应以教派为界。纳坦这个人物据称是以18世纪的哲学家摩西·门德尔松（Moses Mendelssohn）为原型，而该角色的饰演者正是深受红军喜爱的演员保罗·威格纳。25年前，威格纳曾用一个充满魔力的犹太民间故事让世界为之倾倒。如今，在经历了令人难以承受的大屠杀之后，身为非犹太人的他再次登上柏林的舞台，饰演一位犹太人，并试图帮助恢复这座城市的人性。可惜，根据历史学家阿蒂娜·格罗斯曼的记述，在场的观众并非普通柏林市民，而是以美苏占领军的军官为主：能讲德语的犹太人。[29] 尽管如此，威格纳仍以他的表演作出了强有力的宣示。这部剧也成了他人生的尾声：1948年，当该剧面向普通柏林市民再次上演之时，威格纳在演出的第一晚倒在了台上，不久后便溘然长逝。

不过，其他地方却传出了不和谐的声音。英占区牢记据传出自一位好莱坞制片人之口的"得影院者得德国"[30]（这句话本身便是将列宁的名言"得柏林者得德国，得德国者得欧洲"改头换面而成），于1949年要求电影工作室老板J.阿瑟·兰克（J. Arthur Rank）向西德出口一批英国电影，供柏林影院放映之用。英国人认为，查尔斯·狄更斯（Charles Dickens）小说改编的电影应该拥有不错的普适性，于是对西德出口的片目中包括最新版的《远大前程》（*Great Expectations*，1946）和《尼古拉斯·尼克贝》（*Nicholas Nickleby*，1947），以及1948年大卫·里恩（David Lean）导演的《雾都孤儿》（*Oliver Twist*）。《雾都孤儿》原定于1949年2月在库尔贝尔影院（Kurbel Cinema）上映。但影片上映之后，立即引发了公众的反对。第二次上映时，电影院里已经有观众开始抗议示威。大约一周之后，影院外面聚集了大约200名示威者，高喊口号并向警察投掷石块。警方则用警棍和消防栓水柱予以回击。清冷的夜空下，警方一度对空鸣枪示警。[31] 引发民众愤怒的原因，主要在于亚利克·基尼斯（Alec Guinness）对于费金（Fagin）这个人物的刻画。这版电影中的费金戴着假鹰钩鼻子和缠结的滑稽假发，说话时口音夸张，音调沉闷而单调。再配上恐怖的打光以及令人不安的拍摄角

第十七章　"何处为家？"

度，里恩与基尼斯联袂创造了一个中世纪犹太人的刻板印象。在抗议者看来，这与臭名昭著的纳粹分子沃纳·克劳斯在《犹太人苏斯》中饰演的角色别无二致。美占区对德国人如此反应并未感到惊讶，1948年版的《雾都孤儿》正是因为这方面的考虑才未在美国影院中上映。"在狄更斯与里恩之间"，《生活》(Life)杂志宣称，历史"塞进了600万被害犹太人的亡魂以及种族屠杀的幽灵"。英国当局批准这部电影的原因"难以捉摸"，在抗议日益强烈的情况下仍然坚持上映更是莫名其妙。[32] 过了几天，这部影片才被撤档。

大约与此同时，《犹太人苏斯》的导演正在受审，罪名是他1940年的电影鼓励了反人类罪。眼见里恩版《雾都孤儿》引起争议的法伊特·哈兰（Veit Harlan）向法庭辩称，如果说他的电影煽动了毒害人心的仇恨，那么法庭也应该以同样的罪名对大卫·里恩和J.阿瑟·兰克作出审判。[33] 哈兰最终被无罪释放，这或许是其中一部分原因。但主演《犹太人苏斯》的明星就没有这么好的运气了。曾出演卡里加里博士而给全世界的观众带来恐怖噩梦的沃纳·克劳斯，最初被禁止出演德国电影或者在德国登台演出。他接受了去纳粹化改造项目后，禁令逐渐解除，但1950年他重回西柏林舞台出演易卜生的《约翰·盖勃吕尔·博克曼》(John Gabriel Borkmann)虽然令很多话剧迷欣喜不已，却也引发了选帝侯大街剧院外激烈的抗议，克劳斯不久便宣布退出演出。显然，巴不得尽快忘记的柏林市民不在少数，但很多年轻人不会让他们轻易如愿。

如何赢得人心？ 1947年夏天，宽敞的奥林匹克体育场举行了一场粗笨得离奇的演出，却成功引起了大量柏林市民的好奇心。这是英国军队表演的一场盛大的户外军事演习。这件事就连远在伦敦的人们都大为不解，甚至有议员在众议院会议上询问这场活动的目的。答案是为困苦的柏林儿童筹集善款。[34] 这样的理由自然无可指摘。但在围观的柏林孩子以及数千名成年人眼中，这场演出充其量只能算是一次展示英国占领军善心的天真尝试。演出以行进乐队开场，然后是18世纪骑兵冲锋场面的再现，马蹄奔腾，旌旗摇动。整齐划一的身体训练表演包含负重训练和动作演练。5个苏格兰团的士兵手挽着手，在悦耳风笛的伴奏下围着交错的剑刃跳起了高地舞蹈。红日西沉之时上演的节目或许是全场最为奇特的表演：英军士兵手举熊熊燃烧的火炬绕场一周，他们的身影在强烈的探照灯照射下显得格外突出。这种对阿尔伯特·施佩尔式美学以及纳粹用黑暗凸显火光手法的呼应，不仅奇怪，更难称明智。英国占领区的军事长官、英国皇家空军元帅威廉·肖尔托·道格拉斯（William Sholto Douglas）也来到现场，他当晚的座上宾是美占区的军事长官卢修斯·克莱（Lucius Clay）将军。虽然我们很难确知在场的众多看客如何评价这场表演，但没过多久消息就传到了苏占区当局的耳朵里。几周之后，苏联制作的《目击者》（*Der Augenzeuge*）系列节目之一的一部纪录片短片在全城各影院上映，引起了英方的强烈不满。影片剪取了英军军事演出的盛大场面和英军士兵与德国儿童交谈的片段，与残缺、腐败的战死者尸体的恐怖镜头，以及浅埋雪地中的粗糙木质十字架的镜头拼接在一起。这部影片要传达的信息是，英国人在美化军事暴力，而奥林匹克体育场的那场表演正是帝国主义向前迈出的又一步，最终的结局只有死亡。[35]

然而，致力于探索柏林最严重的精神创伤的，却是一位刚刚记录下本国法西斯主义所致恶果的意大利导演。罗伯托·罗西里尼（Roberto Rossellini）脑海中构思的故事要将这座城市沉重的悲伤与虚无主义的绝望原原本本地展现在世人面前。他给出的脚本便是《德意志零年》（*Germany Year Zero*，同盟国用"零年"这个概念表示需要在纳粹灭亡后重塑德国人的思想意识）。如今看来，这部影片仍然富有冲击力、阴郁凄冷，甚至足以让人感到生理不适。故

第十七章 "何处为家？"

事的主人公是一个12岁的男孩，他的父亲身患重病，姐姐则被迫卖身。男孩试图学会黑市上的伎俩，不但结交了一群品行不端的半大小子，还遭遇了一个抱着纳粹信仰不放、喜欢性侵儿童的前学校教师。男孩卧病的父亲宣称他已不想这样活下去，并希望自己有勇气自杀。认真对待父亲这番真情表白的男孩买来毒药放进了父亲的茶里，杀死了他。在绝望中，男孩爬上一座教堂的废墟，从屋顶上一跃而下。

这部影片的演员均非专业人士——罗西里尼喜欢使用业余演员。影片传达出多种层次的伤痛。饰演男主的小演员被选中，是因为他外形酷似罗西里尼已经早夭的儿子。片中场景的荒凉萧瑟，影片表现的游走在道德深渊边缘的柏林人形象，以及最后儿童自杀的恐怖一幕，都意味着柏林市民绝无观看这部影片的胃口。即便在国际上，对于这部影片同样不乏失望的批评之声。有人担心，世人不应该习惯从这样的视角看待柏林和柏林人，否则还有什么希望可言？（这种令人不寒而栗的现实主义与非写实的黑色喜剧《凶手就在我们中间》截然不同。）

然而，到了1948年，新闻纪录片写实而非戏剧化的图像，以及它深入人心的感召力和广阔的受众范围，将向世界展现另一种绝望，而这一次的叙事变成了英雄般的美军乘风而来，向柏林的孩子们施以援手。战后柏林的模糊地位掩盖了这座城市已经成为美苏必争之地的事实。双方分享权力的安排一地鸡毛，双方关系开始分崩离析；苏联方面强势监控议会会议，美方则用遍布全城的美占区电台（Radio in the American Sector，简称RIAS）广播中供应充足的爵士乐和摇摆乐蛊惑人心。两个新兴的超级大国都没有意识到，这座城市已经不仅是他们各自胜利的标志，还成了冷战最敏感的神经末梢，一根核战争的潜在导火索。

第十八章
岛民

早在柏林墙建起之前,它的影子就已经依稀可见。柏林的讽刺杂志《乌兰斯匹格》(*Ulenspiegel*)此前便已对柏林墙作出了预言:1946年的一期刊登了一幅漫画,画的是柏林被一道砖墙一分为二,一边是一个拿着美国国旗的身影,另一边则是一个举着苏联国旗的男人。[1] 到了1948年,柏林已经成了一座"量子态"下的城市,多种不同的现实在其内同步上演。在市中心以北的阿克大街上,靠近破败的洪堡海因混凝土高射炮塔,东西之间不断扩大的鸿沟在这条街道与贝尔瑙尔大街(Bernauer Strasse)交会处的路段逐渐形成,最初只不过是半废的廉租公寓楼之间的几处带刺铁丝网。自1948年开始,这条街上的一段以及其上的边界线将成为双方对彼此的猜忌和恐惧加速升级的过程中最显而易见的敏感地带。不久之后,柏林市内这样的区域即将吸引全世界的目光,只不过这一次不是因为消灭纳粹时在道德方面的那种令人头晕目眩的兴奋,而是因为双方冰冷的紧张态势或将使新冲突从这里升级为席卷整个欧洲大陆的战火。阿克大街一直以来便是柏林秩序最为混乱的区域之一。早在20世纪初,近乎贫民窟的大型廉租公寓住宅区迈耶霍夫(Meyerhof

第十八章　岛民

便被认为是某种恐怖的奇观。迈耶霍夫高楼林立，共有9个天井的区内构造蜿蜒复杂，高大的区域围墙更是几乎让低楼层的住户难见阳光。对于艺术家来说，阿克大街一直有一种吸引力。反复无常又挑剔苛刻的乔治·格罗兹一如既往地爱帮倒忙，画了一幅可怖的画作，画中一具无头尸体躺在一栋廉租公寓里的床上，格罗兹将这幅画取名为《阿克大街上的奸杀》('Lustmord in der Ackerstrasse')。[2] 古斯塔夫·温德瓦尔德（Gustav Wunderwald）于1927年画的壮丽的油画《阿克大街上的桥》('Brücke über die Ackerstrasse')也好不到哪里去——灰暗阴霾笼罩的天空下，一座巨大的铁路桥居高临下，将街道和街边的高层廉租公寓楼一分为二。[3] 魏玛时期的阿克大街还以暴力著称，年轻的纳粹党徒和共产党员不时在此真刀真枪地兵戎相见。正如一位战后成为警察的此地居民所说，这里是犯罪和卖淫的乐土，流连在此地酒吧之中的尽是些"容易搞上的女孩和大块头的男人"。[4] 不过，这里也有团结一心、共克时艰的一面：战争期间，有不少阿克大街的居民向遭到残酷虐待的强迫劳工伸出了援手。如今，工人阶级的女性和她们的家人被两股力量拉向南辕北辙的不同方向。曾给众多女性造成被性侵的伤痛、令人心生恐惧的苏联人，试图让柏林人相信他们带来的才是真正的文明，他们希望利用演出德国古典音乐作品的盛大音乐会、经典德国戏剧的演出以及催人奋进的电台广播，证明他们才是能重现柏林辉煌的力量。他们没有提起东德无处不在的新安全部门，及其对被他们随意拘押者暗中施暴的堪比盖世太保和党卫队的癖好，更不愿提起柏林依然存在的集中营，或是不计其数的在战争行将结束时被红军俘获、如今依然活不见人死不见尸的柏林士兵。与此同时，生活在阿克大街与贝尔瑙尔大街交口处的居民眼巴巴地看着西方盟国占领区的那些闪闪发亮的诱惑：那里的人们兴高采烈地重回影院，享受丰富多彩的特艺七彩（Technicolor）银幕，而对于舞厅里的年轻人来说，摇摆乐更让他们如痴如醉。

在战争刚刚结束的几个月里，柏林市内的边界只能算是聊胜于无，东边和西边的男男女女均可自由通行，无论是为了工作、休闲，还是探亲访友，只要他们可以出示身份证件。但随着西方盟国撤出柏林外围的土地，东柏林完全并入苏联体系，双方之间的冲突日益激烈。尽管此时德国尚未正式分裂为两个国家，但一条南北方向的德国内部边界已经在事实上形成。阿尔弗雷德·韦格（Alfred Wege）博士记得，在城外边境上的火车站马林博恩（Marienborn），乘客必须出示"跨区通行证"，那些没有出示证件便穿越铁轨试图登上已发列车的市民，将受到红军战士的追捕。[5] 柏林市内的情况更为复杂，某种程度上，在苏联领土深处的柏林已经成了一个近似薛定谔实验的异数：它既是共产主义的，也是资本主义的；既说俄语，也说英语；电台播放的既有关于工业重建的苏联讲话，也有令人陶醉的美式爵士乐。有些东西依然是共通的：1947年的冬天尤其难熬，无论东西，所有的家庭都在寒意彻骨的家中忍受着食品和煤炭的供给匮乏带来的痛苦磨难。柏林冬天的酷寒本就名扬在外，经历了冲突和轰炸带来的饥饿与匮乏后，大雪更是无孔不入地钻进了柏林人生活的每个角落。而严冬过后，1948年的柏林人发现，各占领区之间的界线又逐渐变得实在了起来。

柏林的内部边界大多是无形的，它们一视同仁地穿过庭院和墓场，穿过道路，穿过郁郁葱葱的林地。但内部界线的两侧——有时公寓楼也被界线一分为二，这意味着一个人从房间出来，穿过走廊，走出安全出口，便进入了另一个区域——是法律和意识形态存在天壤之别的两个世界。受雇的执法人员往往在边界另一侧居住，比如，很多美占区的警察都家在苏占区。[6] 有时，在繁忙的交通路口，会以白线标识边界，同时用德语、英语和法语注明前方是哪国的占区。然而，意外状况不时突破这种分隔：喝可口可乐的潮流由美占区向

第十八章　岛民

东流淌，让柏林的孩子立时爱上了这种口味；赛马场上再现双轮马车赛，引得城中的富家女子如巴黎社交名媛一般身着优雅的新风貌（New Look）*套装到场观看。[7]而除此之外，东边的上等肉食十分稀缺，西边各区却供应充足（只是要暗中交易方可）。于是，有人铤而走险，把大块的肉藏在外套下面乘坐地铁，在四处严查破坏配给制和食品运输禁令之人的苏占区警察眼皮子底下，把肉运回东边。货币是东西之间的另一大差异：柏林西部使用的是旧的帝国马克（Reichsmark）；苏联则印制了新的帝国马克，但由于印制发行数量太大，价值一天不如一天。

战后预示着新冲突的雷鸣声似乎仍在这座城市中回响。这偶尔来自夜晚醉酒的美苏士兵相互放言恫吓时开枪的声音，但主要还是体现为经济形势的艰难。在战争的破坏夺去了数百万人的生命并掏空了世界各国的财政经费之后，美国寄希望于西德，并决意要重建其金融和贸易体系，甚至将其提升至前所未有的高度。西德的产业必须完全恢复，随后产生的利润将外溢并惠及整个欧洲，进而反哺美国。这与苏联要求德国长期赔款的主张针锋相对。英法盟国占领的区域也拥有西门子、德国通用电气公司汽轮机厂等大型创新性工业，因此，美国的计划也同样适用。此外，美国还提出了用援助资金支持复兴的计划，亦即马歇尔计划（Marshall Plan）。美国与完全反对资本主义融资的苏联之间火花四溅的矛盾，正是在这一问题上最先显现。这是赤裸裸的权力扩张。苏联人决定，不单要将马歇尔计划的资金彻底挡在苏联控制下的欧洲各国门外，更不能让柏林从中享受到一分一厘。

苏联人原本认为，英美不久便将从柏林乃至德国西部撤出，如此一来，重新统一的德国便可以完全并入共产主义阵营，并唯苏联

---

* 迪奥于"二战"后在欧洲推出的新系列时装，以用料大胆奢华著称。

马首是瞻。杜鲁门总统从未表态美国要在德国长期驻扎。然而,柏林美占区和苏占区之间的矛盾冲突逐渐激化。与此同时,美国和英国暂缓了部分技术和工业设备由西向东的转移。这还不够。美国人决意在整个西德发行一种不同的全新货币,以防范通货膨胀抬头,并为各种不同体量的商业机构提供经济上的稳定性与合法性。这种货币——德国马克(Deutschmark)——也将被引入西柏林,并于1948年晚春成为法定货币。

苏联当局拒绝接受新的货币,并宣布只有帝国马克才可以流通使用。然而,他们视为感染的事情实际上已经发生了。美国人动用飞机、铁路和公路等多种方式,经由苏联控制下东德的乡间通道,将面值2.5亿新印制的德国马克运进了柏林美占区,而1948年8月美占区与英占区和法占区合并,成为"三国共同占领区"(tri-zone)。德国马克虽然并非苏占区的法币,却很快如病毒一般越过了边界。这对于共产党人来说绝对是不可容忍的,它侵蚀了他们试图建立的社会的根基。除此之外,柏林市政府当局虽经苏方在会议上百般煽动,却仍然抗拒共产党的控制。所有这些都令斯大林如鲠在喉。于是,战后低沉的雷声越来越响。如今苏联人已经确信,为了他们自身体制的安全,非将美国人逼走不可,柏林必须尽入苏联掌中。这意味着必须将美英法三国占领区内的军队和文官赶出柏林。

正是在这里,整个欧洲大陆的决定性地缘政治秩序重构被冻结。美国外交官乔治·凯南(George Kennan)在其"长电报"(long telegram,一封经由电报发送给美国国务卿詹姆斯·伯恩斯的8000字长文)中提出,需要对苏联和斯大林的密谋采取遏制行动。[8]柏林是新一次世界大战可能打响的前沿阵地。而对于居住在美、英、法三国占领区的柏林市民而言,出现了一种未知恐惧的新来源:有报道称,苏联的坦克阻塞道路,铁路线被堵,就连城中一些水路也被苏联的船只截断。几周之前已经发生过一次小规模的封锁:往返

第十八章　岛民

西德的列车在检查点被苏方官员滞留数小时甚至数天。这一情况表明，西柏林对外的通路异常脆弱。这些细长的交通要道在抵达柏林之前需要穿越100英里（约160.93千米）的苏联控制区域：它们是苏联可以轻易施压的脆弱血管。这些线路此前畅通无阻，靠的是信任，是美苏之间的协定，是因为波茨坦会议上并未顾及此事。如今，苏联人已经出手要切断这些血管。1948年6月24日，双方均中断了东西之间的铁路交通，美国正在停止向苏占区运输工业资源。

西柏林的居民立即忧心忡忡，担心这次封锁是一次旨在饿死他们的围困。从战争结束以来，城市居民就一直保持着一种合情合理的对于饥荒的忧虑，这种担忧现在越发强烈。据报道，西柏林的食品储备只能支撑36天，燃料储备可以支持6周多一点。此外，柏林的发电站大多处于苏联的控制之下，于是，西柏林的居民不但面临着面包、土豆、牛奶等日用必需品供应量的日见减少，恐怕还要在一片漆黑中过夜。于是，在外人看来，盟国占领区突然陷入了恐怖的孤立状态，任凭斯大林摆布。不过，在接下来的几个月中，随着柏林封锁的演进，两个超级大国都加大了己方的宣传力度：美国人谴责东德的行径冷酷无情，苏联人则反指这一切均属美方的臆想。苏占区军事长官索科洛夫斯基（Vasily Sokolovsky）元帅声称："封锁柏林过去没有过，现在也没有。"[9]这句高明的发言确有真实之处。多重现实仍在柏林这个量子态国度里同时上演。危机爆发之初，西方各国政府着实吃了一惊：美国官员预测西柏林"几乎将会完全崩溃"，[10]除了居民将饥寒交迫，他们还预计工厂和办公室将无法正常运转，此前常年游荡在柏林的失业幽灵又将卷土重来。他们甚至认为，柏林会退回到1945年所有人为了苟延残喘而拼尽全力的原始状态，届时大规模的街头暴乱或许难免。不过，尽管盟国接下来的英勇回应即将成为全世界新闻纪录片关注的焦点，但在尚未完全分裂的柏林内部边界附近的街道上，情况仍然并非敌我分明。住在西柏林的人们已经得到了自己被围困的消息；而很多在西柏林有亲友的东柏林居民则被告知，这是美国人和英国人歇斯底里的行为，如果有需要，苏联随时可以为西柏林提供物资。

几乎没有人想到，柏林空运行动可能成功。能进入西柏林的各条通路中，唯一尚未被苏联阻塞的，便是自西向东的空中航线。起初，美国人并不认为派飞机运送必要的补给进入西柏林可以缓解危机，单是所需飞机的数量之多，以及每架飞机都要赶在下一架飞机着陆前完成卸货并重新起飞所要求的周转速度之快，似乎就已经是非常艰巨的挑战。不过，英占区率先指明了方向：在几个月前的小型封锁期间，英方动用了英国皇家空军运输补给物资。好战的英国工党外交大臣欧内斯特·贝文（Ernest Bevin）积极支持扩大这一行动的规模。当时柏林市长恩斯特·罗伊特（Ernst Reuter）的就职任命尚未得到确认（因为苏联投了否决票）。美军的卢修斯·克莱将军告诉他：

> 听着，我已经作好了实施空运行动的准备。我不保证行动一定能成功。我确信，即使一切顺利，百姓们依旧难免饥寒交迫。而倘若柏林的人民不能忍受，那么行动就会失败。除非你能保证，百姓会大力支持，否则我不想发起行动。[11]

纳粹执政期间长期流亡海外的罗伊特不打算忍受斯大林的极权主义，而后来的事实证明，他非常善于提振西柏林人民的士气，毕竟从一开始，"柏林人民"的概念就排除了东柏林的共产主义支持者。

尽管两个超级大国水火不容，但活生生的柏林人居住在哪个超级大国的治下却并非出于意识形态上的选择。毕竟柏林每条街道的意识形态属性完全是偶然的，居民们也只不过是刚好住在那里而已。

在地图上其他位置随意画下的线决定了他们的命运：西柏林有许许多多人为自己身处美占区而庆幸不已，但东边也有人坚决支持社会主义道路，尤其是一些年轻女性，她们欣赏苏联体制中男女同工同酬的姿态。[12] 苏联媒体告诉东柏林的居民，美国所谓的封锁不过是苏联接管了"全部柏林人口的物资供应"。[13]

纳粹给柏林留下的优雅遗产、柏林南部的滕珀尔霍夫机场（Tempelhof Airport）成了这场愈演愈烈的危机中最吸引眼球的焦点。随着每日"维特尔斯行动"（Operation Vittles）的进行，那奇特的美感抓住了柏林年轻人的想象力，毕竟他们对于盟军的空袭行动仅有模糊的记忆。自1948年7月起，随着各种型号的飞机接近、盘旋、着陆、加油并再次起飞，柏林上空的银色闪光越发频繁，有时两次闪光之间仅间隔数秒。空运行动的后勤安排令人着迷：即便不考虑飞机受到苏联战斗机干扰或者飞行员被苏联泛光灯照得头晕目眩的情形（据估算共有上百起此类事件），飞行队列的安排以及飞机之间的间隔都有着惊人的几何精确性。事故当然在所难免：有的飞机冲出跑道，有的飞机起火并导致机组人员死亡。这类事件固然是悲剧，但绝大多数飞机都安全抵达停机坪。西柏林人很快便习惯了头顶上空有规律的嗡鸣。孩子聚集在滕珀尔霍夫和威斯巴登（Wiesbaden）机场的着陆跑道旁：那里有众多银色的达科塔飞机（Dakota）一起行动的壮观景象、机舱内可以拖出所有精致食品的想法、在小货车上提供咖啡的工作人员、滑行到跑道上的飞机，以及飞机冲上云霄时那美妙的节奏和轰鸣。这些飞机不单给西柏林的人民带来了物资和民用燃料，还给占领区美军官兵以及他们的妻儿老小带来了进口的食品、饮料和衣物。因此，对于西方国家而言，柏林的故事显而易见：斯大林让平民挨饿，而美英有责任站在柏林人民身边，帮助他们度过这生死攸关的绝望时刻。柏林封锁既揭露了可怕的真相——表明了作为世界上仅有的两个超级大国的美苏之间真实的敌意和无休无止的猜忌——也给美国一个向全世界展示其道德原则的机会。这一时期诞生了大量新闻纪录片，供英美以及西柏林的影院放映。耀眼的飞机那持续不断的空中队列，沿斜坡推下来的一袋袋蔬菜、鱼罐头和肉罐头给柏林人带来的切实帮助，以及选帝侯大街上衣着高雅的年轻柏林女性在因物资短缺而被迫歇业的商店门前驻足的镜头，都强有力地传达出一种全面封锁的印象。

激烈的戏剧化场面偶有发生。当年9月，在新市政厅（Neues Stadthaus）的会议多次被拥护苏联路线纯洁性的共产党支持者打断之后，柏林市议会在英占区重新开会。在9月9日举行的一场大规模反示威活动上，市长恩斯特·罗伊特站上了德国国会大厦废墟前的台阶，面对着30万名柏林市民。当他开口说话时，人群中的欢呼声犹如山呼海啸。"今天，没有任何外交官或者将军会发言或者谈判，"他宣布，"今天，柏林人民发出了自己的声音。美利坚、英格兰、法兰西、意大利的人民啊——看看这座城市吧。你们不能抛弃这座城市和它的百姓。你们也不应该抛弃它。"[14]

苏联实施封锁的意图很模糊，导致紧张局势不断延长。西方明白苏联想要驱逐美英法三国的当局、他们的军队和部队家属，也明白苏联想要在政治上完全掌控这座具有战略性象征意义的都城。但他们不明白的是，苏联人究竟在多大程度上愿意为了实现这一目标而甘冒武装冲突的风险。这是否是新一轮的宣战？抑或苏联方面认定，美国人不久后就将放弃维持其在德国和欧洲的影响，而他们只需要不断施压便可以加速这一进程？

苏联人似乎没有让步的意思。随着一年逐渐接近尾声，天黑得越来越早，光照成了西柏林人最求而不得的奢望之一。市内每个区都有供电的规定时间——上午两个小时，下午/傍晚两个小时，然而来电的时间越拖越迟，有时候个别街道或者区域的供电直到晚上11点才开始。尽管地方新闻会告知市民他们什么时候才能做饭或者

第十八章　岛民

在灯下阅读，但不规律的供电配给时间还是反过来影响到了上班族的生理节律，并造成了疲劳和紧张。对于那些依赖供电稳定可靠的人来说，这种紧张感便更加强烈，比如，牙医不希望自己给病人牙齿打洞打到一半时突然电钻断电。[15] 此外，家用蜡烛更是一度脱销。不过，尽管如此，人们仍旧照常上班，孩子仍旧照常上学，而在杂货店的蔬菜和罐装食品供应维持稳定的情况下（尽管有人对可用来制作土豆泥的土豆干粉的供应量感到失望），人们更清晰地认识到，柏林封锁不单纯是斯大林主义赤裸裸的侵略行径，更是给人们的身心带来的奇特折磨。在西柏林被封锁的那段漆黑无光的秋日夜晚，德国国会大厦附近的西柏林人可以透过勃兰登堡门望见另一端的苏占区，看到那里"灯火通明的街巷和霓虹灯标牌"。[16]

然而，手握身份证明文书和跨区通行证的西柏林人不仅能看到这些，还可以做些别的事情，他们可以进入苏占区，在那些灯火通明的街上逛一遭。在那时，那些内部边界仍可在一定限度内自由穿行。公共交通支离破碎，"从东边来的地铁到达苏占区边界便原路返回"。[17] 电车线路同样被一分为二。但徒步跨区所要面临的障碍更少。而在封锁持续的情况下，苏联方面像童话故事里的人物一样一路撒糖，以鼓励这样的人口流动。最引人注目的是，苏联方面为投靠东柏林的西柏林居民准备了食品和燃料的特殊配额，物资均来自苏联控制之下的东德。苏联人将自己描绘成家长式的供养者，努力对抗美英分裂柏林的图谋，试图将所有柏林人团结在一起。"苏联帮助柏林人！"一份东柏林报纸的新闻标题宣称。[18] 另一篇新闻的标题高喊道："西柏林人！东区为西区的百姓准备的食物和燃料已经堆积如山！"[19] 这并非全然是斯大林主义政权的谎言，额外的供给的确已经运进了东柏林，而国营商店不仅出售食物，还提供香烟和"纺织品"。[20] 运进东柏林的易腐食品数量过于庞大，以至产生了大量浪费。到1948年的秋天，约有5%的西柏林人同意接受东柏林的物资，另外95%则拒绝了。

这种现象背后的原因除了对极权主义的抗拒，还有部分在于空运行动取得的成功：据估算，西柏林人这一时期的每日卡路里摄入量甚至略好于封锁开始之前。除此之外，他们还满怀热情地面对诸如维修滕珀尔霍夫机场跑道，以及赶在冬天结冰之前修建另一条跑道等现实的挑战。他们不需要苏联的食物或者苏联的香烟。美国空军及政府高明的宣传手段同样功不可没。飞行员盖尔·哈尔沃森（Gail Halvorsen）给西柏林衣食无着的孩子送来糖果、巧克力和口香糖的暖心故事轻而易举地俘获了人们的想象力。在一次食品运输任务完成之后，哈尔沃森在滕珀尔霍夫机场等待起飞，围观孩子消瘦憔悴的脸让他忧心忡忡。他把身上带的口香糖全部分给了孩子们，他们小心翼翼地掰开口香糖分享甚至嗅着包装纸的样子让他深感触动。[21]哈尔沃森随后在报纸和新闻纪录片采访中宣布，他即将飞抵柏林上空时会轻轻"摆动"一下飞机的翅膀，这样一来，孩子们就知道是他来了，而他会从飞机上扔下用手绢包好的硬糖、薄荷口香糖等各种零食。他自此变成了"摇翅膀叔叔"（Uncle Wiggly Wings），总共投放了大约23吨糖果。[22]就在3年前，像哈尔沃森这样的飞行员还在投掷将城市化为一片火海的燃烧弹，而如今，他们的仁爱却举世皆见。英国外交大臣欧内斯特·贝文（一位社会主义者，同时也是一位坚定的反共人士）在一篇讲话中放言，柏林空运行动将向苏联展示"空军实力"。[23]但这种实力的施展也蕴含着精巧的心思。当苏联施政以暴——劳改营、令人手足无措的审讯以及迅速的行刑——美国人则在世人的面前给昔日仇敌的孩子带来欢乐。1948年的圣诞节期间，每天都会有美军飞机满载着包装鲜艳的礼品抵达，被带到滕珀尔霍夫机场的孩子看到飞机舱门开启、圣诞老人现身的时候，都惊喜得说不出话来。他们得到了礼品包裹、仔细打量着玩具和游戏用品以及分享糖果的画面

第十八章　岛民

都被摄像机一一记录。[24] 空运行动让圣诞节的西柏林商店呈现出一片琳琅满目的景象，圣诞树、玩具车、洋娃娃应有尽有。孩子在社区会堂共进圣诞午餐的场面也留下了影像资料。相比之下，这一切的欢乐和富足都是不为苏占区所容的。不过，尽管如此，仍有柏林人在内心感到矛盾，毕竟归根结底，最终掌握着他们的生存以及幸福的仍是外国势力。

"他们感觉自己像是一个不幸福家庭里的孩子，" 1948年末一篇关于柏林人如何看待占领军的新闻报道写道，"当大人起冲突的时候，孩子感觉最好还是扭头不看，继续玩自己的游戏。何况，他们感觉这一切不可能比他们在此前战争与和平的年代里经历过的那些糟糕多少，而经历过最差情况的人也就无所畏惧……"记者最后得出结论说："他们是这个世界上最差的宣传对象。"[25] 或许事实的确如此，但这一波波的宣传攻势原本就并非完全是面向柏林居民的。其目的在于向西方的读者解释，这种生活方式为何值得捍卫。

但世人并不了解，这一时期东西方之间在工业用电供给上存在惊人的灵活性，也不知道东西两侧的柏林居民都会在白天进入共产党治下的柏林郊外森林，在茂盛的林间小路上互相打过招呼，然后静静地采摘水果和坚果，无论双方属于哪个政治党派或者持有何种政治信仰。英占区的工厂还在运转，四分之一的燃料都是通过烦琐的公开交易自苏占区取得。按照英国占领军副指挥官的说法，"尽管有封锁的存在，但自苏联控制区取得的原材料比从西方占领区取得的多得多"。[26]

在西柏林的家庭看来，这种看见并穿过多种不同现实的量子状态变得日益复杂。东柏林开起了"自选商店"（free shop），出售"奢侈品"和各种食品；[27] 东柏林欢迎西柏林人带着身份证件和配给券越过边界，探寻这些颇有意思的购物机会。满载而归的西柏林人也不用担心苏占区检查走私的警察会来找麻烦，因为在这些商店买的东西都会附带特批购物券。随着秋日让位给凛冽如刀的寒冬，如果有西柏林人没能买到足够的通过空运送来的煤炭，就可以登上轻轨列车，经历短暂的跨区车程后抵达林木繁茂的小镇波茨坦，苏联当局早已在那里准备好了大量的褐煤，可以相对轻便地搬上返程的列车。有些街道上设立了检查点，部分有轨电车线路上会有警察抽检乘客的包裹和公文包。不过，邮政系统没有这样的抽查：亲属分隔两地的家庭仍可正常接收邮件，而苏占区的居民可以将剩余的一点食物——无论是小香肠、通心粉还是小罐的果酱——自由地邮寄给西柏林的亲人。美国和英国的媒体报道曾提到黑市交易的存在，但具体到每个家庭的情况，又很难作出清晰的判定。

尽管西柏林强烈地反对苏联的单一控制，但赤裸裸的事实是，西柏林居民在这方面几乎无能为力。封锁持续期间，决定西柏林居民摄入卡路里标准以及所需配给的精确水平的，不是西柏林居民，而是美英占领当局。在空运行动开始之前，美英双方曾就提高配给量和提供燃煤的问题发生过激烈的争吵，最终是美国人拍板，不给西柏林居民提供更加宽裕的物资供给，并且美国人认定，即便是在柏林严冬足以令人麻木的极寒之下，提供太多家用燃煤也会因频繁改变室内温度而更易诱发疾病（在中央供暖尚未出现的时代，持有这种观念的人并不少见）。美国人或许对于他们管制和看护的对象的心理有着更深层次的理解，诚然，上了年纪的柏林人都不乏饥寒交迫的经验。他们明白，混乱完全可以成为家常便饭。封锁开始后不久，一份美国的健康杂志提到，"节衣缩食的日子对于他们来说并不新鲜"，况且尽管每天 2000 卡路里只够勉强维生，但仍然强过从前每天 1800 卡路里的日子。[28] "营养不良"的案例确有发生，患者"面色苍白"、消瘦，这种情况主要见于"男孩、青少年以及体型较大的成年男性"。[29] 人们对于脂肪和糖分的胃口巨大。封锁期间，干肉的供给量十分充足，却"不受待见"。[30] 虽然"摇翅膀叔

第十八章　岛民

叔"让孩子心花怒放，但孩子的父母日思夜想的却是芝士。不过，大多数西柏林人完全可以熬过这段匮乏的岁月。他们希望美国人留下来。而随着世界新地缘政治冲突逐渐确定，形势日益明朗，杜鲁门总统也坚持认为美国需要留下来。封锁期间，一句令人不快却颇为现实的话在西柏林流行开来："我们不过是物件"（Wir sind bloss Objekte）。[31] 西柏林的居民明白，虽然全世界的目光都对准了位于两个大国之间的构造断层线上的柏林，但他们这些身在局中之人却几乎什么也做不了。

食物并非唯一的战场，艺术也是战场之一。柏林最伟大的剧作家贝尔托特·布莱希特于柏林封锁期间选择回到柏林，为苏联效力。1949 年 1 月，苏占区上演了布莱希特的《勇气妈妈和她的孩子们》（*Mother Courage and Her Children*），宣告其在文化战线上取得的胜利。这部剧设定在 17 世纪的三十年战争期间，正是欧洲各地血流成河之时。[32] 布莱希特的现代主义既愉快地延续了魏玛时期喷薄的创意，又凸显了尊严的意义。数年之后，布莱希特才开始认清瓦尔特·乌布利希政权的真面目。

不过，尽管苏占区吹嘘自己拥有富含文化养分的戏剧以及美轮美奂的歌剧，但英占区当局（还是在封锁最严重时）却给区内的居民提供了一种完全不同的文化：1948 年夏末，英占区举办了"伊丽莎白时代的英格兰节"（Festival of Elizabethan England）活动。[33] 尽管从某种意义上说，这种娱乐大众的方式与此前的军队表演一样古怪，但这一次有剑桥克里斯托弗·马洛学会（Cambridge Christopher Marlowe Society）表演的《一报还一报》（*Measure for Measure*）。此外还有优美环境中的音乐演出。"周六在格鲁内瓦尔德区一座别墅的宽敞花园中举行了一场包括经文歌、牧歌和英格兰民歌在内的音乐会。"《泰晤士报》的记者写道。[34] 演唱者的前方还站着"身着伦敦塔卫兵（Beefeater）红黑相间制服的英军士兵"，意外地给演出增添了一丝刻奇的味道。[35]

封锁还激发了喜剧的创作，而喜剧或许被证明是最强有力的文化形式。美占区电台授权制作了一部定期更新、名为"岛民"（Die Insulaner）的讽刺/卡巴莱短剧。这个节目虽然颇有魏玛时期的遗风，但毕竟是在美国的支持下制作的，并且在内容上坚决反苏。这部由金特·诺伊曼（Günter Neumann）领衔的广播剧，以一首令人心潮澎湃的开头曲宣告"岛民永远不会失去平静"[36]（这里的"岛民"指的正是被封锁的西柏林居民），演员们扮演的也是家喻户晓、东西方皆有的刻板印象中的柏林人形象，因此深受各区听众的喜爱。剧中有两位女性人物会在选帝侯大街上见面，添油加醋地谈论邻居家的八卦；有一集表现了普通柏林市民与德国统一社会党在柏林地区的工作人员之间令人误会百出的电话交谈；剧中还有一位名叫科瓦奇尼（Quatschnie）*教授的古怪的苏联科学家。这部剧的初衷在于振奋人们的精神，鼓舞西柏林居民对抗苏联压迫的决心。但纯粹的笑声是管不住的，更无法被限制在人为圈定的限度之内。

1949年5月12日，封锁开始约11个月后，苏联解除了封锁。一周多以后，德国西部宣布建立德意志联邦共和国（Federal Republic of Germany）。纳粹主义被认为已彻底扫清，很多（尽管并非全部）有罪之人已在纽伦堡被执行绞刑。西德将拥有自己的宪法、重新制定的选举程序以及自己的多党民主政治制度。美英驻军和军事基地将予以保留，毕竟西德人现在还没有自己的军队，他们被认为需要美英的保护。北大西洋公约组织（North Atlantic Treaty Organization，简称NATO）宣告成立。关键是，尽管西柏林如同一叶离岸漂泊的孤舟，尽管西德的宪法并未完全将其纳入，但它仍

---

* 德语"Quatsch"有"胡说八道、废话"之意，而"nie"是表示"从不、绝不"的否定副词。

第十八章　岛民

然得到了西德宪法的保护，并保留了相同的货币、同样的政治意志以及美英的驻军。它还受益于新建立且实行联邦制的西德那非同寻常的贸易浪潮与经济繁荣。不过，在这一切之外还有一个打击西柏林人士气的坏消息：西德需要自己的首都，而被选中的是中规中矩的城市波恩。不过，西德向西柏林人民作出了坚定的承诺，保证他们将一直是这个新世界的一部分。此外，柏林封锁也出乎意料地起到了救赎的作用，让柏林人得以在世人的眼中摆脱纳粹的标签。

如果说苏联人发动封锁，是要用骚扰和威胁的方式逼迫西方盟国退出柏林，那么苏联此番无论在心理上还是意识形态上都出现了重大的失误。数月之后，1949年10月，苏联控制的德国东部地区成了德意志民主共和国（German Democratic Republic），并就此与东柏林一起深深陷入了共产主义统治的罗网。不过，尽管这座城市同时受到两个相互对立的超级大国的引力拉扯，柏林内部的界限仍然时常是看不见摸不着的，各种异常的现象也越发令人困惑。美国和共产党的广播电台各自播放着相互竞争的节目，居民照旧跨区探亲访友、上班通勤。在这个有两种不同的货币、两种天差地别的法律系统和用两种截然不同的方式对待异见人士的城市里，种种无法自洽的矛盾给很多人的生活带来了越来越多的危险。不久之后，东柏林的居民即将付出惨重的代价。而在冷眼旁观的世人看来，由柏林封锁引发的神经症如今已经发展成了持续不断、令人痛苦的慢性焦虑。

38. 1945年波茨坦会议期间,红军女兵奉命指挥交通。全城各处都竖立了临时的俄语路牌,以醒目的方式提醒着柏林人新的统治者的到来。

39. 昔日贵族云集的柏林阿德隆酒店在战后仅剩破败、焦黑的外壳。酒店自1945年以来便位于苏占区境内,并处于斯大林严厉目光的凝视之下。

40. 柏林分裂后，苏占区领导人瓦尔特·乌布利希一方面野蛮镇压反对者，另一方面发自内心地想为人们提供清洁、现代的住房——不过不是"美式"风格的住宅。

41. 导演比利·怀尔德的职业生涯在柏林开启，他于1947年导演的黑色喜剧《柏林艳史》令人既捧腹又痛心。影片以柏林的废墟为背景，由另一位曾经的柏林居民玛琳·黛德丽担任主演。

42. 1948—1949年，苏联方面对西柏林实行的封锁迫使西方英勇地以空投的方式为西柏林提供重要物资；而与此同时，苏联则试图用食物和燃料引诱西柏林人。

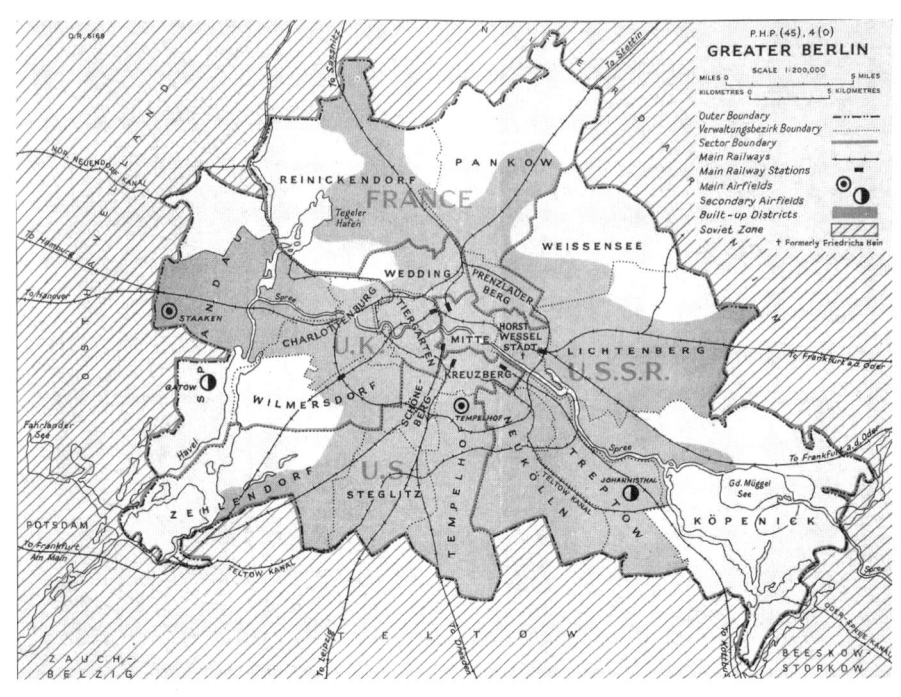

43. 柏林封锁期间，西方的政治人物看着分裂柏林的地图——西方在一片共产主义海洋中占据的孤岛——心中的焦虑越来越深。

44. 封锁期间，贝尔托特·布莱希特（左侧女士为他的妻子海伦妮·魏格尔，二人正在筹划1949年柏林剧团的《勇气妈妈和她的孩子们》）大大提振了共产党的文化知名度。

45. 1956年，驻柏林的英美间谍通过隧道监听东柏林电话线一事的暴露，表明柏林已经成为冷战期间欧洲间谍破坏活动的中心。

46. 早在事发几个月之前，这条精心修筑的地道以及其中的精密设备便已被英国军情六处的特工乔治·布莱克告知了苏联方面。隧道的暴露导致冷战双方的被害妄想症越来越深。

47. 20 世纪 50 年代，在柏林舞厅中、《喝彩》杂志里宣扬的媚俗、充满性意味且离经叛道的美国青少年文化，让东西柏林的父母都感到极度不安。

48. 1953 年的柏林起义——反抗乌布利希的强硬路线和残酷统治的运动——以工人抗议的形式展开，最终扩散至德意志民主共和国全境。

49. 东柏林成千上万人的抗议活动被认为对共产党的政权构成威胁，苏军坦克再次开上柏林街道。共产党当局宣布，抗议活动是美国暗中策划的阴谋。

50. 乌布利希下令修建的毫无特色的东柏林公寓楼，在美学意义上与伦敦等城市很多类似的建筑并无太大区别（只不过这些公寓楼中的热水供应并不可靠）。

51. 西柏林试图将粗糙的公寓楼改造成勒·柯布西耶更富装饰性的建筑风格——原则上与东柏林的并无差异，只是开销更大而已。

52. 东西柏林有不同的电视节目。共产党政权的儿童动画剧、用来帮助小朋友入眠的《我们的小沙人》获得了国际性的成功。

53. 1961年8月12日至13日，乌布利希下令彻底断绝东西柏林之间的联系，并修筑一道分隔亲友爱人的高墙，所有柏林人一直以来的担忧终究成了现实。

54. 柏林墙的突兀使其成为世界性的一景：一道象征压迫的混凝土符号。数以百计的柏林人为了翻越这道墙而失去了生命。几十年中，这道墙似乎将长期矗立于此，岿然不动。1989年11月9日，它的轰然倒塌似乎是一个奇迹。

55. 柏林墙的倒塌成了象征着自由以及其他价值的普世性符号，并不断影响着这个世界，反映了人们对和解的渴望。分裂的柏林终于在这一刻得到了疗愈。

第十九章
群众的怒吼

在深沉的淡蓝色天空下,这座支离破碎的城市里的居民无论身处哪一边,都只想过上世界上其他地方的人们习以为常的生活:工作、恋爱、养家。甚至在某些湖区和林地附近,对裸体的爱好也重新露头——这对于东柏林人来说难度较大,因为战后共产党将裸体主义与法西斯主义联系在一起(不过,仍有少数顽固的裸体实践者不畏困难)。这座分裂的城市中到处充斥着不协调,即便是日常通勤之人最微不足道的自由——搭乘轻轨回家之前喝几杯啤酒——也有潜在的风险。曾有醉酒的西柏林乘客因在车上睡着而误入苏联控制区域,并由于身份文件不满足要求而被关进了东柏林的监狱。即便是完全清醒的人也可能被逮捕:20世纪50年代初,英国歌舞片明星格雷西·菲尔茨(Gracie Fields)的演艺经纪人便因为一些鸡毛蒜皮的小事在苏占区被关了好几天。[1] 在柏林引以为豪的高架桥上隆隆驶过的红白相间的轻轨车厢完全处于苏联当局的掌控之下,而轻轨驾驶员的培训和维持列车系统运行的电力也都由东柏林的共产党人负责。即便是西边的轻轨列车站也是一派共产党政权的气象。售货亭中只出售共产党的报纸,在站内巡逻的保安也是清一色的东柏林人。对于通勤上班和探亲访友的西柏林人来说，这种奇异的景象与此前多年的饥饿和死亡一样，只不过是能以玩世不恭的态度审视的又一件事。这种任何柏林人无须表示认同便可以从一个意识形态系统跳到另一个意识形态系统的杂乱安排，注定无法长久。苏联人已经开始在主铁路线上搭建新的环线，如此一来，从东边开来的列车无须经过美英的控制范围便可以离开柏林。公路交通已经形同柏林的神经系统，不时爆发的紧张局势总会引起痛苦的震荡。卡车司机约翰·布里亚内克（Johann Burianek）被共产党当局逮捕，并被控利用工作的跨境便利开展间谍破坏活动。一个东柏林的法庭判决其犯有实施恐怖主义活动罪，把他送上了断头台。[2]

1952年夏天，柏林市内邻近内部边界的地方建起了一个接一个"步枪和机枪哨所"[3]，包括轰炸后的废墟、公园和矮林。在郊外更宽敞的林荫道和荒地之上，"挖好了壕沟，堆起了路障"。[4]瓦尔特·乌布利希的共产党当局试图将出入苏占区变得越来越困难且令人望而生畏。空中偶尔会响起枪声：在个别事件中，苏军威胁要针对被认为过于靠近边界的美军车辆发起攻击。怒火从未消减，双方的报纸上都充斥着官方谴责声明和激烈言辞。与此同时，柏林繁茂的林地中同样活跃着部队忙碌的身影。树木被成排砍倒，制造出与地图上的边界线相对应的裸露而笔直的空地，这不单是为了方便监控林中步行之人，更是为了确保苏军边境哨兵的视线，方便他们瞄准和开火——步行越界之人必须有好的理由才能幸免于难。1952年，乌布利希政府的官员向东边的居民推出了更复杂的身份验证制度，外来之人需要申请新的许可证，而申请过程往往令人恼火万分。封锁并非真正结束，只是程度稍有减弱。苏联方面开始采取更隐秘的手段，在不与美英爆发武装冲突的前提下，不断加强对苏占区的封锁控制。同样是1952年夏天，苏联当局切断了东西之间的电话联接，无论商户还是居民均同样适用。当局称，对方明目张胆地利用电话

第十九章 群众的怒吼

传递"反对民主的信息",情节之恶劣已经引起了东柏林居民的"强烈愤慨"。[5] 此举更主要的意图似乎是要加强西柏林居民的孤立无援感——当给住在城市另一头的家人朋友打个电话都成了奢望,他们在孤岛上的生活又将怎样呢?但这一举动也让西柏林人对苏联更加不信任,他们此前见过的极权主义正是这样冷酷无情地运用权力的。柏林的美英占领当局联合柏林市市长恩斯特·罗伊特,共同采取了报复行动。首先是电台广播:在波茨坦达成的协议中,另一个不合理的安排便是,柏林的大型广播电台虽然位于英占区境内,其运营和节目编排却由苏联负责。1952年夏日的数天里,爆发了一场小型的封锁活动,英国的驻军及西柏林的官员和警察包围了广播电台大楼,禁止一切人员进入。楼内人员可以自由地离开,但很多人选择留下。

这场表演性质的封锁也有荒谬的时刻。食物和饮料获准进入大楼,水电供应并未中断(尽管共产党当局的说法截然相反),就先进的农业生产方法和工业的未来而开展的讲座等重量级节目也照常播出。但节目单里也有一些更加超脱现实的节目,包括德国古典轻音乐的现场演奏。西柏林人传言,有人看到这场演出的长号手离开了广播电台大楼。为了辟谣,电台随后播放了大量长号演奏节目,以证明他们并未离开。[6]

还有其他一些奇特的事件威胁着柏林本就脆弱的和平,而其中之一发生在柏林最西北的一个名为"艾斯凯勒"(Eiskeller,字面意思为"冰窖"——有此命名是因为在柏林的严冬时节,这个小地方的温度不知为什么竟然比柏林其他地方还要低上10摄氏度)的小镇。尽管艾斯凯勒地处城乡接合部,稀疏的树木在凛冽的寒风中瑟瑟发抖,但在地理位置上,这个小镇位于英占区境内,属于一片被形容为"长柄煎锅"的地区——艾斯凯勒就是那口煎锅,而将其与城市连通的道路便是煎锅的锅柄。[7] 此地还临近阿尔伯特·施佩尔等纳粹重犯服刑的施潘道监狱。大约与广播电台的小型封锁事件同时，苏军开始在艾斯凯勒通往柏林市区的道路中央挖掘壕沟，让艾斯凯勒为数不多的居民大为不安。在苏联人看来，此地属于东德郊区，而当地居民则认为自己是理所当然的西柏林居民。英军和西柏林警方做不了什么，只能在那条少有人踏足的荒凉小路上驻守。艾斯凯勒的居民每次出行都会受到苏军和东德警察的骚扰。随着英方再次允许共产党当局的代表持特别许可证进入电台大楼，广播电台的危机开始缓和，艾斯凯勒承受的压力有所减轻，壕沟旁驻守的卫兵也肉眼可见地放松了戒备。

在柏林最西南、策伦多夫边缘的一个小村庄则见证了另一个类似的危急时刻。由于某种奇怪的缘故，居民不过150人的小村庄施坦因施图肯（Steinstücken）在绘制地图的时候也被并入了西柏林的地界——尽管其与西柏林之间仅有一条极其狭长的走廊相连。1951年，东德警察曾一度占领施坦因施图肯，令村中百姓十分苦恼。共产党随后撤出，不过，像对待艾斯凯勒一样，他们持续监控村庄通向西柏林的唯一通路。在美占区当局眼中，这个村庄虽小，却关乎全局，甚至引起了当年夏天对西柏林进行正式访问的美国国务卿迪安·艾奇逊（Dean Acheson）的注意。他宣称，任何针对柏林的进攻，都将被视为进犯西方诸国的行为。美国人留在柏林是"权利和责任使然"，并且美国人将"继续留在那里，直到柏林的自由已经得到保证"。[8]

但瓦尔特·乌布利希的德意志民主共和国持续对西德施加压力，有时手段更加微妙，有时则简单直接。法占区的一座被东西边界横穿的古墓遭到了东柏林卫兵的毁坏。他们全然不顾死者家人的痛苦，便掘开了坟墓。另外发布的一道新的法令规定，在东柏林拥有房产或者商业业务的西柏林居民除非移居东柏林并在共产党管辖区定居，否则将无法获得旅行和工作许可。法令没有提及对那些选择留在西柏林的业主应该如何赔偿的问题。普通工人也受到了类似的压力：25名在轻轨列车系统从事外围工作的西柏林员工被集体解雇，接着他们被告知，如果举家搬到东边，就可以恢复工作。那时，东西之间仍然不存在任何物理性的障碍，但共产党已经开始建立某种类似于隐形力场的东西。柏林的街巷上，西边的司机和行人找到了新的线路避开东柏林。如今的边境地区哪怕只是靠近也可能惹上麻烦。乌布利希施加的种种压力旨在对抗"西方帝国主义"的威胁。[9]但对于柏林的居民而言，真实的生活比这套非黑即白的中伤之辞要复杂得多。

东柏林的共产党政权的确是真心想为居民提供住房。早在柏林被盟军摧毁之前，工人阶级的住房条件便时常令人触目惊心。在面积不断萎缩、越发不见天日的迷宫般的庭院中，那些阴暗的廉租公寓楼——所谓"廉租棚屋"（rental barracks）——有些甚至在战前就没有自来水。[10]再也不能回到那样的日子了。在规划全新东柏林的过程中，瓦尔特·乌布利希因拒绝在一代人之前曾让柏林名噪一时、令人眼花缭乱的现代主义而备受批评（后来，就连德意志民主共和国内部的建筑家也对他颇多微词）。他反对一切与"包豪斯风格"有关的重建思路。[11]在他看来，包豪斯的终点只能是"美式小格子"和"希特勒式棚屋"。[12]他希望能在住宅设计建设中融入更多"故乡"的元素，"故乡"是一种德意志民族家园和传承的观念。早期的成果——以所谓"苏维埃古典主义风格"建成的怪异而又工整的楼房——在审美上呈现出扁平化的特征，[13]即便是远离市中心更加廉价的公寓楼，从外表看上去也一样是毫无特色的灰色直角。尽管如此，它们也象征着光明的新生活，很多即将入住的柏林居民从未享受过这样的舒适。厨房里的器具可以正常使用，有自来水（尽管热水供应并不稳定），有配备了崭新地毯和简单家具的现代化的干净房间。而公寓的按需分配同样蕴含着人人平等的承诺。或许这些新楼的审美会让很多西柏林居民不寒而栗，而且民主德国资金和人力的长期匮乏意味着必须尽可能压低建设成本，有时甚至需要使用预制件组装。但经过了多年的战乱和暴力以及更早之前的赤贫之后，这些公寓已经让很多上了年纪的柏林人品尝到了从未想过的美好未来的滋味。乌布利希早就制定了一项"和平重建五年计划"（Five Year Plan for Peaceful Reconstruction），[14] 只是随着时间推移，这类声明和措辞逐渐显得荒唐可笑。

东德在重建过程中使用预制水泥板的想法实际上超越了单调的共产主义意识形态的边界，因为与此同时，英国伦敦东区的一些建筑也以类似的方式重建。这是由技术官僚掌握城市规划的新时代。新兴的高层住宅楼或许看似粗陋，但分别处于共产主义和社会民主主义意识形态治下的不同国度却在审美上实现了奇特的对称，甚至在绿色空间、生活设施和儿童游乐场的使用上也观点相近。粗犷主义（brutalism）*具有广泛的适用性，而正如柏林市内各地按照20世纪50年代或60年代风格修复的住宅楼和市政大厅所表明的那样，粗犷主义至今仍有市场。

在这一时期，柏林市内其他形式的精神养料供给同样维持在均衡状态。对于普通柏林人而言，这是歌剧、古典音乐和芭蕾舞的黄金时代。除了培养本地的才俊，两边的当局都下了大力气邀请世界上最杰出的艺术家到他们的剧院中表演。年轻的歌剧和芭蕾舞剧制作人霍斯特·克格勒（Horst Koegler）的业务遍及当时刚刚成立的德意志民主共和国各地。尽管20世纪40年代末或50年代初，他曾享受到可观的艺术自由（包括一场首席女歌唱演员赤膊上阵的歌剧表演），[15] 但当局对他和他的公司仍然施加了巨大的政治压力，要

---

* 一种现代主义建筑流派，起源于20世纪50年代英国的建筑风格，主要兴起于战后重建项目，凸显裸露的建筑材料和工程结构，避免装饰性设计。

第十九章 群众的怒吼　　　　　　　　　　　　　　　　　　　　361

求他们提交认真撰写的"忠诚宣誓书"。[16] 他的同事们害怕自己的宣誓书有朝一日会被故意曲解从而对自己不利,于是请求他的帮助。克格勒一时冲动便来到了柏林,然后乘上了一辆驶向西柏林的轻轨列车,以"一名东柏林难民"的身份向西柏林官员投案。[17] 当时是20世纪50年代初期,他也是东德最早的"投敌者"之一。在接下来的多年中,将有更多人"投敌"。克格勒立即被分配到地铁的动物园站工作。他凭着直觉,很快找到了西柏林的芭蕾舞和歌剧演出公司,广交有价值的朋友,同时开始给艺术杂志撰写芭蕾舞评论文章〔其中一本名为"月刊"(Monat)的杂志是美国资助的〕。艺术让跨区的流动成为可能。他收到了"各地寄来邀请他去评论的邀请函和门票,甚至东柏林的演出也寄来门票,而我也去那里看了布莱希特的首演"。[18] 20世纪50年代初,西柏林先后迎来了纽约城市芭蕾舞团(New York City Ballet)以及诗人W. H. 奥登(W. H. Auden)、作家杜鲁门·卡波特(Truman Capote)等文化界名人的访问。但东西之间也存在竞争意识:东柏林当局能请来苏俄最棒的芭蕾舞团以及中欧和东欧各地的舞蹈家和音乐家。人们对于丰富文化生活的向往十分强烈。正如克格勒所说,现在"终于能与我们在孤立的多年中所错过的外面的世界再次建立联系"。[19] 他后来与洛特·莲妮亚(Lotte Lenya)成了朋友。后者在魏玛时期凭借出演她前夫库尔特·魏尔创作的《三分钱歌剧》而走上星途,1955年重回西柏林录制魏尔歌曲的新版唱片。莲妮亚此前的合作者、此时正和夫人海伦妮·魏格尔(Helene Weigel)在东柏林居住的贝尔托特·布莱希特,正冷静地打量着越发靠近斯大林主义的乌布利希政府以及他的傀儡总理奥托·格罗提渥。不过,这些纷扰对于他的柏林剧团戏剧公司无甚妨碍。正如布莱希特本人所说,他恒久不变的目标,便是"灵活运用各种新老手段……让鲜活的人物得以掌控鲜活的现实"。[20] 不过,戏剧的辩证法若与东柏林体力劳动者的鲜活现实比起来,便很难站住脚。

整个20世纪50年代初,瓦尔特·乌布利希领导层的手腕日益强硬,私营业主受到迫害,土地所有者不堪骚扰,被迫交出田产。甚至大量的农民和商人也认定,他们只有在西德才能活得下去。这在东德的经济上挖出了一个大洞,导致1952年集体农场的收成惨淡。到了1953年,摆在东德工人面前的局面是,市场上的物价越涨越快,商店里的货架却越来越空。就连电力供给也出现了困难,开始时有时无。人们感到,似乎一切进步都在放缓,甚至开起了倒车。东柏林的居民还知道,城市另一端的美占区没有物资短缺的情况,那里的工厂工人享受着更加优厚的工资和体面的加班费(乌布利希的政府可没钱支付这个)。于是,在"既患寡又患不均"的环境中产生了矛盾,而1953年3月斯大林的去世所带来的政治不确定性引起了激烈的反响。喷涌而出的公众愤怒最初见于1953年6月东柏林的斯大林大街(Stalinallee)上。这条1.5英里(约2.41千米)长的宏伟大道是共产党重建的中心,两侧是统一的苏式建筑——那一片恢宏的"工人的宫殿"旨在向西方展示,社会主义可以为人民提供豪华的住房。[21] 优雅的长方形建筑韦伯维斯塔楼(Weberwiese tower block)不仅有浅色石头和瓷砖砌成的时髦外墙,内部更配备了拼花地板和中央供暖系统。尽管被分到斯大林大街住房的往往是党的干部,但这丝毫不能改变这一切作为生动的共产主义道德优越性广告的地位。"像天一样高,像太阳一样美/只要塔吊不停,我们就接着盖!"东柏林的广播中时常播放的一首名为《重建华尔兹》('The Reconstruction Waltz')的曲子唱道。[22] 这条大道还是店铺和餐厅聚集的景点。但所有这一切能变成现实,全靠在工地上投入更多劳动力,而正是斯大林大街上的建筑工人于1953年6月16日起来反抗。首先是40号楼的建筑工人扔下了工具,离开了岗位。随后,越来越多的工人加入了他们,抗议的人群很快从数千人变成了上万

第十九章　群众的怒吼

人。此时此刻，人们的愤怒与魏玛时期的不满情绪遥相呼应，而柏林人民心有不满便上街表达的习惯一如往日。

抗议活动很快扩散到德意志民主共和国各地，德累斯顿、莱比锡等地更爆发了大规模示威游行。对于高坐莫斯科的苏联当局来说，东柏林是一根尤其敏感的神经。随着柏林群众游行的队伍朝政府大楼迈进，瓦尔特·乌布利希似乎被正在不断恶化的形势惊得动弹不得——尽管他麾下的秘密警察部队、刚刚建立的史塔西（Stasi）已经混入游行队伍中，监控挑事的首犯。他极有可能真的相信，这些无法无天的抗议示威是受了柏林美占区"法西斯特务"的撺掇——那些右翼破坏分子不但要破坏社会主义，还要彻底摧毁苏联推动德国统一的愿景。[23] 美国的广播电台追踪报道不断扩大的游行队伍，而这些报道反过来又起到了怂恿更多东柏林人加入游行抗议的作用。游行队伍中不时发出要求举行自由选举的呼声。不过，即便是乌布利希的苏联上司也对他改造东柏林社会的极端手法感到不满。到了1953年6月16日的晚上，乌布利希似乎在增加劳动定额的问题上作出了让步，但人们的愤怒并没有轻易消退，第二天，整个德意志民主共和国都陷入了骚乱。6月17日，苏军开始担忧，他们占领的地区或许真的会失守。在当天熹微的晨光中，抗议人群迅速行动起来，安全部队和警察在他们面前似乎束手无策。不到上午10点，在行政大楼，一群示威者成功冲破了安保封锁。海报和共产党的典籍被付之一炬。狂风卷携着烧着的纸张在半空飞舞。正当市政府大楼前的官员徒劳地恳请人们散去之时，这支小分队揭开了一个令人意想不到的弱点：乌布利希已经被偷偷转移到了城郊。这令东德政权的警察和秘密安全部队羞惭不已。而苏联也无法坐视形势继续下去，东柏林的驻军被动员起来，当局很快宣布实施戒严。

红军的坦克再次开上大街，而且数量惊人，好在斯大林大街足够宽敞。柏林再闻枪炮之声。"俄国人来了，"当时仍是一位年轻的加油站员工的霍斯特·克里特（Horst Kreeter）回忆道，"人群开始怒吼……我们朝着坦克扔石头。"[24] 有的抗议者被坦克碾过。克里特记得听说"马克思-恩格斯广场（Marx-Engels Square）上有人死了"。[25] 人群终究无法与坦克正面抗衡，重新振作的史塔西及其帮手也开始不分青红皂白地对抗议的人群出手。约一两万人被捕，成百上千人受伤流血或是肢体骨折。数十人被当场击毙，其中包含一些拒绝对抗议者动武的东德自己的安全部门工作人员。抗议平息之后，被捕之人经过了非常草率的快速审讯，便被立即行刑。对于早已看惯了暴力镇压的柏林市民来说，这一切都没什么新鲜的，整件事中国家机器的报复心理让人回想起30多年前的德国革命。政府重新控制了东柏林以及德意志民主共和国全境（并且管制不断加强，拆信机和大规模监控的时代即将到来）。

尽管如此，抗议示威并非完全没有收获。在残酷的镇压之外，官方也作出了让步，首先是解决最受争议的劳动定额问题，其次是暂时放松了对东西方之间人员流动的严密控制。苏联当局对瓦尔特·乌布利希施加了巨大的压力——他此前曾试图在短时间内实现共产主义极权统治，而后斯大林时代的统治方式将更加巧妙，并且力求避免公开对抗。尽管如此，事件平息数日之后，乌布利希和他的同事们开始分析危机的原因，最终完成的报告还是这样写道：

> 敌人……派出黑帮纵队，带着枪支和装满油的瓶子越过边境。他们的任务便是唆使建筑工人放下工具，并用煽动性口号误导他们向政府示威。纵火、打劫、开枪射击等行为给示威蒙上了一层暴动的表象……这些自西柏林而来、受西柏林指使的法西斯渣滓，组织对食品仓库、学校宿舍、俱乐部和商店发动攻击……希望以此方式（在德意志民主共和国）建立一个法西斯政权。[26]

第十九章 群众的怒吼

贝尔托特·布莱希特虽然满脑子列宁主义思想,却也越来越认清了共产主义现实的缺陷。在这次起义的启发下,他写了一首讽刺诗,至今仍然被幽默地广泛引用。然而,在这首诗的背后,我们也可以看到一种真正痛苦的表情。这首诗的开头写道,一个作家协会的干部发了一张传单,指责工人"拒绝劳动定额,从而失去了政府的信任"。在铺垫了这令人愤怒而略显荒谬的条件之后,布莱希特写道:"既然如是 / 政府何不干脆 / 解散人民 / 改选一次?"[27]

但柏林人再次产生的固执心理,影响范围远远超出这座城市本身,从某种意义上讲,乌布利希的被害妄想不无道理。尽管这次危机并非由美国人引起,但下至西柏林当局、上至白宫,当然都密切关注着事态的发展。苏联在东柏林和德意志民主共和国推行"调和"政策——甚至允许"资产阶级"要素继续存在——正是因为他们一直希望实现德国统一;[28] 相反,美国人——以及德意志联邦共和国的首位总理康拉德·阿登纳(Konrad Adenauer)——则完全没有这样的想法。中欧和东欧的国家如今已经成为苏联的卫星国,而苏联完全有可能在更西边的地方赢得更多拥护者。在这种情况下,上策不仅是要维持分裂的状态,更要维持一条具象的意识形态分界线。美国和经济蓬勃发展的西德认为,国家统一的问题可以无限期地拖延下去。正如后来事情的发展所显示的那样,一种不稳定、充满问题的地缘政治平衡意外地在德国内部边界上变成了现实。主要拜苏联方面的行动所赐,这一周以来,两德边界不断收紧。可是,尽管受到生活方式和意识形态上日益对立的巨大差异的影响,东西柏林人仍然生活在同一座城市里。而在5年前巧妙地逆转了封锁的美国人想出了一个办法,让对瓦尔特·乌布利希和德国统一社会党的不满继续沸腾。他们将开始发放食物礼包。

此时,柏林的有轨电车系统已经被一分为二,车辆驶到边境停下,然后返回,但东柏林人仍可自由乘坐轻轨前往西柏林。发放食品礼包的消息是通过美国的广播电台宣布的。东柏林人只需要前来领取即可。由于歉收以及乌布利希激进的集体化行动引起的粮食短缺，东柏林人的匮乏感十分强烈。尽管如此，领取这份援助的人数仍然多得出人意料。很多人专程从东柏林的乡下赶来，就是为了赶上火车，领取自己的那一份。据统计，约有75%的东柏林人领取了这份馈赠。[29]

以乌布利希为首的政治局专门派出"自由青年运动"（Free Youth Movement）中狂热追随社会主义的年轻人进入西柏林，在分发站附近"煽动骚乱"，不过效果极其有限。[30] 东柏林的报纸火力全开，将美国的援助称为"给乞丐的施舍"（Bettelpakete），并对所有前去领取的东柏林人嗤之以鼻。[31] 但布莱希特的人民对此置若罔闻。美国的美味佳肴实在是太丰富了，令人无法自我克制。在这一时期，美国动用了"心理战略委员会"（Psychological Strategy Board），研究针对东柏林采取行动同时还能不刺激苏联发动武装对抗的方法。他们认为，东柏林人应该得到"同情和庇护"，而"不是武器"。[32] 曾有人提议应设置哀悼日，纪念那些在起义中被杀害的东柏林人。尽管美国人仍然坚称他们没有参与煽动叛乱，但他们通过广播等媒介开展的宣传攻势的目的，还是在于"鼓励对共产党压迫的反抗"。[33] 更为至关重要的还有金钱的力量：在这一时期，美国承诺将直接投资5000万美元（按当下物价水平约折合5亿美元）用于西柏林的重建。这笔投资创造了大量薪水优厚的全职就业岗位（由于当时劳动力和物料价格均较为低廉，这笔钱使用的时间也更久），这种繁荣的景象是有目共睹的。与此同时，在东柏林，工人们的言论都被监控他们的地方党务人员报告给了政治局。有些口无遮拦的工人表示，"苏军"受到了"来自西方大国的压力"，而且"美英占领军不久便将攻入这一地区"。[34] 据称，还有东柏林人说："过不了多久我们就要开始学英语了。"[35]

第十九章 群众的怒吼

有些东柏林人以难民身份逃入西柏林,其他人中有经济实力者则举家搬去与老友或者商业伙伴团聚。学者也纷纷从城市一边来到另一边,在相邻的城区开始崭新的生活。东德各地穿越乡间的边界线上,如今布满了岗哨、炮塔以及铁丝网,传达出一种对于传染和逃跑的恐惧。过不了多久,这份恐惧将很快变得病态,并吞噬整座城市。

第二十章
天堑难弥

有时，当人们盯着电视屏幕时，鬼魅般的身影时而闪现，似乎在说着什么。在德意志民主共和国的居民刚刚看上电视的时候（当地电视机的普及速度与西德几乎无异），东柏林的电视节目有时会被来自城市另一端的被禁止的画面所扭曲——各种各样的电视剧和纪录片渗透进来，它们表现的是另一个平行世界的生活，虽然熟悉却又与东柏林的人们日益疏远。有的新闻他们从来也没听说过，有的真相也从未有人告诉过他们，东柏林人对此已经司空见惯。1956年，冷战带来了新的动荡和流血（匈牙利爆发了群情激愤的大规模暴动，斯大林的塑像被群众推倒，而此时已经成为苏联国防部部长的朱可夫元帅命令苏军坦克占领布达佩斯各地的战略要地，以残酷而暴力的手段镇压反抗并扶持新的政府），而柏林的气氛也为之一变，成了一个不可思议的"镜厅"。这里有幻觉，也有阴谋。柏林成了间谍破坏活动的猎獗之地，一个超级大国博弈的棋局。在这里，（更像是一层软膜而不是屏障的）边界两侧的谍报人员时常开展不为人知的复杂任务。美国中央情报局（CIA）和克格勃（KGB）在柏林都设有办公室并有特工驻守，有大片空间可以供他们施展拳

第二十章 天堑难弥

脚。"柏林是东欧地区通信的中央电路。"美国国家安全局（National Security Agency）一份秘密报告的作者写道。[1]20世纪50年代中期，美国中央情报局和英国军情六处（MI6）对这个通信网络觊觎已久，并最终在柏林南部的公墓里精心修建了一条1500英尺（约247.2米）长的机密隧道。这条与古老的尸骸相伴、自西向东进行探查的隧道里配备了专业的窃听设备和秘密的监听人员，让西方得以监控共产主义东德的电话交换机。镜像的世界甚至也延伸到了这个地方：参与隧道规划的英方高级特工之一乔治·布莱克（George Blake）是一名苏联的双料间谍，即便是在隧道挖掘施工过程中，他也忠实地将情报源源不断地传送给自己的苏联上司。苏联方面并没有出手打断西方的行动，主要还是为了保护他们珍贵的资产：如果他们过早"发现"这条隧道，那么布莱克就有可能暴露。1956年初，布莱克已经被英国军情六处调往中东，苏联人感觉"意外"撞破"黄金行动"（Operation Gold）的时机已经成熟。他们从东侧把隧道挖通。媒体记者受邀进入洞穴，参观了美国典型的背信弃义的手段，美方对此也并未否认。这个非同凡响的故事成了全世界报章的焦点：它成了冷战的一种代名词，这场冷战深藏于柏林的日常生活之下，交战双方使用的不是枪炮炸弹而是阴谋诡计，而所有这一切都是为了争夺人心。

令苏联恼火的是，越来越多的东柏林人正试图挣脱。西方的报刊上每周都有东柏林人——有时一天便有数千人之多——涌向西柏林寻求庇护的头条报道。其中有东德政府高官、科学家和熟练的工程师。为了遏制人才外流并宣传这个新的共产主义社会的优势，苏联方面精明地直接诉诸这座城市风起云涌的历史，讲述纳粹掌权之前工人阶级的男男女女是如何为了创造一个社会主义新世界而齐心协力的。相比之下，西柏林用来说服的武器则是商业和贸易、青春的光芒以及战后物质享受方面的惊人创新。柏林不仅是秘密情报战的中心，也是更广泛意义上的文化斗争爆发的腹地。

雕像早已消失不见，东柏林政权建立之初，菩提树下大街上的腓特烈大帝像便从那著名的柱基上被移走（虽然并未完全毁坏）。在瓦尔特·乌布利希看来，这样的塑像和建筑投射出太多历史的阴影，这关乎彻底清除纳粹政权的痕迹和残余。其他地标被认为压迫性过强。霍亨索伦王朝昔日的宫殿、富丽堂皇的柏林宫在1945年的轰炸和战争之后，大部分已经受损。共产主义者对宫殿进行了简单修缮之后，将其改作临时展出苏联现实主义画作的画廊。到了1950年，乌布利希终于忍无可忍，下令将其拆除。按照他的说法，必须剥除这座城市的"军国主义历史"。[2]〔柏林宫的旧址空闲多年，直到1976年一座名为"共和国宫"（Palace of the Republic）的建筑取而代之。这是一座玻璃与混凝土结构的建筑，内有辩论厅、音乐厅以及一座剧院。当历史的大潮逆转，轮到共和国宫被拆除之时，很多对共和国宫情谊深厚的东柏林居民都感到非常难受。〕

不过，还有其他图腾值得纪念。1956年初，约10万名东柏林人聚集起来（抑或是受了蛊惑和压力而聚集），举行了为期1天的游行活动，纪念柏林斯巴达克联盟的革命者卡尔·李卜克内西和罗莎·卢森堡遇害37周年。活动主要围绕柏林东边的弗里德里希斯费尔德公墓展开，那里正是李卜克内西和卢森堡的长眠之地（路德维希·密斯·凡德罗曾在墓园里立起了一尊现代主义风格的纪念碑。纪念碑用砖块砌成，方正笔直，上方悬挂着一颗大大的五角星，五角星的正中是苏联的镰刀锤头标志。纪念碑建成之后很快便被纳粹毁掉，如今已经修复）。尽管东德一直寻求消除"宗教迷信"，却依然乐于召唤已经亡故的社会主义者的魂灵，以表明柏林共产主义的现实牢牢地植根于其激进的过去。[3] 参加游行的数千人中有"工厂战斗小组"（Factory Fighting Groups，一种准军事化的组织）和"体

第二十章 天堑难弥

育与工艺组织"(Organization for Sport and Technics,一个面向青少年的准军事化青年组织)。[4]当天的一个主题便是"反对军国主义和北约的侵略政策"。[5]游行人群还呼吁建立一支东德军队,以"保护社会主义成就"。[6]偏执妄想症已经越来越严重了。

这在一定程度上与新的青年文化的传播有关。柏林的青少年出生之时,这座城市仍被战争的黑暗所笼罩。到了1956年,年轻人渴望过上他们在杂志中看到、在广播中听到的那种生活。如果说他们的父母和占领国政府曾经担心新兴的一代可能蕴含着纳粹复辟的种子,那么西方社会更为普遍的焦虑让这种恐惧得到了些许的缓解。无论在西柏林还是东柏林,埃尔维斯·普雷斯利(Elvis Presley,即"猫王")——他曾在驻德美军中短暂服役——的音乐都如一道令人激动的霹雳。西柏林的热屋(Hothouse)夜总会播放着他的歌曲,年轻的女孩子被看到一边喝着可口可乐,一边两两结对地纵情舞蹈。有人指出,她们以及希望与她们结伴跳舞的男孩子们做出了"具有性意味的粗俗动作"。[7]而比尔·哈利(Bill Haley)的《昼夜摇滚》('Rock Around the Clock')也成了"公然展示性冲动"以及不轨行为爆发的催化剂。[8]在这个问题上,在东西柏林掌权的老人似乎达成了一致。在他们看来,这种新的现象在很多方面令人生厌,它甚至比战争时期穿着时髦大胆的青年人听爵士乐的"摇摆乐海尼斯"(Swing Heinis)地下风潮更糟糕。摇滚乐的兴起被视为一种种族化的威胁,即便是最开明的圈子也持这种观点。西德青年杂志《喝彩》(Bravo)——这本1956年以玛丽莲·梦露(Marilyn Monroe)为封面人物创刊的杂志关注所有最新的影视节目——谈到了"淫荡的黑人音乐"引起的震惊。[9]《明镜》(Der Spiegel)宣称,埃尔维斯是这场"集体性欲爆发"的根源和"表现"。[10]其他刊物也用激烈的言辞讨论他的造型和舞台动作。如同无法一瞬间消除德国的反犹主义一样,事实证明,其他种族主义的偏见同样顽固,所有德国人都被信誓旦旦地告知,他们是优越的种族,无论在智力上还是审美上都高人一等。这种认知在潜移默化中代代相传,并得以保留(须记住,在美国很多地方以及欧洲很多国家亦是如此)。东德也有青少年杂志,这些刊物反对去夜店的女孩子把自己打扮得妩媚动人。社会主义确实要推动性别平等,但不是让女孩子去穿"紧身裤和短夹克"这些男孩子的衣服。[11] 摇滚乐归根结底是外来之物,它响彻全城,不可阻挡,无法逃避。在东柏林的当局看来,这是"缺乏教养"(Unkultur)。[12] 然而,他们无法阻止自己的年轻人穿城到另一侧的"布吉乐俱乐部"(Boogie Club)*里过夜,[13] 或者在每个周末花上一整天盯着西柏林精品商店的豪华橱窗里那些面向年轻人的最新时装发呆。[即便是东柏林的少年也无法抵抗美国文化的诱惑:当年10岁的埃尔克·罗辛(Elke Rosin)回忆起自己如何"早早地便学会了走私的生活",把"米老鼠杂志"带回位于贝尔瑙尔大街边界线上的家。][14]

然而,西柏林当局本身也意识到了另一重威胁,即流行文化似乎引发了"哈尔布斯塔克"(Halbstarke,违法乱纪的工人阶级青少年男性)在犯罪闹事过程中不计后果的侵略性行为。[15] 电影院里、俱乐部外,打架斗殴时有发生。柏林不是唯一一个经历着暴力叛逆的青少年亚文化的城市。这种现象早在摇滚乐兴起之前便已存在,但新的音乐形式似乎有着额外的敏感性:一种令人作呕的轻浮、庸俗,不仅与国民负疚的阴影形成强烈的反差,更可能威胁德国文化遗产的传承。当时,柏林有一些严肃的爵士乐评论家试图将杰出精妙的爵士乐表演者同那些在爵士乐音乐会上群魔乱舞的年轻男女区分开来,以致一些东柏林评论人士甚至声称那些年轻人都被恶灵附

---

* 布吉是一种重复的、摇摆的音符或随机节奏,是在蓝调音乐中经常使用的模式,最初在钢琴上演奏。

第二十章　天堑难弥

身了。富含性意味的亚文化曾在这个城市里活跃一时。而这一次的风潮让所有市民都感到不安，原因在于它向外寻求——或者说是被外部强加的。它并非来自德国或者欧洲，而是美国人的玩意儿，是占领军的文化。

令东德当局尤其不能容忍的是，其诸多公民正是要逃往那个花哨艳俗的美国化世界。即便是共产党的报纸也承认，"知名科学家和熟练工人"纷纷被"美国垄断资本家及其德意志代理人"所引诱。[16] 逃向西德的队伍之中不乏名人：作为一名广受欢迎的广播节目主持人而为东柏林观众所熟知的演员霍斯特·里尼茨（Horst Rienitz）跨过边界进入西柏林寻求庇护（可想而知，他寻求的还有更大的艺术自由）。这样的人都被视为叛国者。德国统一社会党散发的一份传单声称："无论是从道德立场的角度判断，还是从整个德意志民族的利益出发，离开德意志民主共和国都是政治和道德上的落后和堕落。"[17] 这些人"背离了一片进步的大地"，投靠一个"过时、落后"[18]、原罪难改（主要指"容克"贵族和军国主义）的国度。[19] 更重要的是，留下之人可能面临着可怕的后果：一位名叫马克斯·黑尔德（Max Held）的化学工程师因协助友人西逃而被东柏林法庭判处死刑；[20] 同在一家公司工作的打字员伊娃·黑尔姆（Eva Helm）也被控参与了这一密谋，并被判处终身苦役。[21] 从事财政工作的政府官员海因茨·格里泽（Heinz Griese）也跨境西去。随着令人难堪的逃离不断发生，当局的报复越来越严重。1955 年，时任东德领导人奥托·格罗提渥秘书的埃莉·巴克扎提斯（Elli Barczatis）因"为西方从事间谍活动"而被捕并处以死刑。[22] 史塔西此前已经对她调查多年。她的情人卡尔·劳伦茨（Karl Laurenz）是一位与美国有联系的记者和翻译，而她被怀疑向西方传递机要文件。最终，即便在史塔西的百般酷刑之下，也没有确凿的证据可以证明她有罪，但她和劳伦茨的案子均在秘密法庭审理，也没有律师为她辩护。她就这样被送上了断头台。直到 2006 年，当局才恢复了她的名誉。

不仅如此，即便身在西柏林，也绝非百分之百的安全。共产党"人民警察"（People's Police）的一名巡官罗伯特·比亚莱克（Robert Bialek）逃到西柏林几个月后，受邀参加一场家庭聚会。当天凌晨，看门人发现他"人事不省，精神错乱（原文如此）"。[23] 没等看门人拉起警报，比亚莱克的一名"人民警察"的前同事和一个"身份不明的女子"便将他抱起。[24] 他们将他放入车内，扬长而去，返回了东柏林。

也有人反其道而行之：几年之前，路透社（Reuters）驻柏林记者、英国人约翰·皮特（John Peet）在苏占区举行了一场新闻发布会，宣布自己因西德重新武装以及对社会主义未来的个人信仰，将永久移居至苏占区。[25] 另一个前来投靠的知名人物是物理学家克劳斯·富克斯。在战争期间参与研制原子弹的曼哈顿计划时，富克斯曾暗中向苏联传递情报。他后来暴露，并被关押在英格兰北部。服刑 9 年后，富克斯被释放，他立即离开英国，直奔东柏林。此外，德国籍汽车大奖赛冠军曼弗雷德·冯·布劳希奇（Manfred von Brauchitsch）前往东柏林的经过也是奇事一桩。他生在一个行伍大家［他的叔父是德国陆军战时总司令瓦尔特·冯·布劳希奇（Walther von Brauchitsch）将军］，不过，他主要的成就在两次世界大战之间的赛道之上。1945 年之后，他与国家社会主义运输兵团（National Socialist Motor Corps）*的联系成了他未来职业发展的不祥之兆，他在生意场上也遭到挫败。他似乎与间谍破坏有所牵涉，并因此在 1955 年时被西柏林当局短暂关押。获得保释后，他立即逃到了东边。

---

* 国家社会主义运输兵团是纳粹党旗下的准军事组织，1931 年 5 月成立。该组织在战前主要从事驾驶技巧培训以及人员运输等工作，战时大量成员被征调到纳粹军队各运输兵团中服役。

第二十章 天堑难弥

共产党利用这位叛逃者大做文章,他被任命为一个新的全国性赛车运动组织的负责人。[26] 赛车运动恰恰是速度与技术实力的结合,这正是东柏林人想要向世界展示的现代性,此外还能唤起这座城市长久以来对于速度及其激发的肾上腺素的痴迷。

不过,即便是这些对东德政权予以肯定的珍贵时刻,也完全不能阻止越来越多人从东德各地赶到柏林,穿越边境线。其原因之一便是对重新武装以及被征入伍的恐惧,战争的创伤已经深入骨髓。[27] 有些大孩子直到 20 世纪 50 年代末才第一次见到他们满面憔悴、一身伤痕的父亲——这些男人曾长期被困于苏联劳改营而难得释放,或下矿井工作,或在重建苏联被毁城镇的工地上挥汗。除此之外,恐怕便是对处于严密监控下生活的日益强烈的窒息感。在纳粹统治之下,柏林人已经习惯了不轻易表露真实的观点和感受,毕竟没人知道谁会告密。类似地,公寓楼的租户也会小心翼翼地避开看门人或者管理员,因为他们也有可能是政权的密探(并且这种情况出现的概率越来越高)。如今,东柏林的苏联体制对人民的监控有过之而无不及。1950 年成立的国家秘密机关史塔西于 1955 年成为了独立的政府部门,其控制和压迫的权力就此进一步扩大。

史塔西的特工——"政治可靠"、训练有素,多来自德国统一社会党的青少年组织,且性情凶残——被悄无声息地派往东德和东柏林的工业区。[28] 他们或在各家工厂上班,或成为列车上的守卫、学校里的老师、医院里的医生和护士。并非所有人都是史塔西特工或者政府的密探,但任何人都有可能是(多年中,东德共有大约 27.5 万名史塔西全职雇员,以及数目不明的线人)。而正是这种可能性起到了冻结自由交流和自由思想的作用。即便是在深夜酒吧间里讲笑话都必须避开陌生的酒客,到室外悄悄地讲。史塔西安插在大型住宅区的租客会对访问邻居的新面孔冷眼旁观,仔细地记录每个细节。官员一时兴起便可以逮捕、拘押、暴力迫害柏林人的世界又回来了,从这个意义上讲,这令人窒息的压迫和恐惧与1931年加冕的政权的所作所为无甚差别。

不过,即便如此,到了1960年,仍有超过20万东柏林人辗转来到这条铁幕夹缝中开始新的生活,其中还有其他的原因。据报道,家长对"他们的孩子"以及"教育"感到"焦虑"。[29] 也有不断扩大的经济不平衡,在西柏林工作的东柏林人通常可以比留在苏占区的同胞获得更高的收入。这笔额外的收入让这些东柏林人得以在货品更丰富的西柏林百货商店里购物,他们买回各种新鲜的消费品,从衣服到唱片机再到电视机。这反过来又导致原本家家户户一模一样的东柏林居民区出现了扎眼的不平等,而这一点又被史塔西的线人注意到。不过,这也让人们铁了心要抛弃苏占区这种被人称为"单调乏味、令人生厌"的生活方式。[30]〔当时,东西柏林已经各自拥有了自己的电视节目,并且越来越泾渭分明:西柏林的电视里更多轻松的娱乐节目,而东柏林则有广受喜爱的犯罪剧《蓝光》(Blue Light):在这部剧中,"人民警察"是打击颠覆分子和资本家——比如艺术品窃贼——的英雄。而民主德国在电视领域真正享誉全球的成功,便是儿童木偶剧《我们的小沙人》(Unser Sandmännchen)。这部剧使用定格技术制作,表现了主人公经历各种温和的冒险、飞行环游世界的故事。从家长的角度看来,这部剧的价值便在于其催眠功效,因为每一集的结尾都会唱起规劝小孩子准备睡觉的歌曲。这部剧另一点吸引人之处便在于——这一点在民主德国几乎是独一无二的——它似乎并不怎么宣扬意识形态。〕

在另外一个方面,瓦尔特·乌布利希的政府也面临着顽固的抵抗:很多东柏林人保留着从小养成的宗教传统和信仰,并试图将其传给自己的儿女。新教和基督教福音派的父母发现,自己的孩子在学校遭到了针对,老师和党的官员千方百计地试图抹除孩子刚刚萌

第二十章 天堑难弥

芽的信仰,甚至更要借此让他们的父母也放弃信仰。时年20出头的教师玛戈·肖尔(Margot Schorr)与民主德国的"教育官员"发生了"冲突",[31] 对方要求她完全遵循马克思列宁主义,但她本人是一位"基督教教徒"。[32] 这与同样试图消灭宗教感情的前政权一般无二。共产主义与法西斯主义一样,除了党及其领袖,容不得其他神的存在。1960年,一位抗命不遵的西柏林人——德国福音派教会(German Evangelical Church)的弗里德里希·卡尔·奥托·迪贝柳斯(Friedrich Karl Otto Dibelius)主教跨过柏林的内部边境,想让希望和信念得以延续。几十年前,他曾是一位狂热的反犹主义者,支持犹太民族只手遮天的阴谋论,也赞成迫害犹太人。战后,苏联和西方国家的占领当局都支持他修复破碎零散的德国教堂建制。但苏联人没能发现他长久以来对共产主义的仇视。迪贝柳斯主教将这种仇恨传给了他的教徒,这使得他到东柏林的布道性访问成了人民日益强烈的愤怒之源。东柏林当局最终宣布他是不受欢迎的人,但此时,越来越多的家庭已经看清,他们只有在西边才能找到他们想要的自由。

越来越多的熟练技术人员和"知识分子"正在抛弃统一社会主义的愿景,这对东柏林和民主德国的经济造成了最沉重的打击。"医生、教师、工程师、记者以及艺术家"纷纷逃离[33]:1961年初的估算数据显示,仅去年一年,相关人员的外逃人数就增加了大约32%。乌布利希的政权已经承认,东边的生活标准无法与西边相比。或许知识分子的不断叛逃对于民主德国的工业产出影响甚微——他们毕竟不是工厂车间里的创新者——但其中对社会主义缺乏信心的隐约表露却足够伤人。乌布利希试图从另一个角度解决这座分裂城市的问题。"是时候让西德军国主义以及外国军事机关的间谍破坏中心和分裂活动大本营从西柏林彻底消失了,"他宣称,"西柏林应该……与周边世界建立正常的契约关系。"[34] 这里说的周边世界指的是苏联。这是要求美英允许西柏林并入共产主义世界的最后呼吁，空洞且无用。

双方之间的鸿沟日益扩大。如今，每天通勤到西柏林工作的东柏林人被自己的政府称为"*Grenzgaenger*"，即"越境者"。[35] 曾经平常的行为如今被视为异常。但笼罩在东柏林上空的危机感与不安定感不能归咎于这些日常跨境的上班族，而是来自一股横跨欧洲大陆的新引力：近年来西欧新成立的共同市场（Common Market），以及西德的全情投入。这一进展让莫斯科大感不妙。苏联当局一直希望，康拉德·阿登纳的任期结束之后，西德便可以听从规劝，倒向苏联。与此同时，自柏林越境并永久移居西德的东德居民人数一直快速增长，以致西柏林不得不建立专门的难民营来接纳这些新来的东柏林人。叛逃者中的一些知名人物令乌布利希政权颜面扫地，其中就包括东德最高法院的法官霍斯特·赫扎尔（Horst Hetzar），他开车载着一家九口逃到西柏林。此前几天，"人民警察"专属医院的主任医师汉斯·金特·普法伊费尔-博特纳（Hans Günther Pfeiffer-Bothner）医生也偷偷穿过边界，进入了西柏林的难民营。据估算，自1949年东西德分立以来，约有共300万人离开东德，奔赴西德的"经济奇迹"。在那个闷热无风的8月，东西双方的言辞正在变得日益敌对、激烈。

8月初，东德的青少年组织"少年先锋队"（Young Pioneers）要求乌布利希政府对每天坚持跨境送孩子到西柏林上学的父母采取措施——共产主义的学生沉浸在资本主义的课程大纲中，这也是那些遗留下来的奇怪异象之一。同样的情况还发生在柏林的高等教育系统：学生可以自主选择接受哪个系统的教育，并且一直有西德学生入学共产党治下的洪堡大学。在"少年先锋队"看来，让涉世未深的孩子受到帝国主义教条的浸染是无法接受的，误入歧途的家长

第二十章 天堑难弥

必须受到惩罚。大约与此同时,"人民警察"也于8月初开始加大了对进入柏林的列车的监控力度:在一些情况下,乘客甚至在距离市中心仍有数英里的波茨坦便被警官带下车,警官会询问他们的家人并检查他们的身份,盘问他们抵达柏林之后意欲何往——是否也有意叛逃?警方不断对他们施加压力,迫使他们原路返回。

东柏林官方对于日常"越境者"也施加了新的威吓措施。8月初的一天,"人民警察"将大量男性工人软禁在家中,禁止他们去上班。与此同时,警察命令工人的妻子越境到他们工作的地方取回他们的工卡。这些工人将不会再回到西柏林,只能在东德另找类似的工作。这种压迫手段的创新也受到了其他国家的关注。在英国,来自保守党的初级部长爱德华·希思(Edward Heath,他将于1970年当选首相)在众议院大声问道,这种日益极权的行为究竟根源何在?他说,是不是因为西柏林是社会主义德国"贫瘠之地中间"的一面"西方的橱窗"?[36]东柏林泄露出的一份报告显示,根据一个区的地方党组织计算,若再失去20万名熟练工人,东德在经济上将遭受沉重的打击。瓦尔特·乌布利希在一次讲话中谈到此事时,语气近乎歇斯底里。他宣称,东德的边界必须得到捍卫,而叛逃西德的难民"不久便将为自己背叛社会主义的愚蠢行为而悔恨",无论如何,"他们都将受到社会主义的惩罚"。[37]1961年8月10日,当局讨论了如何彻底禁止任何人进出东柏林。数天之后,勃兰登堡门被指定为难民可以越境的最后关口之一,由全副武装的警察和军人巡逻值守。越来越多的东德人开车或者步行越境,而与此同时,西柏林的年轻人也聚在勃兰登堡门的另一侧示威,高喊着口号以及辱骂东柏林官员的脏话:"德国还是德国!""吊死乌布利希!""打开门!""自由!""伊凡滚蛋!"[38]这时,东德广播下达了强硬的最后通牒:除非西柏林成为一个"去军事化的自由城市",否则东柏林将采取一切措施进行自卫。一道此前仅在恐怖的理论可能性中存在的高墙即将成为实体，一面由混凝土筑成的恐惧与攻击性偏执狂行为的化身。8月13日凌晨2:30，东西柏林彻底隔绝：曾经穿越边界的地铁列车也在边界前止步；南北线路上的列车仍穿越边界，但不会在西柏林境内的站点停车；在地面上，界墙终于有了看得见摸得着的线条——先是铁丝网和更多卫兵的驻守，没过多久，建筑工人便开始动工。

找到这条精神和物理的障碍上所剩无几的缺口逃出生天的时间，只剩下几个小时了。在紫水晶色的潮湿夏夜的暮光中，东柏林人在"废墟""花园"与"后院"之间寻找着迷宫般的通路。[39] 有人身背细软潜入乌黑、油污的施普雷河，游泳过界。此外，东西柏林的许多年轻人同时举行群情激愤的抗议示威，表达自己的情绪，石头和各种投掷物漫天飞舞。"人民警察"准备了催泪瓦斯和水炮，不过并未动用。公共场合也未见任何苏联军政官员的身影，他们或许认定，年轻的抗议者无需他们出手便会自行散去。

除了被称为"华尔街震荡"（Wall Street jitters，或称应激性市场波动）的小规模爆发，[40] 柏林以外的世界需要花一些时间才能意识到正在发生之事的严重性。东德方面的这一举动彻底撕毁了四大国之间本已名存实亡的关于柏林的协定，表面上看无疑是敌对行为，但西方很难予以军事回应，毕竟东德的举动是在捍卫其边界，西方无法阻止。铁丝网、障碍物和新的岗哨出现在边界后的最初几个小时里，似乎没有人会想到这样的安排将真的以钢筋水泥固化，13年前任意胡为的柏林封锁仍令很多人记忆犹新。即便混凝土已经运送到场，也很少有人能真的想到接下来将会发生的事情——亲子分隔，家庭离散，爱人永别。没有柏林人能想到，他们的生活将以这样的方式被肢解。有些柏林人——甚至包括部分东德士兵和修筑高墙的工人——认定这将是"暂时的"。[41] "我们有特殊的处理，"运送混凝土的迪特尔·韦伯（Dieter Weber）回忆道，"朗姆酒配茶。或者

第二十章 天堑难弥

说加茶的朗姆酒——我们都喝得昏天黑地。"[42] 当局还给工人配发了大量巧克力，"以提供能量"。[43]

随着施工持续进行，共计 27 英里（约 43.45 千米）的混凝土墙和铁网栅栏逐渐在东西之间蜿蜒曲折的内部边界线上竖立起来，其中有 91 英里（约 146.45 千米）包围在西柏林的外缘。靠近市中心多处的围墙高达 13 英尺（约 3.96 米），足以让分隔两地的家庭放弃团圆的念想。苏联总理尼基塔·赫鲁晓夫（Nikita Khrushchev）曾询问瓦尔特·乌布利希，这道铜墙铁壁如何能在边界上与道路不重合的不规则灰色地带发挥作用。"我们有专门的方案，"乌布利希告诉他，"房屋里凡是通到西柏林境内的出口都会砌死。"[44] 这样的手段尽管极端——凸显出即将使众多家庭亲人离散的悲剧所具有的"兄弟阋墙"的本质——但在边界建墙的行为本身并不稀奇，只不过混凝土材质的柏林墙这种现代主义的粗犷主义堪称创新。它——或者更准确地说，"它们"，毕竟在一些重要区域，是相互平行的两道粗糙混凝土围墙同时修筑——似乎反映出东柏林一些住房的粗糙、潦草和笨拙。不过，在那些双重围墙的区段，真正令人不可思议的并非高墙本身，而是两道墙壁之间的裸露地区。两墙之间的区域后来被称为"死亡地带"（death strip）。这是一片空地，一旦有意欲越界之人踏足，便会亮如白昼、弹如雨下。这一概念虽新，却并不陌生，任何执意叛逃的男女只要涉险进入死亡地带，便立即不再为人，而只是移动的标靶。恐怖的呼应清晰无误：瞭望塔便是俯瞰死亡集中营的岗哨的升级版，胆敢越境之人同样是权利尽失，身份全无，唯有暴死而已。而那些平行高墙之间的空间本身便是法外之地，除了暴力，一无所有。

第二十一章
外面的世界

柏林墙建成之初，有人伸手触碰它冰冷、粗糙的表面，用手掌抚摸那道坑坑洼洼的混凝土墙，有人焦虑烦躁地在墙下徘徊。这些动作多是兴之所至，但混凝土的墙壁却暗示着恐怖的永恒。其他人则更加大胆：孩子们互相踩着肩膀扒到墙头，年轻的男女站在附近的窗台上，伸长了脖子往另一侧张望。驱使他们的不过是强烈的好奇，毕竟透过那道被割裂的空间望见朋友、爱人面孔的可能微乎其微。所有的举动都无济于事，所有的尝试都无疾而终。尽管如此，人们仍然忍不住要尝试。如今的他们既身陷囹圄，又享有自由。他们就是西柏林人，他们生活的城市已经被一堵密不透风的高墙包围，有些地方还围着带刺的铁丝网。狭长的交通通道——公路、铁路、航空线——仍然开放，但西柏林人已经与东边的同胞以及更远处的郊野彻底隔绝。西柏林人依然享有美英驻军的保护，他们也有稳定的工作、供应充足的商店和令人兴奋的娱乐生活——那毕竟是流行文化迅猛发展的 20 世纪 60 年代初。在这方面，柏林墙两侧时间流逝的速度略有不同。但西柏林人也是居住在一座孤岛堡垒上的异数，他们被一个坚信自身理想、宁愿杀人放火也在所不惜的政权所包围。

第二十一章　外面的世界

家庭离散，亲戚不知道是否还能再相见，最长久的友谊也已脱节，这种分割是绝对意义上的。艺术家和作家有时会将墙壁视为死亡的象征，因为谁也看不到墙的另一头是什么。作为神经过敏的冷战的边界线，柏林墙的执拗和决绝使其立即成为全球图景中重要的一部分。有一些柏林人从一开始就无法接受他们生活中出现的这一道新的界线，只不过这些人不是西柏林的岛民，而是理论上可以自由向东驰骋于广袤大陆的东柏林人。

西方各国政府纷纷表达了他们对于这堵墙的疑惧。1963年，肯尼迪（John Fitzgerald Kennedy）总统访问西柏林时，面对如潮的听众讲道："有人说，我们可以在欧洲等地与共产党合作。让他们来柏林看看。"[1] 但同样清楚的是，美国人绝不会采取任何行动推倒这堵高墙。既然它在矛盾重重中阻止了事态进一步升级，又何必冒着战争的风险动它？这个城市不稳定的量子状态如今已经被严格地一分为二。瓦尔特·乌布利希的政府——它或许真的相信自己刚告诉人民的那些话——坚称，这堵墙的目的是保护和捍卫其人民免受近似纳粹的美国势力的强取豪夺。[2] 有了它，柏林人才不用担心资本家无情的掠夺和剥削。

这堵墙最初的受害者之一——也是最先拒绝被柏林墙束缚的人之一——是时年80岁的老太太奥尔加·泽格勒（Olga Segler）。她的公寓就在刚好位于边界线上的贝尔瑙尔大街上，公寓楼大门虽然在苏占区，但她家的后窗外便是西方盟国的街道。两个世界之间的界线刚好穿过她的公寓。她女儿住在西柏林，距离她家步行只有几分钟，而年迈孤单的泽格勒夫人全靠她的照顾。1961年8月13日，柏林墙开始修建之时，泽格勒夫人和公寓楼里的所有住户突然遭到了软禁：卫兵在公寓楼附近日夜巡逻，还用木板将一楼住户的门窗封死，以防居民向楼后的街道叛逃。讽刺的是，走为上策的想法恰恰是在官方的严防死守之后才在人群中快速传开。在西柏林救火队的帮助下，下定主意逃走的居民纷纷从楼上跳下，落入下方张开的大网和床单之中。一位名叫艾达·西克曼（Ida Siekmann）的58岁居民——她是一位护士——最先在越境的过程中丧生：家住四楼的她先把一床羽绒被和一些细软扔到了西柏林的大街上，然后便一跃而下，只可惜救火队队员的防护网还差一点就张开了。[3]

几周后，东柏林安全部门宣布，所有居民将被迁出这栋住宅楼并另行安排住处，这令泽格勒夫人大为震惊。（她的邻居里包括当时已经十几岁的埃尔克·罗辛，她前不久刚刚从西柏林"带了几双尼龙袜子回家。她和父母住在二楼，此时也都知道此地不可久留，准备轻装逃离。）[4] 泽格勒夫人眼看着自己熟悉的生活一点点变得支离破碎，家住三楼的她似乎只有一个方向可走。她的女儿站在楼下约30英尺（约9.14米）处抬头注视着，这位80岁的老太太站在窗前看着救火队队员，准备纵身而下。她鼓足勇气跃下，并被成功地接住，但落地的姿势有点别扭，伤到了后背，第二天，她便撒手人寰，据说是她年迈的心脏实在受不了这样的磨难。[5]

这件事至少还算是场意外（这样的意外不计其数，包括很多人试图使用晾衣绳绕绳下降时受伤），而刻意的杀戮很快开始。24岁的年轻小伙金特·利特芬（Günter Litfin）是一个手艺上佳的裁缝，他虽然住在东边，却在西边工作，他的理想是成为戏剧服装设计师。1961年夏天，利特芬本已计划搬到西柏林夏洛滕堡的一间公寓里——同时要瞒着东柏林的官方，以免被贴上"共和国逃犯"的标签。[6] 柏林墙建立的前一天，他与母亲和妹妹一道前往西柏林玩。事后他们一同返回共产党控制区，而第二天利特芬就发现自己的未来之路被堵死了。他不愿就这样认命，于是立即开始考虑跨越边境的方案。1961年8月24日——柏林墙诞生数天后——利特芬出发了。在阳光炙热的午后，他一直躲在腓特烈大街车站附近的轨道之间；接着，他在交通警察的追逐下一路穿过夏里特医院，并在那里攀爬

第二十一章 外面的世界

上了一条紧邻施普雷河的围墙。他跳入水中,试图游到对岸,这时一座铁路桥上的警察喝令他马上停下。利特芬不听,于是警方开火。一颗子弹打穿了他的后脑,他就此成为首个在越境中被射杀的牺牲者。尽管他的尸身最终漂到了靠近西柏林的岸边,但整条河道都由共产党控制,而东柏林当局也于3个小时后打捞出利特芬的尸体。西柏林人群情激奋,而在东柏林,利特芬的家人是在被"人民警察"带走并通宵讯问时才得知了这一噩耗。[7]

有些人想要逃走,是有其迫在眉睫的政治原因的。时年25岁的铁路工程师乌多·杜利克(Udo Düllick)聪明机智而意气用事,抑制不住想要批评国家的冲动。1961年10月的一天晚上,他在一场工作聚会上与上级大打出手,并撕破了对方的制服。事后,杜利克乘坐出租车直奔东南方的华沙大街(Warschauer Strasse),逃往奥伯鲍姆桥(Oberbaum Bridge,一座19世纪的拥有仿中世纪风格桥塔的精美双层大桥)。午夜将至,杜利克在远离路灯光照之处脱掉了内衣,钻进了浑浊的水中。他几乎一下水就被发现了。照明弹划破黑暗,鸣枪示警过后,守卫见他拒不从命,于是开始瞄准射击。杜利克水性上佳,并且为了躲避子弹勇敢地下潜。官方派出船只拦截。杜利克浮出水面换了口气,然后再次下潜。他刚刚接近西柏林的河岸,却突然永远地消失在了漩涡当中。他的尸首被西柏林人捞起。人们最初认为他被枪击中,不过,他毫无伤痕的尸身似乎说明,最终打败他的是逃命的巨大压力引起的突发心脏病。[8]

然而,也有人——比如在柏林陷落的黑暗中出生的年轻人们——将全身心拥护民主德国的意识形态,并将其视若珍宝。在东柏林,居者有其屋(尽管热水供应一直时断时续,并且很多人家都遭到史塔西的恶意窃听),并且住房根据需求和个人情况供应;人人都有工作(虽然具体的工作内容和形式由政府当局决定)。一位自称西格里德·M（Siegrid M）的女士认为，东德政权为她提供了比在性别歧视的西方能得到的更多的机会，毕竟在东柏林，男人"会认真对待她的政治观点和职业发展愿望"。[9] 东柏林的女性可以兼顾事业的发展——她是一位新闻工作者——和生儿育女。而在西德，社会对于女性打破传统的相夫教子模式的限制仍然很大。

整个20世纪50年代和60年代，柏林早先对性取向的先锋态度在这座城市的东西两侧都得到了复兴。曾在魏玛共和国时期被废止却在纳粹统治时期重新启用，导致同性恋者被送往集中营的《德国刑法典》第175条再一次被悄无声息地摒弃，德国迫害同性恋者的历史也就此告一段落。尽管同性恋在理论上仍是一种犯罪，但"人民警察"无意对此深究。东柏林自1957年以后皆是如此。乌布利希政权的容忍亦有其限度：任何涉及同性恋群体的文学或者新闻作品仍会受到严格的审查，对同性恋人士正式集会的禁令也得到了毫不含糊的执行。不过，除此之外，千篇一律的民主德国终归找到了一种无声无息地接纳男女同性恋人士的方式。到了1968年，东德更是宣布同性恋行为合法（甚至比在这方面更加僵化保守的西柏林和西德早了一年）。到了20世纪70年代，男女同性恋者已经可以公开同居。一位被称作"约尔格·B"（Jörg B）的男性的故事足以反映那时家庭组织的灵活性：20世纪60年代末，还是学生的约尔格便搬去一间单间公寓与"一位男性爱人"同居；到了20世纪70年代，他遇见了自己未来的妻子，并于婚后住进了一间两居室的公寓；随后他们离婚，但仍然在一起居住，同住的还有约尔格那位来自古巴的新男友。[10] 这座拥有众多高楼大厦的新城很好地继承了老柏林某些见怪不怪的精神。

然而，对于在战火中降生的孩子来说，纳粹岁月中的一个黑暗的方面仍然阴魂不散，那便是迫切地希望侦知意识形态方面逾矩行为的安全机构对众多家庭的监控。20世纪60年代和70年代，史

第二十一章 外面的世界

塔西已经深深融入了东柏林和东德每个家庭之中：电话被监听，谈话时常被监控，在那些现代化的混凝土住宅楼里，很多一居室、两居室的公寓都内嵌了隐藏的监听设备。到了这个阶段，史塔西已经开始使用新的技术拆信，甚至可以使用机器以更快的速度批量地拆信和重新封口。无论什么人，只要严格地按照党的大会划定的范围行事而不出圈，生活就能风平浪静。可一旦有人被认为对当局的任何方面有所微词，那么他的社会关系和亲戚、家人都将面临严重的后果：长达几个小时充满敌意的讯问，监禁的威胁，甚至是失去工作。邻里间的闲话或者是公寓管理员的恶意，都足以彻底毁掉一个人的生活。对于很多东柏林人来说，要在私下小声表达不满的同时，确保自己在公共场合的言行坚定地与党的思想保持一致，这需要极大的自制力。从这个意义上讲，老一代人在隐藏自己的真实感受方面显然更有经验，他们早就学会了在纳粹的监视之下隐藏真实的自我，或许也将这一技巧传给了子孙。不过，即便是纳粹也没想过大规模安装监听设备这一招，这对所有人来说都是心腹之患。在漆黑一片的静夜里，任何人都可能会被自己的梦境——以及呢喃的梦呓——所出卖。

不过，即使是最不苟言笑的极权主义统治也在某种程度上依赖于民众的认同，而面对那个战后一代深陷披头士狂热和其他形式的流行文化痴迷中的世界，东德政权于20世纪60年代作出了自己力之所及的回应。东柏林的年轻人坚决要听被禁的靡靡之音——一如他们那些在纳粹统治年代沉迷于被审查的爵士乐和摇摆乐的父母。据说，瓦尔特·乌布利希曾经抱怨说，披头士的歌曲没完没了的"yeah yeah yeah"，麻木而单调（作为20世纪讲话最无聊的演说家之一，乌布利希能说出这样的话也是大胆）。柏林墙并没有风雨不透到东德的收音机收不到西柏林音乐广播节目的地步，于是，为了争夺人们的注意力，东柏林的电视和广播电台在整个20世纪60年代都充斥着令人愉悦、朗朗上口的施拉格（Schlager，曲调欢快、简单的音乐），甚至可以说，施拉格就是官方许可的流行音乐。伊娜·马特尔（Ina Martell）、克丽丝·德克（Chris Doerk）、露特·布兰丁（Ruth Brandin）等年轻靓丽的歌手身着明丽而庄重的长裙，演唱着充满勃勃生机的歌曲，有时甚至以东柏林现代主义风格的建筑为背景表演。她们的专业水准堪与西方媲美，在很多方面甚至与西利亚·布莱克（Cilla Black）、桑迪·肖（Sandie Shaw）等轻娱乐领域同行在花哨的英国电视节目中的表演一般无二。不过，尽管如此，东柏林的年轻人仍然知道他们错过了什么。在这个10年的末尾，1969年，一条席卷柏林的传言声称，滚石乐队将在传媒大亨阿克塞尔·施普林格（Axel Springer）在西柏林的新总部大楼楼顶举办演唱会。这条流言及其自西向东的传播，同样表明了要将一座城市彻底一分为二根本就是不可能完成的任务。流言越传越有鼻子有眼，连演唱会将在某月某日下午举办的安排似乎都已经敲定了。而阿克塞尔·施普林格大楼距离柏林墙如此之近，以至于大量东柏林年轻人开始聚集，决意不能错过这场盛事。这超出了史塔西容忍的限度——不仅是因为非法的大规模集会，更因为这种行为败坏了意识形态的纯洁性。很多年轻人被殴打，被拘捕，甚至被关押。在民主德国当局看来，光是有想听那种音乐的想法，便足以说明此人精神错乱，行为不轨，必须予以纠正。后来发生的事情表明，那条流言不过是流言而已，滚石乐队并未现身。

通俗的谍战惊悚片在20世纪60年代的西欧电影娱乐产业中占据主导地位，在这些影片里，东柏林总是被描绘成一片只有棕色和深灰色的荒凉之地。阿尔弗雷德·希区柯克（Alfred Hitchcock）的电影《冲破铁幕》（*Torn Curtain*，1966）中的东柏林是灰白的废墟、莫名空荡的街巷、漆黑高耸的国营宾馆以及诡异的废弃博物馆。不过，实际情况并没有这么简单。到20世纪60年代中期，重建的亚

第二十一章 外面的世界

历山大广场已经是一片由明快而现代的钢筋水泥与闪闪发光的玻璃和金属组成的生机勃勃、车水马龙的开阔之地：平整的广场上建有喷泉，一只精心雕刻的"世界时钟"（部分带有圆顶，配有代表太阳系的钢圈和圆球）以及（商品库存不多的）购物街和咖啡厅；而在西柏林，豪华的选帝侯大街上满是所售商品价格不菲的精品店和商店［以及陶恩沁恩大街（Tauentzienstrasse）上香气扑鼻的卡迪威百货（KaDeWe）］，霓虹灯标牌和糖果色的遮阳棚举目皆是，区分各家商店的只有华丽程度以及富裕程度的差别。东柏林的现实情况是，在那时候便已经出现了空空荡荡的货架和排队等待领取粮食的人群。但在建筑的意识形态方面，东西柏林之间有着奇异的趋同，二者不仅都诉诸混凝土材质的高楼大厦，更痴迷于探索混凝土雕造的全新可能：西柏林的一座教堂在整修中使用了棱角分明的全新混凝土造型，东柏林的一家动物研究实验室被建在一个优雅而弯曲的灰色结构当中，从某个角度看形似一头休憩中的大象。在住宅设计和建设方面（如果不考虑监听的话），西柏林仿照勒·柯布西耶（Le Corbusier）的马赛公寓（Unité d'Habitation）建设的线条笔直的高层公寓楼，与东柏林在20世纪70年代初建成的线条时尚、棱角分明的列宁广场公寓之间，除了造价不同（并且后者环绕一尊大型的列宁雕塑而建），几乎没什么分别。

柏林墙像一道钢筋水泥的伤疤，将这一切一分为二。不过，到了20世纪60年代末，即便是柏林墙也已经成了柏林在建筑方面那永远躁动不安的天性的一部分。与其所分隔的诸多建筑和街道一样，这堵墙就是一部可以重写的羊皮书卷，层次繁多，几经重整。1961年建起的第一代柏林墙——如果决策者当时另作主张，使用的建筑材料将很可能变成连环的带刺铁丝网而不是水泥，最终的产物也将是一道无法逾越的围栏而不是一堵墙——实属冲动之下仓促施工，谁也不知道它要用多久。部分区段的墙体历经风吹日晒开始坍塌,需要更换。一位观察人士认为,柏林墙表现出"强烈的变异倾向"。[11] 于是市中心区段的墙体被整修一新,新加盖的哨卡高塔更让人不禁想起昔日的集中营。部分区段的墙体加固后,还在顶部加装了圆形的水泥管道,这样一来,即便有人能成功爬上墙壁,带弧度的新表面也足以让他们因没有抓手而无法翻越。

当然,柏林墙致伤致死、造成家破人亡的残酷现实,并未因墙体的翻修而改变。1968年,当巴黎等西方城市的学生走上大街煽动革命之时,东柏林人正想方设法地逃脱革命所制造的噩梦。一些拥有工程技能和经验者精心设计并建造了从公寓楼地下室出发的穿墙地道(只不过这些行动往往被无处不在的史塔西通过侦查得知),其他人则一时冲动选择了更加绝望的方式。时年25岁的家具装潢工人迪特尔·韦凯瑟(Dieter Weckeiser)和他22岁的妻子埃尔克(他在此之前曾有过一段婚史,育有三个幼子)执着地想要回到他曾与母亲居住过的西柏林。1968年2月一个冰冷的夜晚,这对年轻的夫妇下定决心要踏上一段大胆的旅途:他们要翻越德国国会大厦附近的带刺铁丝网和警犬,爬上10英尺(约3米)高的围栏,游过刺骨的施普雷河,然后还要设法翻过河对岸高大的混凝土界墙。结果他们连第一关都没有闯过。当晚约11时,岗哨卫兵发现他们试图穿越铁丝网。卫兵免去了鸣枪示警的繁文缛节,灼热的子弹在空中翻飞。迪特尔颅骨碎裂,埃尔克腿部和胸部中弹。女方首先殒命,男方第二天也随之而去。[12] 开枪者则受到了嘉奖和升职。

在西柏林人看来,那些或丧于水中或殒命"死亡地带"的死难者,彰显了这个被野蛮分割的城市真正的不屈精神。人们声称时常在死亡地带附近听到枪响,他们并没有听错。据估算,1961年到1989年之间,约一两百人在试图翻越柏林墙的过程中丧生(尽管在最后一些年中,伤亡人数有所减少,但恐怖仍在)。然而,冷战并非一成不变,东西柏林同样日新月异。1969年落成的民主德国柏林

第二十一章　外面的世界

电视塔（Berlin Television Tower）刺破了这座城市的天际线——这座1200英尺（约365.76米）的高塔拥有超前的纤细线条以及顶部酷似一颗苏联卫星的大球。尽管柏林墙的施工成本导致东柏林财政紧张，但当局仍然筹集到了足够的资金，用来修筑这座标志着社会主义未来主义的丰碑。

外交环境也在发生变化：热衷"东方政策"（Ostpolitik，一种决心与另一半德国推进正常关系的乐观主义精神）的西德总理维利·勃兰特（Willy Brandt）掌权，以及近来美苏关系的改善［此时苏联的当权者为列昂尼德·勃列日涅夫（Leonid Brezhnev）］使东西德双方的紧张关系出现了虽然微小却意义重大的缓和。到了20世纪70年代末，分割在柏林墙两边的家庭终于可以再次通话了。民主德国当局还在老人的问题上作出了让步，允许退休老人自愿从东柏林越境前往西柏林乃至西德其他地区，与边界对面的家人团圆。对于某些老人来说，这一政策放松来得未免太迟，毕竟他们身处柏林墙另一侧的高龄亲人和失散多年的挚友多已亡故。但对于年轻人来说，轻微的解冻同样意义重大。1971年，在位多年的瓦尔特·乌布利希（被迫辞职）让位于继任者埃里希·昂纳克（Erich Honecker）。昂纳克时年58岁，当了一辈子的党干部。他戴着眼镜、身穿浅褐色正装的画像高挂在每间教室中。昂纳克渴望让东德作为一个国家的合法性得到认可。西柏林人这时可以获准到东柏林短期访问，但限制条件是他们必须将一定金额的西德马克兑换成东德马克（Ostmark）。尽管如此，日间访问的可能对于很多家庭来说仍是奇迹降临般的惊喜。昂纳克的死板不亚于乌布利希，而在他的治下，史塔西在规模和影响力方面都与日俱增，其触角已经伸到了所有东德人生活最私密的角落。不过，昂纳克深知世界的目光聚焦柏林，并精明地用起了"消费者社会主义"这样的词汇，到1972年更是成功地让东德被接纳为联合国的正式成员。在西欧遭遇欧佩克石油危机经济余震的10年里，伴随着通货膨胀和经济衰退，东柏林萧条的大街小巷与欧洲其他市中心别无二致——从科隆到伯明翰，野兽派的钢筋水泥图景如今已经比比皆是。

新兴的人权文化同样引起了昂纳克的注意。1975年的赫尔辛基欧洲安全与合作会议（Helsinki Conference on Security and Cooperation in Europe）上，东西方各国共同签署了《赫尔辛基协定》（Helsinki Accords），在保障签约国领土完整的同时，承诺尊重包括思想在内的基本自由。其核心理念在于通过深化合作——不限于政治方面，还包括产业、知识、科学和艺术等方面——推动长期的和平。该协定暗示西方民主政体与东方共产主义阵营在道德上拥有平等地位，进一步增强了民主德国的合法性。然而，尽管东德当局不再对政敌一关了之，而是改将很多异见人士驱逐到西柏林以及西方其他地区（对很多异见人士来说，被民主德国驱逐出境定然也是求之不得），但在昂纳克看来，两个超级大国意识形态之间势同水火的敌对容不下可以自由通行的边界。"如何确保长久的和平？"他在20世纪70年代末期宣称，"有人说，我们只需要更多的互访和人文交流。生活的现实已经表明，这一立场不仅幼稚，更是有意的欺骗。它误导人们走上错误的轨道，让人们无视战争危险的根源……而这种危险就是一小撮最好斗的垄断资本主义分子持续不断地推波助澜造成的。"[13]柏林曾是世界上最开放的城市之一，而如今，半个城市在恐惧中保守退缩。不过，在某种意义上，这种恐惧对昂纳克一代人来说是可以理解的：他们见证过纳粹的崛起，也不难想象其会以某种新的形式死灰复燃。

20世纪70年代，柏林墙是整个欧洲地缘政治结构的基石。东西双方都有观点认为，任何试图将柏林墙整体或者部分移除的努力

第二十一章　外面的世界

都将造成致命的不稳定性，并在欧洲大陆各地造成裂隙和断层。苏联与东德设想了若干兵棋推演般的假想场景：如果民主德国拆除柏林墙，将产生什么结果？如何抵挡侵略性"垄断资本"的猛攻？民主德国应作何回应？要占领柏林全境并将其正式并入民主德国需要多大规模的兵力？为了维护这一胜利果实，需要向欧洲其他国家额外拓展多大的疆域？但此类兵棋推演最终均以核战争告终。冷战逐步升级，洲际导弹启用，纳粹火箭科学家沃纳·冯·布劳恩或许曾经梦寐以求的遥控大屠杀成为现实。仿佛东西柏林是一对正反物质的矛盾体，强迫二者合而为一只能导致恐怖的链式反应，引发无法阻挡的大规模核灾难。

柏林墙于20世纪70年代中后期经历了进一步的翻新，以接近"其他国与国之间的边界"，[14] 尽管放眼全球，像这样的边界似乎绝无仅有。在翻修过的区段，混凝土的墙体"无缝般光滑"。[15] 预制的砖块在其他地方预先经过了测试——要检验的不是砖体的强度，而是其承受妄图越境者攀爬、破坏的能力。当局筛选出"运动健将"[16]参与试验，看他们是否能成功翻越，还有试验是操纵装满炸药的"小型卡车"对墙体发起冲撞。测试取得圆满成功，市中心的墙体就这样被分段重建。在界墙的西侧，全新的光滑表面成了送给涂鸦艺术家的大礼，后者在墙上涂画了大量讽刺肖像和标语。就这样，硕大无朋的压迫象征成了柏林桀骜不驯精神的代表，这还真是讽刺。

在民主德国一边，有一位在20世纪70年代中期亲历了柏林墙新区段建设的卫兵，经过一个小时接一个小时的凝视和思考之后，突然意识到一个将他生活中的所有假设彻底翻转的可怕真相。从前他接收的信息一直是，这堵墙最重要的目标是拒敌于门外。"他们总是说，这是一道保护人民的反法西斯壁垒，"这位没有留下姓名的卫兵后来表示，"但整堵墙是从后往前建的……建这堵墙是为了不让我们这边的人越境到另一边。但另一边的人却可以轻易地翻墙过来……就在这时，我突然意识到了事情的真相。而在此之前，我一直没有看到那堵墙的存在。"[17]（多年来，若干边境卫兵利用自己的有利位置，抓住稍纵即逝的机会逃到了西边。这些人的数量虽然不多，却一直让民主德国当局感到尴尬。）

与任何极权政体的情况一样，有很多奉命守卫柏林墙边界的卫兵为自己拥有开枪的权力而得意扬扬，但也有人并非如此。1981年发生的一起悲剧凸显出这些边境守卫所面临的痛苦抉择：来自巴伐利亚的年轻医生约翰内斯·穆朔尔（Johannes Muschol）驾车经由穿越东德乡间的过境公路到西柏林访友。他患有精神分裂症，那段时间精神状况不佳。一日，他突然人间蒸发，消失了一段时间，后来却不知怎的出现在了东柏林的一家疗养院。没有人知道他究竟是怎样跨过了边境，到了那里。穆朔尔医生被东柏林当局送回，但随后又出现在靠近北郊老赖尼肯多夫（Alt-Reinickendorf）的柏林墙附近。他借助墙体旁边的一个"观景平台"爬上了柏林墙，接着落入了死亡地带。[18]一个执勤的卫兵看到穆朔尔医生显然不太对劲，他走上前去，告诉穆朔尔医生不要再往前走。魂不守舍、虚弱不堪的医生不顾他的劝告，朝着9英尺（约2.74米）高的内墙跑去，那卫兵只得在后面跟随。卫兵告诉医生，他不想开枪，可他还没来得及进一步安抚，医生便突然抽搐倒地，吓得他一惊。原来是哨塔上的另一个卫兵开了火。事后，史塔西立刻行动起来，掩盖真相。穆朔尔医生的尸体被送去火化，而火化的费用是用他钱包里找到的钱支付的。西柏林方面最初只能确认有人被击毙，东柏林政府拒绝确认死者的身份。这给穆朔尔医生的家人增添了毫无必要的痛苦，他们等待了多年才收到官方的确认。[19]除了史塔西，面对周遭世界的变化依旧故步自封的政权和安全部门，同样对此事难辞其咎。而随着1985年米哈伊尔·戈尔巴乔夫（Mikhail Gorbachev）在苏联上台，并对这个僵化、腐朽、越来越难以为继的体制作出现实的评估，压

第二十一章　外面的世界

迫人民的东柏林独裁政权变得日益不合时宜、落后于时代。顽固地采取强硬路线的埃里希·昂纳克与自由化改革——包括戈尔巴乔夫在苏俄推行的开放政策（*glasnost*，亦即允许某种程度的自由表达）龃龉日深。通过（仍然被禁的）西柏林电视和广播节目，东柏林人敏锐地意识到共产主义的庞大冰山正咯吱作响，分崩离析。

此时，朋克摇滚终于在东柏林的某些角落获得了一席之地，剪着招摇的莫西干发型的勇敢年轻人演奏着震耳欲聋的音乐，并出人意料地在路德派教会中找到了坚定的盟友。无论是朋克摇滚音乐本身还是这种风格，都为民主德国政权所严格禁止，史塔西甚至派出探员乔装成朋克风格，混入东柏林的朋克摇滚组织。某些教堂的社区会堂给朋克爱好者提供了容身之地，因为尽管共产党痛恨有组织的宗教，但在当局看来，通过袭击教堂来强行压制这种音乐的做法同样是不明智的。表面上看，或许朋克摇滚乐爱好者与路德派教众之间的结盟并非毫无可能：与朋克爱好者一样，生活在多疑且充满敌意的当局统治下，神职人员也拥有一种韧性和一定程度上的反抗精神；而面对富有攻击性和压迫性的政权，教会和年轻的朋克摇滚乐迷都珍视内心情感和思想的坦诚表达。

然而，即便到了20世纪80年代末，当世界大潮再次变幻之时，仍有东柏林人因试图离开而失去性命。最后一位因尝试翻越柏林墙而丧生的人，是时年32岁的电气工程师温弗里德·弗罗伊登贝格（Winfried Freudenberg）。他与妻子扎比内（Sabine）于1988年末终于受够了东柏林的生活，决定要去西边追求更多的机会。二人都受过理工科的训练，他们制订出了一个大胆却又切实可行的方案。温弗里德在东柏林的一家国有能源公司的燃气供应部门找了一份工作。在接下来的数月中，夫妻二人购入了大量的聚乙烯薄膜和结实的胶带。

1989年春，二人准备妥当。3月7日傍晚，他们驾车来到城北郊外林木茂密的布兰肯堡（Blankenburg），温弗里德有权限进入当地的一座储气站。在一片漆黑的储气站院子里，温弗里德夫妇开始向他们费尽心力制成的巨大热气球里灌注燃气。但随着气球越来越大，可怕的意外发生了：另一个厂区的一个工人看到了气球，打电话报告了当局。等到当局赶到时，气球已经接近充气完毕，马上便可以起飞。但温弗里德夫妇慌忙中担心气球无法承载两个人。情急之下，夫妻二人决定，让温弗里德只身逃走。缆绳被切断，热气球升入夜空，几乎立即撞上了半空的电线。

温弗里德摆脱了电线，但他们终归是忙中出错：气球本应搭载两人，但现在压舱物过轻，导致上升速度过快，失去了控制。气球的方向没有问题——确实是朝着西柏林飞去——但气球受到了一些损伤，温弗里德似乎无法控制其高度。就这样，他未能按预计的那样在一个小时的飞行后在西柏林降落，而是无助地在越来越冷的夜空中飘浮，无依无靠。最终气球升到高空，并在不同方向气流的影响下彻底失控。随后发生的事情，西柏林当局只能从恐怖的结果中作出推断：一种理论认为，温弗里德·弗罗伊登贝格曾试图爬上绳网割破气球布，以便让气球下落，却因为温度过低而失足。或许他的手已经彻底冻僵了，以致无法抓握。无论原因为何，他最终从数百英尺的高空跌落，坠入西柏林格鲁内瓦尔德附近一户人家的后花园，他本人粉身碎骨，当场毙命。[20] 他的孀妻扎比内被东柏林当局逮捕，被控"图谋非法越境"，并被从宽处理——按照史塔西的标准——处以缓刑三年。[21]

1989年10月27日，扎比内获得赦免，亲眼见证了东柏林政府的土崩瓦解。冷战时期暂时的解冻变成了冰融雪化之后晶莹剔透的激流。11月9日，随着迷茫的官员在一场混乱的东柏林政府新闻发布会上宣布所有边境立即开放，在"一战"过去70多年后，最新的柏林革命正在发生。只不过这一次，冷酷无情的卫兵放下了手

第二十一章 外面的世界

中的武器。聚集在柏林墙两侧的如潮人群既是参与者也是见证者，而柏林墙的突破不仅是真实发生的事实，更是象征意义极强的符号。欢欣鼓舞的人们难以相信，过去几十年中牢牢掌握这片大陆的极权主义顽固势力，竟然一夕之间便魂飞魄散。1989年11月9日晚，分隔两地的柏林人自1961年以来首次完全自由地团聚在一起，他们泪流成河。对于东柏林人来说，这更是自1933年纳粹掌权以来他们首次享受到的真正的自由。20世纪最后一场柏林革命确实具有决定性的意义：曾用来压迫人民的高墙被舞蹈欢庆的人们踩在脚下，被无数兴高采烈的纪念品搜集者砍砸。这虽不似历史学家弗朗西斯·福山（Francis Fukuyama）那句陈词滥调所说，标志着历史的终结（实际上这也的确并非福山的本意），但对于柏林而言，这一切终于告一段落。

后记

那堵墙仍立在原地，死亡地带和哨塔也一样，它们都作为那段疯狂时光的碎片得以保留。这是贝尔瑙尔大街上作为官方博物馆而被保留下来的一小段短墙，这里气氛肃穆，几乎成了一个圣地。如果现实便是丰碑，那么又何必纪念？从这个意义上讲，柏林似乎对隐喻十分反感。其他保留了柏林墙区段的，还有在圣黑德维希教堂（St Hedwig）墓园里的一段、施普雷河边大约 1 英里（约 1.6 千米）长的一段 [118 位画家在这面混凝土墙上挥毫泼墨，构成了柏林墙东区画廊（East Side Gallery）] 以及波茨坦广场上如哨兵般矗立的残垣。当然，还有已随上百部谍战电影而在西方的想象中不朽的查理检查站（Checkpoint Charlie）保留下来的那一段。

不过，当代柏林同样是一份可以反复抹去重写的羊皮书卷。在 1945 年，以及 1989 年共产主义倒台之后，很多东西都被抹去了，而人们似乎本能地想要保护好他们仅有的记忆，将历史的回声收藏在一砖一石之中。弗里德里希斯海因区有一家名闻遐迩的夜店名为伯格海恩（Berghain，它是柏林诸多知名夜店之一），夜店所在的大楼原是一座大型发电站，建筑为苏式新古典主义风格，1953 年由东德政府建设，20世纪80年代停用。这座破败的地标建筑地处原先的边境旁。如果放在欧洲其他城市，这庞大的工业废墟定会被改建成豪华公寓或者博物馆［正如伦敦的老岸边发电厂（Bankside Power Station）］。相反，柏林人将它献给了堪称其另一大传统的动感音乐，以及精心筹备的享乐主义。附近其他昔日的工业厂房中，如今传出震天的工业音乐，而位于弗里德里希斯海因旧工厂之中的仙后座（Cassiopeia）等夜总会，到了夜晚更闪烁着艳丽的黄色和紫色灯光。库尔特·图霍尔斯基如果从20世纪20年代的月神公园穿越而来，定能理解这种趁夜寻欢作乐的想法。同样地，性学研究的先驱马格努斯·赫希菲尔德或许会被现代版本的奇巧俱乐部（KitKatClub）逗笑，那里的各色私密空间和凹室可供拥有特殊嗜好的人士尽享欢愉。哲学家瓦尔特·本雅明或许也能完全理解此类去处的精神："一战"之后，他谈及有一次造访柏林一家夜店的经历时写道，正是店中一位"身着一件紧身白色水手服"的年轻烟花女子"定义了我接下来多年春梦的模样"。[1]

然而，还有其他的历史线索在这座城市中延续——有些甚至可谓出人意料。18世纪建成、曾一度贵为皇居的宏伟的柏林宫重建后，以"洪堡论坛"（Humboldt Forum，其本身便是对亚历山大·冯·洪堡的令人满意的致敬）的面目重新示人，不仅引起了一些人的非议，更让霍亨索伦家族某些成员多年来要求收回1945年被入侵苏军夺走的艺术品和财产的努力进入了公众的视野。某些人的心中是否依然默默盼望，有朝一日他们能重回权势之位？

要真正了解一座城市，信步闲游永远是最好的方式。秋日将至的9月，在金色暖阳的照耀之下，城市的街巷楼宇都沐浴在灿烂的光芒之中，让人得以窥见多年间许许多多人不畏艰难险阻也要来到此地的原因。在莫阿比特（库尔特·图霍尔斯基的地盘），高大的白色公寓楼的露台仍保留着几分威廉帝制末期的庄重；选帝侯大街附近美丽的林荫路虽然在战争中悉数被毁［比如小而美的普拉格尔广场（Prager Platz）］，但经过战后细致的重建，却让人几乎感觉不到当年的伤痛。即便是已成俗套旅游景点的查理检查站也洋溢着某种热情与活力。画家、音乐家与各色行为不羁的文化人在改作他用的空旷工厂和废弃的火车站中，表达着离经叛道程度丝毫不亚于乔治·格罗兹和包豪斯学派的艺术本能。柏林是否一直偏爱年轻人？1989年的那个夜晚，身穿石洗*牛仔的年轻男女翻越柏林墙的画面帮助人们巩固了心中对于这个城市一直以来的一种感觉，那便是即使面对法西斯主义和铁石心肠的共产党威权，这个城市总有一些人是打心底反对极权主义的。柏林人那出了名的冷嘲热讽的尖刻幽默是任何人都压不住的。实质上，无论是希特勒还是斯大林，都从来没有真正拥有过这座城市。无论他们怎样试图将他们的历史强加给这座城市的人民、铭刻在街巷之上，无论他们用卍字花环引诱还是以整齐划一的意识形态威逼，这座城市的内心永远顽强地不为所动。

　　历史不会结束。谁又能猜到席卷柏林的下一场革命将以怎样的形式发生？不过，这个城市如洪堡海因混凝土高射炮塔周围五彩斑斓的野花一般历经20世纪的恐怖烈火，却顽强幸存并再度绽放的特质，让我们有理由对它抱有信心。如果说城市有灵，那么或许我们可以确定，年轻、开放、叛逆的柏林之魂必将永存。

---

* 一种纺织品制造工艺，将新制作的衣物放入装满石头的工业洗衣机中，使石头反复敲击和磨损新衣表面，令新衣具有仿旧的外观，其历史可以追溯到20世纪60年代，流行于80年代。

致谢

过去的几年对于每个人都极为艰难，我对许许多多帮助过我的人士的感激和谢意也因此比平日更深。首先，我要对在时代见证者中心做出出色工作的格特鲁德·阿兴格尔（Gertrud Achinger）和埃娃·格费斯博士（Dr Eva Geffers）表达敬意，他们不仅拨冗与我会面，更为我提供了一系列丰富的材料。这个令人赞叹的组织已经帮助大量此前未能讲出他们非凡故事的老一代柏林人发声：战后层层积累的集体负疚得以释怀，富有启发性的鲜活记忆终于重见天日。为了让内容贡献者的声音得以超越他们的生命而延续，时代见证者中心不仅制作文字和影像的记录，还组织精彩的教育活动，让老人得以面对面与年轻一代分享经历。此外，他们每月提供的简讯，时常包括篇幅短小却细节丰富的当代见证者的记忆，内容从"一战"后的操场游戏到被柏林墙分隔两地的痛苦，多种多样，您可以访问 https://zeitzeugenboerse.de/ 了解更多信息。除此之外，德国联邦档案馆（Bundesarchiv）保存着关于柏林生活的书信、录音、影像资料等各类材料，您可以访问 www.bundesarchiv.de/EN/Navigation/Home/home.html 了解详情。

柏林异乎寻常的犹太人博物馆（Jewish Museum）同样使我受益良多，该馆关于柏林犹太人生活的展览令人震撼、使人动容，启发了我很多的探究思路。该馆的馆藏档案（www.jmberlin.de/en/archive）同样非同凡响，其中包括日记、文件、书信和纪念品，时间上涵盖了 19 世纪到 20 世纪形势不断恶化的时期乃至"二战"之后。该档案馆与重点关注纳粹暴行与恐怖的伦敦维纳图书馆（Wiener Library，网址：wienerholocaustlibrary.org）亦有很深的渊源。

我还要一如既往地感谢伦敦图书馆（London Library），感谢其浩瀚的馆藏，它们包含成百上千件令人意想不到的历史珍宝（也感谢伦敦图书馆在那个受到诸多限制的时期为了尽量维持公众访问和使用所作出的努力）；感谢拥有价值难以估量、堪称历史学奇迹的报纸档案的大英图书馆（British Library），以及英国国家档案馆（National Archives）。

我要向维京出版社（Viking）的出版人丹尼尔·克鲁（Daniel Crewe）致以深深的谢意——写作这本书的点子（又一次）来自他。正是在他睿智而耐心的监督之下，本书得以安全抵达最终的港湾。衷心感谢本书组稿编辑康纳·布朗（Connor Brown），他高明的点评和建议帮我度过了写作当中最迷茫的阶段。特雷沃·霍伍德（Trevor Horwood）再一次用他明了、出色的编辑工作证明他是清晰文字和诗意表达的使者。感谢富含创意、擅长横向思维的奥利维娅·米德（Olivia Mead）在本书宣传工作方面的活跃表现，感谢埃玛·布朗（Emma Brown，编务管理）和安妮·安德伍德（Annie Underwood，图书制作）。衷心感谢我出色的代理人、自始至终帮助我做出妥帖安排的安娜·鲍尔（Anna Power），以及助我促成各种海外授权协议的海伦妮·巴特勒〔（Helene Butler，以及同样在海外授权方面做出出色工作的克莱尔·莫里斯（Claire Morris）〕。我还要对常驻柏林的电视节目主持人丹尼斯·瓦格纳（Dennis

Wagner）说一句谢谢，去年我在录制节目时曾与他共度了一天的时光（虽然他可能已经不记得这件事了），正是他不经意间的幽默以及在民主德国成长时的见闻，启发我展开了对若干问题的研究和探索。既然如今全世界都已摆脱了隔离的束缚，没到过柏林的朋友不妨一去。哪怕时至今日，这座非凡且热情的城市仍然可以教给我们很多东西。

参考文献

1. Anonymous, *A Woman in Berlin,* trans. Philip Boehm (Virago Modern Classics, 2011)
2. Hannah Arendt, *The Origins of Totalitarianism* (Penguin Classics, 2017)
3. Antony Beevor, *Berlin: The Downfall, 1945* (Viking, 2002)
4. Walter Benjamin, *One Way Street and Other Writings,* trans. J. A. Underwood (Penguin Classics, 2009)
5. ——, *Reflections: Essays, Aphorisms, Autobiographical Writings,* trans. Edmund Jephcott (Mariner, 2019)
6. John Borneman, *Belonging in the Two Berlins: Kin, State, Nation* (Cambridge University Press, 1992)
7. Denis Brian, *Einstein: A Life* (John Wiley 1996)
8. Alfred Döblin, *Berlin Alexanderplatz,* trans. Michael Hofmann (Penguin, 2018)
9. Magdalena Droste, *Bauhaus, 1919–1933* (Taschen, 2015)
10. Joseph Goebbels, *The Goebbels Diaries* (Hamish Hamilton, 1948)
11. Vasily Grossman, *A Writer at War: Vasily Grossman with the Red Army, 1941–1945,* ed. and trans. Antony Beevor and Luba Vinogradova (Pimlico, 2006)
12. George Grosz, *A Small Yes and a Big No: The Autobiography of George*

Grosz, trans. Arnold J. Pomerans (Allison & Busby, 1982)

13. W. L. Guttsman, *Workers' Culture in Weimar Germany: Between Tradition and Commitment* (Berg, 1990)
14. Franz Hessel, *Walking in Berlin: A Flaneur in the Capital*, trans. Amanda DeMarco (Scribe, 2016)
15. Eric Hobsbawm, *Interesting Times: A Twentieth Century Life* (Allen Lane, 2002)
16. Florian Huber, *Promise Me You'll Shoot Yourself: The Downfall of Ordinary Germans, 1945*, trans. Imogen Taylor (Allen Lane, 2019)
17. Christopher Isherwood, *Christopher and His Kind* (Vintage Classics, 2012)
18. Harald Jähner, *Aftermath: Life in the Fallout of the Third Reich, 1945–1955*, trans. Shaun Whiteside (WH Allen, 2021)
19. Marie Jalowicz-Simon, *Underground in Berlin: A Young Woman's Extraordinary Tale of Survival in the Heart of Nazi Germany* (Back Bay Books, 2014)
20. Tony Judt, *Postwar: A History of Europe Since 1945* (William Heinemann, 2005)
21. Jennifer M. Kapczynski and Michael D. Richardson (eds.), *A New History of German Cinema* (Camden House, 2012)
22. Ursula von Kardorff, *Diary of a Nightmare: Berlin, 1942–1945* (Rupert Hart-Davis, 1965)
23. Erich Kästner, *Going to the Dogs: The Story of a Moralist*, trans. Cyrus Brooks (NYRB Classics, 2013)
24. Ian Kershaw, *The End: Germany, 1944–1945* (Allen Lane, 2011)
25. Count Harry Kessler, *The Diaries of a Cosmopolitan: Count Harry Kessler, 1918–1937* (Weidenfeld and Nicolson, 1971)
26. Victor Klemperer, *The Language of the Third Reich (A Philologist's Notebook)*, trans. Martin Brady (Athlone Press, 2000)
27. Hildegard Knef, *The Gift Horse* (André Deutsch, 1971)
28. Rory MacLean, *Berlin: Imagine a City* (Weidenfeld and Nicolson, 2014)
29. Roger Moorhouse, *Berlin at War: Life and Death in Hitler's Capital, 1939–*

1945 (The Bodley Head, 2010)
30. Vladimir Nabokov, *The Gift* (Penguin Modern Classics, 2017)
31. Michael J. Neufeld, *Von Braun: Dreamer of Space, Engineer of War* (Knopf, 2007)
32. Larry Orbach and Vivien Orbach-Smith, *Young Lothar: An Underground Fugitive in Nazi Berlin* (I. B. Tauris, 2017)
33. Richard Overy, *The Bombing War: Europe 1939–1945* (Allen Lane, 2013)
34. Jan Palmowski, *Inventing a Socialist Nation: Heimat and the Politics of Everyday Life in the GDR 1945–1990* (Cambridge University Press, 2009)
35. Heinz Rein, *Berlin Finale*, trans. Shaun Whiteside (Penguin Modern Classics, 2017)
36. Alexandra Richie, *Faust's Metropolis: A History of Berlin* (Harper Press, 1998)
37. Joseph Roth, *What I Saw: Reports from Berlin, 1920–1933*, trans Michael Hofmann (Granta, 2003)
38. Wolfgang Schivelbusch, *In a Cold Crater: Cultural and Intellectual Life in Berlin 1945–1948* (University of California Press, 1998)
39. Gitta Sereny, *Albert Speer: His Battle with Truth* (Macmillan, 1995)
40. Sam H. Shirakawa, *The Devil's Music Master: The Controversial Life and Career of Wilhelm Furtwängler* (Oxford University Press, 1992)
41. William L. Shirer, *Berlin Diary: The Journal of a Foreign Correspondent, 1934–1941* (Hamish Hamilton, 1942)
42. Albert Speer, *Inside the Third Reich*, trans. Richard and Clara Winston (Weidenfeld and Nicolson, 1970)
43. Paul Stangl, *Risen from Ruins: The Cultural Politics of Rebuilding East Berlin* (Stanford University Press, 2018)
44. Carola Stern, *Ulbricht: A Political Biography* (Pall Mall Press, 1965)
45. Hans- Georg von Studnitz, *While Berlin Burns: The Diary of HansGeorg von Studnitz, 1943–1945*, trans. R. H. Stevens (Weidenfeld and Nicolson, 1964)
46. Adam Tooze, *The Deluge: The Great War and the Remaking of the Global*

Order, 1916–1931 (Allen Lane, 2014)

47. Kurt Tucholsky, *Germany? Germany! Satirical Writings: The Kurt Tucholsky Reader,* trans. Harry Zohn (Berlinica, 2017)

48. Marie 'Missie' Vassiltchikov, *The Berlin Diaries 1940–1945 of Marie 'Missie' Vassiltchikov* (Chatto & Windus, 1985)

49. Charlotte Wolff, *Magnus Hirschfeld: A Portrait of a Pioneer in Sexology* (Quartet, 1986)

50. Marshal G. K. Zhukov, *The Memoirs of Marshal Zhukov* (Jonathan Cape, 1971)

注释

前言 "每个城市都有历史，但柏林的历史太多了！"

1. 摘自 1968 年 9 月斯蒂芬·斯彭德为《纽约书评》(*New York Review of Books*) 撰写的颇具见地的文章 The Young in Berlin，文章虽然主要谈学生政治，但也提到了西柏林街上行人的表情中体现出的某种延续性。
2. 摘自 1930 年约瑟夫·罗特的文章 Stone Berlin，见于其文集 *What I Saw: Reports from Berlin, 1920– 1933,* trans. Michael Hofmann (Granta, 2003)。
3. 摘自 1997 年 8 月安东尼·格拉夫顿（Anthony Grafton）为《纽约书评》撰写的文章 Hello to Berlin。
4. 摘自 'Berlin in Pictures: Weimar City and the Loss of Landscape' by An Paenhuysen, *New German Critique*, no. 109, Winter 2010。文章论述了电气革命对柏林审美的改造，以及新生的城市景观制造出的冲突。
5. 摘自 1929 年时任外交官的哈罗德·尼科尔森（Harold Nicolson）在 *Der Querschnitt* 杂志上发表的文章 The Charm of Berlin。与同时期很多有关柏林的记忆一样，文中也提到了"高架列车"的轰鸣。
6. 摘自 2008 年 1 月艾瑞克·霍布斯鲍姆为《伦敦书评》(*London Review of Books*) 撰写的文章 Memories of Weimar。后文将提到的霍布斯鲍姆本人的回忆录对那段时期作了详细的记述。
7. *A Small Yes and a Big No: The Autobiography of George Grosz,* trans. Arnold J. Pomerans (Allison & Busby, 1982), first published in 1955. 该书引人入胜、令人捧腹，记述了作者丰富多彩的生活。
8. 摘自 *Financial Times,* 13 September 2019。

第一章　栖身黑暗中的人们

1. 摘自 *A Woman in Berlin* (1954), 作者佚名（不过被广泛认为是记者玛尔塔·希勒斯），trans. Philip Boehm (Virago Modern Classics, 2011)。如后文所讲，该书是对那段时期柏林女性恐怖经历的最为感人至深、细节也最为丰富的记述。
2. 包括 *A Woman in Berlin* 在内的同时期多部日记都提到了这一点。
3. 摘自杰里米·希克斯（Jeremy Hicks）对西蒙诺夫的作品 The Extermination Camp 以及其后由作家瓦西里·格罗斯曼记述的死亡集中营情况的评论，该文发表于 2013 年 4 月的《俄罗斯评论》(*Russian Review*)。
4. 布丽吉特·伦普克的恐怖回忆为时代见证者中心收纳，并见于 2003 年发表的一部题为 *Jugend Unter Brauner Diktatur* 的简短专著。时代见证者中心的月度新闻简讯包含一系列精彩的故事，不限于柏林的战争，还涉及战前及战后柏林的日常生活。参见：https://zeitzeugenboerse.de。
5. Philip E. Mosely, 'The German Occupation: New Light on How the Zones Were Drawn', *Foreign Affairs*, July 1950.
6. *Daily Telegraph*, 2 April 1945.
7. 摘自 Nicholas Stargardt, *The German War* (2015)。
8. 格尔达的故事见于 Elinor Florence 细节丰富、引人入胜的博客文章，参见 www.elinorflorence.com/blog/berlin-bombing/。
9. 摘自 *The Language of the Third Reich (A Philologist's Notebook)* by Victor Klemperer (Athlone Press, 2000), first published in Germany in 1957。作为常驻德累斯顿、在大屠杀及汽油弹轰炸中幸存的犹太学者，克伦佩勒教授的日记和思想令人信服。这本书揭示了纳粹用来挟持德国为己所用的种种手段。
10. Ibid.
11. Ibid.
12. 摘自 *Submerged on the Surface: The Not So Hidden Jews of Nazi Berlin, 1941–1945* by Richard N. Lutjens Jr (Berghahn Books, 2019)。
13. Ibid.
14. 摘自 *Underground in Berlin: A Young Woman's Extraordinary Tale of Survival in the Heart of Nazi Germany* by Marie Jalowicz-Simon, trans. Anthea Bell (Back Bay Books, 2014)。
15. Ibid.
16. 摘自 *Seeking Peace in the Wake of War* (Amsterdam University Press, 2015), ed. Stefan Ludwig-Hoffmann, Sandrine Kott et al。
17. Ibid.
18. Ibid.
19. 摘自 'Germans into Allies: Writing a Diary in 1945', by Stefan Ludwig-Hoffmann, in *Seeking Peace in the Wake of War*。

第二章 被献祭的孩子

1 采奇（Czech，或写作 Zech）战后曾多次接受采访，并出现在纪录片和新闻报道中。最近的一次是在 2005 年 11 月 16 日刊发于《独立报》(*Independent*) 的一篇报道。
2 希特勒的军备和战争生产部部长阿尔伯特·施佩尔在其自传《第三帝国内幕》(*Inside the Third Reich*, Weidenfeld and Nicolson, 1970) 中不乏讽刺意味地提到了莱伊的信念，研究纳粹近乎玄学的科学幻想的学者也在论著中援引了莱伊的观点。施佩尔自认为是一个不偏不倚的理性主义者，这让他那完全没有自知之明的回忆录显得更加令人毛骨悚然。
3 时代见证者中心收录的霍斯特·巴泽曼回忆录。
4 Ibid.
5 Ibid.
6 Ibid.
7 Ibid.
8 Ibid.
9 格罗兹的回忆录 *A Small Yes and a Big No* 中包含一篇非常动人的精彩文章，讲述的是年轻的艺术家决定去德累斯顿拜访他的偶像卡尔·梅。那是一个狂风暴雨的秋日，德高望重的作家的住所——他舒适的家中摆满了 19 世纪的家当——远离一马平川的牧场，宾主二人当时面临的危险可想而知。
10 摘自 *Inside the Third Reich*。施佩尔观察到，希特勒在贝希特斯加登（Berchtesgaden）的别墅中，有一整面壁龛书架用来摆放卡尔·梅的小说。
11 这一生动描写摘自 Grosz, *A Small Yes and a Big No*。
12 摘自一篇令人胆寒又扣人心弦的纪实文章。该文不仅讲述了这场谋杀如何被人利用，更描绘了诺尔库斯家庭生活的极度贫困。见 Jay W. Baird, 'From Berlin to Neubabelsberg: Nazi Film Propaganda and *Hitler Youth Quex*', *Journal of Contemporary History*, vol. 18, no. 3, July 1983。
13 Ibid.
14 Ibid.
15 Ibid.
16 Christa Ronke's memoirs, curated by the Zeitzeugenbörse.
17 Ibid.
18 Gerhard Rietdorff's recollections, curated by the Zeitzeugenbörse.
19 Ibid.
20 Ibid.
21 摘自 David K. Yelton 的精彩文章 ' "Ein Volk Steht Auf" : The German Volkssturm and Nazi Strategy 1944–1945', *Journal of Military History*, vol. 64, no. 4, October 2000。
22 Ibid.
23 见于 *Prague in Danger: The Years of German Occupation, 1939–45. Memories and History* by Peter Demetz (Farrar, Straus and Giroux, 2009)。

24 摘自 Rem Koolhaas 和 Hans Ulrich-Obrist 对这位建筑师进行的颇有趣味的长篇专访，刊登于高度专业的期刊 *Log*, issue 16, Summer 2009。

25 Ibid. 翁格尔斯意识到自己的战争经历有一种库尔特·冯内古特式的怪异。

26 Christa Ronke's memoirs.

27 Ibid.

第三章　革命之痛

1 摘自 *The Diaries of a Cosmopolitan: Count Harry Kessler, 1918–1937* (Weidenfeld and Nicolson, 1971)。

2 《伦敦书评》历史上刊登过多篇关于罗莎·卢森堡生平的佳作，包括 Jacqueline Rose ('What More Could We Want of Ourselves!', 16 June 2011) and Edward Timms ('Rosa with Mimi', 4 June 1987)。一些十分温暖的细节可见于 Susan Watkins 对 *Rosa Luxemburg: An Intimate Portrait* by Mathilde Jacob (Lawrence & Wishart, 2000) 的评论，刊发于 2022 年 2 月 21 日。

3 摘自 *Diaries of a Cosmopolitan*.

4 Ibid.

5 Ibid.

6 摘自 1990 年 11 月 8 日 Professor Richard J. Evans 为《伦敦书评》撰写的文章 'Weimarama'。

7 Ibid.

8 摘自 Kessler 的 *Diaries of a Cosmopolitan*。

9 关于自由军团运动以及其他类似组织起源的分析，参见 'Vectors of Violence: Paramilitarism in Europe After the Great War, 1917–1923' by Robert Gerwarth and John Horne, *Journal of Modern History*, vol. 83, no. 3, September 2011。

10 'The Fortress Shop: Consumer Culture, Violence and Security in Weimar Berlin' by Molly Loberg, *Journal of Contemporary History*, vol. 49, no. 4, October 2014。

11 'Refugees from the East' by Joseph Roth, first published in *Neue Berliner Zeitung*, 20 October 1920 (trans. Michael Hofmann for Granta Books).

12 'The Orient on Hirstenstrasse' by Joseph Roth, first published in *Neue Berliner Zeitung*, 4 May 1921 (trans. Michael Hofmann for Granta Books).

13 'Wailing Wall' by Joseph Roth, first published in *Das Tagebuch*, 14 September 1929 (trans. Michael Hofmann for Granta Books).

14 'Fluctuations in Infant Mortality Rates in Berlin . . .' by Jay Winter and Joshua Cole, *European Journal of Population*, vol. 9, no. 3, September 1993。

15 摘自 *The Gift* by Vladimir Nabokov, trans. Michael Scammell and Dmitri Nabokov (Penguin Modern Classics, 2001)。

16 Ibid.；小说的前三分之一对 20 世纪 20 年代柏林街巷的细节进行了富有文学性的阐释，令人如临其境（后面则讲述了柏林的文学期刊、冲突不断的移民政治以及裸体主义）。

注释

17 摘自附有精美插图的建筑专论'Poelzig and the Golem' by Marco Biraghi and Michael Sullivan (trans.), published in the Architectural Association's journal *A A Files*, no. 75, 2017。

18 摘自 Speer, *Inside the Third Reich*。

19 'Skyscrapers' by Joseph Roth, first published in *Berliner Börsen-Courier*, 12 March 1922 (trans. Michael Hofmann for Granta Books)。

20 Ibid.

21 关于格罗皮乌斯的宣言、其宣言多年来的反响以及他对魏玛时期其他建筑师的影响,参见 'Gropius the Romantic' by Wolfgang Pehnt, *The Art Bulletin*, September 1971。

22 Ibid.

23 摘自 Speer, *Inside the Third Reich*。

24 Ibid.

25 *Albert Speer: His Battle with Truth* by Gitta Sereny (Macmillan, 1995) 一书扣人心弦,作者通过面对面的访谈,试图探求施佩尔的真实内心。

26 摘自 'The Display Window: Designs and Desires of Weimar Consumerism' by Janet Ward Lungstrum, *New German Critique*, no. 76, Winter 1999。

27 Ibid.

28 摘自 Paenhuysen, 'Berlin in Pictures'。

29 Lungstrum, 'The Display Window'.

30 关于小吃的生动描述,来自前文提及的格罗兹回忆录;库尔特·图霍尔斯基的选集中也有相关细节(他是柏林一位出色的讽刺作家、社会观察家、忧郁的预言家以及《世界舞台》的编辑。)参见 *Germany? Germany! Satirical Writings: The Kurt Tucholsky Reader*, trans. Harry Zohn (Berlinica, 2017)。

31 Ibid.

32 约瑟夫·罗特的文章 'Berlin's Pleasure Industry', *Münchner Neueste Nachrichten*, 1 May 1930 (trans. Michael Hofmann for Granta Books) 生动地遍览了柏林各色酒馆,讲述了它们各自风行一时的特色。

33 摘自 *Going to the Dogs: The Story of a Moralist* by Erich Kästner, trans. Cyrus Brooks (NYRB Classics, 2013), first published in 1931。

34 Speer, *Inside the Third Reich*.

35 Ibid.

36 Ibid.

第四章 流血与欢欣

1 Klemperer, *The Language of the Third Reich*.

2 *The Times*, 9 February 1920;前述文章还以故作严肃的语调讲述了地下犯罪世界里小偷小摸的行为,以及帮派屠杀的情况。

3 Ibid.

4　*Daily Telegraph*, 30 June 1922.

5　Ibid.

6　*Daily Telegraph*, 17 December 1925.

7　Kästner, *Going to the Dogs*.

8　Ibid.

9　Ibid., Afterword.

10　摘自艾瑞克·霍布斯鲍姆令人手不释卷的精彩自传 *Interesting Times: A Twentieth-Century Life* (Allen Lane, 2002)。

11　摘自 *Walking in Berlin: A Flaneur in the Capital* by Franz Hessel, trans. Amanda DeMarco (Scribe, 2016), first published in 1929。

12　Hobsbawm, *Interesting Times*.

13　Hessel, *Walking in Berlin*.

14　有一篇文章专门讲述戈培尔如何培养了一批政治上的忠诚士兵后又利用"殉道者"形象的，见'Goebbels, Horst Wessel and the Myth of Resurrection and Return' by Jay W. Baird, *Journal of Contemporary History,* vol. 17, no. 4, October 1982。

15　摘自意外迷人的作品 *Ulbricht: A Political Biography* by Carola Stern (Pall Mall Press, 1965)。

第五章　通向黑暗的道路

1　Klemperer, *The Language of the Third Reich.*

2　摘自 *The Origins of Totalitarianism* by Hannah Arendt (Schocken Books, 1951; repr. Penguin Classics, 2017)。

3　摘自瓦尔特·本雅明的'A Berlin Chronicle'。该书写于1932年，却直到1970年才出版问世，现已收入本雅明选集 *Reflections* (Mariner, 2019)。本雅明的文章——从令人如临其境的描写到观点明确的评论——提供了一个令人目眩的智识视角，在关注细节的同时探索了哲学、语言与图像的迷宫。

4　Ibid.

5　摘自 Walker Benjamin, 'The Storyteller' (1936), in *Illuminations* (Bodley Head, 2015)。

6　Ibid.

7　Ibid.

8　摘自 *Young Lothar: An Underground Fugitive in Nazi Berlin* by Larry Orbach and Vivien Orbach-Smith (I. B. Tauris, 2017)。

9　Ibid.

10　Hannah Arendt, *Men in Dark Times* (Mariner, 1970).

11　摘自研究海德格尔《黑色笔记本》(*Black Notebooks*)的精彩评论文章。见'Great Again' by Malcolm Bull, *London Review of Books,* 20 October 2016。

12　Ibid.

13　Hobsbawm, *Interesting Times*.

注释

14 Ibid.
15 Ibid.
16 Ibid.
17 Ibid.
18 Ruth- Johanna Eichenhofer's recollections, curated by the Zeitzeugenbörse.
19 Brigitte Lempke's memoirs.
20 Ibid.
21 Orbach and Orbach- Smith, *Young Lothar*.
22 Ibid.
23 *The Times*, 10 November 1938.
24 Ibid.
25 Ibid.
26 Ibid.
27 *Daily Telegraph*, 10 November 1938.
28 Ibid.
29 Ibid.
30 *The Times*, 10 November 1938.
31 Reinhart Crüger's recollections, curated by the Zeitzeugenbörse.
32 Ibid.
33 Ibid.
34 Ibid.
35 Ibid.
36 Ibid.
37 国际话语中一直存在某种否认大屠杀的论调,这一点既不令人惊讶,也不是近来才出现的现象。早在1984年,一篇由华莱士·格林(Wallace Greene)撰写、刊发于《犹太社会研究》(*Jewish Social Studies,* vol. 46, Summer 1984)上的题为《大屠杀骗局:一个反驳》('The Holocaust Hoax: A Rejoinder')的文章便正面驳斥当代的大屠杀否定论者,直指关于大规模消灭犹太人的文件档案以及纳粹无法完全掩盖所有罪行的事实。
38 Reinhart Crüger's recollections.
39 Ibid.
40 Ibid.
41 Orbach and Orbach- Smith, *Young Lothar*.
42 Ibid.

第六章　梦想的投影

1. Helga Hauthal's recollections, curated by the Zeitzeugenbörse.
2. Ibid.
3. 关于比利·怀尔德在20世纪20年代曾令人惊讶地担任职业男舞伴的经历，可以参见 'Billy Wilder's Work as *Eintänzer* in Weimar Berlin' by Mihaela Petrescu, *New German Critique*, no. 120, Fall 2013。
4. 尤里卡公司（Eureka）为这部百年后看来依旧迷人的影片发行了DVD和蓝光格式的光盘。
5. 摘自 '14 February 1924: *Die Nibelungen* Premieres, Foregrounds "Germanness"' by Adeline Mueller, *A New History of German Cinema*, ed. Jennifer M. Kapczynski and Michael D. Richardson (Camden House, 2012)。
6. Ibid.
7. Ibid.
8. 据弗里茨·朗在1967年接受评论家和电影历史学家亚历山大·沃克（Alexander Walker）采访时所述；*Fritz Lang: Interviews*, ed. Barry Keith Grant (University Press of Mississippi, 2003)。
9. 摘自 Eric Rentschler, *The Ministry of Illusion: Nazi Cinema and Its Afterlife* (Harvard University Press, 1996)。
10. 此语出自女演员伊丽莎白·伯格纳（Elisabeth Bergner）。
11. 1951年3月的一篇有趣的文章研究了克劳斯的职业生涯（以及他完成去纳粹化过程后顶着质疑重返战后柏林的过程）。参见：'The Return of Goebbels' Film-Makers: The Dilemma Posed by Werner Krauss and Veit Harlan' by Norbert Muhlen, reproduced in the online journal *Commentary*：www.commentary.org/articles/norbert-muhlen/the-return-of-goebbels-film-makers-the-dilemma-posed-by-werner-krauss-and-veit-harlan/。
12. 来自安德鲁·迪克森（Andrew Dickson）在大英图书馆发表的一篇文章。大英图书馆档案中收藏了那部影片的稀有剧照。这份令人不快的历史记录表明了那个时代的喜剧和文学是如何被扭曲并倾向于国家社会主义的。摘自''Deutschland ist Hamlet": Shakespeare in Germany'：www.bl.uk/shakespeare/articles/deutschland-ist-hamlet-shakespeare-in-germany (March 2016)。
13. Ibid.
14. Kapczynski and Richardson (eds.), *A New History of German Cinema*.
15. 这部令人不安的影片——从很多层面上讲，这是一部荒唐可笑、画面明丽的幻想影片，不过仍然与纳粹影片的性质密不可分——如今已经发行了DVD。
16. 摘自一个德语网站上有关凯斯特纳的时髦公寓的网页，参见：www.zeitreisen.de/kaestner/adressen/roscher.htm。
17. 摘自克内夫自传 *The Gift Horse* (André Deutsch, 1971)。
18. Ibid.
19. Ibid.
20. Ibid.

注释

21 Ibid.

第七章 铀俱乐部

1 摘自一篇有关赫兹教授等杰出科学家早期职业生涯的有趣文章：'April 1915: Five Future Nobel Prize-Winners Inaugurate Weapons of Mass Destruction and the Academic–Industrial–Military Complex' by William Van der Kloot, *Notes and Records of the Royal Society of London*, vol. 58, no. 2, May 2004。

2 摘自 *Einstein: A Life* by Denis Brian (John Wiley, 1996)。

3 Kessler, *Diaries of a Cosmopolitan*.

4 Brian, *Einstein*.

5 Ibid.

6 Ibid.

7 Ibid.

8 Ibid.

9 一篇非常动人的文章于战后不久发表：'Max Planck and Adolf Hitler' by James C. O'Flaherty, *American Association of University Professors Bulletin*, vol. 42, no. 3, Autumn 1956。

10 'Lise Meitner: 1878–1968' by O. R. Frisch, *Biographical Memoirs of Fellows of the Royal Society*, vol. 16, November 1970.

11 摘自 *Heisenberg's War: The Secret History of the German Bomb* by Thomas Powers (Cape, 1993)。

12 Ibid.

13 Ibid.

14 Ibid.

15 Speer, *Inside the Third Reich*.

16 Ibid.

17 摘自 *Von Braun: Dreamer of Space, Engineer of War* by Michael J. Neufeld (Knopf, 2007)。

18 Ibid.

19 有一个华丽的网站记述了曼弗雷德·冯·阿登纳的生平和工作成果，网址是：www.vonardenne.biz/en/company/mva/。网站上还有很多照片，曼弗雷德·冯·阿登纳的自传于1971年在德国出版，他在电子显微法领域的工作成果在无数科学学术期刊中被提及。

第八章 血肉的预言

1 摘自 'Hot Swing and the Dissolute Life: Youth, Style and Popular Music in Europe 1939–49' by Ralph Willett, *Popular Music*, vol. 8, no. 2, May 1989。

2 Ibid.

3　Manfred Omankowsky's recollections, curated by the Zeitzeugenbörse.
4　Ibid.
5　摘自'What is "Nazi Music"?' by Pamela M. Potter, *Musical Quarterly*, Autumn 2005。
6　Ibid.
7　关于富特文格勒当时面临的可怕的两难境地,详见'Political Pleasures with Old Emotions? Performances of the Berlin Philharmonic in the Second World War' by Sven Oliver Müller, *International Review of the Aesthetics and Sociology of Music*, vol. 43, no. 1, June 2012。
8　摘自'Furtwängler the Apolitical?' by Chris Walton, *Musical Times*, vol. 145, no. 1889, Winter 2004。
9　Ibid.
10　Ibid.
11　Ibid.
12　关于卡拉扬的崛起,请参见'Political Pleasures with Old Emotions?'。
13　关于西里西亚火车站的流血斗殴与《三分钱歌剧》之间的联系,请见'The Criminal Underworld in Weimar and Nazi Berlin' by Christian Goeschel, *History Workshop Journal*, vol. 75, no. 1, Spring 2013。
14　摘自 *The Jazz Republic: Music, Race and American Culture in Weimar Germany* by Jonathan O. Wipplinger (University of Michigan Press, 2017)。
15　关于纳粹对爵士乐和摇摆乐的痛恨背后隐含的种族主义狂热,请见'Forbidden Fruit? Jazz in the Third Reich' by Michael H. Kater, *American Historical Review*, vol. 94, no. 1, February 1989。
16　Wipplinger, *The Jazz Republic*.
17　Ibid.
18　Ibid.
19　现代社会的一个惊人的发展在于,如今你在Youtube上搜索"Charlie and His Orchestra"便可以找到这首歌曲。看来,即便是纳粹的冒牌摇摆乐队放到今天也会有其拥趸。
20　摘自'Hitler's Very Own Hot Jazz Band' by Mike Dash, *The Smithsonian*, 17 May 2012。
21　Ibid.
22　Ibid.
23　Ibid.
24　Ibid.
25　"奸杀"的意象是魏玛文化并不多见的亚类型之一。关于这种性暴力的潜在情绪以及格罗兹的《过渡期》系列,请参见'Torture and Masculinity in George Grosz's *Interregnum*' by James A. Van Dyke, *New German Critique*, no. 119, Summer 2013。
26　Orbach and Orbach-Smith, *Young Lothar*.
27　From a letter to Herbert Fiedler, February 1946.
28　艺术品拍卖商克里斯蒂(Christie)的网站提供格罗兹的视觉简介,可以一窥他作品的广泛丰富以及人们对他作品的反应:www.christies.com/features/10-things-to-know-about-

注释

George-Grosz-7883-1.aspx。

29　Grosz, *A Small Yes and a Big No*.

30　Ibid.

31　Van Dyke, 'Torture and Masculinity in George Grosz's *Interregnum*'.

32　德语新闻网站 DW 于 2020 年 2 月 4 日报道了这个故事。

33　摘自'"Only the Real, the True, the Masculine Held Its Value": Ernst Röhm, Masculinity and Male Homosexuality' by Eleanor Hancock, *Journal of the History of Sexuality*, vol. 8, no. 4, April 1998。

34　Ibid.

35　Ibid.

36　Ibid.

37　Ibid.

38　*Magnus Hirschfeld and the Quest for Sexual Freedom: A History of the First International Sexual Freedom Movement* by Elena Mancini (Macmillan, 2010) 中对此进行了探讨。

39　Ibid.

40　Ibid.

41　摘自'The German Invention of Homosexuality' by Robert Beachy, *Journal of Modern History*, vol. 82, no. 4, December 2010。

42　Orbach and Orbach-Smith, *Young Lothar*.

43　Ibid.

44　Ibid.

45　Ibid.

46　参见'"Judge for yourselves!": The Degenerate Art Exhibition as Political Spectacle' by Neil Levi, *October*, vol. 85, Summer 1998。

47　Ibid.

48　摘自'Hitler the Artist' by O. K. Werckmeister, *Critical Inquiry*, vol. 23, no. 2, Winter 1997。

49　Ibid.

50　Helga Hauthal's recollections.

51　Ibid.

52　Ibid.

第九章　宫殿的废墟

1　此地现在是游客众多的景点，其不同角度的精美图片可见于：visitworldheritage.com/en/eu/cecilienhof-country-house-in-the-new-garden/4e8e31d3-7819-413f-a4ea-62f06fee36d1。

2　*The Berlin Diaries 1940–1945 of Marie 'Missie' Vassiltchikov* by Marie 'Missie' Vassiltchikov (Chatto & Windus, 1985) 中曾提到这件事。

3 Ibid.

4 Ibid.

5 Ibid.

6 摘自彼得·布莱克（Peter Black）对 *Stauffenberg: A Family History 1905–1944* by Peter Hoffmann (Cambridge University Press, 1995) 一书的书评，刊于 *Central European History*, vol. 30, no. 1, 1997。

7 摘自 'Plutarch in Germany: The Stefan George *Kreis*' by Lawrence A. Tritle, *International Journal of the Classical Tradition*, vol. 1, no. 3, Winter 1995。

8 参见一篇引人入胜且充满激情的文章：Matthew Olex-Szczytowski entitled 'An Alternative History' for *The Spectator*, 21 July 2018。

9 'Social Dancing and Rugged Masculinity: The Figure of the *Eintänzer* in Hans Janowitz's Novel *Jazz* (1927)' by Mihaela Petrescu, *Monatshefte*, vol. 105, no. 4, Winter 2013 详细探究了职业男舞伴的概念。

10 1905年6月5日，《纽约时报》报道了这一（在柏林盛夏高温之下）花团锦簇的盛事。

11 这条刻薄的评论来自1920年到1926年英国驻德大使埃德加·文森特·达伯农勋爵（Lord Edgar Vincent D'Abernon）。参见其回忆录：*The Diary of an Ambassador*, vol. 3: *Dawes to Locarno, 1924–1926* (though collected into one volume – *An Ambassador of Peace*, Hodder and Stoughton, 1930)。

12 Kessler, *Diaries of a Cosmopolitan.*

13 摘自 'What Do the Hohenzollerns Deserve?' by David Motadel, *New York Review of Books*, 26 March 2020。

14 摘自 Speer, *Inside the Third Reich*。

15 Ibid.

16 Vassiltchikov, *Berlin Diaries.*

17 更多细节请见 'Franz von Papen, the German Center Party and the Failure of Catholic Conservatism in the Weimar Republic' by Larry Eugene Jones, *Central European History*, vol. 38, no. 2, 2005。

18 摘自 'Franz von Papen, Catholic Conservatives and the Establishment of the Third Reich, 1933–1934' by Larry Eugene Jones, *Journal of Modern History*, vol. 83, no. 2, June 2011。

19 Ibid.

20 Speer, *Inside the Third Reich*。这个故事令人震惊的一点在于，施佩尔坦承这件事"除此之外并没有给我带来什么影响"。

第十章　无垠的暮色

1 摘自 *The Memoirs of Marshal Zhukov* by Marshal G. K. Zhukov (Jonathan Cape, 1971)。

2 Ibid.

3 1945年4月3日《每日电讯报》报道。

注释

4 一篇由与政府人士多有交往的德国记者埃里希·施奈德（Erich Schneyder）创作，美国记者路易斯·洛克纳（Louis Lochner）翻译、删减的历史文章从街道视角关注了纳粹政权陷落期间戈培尔等人的动作。'The Fall of Berlin', first published in *Wisconsin Magazine of History*, vol. 50, no. 4 (Summer, 1967).

5 权威作品 *Berlin: The Downfall, 1945* by Antony Beevor (Viking, 2002) 提供了令人毛骨悚然的细节。

6 Zhukov, *Memoirs*.

7 Ibid.

8 Florence, www.elinorflorence.com/blog/berlin-bombing/.

9 Ibid.

10 Ibid.

11 Marion Keller's account, curated by the Zeitzeugenbörse.

12 Ibid.

13 Ibid.

14 Ibid.

15 Ibid.

16 Ibid.

17 Brigitte Eicke's memoirs, curated by the Zeitzeugenbörse.

18 Ibid.

19 Ibid.

20 摘自 Richard Strauss's diary, 8 May 1945, quoted in 'Music, Memory, Emotion: Richard Strauss and the Legacies of War' by Neil Gregor, *Music and Letters*, February 2015。

第十一章 呼啸的苍穹

1 摘自 '"Germany is Our Mission – Christ is Our Strength!": The Wehrmacht Chaplaincy and the "German Christian" Movement' by Doris L. Bergen, *Church History*, September 1997。

2 Ibid.

3 Ibid.

4 Ibid. 伯根（Bergen）研究了纳粹不断向特遣牧师施压，要求他们宣传"军人的美德"和"自我牺牲"属于上帝"对人间秩序的意志"的行为所产生的道德冲突；换言之，就是将不同种类的信仰融合为一的痛苦。

5 Zhukov, *Memoirs*.

6 摘自 *Berlin Battlefield Guide* by Tony Le Tissier (Pen & Sword, 2014)。

7 Knef, *The Gift Horse*.

8 Lutz Koch, as relayed by the *Daily Telegraph*, 17 April 1945.

9 Zhukov, *Memoirs*.

10　Ibid.

11　Ibid.

12　Ibid.

13　Speer, *Inside the Third Reich*.

14　Ibid.

15　Ibid.

16　Ibid.

17　Mechtild Evers's account, curated by the Zeitzeugenbörse.

18　Ibid.

19　Ibid.

20　摘自 *Hitler's Girls: Doves Amongst Eagles* by Tim Heath (Pen & Sword, 2017)。

21　1945年4月17日的《每日电讯报》进行了长篇的引用。对于无数还在领取早餐配给的英国人来说，预示纳粹政权瓦解的哥特式疯狂言辞定然是绝佳的餐桌读物。

22　Ibid.

23　Ibid.

24　露特·安德烈亚斯—弗里德里希的日记经翻译后出版，见 *Battleground Berlin: Diaries, 1945–1948* (Paragon House 1990)。讲述其早期经历的一卷描述了对纳粹政权的勇敢抵抗。

25　Beevor, *Berlin: The Downfall, 1945*.

第十二章　所有母亲的泪水

1　参见 'Writing Through Crisis: Time, History and Futurity in German Diaries of the Second World War' by Kathryn Sederberg, *Biography*, vol. 40, no. 2, Spring 2017。

2　Ibid.

3　Youtube 上可以看到希特勒多年来在柏林举办庆生会的新闻纪录片，其中一些报道拥有时光沉淀的独特魅力。如今看来，尤其令人惊讶的是英国电影新闻（British Movietone News）对1936年蒂尔加滕游行欢庆的报道，其中使用了"Fritz"这样的侮辱性词汇*。

4　摘自 'Wagnerian Self-Fashioning: The Case of Adolf Hitler' by Hans Rudolf Vaget, *New German Critique*, no. 101, Summer 2007。

5　Speer, *Inside the Third Reich*.

6　Ibid.

7　多罗特娅·冯·施万嫩弗吕格的回忆录后来以《欢笑不限量：世界大战及战后德国亲历记》(*Laughter Wasn't Rationed: A Personal Journey Through Germany's World Wars and Postwar Years*, Tricor Press, 2001) 为书名出版。

---

*　"Fritz"是"一战"时用来指代德军士兵的轻蔑性词汇。

注释

8　Ibid.
9　'Green Nazis? Reassessing the Environmental History of Nazi Germany' by Frank Uekötter, *German Studies Review,* May 2007 研究了卢茨·黑克的职业生涯。
10　不过确实有一头鳄鱼得以幸存：这头名为"土星"（Saturn）的两栖动物在牢笼之中得享高寿，2020 年才去世。参见：'Berlin WW2 Bombing Survivor Saturn the Alligator Dies in Moscow Zoo', BBC News; www.bbc.co.uk/news/ world- europe- 52784240。
11　Uekötter, 'Green Nazis?'.
12　Ibid.
13　Ibid.
14　Ibid.
15　关于更多出乎意料的历史，请见：*The Zookeepers' War: An Incredible True Story from the Cold War* by J. W. Mohnhaupt, trans. Shelley Frisch (Simon & Schuster, 2019)。
16　在当事人提供给时代见证者中心的记述以及回忆录中，空袭的威胁总是敌不过对红军进犯的恐惧。
17　Von Schwanenfluegel, *Laughter Wasn't Rationed.*
18　有一部写于 1946 年、细致描绘柏林毁灭的小说，全篇引用了这篇社论以及戈培尔的其他讲话，将其与书中人物面临的虚构的危险融合在一起。参见：*Berlin Finale* by Heinz Rein, trans. Shaun Whiteside, first published 1947 (Penguin, 2017)。
19　Von Schwanenfluegel, *Laughter Wasn't Rationed.*
20　1945 年 4 月 21 日的《每日电讯报》报道。
21　Knef, *The Gift Horse.*
22　Ibid.
23　Ibid.
24　Ibid.
25　Ibid.
26　Ibid.
27　Christa Ronke's memoirs.
28　Ibid.
29　埃里希·施奈德和路易斯·洛克纳将此事写入了他们合著的文章：'The Fall of Berlin', *Wisconsin Magazine of History,* vol. 50, no. 4, Summer 1967。
30　Hildegard Dockal's recollections curated by the Zeitzeugenbörse.
31　Ibid.
32　Ibid.
33　Günther Lothar's recollections curated by the Zeitzeugenbörse.
34　Ibid.
35　Ingeborg Seldte's recollections, curated by the Zeitzeugenbörse.
36　阿尔弗雷德·采奇多次接受采访，最后一次是在 2005 年 11 月 16 日接受《独立报》的

37 Ibid.
38 Speer, *Inside the Third Reich*.
39 Ibid.
40 您可以在 Youtube 上听到《血红的玫瑰》（1929 年）的录音，并看到 20 世纪 20 年代末一些柏林夜生活的录像片段。参见：www.youtube.com/watch?v=4yauXRh5NW4。
41 参见：Music and the Holocaust: holocaustmusic.ort.org/places/camps/central-europe/sachsenhausen/。
42 参见 www.below-sbg.de/geschichte/april-1945-todesmarsch-und-waldlager/aussagen-von-zeitzeugen。
43 参见莫迪凯·阿尔特舒勒的出色研究：*Soviet Jews in World War II: Fighting, Witnessing, Remembering* (Academic Studies Press, 2014)。
44 Ibid.
45 Schneyder, 'The Fall of Berlin'.

第十三章　流血的街道

1 摘自 *A Writer at War: Vasily Grossman with the Red Army, 1941–1945* by Vasily Grossman, ed. and trans. Antony Beevor and Luba Vinogradova (Pimlico, 2006)。
2 Ibid.
3 Schneyder, 'The Fall of Berlin'.
4 Ibid.
5 Ibid.
6 Ibid.
7 摘自 *Uncertainty: The Life and Science of Werner Heisenberg* by David C. Cassidy (W. H. Freeman, 1992)。
8 Ibid.
9 摘自 'Entering the Nuclear Arms Race: The Soviet Decision to Build the Atomic Bomb, 1939–45' by David Holloway, *Social Studies of Science,* May 1981。
10 Ibid.
11 Ibid.
12 Ibid.
13 前文提到的曼弗雷德·冯·阿登纳网站上提供了更多信息。
14 Ibid.
15 Holloway, 'Entering the Nuclear Arms Race'.
16 Ibid.

17 Ibid.
18 曼弗雷德·冯·阿登纳网站上提供了更多信息及相关链接。
19 Christa Ronke's memoirs.
20 Ibid.
21 Ibid.
22 Ibid.
23 Marion Keller's account.
24 Ibid.
25 Ibid.
26 Ingeborg Seldte's recollections.
27 Ibid.
28 Ibid.
29 Ibid.
30 Jalowicz-Simon, *Underground in Berlin*.
31 Ibid.
32 Ibid.
33 Ibid.
34 Ibid.
35 Ibid.
36 Ibid.
37 Anon., *A Woman in Berlin*.
38 英格·多伊奇克荣后来成了记者和作家。她多次接受采访并写了一本回忆录：*Outcast: A Jewish Girl in Wartime Berlin* (Plunkett Lake Press, 2017)。
39 Ibid.
40 Anon., *A Woman in Berlin*.
41 Zhukov, *Memoirs*.
42 Ibid.
43 Mechtild Evers's account.
44 Ibid.
45 Ibid.
46 Ibid.
47 Ibid.
48 Ibid.
49 Ibid.
50 Knef, *The Gift Horse*.
51 Ibid.

52 Ibid.

53 Ibid.

54 Ibid.

55 摘自 'Philomela's Legacy: Rape, the Second World War and the Ethics of Reading' by Elisabeth Krimmer, *German Quarterly*, Winter 2015。

56 摘自 'A Question of Silence: The Rape of German Women by Occupation Soldiers' by Atina Grossmann, *October*, vol. 72, Spring 1995。

57 Ibid.

58 Christa Ronke's memoirs.

第十四章　意识的湮灭

1 摘自 'Suicide at the End of the Third Reich' by Christian Goeschel, *Journal of Contemporary History*, vol. 41, no. 1, January 2006。

2 关于德国人自杀的情况，请见近期出版的一本令人不忍卒读的作品：*Promise Me You'll Shoot Yourself: The Downfall of Ordinary Germans, 1945* by Florian Huber, trans. Imogen Taylor (Allen Lane, 2019)。

3 Ibid.

4 Goeschel, 'Suicide at the End of the Third Reich'.

5 Ibid。网上也有很多医学论文，例如：'Cyanide Poisoning: Pathophysiology and Treatment Recommendations' by D. M. G. Beasley and W. I. Glass (reassuring in the event of mild poisoning); https://academic.oup.com/occmed/article/48/7/427/1514905。

6 Goeschel, 'Suicide at the End of the Third Reich'.

7 Ibid.

8 Huber, *Promise Me You'll Shoot Yourself*.

9 Ibid.

10 Goeschel, 'Suicide at the End of the Third Reich'.

11 Anon., *A Woman in Berlin*.

12 Knef, *The Gift Horse*.

13 Ibid.

14 Ibid.

15 Jalowicz-Simon, *Underground in Berlin*.

16 Ibid.

17 Ibid.

18 Marion Keller's account.

19 Zhukov, *Memoirs*.

20 Ibid.

注释

21 Stern, *Ulbricht*.
22 Ibid.
23 Grossman, *A Writer at War*.
24 Ibid.
25 利希滕贝格博物馆（Museum Lichtenberg）的官网上可以找到关于冯·特雷斯科生平的详细介绍（他堪称是魏玛时代柏林市的改革者）。详见：www.museum-lichtenberg.de/index.php/menschen/lichtenberger-persoenlichkeiten/694-sigismund-johann-carl-von-treskow。
26 Grossman, *A Writer at War*.
27 Vaget, 'Wagnerian Self-Fashioning'.
28 Goeschel, 'Suicide at the End of the Third Reich'.

第十五章　我们灵魂上的阴影

1 Goeschel, 'Suicide at the End of the Third Reich'.
2 Ibid.
3 摘自 *The End: Germany, 1944–45* by Ian Kershaw (Allen Lane, 2011)。
4 摘自 *Time and Power: Visions of History in German Politics, from the Thirty Years' War to the Third Reich* by Christopher Clark (Princeton University Press, 2021)。
5 摘自 'How the Berlin Garrison Surrendered, 2 May 1945' by Igor Venkov, published in *Army History*, no. 17, Winter 1990/1991。
6 Ibid.
7 Anon., *A Woman in Berlin*.
8 'Gazing at Ruins' by Stefan-Ludwig Hoffmann, published in the *Journal of Modern European History*, vol. 9, no. 3, 2011 一文中对此进行了讨论。
9 关于介绍汉斯·弗里切、其后续在纽伦堡受审及其广播节目本质的文章，请见 www.jewishvirtuallibrary.org/nuremberg-trial-defendants-hans-fritzsche。尽管纽伦堡审判之后他接受了"去纳粹化"，但他在西德重新受审，并被判9年徒刑，不过1950年便被释放。
10 Ibid.
11 Ibid.
12 Ibid.
13 Hoffmann, 'Gazing at Ruins'.
14 Venkov, 'How the Berlin Garrison Surrendered'.
15 Anon., *A Woman in Berlin*.
16 Dieter Pfeiffer's recollections, as curated by the Zeitzeugenbörse.
17 Ibid.
18 Ibid.

19　Ibid.
20　Jalowicz- Simon, *Underground in Berlin.*
21　Grossman, *A Writer at War.*
22　*The Times,* 3 May 1945.
23　Ibid.
24　更多生动的细节见于：Anon., *A Woman in Berlin*。
25　更多细节（包括一些恐怖的细节）见于 'Remembering/Forgetting' by Helke Sander, trans. Stuart Liebman, *October,* vol. 72, Spring 1995。
26　有多篇文章介绍了这个关键的时刻，其中一篇内容有趣、配图丰富的文章请见：https://aboutphotography.blog/blog/2019/10/12/the-story-behind-the-raising-a-flag-over-the-reichstag-by-yevgeny-khaldei-1945。
27　关于苏联如何在短时期内严格按照党的路线恢复文化艺术，请见：'Reconfiguring Postwar Antifascism: Reflections on the History of Ideology' by Clara M. Oberle, *New German Critique,* no. 117, Fall 2012。
28　摘自 *In a Cold Crater: Cultural and Intellectual Life in Berlin, 1945–1948* by Wolfgang Schivelbusch (University of California Press, 1998)。
29　Ibid.
30　Ibid.
31　Marion Keller's account.
32　Ibid.
33　Ibid.
34　Ibid.
35　Ibid.
36　Ibid.
37　Peter Lorenz's recollections curated by the Zeitzeugenbörse.
38　Ibid.
39　Ibid.
40　Knef, *The Gift Horse.*
41　Ibid.
42　Grossman, *A Writer at War.*
43　Knef, *The Gift Horse.*
44　Orbach and Orbach- Smith, *Young Lothar.*
45　'Typical Russian Words in German War- Memoir Literature' by Katherina Filips, *Slavic and East European Journal,* vol. 8, no. 4, Winter 1964 讨论了此事。
46　Ibid.
47　'Street Names and Political Identity: The Case of East Berlin' by Maoz Azaryahu, *Journal of Contemporary History,* vol. 21, no. 4, 1986 对此进行了研究。

48 Ibid.
49 *Daily Telegraph*, 11 May 1945.
50 Mechtild Evers's account.
51 Knef, *The Gift Horse*.
52 Ibid.
53 犹太电影学院（Jewish Film Institute）的网站上可以看到这部影片：https://jfi.org/watch-online/jfi-on-demand/professor-mamlock。

第十六章　同谋

1 Alex Ross 近期的文章'The Haunted California Idyll of German Writers in Exile', *The New Yorker*, 9 March 2020 探究了美国庞大的德国艺术家社群，其中包括曼恩、阿尔弗雷德·德布林、贝尔托特·布莱希特等人。'The Hannah Arendt Situation' by Richard Wolin, *New England Review*, vol. 22, no. 2, Spring 2001 亦对此展开了讨论。
2 Ross, 'The Haunted California Idyll'.
3 *Essays in Understanding, 1930–1954* by Hannah Arendt (Shocken Books, 2005).
4 1945 年 6 月 3 日《泰晤士报》报道。
5 Ibid.
6 Ibid.
7 Anon., *A Woman in Berlin*.
8 Stern, *Ulbricht*.
9 Oberle, 'Reconfiguring Postwar Antifascism'.
10 Ibid.
11 Ibid.
12 Ibid.
13 参见'The Hut on the Garden Plot: Informal Architecture in Twentieth-Century Berlin' by Florian Urban, *Journal of the Society of Architectural Historians*, vol. 72, no. 2, June 2013。
14 Ibid.
15 Oberle, 'Reconfiguring Postwar Antifascism'.
16 Ibid.
17 参见'Johannes R. Becher and the Cultural Development of the GDR' by Alexander Stephan, *New German Critique*, vol. 2, Spring 1974。
18 Ibid.
19 Ibid.
20 Ibid.
21 摘自在 Zeitzeugenbörse journal, 2005 上发表的一篇文章。
22 如今，红星犹在，繁花似锦。

23 Wolin, 'The Hannah Arendt Situation' 对这一术语及其哲学原理进行了讨论。
24 Ibid.
25 Christa Ronke's memoirs.
26 特雷弗—罗珀对废墟的调查成果最终形成 The Last Days of Hitler 一书（该书最初于1947年出版，版权如今隶属于 Pan Books 出版公司）。
27 Margot Sharma's recollections, curated by the Zeitzeugenbörse.

第十七章 "何处为家？"

1 参见 Zeitzeugenbörse journal, 2005。
2 Christa Ronke's memoirs.
3 Hoffmann, 'Gazing at Ruins' 对此进行了详细探究。
4 关于怀尔德的生平及其晚期的好莱坞生涯，近年出版的著述颇多。参见：'Billy Wilder's Cold War Berlin' by David Bathrick, *New German Critique*, no. 110, Summer 2010.
5 Ibid.
6 Ibid.
7 Quoted ibid.
8 Quoted ibid.
9 Knef, *The Gift Horse*.
10 《柏林艳史》目前有 DVD 版，其黑色幽默往往令人惊讶。那个忍不住用粉笔画卐字符的淘气小男孩，以及没有意识到儿子在自己外套后背上画了一个卐字的恼火父亲的桥段，既令人捧腹大笑，又令人感到不寒而栗，堪称非凡的情节搭配。
11 Bathrick, 'Billy Wilder's Cold War Berlin'.
12 参见 'Fashion Amidst the Ruins: Revisiting the Early Rubble Films *And the Heavens Above* (1947) and *The Murderers are Among Us* (1946)' by Mila Ganeva, *German Studies Review*, vol. 37, no. 1, February 2014。
13 Knef, *The Gift Horse*.
14 参见 'Repressive Rehabilitation: Crime, Morality and Delinquency in Berlin-Brandenburg, 1945– 1958' by Jennifer V. Evans, in *Crime and Criminal Justice in Modern Germany*, ed. Richard F. Wetzell (Berghahn Books, 2014)。书中还研究了很多年轻人利用柏林大型火车站等区域从事卖淫活动的情况。
15 Ibid.
16 更多恐怖的细节请见：www.sachsenhausen-sbg.de/en/history/1945-1950-soviet-special-camp/，这个网站记录了萨克森豪森集中营整个存续期间的情况。
17 'The Postwar Restoration in East and West' by Stephen Brockmann, *New German Critique*, no. 126, November 2015 对此进行了讨论。
18 Christa Ronke's memoirs.
19 即便是如今，柏林周边的森林中仍不时发现尸体残骸。关于这方面的更多信息，请见：

注释

'Digging Up the Past in Halbe'，网址：www.dw.com/en/digging-up-the-past-in-halbe/a-16762689。

20 关于柏林剧团的建立以及布莱希特的妻子海伦妮·魏格尔发挥的关键作用，请见：'Gossip, Ghosts and Memory – Mother Courage and the Forging of the Berliner Ensemble' by Gitta Honegger, *TDR*, vol. 52, no. 4, Winter 2008。

21 Jalowicz-Simon, *Underground in Berlin*.

22 参见新闻网站"德国之声"（Deutsche Welle）：www.dw.com/en/how-jewish-life-developed-in-germany-after-the-holocaust/a-56604526。

23 Ibid.

24 Ibid.

25 参见'East Germany's Jewish Question: The Return and Preservation of Jewish Sites in East Berlin and Potsdam, 1945–1989' by Michael Meng, *Central European History*, vol. 38, no. 4, 2005.

26 摘自"德国之声"网站，见上文。

27 Meng, 'East Germany's Jewish Question'.

28 Ibid.

29 参见 *Jews, Germans and Allies: Close Encounters in Occupied Germany* by Atina Grossmann (Princeton University Press, 2009)。

30 Ibid.

31 参见 *Visual Histories of Occupation: A Transcultural Dialogue* by Jeremy E. Taylor (Bloomsbury Academic, 2021)。

32 Ibid.

33 Ibid.

34 拜这个数字时代的奇迹所赐，Youtube 上可以看到英国百代（British Pathé）拍摄的这次活动的新闻纪录片。www.youtube.com/watch?v=M17bEXksnBc。

35 1947 年 9 月 2 日的《泰晤士报》（带着如今看来颇有意趣的激愤）报道了此事。

第十八章　岛民

1 'The *Ulenspiegel* and Anti-American Discourse in the American Sector of Berlin' by Cora Sol Goldstein, *German Politics and Society*, vol. 23, no. 2, Summer 2005 对《乌兰斯匹格》杂志及战后柏林的讽刺艺术展开了有趣的探索。

2 这幅恐怖的铅笔画可以在现代艺术博物馆的网站上查看：www.moma.org/collection/works/151564。

3 这幅动人的作品可以在线上查看：www.meisterdrucke.uk/fine-art-prints/Gustav-Wunderwald/690135/Bridge-over-the-Ackerstraße-Berlin-North.html。

4 见于时代见证者中心 2006 年夏季刊中关于阿克大街及周边地区的专栏。

5 Dr Alfred Wege's recollections, curated by the Zeitzeugenbörse.

6   *Inventing a Socialist Nation: Heimat and the Politics of Everyday Life in the GDR, 1945–1990* by Jan Palmowski (Cambridge University Press, 2009) 中包括大量社会历史的迷人细节。

7   Ibid.

8   "长电报"原文已经电子化，见于：digitalarchive.wilsoncenter.org/document/116178.pdf。

9   参见精彩的修正主义研究'The Incomplete Blockade – Soviet Zone Supply of West Berlin, 1948–1949' by William Stivers, *Diplomatic History*, vol. 21, no. 4, Fall 1997。

10   Ibid.

11   Ibid.

12   Palmowski, *Inventing a Socialist Nation* 中对此领域有所探究。

13   摘自 Stivers, 'The Incomplete Blockade'。

14   Ibid.

15   'Life in Berlin Today', *The World Today*, December 1948 中有一篇同时期的文章提供了可怕的细节。

16   Ibid.

17   Ibid.

18   摘自 Stivers, 'The Incomplete Blockade'。

19   Ibid.

20   Ibid.

21   他曾多次接受采访，但其中质量最佳、细节最多的一篇来自英国皇家空军博物馆（RAF Museum）航空史研究员克里斯·亨德里克斯（Kris Hendrix）在接待来访的盖尔·哈尔沃森之后所写，见于：www.rafmuseum.org.uk/blog/the-candy-bomber/。

22   Ibid.

23   'The Role of Britain in the Berlin Airlift' by Emma Peplow, *History*, vol. 95, no. 2, April 2010 研究了英国参与空运行动的情况。

24   这一切都被英国百代的新闻纪录片捕捉下来。相关视频及有关柏林封锁的其他影像报道参见：www.britishpathe.com/workspaces/df699ffd537d4e0c74710ad015dfd64d/fGjL01IJ。

25   'Life in Berlin Today'.

26   Stivers, 'The Incomplete Blockade'.

27   Ibid.

28   对于这一问题，一篇近乎同一时期发表的（略有些骇人听闻的）文章进行了研究。'Nutrition Lessons of the Berlin Blockade' by H. E. Magee, *Public Health Reports*, vol. 67, no. 7, July 1952。

29   Ibid.

30   Ibid.

31   'Life in Berlin Today'.

32   吉迪恩·莱斯特（Gideon Lester）对这部剧艺术方面的成就、布莱希特妻子海伦妮·魏格尔的主演角色以及该剧在上演多年后的影响 [布莱希特盖过了斯坦尼斯拉夫斯基（Stainislavsky）的现实主义，定义了史诗剧的风格] 作了很好的论述。参见：

注释

americanrepertorytheater.org/media/a-model-of-courage/。

33 1948 年 8 月 23 日的《泰晤士报》对此进行了报道。
34 Ibid.
35 Ibid.
36 访问 www.günter-neumann-stiftung.de/die-insulaner 的网址可以读到致敬金特·诺依曼的短文，并听到《岛民之歌》('The Islanders' Song')的录音。

第十九章　群众的怒吼

1 *The Times*, 21 January 1952.
2 *The Times*, 26 May 1952. 布里亚内克在 2005 年得到平反之前，一直被视为美国中情局资助的恐怖分子，长期密谋纵火和破坏铁路桥。
3 *The Times*, 3 June 1952.
4 Ibid.
5 Ibid.
6 *The Times*, 6 June 1952.
7 Ibid.
8 英国百代新闻纪录片公司拍摄的一段有趣的影像资料，展示了艾奇逊在那次访问中参观一个拟建图书馆的微缩模型，而模型的造型预示了新时期的建筑风格，亦即横跨铁幕的现代主义。
9 Stern, *Ulbricht*.
10 摘自一篇关于东柏林共产主义建设风格和抱负的引人入胜的文章：'The Vernacular and the Monumental: Memory and Landscape in Post-War Berlin' by Paul Stangl, *GeoJournal*, vol. 73, no. 3, 2008。
11 Ibid.
12 Ibid.
13 Ibid.
14 Ibid.
15 摘自霍斯特·克格勒的迷人的日记 'My Berlin', *Dance Chronicle*, vol. 36, no. 1, 2013。
16 Ibid.
17 Ibid.
18 Ibid.
19 Ibid.
20 'Hero or Villain? Bertolt Brecht and the Crisis Surrounding June 1953' by Mark W. Clark, *Journal of Contemporary History*, vol. 41, no. 3, July 2006 对此有所讨论。
21 摘自 '"Keeping the Pot Simmering": The United States and the East German Uprising of 1953' by Christian F. Ostermann, *German Studies Review*, vol. 19, no. 1, February 1996。

22 Ibid.

23 Ibid.

24 霍斯特·克里特在理查德·米林顿博士（Dr. Richard Millington）主持的播客节目《冷战对话》（'Cold War Conversations'）中接受了访谈，参见：https://coldwarconversations.com/episode6/。

25 Ibid.

26 摘自 Stern, *Ulbricht*。

27 'Bertolt Brecht, Politics and Comedy' by Marc Silberman, *Social Research*, vol. 79, no. 1, Spring 2012 一文对布莱希特的幽默本质进行了分析。不考虑上下文，此处布莱希特的打油诗或许也是世界上被引用次数最多的文字之一。

28 摘自 Ostermann, '"Keeping the Pot Simmering"'。

29 Ibid.

30 Ibid.

31 Ibid.

32 Ibid.

33 Ibid.

34 Ibid.

35 Ibid.

第二十章　天堑难弥

1 相关档案材料可以参见国家安全局（National Security Agency）网站：www.nsa.gov/portals/75/documents/news-features/declassified-documents/cryptologic-histories/operation_regal.pdf。

2 Stern, *Ulbricht*.

3 *Daily Telegraph*, 16 January 1956.

4 Ibid.

5 Ibid.

6 关于"苏俄"为这些团体提供武器装备的可能性引发紧张局势的报道，参见 *Daily Telegraph*, 11 February 1956。

7 参见 'Rock 'n' Roll, Female Sexuality and the Cold War Battle Over German Identities' by Uta G. Poiger, *Journal of Modern History*, vol. 68, no. 3, September 1996。

8 Ibid.

9 关于"埃尔维斯在德国"相关纪念品备受欢迎的情况，以及20世纪50年代流行杂志的排版和字体设计，可以参见一个记述埃尔维斯在《喝彩》杂志中出现的前后经过的专门网页：http://www.elvisechoesofthepast.com/elvis-in-bravo-magazine-germany-1956/。

10 Poiger, 'Rock 'n' Roll'.

11　Ibid.
12　Ibid.
13　Ibid.
14　艾克·罗辛对柏林墙建立过程的讲述可以参见：www.berliner-mauer-gedenkstaette.de/en/elke-rosin-783.html。
15　Poiger, 'Rock 'n' Roll'.
16　Ibid.
17　*Daily Telegraph,* 28 January 1956.
18　Ibid.
19　Ibid.
20　Ibid.
21　Ibid.
22　关于该案令人毛骨悚然的史塔西档案（回收后已经电子化），可以参见：www.stasi-mediathek.de/themen/person/Elli%20Barczatis/。
23　*Daily Telegraph,* 7 February 1956.
24　Ibid.
25　约翰·皮特的故事可以参见：'John Peet (1915–1988): An Englishman in the GDR' by Stefan Berger and Norman Laporte, *History,* vol. 89, no. 1, January 2004。
26　对他生平的简短介绍（尤其是他的赛车生涯），请见：media.daimler.com/marsMediaSite/en/instance/ko/Biography-Manfred-von-Brauchitsch.xhtml?oid=45194996。
27　1956年最初几周的《每日电讯报》就人们因担忧重整军备而逃离东柏林情况刊发了多篇报道。
28　关于史塔西渗透东德全社会乃至超出民主德国的情况，有很多有趣的文章，例如：Deutsche Welle (11 June 2019): www.dw.com/en/stasis-pervasive-footprint-across-two-berlins-revealed/a-49135973。
29　《泰晤士报》在1960年全年以及1961年前三个月几乎每天都可见相关的报道。优秀的侧记文章，例如1960年4月26日描述手工艺人和"知识分子"焦虑情绪的文章。
30　Ibid.
31　Margot Schorr's recollections, as curated by the Zeitzeugenbörse.
32　Ibid.
33　见《泰晤士报》报道，如前所述。
34　当年乌布利希曾多次提出这一要求，1961年1月2日首次提出时得到了《泰晤士报》的报道。
35　Palmowski, *Inventing a Socialist Nation.*
36　如今阅读当天议会的会议实录的全文——看希思如何回应坐在对面一侧的反对党提出的有关全球各地大事的问题——与其说让人陷入厚古薄今的古老陷阱，倒不如让人得以反思，为何当时的议会辩论和质询都关注议会本身，而不是基于24小时周期的新闻报道。参见：hansard.parliament.uk/commons/ 1961- 07- 31/debates/ e299acfa- 8686- 46cd-b1e7-6c0d807e1a26/ForeignAffairs。

37 *Daily Telegraph,* 11 August 1961.
38 *Daily Telegraph,* 12 August 1961.
39 Ibid.
40 来自担任财政大臣之前几年的年轻的尼格尔·劳森（Nigel Lawson）的报道，刊于1961年8月27日的《星期天电讯报》（*Sunday Telegraph*）。
41 来自迪特尔·韦伯为一个提供大量信息和绝佳视觉资料的生动网站所作的采访：www.the-berlin-wall.com。
42 Ibid.
43 Ibid.
44 更多详情及档案访问链接参见：www.wilsoncenter.org/publication/new-evidence-the-building-the-berlin-wall。

第二十一章　外面的世界

1 肯尼迪总统的讲话全文可见于肯尼迪总统图书馆暨博物馆（JFK Presidential Library and Museum），网址：www.jfklibrary.org/archives/other-resources/john-f-kennedy-speeches/berlin-w-germany-rudolph-wilde-platz-19630626。
2 历史学家、柏林墙建成之前及倒塌之后的柏林常客 Neal Ascherson 在其'The Media Did It'（*London Review of Books,* 21 June 2007）一文中，对作为"反法西斯保护屏障"的柏林墙展开了令人兴奋的讨论。
3 她的故事可以在柏林墙纪念网站上读到：www.berliner-mauer-gedenkstaette.de/en/ 1961-299.html。
4 Elke Rosin's story, ibid.
5 Olga Segler's story on the Berlin Wall memorial website: www.berliner-mauer-gedenkstaette.de/en/ 1961- 299.html.
6 Günter Litfin's story, ibid.
7 Ibid.
8 Udo Düllick's story on the Berlin Wall memorial website: www.berliner-mauer-gedenkstaette.de/en/ 1961- 299.html.
9 摘自 *Belonging in the Two Berlins: Kin, State, Nation* by John Borneman (Cambridge University Press, 1992)。
10 Ibid.
11 摘自配有精美插图的文章 'The Architecture and Message of the "Wall", 1961–1989' by Leo Schmidt, *German Politics and Society,* vol. 29, no. 2, Summer 2011。
12 见于 Berlin Wall memorial website: www.berliner-mauer-gedenkstaette.de/en/ 1968- 316.html。
13 摘自一篇写于柏林墙似乎将屹立不倒之时的文章：'Disquiet on the Western Front: Observations on the Twentieth Anniversary of the Berlin Wall' by John C. Palenberg, *The Fletcher Forum,* vol. 5, no. 2, Summer 1981。

14　Schmidt, 'The Architecture and Message of the "Wall"'.
15　Ibid.
16　Ibid.
17　Cited ibid. (originally from an article in *Der Spiegel* in 1981).
18　见于柏林墙纪念网站：www. berliner- mauer- gedenkstaette.de/en/ 1981- 326.html。
19　Ibid.
20　见于柏林墙纪念网站：www.berliner- mauer- gedenkstaette.de/en/1989- 332.html。
21　Ibid.

后记

1　Benjamin, 'A Berlin Chronicle'.

索引

（索引中的页码系原书页码，即本书页边码）

A

阿德隆酒店（Hotel Adlon）143，144，160，243，300

阿登纳，康拉德（Adenauer, Konrad）341，353

阿登纳，曼弗雷德·冯（Ardenne, Manfred von）103，111，115—116，217，218，219

阿尔特舒勒，莫迪凯（Altshuler, Mordechai）205

阿克大街（Ackerstrasse）289，316—317

阿克塞尔·施普林格大厦（Axel Springer building）364

阿克斯曼，阿图尔（Axmann, Artur）198，201，252

阿伦特，汉娜（Arendt, Hannah）66，69—70，281—282

埃弗斯，梅希蒂尔德（Evers, Mechtild）xxiii，176，227—229，276

埃克塞尔西奥酒店（Hotel Excelsior）144

艾伯特，弗里德里希（Ebert, Friedrich）33，35

艾伯特大街（Ebertstrasse）274—275

艾德礼，克莱门特（Attlee, Clement）291，292

艾亨霍夫，露特—约翰娜（Eichenhofer, Ruth-Johanna）75

艾克，布丽吉特（Eicke, Brigitte）164—165

艾奇逊，迪安（Acheson, Dean）335

艾森豪威尔，德怀特·D.［将军］（Eisenhower, General Dwight D.）7，300

艾斯凯勒（Eiskeller）334—335

爱因斯坦，阿尔伯特（Einstein, Albert）xxi，21，102，103，104—106，107，110，112，124

安德烈亚斯—弗里德里希，露特（Andreas-Friedrich, Ruth）178

安哈尔特火车站（Anhalter Bahnhof）xvii，191—192

昂纳克，埃里希（Honecker, Erich）367，368，370

盎格鲁—德意志友谊协会（Anglo-German Friendship Society）150

奥巴赫，洛塔尔（Orbach, Lothar）69，76，83—84，126，134，135，272—273

奥伯鲍姆桥（Oberbaum Bridge）361

奥伯斯多夫（Oberstdorf）149

奥得河（Oder, River）12，100，161，168，169，170

奥尔夫，卡尔（Orff, Carl）：《布兰诗歌》（*Carmina Burana*）121

奥尔斯庄园（Oels estate）145，146，149

奥格尔，库尔特（Orgel, Kurt）9

奥拉宁堡大街（Oranienburger Strasse）63，78，79

奥拉宁堡大街犹太会堂（Oranienburger synagogue）78

奥拉宁堡集中营（Oranienburg concentration camp）134

奥曼科夫斯基，曼弗雷德（Omankowsky, Manfred）117

奥斯维辛（Auschwitz）6，13，115，135，202，273

B

巴伐利亚区（Bavarian Quarter）72，105

巴赫，约翰·塞巴斯蒂安（Bach, Johann Sebastian）120，308

巴克扎提斯，埃莉（Barczatis, Elli）349

巴勒斯坦（Palestine）74，310

巴黎公社［1871年］（Paris Commune [1871]）28

巴泽曼，霍斯特（Basemann, Horst）xxiii，19，20，22

百货商场（department stores）xxi，18，30，46，47—48，57—58，70—71，79，159，162，210，212，213，227，351，364；另见各百货商场名条目

《柏林：城市交响曲》［电影］（*Berlin: Symphony of a Great City* [film]）235

柏林爱乐乐团（Berlin Philharmonic Orchestra）119—120，121，165，166，293

柏林奥运会［1936年］（Berlin Olympics [1936]）100，115，120，197—198，222

柏林大学（University of Berlin）104，105，113，308—309

《柏林的女人》（*Woman in Berlin, A*）226，260

柏林的气候（climate, Berlin）72，318，334

柏林动物园（Berlin Zoological Garden）10—11，134，188—191，251—253，271—272，275，337；高射炮塔（flak tower）10—11，242，251—253，256

柏林封锁［1948—1949年］（Berlin Blockade [1948—1949]）315，320—331，333，342，356

柏林工人士兵委员会代表大会（General Assembly of the Berlin Workers' and Soldiers' Councils）32

柏林工业大学（Berlin Institute of Technology/Berlin Technical University）43，103

柏林宫（Berliner Schloss）xxiii，32，345，374

柏林国家歌剧院（Berlin State Opera）121，165

柏林会战［1945年］（Berlin, Battle of [1945]）xix，xxiv：柏林城内的难民（refugees in Berlin）5，8，100—101，159，160，191，195—196，214，228，240，261，275—276，290；柏林居民相信盟军作风正派（Allies, Berliner's belief in decency of and) 28, 30; 党卫队与柏林会战（SS and）见 "党卫队"; 德国国防军与柏林会战（Wehrmacht and), 见 "德国国防军"; 德国人期望奇迹武器的到来（miracle weapons, German hope for arrival of）12—13, 18, 112, 158; 德国阻挡红军的计划（German plan to stop Red Army）182—183; 德军投降（surrender of German forces）254—263; 防空掩体［地堡、地窖］（shelters, air-raid [bunker basements, cellars]）; 高射炮塔（flak towers）9—11, 18—19, 160—161, 162, 187, 188, 191, 221, 242, 251—252, 256, 275, 282, 316; 各方争相搜寻柏林城内的核材料／核科学家（nuclear material/scientists within Berlin, race to discover）xxi, 101, 102—116, 215—220, 221, 249, 269, 295; 国家歌剧院里的激战（State Opera House, fighting in）251; 红军单位（Red Army units), 见 "红军"; 红军的强奸行为（rape, Red Army use of）xix, 5, 9, 30, 101, 195, 222—232, 236, 261, 276, 283, 301, 317; 红军对待孩童的方式（children, Red Army treatment of small）226—227, 262, 265; 红军攻占德国国会大厦（Reichstag, Red Army fight for and capture of）241, 242—243, 248, 256, 262, 266; 红军跨过莫尔特克桥（Moltke Bridge, Red Army crosses）241—242; 红军掠夺柏林的工业和文化财富（industrial and cultural wealth, Red Army strips Berlin of）244, 282—283, 304; 红军人数（Red Army numbers), 见 "红军"; 红军占领马察恩［1945年4月21日］（Marzahn occupied by Red Army [21 April 1945]）

207; 霍亨索伦大街上的防御区总部（Defence Area HQ, Hohenzollerndamm）210; 集体埋葬（burials, mass）4, 263; 精疲力竭与柏林会战（exhaustion and）5, 34, 114, 160, 178, 203, 204, 208, 229, 237, 255, 260, 261, 263, 275, 304, 305; 克雷布斯／布格多夫自杀（Krebs/Burgdorf suicide）255, 263; 克罗尔歌剧院附近的激战（Kroll Opera House, fighting around）242; 狼人行动与柏林会战（Werewolf movement and）29, 174, 177, 256; 盟军抵达之前红军对柏林的占领（Red Army occupation of Berlin prior to arrival of Allied forces）281—294; 盟军在萨维尼广场会面标志着柏林合围完成（Savignyplatz meeting between Allied forces signifies envelopment of Berlin）257; 尼德瓦尔大街上的激战（Niederwallstrasse, fighting on）251; 女性／女孩与柏林会战（women/girls and), 见 "女性／女孩"; 平民伤亡数量（civilian casualty numbers）xviii, 8—9, 111, 169, 238, 277; 平民疏散（evacuation of citizens）11; 强迫劳动与柏林会战（forced labour and), 见 "强迫劳动"; 人民冲锋队与柏林会战（Volkssturm and), 见 "人民冲锋队［人民的风暴］"; 伤亡者数字（casualty numbers）xviii, 8—9, 111, 169, 178—179, 183—184, 238, 277; 食品短缺（food shortages), 见 "食物"; 使用"铁拳"（Panzerfaust, use of）17, 175—176, 215, 230, 241, 290; 使用地道（tunnels, use of）8—9, 15, 187—188, 200, 238—239, 256—257; 苏联对柏林发动攻击［1945年4月16日

（Soviet attack on Berlin launched [16 April 1945]）171—172；苏联炮击柏林（artillery bombardment of Berlin, Soviet）157—158, 170—171, 172, 173, 180, 182, 192—193, 194, 195, 206, 207, 208, 209, 220, 221, 229, 243, 248；同盟军决议指定红军首先进入柏林（Red Army as first Allied force to enter Berlin, Allied decision designates）7；维斯瓦河集团军群与柏林的防御（Army Group Vistula and defence of Berlin）12, 13, 168—169；希特勒青年团与柏林会战（Hitler Youth and），见"希特勒青年团"；一些家庭在柏林会战期间回到柏林（families return to Berlin during）11, 135, 273, 276；艺术品撤离 [1945年]（artwork, evacuation of [1945]）11, 28, 180—182；在柏林会战中利用德国儿童（children, use of German in）9, 13, 16, 17—23, 28—29, 171, 183, 186, 193, 210, 见"希特勒青年团"；泽洛高地的血战 [1945年]（Seelow Heights, Battle of [1945]）161, 167—179, 180, 182, 183；战俘（prisoners-of-war），见"战俘"

柏林剧团（Berliner Ensemble）308, 338

柏林军事学院（Berlin Military Academy）142

柏林开放的名声（openness, Berlin's reputation for）65

柏林空运（维特尔斯行动）[1948—1949年] Berlin Airlift (Operation Vittles) [1948—1949] 315, 321—329

柏林墙（Berlin Wall）：柏林墙的倒塌 [1989年]（fall of [1989]）xxiv, 71, 372, 374, 375；柏林墙的改造加固 [20世纪70年代中后期]（refined [mid to late 1970s]）368—369；柏林墙的建立 [1961年]（erection of [1961]）xx, 316, 355—357, 358—359；柏林墙上的边境卫兵（border guards on）366, 369—370, 372；柏林墙上的涂鸦（graffiti on）369；柏林墙下的地道（tunnels under）365；柏林墙与欧洲的核安全/地缘政治结构（nuclear security/geopolitical structure of Europe and）xx, 368；柏林墙与摇滚音乐（rock 'n' roll music and）363, 364；保留下来的部分（preserved sections）373；发生异变的倾向（mutation, tendency towards）365, 368—369；翻越柏林墙的遇难者/尝试（victims of/attempts to cross）359—361, 365—366, 369—370, 371；死亡地带（Death Strip）357, 366, 370, 373

柏林人的幽默感（humour, Berliner sense of）5, 52, 61, 375

《柏林日报》（Berliner Tageblatt）123

柏林市民作为共犯参与了纳粹的罪行（complicity, citizens of Berlin in crimes of Nazis）6, 115, 202, 272, 281—282, 298—299

柏林体育宫（Berliner Sportpalast）50, 60, 97

《柏林艳史》[电影]（Foreign Affair, A [film]）302—303

柏林犹太社区（Jüdische Gemeinde zu Berlin）310

柏林与步行（walking, Berlin and）xxii, 374

包豪斯学院（Bauhaus institute）42, 43, 44, 70, 71, 336

报纸/印刷媒体（newspapers/press）6, 23, 30, 35, 61, 62, 67, 74, 107,

索引

121，122，128，129，138，151，192—193，195，209，267，275，293，321，325，326，332，333，342，345，348，378；另见各刊物名条目

北约（NATO）330，346

贝多芬，路德维希·凡（Beethoven, Ludwig van）118，120，121，307

贝多芬音乐厅（Beethoven Salle）165

贝尔瑙尔大街（Bernauer Strasse）316，317，348，359，373

贝格尔，埃尔娜（Berger, Erna）293

贝克，莱奥［拉比］（Baeck, Rabbi Leo）309

贝利亚，拉夫连季（Beria, Lavrenty）211

贝林，鲁道夫（Belling, Rudolf）49

贝伦斯，彼得（Behrens, Peter）39，41

贝文，欧内斯特（Bevin, Ernest）322，326

贝歇尔，约翰内斯·R.（Becher, Johannes R.）287—289

本雅明，瓦尔特（Benjamin, Walter）68，374

比彻姆，托马斯（Beecham, Thoma）120

比亚莱克，罗伯特（Bialek, Robert）349

彼得斯，埃娃（Peters, Eva）126

彼特，约翰（Peet, John）349

俾斯麦，奥托·冯（Bismarck, Otto, von）37，64

俾斯麦，戈特弗里德（Bismarck, Gottfried）141

俾斯麦—申豪森，戈特弗里德·格拉夫·冯（Bismarck-Schönhausen, Gottfried Graf von）202

表现主义（expressionism）40，48，49，90，128，136，169，257，287，300

别尔扎林，尼古拉［将军］（Berzarin, General Nikolai）207，244，245，246—247，262，267，275，284，311

别豪内克，卡米尔（Běhounek, Kamil）125

宾格大街（Binger Strasse）268

波查德，里奥（Borchard, Leo）175

波茨坦（Potsdam）139—140，141，144，147，149，209，327—328，354

波茨坦广场（Potsdamer Platz）50，257，373

波茨坦会议［1945年］（Potsdam Conference [1945]）154，290—293，321，334

"波茨坦之日"［1933年］（Day of Potsdam, The [1933]）147

波兰（Poland）6，11，37，38，75—76，81，143，161，163，190，205，222，228，292，300，310，311

玻恩，马克斯（Born, Max）105

玻尔，尼尔斯（Bohr, Niels）105，111，217

伯恩斯，詹姆斯·F.（Byrnes, James F.）293，320

伯格，哈努斯（Burger, Hanuš）299

伯格海恩［夜店］（Berghain [nightclub]）373

勃兰登堡门（Brandenburg Gate/ Brandenburg Tor）xxii，35，145，160，251，302，304，325，355

勃兰特，卡尔（Brandt, Karl）201

勃兰特，维利（Brandt, Willy）366

博尔曼，马丁（Bormann, Martin）26，200，252，255

博尔西希宫（Borsig Palace）152，153

博韦里，玛格丽特（Boveri, Margret）236

博物馆岛（Museum Island）xxii，78

博泽，赫伯特·冯（Bose, Herbert von）153

不平等（inequality）139—140，143—144，151，338，351

布达佩斯大街（Budapester Strasse）188

布尔什维克（Bolsheviks）32，33，34，59，66，136，168，177，212，228，274

布格多夫，威廉［将军］（Burgdorf, General Wilhelm）255

布痕瓦尔德（Buchenwald）114，273，298

布拉德莱，奥马尔［将军］（Bardley, General Omar）7

《布拉格的大学生》［电影］（Student of Prague, The [film]）86，90—91

布莱克，乔治（Blake, George）334—335

布莱希特，贝尔托特（Brecht, Bertolt）xxii，73，137，281，307—308，337，338，341，342：《三分钱歌剧》（Die Dreigroschenoper）122—123，338；《勇气妈妈和她的孩子们》（Mother Courage and Her Children）329

布兰丁，露特（Brandin, Ruth）363

布劳恩，爱娃（Braun, Eva）15，45，181，200，201，250，253

布劳恩，马格努斯·冯（Braun, Magnus von）113

布劳恩，沃纳·冯（Braun, Wernher von）112—115，218，368

布劳希奇，曼弗雷德·冯（Brauchitsch, Manfred von）349—350

布里亚内克，约翰（Burianek, Johann）133

布卢姆，福（Bloom, Fo）241，268

布罗克西珀，弗里茨（Brocksieper, Fritz）124—125

C

采奇，阿尔弗雷德（Czech, Alfred）17，198—199

采琪莲霍夫宫（Cecilienhof Palace）139—140，145，146，147，149，154，248，249，291—293

残疾（disability）4，201，232

策伦多夫（Zehlendorf）246，335

查尔斯·爱德华［萨克森—科堡—哥达公爵］（Charles Edward, Duke of Saxe-Coburg and Gotha）150

查理和他的管弦乐队（Charlie and His Orchestra）124—125，164

查理检查站（Checkpoint Charlie）373，374

超铀元素（transuranic）109

"长刀之夜"［1934年］（'Night of the Long Knives' [1934]）131，153

城市宫（Stadtschloss）58

冲锋队（SA）67，74，76，78，113，119，130—131，150，153

《重建华尔兹》（'Reconstruction Waltz, The'）339

《冲破铁幕》［电影］（Torn Curtain [film]）364

《吹牛大王历险记》［电影］（Münchhausen [film]）88，97—99

粗犷主义（brutalism）337，356

崔可夫，瓦西里［将军］（Chuikov, General Vasily）255

D

达达主义（Dadaism）xviii，128，136

达尔维茨（Dahlwitz）247

达勒姆（Dahlem）24，100，220，239，295

《大都会》［电影］（Metropolis [film]）94

大屠杀（Holocaus）xviii, xix, xxiii, 12, 13，75—76，81—82，90，103，142，185，201—202，204—205，272—273，281，292，298—302，308—309，310，311，312：柏林城内对大屠杀的了解

索引

（knowledge of within Berlin）6，115，202，272，281—282，298—300；集中营（concentration camps），见"集中营"以及各集中营名称词条；苏联当局的淡化处理（Soviet authorities downplay）205；万湖会议与实施大屠杀的决定［1942年1月］（Wannsee Conference and decision to enact [January 1942]）81—82

大萧条（Great Depression）21，151

黛德丽，玛琳（Dietrich, Marlene）88，94，302

党卫队（SS）：查理曼师（Charlemagne Division）210—212，230，260；党卫队与"长刀之夜"（Night of the Long Knives and）153；党卫队与大屠杀（Holocaust and）81，83，201—203；党卫队与电影艺术（cinema and）98，999，100；党卫队与贵族（aristocracy and）147，153；党卫队与集中营撤离（concentration-camp evacuation and）201—205；党卫队与魏玛共和国（Weimar Republic and）113，125，126；格罗兹对党卫队的描绘（Grosz depicts）125，126；在柏林会战中的角色（Battle of Berlin, role in）12，16，18，25—26，28—30，101，115，169，175，177，184，186，188，193，195，201，202，206，210—212，213—214，221，227，230，241，242，243，251，252，256，260，271，290

《岛民》［广播节目］Die Insulaner (The Islanders) [radio show] 329—330

道格拉斯，威廉·肖尔托［空军元帅］（Douglas, Marshal William Sholto）314

德奥合并［1938年］（Austria, Anschluss [union] with Nazi Germany [1938]）90，109，119，120，153

德布林，阿尔弗雷德（Döblin, Alfred）：《柏林，亚历山大广场》（Berlin Alexanderplatz）56，297

德多博雷斯，伊万（Dedoborez, Ivan）225

德国革命［1918年］（German Revolution [1918]）xix, xxiii, 32—36, 47, 52, 58, 66, 104, 128, 151, 247, 340

德国共产党（Communist Party of Germany）22，62，74，244，245，247，288，306，340

德国国防军（Wehrmacht）68，71，96，162：柏林的防卫（Berlin, defence of）12，13，25，28，157—158，161，167—179，180，182，183—184，192，195—196，210，241，255，256，263，275，284，290，300；德国国防军与巴巴罗萨计划（Barbarossa Operation and）81，170，182；第12集团军（Twelfth Army）195—196；第18装甲掷弹兵师（18th Panzergrenadier Division）182；第9集团军（Ninth Army）183；开小差（desertions from）241，275；克雷布斯／布格多夫自杀（Krebs/Burgdorf suicide）255，263；伤亡数量（casualty numbers）178—179，183—184；使用"铁拳"（Panzerfaust, use of）175—176；随军牧师（chaplains）167—168；维斯瓦河集团军群（Army Group Vistula）12，13，168—169；向盟军投降（surrender to Allies）254—263

德国国会大厦（Reichstag）32，62，130，131，152，241，262，324，325，366：起火［1933年］（fire [1933]）74，107，245；苏联攻占［1945年］（capture of [1945]）242，245，248，256，266

德国浪漫主义（romanticism, German）46，70，235，281

德国马克（Deutschmark）319—320，367

德国内部边界（Inner German Border）317，342

德国少女联盟（League of German Girls）17，75，138，164，177，197，222

德国通用电气公司（AEG）53，275，282；汽轮机厂（Turbine Works）39，121，319

德国统一社会党（Socialist Unity Party [SED]）306，348，350

《德国刑法典》第175条（Paragraph 175 [German judicial code]）130，132—133，362

德国总统大选［1932年］(presidential election, German [1932]) 147

德克，克丽丝（Doerk, Chris）363

德累斯顿（Dresden）52，127，219，339

德曼多夫斯基，埃瓦尔德·冯（Demandowsky, Ewald von）100，101，194，239，276

德梅茨，彼得（Demetz, Peter）27

德意志大话剧院（Grosses Schauspielhaus [Grand Theatre]）40

德意志联邦共和国（西德）［1949—1990年］Federal Republic of Germany (West Germany) [1949–1990]：包围柏林广播电台［1952年］(radio siege, Berlin [1952]) 333—335；北约与西德（NATO and）330；波恩被选作首都（Bonn selected as capital of）330；勃兰特／东方政策与西德（Brandt/Ostpolitik and）366；从西德叛逃到东德（defections to East Germany from）349—350；德国马克与西德（Deutschmark and）319—320，367；《赫尔辛基协定》与西德［1975年］(Helsinki Accords and [1975]) 367—368；老年人获准在东西德之间往返（elderly allowed to cross between East Germany and）366—367；欧洲共同市场与西德（European Common Market and）353；西德的建立［1949年］(creation of [1949]) 330；西德的同性恋（homosexuality in）352；西德女性与传统家庭主妇的角色（women and traditional housewife roles in）362；另见"西柏林［1949—1990年］"

《德意志零年》［电影］(Germany Year Zero [film]) 314—315

德意志留声机公司（Deutsche Grammophon）121

德意志民主革新文化联合会（Kulturbund zur demokratischen Erneuerung Deutschlands [The Cultural League for the Democratic Renewal of Germany]）287

德意志民主共和国（GDR，东德）［1949—1990年］German Democratic Republic (GDR, East German) [1949–1990]：昂纳克与东德（Honecker and），见"昂纳克，埃里希"；柏林墙与东德（Berlin Wall and），见"柏林墙"；北约与东德（NATO and）330；东德的电视（television in）344，351—352，363，366；东德的建立［1949年］(creation of [1949]) 331；东德的建筑（architecture in）39，336—337，361，363—365，366；东德的同性恋（homosexuality in）362；东德的住房（housing in）336—337，361，365；东德马克（Ostmark currency）367；东德起义［1953年］(East German uprising [1953]) 338—341，342—343；《赫尔辛基协定》

索引

与东德［1975 年］（Helsinki Accords and [1975]）367—368；老年人获准自东德进入西德（elderly allowed to cross into West Germany from）366—367；联合国吸纳东德为正式成员（United Nations, recognized as a full member of）367；难民试图穿过东德进入西德（refugees attempt to cross into West Germany from）337, 343, 345, 348—355, 357, 359—361, 365—366, 369—370, 371；朋克摇滚与东德（punk rock and）370；史塔西在东德的大规模监控（Stasi mass domestic surveillance in）339, 340, 349, 350, 351, 361, 362—363, 364, 365, 367, 370, 372；乌布利希为抵御"西方帝国主义"的威胁向西德施压（'western imperialism', pressure exerted by Ulbricht on West Berlin intended to counter threat of）335—336；乌布利希与东德（Ulbricht and），见"乌布利希，瓦尔特"；摇滚乐与东德（rock 'n' roll and）363, 364

德意志银行（Deutsche Bank）271

德意志犹太青年联盟（Bund deutschjüdischer Jugend）69

地铁（U-Bahn）3, 4, 5, 8, 79, 159, 187—188, 219, 238—239, 259, 284, 318, 337, 355

"灯光经济观念"（der lichtwirtschaftliche Gedanke ['the idea of the economics of light']）47

邓尼茨，卡尔［海军上将］（Doenitz, Admiral Karl）256

迪贝柳斯，弗里德里希·卡尔·奥托［主教］（Dibelius, Bishop Friedrich Karl Otto）352

帝国（Das Reich）192—193

帝国博物馆（Reich Museum）149

帝国马克（Reichsmark）318—319, 320

帝国艺术协会（Reich Chamber of Arts）135

帝国音乐协会（Reich Chamber of Music）123

《帝国自然保护法》［1935 年］（Reich Nature Protection Law [1935]）189

帝国总理府（Reich Chancellery）14—15, 16, 17, 45, 148, 153, 158, 166, 178, 181, 184, 198—200, 221, 252—253, 259, 262, 294

第二次世界大战［1939—1945 年］（Second World War [1939–1945]）：巴巴罗萨计划（Barbarossa, Operation）81, 170, 182；柏林会战（Berlin, Battle of），见"柏林会战［1945 年］"；大屠杀（Holocaust），见"大屠杀"；德国人的纪念仪式（ceremony of remembrance, German）xx；德军投降（surrender of German forces）255—263；斯大林格勒战役［1943 年］（Stalingrad, Battle of [1943]）170, 195, 259

第二次世界大战中的空袭（bombing raids, Second World War）xvii, xviii-xix, xxiii, 3, 4—5, 10, 13, 14, 23, 24, 25, 27, 31, 48, 127, 158, 162, 238, 239；柏林爱乐乐团与空袭（Berlin Philharmonic Orchestra and）165；柏林动物园与空袭（Berlin Zoological Garden and）188, 190；柏林居民相信盟军作风正派（Allies, Berliner's belief in decency of and）28, 30；表明盟军的残忍冷酷（Allied ruthlessness, indicative of）111；大火（firestorms）18, 52；地堡（bunkers）8—9；地铁站与空袭（U-Bahn stations and）5, 8, 159, 187；蒂尔加滕公园与空袭（Tiergarten park and）191；份地殖民地（allotment colonies and）287；豪宅／贵族与轰炸（grand houses/aristocracy and）140，149，345；卡尔施泰特百货商场与空袭（Karstadt department store and）214；克罗尔歌剧院与空袭（Kroll Opera House and）242；空袭（air-raid）；空袭警报（sirens, air-raid）4，160；空袭中受损或者被毁民房的数量（apartments damaged or destroyed in, number of）264；美军的日间空袭（American daylight raids）4，18，212；盟军大规模空袭的开始［1943年］（Allied bombing raids, start of large-scale [1943]）46；平民流离失所（homelessness and）162，286；燃烧弹（incendiaries）11，18，63，78，122，149，164，326；实验室与空袭（laboratories and）103，108，215；苏联（Soviet）158，221；西门子城（Siemensstadt）304；新犹太会堂与空袭（Neue Synagoge and）78，310；英军的夜间空袭（British night-time raids）4，9；影院与空袭（cinema and）86，92，99，100，101；总水管与空袭（water mains and）5

第一次世界大战［1914—1918年］（First World War [1914–1918]）xvii, xix, xxii, 19—20，26，31，32—33，34，35，36，37，39，42—43，49，52，151，259，281，282，286，287，297，372，374：德国被要求赔款（reparations demanded from Germany）20，32，53，54，104；德国贵族与"一战"（German aristocracy and）32，139，143，145—146；德国武装部队里的犹太人（Jews in German armed forces）37，65—67，69；电影艺术与"一战"（cinema and）88，298；《凡尔赛和约》［1919年］（Versailles, Treaty of [1919]）19—20，`27，53，56；弗朗茨·斐迪南遇刺引发"一战"（Franz Ferdinand assassination sparks）145；"逃避兵役"的士兵的传说（'shirking' soldiers, myth of）66；威廉二世在战败后逊位（Wilhelm II abdicates following defeat in）32，139，143，145；"西班牙大流感"与"一战"（'Spanish Flu' and）33，130；"一战"中使用的化学武器（chemical weapons used in）103，107；战后柏林的暴力事件与"一战"（violence in post-war Berlin and）32—33，52，57—58

蒂尔加滕（Tiergarten）105，112，131，145，190，191—192，262，290

蒂森，彼得（Thiessen, Peter）115—116，217—219

电力大厦（House of Electricity, The）47

电力供应（electricity supplies）3，24，37，48，175，190，195，209，228，244，246，264，267，286，321，324—325，332，334，338

电视（television）103，115，302，344，347，351—352，363，364，366，370，378；另见各演员、导演和节目名条目

电影艺术（cinema）xx, xxiii, 20—21，23，28，71，72，85，86—101，113，115，137—138，159，198，199，276—277，284，289，297—302，307，312—313，314，315，317，321，323—324，326，364，373；另见各演员、导演、电影和工作室名条目

调查问卷［一份旨在让原纳粹分子招认身份的六页问卷］（Fragebogen [six-page

索引

questionnaire intended as a confessional]）296—297，303

东柏林［1949—1990年］（East Berlin [1949-1990]）316—317：柏林封锁与东柏林（Berlin Blockade and）315，320—331；柏林墙与东柏林（Berlin Wall and），见"柏林墙"；布莱希特在东柏林（Brecht in）307—308，337，338，341，342；拆除具有历史意义的雕塑/纪念碑（statues/monuments, removal of historic）345—346；德意志民主共和国的建立与东柏林［1949年］（GDR, creation of [1949] and）331；东柏林的电视（television in）344，351—352，363；东柏林的黑市/走私（black market/smuggling in）318，328；东柏林的经济（economy in）318—319，338—339，342，343，351—354，364，367；东柏林的剧院（theatre in）307—308，337，338，341，342；东柏林的女性（women in）361—362；东柏林的朋克摇滚（punk rock in）370—371；东柏林的同性恋（homosexuality in）352；东柏林的艺术（arts in）307—308，337，338，341，342，346—348，363，370—371；东柏林的宗教教育与对政权的反抗（religious education and resistance to regime in）352；东柏林对披头士乐队的反应（Beatles, reaction to within）363；东柏林纪念李卜克内西/卢森堡遇害37周年［1956年］（Liebknecht/Luxemburg killings, thirty-seventh anniversary of in [1956]）346；东柏林使用不同的货币（currency, disparity of in）318—319，367；东柏林政权的陷落［1989年］（fall of regime in [1989]）xxiv，71，372，374，375；东德起义［1953年］（East German uprising [1953]）338—341，342—343；"和平重建五年计划"与东柏林（Five Year Plan for Peaceful Reconstruction）336—337；建筑（architecture）336—337，363—365；裸体主义与东柏林（naturism and）332；马歇尔计划与东柏林（Marshall Plan and）319；难民试图穿过东柏林进入西柏林（refugees attempt to cross into West Berlin）337，343，345，348—355，357，359—361，365—366，369—370，371；强化的居民身份识别系统［1952年］（identification of residents, intensified system of [1952]）333；切断东西柏林之间的电话线连接［1952年］（telephone connections severed between West Berlin and [1952]）333；轻轨铁路线路与到西柏林的旅行（S-Bahn routes and travel to West Berlin）332—333，337，342；施拉格［曲调欢快、简单的音乐］/官方许可的流行音乐（*Schlager* [sunny, simple tunes]/politically approved pop）363—364；史塔西与东柏林（Stasi and），见"史塔西"；围绕艾斯凯勒周边土地的争端（Eiskeller, tension over territory surrounding）334—335；乌布利希抵御"西方帝国主义"对东柏林威胁的努力（'western imperialism' threat to, Ulbricht attempts to counter）332—336；西柏林居民获准访问东柏林（West Berliners allowed to visit）367；摇滚乐与东柏林（rock 'n' roll and）346—348；住房（housing）336—337，361，365

东柏林列宁广场住宅区（Leninplatz housing estate, East Berlin）365

东德柏林电视塔（GDR Berlin Television

Tower）366
东德马克（Ostmark）367
东方政策（Ostpolitik）366
杜利克，乌多（Düllick, Udo）361
杜鲁门，哈里·S.（Truman, Harry S.）291, 292—293, 319, 329
对广岛发动的核弹攻击[1945年]（Hiroshima, atomic bomb attack on [1945]）293
对长崎发动的核攻击[1945年]（Nagasaki, atomic bomb attack on [1945]）293
多卡尔，希尔德加德（Dockal, Hildegard）196—197
多伊奇克荣，英格（Deutschkron, Inge）225
"堕落艺术"展览（'Degenerate Art' exhibitions）118, 127, 136

E

俄国革命[1917年]（Russian Revolution [1917]）32, 33, 34, 38, 61, 66, 128, 274
俄语（Russian language）268, 269, 273, 274, 293, 318
恶性通货膨胀（hyperinflation）55, 93, 104, 106, 271
恩格斯，弗里德里希（Engels, Friedrich）：《共产党宣言》(The Communist Manifesto）73

F

法尔肯哈根森林连环杀手（Falkenhagen Forest, serial killer of）52—53
法鲁斯礼堂（Pharus Halls）61—62
法萨嫩大街（Fasanenstrasse）77
法伊特，康拉德（Veidt, Conrad）88, 90, 96
法占区[1945—1949年]（French sector/ occupation zone [1945–1949]）294, 295, 297, 306, 311, 318, 320, 324, 335
凡德罗，路德维希·密斯（Mies van der Rohe, Ludwig）41, 43, 346
《凡尔赛和约》[1919年]（Versailles, Treaty of [1919]）19, 27, 53, 56
泛欧洲世界主义（cosmopolitanism, spirit of pan-European within Berlin）xxi, 64—65, 241
非洲大街（Afrikanische Strasse）41
菲尔斯滕贝格，阿加（Fürstenberg, Aga）141
菲利普斯，凯瑟琳娜（Filips, Katherina）274
菲舍尔，赫尔曼（Fischer, Hermann）54
腓特烈大帝（Frederick the Great）65, 234, 345
腓特烈大街（Friedrichstrasse）33, 70, 360
腓特烈皇帝博物馆（Kaiser-Friedrich Museum）11
腓特烈斯鲁厄啤酒厂（Friedrichsruhe brewery）xvii
费尔纳，费迪南德（Fellner, Ferdinand）40
费希特地堡（Fichte-Bunker）8
粉红波斯科（pink persico）49
份地社区（allotment colonies）286—287
弗朗茨·斐迪南[奥地利大公]（Franz Ferdinand, Archduke of Austria）145
弗里德里希施塔特（Friedrichstadt）18
弗里德里希斯费尔德（Friedrichsfelde）247—248, 346
弗里德里希斯海因（Friedrichshain）11, 274, 282, 373
弗里切，汉斯[博士]（Fritzsche, Dr Hans）258—259, 263
弗里施，马克斯（Frisch, Max）303
弗廖罗夫，格奥尔基（Flyorov, Georgy）216

索引

弗罗伊登贝格，温弗里德（Freudenberg, Winfried）371—372
弗罗伊登贝格，扎比内（Freudenberg, Sabine）371—372
《浮士德》[电影]（*Faust* [film]）88
福尔默，马克斯（Volmer, Max）115—116, 217—219
福山，弗朗西斯（Fukuyama, Francis）372
富克斯，克劳斯（Fuchs, Klaus）217, 349
富特文格勒，威廉（Furtwängler, Wilhelm）119—121, 122, 165, 276

G

盖世太保（Gestapo）xxiii, 13, 14, 16, 63, 70, 80, 81, 82, 83, 108, 149, 153, 163, 317
盖斯玛，贝尔塔（Geissmar, Berta）119—120
高射炮塔（flak towers）9—11, 18—19, 160—161, 162, 187, 188, 191, 221, 242, 251—252, 256, 275, 282, 316
戈尔巴乔夫，米哈伊尔（Gorbachev, Mikhail）370
戈尔德贝格，希蒙（Goldberg, Szymon）119
戈尔德贝格四重奏乐团（Goldberg Quartet）119
戈林，赫尔曼（Goering, Hermann）81, 132, 143, 152, 174, 181—182, 185, 188, 189, 190, 200, 243, 274
戈林，卡琳（Goering, Carin）181, 182
戈培尔，玛格达（Goebbels, Magda）199, 201, 250, 253
戈培尔，约瑟夫（Goebbels, Joseph）9, 159：操纵媒体的才能（media manipulation, genius with）61；出生与背景（birth and background）60；德国总理（Chancellor of Germany）253；对柏林态度的转变（Berlin, shifting attitudes towards）12；对莎士比亚之天才的评论（Shakespeare, on genius of）96；对苏联在柏林获胜的后果发出警告（Soviet victory in Berlin, warns of consequences of）30, 226；对于诺尔库斯被杀案影响的论述（Norkus killing, on effect of）23；富特文格勒与戈培尔（Furtwängler and）119, 120, 121；戈培尔一家在总理府地堡中躲藏并自杀（family of, shelter and suicide in Reich Chancellery bunker）199—200, 201, 250, 252—253, 255；戈培尔与电影艺术（cinema and）86, 87, 88, 92, 93, 94—95, 97—98, 99；戈培尔与红色阵线（Red Front and）61—62；戈培尔与纳粹集会（Nazi rallies and）59—60, 61, 97；戈培尔与音乐（music and）119, 120, 121, 124；戈培尔与自杀（suicide and）234—235, 236, 252—253, 258, 259, 263；将《凡尔赛和约》作为政治宣传的焦点（Versailles Treaty, propaganda focus on）27；《进攻报》与戈培尔（*Der Angriff* and）56, 62；纳粹柏林地区党部领导人（Nazi Gauleiter of Berlin）12, 61, 160, 220；施佩尔与戈培尔（Speer and）44；滕普林与戈培尔（Templin and）124；希特勒与戈培尔（Hitler and）60—61, 94—95, 193；"雅利安物理学"的概念（'Aryan Physics', concept of）102；占星（horoscopes, consults）73, 102
歌德，约翰·沃尔夫冈·冯（Goethe, Johann Wolfgang von）281, 288, 308：《少年维特之烦恼》（*The Sorrows of Young*

Werther）235

歌剧（opera）xviii，93，118，121，123，164—165，184，235，242，249—250，251，367，289，300—301，329，337

格奥尔格,斯特凡（George, Stefan）142

格尔利茨火车站（Görlitzer Bahnhof）214

格劳丹,尼古拉（Graudan, Nikolai）119

格里泽,海因茨（Griese, Heinz）349

格鲁内瓦尔德（Grunewald）39，49，54，81，92，108，141，144，215，329，372

格罗皮乌斯,瓦尔特（Gropius, Walter）42—43

格罗斯曼,阿蒂娜（Grossmann, Atina）231，312

格罗斯曼,瓦西里（Grossman, Vasily）208—209，246—248，262，272

格罗提渥,奥托（Grotewohl, Otto）288，349，338

格罗兹,乔治（Grosz, George）xxii，21，126—129，135，136，202，37：《阿克大街上的奸杀》（'Lustmord in der Ackerstrasse'）316；《该隐,或地狱里的希特勒》（'Cain, or Hitler in Hell'）129；《过渡期》系列（'Interregnum' series）128—129；《和平Ⅰ》（Peace, I）126—127

格森布鲁能（Gesundbrunnen）4，10，187，283

格森布鲁能犹太医院（Jewish Hospital, Gesundbrunnen）4

格舍尔,克里斯蒂安（Goeschel, Christian）236，250

工厂（factories）：柏林封锁与工厂（Berlin Blockade and）327；柏林会战与工厂（Battle of Berlin and）3，16，160—161，162，163—164，174，222，231，236，238，304；电气工业革命及其在柏林的兴起（electrical industrial revolution and arrival of in Berlin）31，39，53；东柏林/苏占区与工厂（East Berlin/Soviet sector and）245，246，268，270，274，295，304，321，346，350—351，353；工厂的强迫劳动（forced labour in）3，65，79，125，126，160，163—164，201，222，236，274，285；工厂中的女性（women in）14，126，160—161，162，163—164，176—177，231，285；工厂中的性叛逆（sexual rebellion in）126；工厂建筑（architecture of）39—40，42，43，45，46；西柏林/美占区工资（West Berlin/American sector wages）338

工厂战斗小组（Factory Fighting Groups）346

工人阶级（working class）xxiii，14，20，40，41，42，53，61，121，126，144，164，238，275，306，317，348

工业革命（industrial revolution）31

工资（wages）55，151，338，351

公寓（boarding houses）39，57，68

供水系统（water system）3，5，114，171，190，209，245，246，265，267，273，284，334，336，361

共产主义（communism）xx，xxii，xxiv：柏林犹太人与共产主义（Jewish Berliners and）66—67，134，205，310；崩塌［1989年］（collapse of [1989]）116；格罗兹与共产主义（Grosz and）126，128，129；纳粹打击共产主义［1933年］（Nazi clampdown on [1933]）74，107；苏联占领柏林与共产主义（Soviet occupation of Berlin and）245，265，283—284，286，287—289，

索引

293、294、306—307、310、318、320、324、331、345、346；魏玛共和国与共产主义（Weimar Republic and）22、32、33、35、39、54、55、57、58—59、61—62、66、73—74、89、104、106、113、151、317；众议院非美活动调查委员会与共产主义（House Un-American Activities Committee and）307—308

共产主义青年团（Young Communist League）58—59、89

共济会（Freemasonry）124、151

故乡［德意志原生野生动植物可以繁衍生息的家园］（Heimat [homeland where native Germanic wildlife and plant species might flourish]）189、307、336

广播电台（radio station）6、15、28、83、123、124、141、163、164、174、196、234、237、240、258、267、282、295、315、317、318、329、331、334—335、339、342、343、348、355、363、370；另见各广播电台名条目

广义相对论（general theory of relativity）102、104、105

贵族（aristocracy）xx、37、53、71、93、94、112、114、115、123、129、133、139—155、202、218、247、374

滚石乐队（Rolling Stones）364

国家歌剧院（State Opera House）251

过分顺从之罪（obedience, crime of excessive）303

H

哈堡，特娅·冯（Harbou, Thea von）93、95

哈伯，弗里茨（Haber, Fritz）107、108

哈恩，奥托（Hahn, Otto）109—111、115、216

哈尔伯战役［1945年］（Halbe, Battle of [1945]）183—184

哈尔杰伊，叶甫根尼（Khaldei, Yevgeny）266

哈尔沃森，盖尔［"摇翅膀叔叔"］（Halvorsen, Gail ['Uncle Wiggly Wings']）326、328

哈弗尔河（Havel, River）162、221—222

哈克市场（Hackescher Markt）79—80

哈兰，法伊特（Harlan, Veit）313

哈里斯，亚瑟［爵士］（Harris, Sir Arthur）28

哈伦赛湖（Halensee）31、49

哈纳克之家（Harnack House）111、215、220

海德格尔，马丁（Heidegger, Martin）69—70、211、249

海德里希，莱因哈德［党卫队上级集团领袖］（Heydrich, SS-Obergruppenführer Reinhard）81

海森堡，沃纳（Heisenberg, Werner）106、110—111、115、215、216

海因里希，戈特哈德［将军］（Heinrici, General Gotthard）12、13、161、168—170、171、174—175、178、179

海因里希亲王预科中学（Prinz Heinrich Gymnasium）72—73

《汉斯·弗里切说》（Hans Fritzsche Speaks）258

豪利，弗兰克（Howley, Frank）295

豪塔尔，黑尔佳（Hauthal, Helga）xxiii、86、97、137

好莱坞（Hollywood）20—21、85、86、89、91、92、94、95、97、297、298、307、312

和平重建五年计划（Five Year Plan for Peaceful Reconstruction）336—337

赫尔曼广场（Hermannplatz）48，210—211

赫尔默，赫尔曼（Helmer, Hermann）40

《赫尔辛基协定》[1975年]（Helsinki Accords [1975]）367—368

赫鲁晓夫，尼基塔（Khaldei, Yevgeny）356

赫塞尔，弗朗茨（Hessel, Franz）59，60

赫特莱因，汉斯（Hertlein, Hans）42

赫希菲尔德，马格努斯（Hirschfeld, Dr Magnus）131—133，374

赫扎尔，霍斯特（Hetzar, Horst）353

赫兹，古斯塔夫（Hertz, Gustav）103，115，116，217，219

黑尔德，马克斯（Held, Max）349

黑尔姆，伊娃（Helm, Eva）349

黑克，海因茨（Heck, Heinz）189

黑克，卢茨［博士］（Heck, Dr Lutz）188，189—191

黑克马（Heck horse）189

黑市（black market）125，294，298，302，304，305，315，318，328，348，360

黑斯特斯，约翰内斯（Heesters, Johannes）87

黑兴根（Hechingen）215，248—249

黑兴根物理研究所（Institute for Physics, Hechingen）215，248—249

亨克，卡尔（Henke, Karl）44

红军（Red Army）xxi；柏林指挥官［别尔扎林］（Commandant of Berlin [Berzarin]）244，245，246—247，262，267，275，284，311；对待孩童的方式（children, treatment of small）226—227，262，265；发现集中营（concentration camps, discovery of）6，129，204—206；红军与巴巴罗萨计划（Barbarossa, Operation and）81，170，182；红军与柏林会战［1945年］（Berlin, Battle of [1945] and），见"柏林会战［1945年］"；红军与德军投降（surrender of German forces and）255—263；立即着手搜索柏林城内的核材料/核科学家（nuclear material/scientists, race to discover）xxi，101，102—116，215—220，221，248—249，269，295；美军代表团渡过易北河与一队红军士兵会面（US Army delegation crosses Elbe and meets party of soldiers）210；强奸柏林居民（rape of Berliners）xix，5，9，30，101，195，222—233，236，261，276，283，301，317；斯大林格勒战役［1943年］（Stalingrad, Battle of [1943]）170，195，259；在同盟军抵达前占领柏林（occupation of Berlin prior to arrival of Allied forces）281—294；战俘（prisoners-of-war），见"战俘"；红军单位（Red Army units）：白俄罗斯第1方面军坦克团（1st Belorussian tank regiment）257；第150步兵师（150th Rifle Division）248；第220坦克旅（220th Tank Brigade）214；第3突击集团军（3rd Shock Army）214；第5突击集团军（5th Shock Army）207；近卫第1集团军（1st Guards Army）213；近卫第8集团军（8th Guards Army）173，213，255；乌克兰第1方面军坦克团（1st Ukrainian tank regiment）257

红色阵线（Red Front）61—62

《红星报》（Krasnaya Zvezda）6

洪堡，亚历山大·冯（Humboldt, Alexander von）9，374

洪堡博物馆（Humboldt museum）xxiii

索引　　　　　　　　　　　　　　　　　　　　　　　　　　　457

洪堡大学（Humboldt University）354
洪堡海因公园（Humboldthain Park）xvii, 9—10, 375：高射炮塔（flak tower）9—10, 160, 162, 256, 275, 316
洪堡论坛（Humboldt Forum）374
候鸟运动［德国童子军运动］（Wandervogel [German scouting movement]）142
华尔街股灾［1929年］（Wall Street Crash [1929]）56, 71, 89, 150
华沙大街（Warschauer Strasse）361
怀尔德，比利（Wilder, Billy）88—90, 298—300, 302—303
环球电影公司（Universal Films）72, 73
皇家空军（RAF [Royal Air Force]）71, 111, 162, 314, 322：德裔飞行员在皇家空军服役（German-born pilots serving with）71
黄金行动［1954年］（Operation Gold [1954]）344—345
"火地"工业区（'Fireland' industrial zone）274
霍布斯鲍姆，艾瑞克（Hobsbawm, Eric）58, 59, 60, 71—74, 251
霍夫曼斯塔尔，胡戈·冯（Hofmannsthal, Hugo von）:《困境》（*Hard to Please*）146—147
霍亨索伦城堡（Hohenzollern Castle）248—249
霍亨索伦王朝（Hohenzollern dynasty）xxiii, 32, 143, 144—149, 210, 248—249, 290—291, 345, 374
霍克，卡拉（Hocker, Karla）16
《霍斯特·威塞尔之歌》（'Horst Wessel Song'）121
《机智的希特勒青年》［电影］（*Hitlerjunge Quex* [film]）23
吉卜赛人（Romany people）207
吉奇纳大街（Gitschiner Strasse）238
吉泽，卡尔（Giese, Karl）131, 133
集中营（concentration camps）：柏林城内对集中营的了解（knowledge of within Berlin）6, 115, 202, 272, 281—282, 298—300；柏林人在影院中得知了集中营的真相（cinema relays truth of to Berliners）298—302；从集中营出发的死亡行军（death march from）201—202, 204—205；大屠杀与集中营（Holocaust and）xviii, 12, 13, 75—76, 81—82, 90, 103, 142, 185, 201—202, 204—205, 272—273, 281, 292, 298—302, 308—309, 310, 311, 312；俄国战俘营（Russian POW camps）38；格罗兹描绘集中营（Grosz depicts）128—129, 202；红军发现集中营（Red Army discovery of）6, 129, 204—206；吉卜赛人与集中营（Romany people and）207；集中营里的音乐（music in）203—204；解放集中营（liberation of）201—202, 204—206, 310；奴工营（slave labour camps）114；囚犯从集中营回到柏林（prisoners return to Berlin from）273, 274, 308—309；苏联利用原纳粹集中营（Soviet use of former Nazi）306, 317；同性恋与集中营（homosexuality and）131, 134, 135, 362
妓院（brothels）57, 126, 130, 223
加尔金，F.U.［中校］（Galkin, Lieutenant Colonel F. U.）244
建筑（architecture）xviii, xxii, xxiii, 3—4, 9, 16, 31, 39—51, 64, 71, 72, 91, 94, 139—140, 149, 180, 212, 214, 219,

237, 273, 311, 325, 336—337, 346, 356, 361, 363—365, 366, 367, 368—369；另见各建筑师以及建筑物和区域名条目

剑桥克里斯托弗·马洛学会（Cambridge Christopher Marlowe Society）329

捷克斯洛伐克（Czechoslovakia）292, 311

金，哈罗德（King, Harold）275

《进攻报》（Der Angriff [The Attack]）23, 59, 62, 122

聚会所（Meeting House, The）68

居特曼，阿妮塔（Gütermann, Anita）122

军情六处（MI6）344, 345

9号研究所（Institute）9, 219

K

喀秋莎火箭炮（Katyusha rockets）172, 237, 248

卡巴莱（cabarets）xviii, 117, 304, 329

卡尔施泰特百货商场（Karstadt Department Store）48, 159, 210, 212—214

卡尔特多夫，卡尔（Kaltdorf, Karl）55

卡拉扬，赫伯特·冯（Karajan, Herbert von）121—122

《卡里加里博士的小屋》[电影]（Cabinet of Dr Caligari, The [film]）90, 96, 313

卡琳宫（Carinhall）181—182

卡洛夫，波利斯（Karloff, Boris）91

卡普，沃尔夫冈（Kapp, Wolfgang）36—37

卡普政变 [1920年]（Kapp Putsch [1920]）36—37

凯勒，玛丽昂（Keller, Marion）163—164, 211, 221, 240—241, 268, 269

凯南，乔治(Kennan, George)："长电报"（long telegram）320

凯斯勒，哈里 [伯爵]（Kessler, Count Harry）33, 34, 35, 105, 128, 146—147

凯斯特纳，埃里希（Kästner, Erich）50, 101；《吹牛大王历险记》（Münchhausen）88, 98—99；《走向毁灭》（Going to the Dogs）57—58, 132, 235

凯特尔，威廉 [陆军元帅]（Keitel, Field Marshal Wilhelm）263

考尔斯多夫（Kaulsdorf）224, 261, 308

柯布西耶，勒（Le Corbusier）365

《科尔贝格》[电影]（Kolberg [film]）92, 159

科赫，海蒂（Koch, Heidi）177

科赫，卢茨（Koch, Lutz）172—173

科涅夫，伊万 [元帅]（Konev, Marshal Ivan）7, 170, 173, 183, 209

科斯特（Koster）164, 165

克恩，埃尔温（Kern, Erwin）54

克恩辛，格尔达（Kernchen, Gerda）10, 160—162

克恩辛，海因茨（Kernchen, Heinz）162

克格勃（KGB）344

克格勒，霍斯特（Koegler, Horst）337, 338

克拉夫特，弗里茨（Kraft, Fritz）187, 188

克拉考尔，西格弗里德（Kracauer, Siegfried）90

克莱，卢修斯 [将军]（Clay, General Lucius）314, 322

克莱因贝格尔，阿龙（Kleinberger, Aaron）308

克劳斯，沃纳（Krauss, Werner）96—97, 268, 313

克雷布斯，汉斯 [将军]（Krebs, General Hans）255, 263

索引

克里特，霍斯特（Kreeter, Horst）340
克利，保罗（Klee, Paul）136
克林根贝格发电厂（Klingenberg electricity power station）3—4，48—49，244
克鲁肯贝格，古斯塔夫（Krukenberg, Gustav）210—211，212，213
克伦佩勒，奥托（Klemperer, Otto）120
克罗尔歌剧院（Kroll Opera Hous）242
克罗宁，A. J.（Cronin, A. J.）:《卫城记》（The Citadel）27—28
克罗伊茨贝格（Kreuzberg）8
克吕茨费尔德，威廉（Krützfeld, Wilhelm）78
克吕格，莱因哈特（Crüger, Reinhart）xxiii，78，79—80，82—83
克内夫，希尔德加德（Knef, Hildegard）87，99—101，194，195，229—230，239—240，271，276，301—302，304
克诺布劳赫，爱德华（Knoblauch, Eduard）64
肯尼迪，约翰·F.（Kennedy, John F.）359
库尔贝尔影院（Kurbel cinema）312—313
库娜克，伊芙琳（Künneke, Evelyn）124

L

《拉巴洛条约》[1922年]（Rapallo, Treaty of [1922]）55
拉特瑙，埃米尔（Rathenau, Emil）53
拉特瑙，瓦尔特（Rathenau, Walther）53—55
拉文斯布吕克（Ravensbrück）185
莱安德，札瑞（Leander, Zarah）123
莱比锡大街（Leipziger Strasse）33，48
莱姆勒，卡尔（Laemmle, Carl）72，73
莱热，费尔南德（Léger, Fernand）47

莱辛，戈特霍尔德·埃夫莱姆（Lessing, Gotthold Ephraim）:《智者纳坦》（Nathan the Wise）311—312
莱伊，罗伯特（Ley, Robert）18
莱因哈特，马克斯（Reinhardt, Max）xxii，40，96，120，146—147
赖特韦恩（Reitwein）169
兰德韦尔运河（Landwehr Canal）36，68，255，256
兰克，J. 阿瑟（Rank, J. Arthur）312，323
《蓝天使》[电影]（Blue Angel, The [film]）88
狼人行动（Werewolf movement）29，174，177，256
朗，弗里茨（Lang, Fritz）93—94，95，99，113，138，172，300
劳伦茨，卡尔（Laurenz, Karl）349
老沙特汉德（Old Shatterhand）21，183，289
雷曼，赫尔穆特[中将]（Reymann, Lieutenant General Hellmuth）)157
雷诺，保罗（Reynaud, Paul）202
"冷酷的面具"[性格冷峻/冷漠超脱]（kalte persona [cool personality/coldly detached]）130
冷战[1946—1991年]（Cold War [1946-1991]）xx，305—306，315：柏林成为潜在的核冲突引爆点（Berlin becomes potential nuclear flashpoint）315；柏林封锁与冷战（Berlin Blockade and）315，320—331；柏林墙（Berlin Wall），见"柏林墙"；北约与冷战（NATO and）330；德国内部边界与冷战（Inner German Border and）317，342；德意志联邦共和国（西德）成立[1949年] Federal Republic of Germany (West

Germany) created [1949] 331；遏制政策（containment, policy of）320；《赫尔辛基协定》[1975年]（Helsinki Accords [1975]）367；黄金行动（Operation Gold）344—345；凯南的"长电报"与冷战（Kennan 'long telegram' and）320；冷战中的谍报活动（spying in）344—345, 364；冷战中的缓和（détente in）366；马歇尔计划与冷战（Marshall Plan and）319；美苏之间的误解与冷战（misapprehension between Americans and Soviets and）305—306；"三国共同占领区"[1948年]与冷战（'trizone' [1948] and）320；洲际导弹与冷战（intercontinental missiles and）368

李卜克内西，卡尔（Liebknecht, Karl）32, 33—35, 36, 287, 288, 346

李卜克内西广场（Liebknechtplatz）275

里宾特洛甫，约阿希姆·冯（Ribbentrop, Joachim von）185, 277

里恩，大卫（Lean, David）312, 313

里芬施塔尔，莱妮（Riefenstahl, Leni）95—96, 299

里克大街犹太会堂（Rykestrasse synagogue）64, 311

里尼茨，霍斯特（Rienitz, Horst）348

里特多夫，格哈德（Rietdorff, Gerhard）25

立体主义（cubism）49, 136

利特芬，金特（Litfin, Günter）360—361

利希特费尔德（Lichterfelde）218

莲妮亚，洛特（Lenya, Lotte）338

联合国（United Nations）367

廉租公寓楼（tenement blocks）xvii, xix, xxii, 20, 30, 31, 32, 42, 46, 140, 176, 180, 270, 297, 316, 336

"廉租棚屋"（'rental barracks'）336

量子物理（quantum physics）xxi, 103, 105—106, 111, 316, 321, 327, 359

列昂诺夫，列昂尼德（Leonov, Leonid）230

列宁，弗拉基米尔·伊里奇（Lenin, Vladimir Ilyich）34, 38, 54, 61, 128, 161, 170, 312, 341

领事组织（Organization Consul）54

刘别谦，恩斯特（Lubitsch, Ernst）88, 101

龙克，克丽斯塔（Ronke, Christa）xxiii—xxiv, 24—25, 29—30, 195, 196, 220, 232, 293, 295

卢森堡，罗莎（Luxemburg, Rosa）33, 34, 35, 36, 288, 346

卢斯特花园（Lustgarten）58—59

鲁梅尔斯堡（Rummelsburg）48

路德教派（Lutheranism）12, 103, 168, 202, 370, 371

伦格，伊雷妮（Runge, Irene）310

伦普克，布丽吉特（Lempke, Brigitte）6, 75—76

罗克，玛丽卡（Rökk, Marika）86, 87, 97, 138

罗马咖啡馆（Romanisches Café）89, 298

罗曼诺夫皇室家族（Romanov royal family）32

罗姆，恩斯特（Röhm, Ernst）130—131, 132, 153

罗斯福，富兰克林·D.（Roosevelt, Franklin D.）7, 110, 154, 166, 178, 291

罗特，约瑟夫（Roth, Joseph）xxi, 37—38, 41

罗西里尼，罗伯托（Rossellini, Roberto）314—315

罗伊特，恩斯特（Reuter, Ernst）322, 324, 334

索引

洛伦茨，彼得（Lorenz, Peter）270—271
吕宁克，斐迪南·冯［男爵］（Lüninck, Baron Ferdinand von）150
旅游（tourism）133, 144, 294, 374
《绿窗艳影》［电影］（*Woman in the Window, The* [film]）95

M

《马布斯博士的遗嘱》［电影］（*Testament of Dr Mabuse, The* [film]）94
马察恩（Marzahn）207
马丁，H.G.［中将］（Martin, Lieutenant General H. G.）7
马加特，埃尔弗里德（Magatter, Elfriede）213
马克思，卡尔（Marx, Karl）：《共产党宣言》（*The Communist Manifesto*）73
马克思主义（Marxism）32, 62, 94, 245, 274, 305, 352
马列主义理论（Marxist–Leninist Theory）245, 305, 352
马林博恩（Marienborn）317
《马姆洛克教授》［电影］（*Professor Mamlock* [film]）276—277
马赛公寓（Unité d' Habitation）365
马特尔，伊娜（Martell, Ina）363
马歇尔计划（Marshall Plan）319
马伊达内克（Majdanek）6
玛丽恩多夫（Mariendorf）213
迈特纳，莉泽（Meitner, Lise）108—110, 216
迈耶霍夫［住宅区］（Meyerhof [housing complex]）316
卖淫（prostitution）56, 68, 122, 126, 130, 134, 315, 317, 374

曼，拉赫尔·R.（Mann, Rachel R.）13—14
曼，托马斯（Mann, Thomas）21, 281
曼哈顿计划（Manhattan Project）110, 111, 126, 217, 293, 349
茂瑙，弗里德里希·威廉（Murnau, Friedrich Wilhelm）88, 94
梅，卡尔（May, Karl）21, 22, 171
梅尔基舍·施维茨（Märkische Schweiz）182—183
梅切格，库尔特（Maetzig, Kurt）163
《每日电讯报》（*Daily Telegraph*）7, 53, 77
《美》（*Die Schönheit* [Beauty]）31
美国国家安全局［NSA］（National Security Agency [NSA], US）344
美国国家航空航天局（National Aeronautics and Space Administration [NASA], US）115
美国国务院（State Department, US）7
美国军中广播（American Forces Network）295
美国陆军（US Army）：美国陆军与柏林封锁（Berlin Blockade and）315, 321—323；美国陆军与电影艺术（cinema and）89—90, 298, 299, 302—303；解放集中营（concentration camps, liberation of）205, 273；美军代表团渡过易北河与一队红军士兵会面（delegation crosses Elbe and meets party of soldiers）210；美国陆军与埃尔维斯·普雷斯利（Elvis Presley and）346—347；美国陆军中的犹太将士（Jewish members of）295, 302；美军问卷调查德国平民对犹太人的态度（Jewish people, surveys German civilian attitudes towards）309；美国陆军第9军（9th Army）161；控制德国的核科学家与核

技术（nuclear scientists and technology, seizure of German）104，110，114—115，116，216，217，218，248—249；心理战部队（Psychological Warfare Division）89—90，298，299，302—303；苏联军事管理委员会准许美军进入柏林（Soviet Military Administration admits into Berlin）261，283，291；美国陆军与柏林会战［1945年］（Battle of Berlin [1945] and）7，24，27，28，29，30，100，101，185，187，195，196，215，218，256，259，262；对德国的争夺［1945年］（Germany, battle for）xx—xxi；美国区（American sector），见"美占区［1945—1949年］"

美国陆军航空队（USAAF [US Army Air Force]）111，326：对柏林的空中轰炸（bombing raids on Berlin）4，18，100，212

美国心理战略委员会（Psychological Strategy Board, US）342—343

美国战略情报局（Offce of Strategic Services [OSS]）154

美国中央情报局（CIA）344

美占区［1945—1949年］（American sector/zone of occupation [1945-1949]）295，298—299，339：柏林封锁与美占区（Berlin Blockade and）320—331，333，342，356；军队抵达并接管美占区（forces arrive to take jurisdiction of）261，283，291，294，295；可口可乐与美占区内的孩子们（Coca-Cola and children in）318；美军士兵对美占区内德国人的态度（American servicemen's attitudes towards Germans within）295—296；美军问卷调查德国平民对美占区内犹太人的态度（Jewish people in, US Army surveys German civilian attitudes towards）309；美占区的经济（economy in）319—320，338；美占区的警察（policemen in）318；美占区的位置（location of）295；美占区发行德国马克（Deutschmark introduced in）319—320；美占区内的电台广播（radio broadcasts in）295，315，331，339；美占区内的房屋被征用（property requisitioned in）295；美占区内的酒吧（bars in）295—296；美占区内的剧院（theatre in）301；美占区内的赔偿政策（Wiedergutmachung [reparation] policy in）309 美占区内的问卷调查（Fragebogen [questionnaire] in）297；美占区内的影院（cinema in）298，313；美占区内的犹太人士兵（Jewish soldiers in）296；难民试图抵达美占区（refugees attempt to reach）311；"三国共同占领区"的建立［1948年］（'tri-zone' creation [1948] and）320；另见"美国陆军"

美占区电台广播（RIAS [Radio in the American Sector] broadcasts）315，329

门德尔松，摩西（Mendelssohn, Moses）65，276，312

蒙彼朱宫（Monbijou Palace）148—149

蒙哥马利，伯纳德［陆军元帅］（Montgomery, Field Marshal Bernard）7

米勒，卡尔·亚历山大·冯（Müller, Karl Alexander von）254

米特尔维克（Mittelwerk）114

密特尔堡—多拉（Mittelbau-Dora）114

蔑视权威的传统（mocking authority, tradition of）51，137，292

民族精神（*völkisch* spirit）60，136，190

索引

《明镜》(Der Spiegel) 347
摩根索计划 [1944年] (Morgenthau Plan [1944]) 28
莫阿比特(Moabit) 22, 53, 142, 159, 284, 374
莫尔特克桥(Moltke Bridge) 241—242
莫雷尔,特奥多尔[医生](Morell, Dr Theodor) 200
莫里茨广场站(Moritzplatz Station)) 8
《莫洛托夫—里宾特洛甫条约》[1939年] (Molotov–Ribbentrop Pact [1939]) 277
莫斯利,菲利普·E.(Mosely, Philip E.) 7
默勒,特雷莎(Moelle, Theresa) 17
《目击者》系列节目(Der Augenzeuge [The Eyewitness] series) 314
穆勒,埃尔丝(Mueller, Else) 84
穆朔尔,约翰内斯(Muschol, Johannes) 369—370

N

纳博科夫,弗拉基米尔(Nabokov, Vladimir) 38—39;《天赋》(The Gift) 38—39
纳粹党(Nazi Party [NSDAP]):柏林的西方盟军占领区与清剿纳粹党(Western Allied occupied zones of Berlin and eradication of) 294, 296—304, 312—313, 330, 334;东德与清剿纳粹党(GDR and eradication of) 345;集会(rallies) 15, 50—51, 59—60, 61, 95, 118;狼人行动(Werewolf movement) 29, 174, 177, 256;纳粹党的终结(end of) 259;纳粹党侵蚀柏林的现代性(modernity of Berlin eroded by) 232—233;纳粹党徒自杀(suicides of members),见"自杀流行病[1945年]";纳粹党与柏林会战(Battle of Berlin and),见"柏林会战[1945年]";纳粹党与大屠杀(Holocaust and),见"大屠杀";纳粹党与党卫队(SS and),见"党卫队";纳粹党与德国国防军(Wehrmacht and),见"德国国防军";纳粹党与德国教会(German church and) 13, 167—168, 202, 236, 352;纳粹党与电影艺术(cinema and),见"电影艺术";纳粹党与贵族(aristocracy and),见"贵族";纳粹党与集中营(concentration camp and),见"集中营";纳粹党与建筑(architecture and),见"建筑";纳粹党与人民冲锋队(Volkssturm and),见"人民冲锋队[人民的风暴]";纳粹党与同性恋(homosexuality and) 130—135, 232, 362;纳粹党与卍字符(swastika and) 37, 61, 167;纳粹党与物理学(physics and),见"物理学";纳粹党与艺术(arts and),见各类艺术词条;纳粹党与音乐(music and),见"音乐";纳粹党与优生学(eugenics and) 4, 14, 31, 66, 189;纳粹党与犹太人(Jews and),见"犹太人";啤酒馆暴动[1923年](Beer Hall Putsch [1923]) 61;魏玛共和国时期纳粹党的崛起(Weimar Republic, rise of during),见"魏玛共和国";希特勒青年团与纳粹党(Hitler Youth and),见"希特勒青年团";希特勒与纳粹党(Hitler and),见"希特勒,阿道夫";幽默与纳粹党的崛起(humour and rise of) 52;最高指挥部(High Command) 26, 167, 171;作为一种死亡邪教的纳粹党(as death cult) 166, 249—250
纳粹德国海军(Kriegsmarine) 171, 256
纳粹空军(Luftwaffe) 29, 50, 124, 171,

199

内尔汉斯,埃里希(Nehlhans, Erich)311

内务人民委员部(NKVD)103,152,211,215,218

《尼伯龙根之歌》[电影](Die Nibelungen [film])93—95,99,138

尼德瓦尔大街(Niederwallstrasse)251

尼莫拉,马丁(Niemöller, Martin)202

尼斯河(Neisse, River)169,170

《泥人哥连出世记》[电影](Golem: How He Came into the World, The [film])91

霓虹灯(neon light)xxii,16,47,50,325,364

牛顿,艾萨克(Newton, Isaac)104

《纽伦堡法令》(Nuremberg laws)74—75

纽伦堡集会(Nuremberg rallies)51,95,118,299

纽伦堡审判(Nuremberg Trials)201,258,263,292,330

纽约城市芭蕾舞团(New York City Ballet)337

奴工(slave labour)46,81,114,115,201,215,261

诺贝尔奖(Nobel Prize)103

诺贝尔研究所(Nobel Institute)109

诺德哈芬(Nordhafen)214—215

诺尔德,埃米尔(Nolde, Emil)136

诺尔库斯,赫伯特(Norkus, Herbert)22—23

诺伊曼,金特(Neumann, Günter)330

女人/女孩(women/girls):对女性的强奸(rape of)xix,5,9,30,101,195,222—233,236,261,276,283,301,317;工厂工人(factory workers)14,126,160—161,162,163—164,176—177,231,275,285;纳粹艺术与女性形象(Nazi art and image of)135,137;女性与"水晶之夜"(Kristallnacht and)77,78;女性与柏林会战[1945年](Berlin, Battle of [1945] and)11,17,23—24,28,75,100,138,164,175—177,178,180,197,205—206,261—262,263,265—266,271,273—274,276;女性与摇滚乐(rock 'n' roll and)347;女性在东柏林的机遇(East Berlin, opportunities for in)361—362;女性自力更生(self-reliance of)265;女性自杀(suicide of)234,235,236,237,238,239—240;"瓦砾女"('rubble women')284—285,286;西德女性打破传统家庭主妇角色定位时面临的障碍(West Germany, obstacles to women breaking out from traditional housewife roles in)362;占领区与对女性的性胁迫(sexual coercion of, occupied zones and)304;自由军团文学为针对女性的暴力叫好(Freikorps literature exults in violence against)35

O

欧司朗(Osram)47,275,282

欧洲共同市场(European Common Market)353

OPEC石油危机[1973年](OPEC oil crisis [1973])367

P

帕彭,弗朗茨·冯(Papen, Franz von)73,147,150,151—154,258

帕彭小圈子(Papen Circle)153

潘科(Pankow)31,237,308,311

索引

配给（rationing）25，185，186，264，284，285，318，327
朋克摇滚（punk rock）370—371
披头士乐队（Beatles）363
皮克与克洛彭堡（Peek and Cloppenburg）162
啤酒（beer）49—50，192
啤酒厂（breweries）xvii，46，163，192，221，269
啤酒馆暴动［1923年］（Beer Hall Putsch [1923]）61
贫困（poverty）7，19，20，21，22，31—32，38，56，57，104，128，133，150，294，336
珀尔齐希，汉斯（Poelzig, Hans）40, 91
菩提树下大街（Unter den Linden）33，145，257，345
普尔珀，莉泽洛特（Purper, Liselotte）9
普法伊费尔，迪特尔（Pfeiffer, Dieter）260—261
普法伊费尔—博特纳，汉斯·金特［医生］（Pfeiffer-Bothner, Dr Hans Günther）353
普朗克，埃尔温（Planck, Erwin）108
普雷斯利，埃尔维斯（Presley, Elvis）346—347
普鲁士（Prussia）37，53，64，70，72，73，119，132，141，152，265
普鲁士国家图书馆（Prussian State Library）70
普伦茨劳贝格（Prenzlauer Berg）164

Q

齐格勒，阿道夫（Ziegler, Adolf）135—137;《四元素》('The Four Elements'）137
奇迹武器（weapons, miracle）12—13，18，112，158
奇普菲尔德，大卫（Chipperfield, David）xxiii
奇巧俱乐部（KitKatClub）374
强宁斯，埃米尔（Jannings, Emil）88，268
强迫劳动（forced labour）3—4，10，65，79，125，126，143，203，214，222，228，229，236，237，240—241，244，260，268—269，270，276，285，317
抢劫（looting）32，37，56，76，77，84，212—213，226，243，297，341
乔治五世（George V）14，145，149
青年运动（Youth Movement）68
轻轨铁路（S-Bahn）256—257，284，327，332，335，337，342
丘吉尔，温斯顿（Churchill, Winston）7，110，124，291—292
群体罪责（guilt, collective）14，222—223，246，281—282，296，300—303，348

R

燃烧弹（incendiaries）11，18，63，78，122，149，164，326
人民冲锋队［人民的风暴］（Volkssturm [the people's storm]）17，18，23，26—28，30，32，35，100，101，182—183，188，192，194，198，210，211，213，241—242，256，266，271
人民代表委员会（Council of People's Representatives）32
人民法庭（People's Court）108
人民会堂（People's Hall）45
人民警察（People's Police）349，351，353，354，355，361，362
日耳曼尼亚［纳粹为柏林制订的宏伟计划］

（Germania [Nazi grand plan for Berlin]）45—46, 180
荣格，埃德加·尤利乌斯（Jung, Edgar Julius）153
容克（Junkers）37, 112, 348

S

萨克森豪森集中营（Sachsenhausen）：萨克森豪森集中营的解放（liberation of）201—206；战后苏联对萨克森豪森集中营的使用（post-war Soviet use of）70—71
萨勒克城堡（Saaleck Castle）54
萨维尼广场（Savignyplatz）257
萨亚诺夫［少将］（Sayanov, Major General）248
塞德林，奥斯卡（Seidlin, Oskar）299
塞雷尼，吉塔（Sereny, Gitta）45
塞西莉［梅克伦堡—什未林女公爵］（Cecilie, Duchess of Mecklenburg-Schwerin）139—140, 141, 144—147, 148, 154, 248—249, 290—291
《三分钱歌剧》（Die Dreigroschenoper [The Threepenny Opera]）122—123, 338
莎士比亚，威廉（Shakespeare, William）：《威尼斯商人》（The Merchant of Venice）96；《一报还一报》（Measure for Measure）329
伤寒（typhus）114, 303
少年先锋队（Young Pioneers）354
绍尔夫海德（Schorfheide）174
舍内贝克（Schönebeck）11
舍内克，弗里德黑尔姆（Schöneck, Friedhelm）172
社会党国际（Socialist International）33
社会阶层分化（social class, divisions of）xx, 14, 20, 27, 32, 40, 41, 42, 53, 56, 71, 72, 106, 121, 128, 139—140, 143—144, 151, 264
社会民主党（Social Democratic Party [SPD]）33, 35, 59, 245—246, 306, 307
社会主义（socialism）32, 33—35, 54, 58, 104, 127, 129, 130, 205, 257, 258, 268, 275, 288, 306, 311, 322, 326, 339, 342, 346, 347, 348, 349, 350, 352, 353, 355, 366, 367
社区管理员（block wardens）13, 350, 363
摄政王大街（Prinzregentenstrasse）77
圣诞节（Christmas）：1918年的圣诞节（1918）32, 33；1948年的圣诞节（1948）326—327
失业（unemployment）21, 56—57, 106, 113, 150, 151, 321
施拉格［曲调欢快、简单的音乐］（Schlager [sunny, simple tunes]）363—364
施莱谢尔，库尔特·冯［将军］（Schleicher, General Kurt von）150, 151—152
施吕特大街（Schlüterstrasse）267—268
施密尔舒（SMERSH）263
施奈德，埃里希（Schneyder, Erich）196
施奈德，弗里德尔（Schneider, Friedel）76
施潘道监狱（Spandau prison）45, 334
施佩尔，阿尔伯特（Speer, Albert）21, 40, 44—47, 50—51, 111, 122, 149, 153, 165, 166, 170, 172—173, 174—175, 177, 180, 184, 200, 214, 286, 314, 334
施普雷河（Spree, River）xxii, xv, 3, 48, 63, 148, 241, 242, 355, 360, 366, 373
施普林格，阿克塞尔（Springer, Axel）364

索引

施泰格利茨（Steglitz）55—56
施坦因施图肯（Steinstücken）335
施陶芬贝格，克劳斯·申克·格拉夫·冯［上校］（Stauffenberg, Colonel Claus Schenk Graf von）140—143
施特恩，金特（Stern, Günther）70
施特格，路德维希（Steeg, Ludwig）187
施特拉尔松德（Stralsund）176，227—228
施特劳斯，理查德（Strauss, Richard）116：《变形》（*Metamorphosen*）166；《死与净化》（*Tod und Verklärung* [Death and Transfiguration]）165—166
施特雷泽曼，古斯塔夫（Stresemann, Gustav）55，146
施万嫩弗吕格，多罗特娅·冯（Schwanenfluegel, Dorothea von）186，193
施韦德勒，卡尔（Schwedler, Karl）125
十环学社［建筑师组织］（Ring, The [group of architects]）41
石勒苏益格—荷尔斯泰因家族（Schleswig-Holsteins）143，145
时代见证者中心（Zeitzeugenbörse）xxiii，377
食物（food）xix—xx，49—50，159，263—264，284，304；柏林封锁与食物供给（Berlin Blockade and supplies of）315，320—331，333，342，356；柏林会战与食物短缺（Battle of Berlin and shortages of）xix—xx，3，10，11，14，24—25，30，55，160，194，209，212—214，220，221，224，226，237，263，301，303；东柏林的食物短缺（East Berlin, shortages of in）342，364—365；红军战俘营与食物（Red Army prison camps and）260，261；美占区与食物供给（American sector and supplies of）295—296，301；配给（rationing）25，185，186，264，284，285，318，327；苏联致力于恢复战后柏林的食物供应（Soviet focus on restarting supplies to post-war Berlin）245，246，264，265，284，303—304，318；犹太人与战时柏林的食物短缺（Jews and shortages of in wartime Berlin）80
史塔西（Stasi）339，340，349，350，351，361，362—363，364，365，367，370，372
《世界舞台》（*Die Weltbühne*）307
世界犹太人大会（World Jewish Congress）185，309
《瘦子》［电影］（*Thin Man, The* [film]）21
舒斯特，约瑟夫（Schuster, Joseph）119
"水晶之夜"/"碎玻璃之夜"［1938年］（*Kristallnacht* [1938]）76—78，190，198，202，281
睡眠（sleep）10，16—17，153，162，167，208，220，228，237，242—243，248，264
斯巴达克联盟（Spartacist/Spartacus League）33—36，128，288
斯巴达克起义［1919年］（Spartacist Uprising [1919]）35—36
斯大林，约瑟夫（Stalin, Joseph）160，170，375：大恐怖时代（Terror）62，216，245，287；利用反犹主义（anti-Semitism used by）310；去世［1953年］（death of [1953]）338；商定红军先于西方盟国军队进入柏林（Western Allies, negotiations with allow Red Army into Berlin before）7；使用奴工（slave labour, use of）261；

斯大林与柏林封锁（Berlin Blockade and）332；斯大林与柏林会战（Berlin, Battle of and）170，173—174，178，215，216；斯大林与柏林苏占区（Soviet occupied zone of Berlin and）246，261，262，268，274，288，294，305—306，323；斯大林与波茨坦会议（Potsdam Conference and）291—292，293；斯大林与核物理（nuclear physics and）xiii，103，216，293；斯大林与冷战（Cold War and）305—306，320，321；斯大林与希特勒自杀（Hitler's suicide and）255，262

斯大林大街（Stalinallee）338—339，340

斯大林格勒战役［1943年］（Stalingrad, Battle of [1943]）170，195，259

斯大林奖（Stalin Prize）219

斯拉加，米卡斯（Šlaža, Mikas）204—205

斯彭德，斯蒂芬（Spender, Stephen）xxi

《死亡工厂》［电影］（Death Mills [film]）298，299—300

死亡率（mortality rate）38，297—298

四强协定（Four Power Agreement）356

苏呼米研究所（Sokhumi institute）219

苏联（Soviet Union）54：巴巴罗萨计划／纳粹入侵苏联（Barbarossa Operation/Nazi invasion of）xxiii，81，170，182；柏林会战（Berlin, Battle of），见"柏林会战［1945年］"；柏林占领区（Berlin occupation zone），见"苏占区［1945—1949年］"；对魏玛共和国国内的影响（Weimar Republic, influence within）22—23，32，33，54，58—59，61，62；俄国革命［1917年］与苏联的诞生（Russian Revolution [1917] and birth of）32，33，34，38，61，66，128，274；开放政策（*glasnost*）370；《拉巴洛条约》［1922年］（Rapallo, Treaty of [1922]）55；《莫洛托夫—里宾特洛甫条约》［1939年］（Molotov–Ribbentrop Pact [1939]）277；苏联的核科学（nuclear science in），见"物理学"；苏联与波茨坦会议［1945年］（Potsdam Conference [1945] and）154，290—293，321，334；苏联与冷战（Cold War and），见"冷战［1946—1991年］"

苏联空军（Soviet Air Force）183，187，216

苏伦，汉斯（Surén, Hans):《人与太阳》（*Man and the Sun*）31

苏占区［1945—1949年］（Soviet sector/zone of occupation [1945–1949]）265—266，275，283，319；柏林指挥官［别尔扎林］（Commandant of Berlin [Berzarin]）244，245，246—247，262，267，275，284，311；报纸（newspapers）293；布莱希特在苏占区（Brecht in）308，329，338；德国统一社会党在苏占区内成立（Socialist Unity Party formed within）306；德意志民主共和国的建立与撤销占领区［1949年］（German Democratic Republic, formation of and dissolution of occupied zone [1949]）331，另见"德意志民主共和国（GDR，东德）［1949—1990年］"；对青少年的共产主义再教育（youth, communist re-education of）287—290；对萨克森豪森集中营的使用（Sachsenhausen, use of）306，317；公共宣传提倡复兴而非复仇（public message of rehabilitation as opposed to revenge）297；供电与供水（electricity and water supplies）245，246，264，265，267，273，284，286，321，324—325；共产党人接管行政

索引　　　　　　　　　　　　　　　　　　　　　　　　　　　469

（administration, communist takeover of）244—246，283—284；经济（economy）257，319—320；剧院和音乐厅重新开放（theatres and concert halls, reopening of）246，267—268，276，284，293，307—308，329，338；配给（rationing）264，284，318；施密尔舒特工搜寻希特勒的尸体（Hitler's body, SMERSH agents search for）263；苏联军事管理委员会（Soviet Military Administration）284，291，300—301，305；苏联与乌布利希（Ulbricht and），见"乌布利希，瓦尔特"；苏联与乌布利希小组（Ulbricht Group and）245，283—284，288 苏占区的"瓦砾女"（'rubble women' in）284—285，286；苏占区的电影艺术（cinema in）276—277，284，289，302，314；苏占区的调查问卷［六页问卷］（*Fragebogen* [six-page questionnaire] in）296—297；苏占区的俄语（Russian language in）273，274，293；苏占区的位置和面积（location and size of）204；苏占区的学校重新开学（schools reopen in）293；苏占区的音乐（music in）293，294，307，317；苏占区的犹太人（Jews in）205—206，309，310—311；苏占区的住房（housing in）286—287；苏占区重启公共交通（public transport restarted in）284；为宣传目的而张贴的海报和竖立的标语牌（posters and placards erected for propaganda purposes）285—286；"一号令"［恢复天然气、水和电力供应］（'Order Number One' [restoration of gas, water and electricity supplies]）246；自由德国青年（Freie Deutsche Jugend [Free German Youth]）305；

索蒂尔，保罗（Sotier, Paul）248
索菲亚大教堂（Sophienkirche）79
索科洛夫斯基［元帅］（Sokolovsky, Marshal）321
S. 亚当［百货商场］（S. Adam [department store]）70—71

T

塔姆，伊戈尔（Tamm, Igo）216
《泰晤士报》（*Times, The*）52，78，262，329
特格尔（Tegel）112，160
特格勒湖（Tegeler See）117
特克的玛丽［玛丽王后］（Mary of Teck [Queen Mary]）145
特莱西恩施塔特（Theresienstadt）192，309
特雷布林卡（Treblinka）6
特雷弗—罗珀，休（Trevor-Roper, Hugh）294
特雷普托（Treptow）213
特雷普托公园（Treptower Park）211
特雷斯科，海宁·冯［将军］（Tresckow, General Henning von）141，142，143
特雷斯科，西吉斯蒙德·冯（Treskow, Sigismund von）247—248
特罗扬诺夫斯基，帕维尔［中校］（Troyanovsky, Lieutenant Colonel Pavel）173
特森诺，海因里希［教授］（Tessenow, Professor Heinrich）43—44
特肖，恩斯特（Techow, Ernst）54—55
滕珀尔霍夫机场（Tempelhof airport）237，323，326
滕普林，卢茨（Templin, Lutz）124，125
体育与工艺组织（Organization for Sport and

Technics）346

天主教会（Catholic Church）20，60，69，72，94，142，151—152

条顿人正统（Teutonic archetypes）66

铁路（railways）xvii，5，8，35，45，50，67，68，73，81，84，99，157，158，170，174，191—192，194，210，214，230，252，256，257，270，275，304，316，317，320，360；地铁（U-Bahn）3，4，5，8，79，159，187—188，219，238—239，259，284，318，337，355；轻轨铁路（S-Bahn）256—257，284，327，332，335，337，342

铁拳（Panzerfaust）17，175—176，215，230，241，290

铁十字勋章（Iron Cross）17，18，198，199

通俗小说（pulp fiction）289

同盟国（Allied Powers），见"西方同盟国"

同位素磁分离法（magnetic isotope separation）218—219

同性恋（homosexuality）124，129—135，232，352，362

图霍尔斯基，库尔特（Tucholsky, Kurt）49，307，373—374

V

V-2 导弹（V-2missiles）12，113—114

W

瓦尔齐费尔斯多夫（Waldsieversdorf）182

瓦尔特，布鲁诺（Walter, Bruno）120

瓦格纳，理查德（Wagner, Richard）93，118；《黎恩济》(Rienzi)184；《罗恩格林》(Lohengrin)249；《纽伦堡的名歌手》(The Mastersingers of Nuremberg）121—122；《漂泊的荷兰人》(The Flying Dutchman)235；《唐豪瑟》(Tannhäuser)235；《特里斯坦与伊索尔德》(Tristan and Isolde)121；《诸神的黄昏》(Götterdämmerung)165，235

"瓦砾女"（'rubble women'）284—285，286

瓦西里奇科夫，玛丽［女伯爵］（Vassiltchikov, Countess Marie）141，143—144，148

万湖（Wannsee）44，81，82

卐字符（swastika）37，61，167

王子大街（Prinzenallee）283

威丁（Wedding）31，41，53，61—62，160，306

威尔默斯多夫（Wilmersdorf）99—100，246

威格纳，保罗（Wegener, Paul）87—88，91，92，96，246，268，312

威廉［德国王储］（Wilhelm, Crown Prince of Germany）139，144，145，146—147，148，149，150，248，290—291

威廉二世［德国皇帝］（Wilhelm II, Kaiser of Germany）xvii，xx，32，72，104，112，128，129，134，139，143，144，145，149，153，247，248，286，374

威廉皇帝纪念教堂（Kaiser Wilhelm Memorial Church）xvii，236

威廉皇帝学会（Kaiser Wilhelm Institute）107，108，111，215，217—220

威塞尔，霍斯特（Wessel, Horst）22—23

威斯巴登（Wiesbaden）323

威斯特哈芬运河（Westhafen Canal）214—215

韦伯，迪特尔（Weber, Dieter）356

韦伯维斯塔楼（Weberwiese tower block）339

索引

韦尔德（Werder）162—163，164，221，240—241，268—270

韦尔廷，玛蒂尔德［博士］（Vaerting, Dr Mathilde）132

韦格，阿尔弗雷德［博士］（Wege, Dr Alfred）317

韦凯瑟，埃尔克（Weckeiser, Elke）365—366

韦凯瑟，迪特尔（Weckeiser, Dieter）365—366

韦特海姆百货商场（Wertheim department store）18，48，79

维尔纳，亚瑟［博士］（Werner, Dr Arthur）282—283

维尔特，约瑟夫（Wirth, Joseph）53—54

维克多·克伦佩勒（Klemperer, Victor）12，52，65

维内，罗伯特（Wiene, Robert）90

维斯瓦河集团军群（Army Group Vistula）12，13，168—169

维特瑙（Wittenau）8，162

维也纳大学（University of Vienna）108

魏德林，赫尔穆特［将军］（Weidling, General Helmuth）210，254—255

魏尔，库尔特（Weill, Kurt）122—123，338；《三分钱歌剧》（Die Dreigroschenoper）122—123

魏格尔，海伦妮（Weigel, Helene）338

魏玛共和国［1919—1933 年］（Weimar Republic [1919–1933]）xx，36，47，70：大选［1933 年］（elections [1933]）74，94，106—107，113，128；单片镜内阁（Cabinet of Monocles）150—151；拉特瑙遇刺［1922 年］（Rathenau assassination [1922]）53—55；谋杀施特雷泽曼的阴谋（Stresemann murder plot）55；普遍的困顿无序之感（disorder and malaise, general sense of）55—58；试图取缔冲锋队和党卫队（SA and SS, attempts to ban）113；魏玛共和国的建立［1919 年］（inauguration of [1919]）36；魏玛共和国的建筑（architecture in）xviii，31—32，39—45，47—49，71；魏玛共和国的同性恋（homosexuality in）129—130，133，362；魏玛共和国的学校（schools in）112；魏玛共和国的艺术（art in）126，127，136；魏玛共和国内部对穷人的态度（poor, attitude towards within）151；魏玛共和国时期阿克大街上的暴力活动（Ackerstrasse, violence on during）316—317；魏玛共和国时期爱因斯坦在柏林（Einstein in Berlin during）104—106；魏玛共和国时期的"光之城"柏林（Berlin as city of light during）47；魏玛共和国时期的暴力［年轻纳粹党员与共产党员之间的冲突］（violence [confrontations between young Nazis and communists] during）xviii，xix，22—23，31—32，36—37，39，51，52—62，317；魏玛共和国时期的电影艺术（cinema during）71，86，87，88，90—91，92—93，289；魏玛共和国时期的恶性通货膨胀（hyperinflation during）55，93，104，106，271；魏玛共和国时期的失业（unemployment during）56—57，106，113，150，151，321；魏玛共和国时期的无政府主义谋杀案（murder, nihilistic cases of during）55—56；魏玛共和国与华尔街股灾（Wall Street Crash and）56，150；魏玛宪法（Weimar Constitution）143，150，152；希特勒在魏玛共和国的

崛起（Hitler's rise to power in）74，94，106—107，113，128，147—148，150—151，152，258；专家治国（technocracy）61

温德瓦尔德，古斯塔夫（Wunderwald, Gustav）：《阿克大街上的桥》（'Brücke über die Ackerstrasse'）316

文化与教化（Kultur und Bildung [culture and cultivation]）68

文克，瓦尔特［将军］（Wenck, General Walther）195—196

翁格尔斯，奥斯瓦尔德·马蒂亚斯（Ungers, Oswald Mathias）29

翁格维特理，查德（Ungewitter, Richard）31

沃尔布鲁克，安东（Walbrook, Anton）91，96

沃伊沃斯，汉斯（Woywoth, Hans）119

乌布利希，瓦尔特（Ulbricht, Walter）：拆除柏林宫（Berliner Schloss demolished by）345—346；当选国会议员（Reichstag, elected to）62，244—245；对披头士乐队的评论（Beatles, on）363；和平重建五年计划（Five-Year Plan for Peaceful Reconstruction）336；集体化计划（collectivization programmes）342；流亡苏联（exile in Soviet Union）62，245；乌布利希与昂纳克（Honecker and）367；乌布利希与东柏林起义［1953 年］（East Berlin uprising [1953] and）338，339—340，341，342；乌布利希与乌布利希小组（Ulbricht Group and）245，283—284，288；乌布利希在东德的统治（GDR, regime of in）333，335，336，338，339，340，341，342，345，346，352，353，354—355，356，359，362，363，367；乌布利希在苏占区的统治（Soviet occupation zone, regime of in）245，246，283—284，287，288—289，305，310，311，329；乌布利希政权与柏林墙（Berlin Wall and regime of）352，353，354—355，356，359；乌布利希政权与言论审查（censorship and regime of）362；向西柏林施压（West Berlin, exerts pressure on）333，335，336

乌布利希小组（Ulbricht Group）245，283—284，288

乌发电影公司（UFA）86，88，93，97，100，113

乌发电影宫动物园影院（UFA-Palast am Zoo cinema）93

《乌兰斯匹格》（Ulenspiegel）316

乌默，埃德加·G.（Ulmer, Edgar G.）89

五一劳动节（May Day）95，251

武装党卫队（Waffen-SS）169，230

舞厅（dance halls）50，57，317

物理学（physics）xxi，101，102—116，215—220，221，248—249，269，295

物理学实验室（laboratories, physics）xxi，101，102—103，106，107—108，109，110，112，115，116，163，216，218，219，221，269，295；另见"物理学"

X

西奥德马克，罗伯特（Siodmak, Robert）89

西柏林［1949—1990 年］（West Berlin [1949–1990]）：包围广播电台［1952 年］（radio siege [1952]）333—335；肯尼迪访问西柏林［1963 年］（Kennedy visits [1963]）359；美国对西柏林重建的支出（US spending on reconstruction of）343；盟军

索引

占领区（Allied occupied zones），见"美占区［1945—1949 年］""英占区［1945—1949 年］"和"法占区［1945—1949 年］"；难民越过东柏林进入西柏林（refugees crossing from East Berlin into）337，343，345，348—355，357，359—361，365—366，369—370，371；围绕艾斯凯勒周边土地的争端（Eiskeller, tension over territory surrounding）334—335；西柏林的电视（television in）344，351—352；西柏林的黑市（black market in）294，298，302，304，305，315，318，328；西柏林的经济（economy in）304，318—320，342，351，352—354，367；西柏林的同性恋（homosexuality in）352，362；西柏林的摇摆乐（swing music in）295，317；西柏林与"三国共同占领区"的建立［1948］('tri-zone' creation [1948] and）320；西柏林与柏林封锁（Berlin Blockade and），见"柏林封锁［1948—1949 年］"；西柏林与柏林墙（Berlin Wall and），见"柏林墙"；西柏林与德意志联邦共和国［西德］（Federal Republic of Germany [West Germany] and），见"德意志联邦共和国（西德）［1949—1990 年］"；西柏林与马歇尔计划（Marshall Plan and）319；西柏林与轻轨铁路（S-Bahn and）332—333；西柏林与摇滚乐（rock 'n' roll and）346—348；占领施坦因施图肯［1951 年］（Steinstücken seized [1951]）335

"西班牙大流感"（'Spanish Flu'）33，130

西方同盟国（Western Allies）：西方同盟国与柏林会战（Berlin, Battle of and），见"柏林会战［1945 年］"西方同盟国与第二次世界大战（Second World War and）见"第二次世界大战［1939—1945 年］"；占领柏林［1945—1949］（Berlin occupation [1945—1949]）xx，xxii，7，118，207，218，245，254，261，286，294，295—331，另见"美占区［1945—1949 年］""英占区［1945—1949 年］""法占区［1945—1949 年］""苏占区［1945—1949 年］"

西克曼，艾达（Siekmann, Ida）359

西里西亚火车站（Silesian Bahnho）191：街头斗殴［1928 年］（street battle [1928]）122

西门子（Siemens）55，103，282，319

西门子城工厂建筑群（Siemensstadt factory complex）42，110，157，238，304

西蒙，海因里希（Simon, Heinrich）309

西蒙诺夫，康斯坦丁（Simonov, Konstantin）6

希登塞岛（Hiddensee）176，227—228

希勒，库尔特（Hiller, Kurt）134

希勒斯，玛尔塔（Hillers, Marta）226

希姆莱，海因里希［党卫队全国领袖］（Himmler, Reichsführer SS Heinrich）12，26，66，158，165，185，201

希区柯克，阿尔弗雷德（Hitchcock, Alfred）364

希思，爱德华（Heath, Edward）354

希特勒，阿道夫（Hitler, Adolf）xvii，xviii，xxi，7：50 岁生日（fiftieth birthday）184；56 岁生日（fifty-sixth birthday）180，181，184—186，196，198—199，200；阿尔弗雷德·采奇被介绍给希特勒（Alfred Czech presented to）17，198—199；爱因斯坦与希特勒（Einstein and）106—107；被任命为德国总理［1933 年 1 月］（Chancellor, appointed [January

1933])74,94,106—107,113,128,147,152;刺杀希特勒的图谋［1944年］（assassination attempt [1944]）26,108,140—143,144,202;对于原子科学的了解（atomic science, knowledge of）111;戈培尔与希特勒（Goebbels and）60—61,94—95,193;贵族与希特勒的崛起（aristocracy and rise of）147—154;哈伯与希特勒（Haber and）108;海德格尔支持希特勒（Heidegger supports）70;热爱电影艺术（cinema, love of）21,87,90,92—93,94—95,99;热爱卡尔·梅的故事（Karl May, love for stories of）21;施密尔舒特工搜寻希特勒的尸体（SMERSH agents search for body of）263;威廉皇储与希特勒（Crown Prince Wilhelm and）146—148,149;《我的奋斗》（Mein Kampf）118;希特勒与"长刀之夜"（Night of the Long Knives and）131,153;希特勒与柏林奥运会［1936年］（Berlin Olympics [1936] and）100;希特勒与大屠杀（Holocaust and）81;希特勒与儿童（children and）184,196—197;希特勒与冯·布劳恩（von Braun and）114;希特勒与冯·帕彭（von Papen and）152—154;希特勒与绘画（painting and）129,136,137;希特勒与建筑（architecture and）39,40,44—46;希特勒与罗斯福逝世（Roosevelt's death and）166,178;希特勒与普朗克（Planck and）108;希特勒与施佩尔（Speer and）44—47,50—51,174,177;希特勒与同性恋（homosexuality and）130;希特勒与希特勒青年团（Hitler Youth and）23;希特勒与音乐（music and）118,121—122,166;希特勒与中产阶级（middle classes and）106;喜欢《威尼斯商人》（The Merchant of Venice, liking for）96;喜欢在夜间发表演说（speeches at night, preference for giving）51;演说与灯光的使用（light, speeches and use of）50—51;药物依赖（drug dependence）184—185;与柏林人的紧密联系（Berliners, strong bond with）15;在帝国总理府躲藏（Reich Chancellery, shelters in）14—17,184,200,252,253,262,263,294;掌权（rise to power）74,94,106—107,113,128,146—154,258;自杀（suicide）236,249—250,254,255,262,263,294

希特勒青年团（Hitler Youth [Hitler Jugend]）xxiii,16,19—23,75,96,166,182,183:林中远足［20世纪30年代］（forest outings [1930s]）xxiii,19,21—22,29,168;人民冲锋队利用儿童充当柏林会战的炮灰（Battle of Berlin, use of child martyrs in [Volkssturm]）17—18,22—23,29,177,182,183,198,210;"莎士比亚作品周"（'Shakespeare Weeks'）96;苏占区内的原希特勒青年团成员（Soviet zone of occupation, former members of within）245,282,283,287,305;希特勒青年团的招募/吸引力（recruitment/appeal of）19—21;希特勒青年团内的殉难神话（martyrdom, myth of within）22—23;希特勒青年团团歌（Jugend hymn）23;希特勒青年团与"水晶之夜"（Kristallnacht）77;希特勒青年团与奥运会［1936年］（Olympics [1936] and）197;希特勒青年团与电影艺术（cinema and）20—21;希特勒与希特勒青年团

索引

（Hitler and）137，198

《锡安长老议定书》（Protocols of the Elders of Zion, The）53，67

席拉赫，巴尔杜尔·冯（Schirach, Baldur von）23

喜剧剧院（Komödie Theatre）146—147

戏剧（theatre）xxii，18，40，46，48，96，146—147，246，267，268，276，289，300，307—308，329，337，338，346，360；另见各演员、导演和戏剧名条目。

夏尔马，玛戈（Sharma, Margot）294

夏里特医院（Charite Hospital）4，36，360

夏洛腾堡（Charlottenburg）159，246，257，267—268，360

仙后座［夜店］（Cassiopeia [nightclub]）373

现代性到柏林（modernity, arrival of in Berlin）31，39，53，56

现代主义（modernism）31，42，43，44，53，72，91，136，212，214，273，311，329，336，346，350，356，363，364

肖尔，玛戈（Schorr, Margot）352

谢德曼，菲利浦（Scheidemann, Philipp）32

谢罗夫，伊万（Serov, Ivan）211

新风貌（New Look）318

新岗哨纪念馆（Neue Wache Memorial）xx

新即物主义运动（Neue Sachlichkeit Movement）41

新克尔恩（Neukölln）212，213，231，294

新市政厅（Neues Stadthaus）324

新闻短片（newsreel）198，199，297，315，321，323—324，326

新犹太会堂（Neue Synagoge）xxii，65，78，310

《星期天的人们》［电影］（Menschen am Sonntag / People on Sunday [film]）88—89，298

兴登堡，保罗·冯（Hindenburg, Paul von）147，150，152

《幸福之旅》［电影］（Journey into Happiness [film]）100

性传播疾病（sexually transmitted diseases）232

性虐亚文化（spanking, subculture of）132

性学研究所（Institute of Sexual Science）131—134

《凶手就在我们中间》［电影］（Murderers are Among Us, The [film]）300—302，315

匈牙利（Hungary）292，344

许茨，威廉·冯（Schütz, Wilhelm von）60

许士尼格，库尔特（Schuschnigg, Kurt）202

选帝侯大街（Kurfürstendamm）xvii，47—48，77，78，99，251，271，303，324，330，364，374

选举（elections）：德国联邦大选［1933年］（German federal election [1933]）74，94，106—107，113，128；德国总统大选［1932年］（German presidential election [1932]）147；英国大选［1945年］（British general election [1945]）291

学校（schools）xxiii—xxiv，20，25，72—73，100，112，237，274，289，290，293，295，315，325，351，352，354

《血红的玫瑰》（'Blood Red Roses'）201

《血罪》（Sin Against Blood, The）66

Y

雅各比，格哈德［牧师］（Jacobi, Pastor Gerhard）236

雅利安化［强制剥夺犹太人工作岗位和没收犹太人财产］（Aryanization

[forced expulsion of Jewish people from professions/acquisition of property])78,80,84—85,119,310
雅利安主义(Aryanism)31,93,102,135,136,138,231
雅洛维奇—西蒙,玛丽(Jalowicz-Simon, Marie)14,67,84,224—225,240,261,308
亚当,肯(克劳斯·亚当)[爵士]Adam, Sir Ken (Klaus · Adam) 71
亚历山大广场(Alexanderplatz)25,38,206,304,305,364
摇摆乐(swing music)117,124,164,295,315,317,347,363
摇滚乐(rock 'n' roll)346—348,363,364
伊甸园酒店(Hotel Eden)36
伊舍伍德,克里斯托弗(Isherwood, Christopher)132,133
移民(immigration)xx,37—39,310
艺术(art)xviii,xx,11,28,42,43,47—49,118,126—129,135—137,180—182,316—317;另见各艺术家以及艺术品名条目
艺术精神(artistic spirit)xxi,37,47,66,101,289
艺术与文化协会(Chamber for Arts and Culture)267
意志的胜利[电影](*Triumph of the Wil* [film])95—96,299
音乐(music)xviii,xx,16,22—23,50,93,116,117—125,164—166,184,200—201,203—204,235,240,242,249—250,251,267,289,293,294,295,300—301,302,307,315,317,329,337,338,346—348,363—364,367,370—371,373—374;另见各音乐家、乐曲和音乐流派名条目
英国大选[1945年](British general election [1945])291
英占区[1945—1949年](British sector/occupation zone [1945-1949]):柏林封锁与英占区(Berlin Blockade and)322,324,327,328,329;调查问卷与英占区(Fragebogen and)296—297;难民穿过英占区以抵达美占区(refugees pass through in order to reach US zone)311;"三国共同占领区"的建立[1948年]与英占区('tri-zone' creation [1948] and)320;英军抵达英占区[1945年](British forces arrive in [1945])261,293,291,294,295;英军军事演出[1947年](military tattoo, British army [1947])313—314;英占区举办"伊丽莎白时代的英格兰节"活动[1948年](The Festival of Elizabethan England held in [1948])329;英占区内财产征用(property requisitioning in)296;英占区内的赔偿政策(*Wiedergutmachung* [reparation] policy in)309;英占区位置(location of)296;犹太居民反对英占区内放映《雾都孤儿》(*Oliver Twist* screening in, Jewish community protest against)312—313
婴儿死亡率(infant mortality)38
永久林(*Dauerwald* [eternal forest])190
优生学(eugenics)4,14,31,66,189
尤蒂卡的加图(Cato of Utica)234
犹太复国主义(Zionism)69,205,31
犹太会堂(synagogues)xxii,40,63—64,65,68,71,77—78,84,310—311
犹太人(Jews)xviii,xix,xxii,11,12,

63—85；柏林的核物理学家（nuclear physicists within Berlin）102，103，104，106，107，108，109，110，112；柏林会战后犹太人返回柏林（return to Berlin after Battle of Berlin）273，308—309；柏林开放的名声（openness, Berlin's reputation for and）65—66；柏林为遭遇大萧条的难民提供慰藉（Great Depression, Berlin offers solace to refugees from）71—72；柏林犹太人移民美国（America, emigration of Jewish Berliners to）74，89，90，102，106，310；柏林犹太社区（Jüdische Gemeinde zu Berlin）311；柏林犹太知识分子的生活（intellectual Jewish life in Berlin）58，59，60，68—74，251；被流放出柏林（exiled from Berlin）71，74，78，107，120，125—126；被迫进行强迫劳动（forced labour, compulsion into）79；被逐出柏林（deportations from Berlin）xviii，13，14，63，67—68，75—76，80—81，82—85，192，234，281；大屠杀（Holocaust），见"大屠杀"；德国教会支持有关犹太人强大权势的阴谋论（German church supports conspiratorial belief in overweening power of）168，352；第一次世界大战后柏林的反犹太主义（First World War, anti-Semitism in Berlin following）66—67；第一次世界大战期间犹太人在德国军队中服役（First World War, Jews serve in German armed forces during）37—38，65—67，69；贵族内部对于犹太人抱有矛盾的看法（aristocracy, paradoxical view of Jews within）143，151，154；美军针对战后德国平民对犹太人的态度进行问卷调查（German civilian attitudes towards, US Army surveys post-war）309；纳粹编录家族谱系以寻找血统"不纯正"之人（'impure' blood, Nazi cataloguing of generations in search for）75；纳粹强迫犹太人佩戴大卫之星（Star of David, Nazis force to wear）80，206；纳粹希望彻底清除柏林的犹太人（judenfrei, intention of Nazis to make Berlin）63；《纽伦堡法令》（Nuremberg Laws）74—75；亲犹主义／对犹太人的善举（philo-Semitism/acts of kindness towards）67，78—80；"群体罪责"／"集体责任"／柏林市民对纳粹反犹罪行的了解（'collective guilt'/'collective responsibility'/knowledge of Nazi crimes against within Berlin citizenry）6，68，202，272—273，281—282，298—300；"水晶之夜"［1938年］（*Kristallnacht* [1938]）76—78，190，198，202，281；"逃避兵役"的士兵的传说（'shirking' soldiers, myth of the）66；通俗小说对犹太恶棍的刻画（pulp novel depiction of Jewish villains）66—67；"U型潜艇"［"二战"末期留在柏林的人］（'U-Boats'[those remaining in Berlin during late stages of Second World War]）13—14，63，67，83；希特勒被任命为总理和压迫犹太人（Hitler's appointment as chancellor and repression of）74；《锡安长老议定书》与反犹迷思（*The Protocols of the Elders of Zion and anti-Semitic myth*）53，67；雅利安化［被纳粹强制剥夺工作岗位并没收财产］（Aryanization [Nazi forced expulsion from professions/acquisition of property]）70—71，74，78，80，84—85，103，107，

119，189—190，309—311；"一战"结束后大量东欧难民涌入柏林（refugees from eastern Europe, end of Great War sees influx into Berlin of）37—38；移民巴勒斯坦（Palestine, emigration to）74，310；犹太会堂（synagogues）xxii，40，63—64，65，68，71，77—78，84，310—311；犹太居民反对英占区内放映《雾都孤儿》（*Oliver Twist* screening in, Jewish community protest against）312—313；犹太人与"同化"（'assimilation'and）64—66，70；犹太人与《进攻报》的攻击（*Der Angriff* denounces and）62；犹太人与柏林动物园（Berlin Zoo and）189—190；犹太人与柏林音乐（music in Berlin and）119—123，124—125；犹太人与德奥合并（Austrian Anschluss and）90，109，110，153；犹太人与电影艺术（cinema and）85，87，88—90，91—92，94，96—97，298—300，302—303；犹太人与俄国革命/德国革命（Russian Revolution/German Revolution and）66—67；犹太人与红军（Red Army and）177，205—207；犹太人与美军（US Army and）296，302，309；犹太人与赔偿政策（*Wiedergutmachung* [reparation] policy and）309；犹太人与魏玛共和国（Weimar Republic and）12，37—38，53—55，62，64—67，88—89，91—92；犹太人与魏玛时代柏林的世界主义（cosmopolitanism of Weimar Berlin and）64—66；犹太人与文化和教化（*Kultur und Bildung* [culture and cultivation]）68；犹太人与优生学（eugenics and）66；犹太人在战时柏林可以获得的食物（food available to in wartime Berlin）80；犹太人自杀（suicides of）234；旨在让犹太人确信迫害已经结束的战后柏林的文化努力（cultural effort within post-war Berlin aimed at assuring Jews that persecution was over）311—312

《犹太人苏斯》[电影]（*Jud Süss* [film]）96—97，313

铀（uranium）109，110，111，116，215—216，249，345

有轨电车系统（tram system）5，16，36，37，39，79，159，177，284，325，328，342

约德尔，阿尔弗雷德[将军]（Jodl, General Alfred）158

"约尔格·B"（'Jörg B'）362

约基希斯，莱奥（Jogiches, Leo）34

《月球上的女人》[电影]（*Woman in the Moon* [film]）113

月神公园（Luna Park）49，373—374

越轨能量（transgressive energy）126，127，130，138

Z

在公开场合裸露身体（nakedness, public）31，302，332

泽尔特，英格博格（Seldte, Ingeborg）197—198，222

泽格勒，奥尔加（Segler, Olga）359，360

泽洛高地（"柏林之门"）战役[1945年]（Seelow Heights ['Gates of Berlin'], Battle of [1945]）161，167—179，180，182，183

占领区与性胁迫（sexual coercion, occupied zones and）304

战俘（prisoners-of-war）:德国战俘（German）

19，207，215，228，245，250，252，256，259—260，263；苏联战俘（Soviet）5—6，158，260，274；苏占区与政治犯（Soviet sector and political）306；战俘与集中营（concentration camps and），见"集中营"；战俘与强迫劳动（forced labour and），见"强迫劳动"

战争罪（war crimes）218，292

职业舞伴（Eintänzer [taxi dancer]）89，144

中产阶级（middle classes）14，20，40，55，56，60，71，72，77，106，144，176，246，296

种族主义（racism）14，28，65，77，347

朱可夫［元帅］（Zhukov, Marshal）7，15，8，161，169，170，173—174，178，180，182，209，227，243，244，268，287，344

资本主义（capitalism）54，59，61，66，124，128，151，190，205，254，257，265，288，318，319，337，348，351，354，359

自杀流行病［1945年］（suicide, epidemic of [1945]）xix，33，233，234—250，276，315

自由德国青年（Freie Deutsche Jugend [Free German Youth]）305

自由军团（Freikorps）35—36，54，104，150，151

自由青年运动（Free Youth Movement）342

祖国之家（Haus Vaterland）50

《最卑贱的人》［电影］（*Last Laugh, The* [film]）88

《罪人》［电影］（*Sinner, The* [film]）302